Balduin Möllhausen

Der Schatz von Quivira

Verone

Balduin Möllhausen

Der Schatz von Quivira

1st Edition | ISBN: 978-9-92500-001-2

Place of Publication: Nikosia, Cyprus

Erscheinungsjahr: 2015

TP Verone Publishing House Ltd.

Abenteuerroman von Balduin Möllhausen.

Erstes Buch.

Der Irrwisch.

Erstes Kapitel.

Auf dem Rheinufer.

»Grüß Dich Gott, Du schöner, Du stolzer Strom! Wie Deine Fluten so eilfertig ihren Weg nordwärts verfolgen, um sich dem ewig regsamen Ozean zuzugesellen! Du lieber, Du unermüdlicher Strom! Von Dir mag ich's gelernt haben, dass es mich forttreibt rastlos von Ort zu Ort, um vielleicht nach vielen langen Jahren erst zur Ruhe zu gelangen. Dir ist Ruhe fremd. Wie vor tausend Jahren wandelst Du immer noch jugendkräftig Deine gewundene Bahn, unbekümmert, ob glühender Sonnenschein sich in Dir badet, ob unermessliche Eislasten Deinen Rücken beschweren; heute, wie vor dreiundzwanzig Jahren, als ich zum letzten Mal sorglos über Dich hinschaute, als Kind Dir geringschätzig den Rücken kehrte, ahnungslos, wie oft in späteren Jahren die Sehnsucht nach Dir mich verzehren würde.«

Solche Betrachtungen erfüllten einen jungen Mann, der an einem sonnigen Septembertage von der Stadt aus auf dem Rheinufer stromabwärts wandelte und endlich auf einem hervorragenderen Punkte stehen blieb. Die Ruhe und Einsamkeit ringsum mochten ihn anheimeln; denn er stieg von dem Leinpfad auf einen massiv errichteten Eisbrecher nieder, der gegen dreißig Fuß weit in das Strombett hineinragte. Fast am äußersten Rande desselben warf er sich im Schatten eines Schlehdornbusches auf den Rasen. Seine erste Kindheit hatte er in dieser Gegend verlebt, und so fand er leicht Anknüpfungspunkte für seine Gedanken, dass er das Enteilen der Zeit nicht merkte. Sein Antlitz, und ein wohlgebildetes männliches Antlitz war es, nahm allmählich einen schwermütigen Ausdruck an. Diese Weichheit der Züge stand fast im Widerspruch zu seinen breiten, kräftigen Schultern und der selbstbewussten Haltung. Mehrfach strich er mit der Hand über seinen krausen, blonden Vollbart und die ruhigen blauen Augen, um wieder träumerisch über den breiten Wasserspiegel hinzuspähen. Von der Stadt tönte das Läuten der Münsterglocken herüber. Durch die feierlichen Klänge beeinflusst, schwankten seine Betrachtungen noch unstet, als das leise Knirschen heraufdrang, mit welchem langsame Schritte sich auf dem Kiesstreifen zwischen Uferabhang und Strom ebenfalls von der Stadt her näherten. Die Aussicht auf die Nahenden entging ihm durch die den Abhang bedeckende Weidenpflanzung; dagegen unterschied er Stimmen und endlich Worte.

»Kehren Sie um, jetzt, Herr Sebaldus,« tönte eine freundliche Mädchenstimme zu ihm herauf, »die paar Schritte nach dem Karmeliterhofe finde ich ohne Sie.«

Als der Name eines benachbarten Gehöftes genannt wurde, neigte der einsame Wanderer sich ein wenig über den Rand des Eisbrechers, dann lauschte er mit erhöhter Spannung.

»Nur noch eine kurze Strecke,« bat eine tiefe Stimme, »wer weiß, wie lange es dauert, bevor ich Dich wiedersehe.«

»Haben wir uns seit ewigen Zeiten täglich begrüßt,« erwiderte das Mädchen sorglos, »so ist's kein Unglück, einmal eine Weile getrennt zu bleiben.«

Sie bewegten sich an einer Öffnung in dem Weidendickicht vorüber. Arm in Arm gingen sie, und so ruhig und verständig, als wären sie Geschwister gewesen. Wer sie aufmerksamer beobachtete, hätte auch vielleicht gewünscht, dass nur solche und keine innigeren Beziehungen zwischen ihnen walteten. Denn mit seinen grauen Amphibienaugen, deren Pupillen sich bei ihrem unsteten Blicken scheinbar zu einem kleinen scharfen Punkte zusammenzogen, mit der bleichen, sommersprossigen Gesichtsfarbe, dem roten Backenbart und den großen aufgeworfenen Lippen erschien Herr Sebaldus Splitter zu allem Andern weit eher geeignet, als zu dem Ideal jungfräulicher Träume. Auch seine Gestalt, knochig und etwas gebeugt, hatte nichts Bestechendes, noch weniger die ein gewisses Übergewicht verratende bedächtige Sprache, nicht zu gedenken des Altersunterschiedes, der mindestens achtzehn Jahre betrug.

Schön, sogar sehr schön war dagegen seine braunlockige Begleiterin, in deren Antlitz noch holde Jungfräulichkeit und kindlicher Mutwille gewissermaßen im Kampf miteinander lagen. Lieblich rot waren ihre Wangen, rot die vollen Lippen, allein was wären diese Jugendreize ohne die großen blauen Augen gewesen, in welchen ein ganzer Himmel der Herzensgüte sich mit ungetrübtem Frohsinn paarte. In ihrer Bekleidung, welche die zarte Fülle einer jungen Venus ahnen ließ, verriet sich weise, fast peinliche Sparsamkeit, ohne indessen die Anmut ihrer Erscheinung zu beeinträchtigen. Unbekümmert um die heiße Septembersonne hatte sie den Strohhut von ihrem Haupte entfernt, ihn an den langen Bändern sorglos ab und zu schwingend. Ihr Begleiter trug in der freien Hand eine große hölzerne Schachtel, welche durch eine kreuzweise verschlungene Schnur mit dem Deckel zusammengehalten wurde.

»Aber die schwere Schachtel,« entgegnete Splitter auf des Mädchens Weigerung, »bedenke, teure Lucretia. –«

Herzliches Lachen unterbrach ihn.

»Möchte sie nur schwerer sein,« fügte Lucretia munter hinzu, »so schwer, dass die Hilfe eines Karners nötig gewesen wäre. So leicht, und doch birgt sie den kostbarsten Teil meiner Habe: ein Sonntagskleid, einige Kragen und Tücher, ein Paar feiner Schuhe und – nun, das Weitere kümmert Sie nicht. Doch ich will großmütig sein; dort das Weidengeflecht ist wie zum Sitzen geschaffen. Ein Weilchen wollen wir rasten, dann trennen wir uns.«

»Es soll Gesindel auf dem Karmeliterhofe wohnen,« nahm Splitter einfallend das Wort, »und da möchte ich die Umgebung kennen lernen, in welcher Du die nächste Zeit verbringst.«

»Gesindel oder feine Leute: unter keiner Bedingung begleiten Sie mich nach dem Hofe hinauf,« entschied Lucretia, und wie in Scheu vor den stechenden Pupillen, sandte sie einen flüchtigen Blick über den Strom, »des Onkels Worte an meine Mutter lauteten: ›Präge dem Kinde ein, wenn es ihm jemals schlecht ergehen sollte, möchte es zu mir kommen, jedoch keinen Anhang mitbringen, oder wir sind geschiedene Leute‹. Ich glaube er hatte damals gerade schweren Gram und war etwas menschenscheu geworden. Doch gleichviel, meine Mutter sagte nie eine Silbe zu viel, und des Onkels Wünsche galten mir als Gesetz.«

»Aber der ist ja schon seit zwanzig Jahren verschollen?«

»Nicht ganz, denn ich zähle kaum neunzehn, und als er meine verstorbenen Eltern besuchte, soll ich erst wenige Wochen alt gewesen sein. Er bestand auch darauf, dass ich den römischen Namen Lucretia führen sollte. Und nebenbei: Ist der Herr Onkel abwesend, so steht der Karmeliterhof noch auf der alten Stelle. Ich schrieb an seinen Verwalter, einen gewissen Herrn Wegerich, und der antwortete mir, ich möchte kommen.«

Sie waren um den Eisbrecher herumgetreten.

Auf einer Stelle, auf welcher die Weiden ihnen dürftigen Schatten gewährten, setzten sie sich auf das zum Schutz gegen die Strömung errichtete und mit Steingeröll ausgefüllte Flechtwerk nieder. Sie befanden sich dort beinah unterhalb des Schlehdornstrauches auf dem Eisbrecher. Der Fremde vermochte daher nicht nur ihrer Unterhaltung zu folgen, sondern auch ihre dem Strome zugekehrten Häupter im Auge zu behalten. Er selbst brauchte sich nur rückwärts zu neigen, um einem zufällig nach oben gesandten Blick auszuweichen.

»Deine Gewissenhaftigkeit tadle ich keineswegs,« nahm Sebaldus Splitter das unterbrochene Gespräch wieder auf, »allein ich muss bekennen, dass ich kein großes Vertrauen in den guten Willen Deines geheimnisvollen Onkels setze, noch weniger in sein Können. Erstens soll die Verwandtschaft mit Deinen verstorbenen Eltern eine sehr weitläufige gewesen sein, und zweitens erinnert man sich seiner nur noch als eines, stets gegen Geldverlegenheiten kämpfenden Sonderlings. Deine Mutter war nämlich nicht die Einzige, der er seinen Schutz versprach. Wie es heißt, hat er Jedem, dem er nur ein paarmal begegnete, eine Zufluchtsstätte auf dem Karmeliterhofe angeboten.«

»Ein Zeichen seines guten Herzens,« erklärte Lucretia.

»Das gute Herz lasse ich unbestritten, allein über die Grenzen der verfügbaren Mittel hinausgehen, ist nicht immer ein Beweis von Herzensgüte.«

»Er besitzt den Ruf eines großen Gelehrten; solchen Leuten verzeiht man Vieles.«

»Gewiss; aber seine Handlungen sind schon mehr, als Gelehrtenschrullen. Denn welcher vernünftige Mensch, nachdem er sich bereits stark in den Fünfzigen umgesehen hat, gerät auf die Idee, in die Welt hinauszufliegen und nichts mehr von sich hören zu lassen? Er mag längst in seinem Grabe ruhen.«

»So wüsste es Wegerich, und der hätte schwerlich verabsäumt, auf meine Anfrage mich davon in Kenntnis zu setzen. Sie scheinen den Onkel besser zu kennen als ich?«

»Weil ich, sobald ich Deine Absicht erfuhr, mich nach allen Verhältnissen erkundigte.«

»Wenn Jemand große Reisen unternimmt und viele Jahre in der Fremde weilt, kann seine Lage unmöglich eine schlechte sein. Doch was Sie auch einwenden mögen, mein Entschluss, mich auf dem Karmeliterhofe einzurichten, wird dadurch nicht erschüttert. Habe ich nur ein sicheres Obdach, so erwerbe ich mir den Lebensunterhalt mit meiner Hände Arbeit spielend,« und lustig ließ sie ihren Hut an den langen Bändern einige Kreise beschreiben.

Nachdem sie geendigt, betrachtete Splitter sie einige Sekunden überlegend. Er fühlte, dass im Verkehr mit dem lieblichen Mädchen er die äußerste Vorsicht walten lassen müsse, um seinen Einfluss nicht abzuschwächen oder gar ganz einzubüßen.

»Wie urteilte deine Mutter über den Herrn Rothweil?« fragte er endlich.

»Nachsichtiger, als Herr Sebaldus Splitter,« antwortete Lucretia schnell, doch sah sie wieder zur Seite, um sich dem stechenden Blick der grauen, weißbewimperten Augen zu entziehen. »Für seine Seltsamkeiten war sie freilich nicht blind; sie entschuldigte dieselben mit seiner tiefen Gelehrsamkeit, aber auch mit dem Kummer, welchen er zu tragen gehabt haben soll. Im Übrigen gefällt mir der unbekannte Onkel nach den Schilderungen meiner Mutter ausnehmend; ich bezweifle nicht, dass nach seiner Heimkehr wir die besten Freunde werden.«

»Und so lange soll ich mit der Einrichtung unseres Hausstandes warten?«

»Warten so lange, wie es mir gefällt,« unterbrach Lucretia ihn hastig, »zu einem Hausstande gehört Geld, und das besitzen wir Beide nicht, Sie so wenig mit Ihrem landrätlichen Schreiberposten, wie ich mit meiner Reiseschachtel,« und hell und melodisch lachte sie, und viermal flog das Hütchen im Kreise herum, bevor es zur Ruhe gelangte. Dann warf sie es auf die Schachtel, und sich erhebend, trat sie vor Splitter hin. »Bleiben Sie sitzen,« befahl sie mit bezauberndem Ernst, während es mutwillig um die frischen Lippen zuckte. Indem sie aber länger in die grauen Augen sah, deren Pupillen zu zittern schienen, schoss es blutrot in ihr Antlitz. Splitter bemerkte den Wechsel und wurde unruhig.

»Was hast Du, mein Herzenskind?« fragte er zögernd. »Nichts Erhebliches,« antwortete Lucretia befangen, und nachdem sie ihren Blick von den unheimlich bannenden Amphibienaugen losgerissen hatte, deren unerbittliche Strenge schon das wilde Kind mit bangem Herzklopfen an die Bücher fesselte, gewann ihre Heiterkeit schnell wieder die Oberhand. »Ich gedachte der Zeiten, in welchen ich Sie nur Onkel Sebaldus nannte,« fügte sie hinzu. »Es war doch schöner damals. Entsinnen Sie sich, wie ich auf ihren Knien stand, meine langen Flechten um Ihren Hals schlang und Sie zu erwürgen drohte? Ja, Onkel Sebaldus, das waren goldene Zeiten: Sie, der große ernste Mann, und ich, das lustige, verzogene Kind; warum muss es jetzt anders sein?«

»Schönere, glücklichere Zeiten harren unser,« hob Splitter an, und er wollte Lucretia an sich ziehen, als diese sich geschickt seinen Armen entwand, Schachtel und Hut ergriff und davon eilte.

In der Entfernung von zehn Schritten, bis wohin der Zauber der unheimlichen Augen nicht reichte, kehrte sie sich um.

»Onkel Sebaldus!« rief sie lachend aus, »nähern Sie sich mir um die Breite eines Fingers, so stürze ich mich in den Rhein. Und nun leben Sie wohl, Onkel Sebaldus! Erstaunen Sie nicht, wenn ich plötzlich einmal als vornehme Dame vor Sie hintrete. Denn meinem geheimnisvollen Onkel traue ich zu, dass er eines Tages heimkehrt und ein ganzes Füllhorn reicher Schätze über mich ausleert.«

»Lucretia, klammere Dich nicht an törichte Hoffnungen an!« warnte Splitter, und die Besorgnis um den Verlust seines Einflusses färbte sein Antlitz noch bleicher, »nein tue das nicht, sondern auf das niedrigste Maß beschränke sie. Verwirklichten sich aber Deine Träume und kehrte Dein Verwandter als ein Krösus heim, so besäße er nähere und berechtigtere Angehörige. Man erzählt von einem Bruder, der nicht kinderlos geblieben sein soll –«

»Ei, Sie lieber nüchterner Onkel Sebaldus, wie Sie zu rechnen verstehen!« fiel Lucretia neckisch ein, »doch ich zürne Ihnen deshalb nicht. Erscheinen nähere, erbschleichende Verwandte, dann soll es ihnen schwer genug werden, mich aus dem Herzen des guten alten Herrn zu verdrängen. Leben Sie wohl, Onkel Sebaldus. Wagen Sie alles, nur nicht auf dem Karmeliterhofe nach mir zu forschen!«

»Soll das unser Abschied sein?« fragte Splitter klagend, »kann es der Abschied zweier Menschen sein, welche von dem Geschick unwiderruflich für einander bestimmt wurden?«

»Leben Sie wohl, Onkel Sebaldus!« wiederholte Lucretia wie erschreckt. »Leben Sie wohl und auf späteres Wiedersehen!« und sich abkehrend verschwand sie hinter der nächsten Biegung des Weidendickichts. Eine heitere Melodie, welche sie vor sich hinsang, verriet die von ihr einge-schlagene Richtung.

So lange er ihre Stimme zu unterscheiden vermochte, stand Splitter wie betäubt da. Wie ihre Rückkehr erwartend, starrte er stromabwärts. Die milden Regungen, welche ihn während seines Verkehrs mit Lucretia be-seelten, waren plötzlich schlafen gegangen. Meinte er doch, auf ewig verloren zu haben, was er in jahrelanger, geduldiger Verfolgung eines bestimmten Planes unauflöslich an sich gekettet zu haben wähnte. Er hasste die Welt, in welche Lucretia, wenn auch kämpfend um's Dasein, eintreten sollte, die Welt, von welcher er argwöhnte, dass sie das junge, sorglose Gemüt umstricken und ihm endlich ganz entreißen würde. Er hasste die Menschen, mit welchen sie fernerhin verkehren sollte und die wohl gar zu Vergleichen führten, welche nur zu leicht zu seinen Un-gunsten ausfielen. Und sie war ja so schön, dass sie alle Blicke auf sich ziehen musste. Ha, wie es in seiner Brust gärte, in seinen Adern kochte, und wie es so feindselig in seinen Ohren vibrierte: »Onkel Sebaldus! On-kel Sebaldus!« eine Bezeichnung, welche keine andere Berechtigung hat-te, als höchstens eine durch den Altersunterschied und den Verkehr in ihrem elterlichen Hause bedingte.

»Und dennoch werde ich sie überwachen,« presste es sich leise zwischen den fest aufeinander ruhenden Zähnen hervor, indem er sich der Stadt wieder zukehrte, »ich werde sie überwachen, das mir bestimmte Kleinod hüten, und wäre der Karmeliterhof mit einer bis in die Wolken reichen-den Mauer umgeben.«

Hätte Lucretia jetzt in seine Augen geschaut, sie würde gezittert haben vor der Schärfe, mit welcher dieselben auf die bunten Rheinkiesel starr-ten. Die Pupillen hatten sich bis auf ihren kleinsten Umfang zusammen-gezogen, und dennoch schienen sie verheerende Funken zu sprühen.

Zweites Kapitel.

Der Irrwisch.

Sobald Splitter sich so weit entfernt hatte, dass er von dem Schlehdornbusch aus nicht mehr sichtbar war, erhob sich der dort rastende Wanderer. Der träumerische Ausdruck, welcher kurz zuvor sein Antlitz charakterisierte, war durch den einer regen, jedoch nicht unfreundlichen Spannung verdrängt worden.

»Also auch Du,« sprach er wie unbewusst vor sich hin, und einen herzlichen, teilnahmsvollen Blick sandte er nach der Richtung hinüber, in welcher Lucretia hinter dem Weidendickicht verschwunden war. Dann begab er sich in den Leinpfad hinauf, und seine Schritte beschleunigend, lauschte er aufmerksam nach dem Fluss hinunter. Bevor er ein Zeichen von Lucretia's Nähe wahrnahm, erschien sie eine kurze Strecke vor ihm im Wege. Kaum im Freien, stellte sie die Schachtel auf die Erde, worauf sie sich mit dem Hut bekleidete.

Mit welcher Anmut, welche dem sich nähernden Fremden ein bewunderndes Lächeln entlockte, schüttelte sie ihre von den Weiden beim Hindurchschlüpfen zerzausten Röcke, und jetzt erst warf sie einen Blick um sich. Als sie des nur noch wenige Schritte entfernten Fremden ansichtig wurde, erschrak sie. Einen Augenblick war sie unschlüssig; dann ergriff sie die Schachtel, und wie um jenen vorbeizulassen, bewegte sie sich langsam einher. Bald darauf befand der Fremde sich an ihrer Seite; doch anstatt weiter zu gehen, mäßigte er seine Eile. Lucretia gab sich das Ansehen, ihn nicht zu beachten, aber sie fühlte förmlich die Blicke, die auf ihr ruhten, und bis in die Schläfe hinaufstieg ihr jäh das bewegliche Blut.

Um die Lippen des Fremden spielte wieder das wohlwollende Lächeln. Es offenbarte sich in demselben das Bewusstsein, mit wenigen Worten die trotzige Scheu der holden Erscheinung brechen und dafür ein herzliches, freundschaftliches Einvernehmen herstellen zu können; allein er gewann es nicht über sich. Zu ergötzlich erschien es ihm, den frischen Jugendmut seiner unfreiwilligen Begleiterin herauszufordern, durch harmlose Vertraulichkeit ihren Trotz anzustacheln und dann einen Blick in das vielleicht zornig erregte und daher sich ungeschminkt zeigende Gemüt zu werfen. Ohne sie anzureden, hielt er gleichen Schritt mit ihr. Er weidete sich an der zuversichtlichen Haltung und den anmutigen Bewegungen, vor Allem an dem lieblichen Profil mit den spöttisch emporgekräuselten Lippen. So legten sie eine Strecke zurück, auf welcher Lucretia bald ihre Schritte beschleunigte, bald langsam einher schlich, dadurch verständlich an den Tag legend, dass sie der lästigen Begleitung enthoben zu sein wünsche. Als aber alle ihre Versuche, selbst das geringschätzige Achselzucken ohne Wirkung blieben, hielt sie plötzlich an. Wie vor Ermüdung stellte sie die Schachtel neben sich zur Erde und mit erheucheltem Gleichmute blickte sie nach dem jenseitigen Stromesufer hinüber. Sobald aber auch der Fremde stehen blieb, kehrte sie sich ihm zu, und wenn je Furchtlosigkeit und Trotz aus schönen Mädchenaugen sprühten, so geschah es hier, indem sie jenen fest anschaute. Das wohlgebildete, nichts weniger als unfreundliche Regungen verratende Antlitz beruhigte sie zwar über ihre Lage, dagegen rief das eigentümliche Lächeln desselben ihren Zorn in erhöhtem Grade wach. Einige Sekunden zögerte sie, dann sprach sie im drolligsten Plattdeutsch:

»Wenn Sie meine, dat ich mich vor Ihne fürchte, so irre Sie sich.« Als dieselben Lippen, welche kurz zuvor in ihren Kundgebungen eine sorgfältige Erziehung verrieten, um den feindlichen Angriff zu verschärfen, sich plötzlich des breiten, ländlichen, etwas singenden Idioms bedienten, lachte der Fremde hell auf. In seinem Lachen aber offenbarte sich wiederum so viel Wohlwollen, sogar bewundernde Ehrerbietung, dass Lucretia sich vergeblich bemühte, ihre ernste Haltung zu bewahren. Wie aus drohendem Gewölk ein flüchtiger Sonnenstrahl, zuckte unter den düster gerunzelten Brauen ein lustiges Lächeln über das rosig erglühende Antlitz. Es war ersichtlich, der kühne Angriff, von welchem sie eine vernichtende Wirkung voraussetzte, erschien ihr jetzt selbst erheiternd. Sich jedoch dieser Regung schämend, biss sie flüchtig auf ihre Lippen, und sie stand wieder da, nach ihrer Überzeugung jeder Zollbreit eine Rachegöttin.

»Nichts lag mir ferner, als die Absicht, Ihnen Furcht einzuflößen,« antwortete der Fremde auf die wenig zeremonielle Anrede höflich, »ich wünschte nur zu beweisen, dass wenn Zwei denselben Weg gehen, es für beide Teile unterhaltender, beisammen zu bleiben.«

»Danach hab' ich Sie nich gefrag, und Sie sin 'ne unverschämter Mensch,« sprühte es wieder zwischen den Rosenlippen hervor, und ihre Schachtel ergreifend, schritt Lucretia eiligst davon und ihr zur Seite blieb der Fremde.

»Ich war im Unrecht,« hob dieser an, sobald er entdeckte, dass der Zorn des schönen Mädchens von einer Empfindung der Besorgnis überflügelt wurde; »doch was ich verabsäumte, hole ich gern nach. Mein Name ist Perennis, eigentlich Matthias, und ich befinde mich auf dem Wege nach dem Karmeliterhofe, dessen Lage ich durch Ihre Güte zu erfahren hoffte.«

War es die Angabe des eigenen Zieles, was ihre Besorgnis schnell wieder verscheuchte, oder die Vertrauen erweckende Stimme: genug, Lucretia warf einen forschenden Seitenblick auf ihren Begleiter und antwortete sichtbar beruhigt:

»Ich selbst will nach dem Karmeliterhof,« dann nach kurzem Zögern: »Kennen Sie Jemand auf dem Karmeliterhofe?«

»Niemand,« erklärte Perennis bereitwillig, »meine ersten Kinderjahre verlebte ich daselbst, und da treibt mich das Verlangen, die alte Heimstätte einmal wiederzusehen.«

»Trotzdem fragen Sie nach dem Wege?«

»Es geschah, um überhaupt ein Gespräch mit Ihnen anzuknüpfen, und ich bedaure es nicht, seitdem ich weiß, dass unser Weg derselbe.«

Ohne ihre eilfertigen Bewegungen zu mäßigen, sah Lucretia vor sich nieder. Je näher sie dem Karmeliterhofe rückten, um so unruhiger wurde sie. Sie bereute fast, Selbaldus Splitter nicht mitgenommen zu haben. Lebte in ihrem Gedächtnis doch die Andeutung, dass in Zukunft Gesindel ihre nächste Nachbarschaft bilden würde.

Endlich sah sie wieder empor.

»Entsinnen Sie sich vielleicht eines gewissen Rothweil, den Besitzers des Hofes?« fragte sie gespannt.

»Nur dunkel,« antwortete Perennis mit einem bezeichnenden Lächeln, »ich war noch sehr jung, als ich ihn zum letzten Mal sah. Er soll sich seit vielen Jahren auf Reisen befinden.«

»Ein gewisser Wegerich verwaltet seitdem den Hof; ob der wohl ein umgänglicher Mann sein mag?«

»Ich höre seinen Namen heute zum ersten Mal, denke aber, Ihnen gegenüber müssen alle Menschen umgänglich sein.«

Lucretia zuckte ungeduldig die Achseln.

»Es soll Gesindel auf dem Hofe leben,« wiederholte sie Splitters beängstigende Worte.

»Man muss den Leuten nicht Alles glauben,« beruhigte Perennis, »dass der Karmeliterhof soweit heruntergekommen sein sollte, erscheint mir geradezu unmöglich.«

Wiederum eine Pause des Schweigens, und wiederum fragte Lucretia gespannt:

»Sie sind nicht verwandt mit dem Herrn Rothweil?«

»Rothweil ist mein Name,« vermochte Perennis dem beunruhigten Mädchen gegenüber sein Geheimnis nicht länger zu bewahren. »Der Besitzer des Karmeliterhofes ist der Bruder meines verstorbenen Vaters. Widrige Verhältnisse zwangen diesen, den Hof aufzugeben, und da sein Bruder gerade ein recht stilles Heim suchte, einigten sie sich bald. Leider zogen meine Eltern sehr weit fort, und die große Entfernung war wohl Hauptursache, dass die beiden Brüder sich nicht viel um einander kümmerten.«

Während der letzten Mitteilungen war Perennis, dem Beispiele Lucretia's folgend, stehen geblieben. Diese hatte ihre Schachtel wieder auf die Erde gestellt und betrachtete erstaunend mit unverhohlener Freude den vor ihr Stehenden.

»So wären wir ja Verwandte?« rief sie aus, sobald Perennis schwieg, »zwar etwas weitläufig, allein doch immer Verwandte. Mein Name ist Lucretia Nerden; ich gehöre, wahrscheinlich wie Sie selber zu denjenigen, welchen unser gemeinschaftlicher Herr Onkel den Karmeliterhof zur Verfügung stellte.«

»Zunächst meinen herzlichen verwandtschaftlichen Gruß,« antwortete Perennis freudig bewegt, und indem er die ihm gereichte schmale Hand zwischen seine beiden nahm, meinte er, dass aus den lieben blauen Augen sich ein warmer Strahl bis in sein Herz hineingesenkt habe, »meinen tausendfachen herzlichen Gruß mit dem Versprechen, bis an mein Le-

bensende getreulich der heiligen Pflichten eines älteren Verwandten eingedenk zu sein.«

»Werden Sie ebenfalls auf dem Karmeliterhofe wohnen?« fragte Lucretia
zutraulich.

»Nur einen kurzen Besuch habe ich ihm zugedacht; da mich aber dringende Geschäfte auf einige Zeit an diese Gegend binden, hindert mich
nichts, ihn samt allen seinen Bewohnern wenigstens so lange im Auge zu
behalten.«

Lucretia hatte ihre Schachtel wieder emporgehoben, duldete jetzt aber
willig, dass Perennis ihr die Last abnahm. Eine kurze Strecke verfolgten
sie ihren Weg schweigend. Perennis erriet, dass seine liebliche Begleiterin neue Ursache zur Beunruhigung gefunden zu haben meinte, und beobachtete sie aufmerksam. Die Genugtuung, einen Verwandten in der
Nähe zu wissen, wurde bei ihr durch jene natürliche Befangenheit aufgewogen, welche sich jugendlich unerfahrener Gemüter bei einer nahe
bevorstehenden Übersiedelung in eine völlig fremde Umgebung gern
bemächtigt. Bedachtsam gönnte er ihr daher Zeit, sich mit der neuen Lage, in welche sie durch das Zusammentreffen mit ihm geriet, vertraut zu
machen.

Sie erreichten eine Uferstelle, von welcher aus sie über die Weiden hinweg zwei sich kreuzende, scheinbar auf dem Wasser schwimmende und
von einer Stange gehaltene Bogenstäbe entdeckten. Lucretia blieb wieder
stehen, und schüchtern klang ihre Stimme, indem sie fragte, ob vor ihrer
Einkehr auf dem Karmeliterhofe sie dem unten beschäftigten Fischer ein
Weilchen zusehen möchten.

Perennis, nicht in Zweifel über ihre Stimmung, war sogleich bereit. Auf
einem schmalen Pfade gelangten sie zu dem Fischer hinab. Derselbe saß
auf einem ins Wasser hineingebauten Rasendamm und betrachtete starr
die das Netz in der Tiefe haltenden Bogen. Sein Rücken war vom Alter
gebeugt; weißes Haar lugte unter der abgetragenen, langschirmigen
Mütze hervor und fiel bis auf den Kragen seiner Weste nieder. Die Annäherung der Fremden schien er nicht zu bemerken, zumal diese, um
seinen Fang nicht zu beeinträchtigen, sich mit großer Vorsicht einher
bewegten und, bis auf einige Schritte hinter ihm angekommen, stehen
blieben.

Mehrere Minuten verrannen in tiefer Stille. Endlich griff der alte Mann nach der mit kurzen Holzknebeln durchschossenen Zugleine, und behutsam begann er, das Netz zu heben. Höher und höher stieg dasselbe, und als das bauchige Gewebe die Fluten ganz verließ, sprangen zwei größere Fische in demselben.

»Wir haben Glück gebracht,« redete Perennis nunmehr den Fischer an, »und es trifft uns nicht der Vorwurf, den Fang gestört zu haben.

Der Alte schob die Beute in den von seinem Halse niederhängenden Sack, warf das Netz wieder aus, und dann erst kehrte er sich den ihn Beobachtenden zu.

Einen finstern Blick, als hätte er sie um ihre Jugend beneidet, warf er auf Lucretia, und mit der Hand über das von weißen Bartstoppeln besetzte Kinn streichend, antwortete er grämlich:

»Was sich fangen soll, fängt sich, ob Zwei zusehen, oder ein halbes Dutzend.«

»So hindert's nicht, wenn wir kurze Zeit hier verweilen?« fragte Perennis, »unser Weg ist zwar nicht mehr weit, allein ein Viertelstündchen der Rast wäre mir so willkommen, wie der jungen Dame hier.«

»Mich hindert nichts,« erklärte der alte Mann, indem er den Damm verließ und die beiden Fische in einen vom Wasser bespülten Netzbeutel steckte, »nein, mich hindert's nicht; das Ufer ist für alle, und ich habe kein Recht, Jemand fortzuweisen.«

»Sie wohnen in der Nähe?« führte Perennis das Gespräch weiter, und nach einer einladenden Bewegung zu Lucretia, ließen Beide sich auf eine der von früheren Wasserständen herrührenden Erdabstufungen nieder.

»Nicht in der Nähe,« hieß es mürrisch zurück, »zehn Minuten Wegs von hier, im Festungsgraben bei der Stadt. Aber auf dieser Stelle und 'ne Kleinigkeit aufwärts und abwärts, habe ich meine vierunddreißig Jahre 's Netz ausgeworfen. Hoffe, auch noch länger hier auszuhalten.«

Er setzte sich wieder auf seinen Damm, kehrte sich indessen halb nach dem Ufer um, dadurch andeutend, dass er bereit sei, das Gespräch weiter zu spinnen.

»Dreißig und einige Jahre sind eine lange Zeit,« erwiderte Perennis, »es lässt sich voraussetzen, dass Sie mit den Verhältnissen auf dem Karmeliterhofe einigermaßen vertraut sind.«

Der Fischer warf einen argwöhnischen Blick auf den Frager, strich wieder über sein gebräuntes und tief gerunzeltes Gesicht, betrachtete das junge Mädchen einige Sekunden nachdenklich, und wie mit Widerstreben entwand es sich seinen eingefallenen Lippen:

»Den Karmeliterhof kenne ich gut genug, um zu wissen, dass nicht viel Segen d'rum und d'ran hängt. Der hat manchen Herrn gehabt in den letzten fünfzig, sechzig Jahren, aber lange ist keiner glücklich d'rauf gewesen. Es scheint 'n Bannfluch an dem alten Gemäuer zu kleben. Vielleicht haben's vor Zeiten die Mönche versehen, dass sie immer noch nicht zur Ruhe gelangen können und es dafür den Leuten antun.«

»Unsinn alter Freund,« versetzte Perennis heiter, um Lucretia zu beruhigen, deren Blicke ängstlich an dem verwitterten Greisenantlitz hingen, und die bei der unheimlichen Kunde unbewusst ihm etwas näher rückte, »wer einmal tot ist, dessen Schlaf kann durch nichts mehr gestört werden. Ging's aber mit dem Hofe abwärts, so lag es an den äußeren Verhältnissen.«

Der Fischer lachte höhnisch. Dann bemerkte er, wie zu sich selbst sprechend:

»Ich habe den Karmeliterhof gekannt, als er wie 'ne Brautjungfer aus seinen grünen Gärten über den Rhein schaute und lustige Gesichter aus- und eingingen. Jetzt sehen Sie zu, was aus ihm geworden ist. Die Mauern stehen noch, aber die lustigen Gesichter – wer weiß, wo die geblieben sind; mögen sich längst in die Erde gelegt haben, junge wie alte.«

Wie um sich trüber Visionen zu erwehren, griff er hastig nach der Zugleine. Weniger vorsichtig, als gewöhnlich, hob er das Netz – diesmal ohne Beute – und senkte er es in die Fluten. Dann kehrte er sich den hinter ihm Sitzenden wieder zu. Perennis hatte das Haupt geneigt. Die so jäh wach gerufenen Erinnerungen schienen sich wie ein Alp auf sein Gemüt gewälzt zu haben. Lucretia's Blicke hafteten ängstlich an dem unheimlichen Alten. Jede einzelne seiner Bewegungen verfolgte sie, als hätten dieselben in engster Beziehung zu seinen Mitteilungen gestanden. Ihr sonst so schwer zu erschütternder Frohsinn hatte unbestimmten Befürchtungen seine Stelle eingeräumt. Verschärft wurden dieselben durch

Perennis' sinnendes Schweigen. Auch er trachtete vergeblich, die Schilderungen des alten Mannes in das Reich wirrer Phantasien zu verweisen.

Dieser war im Begriff, das Schweigen zu brechen, als es plötzlich zwischen den Weiden rauschte und knickte. Gleich darauf trat mit wunderbar elastischen und lebhaften Bewegungen ein Mädchen ins Freie, welches durch seine auffallende Erscheinung schnell die Eindrücke verwischte, denen Perennis und Lucretia eben noch so gänzlich unterworfen gewesen. Man hätte dasselbe für eine Rheinnixe halten mögen, welche nach einem Spaziergange auf trockenem Boden herbeieilte, um den zur Verkleidung hervorgesuchten leichten Kattunrock von ihrem prachtvoll gebauten Körper zu streifen und sich kopfüber in das heimische Element zu stürzen. Der ungehemmte Einfluss der Sonne hatte ihr Antlitz, Hals und Arme leicht gebräunt. Das goldblonde Haar, ursprünglich am Hinterkopf lose zusammengesteckt, war seinen Banden entschlüpft und floss in schweren, unregelmäßigen Wellen tief über Nacken und Schultern nieder. Als einzige Fessel diente demselben eine geschmeidige Ranke von wildem Wein, welche sie in einem Anfall toller Kinderlaune zweimal um ihr Haupt geschlungen hatte. Unter den die etwas niedrige Stirn beschattenden Blättern aber schauten ein Paar großer dunkelblauer Augen hervor, deren Glanz man mit dem geheimnisvollen Funkeln von Diamanten hätte vergleichen mögen. Die Farbe der Gesundheit schmückte ihr regelmäßig ovales Antlitz und erhöhte den Ausdruck von Energie und Furchtlosigkeit, wogegen es um den lieblichen Mund wie Lust an Spott und Neckereien lagerte. Ein dünnes blaues Tuch hatte sie nachlässig um den Hals geschlungen. Auffallend weiße Hemdärmel bauschten sich ebenso nachlässig unter den Schulterstücken des Kattunrockes hervor. Jede einzelne Falte verdankte ihr Entstehen dem Zufall, und doch rief es den Eindruck hervor, als wären sie peinlich geordnet gewesen. Selbst der feine Staub auf den kleinen gebräunten Füßen schien mit Bedacht aufgetragen zu sein.

»Guten Tag Großvater; da bringe ich Dein Mittagessen!« hob sie an, indem sie das Weidendickicht verließ; dann stockte sie. Sie war der Fremden ansichtig geworden, die erstaunt zu ihr aufsahen, wie sich fragend, woher sie so plötzlich gekommen sei.

»Stell den Korb hin, Gertrud, und begrüße die Herrschaften,« antwortete der Fischer, »Du siehst, ich bin nicht allein hier.«

Gertrud schob den Korb in die kleine Laubhütte, welche bei Unwerter dem alten Manne zum Schutz diente; dann sich Perennis zukehrend, richtete sie ihre großen Augen durchdringend auf ihn.

»Maria Joseph!« rief sie aus, »die Herrschaften müssen von weit herge-kommen sein, dass es ihnen hier am Wasser so wohl gefällt,« und sich Lucretia zukehrend, betrachtete sie diese mit einer gewissen zudringli-chen Neugierde.

»Von weit her,« gab Perennis zu, und wie man wohl über ein freundli-ches Rätsel brütet, sah er auf das seltsame Mädchen, »ich wenigstens; die junge Dame hier antwortet wohl lieber für sich selbst.«

»Zwei Stunden bin ich heute schon gewandert,« versetzte Lucretia freier, wie nach der ersten Überraschung durch die Nähe eines weiblichen We-sens mit neuem Muth erfüllt, »und woher ich komme – das ist weniger wichtig, als das Wohin. Ich will nach dem Karmeliterhofe.«

»Zu der verschrobenen Frau Marquise?« fragte Gertrud, und in ihren glanzvollen klugen Augen blitzte es feindselig auf, als hätte sie Lucretia mit Gewalt von einem Besuch bei der genannten Person zurückhalten wollen.

»Verschrobene Marquise?« wiederholte Lucretia peinlich berührt.

»Nun ja,« erklärte Gertrud unbefangen, denn Lucretia's Frage mochte sie überzeugen, dass ihr erster Verdacht ein unbegründeter gewesen, »wer so lebt, wie die, kann nur verschroben sein. Ich möchte keinem raten, unaufgefordert sich bei ihr einzudrängen.«

»Ganz so böse wird es nicht sein,« bemerkte Perennis mit Rücksicht auf die Stimmung seiner holden Nachbarin beschönigend; »beinah jeder Mensch hat seine Seltsamkeiten, die nur zu gern ungünstig beurteilt werden,« und befürchtend, dass bei längerem Verweilen der bereits un-freundlich angeregten Phantasie Lucretia's noch mehr Nahrung zu düs-teren Bildern geboten werde, erhob er sich. »Wir werden ja bald genug erfahren, wie es auf dem Hofe aussieht,« fügte er hinzu, als Lucretia sei-nem Beispiel folgte, »in wenigen Minuten sind wir oben, und Sie, guter Freund, sind gewiss froh, Ihr Mittagbrot ungestört verzehren zu kön-nen.«

»Ich begleite die Herrschaften,« nahm Gertrud das Wort, bevor der alte Mann etwas zu erwidern vermochte. »Großvater, sind Fische für die Frau Marquise da?«

»So viel wie die gebraucht, hab' ich gefangen, und nicht 'ne Flosse mehr,« antwortete der Fischer noch grämlicher, als zuvor, »'s ist kein glücklicher Tag heute. Nimm's Netz mit Allem was d'rin ist, und handle nicht lange d'rum.« Dann setzte er sich im Eingange der Laube nieder, und den Korb öffnend, begann er sein Mahl so gleichmütig zu ordnen, als hätte er sich mit seiner Enkelin allein befunden.

Perennis beobachtete ihn schweigend. Gern hätte er länger mit ihm über die Vergangenheit geplaudert; doch einerseits schien der alte Mann seit Eintreffen seiner Enkelin weniger mittheilsam geworden zu sein, dann aber fuchtele er, neue Offenbarungen hervorzurufen, welche Lucretia's Stimmung vielleicht noch mehr trübten.

»So gehaben Sie sich wohl!« rief er dem Alten zu, »sollte ich Sie zu sprechen wünschen, wo finde ich Sie und nach wem habe ich zu fragen?«

»Treffen Sie mich nicht hier, so fragen Sie nach dem Ginster, und Jeder auf dieser Seite der Stadt zeigt Ihnen den Weg nach meinem Hause,« antwortete der Fischer.

»Also auf Wiedersehen, Ginster,« versetzte Perennis, indem er die Schachtel wieder an sich nahm. Dann bog er in den engen Pfad ein und langsam bahnte er sich seinen Weg durch das Weidengebüsch nach dem Abhange hinauf. Lucretia schloss sich so dicht an ihn an, dass seine breiten Schultern ihr Schutz gegen die zurückschnellenden Zweige gewährten. Etwas weiter zurück folgte Gertrud. Sie trug das Netz mit den Fischen, dasselbe sorglos ab und zu schwingend. Als Perennis und Lucretia auf dem Uferrande sich nach ihr umkehrten, überwand sie die letzte Abstufung mit zwei Sprüngen. Dieselben führte sie mit einer Leichtigkeit und einer so vollendeten Grazie aus, dass es fast den Eindruck erzeugte, als wäre sie heraufgeschwebt. Sie selbst betrachtete diese Bewegung offenbar als etwas Selbstverständliches, wogegen Lucretia und Perennis sich gegenseitig mit Blicken anschauten, in welchen ihr ganzes Erstaunen über die ihnen unerhört erscheinende Kraft und Anmut ausgeprägt war.

»Hier ist der Weg,« bemerkte Gertrud, indem sie neben die beiden Gefährten hintrat und stromabwärts wies. Dann hielt sie sich beständig einen Schritt von ihnen, augenscheinlich um Lucretia mit Muße zu betrachten. Perennis entging dies nicht. Anfänglich meinte er, in dem schönen bräunlichen, malerisch von Weinblättern beschatteten Antlitz nur den Ausdruck bewundernder Neugierde zu entdecken. Allmählich aber verwandelte sich derselbe in den verhaltenen Missvergnügens. Er erriet, dass nur seine Nähe das wilde Mädchen hinderte, die versteckten Empfindungen des Übelwollens durch spöttische Fragen und beißende Bemerkungen an den Tag zu legen. Lucretia schaute wieder heiter; allein es war eine erkünstelte Sorglosigkeit. Es ging daraus hervor, dass sie dichter neben Perennis einherschritt und, wie von einem Instinkt geleitet, so oft sie einem der scharf prüfenden Blicken aus den glanzvollen Augen begegnete, scheu und befangen zur Seite sah.

Wiederum mochte Perennis seiner lieblichen Begleiterin Empfindungen erraten, und um dieselben freundlich zu beeinflussen, brach er das Schweigen mit den Worten:

»Gertrud ist also Dein Name, liebes Kind?«

»Gertrud Schmitz,« antwortete diese gleichmütig, »gewöhnlich nennt man mich den Irrwisch. Was kümmert's mich? Ich verlache alle Menschen,« und hinauf flog sie nach einem der den Weg begrenzenden, wohl drei Fuß hohen Prellsteine, und nachdem sie einige Sekunden mit den Zehenspitzen auf dem äußersten Rande desselben das Gleichgewicht bewahrt hatte, schwebte sie auf der andern Seite, wie von den Schwingen eines Falters getragen, zur Erde nieder.

Lucretia und Perennis wechselten wieder Blicke des Erstaunens, dann kehrte Letzterer sich dem Fischermädchen zu:

»Also Gertrud Schmitz; doch warum Irrwisch?«

»Ich weiß es nicht; vielleicht weil ich überall und nirgend bin. Mögen sie mich nennen, wie sie wollen, anders machen sie mich deshalb noch lange nicht. Manche rufen mich auch Rheinhexe und Rheinnixe. Wenn ich nur eine Hexe wäre; ich wollte ihnen etwas Anders zeigen. Vielleicht kommt's noch.«

»Du verkaufst Deine Fische häufiger auf dem Karmeliterhofe?«

»Zweimal die Woche,« antwortete Gertrud mit geringschätzigem Achselzucken; »die Marquise zahlt nicht sonderlich. Ich diene ihr als Aufwärterin, 's ist mehr eine Gefälligkeit von mir und weil ich ihre wunderlichen Reden gern höre.«

»Mag die Dame sein wie sie wolle; bösartig ist sie offenbar nicht,« bemerkte Perennis überlegend.

»Es kommt d'rauf an, mit wem sie zu teilen hat,« erwiderte Gertrud spöttisch, und abermals traf einer ihrer schadenfrohen Blicke Lucretia. Sobald sie aber gewahrte, dass diese ängstlich aufsah, fügte sie förmlich boshaft hinzu: »Hab´ mir Manches von ihr gefallen lassen müssen, bevor wir uns aneinander gewöhnten. Sie ist falsch, wie eine Katze. Ich möchte keinem Fremden raten, ihr die Tageszeit zu bieten.«

Sie hatten einen rauen, wenig benutzten Fahrweg erreicht, welcher von einer alten Viehtränke aus aufwärts führte. Indem sie um einen Erdvorsprung herum in denselben einbogen, blieb rechts von ihnen ein verwilderter Akazienhain liegen, untermischt mit einigen Ahornbäumen. Zwischen den Stämmen hindurch war eine Rasenfläche von mäßigem Umfange sichtbar, deren andere Seite wieder von Baum- und Strauchvegetation begrenzt wurde. Von Einfriedigungen war nirgend eine Spur sichtbar. Perennis seufzte tief auf. Er fühlte, dass Lucretia's Blicke auf ihm ruhten.

»Das ist also der englische Garten,« sprach er wie in Gedanken, »eine traurige Wildnis, wo einst peinliche Ordnung herrschte. Selbst die Vögel, welche diese Stätte so anmutig belebten, scheinen dieselbe jetzt zu meiden.«

»Wer hörte je um die Mittagszeit Vögel singen?« fragte Gertrud mit einem Ausdruck der Überlegenheit, und sie schwang das Netz mit den Fischen im Kreise, wie Lucretia beim Abschied von Splitter mit ihrem Hut getan.

»Vollkommen richtig,« erwiderte Perennis schwermütig, und um den Eindruck seiner trüben Bemerkung auf Lucretia abzuschwächen, fuhr er heiterer fort: »aber ich sehe voraus, sie werden ihre Stimmen wieder erheben, sobald sie mit einem Antlitz vertraut geworden, auf welchem geschrieben steht, dass man ihrem Singen und Zwitschern mit herzlicher Freude lauscht,« und ein teilnahmvoller Blick streifte das liebliche Haupt an seiner Seite.

Gertrud erfasste den Blick. Sie verstand ihn, bezog aber schadenfroh die Bemerkung auf ihre eigene Person.

»Alle Tage gehe ich hier,« sprach sie erheuchelt einfältig, »und alle Tage zeige ich ihnen mein lustigstes Gesicht, ohne dass auch nur ein Sperling auf mich achtete.«

Über Perennis' Antlitz flog eine Wolke des Missmutes. Er mochte sich fragen, was Lucretia bei ihrem längeren Aufenthalte auf dem Hofe im wiederholten Verkehr mit dem unbändigen Irrwisch zu erdulden haben würde. Er sann noch auf eine Erwiderung, als Gertrud ausrief:

»Hier ist der Karmeliterhof!«

Zugleich wies sie mit der das Fischnetz tragenden Hand nach der rechten Seite hinüber, wo zwischen den Baumwipfeln der Giebel eines zweistöckigen Wohnhauses sichtbar wurde.

Drittes Kapitel.

Der Karmeliterhof.

Ob der Karmeliterhof einst von den Karmelitermönchen erbaut wurde, ob er seinen Namen davon herleitet, dass die Nutznießung der kleinen Land- und Weinwirtschaft irgend einer Kirche oder einem Lehrinstitut zu Gute kam, weiß heute wohl kaum noch Jemand. Sicher ist nur, dass das uralte Gehöft mit einem Kloster gerade so viel Ähnlichkeit hat, wie ein Fabrikschornstein mit dem Turm eines Münsters. An das zweistöckige Wohnhaus, dessen drei Fenster breiter Giebel von dem sanft ansteigenden Abhänge aus weit über den Rhein hinschaut, schließt sich auf dem anderen Giebel als Fortsetzung eine Scheune an. Von dieser zweigt sich im rechten Winkel ein geräumiges Kelterhaus ab. Das ist Alles, was von dem Karmeliterhofe übrig geblieben, denn die zerfallenen Mauern eines alten Steinkohlenhofes zählen nicht mehr mit; verschwunden ist der massiv errichtete Stall, welcher den Hof gegen Süden abschloss, verschwunden die breite Einfahrt mit den schwergezimmerten Thorflügeln, selbst die Bezeichnungen »Scheune« und »Kelterhaus« passen nicht mehr, seitdem diese Gebäude im Innern mit Mauern durchzogen und auf solche Weise etwa ein halbes Dutzend kleiner Mietswohnungen eingerichtet wurden. Je kleiner und abgelegener aber eine Häuslichkeit, um so einladender erscheint sie arbeitsscheuen, mit den Gesetzen auf dem Kriegsfuß lebenden Menschen, und so mochte des Herrn Sebaldus Splitter Bemerkung, dass Gesindel den Karmeliterhof bewohne, bis zu einem gewissen Grade ihre Berechtigung haben.

Und so lag denn der Karmeliterhof an jenem sonnigen Septembertage inmitten der wüsten Gartenfelder und verwilderten Anlagen wie ein zerlumpter Bettler da, welcher, des ewigen Landstreichens und seiner verrotteten Zeugfetzen müde, ernst mit sich zu Rate geht, ob es nicht vorzuziehen, mittels eines Strickes und eines gesunden Baumastes sich auf kürzestem Wege aus dem irdischen Jammertal hinauszuhelfen. Von dem Kalkanstrich der Mauern waren nur noch dünn gesäte weiße Inseln auf rötlichem Grunde geblieben. Die mit verwitterten und bemoosten Pfannenziegeln belegten Dächer nahmen sich aus, als hätten sie, des hundertjährigen Dienstes müde, nur auf die Gelegenheit geharrt, mit Anstand als eine stäubende Schuttmasse in sich zusammenzusinken und die zum größten Teil aus Wurmmehl bestehenden Sparren mit hinabzureißen. Wohl rauchten ein paar Schornsteine, aber wie aus Gnade und Barmherzigkeit, und blind und gardinenlos schauten die Fenster auf den mit einer starken Kehrichtlage bedeckten Hof nieder. Dabei Leben überall, und auch wieder keins! Vor einer gemauerten Hütte lagen an verrosteten Ketten drei halb verhungerte Hunde. Träge schnappte bald der eine, bald der andere nach einer Fliege, oder man hätte sie für mumienartig zusammengetrocknete Leichen halten können. Ähnlich lagen und wälzten sich zerlumpte Kinder im Staube, sich gegenseitig einen schrecklich entstellten Zeugstiefel an den Kopf werfend. In der Tür des Kelterhauses kauernd stillte eine schlampige Mutter ihren Säugling. Beide schienen zu schlafen, auch der rotköpfige Bursche, der an dem einen Fenster saß, Kopf und Arm in einer beinahe unmöglichen Stellung auf das Fensterbrett stützte und mit der anderen Hand eine zwischen seinen Zähnen hängende kurze Pfeife hielt. Hin und wieder stahl sich ein Rauchwölkchen zwischen den rotbärtigen Lippen zu dem eingeknickten Schirm seiner abgegriffenen Soldatenmütze empor. Sogar die Sperlinge, die sich zwitschernd in dem übelduftenden Staube badeten, erinnerten an gottvergessene Vagabunden. Und über dieser Stätte traurigen Verfalls und widerwärtiger Verkommenheit wölbte sich ein Himmel so klar und blau, wie nur je über einer Heimat des Friedens und ungetrübten Glückes. Zwischen den Wipfeln der hinter Scheune und Wohnhaus emporragenden Bäume aber zitterten die glänzenden Sonnenstrahlen, gleichsam liebkosend die stummen Zeugen besserer Tage, sie entschädigend für die sie umringende, beinahe menschenfeindliche Wildnis.

So das Äußere des Karmeliterhofes. Um sein Inneres bis in alle Winkel hinein kennen zu lernen, hätte es einer gewissen Todesverachtung bedurft. Nur in dem ursprünglichen Wohnhause herrschte noch etwas Ordnung, mochte dieselbe immerhin den Charakter des Krampfhaften tragen.

So waren im oberen Stockwerk die nach der Nordseite hinausliegenden drei Zimmer, deren geräumigstes bis in den östlichen Giebel hineinreichte, sauber tapeziert und mit Möbeln versehen, welche mindestens auf eine sorgenfreie Lage und guten Geschmack des Bewohners deuteten. Bilder hingen an den Wänden, meist Darstellungen von Rassepferden und Tänzerinnen, Teppiche lagen auf den Fußböden, nur nicht in dem abgesonderten kleinsten Gemach, welches in eine Art Küche verwandelt worden war, und endlich wurden die Fenster von schweren farbigen Gardinen beschattet, die dafür zeugten, dass man bei der ersten Ausschmückung der Wohnung nicht gespart hatte. An der Tür, durch welche man von einem dunklen Flur in das üppig eingerichtete Schlafzimmer, den Durchgang nach dem auf dem Giebel gelegenen freundlichen

Wohnzimmer trat, stand auf einem Porzellanschilde mit großen Buchstaben geschrieben: »L. Marcusi«, ein Name, welchen in »Marquise« zu verwandeln, bei den Seltsamkeiten seiner Trägerin, es kaum des Witzes eines zwölfjährigen Schulbuben bedurfte.

Fräulein Marcusi, oder vielmehr die Frau Marquise, unter welcher Bezeichnung sie weit und breit bekannt war, saß auf einem gepolsterten Lehnstuhl an dem Fenster, von welchem aus sie hinter einem Blumenbrett hervor über die den Abhang schmückenden Baumgruppen hinweg den Strom weit aufwärts und abwärts zu überblicken vermochte. Eine dickwollige Häkelarbeit lag auf ihrem Schoß. Dieselbe rastete, indem die feinen blaugeaderten Hände in einem vor ihr auf einem Marmortische liegenden Buche blätterten. Den Bewegungen der Hände folgten die Blicke aus zwei großen dunkelbraunen Augen, die heute noch eben so viel Glanz in sich bargen, wie vielleicht vor fünfzig Jahren, als sie noch nicht lange zum ersten Mal in die Welt hinausgeschaut hatten. Nur kalt war dieser Glanz im Laufe der Zeit oder in Folge herber Erfahrungen geworden, so kalt, dass man ihn hätte mit dem Funkeln von Eiskristallen vergleichen mögen, zwischen welchen die Strahlen einer falben Wintersonne sich brechen. Ihre Haltung wie das sorgfältig geordnete, starke schwarze Haar verleugneten ebenfalls die fünfzig und einigen Jahre, wogegen die kunstvoll aufgetragene rote und weiße Schminke den Einfluss der Zeit auf das regelmäßig geformte Antlitz mit dem edlen römischen Profil nur sehr notdürftig verdeckte.

Die tiefe Stille des Zimmers, in welchem nur das gelegentliche Knittern der umschlagenden Blätter oder das Summen einer großen Fliege vernehmbar, wurde durch das gedämpfte Rasseln einer Klingel unterbrochen.

Die dunklen Augen richteten sich auf die gegenüberliegende Wand und überwachten das Schwingen des mit einem Zeugstreifen umwundenen Klöppels. Wiederum schlug derselbe gegen die Glocke, ohne dass die Marquise sich rührte. Erst als der dumpfe Ton sich zum dritten Mal wiederholte, erhob sie sich.

»Der Wegerich,« flüsterten die schmalen Lippen, die noch nie in ihrem Leben gelacht zu haben schienen, »was mag er wollen? Ich ahne, der Quartalswechsel ist vor der Tür, die Zinsen müssen bezahlt werden, und da soll die Frau Marquise für den abtrünnigen Besitzer eintreten.«

Und dennoch lächelten die verblühten Lippen, aber feindselig, wie um dadurch Jemanden bis in den Tod hinein zu verwunden.

Indem sie durch das Zimmer schritt, gelangte ihre schöne, aber etwas zu hagere Figur zur vollen Geltung, doch wurde das Majestätische ihrer Erscheinung dadurch beeinträchtigt, dass sie auffällig hinkte. Aber selbst in dieser gezwungenen Bewegung, wie in der Art, in welcher sie mit der linken Hand den schleppenden Rock von dunkelgrünem feinem Wollenstoff leicht emporhob, offenbarte sich eine Grazie, welche unverkennbar nicht ausschließlich einer natürlichen glücklichen Veranlagung entkeimte.

Mit beinahe starrer Ruhe entfernte sie den Riegel von der Flurtür, und ohne deren Öffnen abzuwarten, kehrte sie auf ihren Platz beim offenen Fenster zurück. Schwere Schritte folgten ihr, und als sie von dem Stuhl aus sich nach denselben umsah, stand ein alter Mann vor ihr, der von der Natur in demselben Grade vernachlässigt worden, in welchem sie selbst einer Bevorzugung sich erfreute.

Wenig größer als die hochgewachsene Marquise, ließ seine gebeugte Haltung ihn noch unbedeutender erscheinen. Sein Antlitz mit der großen Hakennase, welches vom Alter verwittert und durchfurcht, war bis auf zwei kleine Büschel unterhalb der Ohren vollständig bartlos. Umso wilder und struppiger erhob sich dafür auf seinem Haupte ein grauer Borstenwust, welchen er von einem Stachelschwein entlehnt zu haben schien. In seinen hellgrauen Augen ruhte dagegen so viel freundliche Wärme, dass er die Hälfte davon an den eisigkalten Blick der Marquise hätte abtreten können, ohne dadurch den eigenen, Zutrauen erweckenden Ausdruck viel zu schädigen.

Wie um den Kontrast zu der vor ihm sitzenden stattlichen Erscheinung zu vervollständigen, hatte die Natur ihn zum Überfluß mit kurzen Säbelbeinen bedacht, an welche sich Füße anschlössen, deren schwere Bekleidung den Vergleich mit einem mäßigen Rheinkahn gestattete. Er hatte sich offenbar in sein Feierkleid geworfen, denn die Zeit, während er hinter der Marquise einherschritt, benutzte er dazu, abwechselnd den linken und den rechten Ärmel seines fadenscheinigen schwarzen Rockes zu betrachten und bald hier, bald dort mittels Daumen und Zeigefinger ein Stäubchen fortzuschnellen.

»Was bringen Sie, mein lieber Vergessener,« redete die Marquise den sich ehrerbietig Verneigenden mit ihrer metallenen Stimme an, und nicht die leiseste Regung, weder die einer freundlichen Teilnahme, noch Unzufriedenheit machte sich auf ihrem zart schimmernden Antlitz bemerkbar.

Wegerich lächelte schwermütig.

»Nur zum Teil ein Vergessener,« antwortete er entschuldigend, »ich will mir zwar kein Urteil über ihn erlauben, allein hat Herr Rothweil erst die Welt zur Genüge durchstreift, so erinnert er sich auch wieder seines Karmeliterhofes und desjenigen, der seine liebe Not hat, ihm denselben als Eigentum zu erhalten. Er wird heimkehren, das unterliegt keinem Zweifel, und alle Verbindlichkeiten lösen, welche einzugehen ich leider gezwungen war.«

»Sie meinen er müsse heimkehren?« sprach die Marquise eintönig, »nun ja,« beantwortete sie ihre eigene Frage, »er wird, er muss kommen, wenn die Jahre seinen Körper erst vollständig in eine Ruine verwandelten, und was er dann hier findet, sind ebenfalls Ruinen.«

»Er zählt höchstens zweiundsiebzig Jahre,« versetzte Wegerich lebhaft, »und zieht er bereits seit länger als achtzehn Jahren von Ort zu Ort, so befindet er sich unbedingt, ohne mir ein Urteil über in anzumaßen, im Besitz von Mitteln, ausreichend, den Karmeliterhof für seinen Lebensabend wohnlich einzurichten.«

»Für seinen Lebensabend,« wiederholte die Marquise spöttisch, »doch lassen wir Ihren Herrn Rothweil,« und sprechender wurde der feindselige Zug um ihre Lippen, »ich kenne ihn nicht, kümmere mich nicht um ihn, bin zufrieden, wenn ich für mein Geld in ländlicher Abgeschiedenheit lebe, ohne deshalb einem Fremden Dank dafür zu schulden. Doch wie viel gebrauchen Sie, um glücklich über den Quartalswechsel hinauszukommen?«

»Eine Verdoppelung des fälligen Mietzinses würde genügen,« antwortete Wegerich, nicht im mindesten überrascht, dass die Marquise seinem Anliegen zuvorkam, »das heißt, ich betrachte es als ein Darlehn, rückzahlbar –«

»Gut, gut, meiner ungestörten Ruhe bringe ich gern ein Opfer; fertigen Sie den Empfangsschein aus, und Sie sollen nicht lange warten.«

»Ich wünsche, es läge in meiner Gewalt, die kleinen Mieter vom Hofe zu entfernen –«

»Lassen Sie das arme Gesindel, es bezahlt seine Miete und mich stört es nicht; hier im Hinterhause höre und sehe ich nichts davon.«

Wegerich schnellte wieder ein Stäubchen von seinem Rockärmel und bemerkte schüchtern:

»Wir werden hier im Hause Zuwachs erhalten –« er verstummte vor dem Blick, welchen die Marquise ihm zuschleuderte.

»So lange ich ungestört bleibe, nehmen Sie so viele Menschen auf, wie es Ihnen beliebt, ich kümmere mich nicht darum,« entwand es sich wie mit Widerstreben den schmalen Lippen.

»Eine ältere unverheiratete Person,« erklärte Wegerich zaghaft, »schon vor neunzehn, zwanzig Jahren wurde ihr ein Unterkommen auf dem Karmeliterhofe versprochen. Eine Verwandte des Herrn Rothweil, heute wird sie eintreffen –«

»Um mit Ihnen vereinigt am Hungertuch zu nagen,« fiel die Marquise schneidend ein, »nun, meinetwegen. Sorgen Sie aber dafür, dass sie mir aus dem Wege geht, weiter verlange ich nichts. Ich hasse fremde Gesichter.«

»Ich wage zwar nicht, ein Urteil über ihn zu fällen,« hob Wegerich sich ängstlich windend an, und er strich seine gesträubten Borsten noch steiler empor, als das wütende Geheul der Hofhunde ihn aus der peinlichen Lage befreite, für seinen abwesenden Herrn eintreten zu müssen. Er verneigte sich daher unterwürfig, was von der Marquise mit leichtem Kopfnicken beantwortet wurde, und so geräuschlos, wie seine schweren Stiefel es gestatteten, schlich er aus dem Zimmer.

Die Tür hatte sich kaum hinter ihm geschlossen, als die Marquise sich erhob und trotz ihres Gebrechens einige Male mit lebhaften Bewegungen das Zimmer durchmaß. Dann trat sie vor eine Kommode hin, und eine verschließbare Mappe öffnend, sah sie lange auf ein in derselben befindliches Bild nieder. Es war das kunstvoll ausgeführte Porträt eines Mannes mit hoher Denkerstirn, offenem freundlichem Blick und einem gewissen träumerischen Ausdruck in seinen Zügen. Der Anblick musste verstimmend auf sie einwirken, denn ihre Augen schauten starrer und starrer, bis es sich endlich wie ein Schleier vor dieselbe legte. Plötzlich schlug sie die Mappe mit Heftigkeit zu, und sich abkehrend, begann sie wieder auf- und abzuwandeln. Ihr Erbleichen verdeckte die Schminke, aber die Falten, welche sich zu beiden Seiten der fest aufeinander ruhenden Lippen bildeten, zeugten von einer tiefen, am wenigsten milden Erregung.

»Gott erhalte ihn, Gott erhalte ihn,« lispelte sie so feindselig, als wäre in dem Segensspruch ein Todesurteil verborgen gewesen, »erhalte ihn, bis ich meine Aufgabe erfüllte, dann mag aus mir werden, was da wolle.« Und nach einer Pause: »Die Liebe fesselt mit Rosenbanden, mit eisernen Ketten der Hass; muss ich denn immer wieder daran erinnert werden? Doch es ist gut so; was hier lebt,« und flüchtig ruhte die schmale weiße Hand auf dem feindlich pochenden Herzen, »es möchte sonst einschlafen. Der gute Rothweil,« fuhr sie nach kurzem Sinnen fort, »seine ganze Verwandtschaft, alle Menschen möchte er beschützen und bietet ihnen ein Asyl auf dem Karmeliterhofe, von welchem ihm längst kein Stein mehr gehört. Der gute Rothweil –«

Sie blieb stehen. Unbewusst hatte sie ihre Stimme mehr und mehr erhoben, bis deren Ton laut ihr Ohr traf. Wie befürchtend, dass ihre Worte über die Grenzen ihrer Wohnung hinausgedrungen sein könnten, spähte sie um sich. Zugleich kehrte ihre kalte Ruhe zurück. Einen Blick warf sie auf die oberhalb der Kommode angebrachte Wanduhr, und schwerfälliger als zuvor, begab sie sich auf ihren Platz am Fenster zurück.

»Ein Uhr,« flüsterte sie über ihre Häkelarbeit hin, indem die schlanken Finger sich emsig regten, »sie muss bald kommen.«

Dann hörte man nur noch das Summen der vereinsamten Fliege. Zum Fenster herein drang der Duft der außerhalb auf dem Brett in Töpfen blühenden Levkoyen und Reseda. Wie stand der süße Duft so seltsam im Widerspruch zu dem eisigkalten Blick aus den dunklen Augen und zu der starren, gleichsam herausfordernden Haltung. –

Nachdem Wegerich die Wohnung der Marquise verlassen hatte, war er durch eine dem Flur gedämpftes Licht spendende Glastür in das gegenüberliegende Gemach getreten. Eilfertig begab er sich ans Fenster. Er traf früh genug ein, um zu bemerken, wie Gertrud in Begleitung zweier Fremden nach dem Hofe hinaufbog, einen Holzsplitter aufhob und mit demselben nach den Hunden warf.

»Der Teufel steckt in dem Irrwisch,« murmelte er verdrossen, »aber er passt zu der Marquise, wie das Salz zu einer geschmacklosen Brühe, doch mir kann's gleich sein, und mir gehören die armen Bestien ebenfalls nicht.«

Er wendete seine ungeteilte Aufmerksamkeit den beiden Fremden zu, trat jedoch so weit von dem Fenster zurück, dass er vom Hofe aus nicht bemerkt werden konnte. Bis zu einem gewissen Grade menschenscheu, wollte er abwarten, ob der Besuch, in welchem er am wenigsten den angemeldeten Gast vermutete, ihm, als dem Verwalter des Hofes gelte.

»Die unvernünftigen Tiere fürchten weder Stein noch Peitsche,« sprach Gertrud spöttisch, als nach ihrem Angriff die Hunde an den Ketten zerrten, wie um dieselben mit Gewalt zu sprengen, »wenn man sie befreit, zerfleischen sie Jeden, der ihnen in den Weg kommt,« und verstohlen, jedoch funkelnden Blickes beobachtete sie die Wirkung ihrer Worte auf Lucretia.

Diese sah beklommenen Herzens in eine andere Richtung. Perennis gab sich das Ansehen, die schadenfrohe Bemerkung nicht gehört zu haben. Trübselig schweiften seine Blicke über den wüsten Hof zu den zerlumpten Kindern, die ihn kaum beachteten.

»Guten Tag, Rotkopf,« begrüßte Gertrud den aus dem Fenster rauchenden Tagedieb.

»Der Henker hole den Irrwisch samt seinen Spitznamen,« antwortete dieser, wie durch die Vertraulichkeit des schönen Mädchens geschmeichelt, »Fritz Wodei heiße ich, und vergisst Du's wieder, pflücke ich Dir die Goldhaare einzeln aus dem Kopf.«

»Können, Rotkopf, können!« rief Gertrud lachend zurück, »versuch's, den Sperlingen die Federn auszurupfen.«

Wie unbewusst hatte Lucretia ihres Begleiters Hand ergriffen. Perennis fühlte, dass sie zitterte. Durch einen sanften Druck gab er ihr zu verstehen, dass sie auf seinen Schutz rechnen möge.

»Wo finden wir Herrn Wegerich?« wendete er sich höflich an den Rotkopf.

»Wegerich?« hieß es gedehnt zurück, und die Pfeife verließ den Mundwinkel und zielte nachlässig mit der Spitze nach dem Wohnhause hinüber, »gehen Sie da hinein und die Treppe hinauf, da brauchen Sie nicht
lange zu suchen.«

»Das hätte ich Ihnen ebenso gut sagen können,« erklärte Gertrud rau,
»und es kommt mir auf einen Dienst mehr oder weniger nicht an; Lohn
verlange ich nicht dafür. Doch ich will Ihnen den Weg zeigen. Muss ja
selber hinauf mit diesem hier,« und im Kreise flog der Netzbeutel mit
den Fischen.

Sie schritt voraus und trat durch die Haustür in einen schmalen Flurgang. Perennis, noch immer Lucretia an der Hand, folgte ihr auf dem
Fuße. Die Eindrücke, welche er beim ersten Wiedersehen der alten
Heimstätte empfangen hatte, waren so überwältigend, dass vor seinen
Blicken Alles ineinander verschwamm. Wohl erkannte er die schwerge-
zimmerte eichene Haustür mit den altmodisch geschnörkelten Eisenbe-
schlägen wieder, wohl die Fenster mit den unveränderten Messinggrif-
fen, allein die dem Holzwerk aufgetragene Ölfarbe war im Laufe der
Jahre zusammengeschrumpft und gerunzelt. Es lag für ihn etwas Grei-
senhaftes in jedem einzelnen Stück, welches aus jenen längst vergangenen Tagen herrührte. Kleiner, unbedeutender erschien dem Manne, was
der Knabe einst als Gewaltiges betrachtete.

Wie ein Vogel schwebte Gertrud die schmale gewundene Treppe hinauf.
Langsam, wie schwer tragend an ihren Empfindungen, folgten Perennis
und Lucretia. Oben wurden sie vom dem irrwischartigen Mädchen erwartet. Spöttisches Bedauern ruhte auf den charakteristischen Zügen. In
dem Halbdunkel des Flurganges schienen ihre Augen zu glühen, wie die
nachtlebender Tiere. In Gedanken mochte sie die eigene Gewandtheit
mit der Schwerfälligkeit der Fremden vergleichen.

»Da hinten liegt eine Tür mit Fensterscheiben,« sprach sie, sobald jene
bei ihr eingetroffen waren, und sie wies mit dem Fischnetz den sich von
der Treppe abzweigenden Gang hinunter, »da klopfen Sie an, Sie mögen
auch ohne das eintreten, der Wegerich, obwohl bissig, wie die Hunde
auf dem Hofe, nimmt's nicht für ungut,« und Perennis lustig Zunickend,
verschwand sie auf der linken Seite des Ganges durch eine Tür, hinter
welcher der Küchenraum der Marquise lag.

»Endlich sind wir auf uns allein angewiesen,« wendete Perennis sich,
erleichtert aufatmend, an seine liebliche Begleiterin, »und ich denke, wir

fahren deshalb nicht schlechter. Ein rätselhaftes Wesen, diese Gertrud. Auf der Straße, oder vielmehr in einem zerfallenen Festungsgraben aufgewachsen, verrät sie in Haltung wie Bewegungen, zügellos, wie sie sein mögen, zuweilen sogar in ihrer Ausdrucksweise Manches, das an die Sitten gebildeter Stände erinnert. Und dann der in ihren Augen sich ausprägende Scharfsinn und die beinahe philosophische Verachtung fremder Urteile.«

»Ursprünglich bin ich nicht zaghaft,« antwortete Lucretia, indem sie langsam der Glastür zuschritten, »allein dies Mädchen fürchte ich.«

»Und grundlos,« entgegnete Perennis, angesichts der Glastür stehen bleibend, um Lucretia Zeit zu gönnen, sich auf die kommenden Ereignisse vorzubereiten, »gewiss grundlos,« wiederholte er eindringlicher, »zu einem häufigen, wohl gar freundschaftlichen Verkehr mit diesem wunderbaren Irrwisch möchte ich indessen nicht raten, wenn Sie in Ihrem Entschluss, länger unter diesem Dach zu weilen, noch nicht schwankend geworden sein sollten.«

»Meine Absicht ist noch immer dieselbe,« erklärte Lucretia, und die wohlwollenden Ratschläge blieben augenscheinlich nicht ohne beruhigende Wirkung auf sie, »nach den ersten Erfahrungen gehört freilich Muth dazu.«

»Welchen Sie besitzen,« ermunterte Perennis, »und er wird gestählt durch das Bewusstsein, sich jederzeit einer Umgebung entziehen zu können, welche peinlich zu werden droht.«

»Ich fürchte mich nicht länger,« versetzte Lucretia holdselig errötend, und wie um ihren Muth zu beweisen, entzog sie Perennis ihre Hand.

Entschlossen klopfte sie an die von Innen mit einem roten Zeugstreifen verhangene Glastür. Ein höfliches »Herein!« war die Antwort. Perennis öffnete, und vor sich sahen sie im ungünstigsten Licht die wie lauernd gebeugte Gestalt des Hausverwalters, ungünstig, weil sein Antlitz dem durch die Fenster hereinfallenden Licht abgekehrt war, die Eintretenden also dessen Ausdruck nicht gleich zu erkennen vermochten. Sie unterschieden nur ein tiefgerunzeltes, von einem Borstenwald überragtes Gesicht mit langer Hakennase, und Lucretia 's Herz, eben noch hoffnungsvoll bewegt, schnürte sich zusammen bei dem Gedanken, die tägliche Genossin der unheimlichen Erscheinung zu werden. Ihr zweiter Blick galt der Umgebung, die kaum minder wunderlich, als das Äußere Desjenigen, der sich hier zu Hause fühlte. Eine eiserne Bettstelle und einfache Möbel, zu welchen gewissermaßen vier Wandschränke gehörten, gaben Kunde von einem anspruchslosen Junggesellenleben. An den Wänden waren außerdem Tragebretter angebracht worden, auf deren einem kleine Flaschen, Krüge, eine Spirituslampe nebst Leimtiegel und mehrere ausgestopfte Vögel bunt durcheinander standen. Ein anderes trug abgegriffene Bücher; wieder ein anderes Tannenzapfen, besonders schöne Moosflechten und Muscheln. In dem einen Winkel standen etwa ein Dutzend Spazierstöcke, jeder mit einem sauber geschnitzten Tierkopf als Krücke versehen. In einer anderen Ecke lehnten eine Vogelflinte und eine Gitarre; den Ehrenplatz aber nahm der eiserne Kochofen ein, auf welchem in einem Blechkessel Wegerichs Mittagessen lustig brodelte.

»Herr Wegerich?« fragte Perennis, als derselbe bescheiden zur Seite trat und durch eine Verbeugung zum Nähertreten aufforderte.

»Mein Name ist Wegerich,« hieß es bereitwillig zurück, »in der Abwesenheit des Herrn Rothweil mit der Verwaltung dieses Gehöftes betraut, erlaube ich mir die Frage, womit ich den Herrschaften dienen kann.«

Der alte Mann hatte sich dem Licht zugekehrt und Perennis entdeckte, dass Lucretia's Unruhe schwand, ihr gutes Antlitz sich mehr und mehr erhellte.

»So stelle ich Ihnen Fräulein Lucretia Nerden vor,« wendete er sich darauf an Wegerich, als dieser ihn unterbrach.

»Diese junge Dame will sich auf dem Karmeliterhofe begraben?« rief er klagend aus, »hier, wo Jedermann das Lachen verlernt, sogar die wenigen Blumen nur mit Widerstreben blühen und duften? Ach, meine schöne junge Dame, ich entsinne mich genau, achtzehn Jahre ist es mindestens her, als Herr Rothweil kurz vor seiner Abreise Ihren Namen in die Liste derjenigen eintrug, denen er das Recht einräumte, jederzeit auf dem Karmeliterhofe Schutz und Obdach zu fordern. Ich konnte nur vermuten, dass reiferes, im Entsagen geübtes Alter von diesem Recht Gebrauch machen würde; und nun kommt solch junges, liebes, herziges Kind, nein, das konnte ich nicht ahnen, oder ich hätte abgeraten –«

»Sie möchten mir das Obdach verweigern, auf welches ich so zuversichtlich rechnete?« fragte Lucretia zutraulich flehend, dass Wegerich auf sie hinstarrte, als hätte er seinen Sinnen nicht getraut.

»Nein, nein, ich verweigere nichts,« antwortete er gleich darauf, »ich darf nichts verweigern, aber warnen kann ich Sie, liebes, freundliches Kind, ohne mir deshalb ein entscheidendes Urteil anzumaßen; denn hierher gehören Sie nicht, wenigstens jetzt noch nicht, vielleicht später, wenn Ihr väterlicher Freund von seinen Reisen heimgekehrt sein wird und die Verhältnisse hier sich günstiger gestalten. Glauben Sie mir,« fuhr er fort, als er in dem freundlichen Antlitz las, dass seine Warnungen nicht fruchteten, »den Karmeliterhof umweht keine gesunde Luft. Seit Jahren versuche ich, einige Blumen zu ziehen, allein was ich mühsam pflanzte, verdorrte bald wieder, und was nicht verdorrte, vernichteten ruchlose Hände. Wollen auch Sie vor der Zeit verwelken oder gar gewaltsam um Ihren Jugendmut betrogen werden? Nein, fordern Sie die Gefahr nicht heraus. Auf dem Karmeliterhofe und in seiner Umgebung gedeiht nur Unkraut, schießen nur Giftpflanzen üppig empor.«

»Warum solch trübe Bilder?« unterbrach Lucretia den alten Mann in seinem Redefluss, und um ihre frischen vollen Lippen lagerte wieder das süße, wenn auch etwas erzwungene Lächeln, »meinen Entschluss erschüttern Sie dadurch nicht. Und wohin sollte ich wohl in der großen Welt mit meinem bisschen Armut? Wissen wir aber, wo die Giftpflanzen wachsen, so kostet es uns keine Mühe, unseren Weg um dieselben herum zu wählen.«

Wie in Verzweiflung blickte Wegerich zu Perennis auf. Dieser hatte die sich vor ihm abspinnende Szene mit inniger Teilnahme beobachtet. Wohl begriff er, dass der alte Mann gerechtfertigte Gründe für seine Einwendungen hatte, aber er war auch nicht blind dafür, dass Lucretia nirgend einen gewissenhafteren Freund und Beschützer hätte finden können. Anstatt daher auf seine stummen Bitten einzugehen, trat er auf Lucretia's Seite.

»So versuchen Sie es wenigstens,« rief er ermutigend, »versuchen Sie es einige Wochen oder auch nur Tage; erfüllen sich unserer jungen Freundin Erwartungen nicht, so ist noch immer Zeit, mit ruhiger Überlegung nach einem anderen Unterkommen auszuschauen.«

Hiermit hatte Perennis die letzten Bedenken Wegerichs verscheucht, und wie dieser sich kurz zuvor sträubte, beeilte er sich jetzt, seinen lieblichen Gast noch einmal als Hausgenossin zu begrüßen. Der alte Mann, der vor den eisigen Blicken der Marquise schüchtern die Augen niederschlug, der den Verkehr mit anderen Menschen auf das kleinste Maß beschränkte, wie war er plötzlich so regsam, so zuvorkommend, so fieberhaft heiter geworden, als er Lucretia in das oberhalb der Haustür gelegene Zimmer führte, in welchem ein Bett und einige Möbel von seinen eigenen Händen aufgestellt worden waren, sogar mehrere eingerahmte Lithographien an den Wänden hingen.

Perennis war in Wegerichs Wohnung zurückgeblieben. Er wollte durch seine Gegenwart das Wachsen des Vertrauens zwischen lieblich erschlossener Jungfräulichkeit und dem sich bereits beugenden Greisenalter nicht stören. Aber im Geiste begleitete er sie, ergötzte er sich an der Munterkeit, mit welcher Lucretia, nunmehr wieder von den freundlichsten Hoffnungen beseelt, die Dienste des alten Mannes entgegennahm. Aber noch eine andere Gestalt tauchte vor ihm auf, ein Mann mit bleichem sommersprossigem Antlitz, amphibienartigen Augen, schlaffer Haltung und berechnender Stimme. Wie kam es, dass die Erinnerung an ihn peinlich auf ihn einwirkte, anstatt etwas von dem herzlichen Wohlwollen, welches Lucretia in ihm wachgerufen hatte, auf denjenigen zu übertragen, der dazu berufen, über kurz oder lang des Lebens Freud und Leid gewissenhaft mit ihr zu teilen?

»Onkel Sebaldus,« vibrierte eine herzige Stimme in seinen Ohren, »es waren schöne Zeiten; Sie der große ernste Mann, und ich das lustige verzogene Kind.«

Das Öffnen der Tür störte ihn in seinen Träumen, und zu ihm herein schlüpfte der alte Wegerich. Sein verwittertes Antlitz glühte, große Schweißtropfen perlten auf seiner glänzenden Stirn, die grauen Borsten sträubten sich auf seinem Haupte, wie das Rückenhaar einer gereizten Katze; in den blinzelnden Augen aber ruhte so viel freudiges Wohlwollen, dass der ganze Karmeliterhof damit zur Genüge hätte ausgerüstet werden können.

»Solch zufriedenes Gemüt,« strömte es förmlich von seinen Lippen, »ich wage zwar nicht, mir ein Urteil darüber anzumaßen, aber es ist, als ob die Sonnenstrahlen durch das morsche Dach hindurch ihren Weg zu mir herniedergefunden hätten.«

»Wir trafen uns zufällig,« versetzte Perennis, »und da unser Ziel dasselbe, so blieben wir beisammen.«

»Auch Sie wollten -?« hub Wegerich verwirrt an, als Perennis beruhigend einfiel:

»Nicht auf dem Karmeliterhofe bleiben, sondern mich nur nach den hiesigen Verhältnissen und vor allen Dingen nach Herrn Rothweil selber erkundigen. Ich weiß nicht, ob er jemals von einem Brudersohn zu Ihnen sprach.«

»Sie sind ein Rothweil,« rief Wegerich erstaunt aus, »ein Sohn des Herrn Rothweil, aus dessen Händen der Hof in den Besitz seines Bruders überging?«

»Matthias Rothweil heiße ich,« bestätigte dieser, die ihm gereichte Hand herzlich drückend, »ich führe indessen den Beinamen Perennis, welchen ich dem Vorschlage meines gelehrten Herrn Onkels und Paten verdanke. Ich soll ein schwächliches Kind gewesen sein, welchem man kein langes Leben prophezeite, zumal der Winter vor der Tür. Der Onkel aber nannte mich eine perennierende Pflanze, und ich blieb seitdem der Perennis. Ihrer Person entsinne ich mich indessen nicht mehr.«

»Kurz vor Ihres Herrn Onkels Abreise kam ich erst zu ihm,« erklärte Wegerich, »und ich glaube, mein Eintreffen zeitigte seinen Entschluss, eine größere Reise zu unternehmen. Mir erging es nicht sonderlich gut, und mit Dank nahm ich die Stelle als Gärtner bei ihm an. Er erschien mir damals sehr gebeugt; Manche behaupteten, über den Verlust eines Angehörigen. Er selbst sprach nie ein Wort zu mir darüber, und danach zu fragen kam mir nicht zu.«

»Mein Vater starb wohl gerade in jener Zeit,« versetzte Perennis nachdenklich, »es mag ihn doppelt schmerzlich berührt haben, weil derselbe hier sein Vorgänger gewesen. Ich selbst lebte bis zu meinem sechsten Jahre in diesen Räumen, und da ist mein Wunsch gewiss gerechtfertigt, dieselben noch einmal zu besuchen. Benutzen wir daher die Zeit, während welcher Ihr junger Gast sich in seinem Zimmer einrichtet, zu einem Rundgange.«

»Es wird nicht gehen, nein, es geht nicht,« erwiderte Wegerich ängstlich einfallend, »außer dem Arbeitszimmer des Herrn Rothweil ist Alles vermietet – es gab kein anderes Mittel, den tief verschuldeten Hof Ihrem Herrn Onkel zu erhalten.«

»So treten wir in sein Arbeitszimmer. Und im Grunde handelt es sich für mich augenblicklich nur darum, ein halbes Stündchen ungestört mit Ihnen zu sein.«

Wegerich erhob keine Einwendungen mehr. Er zog einen Schlüssel hervor, und nach der Südseite seines Zimmers hinüberschreitend, öffnete er die Tür zu dem Raum, welcher, an die Wohnung der Marquise stoßend, die Hälfte des Giebels einnahm. Nachdem Beide eingetreten waren, schloss er die Tür hinter sich ab, und schweigend beobachtete er, wie Perennis, als hätte er eine geweihte Stätte betreten, die Blicke im Kreise herumsandte. Es waren feierliche Minuten, die verrannen, Minuten, in welchen seine früheste Kindheit und mit dieser alle Gestalten vor seiner Seele vorüberzogen, die jene fernen Tage zu den glücklichsten seines Lebens machten.

Viertes Kapitel.

Das Geheimnis des Irrwischs.

»Also hier wohnte der Onkel,« brach Perennis nach einer längeren Pause das Schweigen, und mit Teilnahme betrachtete er den mit Büchern und Heften bedeckten Schreibtisch. Ein ledergepolsterter Armstuhl stand vor demselben, als hätte sich eben erst Jemand von der Arbeit erhoben.

»Hier wohnte er und leider nur zu kurze Zeit,« bestätigte Wegerich. »Seinem Wunsch gemäß bleibt Alles in alter Ordnung. Wer hätte damals geahnt, dass unsere Trennung eine so lange werden würde!«

»Sie rechnen noch immer auf seine Heimkehr?«

»Zuversichtlich, denn dieses ist ein Magnet, der ihn nach sich zieht, und lägen der Jahre fünfzig zwischen heute und dem Tage seiner Abreise,« und Wegerich zeigte auf die an den Wänden befestigten Tragbretter, auf welchen römische Krüge, Tonlampen, Tränenfläschchen und mit Grünspan überzogene metallene Geräte und Reste von solchen, sorgfältig geordnet nebeneinander standen und lagen.

»Und doch trennte er sich davon,« bemerkte Perennis träumerisch.

»Es wurde ihm schwer genug,« erwiderte Wegerich, »aber er musste hinaus in die Welt, um sich zu zerstreuen, sich mit ganzer Seele auf das zu werfen, was noch allein im Stande, seinen Geist zu fesseln.«

»Wohin wendete er sich?«

»Er packte eines Tages seinen Koffer, erteilte mir einige Ratschläge und dampfte mit nächster Gelegenheit den Rhein hinunter. Sein letztes Wort an mich war. ,Erhalten Sie mir den Karmeliterhof und sparen Sie keine Mittel; nach achtzehn Monaten bin ich zurück.' Ich maße mir allerdings kein Urteil über ihn an – das wäre undankbar – allein woher sollte ich Mittel nehmen, nachdem er, um Reisegeld zu beschaffen, den Hof samt Zubehör bis auf das letzte Sandkorn verpfändete? Ich versuchte es wohl mit dem Ertrage des Gemüsegartens, stand aber davon ab, weil die Arbeitskräfte fehlten. In meiner Not sah ich keinen anderen Ausweg, als in den leeren Gebäuden kleine Wohnungen einzurichten und zu vermieten. Die angenehmste Nachbarschaft ist dadurch nicht herbeigezogen worden, dagegen befinde ich mich in der Lage, jedes Mal die fälligen

Hypothekenzinsen zu entrichten und für den eigenen Bedarf eine Kleinigkeit zu erübrigen.«

»Und diese langen Jahre hindurch sind Sie nicht müde geworden, gegen das sich stets erneuernde Missgeschick anzukämpfen?«

Wegerich sah erstaunt auf Perennis. Dann eilte ein schwermütiges Lächeln über seine verwitterten, pergamentartigen Züge.

»Was hätte ich tun sollen?« fragte er kindlich einfach, »von hier fortgehen und das Vertrauen des Herrn Rothweil täuschen? Und wer hätte einen Mann in meinen Jahren noch in seinen Dienst nehmen mögen.«

»Klagten Sie ihm nicht Ihre Not?«

»Wohin hätte ich meine Briefe senden sollen? Außerdem hoffte ich von Tag zu Tag auf seine Heimkehr.«

»Sie wissen also nicht, wo er sich befindet?« fragte Perennis ungläubig.

»Ich weiß nur, dass er sich in Amerika aufhält, und Amerika ist groß.«

»So empfangen Sie wenigstens Nachricht von ihm?«

»Von Zeit zu Zeit, und dann tragen die verschiedenen Briefe den Stempel von Poststationen, die Hunderte von Meilen weit auseinanderliegen. Bald heißt es Kansas, bald St. Louis, bald Texas oder Kalifornien, und kein einziges Mal vermerkte er, wie es sonst Sitte, im Briefe selbst Ort und Datum. Ich möchte mir kein Urteil über ihn erlauben, und von Herzen gönne ich ihm die Erholung nach den herben Tagen, aber mir erscheint, als wolle er mit Bedacht die letzte Möglichkeit abschneiden, Nachrichten von hier zu empfangen. Vielleicht scheut er gerade die Schilderungen der hiesigen Verhältnisse am meisten.«

»Wie schreibt er? Spricht Zufriedenheit aus seinen Briefen? Ich gedenke nämlich der Möglichkeit, dass er sich zurücksehnt, ihm aber die Mittel zur Heimreise fehlen,« versetzte Perennis träumerisch.

Wegerich schnellte mit einem Lächeln der Überlegenheit ein Stäubchen von seinem Rockärmel.

»Herr Rothweil in Not?« fragte er ungläubig, »im Gegenteil,« fügte er sogleich hinzu, »seine äußere Lage würde ihm am wenigsten die Heimkehr erschweren. Bis jetzt schrieb er in jedem Briefe, dass er Schätze auf Schätze häufe; beziehe ich das aber auf die vielleicht aufgefundenen Altertümer, so klingt dagegen unzweideutig, wenn es heißt: ,Geizen Sie nicht, scheuen Sie kein Mittel, mir den Karmeliterhof zu erhalten. Mich beschäftigt ein Unternehmen, durch welches ich in die Lage versetzt werde, zehn Karmeliterhöfe vom Fundament aus neu aufzubauen und die Gärten wieder in ein Paradies zu verwandeln.‹«

»Das schrieb er?«

»Schon vor Jahren.«

»Und das vielversprechende Unternehmen gelangte nicht zum Abschluss?«

»Bis vor etwa fünfzehn Monaten nicht, so lange ist es her, als ich die letzte Nachricht erhielt – aber gerade in diesem Briefe bemerkte er ausdrücklich: ›wer hätte je geahnt, dass die von vielen Seiten verlachte Liebhaberei mich noch einmal zum reichen Manne machen würde! Ich brauche nur noch die Hand auszustrecken, um in den Besitz eines fürstlichen Vermögens zu gelangen.‹«

»Seitdem hörten Sie nichts mehr von ihm?«

»Nichts mehr. Sein langes Schweigen ist indessen nicht befremdlich. Wer weiß, sein Unternehmen mag längst Erfolg gekrönt haben, er selber sich aber auf dem Heimwege befinden. In jeder Stunde kann er eintreffen.«

Perennis sah grübelnd vor sich nieder. Die Mitteilungen des alten Mannes klangen zu märchenhaft, um nicht den Verdacht einer von Seiten seines Onkels mit den wohlwollendsten Absichten ausgeführten Täuschung wachzurufen. Auch die Möglichkeit seines Todes schwebte ihm vor, doch vermied er, dieselbe anzudeuten. Als er nach einer Weile empor sah, fiel sein Blick auf eine dichtverhangene Tür.

»Ein guter Schutz gegen winterliche Kälte,« sprach er wie beiläufig, indem er auf den mit verblichenem grünem Fries überzogenen Holzrahmen zeigte.

»Es soll dadurch nur der Schall gedämpft werden,« ging Wegerich sogleich auf die neue Unterhaltung ein. »Eine ähnliche Vorrichtung wurde auf der anderen Seite getroffen, ein Werk der Bewohnerin der angrenzenden Räume, um sich gegen Störungen, vielleicht auch gegen Lauscher geschützt zu wissen. Eine merkwürdige Dame, sogar unheimlich; allein sie zahlt eine hohe Miete, so dass ihr Verweilen auf dem Karmeliterhofe eine Lebensfrage für mich geworden ist.«

»Das Fischermädchen, welches mit uns kam, sprach von einer Marquise?«

»Das ist dieselbe Dame. Mehrere Jahre nach der Abreise Ihres Herrn Onkels traf sie eines Tages hier ein. Sie suchte eine ländlich abgeschiedene Wohnung, und da einigten wir uns schnell. Sie ist gewiss sehr vornehm, auffällig erscheint dagegen, dass sie, trotz des zunehmenden Verfalls ihrer Umgebung, und trotz des oft sehr geräuschvollen Gesindels auf dem Hofe, sich heimisch hier fühlt. Zu ihren Spaziergängen wählt sie stets Wege, auf welchen sie am wenigsten der Begegnung mit anderen Menschen ausgesetzt ist.«

»Ihr Geist ist vielleicht gestört?«

»Anfänglich fürchtete ich dergleichen; doch bald genug überzeugte ich mich vom Gegenteil. Ich bedaure sie oft mit ihrem Hange zur Einsamkeit. So lange sie hier wohnt, erlebte ich nie, dass Jemand sie besuchte. Höchstens Dieser oder Jener aus der Stadt, der für ihre Lebensbedürfnisse sorgte.«

»Und das wilde Fischermädchen?« versetzte Perennis gespannt.

»Der Irrwisch,« antwortete Wegerich, ja von dem lässt sie sich bedienen schon an die neun oder zehn Jahre. Sie fand bereits Wohlgefallen an dem Mädchen, als es kaum über den Tisch zu sehen vermochte. Stundenlang behält sie es bei sich, und was die Beiden treiben, mag Gott wissen.«

»Vielleicht unterrichtet sie es?«

»Ich wüsste nicht, worin; denn heute ist die Gertrud noch genau solch schadenfroher Irrwisch, wie an dem Tage, an welchem sie zum ersten Mal auf dem Hofe erschien und mit dem ernsthaftesten Gesicht von der Welt fragte, ob der Teufel Erbsen auf meinem Gesicht gedroschen habe.«

»Ihr Großvater betreibt die Fischerei. Ich lernte ihn kennen, bevor wir nach dem Hofe heraufkamen.«

»Auch er erfreut sich der Gunst der Frau Marquise, und außer ihm wohl kein Mensch mehr. Stundenlang sitzt sie bei ihm am Wasser, ohne dass ein Wort zwischen ihnen gewechselt würde. Einer ist immer noch finsterer, als der Andere.«

Perennis hatte sich erhoben, und war an das Giebelfenster getreten. Vor ihm senkte sich der grüne Abhang, der Tummelplatz seiner ersten Kinderjahre, dem Rheinufer zu. Doch wo waren die schönen Tannen und Ahornbäume geblieben, welche damals den schattigen Hintergrund bildeten? Wo die Rüstern und Kastanien, welche sich mit Akazien zu malerischen Gruppen einigten? Nur noch elendes hartes Gras, reich durchschossen mit Unkraut, war sichtbar, und wirre Dickichte, entsprossen den Wurzeln jener stattlichen Bäume, welche nun schon vor langen Jahren sich vor der unbarmherzigen Axt neigten, um zu Brennholz geschlagen zu werden. Seine Blicke suchten eine kahle Fläche, überdacht von zwei kräftigen Kastanien. Sinnend betrachtete er die kleine Stätte. Vor seinem geistigen Auge erstand eine Ligusterlaube, welche die beiden Bäume verband. Inmitten der Laube erhob sich ein Tisch von feinem Sandstein. Eine junge Mutter saß vor demselben, umringt von frohen Kindern. Ja, da saßen sie Alle wieder, auch diejenigen, welche samt der Mutter längst die Erde deckte. Doch nein, einer fehlte, der älteste, der flachsköpfige Taugenichts mit den Gliedern, die einer Bulldogge zur Ehre gereicht hätten. Wo war er, sein eignes Ich im Flügelkleide? Die Blätter der Kastanien rauschten vor einem abirrenden Luftzuge, verschwunden war die Wehmut erzeugende Vision. Schutt und Moder überall; Unkraut und wildwuchernde Wasserreiser und verwitterte Pfannenziegel, durch Stürme und Regengüsse dem morschen Dach entführt, um nicht wieder ersetzt zu werden. Wie sehnte er sich nach dem Anblick der ihm vom Zufall in den Weg geführten jungen Verwandten! Hastig kehrte er sich um. Neben dem Schreibtisch stand Wegerich, ihn mit unverkennbarer Wehmut betrachtend.

»Unser Schützling wartet,« redete er ihn an, und wie sich der weichen Stimmung schämend, trat er an ihm vorbei auf die Tür zu. Als er öffnete, lachte sein Herz beim Anblick Lucretia's. Der Tisch war für drei Personen gedeckt. Alle Schubfächer und Winkel hatte sie durchforscht, um es zu ermöglichen. Ihr gutes Antlitz glühte vor Eifer und Stolz. Sie errötete noch tiefer, als sie in Perennis' bewundernde Augen schaute. Um seinem Blick auszuweichen, sah sie an ihm vorbei auf den alten Mann. Freundlich nickte sie ihm zu, sobald sie entdeckte, dass zwei große Tränen sich den grauen Augen entwanden und langsam über die hageren Wangen rollten. –

Während Perennis und Wegerich in dem Arbeitszimmer des alten Rothweil mit gedämpften Stimmen ihre Gedanken austauschten, während sie bald darauf vor einem einfachen Kartoffelgericht saßen und mit ihrer jungen Wirtin so heiter plauderten, als wären sie seit Jahren unter demselben Dach vereinigt gewesen, und während sie endlich in die umfangreichen Gärten hinauswanderten, die nur noch in den verwitterten Ringmauern Spuren einer früheren, verschwenderischen Bewirtschaftung zur Schau trugen, befand Gertrud, der unstete Irrwisch sich noch immer bei der Marquise.

»Guten Morgen Gertrud,« hatte diese sie angeredet, als sie nach längerem Aufenthalt in der Küche bei ihr eintrat. »Guten Morgen, Frau Marquise,« antwortete Gertrud unbefangen, jedoch ehrbar und mit einer tiefen, augenscheinlich sorgsam geschulten Verneigung, »ich brachte Fische; sie sind geschuppt und zugerichtet, brauchen nur noch in die Pfanne gelegt zu werden.«

»Später, Gertrud; Du weißt, vor vier Uhr esse ich nie. Wir haben also volle zwei Stunden Zeit zur Arbeit.«

Auf Gertruds Antlitz prägte es sich wie zügellose Begeisterung aus und eine von Zugluft entführte Daune hätte nicht geräuschloser über den dickwolligen Teppich hingleiten können, als sie auf ihren nackten Füßen in das Schlafgemach zurückeilte.

Die Marquise sah ihr nach. Es gewann den Anschein, als ob ihre dunklen Augen einen wärmeren Glanz erhielten, erzeugt durch den Anblick der geschmeidigen Gestalt und den Eifer, mit welchem sie ihren Anordnungen Folge leistete. Heller noch, wenn auch nur flüchtig, leuchtete es in denselben auf, als nach einigen Minuten Gertrud wieder in der Tür erschien und sich abermals, jetzt aber mit ausgebreiteten Armen und noch tiefer verneigte. Die Weinranke schmückte noch immer ihr Haupt, von welchem das leicht gelockte goldblonde Haar, nunmehr der letzten Fesseln bar, bis auf ihre Hüften niederströmte. Das Kattunkleid hatte sie abgelegt; dafür einen faltigen, jedoch kaum bis an ihre Knie reichenden Rock von etwas verblichener hellblauer Seide um ihre schlanke Taille festgeschnürt. Den Oberkörper umhüllte allein das weiße, bauschige Hemde, und zwar so lose, dass bei der leisesten Bewegung ihre schönen Körperformen sichtbar zu Tage traten. Außerdem hatte sie leichte, tief ausgeschnittene Schuhe angelegt und sandalenartig um die zierlichen Knöchel befestigt. Und so stand sie da, wie eine junge Bacchantin, welche nur auf das Zeichen harrt, um mit erglühendem Antlitz und leidenschaftlich funkelnden Augen sich in ein Meer berauschender Genüsse hinabzustürzen, Alles mit in den Freudentaumel hinein zu reißen, was nur einen Augenblick dem Zauber ihrer Erscheinung unterworfen gewesen.

Einige Sekunden verharrte sie in der ehrerbietig grüßenden Stellung. Sobald aber die Marquise nach einem scharf prüfenden Blick billigend das Haupt neigte, schnellte sie, wie von Federkraft getrieben empor. Ungezwungen, jedoch jede Bewegung sorgfältig abwägend, schritt sie nach der einen Zimmerecke hinüber, und hinter ein Rococospinde greifend, zog sie eine ungefähr drei Fuß lange glatte Stange hervor, deren beide Enden durch eine aufgerollte hänfene Leine miteinander vereinigt waren. Nachdem sie diese geordnet hatte, stellte sie einen Stuhl mitten ins Zimmer. Mit Leichtigkeit sprang sie auf denselben. Ebenso leicht warf sie die Leine über den zum Tragen einer Ampel bestimmten Haken, so dass die Stange waagerecht vor ihr niederhing. Immer mit derselben Geschäftigkeit entfernte sie den Stuhl, rollte sie den Teppich zur Seite und holte sie eine Fußbank herbei, in deren rund ausgefeilte Grifföffnung sie eine fünf Fuß hohe Stange schob, welche von unten bis oben und von halbem zu halbem Fuß mit fingerlangen Sprossen versehen war. Dieses seltsame Gerüst stellte sie in geringer Entfernung von der ihr bis an die Schultern reichenden Schwebestange auf, worauf sie diese mit beiden Händen ergriff. Wie spielend erhob sie sich auf die äußersten Zehenspitzen; dann den rechten Fuß nach dem Gerüst ausstreckend, ließ sie dessen Spitze ein Weilchen auf der untersten Sprosse ruhen; ebenso auf der zweiten und dritten bis sie endlich die vorletzte erreichte, wo der Fuß sich in gleicher Höhe mit der Hüfte befand.

Die Marquise überwachte sie unterdessen von ihrem Stuhl aus aufmerksam. Sie neigte sich ihr sogar ein wenig zu, wie um aus dem schönen bräunlichen Antlitz herauszulesen, welchen Aufwand an Kraft die schwierige Stellung kostete. Als Gertrud aber fortgesetzt sorglos lächelte, glühte es wie erwachender Enthusiasmus aus den kalten Augen, und durch die zart aufgetragene Schminke hindurch verriet sich, wie das Blut in den alten Adern plötzlich wieder jugendlich kreiste.

»Gut, Kind, sehr gut,« lobte sie, des offenen Fensters wegen ihre Stimme vorsichtig dämpfend, »nun lass den linken Fuß auf die ganze Sohle zurücksinken, aber langsam, um die Spannung allmählich zu verschärfen und dem Körper zugleich einen festeren Halt zu gewähren – so – so – ha, Kind, wie lange dauert es, und Du legst die Fußspitze auf die oberste Sprosse, ohne Dich ferner mit den Händen zu stützen.«

»Ich könnt's heute«, antwortete Gertrud stolz, und zum Beweise stieß sie die Schwebestange von sich, sie beim Zurückfliegen ergreifend und abermals von sich stoßend.

»Zu früh, noch zu früh,« belehrte die Marquise, »Du musst zuvor so sicher sein, wie Dein Großvater auf seinem Rasensitz vor dem Netz, oder wir erleben eine Verrenkung, welche Dich gänzlich unbrauchbar macht. Du hast ein Beispiel an mir,« und ihre Stimme bebte, erhielt aber sogleich ihren metallenen Klang zurück, »und ich war mehr, als doppelt so alt, wie Du, als das Unglück über mich hereinbrach.«

Sie sah vor sich nieder.

»Es hätte anders kommen können,« lispelte sie unbewusst, und wie erschrocken über ihren Ideengang, blickte sie wieder auf Gertrud.

»Vermeide die spitzen Ellenbogen,« fuhr sie fort zu unterweisen, jede Biegung muss zart abgerundet sein. Eine einzig eckige Form oder Bewegung vernichtet das ganze Bild – so – Gertrud – ist's doch, als ob ich mich selber in meinen jungen Jahren sähe. Auch ich war gelehrig, und dennoch, was hilft alle Gelehrigkeit, wenn's nicht im Blute liegt.« Die letzten Worte lispelte sie wieder, und lauter fügte sie hinzu: »Schiebe die linke Hand rechts, stütze den rechten Arm auf dieselbe und lege das Kinn in die offene Hand – so – und nun eine Viertelwendung des Oberkörpers nach links – gut so – bleibe so stehen.«

Sie lehnte sich zurück, neigte das Haupt ein wenig zur Seite, wie um dadurch ihren Blick zu verschärfen und ihre Schülerin genauer zu betrachten. Und es war in der Tat ein Anblick, um welchen Götter sie hätten beneiden mögen. Denn es kam nunmehr nicht allein die dürftig bekleidete tadellose Gestalt im vollsten Maße zur Geltung, sondern es offenbarte sich auch in deren Ausdruck so viel Liebreiz, natürliche Anmut und Ungezwungenheit, dass es kaum befremdete, sie so lange, ohne zu ermüden, in der im Grunde widernatürlichen Stellung verharren zu sehen.

»So ist's gut,« lobte die Marquise wieder nach einer Pause, »und nun lass uns plaudern. Solltest Du ermüden, so bekämpfe es so lange wie möglich. Gerade im Kampfe mit körperlichen Schmerzen bildet sich ein fester Wille aus, und den gebrauchst Du für Deinen Beruf, willst Du nicht, wie eine Eintagsfliege, beim ersten Emporschwingen mit versengten Flügeln zurücksinken. Ein Jammer war's um Dein Talent gewesen, hätte es im Alltagsleben ersticken müssen.« Und wiederum nach einer Pause, offenbar um Gertruds Gedanken von der ihr aus der gezwungenen Stellung erwachsenden Pein abzulenken. »Dein guter Engel gab Dir's ein, dass bei unserer ersten Begegnung Du der hinkenden Marquise nachäfftest. Du warst ein schwaches Kind, aber Deine Gewandtheit belehrte mich über das, was in Dir steckte. Wenn ich längst in meinem Grabe modere, wirst Du mir es noch danken.« Schon heute tue ich das,« antwortete Gertrud in ihrer wilden, spöttischen Weise, »wenn ich nur darüber reden dürfte. Allen Menschen möcht' ich's erzählen.«

»Um verhöhnt zu werden, »fiel die Marquise gehässig ein, und ihr Blick erstarrte wieder vorübergehend, »zeige, was Du verstehst, und man bewundert Dich; sage, was Du verstehen möchtest, und Spott ist Dein Teil. Nein, die Sache bleibt ein Geheimnis zwischen uns Beiden bis zu dem Tage, an welchem Du die Gabe, starke Männer in Deine Sklaven zu verwandeln, vor der Welt zum ersten Mal offenbarst, oder ich ziehe meine Hand von Dir zurück. Hüte Dich also, jemals eine Silbe über Das verlauten zu lassen, was Du hier treibst. Die größte Gefahr liegt für Dich darin, wenn Du auf das leere Liebesgeflüster Jemandes lauschest, der Dich betören möchte. Vergiss nicht: falsch und treulos sind alle Männer; ich hoffe, Du hast Deine Blicke noch auf keinen geworfen.«

»Nein, Frau Marquise,« beteuerte Gertrud mit einem überzeugenden Ausdruck der Wahrheit, und in ihren prachtvollen Augen funkelte es hell auf, »ich will keinen Mann, brauche keinen, hasse alle Männer.« Sie säumte und schloss die Augen halb, als sei eine Vision vor ihrem Geiste vorübergezogen. Der Marquise entging diese Bewegung nicht. Aber sie wusste, dass wenn empfangene äußere Eindrücke dieselbe bedingten, sie innerhalb der letzten vierundzwanzig Stunden zu suchen seien; denn so lange war es erst her, als dieselbe Frage von dem Mädchen mit gleichsam zügelloser Leidenschaftlichkeit unzweideutig beantwortet wurde. Gertrud stieß ein spöttisches und doch glockenreines Lachen aus und fuhr fort: »Ein Mann meines Standes ist mir zu gering – was sollte ich mit einem Tölpel, nachdem ich eine vornehme Dame geworden? Ein feiner Herr aber sieht auf den Irrwisch, wie ich selber draußen auf die hungrigen Hunde des Rotkopfs.«

»Recht so, Kind,« billigte die Marquise, Gertrud noch immer argwöhnisch beobachtend, »und wenn Du fühlst, dass es sich beim Anblick dieses oder jenes Mannes in Deinem Herzen regt, dann reiße solche gefährlichen Empfindungen ohne Bedenken mit der Wurzel heraus, um nicht später dafür zu leiden; ich weiß nicht, ob Du mich verstehst.«

»Ich weiß es selber nicht,« antwortete Gertrud mit gepresster Stimme, während es vor Schmerz um die frischen Rosenlippen zuckte, »darf ich die Stellung wechseln?« fragte sie zwischen den fest aufeinander ruhenden Zähnen hindurch.

»Kannst Du's nicht länger ertragen?«

»Ich ertrag's, bis mir das Blut aus den Augen springt und ich umfalle; aber die Folgen?«

Die Marquise sah mit aufrichtiger Bewunderung in das Antlitz, welches sich unter dem Einfluss der qualvollen Stellung im Kampfe um Selbstbeherrschung dunkler färbte.

»So wechsle denn,« sprach sie eintönig, »aber nicht übereilt. Schwinge den Fuß in derselben Höhe nach vorn, vollführe eine halbe Wendung, erhebe Dich auf die Zehenspitzen und lass den Fuß, ohne das Knie zu beugen, langsam zur Erde nieder.«

Unter gewaltigen Anstrengungen führte Gertrud die vorgeschriebenen Bewegungen aus. Das Knie, welches die Last des Körpers trug, zitterte wohl krampfhaft, allein wirksamer, als der ihr erteilte Rat, war der eigene Wille. Ohne die anmutige Haltung oder gar das Gleichgewicht des geschmeidigen Körpers auch nur einen Augenblick zu stören, zog sie den freien Fuß neben den rastenden, worauf sie sich auf beiden Fußspitzen, wie von einer unsichtbaren Gewalt gedreht, der Marquise wieder zukehrte.

»Vortrefflich,« lohnte diese die graziöse Wendung, »das übersteigt meine Erwartungen. In Dir steckt die Willenskraft eines Mannes. Ist sie angeboren, so wurde sie gestählt durch das Ertragen einer rauen Behandlung im zarten Kindesalter. Hege und pflege Deine Energie; wer weiß, wozu sie Dir noch einmal nützt. Denn was ist raue Behandlung, was körperliche Qual im Vergleich mit endloser Seelenpein?«

Gertrud, durch das ihr gespendete Lob angefeuert, schob das Gerüst nach der anderen Seite hinüber, und die Füße wechselnd, nahm sie die frühere Stellung wieder ein. Auf ihrem charakteristischen Antlitz ruhte ein triumphierendes Lächeln. Die Lippen hielt sie, ein krampfhaftes Ziehen in den Gelenken bekämpfend, ein wenig geöffnet, dass die weißen Vorderzähne sichtbar wurden, und als sie dann zu sprechen anhob, klang ihre Stimme ruhig, wie bei Jemand, der sich in der bequemsten Lage befindet.

»Es ist ein Gast auf dem Karmeliterhofe eingetroffen,« begann sie sorglos, doch hafteten ihre Blicke scharf beobachtend an den kalt prüfenden Augen der Marquise, »ein Mädchen in meinem Alter, und bei dem Wegerich hat's sein Unterkommen gefunden. Lucretia Nerden heißt es, und mit dem Herrn Rothweil ist es verwandt.«

»Woher weißt Du dies Alles?« nahm die Marquise die Unterhaltung sofort wieder auf.

»Das Mädchen sah ich mit meinen eigenen Augen, und was ich nicht aus dem Gespräch zwischen den Zweien erfuhr, das hörte ich durch die Glastür.«

»Zwischen welchen Zweien?«

»Ein Mann begleitete die Lucretia hierher. Auch seinen Namen erfuhr ich. Er ist ein schöner Mann, wie man nicht vielen begegnet.«

Fester richtete die Marquise ihre Blicke auf das bräunliche Antlitz. Nicht der leiseste Zug desselben verriet, dass der Argwohn, welcher kurz zuvor in ihr erwachte, in Beziehung zu diesem Fremden gebracht werden konnte. Gertrud lächelte mit allem ihr von der Natur verschwenderisch zur Verfügung gestellten Liebreiz. Hinter diesem Lächeln aber überlegte sie, wenn auch ohne ernstere Beweggründe, die Form ihrer ferneren Mitteilungen, um deren Wirkung auf ihre Gönnerin kennen zu lernen.

»Also ein schöner Mann und ein schönes junges Mädchen?« forschte die Marquise.

»Ob das Mädchen schön ist, weiß ich nicht; mir hat's nicht gefallen.«

»Dafür gefiel Dir der Mann umso besser?«

»Anfänglich nicht. Jetzt, wenn ich an ihn denke, freilich etwas mehr. Er hat eine eigene Art des Redens. Ich fürchtete mich vor ihm, sonst hätte ich anders mit dem Mädchen gesprochen.«

Durchdringend, wie um gewaltsam in ihrem Innern zu lesen, sah die Marquise in die unter der Weinranke hervorlugenden schönen Augen.

»Du fürchtetest ihn,« entwand es sich fragend den schmalen Lippen, »Das klingt wunderbar. Es geschieht zum ersten Mal, dass Jemand Dir Scheu einflößt.«

»Gerade deshalb hasse ich ihn. Ich hasse alle Menschen, die mich bedauern.«

»Weshalb bedauert er Dich?«

»Vielleicht weil ich barfuß ging. Aber ich will's ihm gedenken, ihm und dem Mädchen, welches heute schon vor mir zitterte.«

Auf dem Antlitz der Marquise kämpfte es seltsam. Bald gewann gehässige Schadenfreude, bald Mitleid das Übergewicht. Starr hingen ihre Blicke an den dämonisch sprühenden Augen. Sie schien Gertruds Willenskraft zu berechnen, eine Kraft, gepflegt im zartesten Kindesalter durch Hunger und Not, durch die unverstandenen Martern, welche sie selbst in Verfolgung eines bestimmten Ziels ihr bereitete. Eine Kraft, erstarkt durch erfahrene Zurücksetzungen auf den Schulbänken, bevorzugteren Altersgenossinnen gegenüber, tausendfach erprobt, wenn es galt die wahren Empfindungen zu verheimlichen, dankbar zu lächeln, wo sie hätte laut aufweinen mögen. Eine Kraft, die nunmehr auf der Grenze angelangt war, aufweinen es sich entscheiden musste, ob sie ihr selbst und Andern zum Segen gereichen sollte, oder zur Quelle der gegenteiligen Folgen bestimmt war. Gertruds Antlitz hatte wieder eine tiefere Farbe angenommen. Indem sie die Zähne aufeinanderpresste, wichen die Lippen wieder ein wenig von denselben zurück. Schärfer traten die Muskeln an den zart abgerundeten Gliedern hervor, ohne indessen das schöne Ebenmaß zu beeinträchtigen. Hin und wieder zitterte die eine und die andere convulsivisch unter den an sie gestellten schweren Anforderungen. Tiefer senkte sich der unverhüllte jungfräuliche Busen und höher hob er sich. Der Blick aus den dunkelblauen Augen, welche den Eindruck von schwarzen hervorriefen, erstarrte allmählich, indem er, wie um neue Kraft aus denselben zu schöpfen, sich fest auf die Züge der Marquise heftete. Ein Dämon und ein Engel reichten sich in der Seele des wilden Mädchens die Hand, dass es in diesen Minuten unter sichtbaren Qualen den Gesetzen der Natur gewissermaßen Hohn sprach.

»Also ein schöner junger Mann,« sprach die Marquise endlich wieder eintönig.

»Jung mag er sein; ob schön, das weiß ich nicht,« stieß Gertrud förmlich hervor.

»Wechsle,« befahl die Marquise, nicht blind dafür, dass Gertruds Kraft bei der langen Dauer der mit Leichtigkeit angenommenen Stellung erlahmte, »schlage den rechten Fuß über den Unken, stütze die Arme und richte Dich höher.«

Ohne Übereilung zog Gertrud den erhobenen Fuß nach sich. Bevor derselbe den Boden berührte, drehte sie sich blitzschnell um sich selbst, und ein Jünger der edelsten Plastik hätte kein schöneres Modell zu einer sinnenden Nymphe erträumen können, als sie in der vorgeschriebenen Stellung bot, indem sie, die Schwebestange als Stützpunkt benutzend, das weinumrankte Haupt auf ihre ineinandergreifenden Hände neigte.

»Du erfuhrst seinen Namen?« eröffnete die Marquise alsbald wieder das Gespräch in der Absicht, Gertrud leichter über die schmerzhaften Folgen der Überanstrengung hinwegzuhelfen.

»Ich erfuhr ihn,« gab Gertrud gleichmütig zu, aber in dem funkelnden Leopardenblick, der unter den Weinblättern hervorschoss, bekundete sich, dass ihr Gleichmut ein erkünstelter; »Perennis nannte er sich selber; der Wegerich redete ihn mit Rothweil an.«

Ihre Augen schweiften nachlässig in eine andere Richtung. Scharfsinnig erriet sie, dass die Marquise in diesem Augenblick nichts dringender wünschte, als von Niemand, selbst von ihr nicht, beobachtet zu werden. Denn die Erwähnung des Namens Rothweil, in Verbindung mit der Schilderung einer jugendlichen Persönlichkeit, hatte wie ein vernichtender elektrischer Strom auf sie eingewirkt. Ihre aufrechte Haltung bewahrte sie zwar, aber der Glanz ihrer Augen erlosch; tiefer senkten sich die sonst kaum bemerkbaren Altersfurchen in Stirn und Wangen, einen gewissen leichenhaften Charakter erzeugend, der unheimlich zu der künstlichen, frischen Hautfarbe kontrastierte. Als Gertrud nach einer Weile wieder zu ihr hinübersah, hatte die Marquise ihre volle Selbstbeherrschung zurückgewonnen.

»Perennis Rothweil,« sprach sie nachdenklich, und wunderbar schnell ebneten die Furchen sich wieder, »das kann nur ein Neffe des Besitzers dieses Hofes sein. Mir ist, als hörte ich einst von ihm, also er gefiel Dir?« und flüchtiger noch, als zuvor der Ausdruck jähen Schreckens über ihr Antlitz eilte, loderte es jetzt wie Triumph auf demselben auf.

»Gar nicht gefiel er mir,« erklärte Gertrud, ihrer eigentümlichen Neigung zum Widerspruch unüberlegt nachgehend, denn der schnelle Wechsel in dem Wesen der Marquise verwirrte sie; »nachträglich finde ich ihn sogar abscheulich; bei nächster Gelegenheit sag ich's ihm selber.«

»Er begegnete Dir unfreundlich?« »Er begegnete mir gar nicht,« floss es lebhaft zwischen den trotzig emporgekräuselten üppigen Lippen hervor, »denn das einfältige Ding an seiner Seite in dem sauberen Kleide gefiel ihm so viel besser.«

»Woraus schließt Du das?«

»Weil er mich abschütteln wollte, sobald ich nur ein Wort an das furchtsame Ding richtete.«

»Schon eifersüchtig,« dachte die Marquise.

Ein Lächeln der Befriedigung spielte um ihren Mund. Es wurde verdrängt durch den Ausdruck des Zweifels, welchem alsbald wieder die teilnahmslose eisige Ruhe folgte.

»Ich weiß nicht, was mich heute ermüdet,« bemerkte sie nach einer Pause, indem sie einen Blick aus dem Fenster warf, »die Freiübungen wollen wir morgen nachholen. Die heutigen Anstrengungen haben wir ohnehin beinah bis über die äußersten Grenzen hinausgetrieben –«

»Ich könnte noch,« versetzte Gertrud einfallend, und aus jeder Linie ihres erglühenden Antlitzes sprach Enttäuschung.

»Du könntest noch, aber mir wäre es unbequem,« schnitt die Marquise jeden Widerspruch ab; »willst Du etwas Besonderes tun, so suche fleißig Gelegenheit, Dich nach dem Takte der Musik, wenn auch nur in einfachen Tänzen, zu bewegen. Dein Ohr, ich möchte sagen, Dein ganzes Gefühl für Musik, und sei es Dorfmusik, muss ebenso geübt werden, wie Dein Körper, und dazu fehlen uns die Mittel. So sicher musst Du werden, dass Du sogar jeden unregelmäßigen Takt, und hörtest Du die Musik zum ersten Mal, vorher ahnst.«

»Nächstens ist Kirmes in Rheinberg; da tanze ich drei Tage und drei Nächte.«

»Übertreib's nicht, und vor allen Dingen verheimliche die edlere Kunstfertigkeit – doch nun gehe und kümmere Dich ums Mittagessen.«

Gertrud antwortete nicht. Mit derselben Gewandtheit, mit welcher sie die Schwebestange befestigt hatte, entfernte sie dieselbe wieder. Flüchtig rollte sie den Teppich auseinander, dann begab sie sich in das Schlafzimmer. Die Blicke der Marquise folgten ihr mit tiefer Spannung. Was hinter diesem verschlossenen Antlitz vorging, wer hätte es erraten! Wer hätte geahnt, was sie trieb, ihr letztes mildes Fühlen auf ein im Straßenstaube herangewachsenes Kind zu übertragen, neben den Regeln einer die Augen und die Sinne bestrickenden Kunst, dem jugendlich zügellosen Gemüt solche Grundsätze und Anschauungen einzuprägen, wie ähnliche sich oft erst nach einem langen Leben bitterer Täuschungen und herben Entsagens ausbilden, dann aber sich in langsam wirkendes Gift verwandeln.

Indem Gertrud um den Türpfosten herumbog, entdeckte die Marquise, wie sie mit einer hastigen Bewegung die Weinranke von ihrem Haupte riss und zur Seite schleuderte. Als sie nach einigen Minuten im langen Kattunrocke wieder in der Tür erschien, hatten die sinnenden Blicke der Marquise ihre Richtung noch nicht geändert. Aber als sei die freundliche Teilnahme, welche sie kurz zuvor für das wilde Mädchen, oft nur im Tone ihrer Stimme offenbarte, von der äußeren Hülle abhängig gewesen, wich jetzt jeder andere Ausdruck, als der einer unnahbaren Kälte, von ihrem Antlitz, aus ihrem Wesen. Doch auch Gertrud bekundete, dass die langjährige, streng überwachte Aufgabe, mit der Bekleidung gleichsam ihre ganze Natur zu wechseln, ihr zur Gewohnheit geworden. Mit beinahe trotziger Ehrerbietung fragte sie die Marquise nach weiteren Befehlen, und als diese eintönig, anscheinend aus ihrem Buche herauslas, dass sie allein und ungestört zu sein wünsche, warf sie das schöne Haupt stolz in den Nacken, und die Arme über der Brust verschränkend, begab sie sich in den Küchenraum hinaus.

Sobald die Tür des Schlafzimmers hinter ihr zufiel, neigte die Marquise sich tiefer über das Buch. Ihre Blicke hingen wohl noch an den Zeilen, aber starr und regungslos, wie bei einem Marmorgebilde. Eine gewaltige innere Bewegung musste es sein, was plötzlich ihren Rücken beugte, ihr seit vielen Jahren zum ersten Mal wieder die Selbstbeherrschung raubte. Lange saß sie still. Erst als Gertrud erschien, um den Tisch zu decken, ermannte sie sich. Hin und wieder warf sie einen Blick auf das regsame und sich anmutig tragende Mädchen, aber so kalt, so eisig, als ob nach den jüngsten Seelenkämpfen die letzte milde Regung in ihr gestorben wäre. Eine Stunde später schritt Gertrud munter über den Hof. Der Rotkopf sah wieder aus dem Fenster und rauchte seine Pfeife.

»Du bist ein Tagedieb,« redete Gertrud ihn an, »sollte ich Dich aber einmal um einen kleinen Dienst bitten, so schlägst Du mir es nicht ab.«

»Du müsstest nicht der Irrwisch sein, wollte ich für Dich Pech und Schwefel scheuen.«

»So sei vor allen Dingen höflich gegen die fremde junge Dame, die hier eingezogen ist.«

»Ich bin höflich gegen Jedermann.«

»Bist Du's nicht, so vergifte ich Deine drei Hunde, und mit Deinem Viehhandel hat's für 'ne Zeit sein Ende.«

Der Rotkopf lachte.

»Adjes, Rotkopf,« sprach Gertrud im Davonschreiten, »mögen die Leute reden was sie wollen, ein schöner Mann bleibst Du doch.«

»Und Du der lustigste Irrwisch, der je über einer Sumpfhütte tanzte. Wär's Dir recht, möchte ich Dich 'ne Strecke begleiten.«

»Wer hindert Dich?« fragte Gertrud, und sie lachte, als hätte sie es von hinterlistigen Kobolden gelernt gehabt. Sobald aber der Rotkopf vom Fenster zurücktrat, um sich ihr zuzugesellen, warf sie die zerzausten Weinranken unter die wütend aufbellenden Hunde, und das leere Fischnetz fortgesetzt im Kreise schwingend, stürmte sie wie ein Pfeil nach dem Fluss hinunter.

Als der Rotkopf im Freien erschien, war sie nirgend zu erblicken.

»Dieser Irrwisch,« sprach er verdrossen vor sich hin, »den Rotkopf vergess' ich Dir eben so wenig, wie die Nase, die Du mir drehtest,« und träge schwankte er in seine Wohnung zurück.

Gertrud aber saß hinter ihrem Großvater im Schatten der Weiden. Das Geld für die Fische hatte sie ihm eingehändigt. Nur noch einige Netzzüge wollte sie beobachten, und dann mit dem erleichterten Korbe heimwärts wandern. Wie ein harmloses, mutwilliges Kind saß sie da. Die jüngsten Ereignisse, ihre Beziehungen zu der Marquise, Alles schien sie vergessen zu haben. Ein Grashalm befand sich in ihren zierlichen, gebräunten Händen. Nachlässig und ohne dabei irgendetwas zu denken, zog sie ihn bald von der einen, bald von der andern Seite zwischen ihren blendend weißen Vorderzähnen hindurch, dass er, wie vor Wonne und Schmerz laut pfiff und kreischte.

Fünftes Kapitel.

Die Vorladung.

»Und lassen Sie sich recht bald auf dem Karmeliterhofe sehen;« das waren die letzten Worte, welche Lucretia an Perennis richtete, als derselbe in später Nachmittagsstunde sich von ihr und Wegerich verabschiedete. Heiter sagte er zu. Die trüben Eindrücke, welche er auf der alten Heimstätte empfangen hatte, waren gemildert, sogar verwischt worden durch das süße Lächeln seiner jungen Verwandten, durch ihr zutrauliches Wesen und den herzigen Mutwillen, welcher in ihrem Verkehr mit dem überglücklichen Wegerich allmählich zum Durchbruch gelangte.

Seitdem war ein Tag verstrichen und noch einer, zwei Tage, an welchen er sein anspruchsloses Quartier kaum verließ, um im Freien sich zu ergehen. Die übrige Zeit verbrachte er mit Schreiben von Briefen, welche sich auf seinen Beruf bezogen, und auf die Schritte, welche er einzuschlagen gedachte, um sich eine auskömmliche Lebensstellung zu sichern. Ursprünglich Maler, erreichten seine Werke doch nicht jene Höhe, welche ihm sofort einen Weltruf und damit willige Abnehmer seiner Arbeiten verschafft hätte. Außerdem befand er sich nicht in einer Lage, mit Geduld von der Zeit die Verwertung der Erzeugnisse seiner Kunst erwarten zu können. Seine Wünsche und Hoffnungen beschränkten sich daher vorläufig auf Verbindungen mit Zeitschriften, laut deren er sich zur Lieferung von Zeichnungen zu Holzschnitten verpflichtete. Diese Tätigkeit hatte eine längere Unterbrechung erlitten, als er im spätesten zulässigen Alter auf ein Jahr bei einem Reiterregiment eintrat. Wieder zu seinem Beruf zurückgekehrt, waren seine mühsam ersparten Geldmittel beinah erschöpft. Denn um auch als Soldat die Stunden der Muße dem Erwerb zu widmen, hätte er weniger jung und lebenslustig sein, weniger leichtfertig vom Glück das Höchste und Beste für die Zukunft erhoffen müssen.

Einer gerichtlichen Vorladung, welche ihn nach seiner Vaterstadt rief, war er gern gefolgt, doppelt gern, weil dieselbe eine geheimnisvolle und daher seiner Phantasie reichen Spielraum zum Errichten von Luftschlössern gewährte. Ob seine Mittel einige Wochen früher oder später versiegten, kümmerte unter solchen Umständen den leichtfertigen, fahrenden Künstler wenig. Je schneller die Not herantrat, um so früher war er gezwungen, zum Zeichenstift zu greifen; und erreichte er auf der ihn weit von Norden herführenden Reise nichts, als einen flüchtigen Anblick

seiner ersten Heimstätte, so meinte er schon dadurch allein einen unver-
äußerlichen Schatz gewonnen zu haben.

Am dritten Tage nach seinem Eintreffen begab er sich zur anberaumten
Stunde mit seiner Vorladung nach dem Büro des ihm namhaft gemach-
ten Notars. Derselbe stellte sich ihm sogleich mit lebhafter Teilnahme zur
Verfügung. Dessen Schreiber, welcher, durch die offene Tür sichtbar, im
Nebenzimmer über seine Arbeit geneigt, ihm den Rücken zukehrte, beachtete Perennis anfänglich nicht. Erst nachdem er die zu seinem Aus-
weis dienenden Papiere vorgelegt hatte und der Notar den Namen Splitter rief, wurde er aufmerksam auf ihn. Der Gerufene erhob sich, und
Perennis glaubte, seinen Augen nicht trauen zu dürfen, als er denselben
Menschen erkannte, von welchem vor einigen Tagen Lucretia auf dem
Ufer des Rheins so vertraulich Abschied genommen hatte. Nur älter und
verbitterter schien er ihm, dass es ihm förmlich widerstrebte, sich Lucretia's liebliche Erscheinung an seiner Seite zu vergegenwärtigen.

Er war so überrascht, dass er die höfliche Verneigung des Sekretärs
kaum erwiderte; dagegen sah er durchdringend in die unsteten Amphibienaugen, sich fragend, ob dieselben wirklich fähig, sich mit dem Ausdruck des Entzückens in denen eines vertrauensvoll zu ihm aufschauen-
den jungen Mädchens zu spiegeln. Splitter, welcher Perennis eben so
wenig kannte, wie er ahnte, dass dieser ihn nicht zum ersten Mal sah,
wurde durch den forschenden Blick offenbar peinlich berührt. Unruhig
spähte er bald in diese bald in jene Richtung, und wie erleichtert richtete
er sich etwas höher auf, als der Notar ihn anredete.

»In dem Fach R, ganz oben, finden Sie ein schwaches Aktenheft,« sprach
er geschäftlich, »überschrieben ist es: ›In Sachen der Familie Rothweil;‹
bringen Sie mir dasselbe.«

Splitter verschwand. Der Notar, gewahrend, dass Perennis jenem starr
nachsah, bemerkte, wie um die kurze Pause auszufüllen, mit gedämpfter
Stimme:

»Noch etwas unbeholfen; ich beschäftige ihn erst seit gestern, hoffe indessen, dass er sich schnell einarbeitet.«

»Mir ist, als wäre ich ihm früher begegnet,« ergriff Perennis die Gelegenheit, Näheres über Splitter zu erkunden, »aber nicht hier in der
Stadt.«

»Wohl möglich,« fiel der Notar ein, »er ist lange Jahre auf einem Land-ratsamt, etwa eine Meile von hier, beschäftigt gewesen. Vielleicht trafen Sie dort mit ihm zusammen, und er hat ja eins von jenen Gesichtern, welche man nicht leicht vergisst.«

»Im langjährigen Dienst allmählich eine Art Schreibmaschine geworden, mag die Wärme des Fühlens und Denkens bei ihm abgestumpft sein,« entgegnete Perennis zweifelnd.

»Wie bei vielen Menschen, deren Wissen und Können nicht über das eines täglich aufziehenden Uhrwerks hinaus reicht,« hob der Notar an, als Splitter wieder in der Tür erschien und ihm das Heft überreichte. Er warf einen Blick auf die Aufschrift und nickte billigend. »Es ist gut,« füg-te er hinzu, »schließen Sie die Tür.«

Splitter entfernte sich. Er schien die Anwesenheit eines Fremden verges-sen zu haben, so maschinenmäßig bewegte er sich einher. Indem er aber die Tür zudrückte, warf er einen argwöhnischen, sogar feindseligen Blick auf Perennis. Es offenbarte sich in demselben, dass er um jeden Preis die Beziehungen zu erfahren wünschte, in welchen er zu dem Be-sitzer des Karmeliterhofes und zu Lucretia stand, aber auch dass die Überraschung, mit welcher Perennis ihn kurz zuvor betrachtete, peinlich in ihm fortwirkte und ihn beunruhigte.

»Um zu dem heutigen Termin zu erscheinen, haben Sie eine weite Reise unternehmen müssen,« begann der Notar, nachdem Beide einander gegenüber vor dem Schreibtisch Platz genommen hatten, und nachlässig öffnete er den nur wenige Bogen enthaltenden Umschlag, »allein da die-se Angelegenheit in nächster Beziehung zu dem Karmeliterhofe und dessen Besitzer steht, konnte dieselbe füglich nicht einem ändern Gericht überwiesen werden. Sie mussten entweder selbst kommen, oder Jemand hier bevollmächtigen. Letzteres wäre mit vielen Schwierigkeiten ver-knüpft gewesen, weil Sie voraussichtlich der einzige Rothweil sind, der in den Gang der vorliegenden Sache eingreifen kann.«

»Als fahrender Künstler bin ich nicht an die Scholle gebunden,« erklärte Perennis sorglos, »ob hier oder dort, meine Werkstätte ist immer da, wo ich mich gerade befinde.«

»Umso besser,« versetzte der Notar und sogleich auf den Zweck des Termins eingehend, fuhr er fort: »Ihr Herr Vater lebt nicht mehr?«

»Er starb vor Jahren. Den Totenschein brachte ich mit,« antwortete Perennis gespannt, ahnungslos um was es sich handelte.

»Ihre Mutter starb noch früher?«

»Auch deren Totenschein ließ ich mir ausfertigen.«

»Sie besitzen Geschwister, die mit Ihnen als gleichberechtigt zu den Ansprüchen Ihres Vaters betrachtet werden müssen.«

»Nur zwei Schwestern.«

»Besaßen Sie mehr Geschwister?«

»Noch zwei; sie starben im Jugendalter. Sollten deren Totenscheine gewünscht werden, so kostet es mich nur einen Brief.«

»Sie sind unentbehrlich. Haben Sie sich mit den Vollmachten Ihrer Schwestern versehen?«

»Ich hielt es für überflüssig.«

»Nicht überflüssig,« fiel der Notar beinah ungeduldig ein, »denn in Folge dieses Versäumnisses bin ich gezwungen, einen neuen Termin anzuberaumen, bis zu welchem Sie die erforderlichen Dokumente herbeigeschafft haben können.«

»Das klingt, als ob ich von meinen verstorbenen Eltern noch irgend eine bisher nicht geahnte Erbschaft zu erwarten hätte.«

»So wissen Sie noch nichts?« fragte der Notar erstaunt.

Perennis sah befremdet auf.

»Was sollte ich wissen oder erfahren haben?« fragte er zögernd.

»Stehen Sie nicht in brieflichem Verkehr mit dem Bruder Ihres Vaters, dem Herrn Rothweil in Santa Fé?«

Perennis schaute immer verwirrter darein.

»In Santa Fé?« fragte er verwundert, und er entsann sich der Orte, welche Wegerich ihm genannt hatte; »also dort weilt er? Nein von hier aus verkehrt Niemand brieflich mit ihm, es wäre sogar unmöglich gewesen, weil er störrisch Namen und Lage seines Aufenthaltortes verschwieg.«

»So gab er wenigstens Nachricht von seinem Leben?«

»Sehr selten, und dann nur dem Verwalter des Karmeliterhofes, einem betagten Gärtner. Die letzte Nachricht traf vor mehr als Jahresfrist ein. Der alte Wegerich sieht indessen täglich einem Briefe von ihm, oder seinem persönlichen Eintreffen entgegen.«

»Erraten Sie nicht den Zweck, zu welchem Sie hierher beschieden wurden?« fragte der Notar, Perennis fest anschauend.

»Wohl gar auf meines Onkels Veranlassung,« hob dieser befremdet an, als der Notar ihn mit einer gewissen Teilnahme unterbrach.

»Auf seine allerdings nur mittelbare Veranlassung, indem Ihr Onkel schon vor einem Jahr das Zeitliche segnete.«

»Ohne seine Heimat, ohne den Karmeliterhof wiedergesehen zu haben?« versetzte Perennis ungläubig und bedauernd, »der arme Wegerich; das wäre ein harter Schlag für ihn. Es bliebe dem alten Manne nichts Anderes übrig, als mit leeren Händen von seiner langjährigen, tiefverschuldeten Heimstätte abzuziehen; und da ist noch eine entfernte Verwandte, die eben erst auf dem Karmeliterhofe eine bescheidene Zufluchtstätte gefunden zu haben meint.«

»Vielleicht lässt sich Alles noch halten,« versetzte der Notar lebhaft und ermutigend, »denn nach diesen Mitteilungen zu schließen,« und er berührte mit der Rückseite der Hand das Aktenheft, »hat er ein Testament deponiert. Der Ernst aber, mit welchem das dortige Gericht diese Angelegenheit betreibt, legt die Vermutung nahe, dass Ihr verstorbener Onkel etwas besaß, was des Testirens wert gewesen. Vielleicht liegende Gründe, Häuser, oder Bergwerksanteile.«

»Oder, wie auf dem Karmeliterhofe, Altertümer, also Gegenstände, die nur für den Liebhaber von Werth,« schaltete Perennis ein, »denn so viel ich über den alten Herrn vernahm, wäre ihm alles andere eher zuzutrauen gewesen, als das Sammeln und Sparen von Reichtümern.«

»Es käme immerhin auf eine Probe an,« meinte der Notar bedächtig, »leicht wird es uns allerdings nicht gemacht, den Wortlaut des Testamentes kennen zu lernen. Doch zuvor eine Frage: Verfügen Sie über etwa tausend Taler, um dieselben zur Wahrung Ihrer Rechte einzulegen?«

»Nicht tausend Groschen,« antwortete Perennis lachend.

»Leben Ihre Schwestern in Verhältnissen, welche es ihnen ermöglichen, jede eine Summe von etwas fünfhundert Talern vorzuschießen?«

»Als Beamtenfrauen befinden sie sich wohl in einer sorgenfreien Lage, müssen das Ihrige aber sehr zusammenhalten. Am allerwenigsten dürften sie geneigt sein, ihre kleinen Überschüsse zur Führung eines mehr als zweifelhaften Erbschaftsprozesses beizusteuern.«

»Nicht zu Prozesskosten soll das Geld dienen,« versetzte der Notar, »doch halten wir uns zunächst an das, was hier vor uns liegt. Sie sind der englischen Sprache mächtig?«

»Ziemlich geläufig.«

»Wie steht es mit dem Spanischen?«

»Zehn Monate trieb ich mich im Auftrage mehrerer illustrierten Zeitschriften auf den Kriegsschauplätzen in Spanien umher, und in zehn Monaten lernt man viel, wenn man auf Lernen angewiesen ist.«

»Das genügt. Die uns übersendeten Schriftstücke sind in englischer und spanischer Sprache verfasst. Sie mögen also die deutsche Übersetzung mit den Originalen vergleichen. Hier in der Übersetzung heißt es nun, dass der an dem und dem Datum verstorbene Herr Rothweil auf dem Gericht zu Santa Fé ein Testament hinterlegte, in welchem er über seine ganze Habe frei und endgültig zu Gunsten seiner nächsten Verwandten, verfügte. Als Bedingung der Eröffnung stellte er fest, dass eine Übermittlung des Testamentes nach Europa unter keinen Umständen statt zu finden habe. Diese Bedingung erscheint in so weit gerechtfertigt, als der Verstorbene unstreitig davon ausging, dass bei brieflichen Transaktionen, zu bewirkenden Verkäufen und Übermittlungen von Geldern bei der großen Entfernung die Erben zu leicht benachteiligt würden, wogegen in persönlicher Vertretung der Erbansprüche jeder Übervorteilung vorgebeugt wird. Jedenfalls berechtigt diese Anordnung zu der Erwartung, dass der Wert der Erbschaft im Verhältnis zu den Mühen und Kosten steht, welche die Eröffnung bedingt.«

»Und was sich höchst wahrscheinlich auf einen historischen Wert beschränkt,« versetzte Perennis mit gutmütigem Spott; »deuten Sie es indessen nicht als Herzlosigkeit, wenn ich trotz der Kunde von dem Ableben eines nahen, mir allerdings seit meiner frühesten Kindheit entfremdeten Verwandten, der Sache eine heitere Seite abzugewinnen suche. Wir dürfen nämlich nicht übersehen, dass mein alter Onkel ein Gelehrter gewesen, Gelehrte aber erfahrungsmäßig zu den aller unpraktischsten Spekulanten gehören. Hätte er sich in einer günstigen Lage befunden, so würde der Karmeliterhof heute schwerlich eine Ruine inmitten einer Wüstenei sein.«

»Gelehrte sind unberechenbar,« wendete der Notar ein, »der Münzsammler verhungert oft bei seinen goldenen und silbernen Medaillen, die ein Vermögen repräsentieren – doch enthalten wir uns vorläufig eines Urteils und prüfen wir in erster Reihe die Kundgebungen des Gerichtes in Santa Fé. Da heißt es:« und er senkte den Blick wieder auf die deutsche Übersetzung, »laut letztwilliger und gerichtlich beglaubigter Verfügung, ist der in Deutschland lebende Bruder des Verstorbenen, und im Falle von dessen Ableben seine unmittelbare Nachkommenschaft aufzufordern, sich zur Eröffnung des Testamentes und zur Übernahme der Hinterlassenschaft nach Santa Fé zu verfügen. Stellvertretungen werden nur anerkannt, wenn ein Mitglied der Familie, ausgerüstet mit den Vollmachten der übrigen Mitglieder, deren Rechtsansprüche mit den seinigen zugleich geltend macht. Sollte der Bruder des verstorbenen Rothweil oder dessen Kinder auf Grund der oben angedeuteten Bestimmungen sich weigern, die Erbschaft anzutreten, so haben sie dies innerhalb einer Frist von vier Wochen nach Bekanntwerden der Verhältnisse vor einer Gerichtsperson zu erklären, und die Ansprüche gehen auf die noch lebenden entfernteren Verwandten über. Findet sich auch unter diesen Keiner, der bereit ist, die Testamentsbedingungen zu erfüllen, so ist das Gericht in Santa Fé ermächtigt, das Testament in Gegenwart eines gewissen Plenty und dreier anderer Zeugen zu vernichten, und es tritt dann ein zweites, für einen solchen Fall berechnetes, ebenfalls auf dem Gericht in Santa Fé hinterlegtes in Kraft. Diese letzte Bestimmung wird auch in ihrem ganzen Umfange rechtsgültig, wenn nach Ablauf zweier Jahre, genau vom Todestage des Verstorbenen ab gerechnet, sich kein Erbe gemeldet haben sollte.«

»Dies ist also der Hauptinhalt der mir zur Förderung anvertrauten Sache,« schloss der Notar seinen Bericht; »den ersten gebotenen Schritt vollführte ich, indem ich Sie, den ältesten und nächsten Blutsverwandten hierher beschied. An Sie und Ihre Geschwister tritt dagegen die Aufgabe heran, die Erklärung zu Protokoll zu geben, ob Sie gesonnen sind, die Erbschaft anzutreten.«

»Wissen Sie denn, was es heißt, sich als Erbe meines Onkels zu erklären?« rief Perennis klagend aus, und sein darauf folgendes Lachen verriet wenig Lust, auf das ihm zweifelhaft scheinende Verfahren einzugehen.

»Zunächst heißt es, eine Weltreise antreten, welche sich dennoch reich bezahlt machen dürfte.«

»Ich muss Sie eines Anderen belehren: Zunächst heißt es, von dem weit über seinen Wert verschuldeten, fast in Trümmer liegenden Karmeliterhofe Besitz zu ergreifen und damit die Verpflichtung zu übernehmen, einen nicht unbeträchtlichen Berg von Zinsen für Kapitalien zu zahlen, von welchen man nie einen Pfennig sah. Nein, die Sache ist zu ernst, um sich auf gut Glück in ein Meer von Sorgen zu stürzen.«

»Sie ziehen nicht in Betracht, dass die zu erhebende Hinterlassenschaft möglichen Falls doppelt, wenn nicht zehnfach entschädigt.«

»Oder dass mein guter Onkel mit seinem Rechtlichkeitsgefühl vielleicht vorzog, seine nächsten Verwandten zu belasten, um fremde Gläubiger zu befriedigen.«

»In Ihrer Besorgnis übertreiben Sie,« nahm der Notar dringend das Wort, »denn wo bleibt die Logik, wenn die Behörde in Santa Fé so viel Staub aufwirbelte, ohne irgend eine Garantie, dass die betreffenden Erben nicht vergeblich in Mühen und Kosten gestürzt würden?«

»Was kümmert die Behörde sich viel um Mühen und Kosten anderer?« erwiderte Perennis heiter, »die ist froh, die ganze Geschichte auf bequeme Art abzuschütteln. Ich bin überzeugt, dass meine Schwestern und deren Männer genau ebenso denken, wie ich. Gerne, wie ich eine solche Reise zurücklegte, muss ich unter den obwaltenden Verhältnissen davon abstehen.«

»Ich betrachte diesen Ausspruch nicht als entscheidend. Setzen Sie sich zuvor mit Ihren Geschwistern in Einvernehmen, und dann überlegen Sie für Ihre Person noch zweimal, bevor Sie die Erbschaft verwerfen. Vergegenwärtigen Sie sich Ihre Empfindungen, wenn Sie später erführen, dass Andere sich in eine recht erhebliche Hinterlassenschaft teilten.«

»Alles erwäge ich; aber da ist noch ein anderer Faktor, dem Rechnung getragen werden muss. Woher sollte ich, abgesehen von der Last des Karmeliterhofes, das Geld zu dem gedachten Zwecke nehmen? Meine Subsistenzmittel liegen eben in der Ausübung meiner bescheidenen Kunst, und ich möchte den großmütigen Menschenfreund sehen, der einem fahrenden Farbenklexer auf das, was er zu leisten hofft, auch nur hundert Taler borgte.«

»Handeln Sie nicht übereilt,« warnte der Notar ernst, »nehmen Sie die Sache in die Hand, als ob Sie mit der Reise eine Pflicht erfüllten, und ich bin überzeugt, Sie finden unter Ihren Freunden Manchen, der gern bereit ist, Sie zu unterstützen. Ich selbst will das Meinige dazu beitragen, nur geben Sie das Unternehmen nicht von vorn herein auf.«

»Und kehre ich zurück, so habe ich das Vergnügen, Jahre hindurch an der Abtragung meiner Schulden zu arbeiten,« rief Perennis wieder klagend aus. »Das aber wären trübe Aussichten. Und dann der Karmeliterhof und die Hypotheken – mir schwirrt der Kopf, wenn ich daran denke – und dennoch – möchte ich – reisen –«

Er sah träumerisch ins Leere. Vor seinem Geiste verkörperten sich Bilder ferner Zonen, zu welchen die ersten Umrisse in seinen Jünglingsjahren gezogen wurden. Frische Waldesluft umhauchte ihn. Seltsam geschmückte kriegerische Gestalten erstanden in seiner Phantasie. Auf unabsehbaren Ebenen bewegten sich lange Karawanen einher; sich selbst, den gedienten, waffenkundigen Reitersmann, sah er auf dem Rücken eines wildmähnigen Steppenpferdes –

»Nun?« störte der Notar, der ihn so lange beobachtet hatte, seine Träume.

Perennis reichte ihm die Hand.

»Die Sehnsucht treibt mich in die Ferne,« sprach er, und lebhafter kreiste das Blut in seinen Adern, »die verständige Überlegung warnt mich dagegen vor Schritten, deren Folgen vielleicht mein ganzes Leben verbittern. Das Für und Wider muss ich sorgfältig gegen einander abwägen, bevor ich mich entscheide. Doch eine andere Frage: Mir fällt schwer auf die Seele, dass der alte Wegerich die Wahrheit nicht ahnt und zuversichtlicher denn je auf die Heimkehr seines Herrn rechnet. Und dann ist da noch Jemand, eine entfernte Verwandte, es wäre zu traurig, geriete sie in die Lage, sich nach einem anderen Unterkommen umsehen zu müssen.«

»Auch dafür schaffen wir Rat,« erklärte der Notar teilnahmsvoll, »zuvörderst verheimlichen wir den Sachverhalt so lange, bis wir mit der Trauernachricht die entsprechenden Trostesgründe verbinden können. Ein anderer Vorschlag wäre – und er erleichtert Ihnen vielleicht den Entschluss – mit den Hypotheken-Gläubigern eine Vereinbarung zu treffen, laut deren dieselben, nachdem Sie die Erbschaft angetreten haben, bis zu Ihrer Rückkehr Alles seinen ruhigen Gang gehen lassen. Es wird sich dann ja ausweisen, ob Sie den Hof behalten, oder sich auf dem Wege der Subhastation desselben entledigen –«

»Halten Sie ein!« rief Perennis scherzhaft abwehrend aus, »mir schwindelt bei dem Gedanken an so viele Tausende von Talern, die mir zur Last gelegt werden sollen, wie ich bisher in meinem Leben nicht über Hunderte auf einmal verfügte. Ein Chaos ist es, in welches Sie mich hineindrängen! Wie viel glücklicher war ich, so lange ich nur einiger Streifen Papier und einer mittelguten Bleifeder bedurfte, um mich unabhängig zu fühlen. O Du armer Wegerich und Du arme Lucretia! Muss ich Euch denn in einen Ozean von Zweifeln und schließlich ins Elend stürzen? Nein, ich bringe es nicht fertig,« und er erhob sich, »mögen Beide sich noch eine Weile in freudigen Hoffnungen wiegen; kann aber die Wahrheit nicht länger vorenthalten werden, so kommen die Tage der Sorge ja noch immer frühe genug.«

»Geduld,« beruhigte der Notar zuversichtlicher, indem er Perennis bis an die Tür begleitete, »zu überschwänglichen Hoffnungen rate ich ebenso wenig, wie eine allerdings noch etwas zweifelhaft erscheinende Angelegenheit im Voraus als eine verlorene zu betrachten. Wo bliebe schließlich die Energie, klammerte man sich bei jedem Unternehmen immer an die ungünstigsten Möglichkeiten an?«

»Die Schulden, die Schulden,« erwiderte Perennis kläglich.

»Auch an diesen Gedanken gewöhnt man sich, und leider oft nur zu leicht,« fiel der Notar lachend ein, »hoffentlich sind bei unserer nächsten Zusammenkunft Ihre letzten Zweifel geschwunden, und dann nehmen wir die Sache gemeinschaftlich in die Hände.«

»Ich weiß nicht, was ich wünschen, was ich hoffen soll,« klagte Perennis wiederum, »meine Seelenruhe ist auf alle Fälle dahin. Diese Berge von Verantwortlichkeiten! Doch es muss überwunden werden,« und dem Notar noch einmal die Hand drückend, empfahl er sich.

Als Splitter auf des Notars Ruf eintrat, um das Aktenheft wieder in Empfang zu nehmen, war seine Haltung fast noch unterwürfiger geworden. Auf dem sommersprossigen Gesichte aber ruhte es wie der Ausdruck eines Menschen, der tödlich beleidigt wurde und heimlich auf Rache sinnt. Halb von den Lidern verschleiert blickten die unsteten Augen. Deren Pupillen hatten sich scheinbar in kleine stechende Punkte verwandelt. Hätte ihn Jemand nach dem Umfange der Arbeit gefragt, welche er während Perennis' Anwesenheit in dem Nebenzimmer vollendete, so würde er schwerlich haben Auskunft erteilen können.

Sechstes Kapitel.

Zusammenkünfte.

Nur einen flüchtigen Besuch hatte Perennis kurz vor Mittag auf dem Karmeliterhofe abgestattet. Er überzeugte sich, dass Wegerich und Lucretia im glücklichsten Einvernehmen lebten, sogar ihre kleinen Pläne für die Zukunft zur Verbesserung ihrer Lage entwarfen, und um keinen Preis hätte er ihre frohe Zuversicht durch die unerwartete Trauerkunde erschüttern mögen. Ebenso vermied er, zu Lucretia über sein Zusammentreffen mit Sebaldus Splitter zu sprechen. Hätte er damit doch einräumen müssen, dass er sie in ihrem Verkehr mit demselben belauschte; und er konnte sich von dem Argwohn nicht lossagen, dass die Erwähnung dieses Verhältnisses ihr das Blut jungfräulicher Scham in die Wangen treiben würde. Der Marquise war sie auf ihren kurzen Spaziergängen bereits mehrfach begegnet. Wenn es irgend möglich, wich dieselbe ihr aus. Sonst beantwortete sie den ihr gespendeten höflichen Gruß mit einer kaum bemerkbaren stummen Verneigung. Wie sie ihr Antlitz verschleierte, überwachte sie auch eifersüchtig den Ton ihrer Stimme. Mitleidig schaute Lucretia ihr dann wohl nach, wie sie aufrecht einherschritt, mit äußerster Anstrengung den schleppenden Gang und damit ihr Gebrechen zu verheimlichen suchte.

Heiter und zutraulich, wie einen lange gekannten lieben Verwandten, hatte Lucretia Perennis bei seiner Ankunft begrüßt; heiter und vertraulich klang das zwischen ihnen gewechselte »auf baldiges Wiedersehen!« als dieser sich nach kurzem Aufenthalt nach dem Rheinufer hinunterbegab, um auf dem nächsten Wege zur Stadt zurückzukehren.

»Guten Tag, Freund Ginster!« rief er über die Weidenpflanzung hinweg dem greisen Fischer zu.

Dieser winkte grüßend mit der Hand, als hätte er befürchtet, durch einen Gegenruf die das Wurfnetz umspielenden Fische zu verscheuchen.

»Ich wünsche einen reichen Fang!« fuhr Perennis gutmütig fort, in der dumpfen Absicht, das Wohlwollen des mürrischen Alten für sich zu gewinnen.

Ginster erhob sich und kehrte sich dem Ufer zu. Einen düsteren Blick sandte er nach dem Leinpfad hinauf.

»Wünsch' Ihnen selber einen guten Fang,« antwortete er heiser, »denn wer in der Welt ging nicht auf 'nen Fang aus? An dem Karmeliterhofe aber klebt kein Segen; möcht' Ihnen nicht raten, Ihre Füße unter den Tisch des Bruders Ihres Vaters zu stellen.«

Überrascht, von dem Fischer gekannt zu sein, sann er auf eine beruhigende Entgegnung; gleich darauf aber saß der alte Mann wieder auf seiner Rasenbank, geneigten Hauptes auf den beweglichen Wasserspiegel starrend, als wäre er im Begriff gewesen, einzuschlafen.

»Ich besuche Sie nächstens!« rief Perennis hinab, »und da Sie wissen, wer ich bin, schlagen Sie mir's wohl nicht ab, über eine Umgebung mit mir zu plaudern, in welcher ich in Kinderschuhen umherlief.«

Der Alte winkte wieder mit der Hand, und zögernd verfolgte Perennis seinen Weg stromaufwärts. Willkommen wäre es ihm gewesen, er hätte in dem Fischer einen zugänglicheren Mann gefunden, gewissermaßen einen angestammten Freund des Karmeliterhofes und des toten Besitzers desselben.

Wie vor einigen Tagen sandten auch heute die Mittagsglocken ihre Grüße herüber. Er gedachte des in der Ferne unter fremden Menschen gestorbenen Onkels, und wie feierliches Grabgeläute tönte es in seinen Ohren. Hatte die Zeit dessen Bild auch längst verwischt, so war er doch der einzige Bruder seines Vaters gewesen. Abermals hatte der Tod einen Zweig, wenn auch einen altersmorschen, von dem ohnehin fast entblätterten Stamme getrennt. Schloss er selber die Augen spät oder früh, so war sein Name erloschen. Wen kümmerte es dann noch viel, ob jemals ein Rothweil lebte, ein Rothweil den wüsten Karmeliterhof sein Eigen nannte! Höchstens wurde von den Geschädigten bitterer Tadel demjenigen nachgesandt, welcher fremdes Eigentum in Schutt und Trümmer sinken ließ. Tiefer neigte er das Haupt und schwermütiger wurden seine Betrachtungen. War es nicht seine Pflicht, den Namen seines Onkels und damit den eigenen vor solchem Tadel zu bewahren? Musste er nicht wenigstens den Versuch wagen, das wüste Gehöft zu Gunsten der Gläubiger wieder in Blüte zu bringen? Und traf ihn selber nicht endlich ein weit härterer Vorwurf, wenn man erfuhr, dass er wenig pietätvoll vor einer Aufgabe zurückscheute, welche ihm von einem verstorbenen Verwandten gewissermaßen erblich übertragen worden war. Vor seinen geistigen Blicken erstanden wieder Bilder ferner wilder Regionen. Die Lust an

Abenteuern erwachte; in demselben Maße erschien ihm geringfügiger die zu übernehmende Verantwortlichkeit.

Er hatte die Stelle erreicht, auf welcher der Uferweg sich um einen mit Strauchwerk bewachsenen Abhang herumwand. Seinen Sinnen hingegeben, bemerkte er nicht, dass von der anderen Seite her sich Jemand näherte; er vernahm nicht das leise Geräusch, mit welchem zwei kleine nackte Füße sich eilfertig in den weißen Staub senkten; und doch hätte er die Blicke fühlen müssen, die mit einer eigentümlichen Glut an seinem Antlitz hingen.

»Guten Tag, Herr Perennis Rothweil,« störte eine helle, schadenfrohe Stimme ihn aus seinem Brüten.

Erschreckt sah er auf, und mit dem letzten Schritt, welchen sie zurücklegte, stand Gertrud, der unstete Irrwisch, vor ihm.

»Guten Tag, Herr Rothweil,« wiederholte sie lauter, als dieser ihr den Gegengruß schuldig blieb, und unbefangen stellte sie den Korb mit dem Mittagbrot ihres Großvaters neben sich nieder.

Hätte Perennis die Art der Erziehung gekannt, welche Gertrud im Geheimen genoss, so würde er sich kaum gewundert haben über ihren trotzigen Muth, welcher gewissermaßen ein verzogenes Kind der zuversichtlichen Hoffnung, binnen absehbarer Frist wie eine Zauberin, deren Herzen und Sinne bannend, vor die Menschen hinzutreten. Jetzt dagegen erfüllte ihn maßloses Erstaunen. Er war geneigt, die selbstbewusste Haltung einem Mangel an jeglicher Erziehung zuzuschreiben; und doch umgab die vor ihm Stehende andererseits wieder eine so keusche Anmut, eine gleichsam herausfordernde und dennoch unnahbare Jungfräulichkeit, dass es ihn förmlich verwirrte.

»Sie kennen meinen Namen?« verlieh er endlich seinem Erstaunen Ausdruck, und abwärts und aufwärts glitten seine bewundernden Blicke an der schönen Gestalt.

»Sie?« fragte Gertrud spöttisch, »vor drei Tagen nannten Sie mich, wie jeden Gassenjungen, der Sie um einen Pfennig anbettelt, wie jedes hungrige Mädchen, welches Ihnen einen Vergissmeinnichtstrauß zum Kauf darreicht.«

»Sie erscheinen mir heute so viel anders,« versetzte Perennis, und Gertrud hätte weniger scharfsinnig sein müssen, um nicht zu entdecken, dass sie einen verwirrenden Eindruck auf ihn ausübte.

»Anders?« fragte sie lachend, und wenn wirklich von Gefallsucht beseelt, so verstand sie, dieselbe so geschickt zu verbergen, dass der schärfste Beobachter sie nicht bei ihr erraten hätte, »aber ich weiß, woran es liegt,« und vor die etwa drei Fuß hohe Mauer hintretend, welche den Abhang einsäumte und stützte, schwang sie sich mit der Gewandtheit eines Marders hinauf. Auf dem äußersten Rande des Gemäuers erhob sie sich auf Zehen, und die Arme nach oben ausstreckend, erfasste sie eine wilde Hopfenranke, welche mit ihrem lichtgrünen Blätterschmuck eine kränkelnde Esche zugleich zierte und würgte. Mit schnellem Griff hatte sie die Ranke niedergezogen und von dem Baume getrennt. Dann sich Perennis zukehrend, schlang sie dieselbe dreimal um ihr Haupt.

»Erscheine ich Ihnen noch anders?« fragte sie sorglos, und im nächsten Augenblick stand sie wieder vor ihm, »was meinen Sie? Vor drei Tagen sah ich ebenso aus, mein Kopf war vielleicht mehr zerzaust,« und nachlässig befreite sie ihr Haar von den notdürftigen Banden, dass es in prachtvollen, goldig schillernden Wellen wie ein Schleier über ihre Schultern fiel, »jetzt werden Sie also wieder Du sagen, wie's sich für einen Herrn Rothweil und den Irrwisch schickt. Zu dem Sie ist's noch zu früh,« sie legte die Hand mit einer neckischen Gebärde auf ihren Mund, wie um nicht zu viel zu sagen, fügte aber gleich darauf geringschätzig hinzu: »Sie sind bei Ihrem Schatz auf dem Karmeliterhofe gewesen; o, ich sah's dem furchtsamen Dinge an, wiewohl es sich an Ihrer Seite fühlte.«

»Du irrst,« fiel Perennis ungeduldig ein, und entrüstet über die Deutung, welche sein Verkehr mit Lucretia erfuhr, fügte er mit schneidender Schärfe hinzu: »Das Mädchen ist meine Verwandte, und wäre sie das nicht, würde ich ihr dennoch gern jede nur denkbare Gefälligkeit erweisen, ebenso wie Dir oder jeder anderen Person, welche mich darum ersuchte.«

»Ich gebrauche keines Menschen Gefälligkeit,« erwiderte Gertrud achselzuckend, »ist aber das einfältige Ding nicht Ihr Schatz –«

»Nicht weiter in diesem Sinne, Gertrud,« unterbrach Perennis sie wieder gereizt, »denn die junge Dame hat am wenigsten etwas begangen, was Deinen üblen Willen gegen sie hätte wachrufen können.«

»Ich habe keinen üblen Willen,« spöttelte Gertrud, mit unnachahmlicher Grazie die Ranke auf ihrem Haupte ordnend, »höchstens gegen Sie selber; denn Sie denken nicht anders, als alle Menschen, die mich kennen.«

»Und wie denken die?«

»Sie halten mich für einen Kobold, dem Jeder ungestraft nachrufen darf: ›Irrwisch und Rheinhexe.‹ Mögen Sie schreien, so viel sie wollen, mich kümmert's nicht. Es kommt die Zeit, in welcher sie mich anbetteln und ich ihnen den Irrwisch zurückzahle.«

»Tust Du nichts, um solchen Spott herauszufordern?« fragte Perennis, denn er begriff, dass Gertrud mit ihrem exzentrischen und doch anmutigen Wesen, vor Allem aber mit ihrer Schönheit überall Neid erregte und durch die sie treffenden Ausflüsse desselben verbittert wurde.

»Ich tue, was mir gefällt,« antwortete sie trotzig, »und je mehr die Leute schreien, um so toller treib ich's. Wollt' ich gut Freund mit ihnen sein, so würden sie der lieben Trude gewiss gern zu Gefallen leben, aber ich will nicht, sie sind mir zu gering. Ich gehe wieder nach dem Hofe hinauf; haben Sie was zu bestellen, so richt' ich's gern aus. Soll ich Ihren Schatz für Sie küssen, so tu' ich's ebenfalls.«

»Du sollst Dich um die junge Dame nicht kümmern.«

»So frage ich die junge Dame, ob ich einen Gruß an Sie bestellen soll – hahaha! ich bin zuverlässig; trägt Ihr Schatz mir auf, Sie zu küssen, so geschieht's. Adieu Herr Perennis Rothweil!« und sie ergriff ihren Korb und schlüpfte an ihm vorbei; dann sich umkehrend: »Adieu, Herr Perennis! Auf Wiedersehen, Herr Rothweil! Sie gefallen mir, Herr Perennis! Ich möchte Sie zum Diener haben, der mir die Schleppe trägt!« und davonschreitend sang sie mit heller Stimme:

»Da   droben   auf   dem   Berge,   da   steht   'ne   Kapell,
Da tanzen die Kapuziner mit Ihrer Mamsell!«

Perennis blickte ihr nach, so lange sie sich in seinem Gesichtskreise befand. Sie aber schaute kein einziges Mal nach ihm zurück. Was er von ihr denken sollte, er wusste es nicht. Vergeblich suchte er zu ergründen, welchen Einflüssen das im Straßenstaube aufgewachsene wilde Mädchen das rätselhafte Wesen verdankte, wo die Quelle der seltsamen Mischung stolzer Jungfräulichkeit und zügellosen Nachgebens jeder flüchtigen Regung zu suchen sei. Er verglich sie mit einem Kaleidoskop, welches bei jeder noch so leisen Bewegung neue Farben und Formen zeigt, ohne dass dieselben sich jemals wieder genau in derselben Zusammenstellung wiederholen.

Sie erreichte eine Biegung des Weges. Nur noch wenige Schritte, und sie war verschwunden. Perennis starrte auf sie hin, als hätte er die Kraft besessen, sie mit den Blicken zu bannen. Plötzlich kehrte sie sich um. Sie befand sich zu weit, um ihre Gesichtszüge noch zu unterscheiden. Perennis aber meinte, die sengende Glut ihrer Augen bis in seine Brust hinein zu fühlen. Da stellte sie den Korb neben sich hin, und auf die Knie sinkend, streckte sie ihm die Arme flehentlich und mit einem so sprechenden Ausdruck des Verlangens entgegen, dass er, wie von Zauberbanden unwiderruflich angezogen, sich einige Schritte auf sie zu bewegte. Kaum aber bemerkte Gertrud dies, als sie wie ein Blitz emporschnellte. Ein helles, mutwilliges Lachen sandte sie ihm zu. Dann ergriff sie ihren Korb, und in der nächsten Sekunde verschwand sie hinter der Biegung des Abhanges. Der zu ihrem Großvater niederführende Pfad lag vor ihr, da stand Perennis noch immer auf derselben Stelle. Er ahnte nicht, konnte nicht ahnen, dass Gertrud spielend an ihm erprobte, was die Marquise im Laufe langer Jahre ihr bedachtsam erklärte, einprägte und endlich lobend an ihr anerkannte. Ungestüm und regellos warf sie durcheinander, was später dazu dienen sollte, die Menschen zu entzücken und zu bezaubern, und gleich darauf war sie wieder im vollsten Sinne die schadenfrohe Rheinhexe, der wilde Irrwisch der sie verspottenden Leute.

»Ein Dämon wohnt in dieser Hülle einer Elfe,« dachte Perennis, indem er langsam seinen Weg der Stadt zu verfolgte. »Armes, armes Kind, warum konntest Du nicht in Sphären geboren werden, in welchen der Sonnenschein treuer, fürsorgender Liebe Deine Anschauungen geklärt, Deine glücklichen Anlagen sorgfältig gepflegt hätte und Du zu einer Zierde Deines Geschlechtes herangebildet worden wärest? Armes, rätselhaftes Kind, Dein Scharfsinn wie Deine Herkunft und Deine Neigungen werden Dir eine Quelle vielen Kummers sein.«

Was er wenige Stunden zuvor mit dem Notar besprach und verabredete, erstickte in der Teilnahme, mit welcher er des wilden Mädchens gedachte. Wohin er sich wendete, wohin er blickte, überall meinte er in die geheimnisvoll glühenden dunkelblauen Augen zu schauen. Auch Lucretia's, seiner lieblichen jungen Verwandten gedachte er. Dann aber zog es wie stiller Friede in seine Brust ein. Es ebneten sich die hochgehenden Wogen seiner Empfindungen. Alle seine Sorgen hätte er ihr anvertrauen mögen, um von ihr dafür mit holdem Trost und freundlichem Zuspruch gelohnt zu werden.

Der Nachmittag verstrich, die Sonne ging zur Rüste. Lieblich schmückte mild erglühendes Abendroth die morschen Dächer des Karmeliterhofes und die Wipfel der sich in Haine zusammendrängenden Bäume der wüsten Gärten. Nächtliche Schatten schlichen zwischen den Gebäuden und verwilderten Anlagen hin. Ein Weilchen leuchteten kleinere und größere Fenster in die laue Nacht hinaus; sie erloschen und still ward es überall. Es schlief das Gesindel in dem Kelterhause, es schlief die Marquise. Sanft schlummerte Lucretia in ihrem wohnlichen Zimmer; nebenan auf seinem harten Lager ruhte der greise Wegerich. Nur in den Gärten, bald hier, bald dort, ließ sich der schrille Ruf eines Käuzchens vernehmen, begleitet von dem Zirpen rastloser Fledermäuse. Diese kleine Probe nächtlichen Tierlebens stand im Einklang mit dem baufälligen Mauerwerk, mit dem Flüstern des Windes zwischen den schlummernden Bäumen, mit dem leisen, geheimnisvollen Rauschen des Stromes, indem derselbe unermüdlich an den kiesigen Ufern nagte. Es stand im Einklange mit den Betrachtungen des alten Ginster, der im Schatten der Nacht sein Wurfnetz mit derselben Sicherheit handhabte, wie am hellen Tage.

Die Hunde schlugen grimmig an. Man war gewohnt, dass die schlecht behandelten Tiere Jeden bedrohten, dessen Weg auch nur an dem Karmeliterhofe vorbeiführte, und so achtete Niemand ihrer.

Als sie aber ihr Bellen fortsetzten, öffnete sich das Fenster, aus welchem der Rotkopf den größten Teil des Tages hindurch seine ätzenden Tabaksrauchwolken ins Freie hinauszusenden pflegte. Wer ihn in seiner Ruhe störte, den hasste er, und so wies er auch die Hunde fluchend zur Ruhe. Die Tiere, längst vertraut mit seiner Stimme und der grausamen Art seines Verfahrens, verstummten, setzten aber ihr tückisches Knurren fort. Wodei erriet, dass ein Fremder in der Nähe weilte, und um auch diesem seinen Unmut zu erkennen zu geben, lehnte er sich weiter aus dem Fenster. Er bemerkte eine Gestalt, welche, dicht an dem Gebäude hinschleichend, sich ihm von der Seite näherte. Er wollte sie anreden, als dieselbe ihm zuvorkam.

»Kann ich eine Botschaft bei Ihnen hinterlassen?« ertönte Splitters gedämpfte Stimme, »sie braucht erst morgen früh im Hause abgegeben zu
werden, auch verlange ich es nicht umsonst, wenn ich auf Pünktlichkeit
zählen darf.«

»Geben Sie her,« antwortete der Rotkopf ebenso geheimnisvoll, denn es
lag in seiner Natur, da, wo auch nur mittelbar zur Vorsicht gemahnt
wurde, sofort auf jede Andeutung einzugehen.

»Schriftliches habe ich nicht,« versetzte Sebaldus Splitter, dicht an das
Fenster heranschleichend, wodurch er sich unbewusst das Vertrauen des
Hundehändlers gewann, »und um eine Botschaft mündlich zu überge-
ben – nun, es wäre mir lieb, wenn es ohne Zeugen geschehen könnte.«

»Gehen Sie vom Hofe hinunter,« riet Wodei lebhaft, »hinter der Gartenmauer warten Sie auf mich, in zwei Minuten und einer halben, bin ich
bei Ihnen.«

Er überzeugte sich, dass Splitter ihn verstanden hatte, dann versank er
im Innern des Hauses, das Fenster jedoch offen lassend. In wenig längerer Zeit, als er angegeben hatte, erschien er wieder am Fenster und so geräuschlos, wie der Flügelschlag des Käuzchens, welches eben über den
Hof hinstrich, schwang er sich durch dasselbe ins Freie hinaus. Flüchtig
spähte er um sich, dann schlich er ebenfalls an dem Mauerwerk hin vom
Hofe hinunter.

Die Hunde hatten sich gänzlich beruhigt, sobald sie ihren Herrn und zugleich erbittertsten Feind erkannten. Im Schatten der Gartenmauer, welche die an dem Gehöft dicht vorbeiführende Landstraße auf der anderen
Seite begrenzte, traf Wodei mit Splitter zusammen.

»'ne Kleinigkeit ist's nicht, was Sie zur nachtschlafenden Zeit hierher
treibt,« redete er denselben ohne Säumen an, »oder auch eine Sache,
welche Sie vor den Menschen verheimlichen möchten. Dass Sie aber sich
an mich wendeten, war das Schlauste, was Sie tun konnten.«

»Jeder andere wäre mir ebenso lieb gewesen,« antwortete Splitter leise,
indem er neben dem Rotkopf auf der Mauer Platz nahm, »aber freilich,
habe ich einen Menschen vor mir, von dem ich weiß, dass er meinen
Auftrag gewissenhaft erfüllt, so gehe ich, um das Geschäft zu erleichtern,
etwas offenherziger zu Werke.« Er drückte dem Rotkopf eine Münze in
die Hand, die von diesem nachlässig in die Tasche geschoben wurde,

dann fuhr er fort: »Es ist nichts, was mir und Ihnen Ungelegenheit bereiten könnte; dagegen gibt es Dinge, die man, um Missverständnissen vorzubeugen, oft vor dem besten Freunde verheimlicht. Sie haben mich begriffen und ich darf auf Ihren guten Willen bauen?«

»Wenn Jemand mich für ein Stück Arbeit bezahlt, braucht er ums Ausführen nicht besorgt zu sein,« antwortete Wodei selbstbewusst.

»Gut denn,« fuhr Splitter fort, »ich traue Ihnen, und Schweres fordere ich nicht. Seit einigen Tagen befindet sich eine junge Dame auf dem Karmeliterhofe?«

»Ein hübsches Ding,« gab der Rotkopf lebhaft zu, »und 'n Herz für arme Leute hat's ebenfalls.«

»Ferner erscheint hier zuweilen ein Herr –«

»Ein Anverwandter des Herrn Rothweil soll es sein,« fiel Wodei ein, »und an dem Mädchen hat er 'nen Narren gefressen. Es wird seinen Haken haben, dass sie so schön mit einander tun. Ich beobachtete sie heute von meinem Fenster aus.«

Splitter knirschte mit den Zähnen, er war gezwungen, sich zu sammeln, bevor er antwortete:

»Befreundet mögen sie sein, aber weiter ist's nichts. Nein, das wäre unmöglich, denn die junge Dame hat sich bereits versprochen, und Schlechtes ist ihr am wenigsten zuzutrauen. Trotzdem wäre es möglich, dass dieser Rothweil, wie Sie ihn nennen, sich um ihre Gunst bemühte, und das muss hintertrieben werden. Hier haben Sie einen Brief. Den händigen Sie der jungen Dame ein, und sagen Sie, ein Knabe oder sonst Jemand habe ihn für sie abgegeben. Nebenbei mögen Sie die Nachricht verbreiten, der Besitzer des Hofes sei in Amerika gestorben.

»Der ist tot?« fragte der Rotkopf gleichgültig, »nun, ich habe nichts davon, kenne ihn nicht einmal. Kommt der Hof in andere Hände, so passiert nichts Schlimmeres, als dass ich mich nach einer anderen Gelegenheit umsehen muss.«

»Was nicht eilt,« nahm Splitter wieder das Wort, »denn Jahr und Tag mögen vergehen, bevor die Sache sich nach der einen oder der anderen Richtung hin entscheidet. Hier handelt es sich nur darum, dass Wegerich die Wahrheit erfährt, die man ihm vorenthalten möchte. Auch die junge Dame, die hier eingezogen ist, muss davon in Kenntnis gesetzt werden. Sie ist zwar verwandt mit dem Verstorbenen, allein es könnte doch sein, dass sie vorzöge, bei Zeiten ein anderes Unterkommen zu suchen.«

»Die Sonne soll nicht lange auf den Rhein geschienen haben, dann weiß es jedes Kind,« versprach Wodei in seiner rohen Weise, »Ich sorge pünktlich für Alles; selbst der verrückten Marquise will ich's vom Garten aus durch's Fenster zuschreien.«

»Gut, das genügt vollkommen, nur das berücksichtigen Sie noch: Niemand darf erfahren, aus welcher Quelle Sie selbst die Kunde schöpften. Ob man es sofort glaubt oder bezweifelt, ist nicht von Belang. Man wird an geeigneter Stelle Erkundigungen einziehen und sich von der Wahrheit überzeugen. Und tot ist er, das steht fest, aber man möchte es verheimlichen.«

»Wofür ich keinen Grund sehe,« fügte der Rotkopf hinzu, »ist's doch gescheiter, die Leute wissen woran sie sind.«

»So dachte ich, als ich mich zu dem späten Spaziergange entschloss, und ich freue mich, in Ihnen einen so vernünftigen und gewissenhaften Menschen gefunden zu haben,« versetzte Splitter, indem er von der Mauer stieg. Als Wodei an seine Seite trat, schlug er mit ihm langsam die Richtung nach der Stadt ein. »Ich werde mich nicht zum letzten Mal Ihres Beistandes bedient haben,« nahm er das Gespräch alsbald wieder auf, »was mich zu der Heimlichkeit veranlasst, hat für Sie keinen Wert, wenn Sie nur wissen, dass ich zu derselben berechtigt bin und keinen Schritt umsonst von Ihnen verlange. Ich wiederhole nur noch ausdrücklich, dass die junge Dame längst versprochen ist. Da nun oft genug solche Verlöbnisse auf leeren Schein hin rückgängig gemacht werden, so kommt es darauf an, gerade den bösen Schein zu meiden. Das aber geschieht, indem man den Herrn Rothweil ernst, jedoch wenig auffällig überwacht, um später als Zeuge für die junge Dame auftreten zu können. Diesem Rothweil liegt freilich wenig daran, ob er den Ruf eines jungen, unbescholtenen Mädchens schädigt. Er mag sich wohl gar auf Grund seiner weitläufigen Verwandtschaft für berechtigt halten, unter der Maske eines Beschützers zwischen sie und ihren Verlobten zu treten.«

»Sie selber sind der Bräutigam?« fragte Wodei ruhig.

»Ob ich es bin oder ein Anderer, ändert nichts an der Sache,« antwortete Splitter ausweichend, jedenfalls habe ich die Verpflichtung übernommen, das Mädchen zu überwachen und Unheil zu verhüten. Das aber geschieht am sichersten, indem Sie mir regelmäßig mittheilen, was Sie selbst beobachteten oder durch Andere erfuhren.«

»Und ich bin der Mann dazu, nichts zu übersehen, was auf dem Hofe stattfindet. Doch wenn ich nun Nachricht hätte und wollte Sie sprechen, wohin wende ich mich?«

Splitter sann nach und antwortete zögernd: »Es muss genügen, wenn ich Sie von Zeit zu Zeit aufsuche. Also auf Wiedersehen und seien Sie eingedenk meiner Ratschläge.«

»Ich bin der Mann für Sie,« erwiderte der Rotkopf, seine Mütze ein wenig lüftend, worauf sie sich trennten. Splitter schlug eiligen Schrittes die Richtung nach der Stadt ein. Wodei lauschte ihm noch ein Weilchen nach.

»Wenn der Gutes im Sinne hat, will ich zum letzten Mal 'nen ehrlichen Taler verdient haben,« murmelte er vor sich hin, und kopfschüttelnd wendete er sich dem Hofe zu.

Siebentes Kapitel.

Der Schulmeister.

Lachende Gefilde umringen den Karmeliterhof und seine wüsten Gärten in weiterem Umkreise. In der Ferne tauchen langgestreckte Dörfer auf, welche bis in die kleinsten Hütten hinein ein gewisser Charakter ländlicher Betriebsamkeit und Wohlhabenheit auszeichnet. In einem dieser Dörfer, halb versteckt zwischen Weinbergen und Obstgärten, braucht man nur den bescheidenen Kirchturm zum Wegweiser zu wählen, um vor das mit gediegener Einfachheit errichtete Schulhaus zu gelangen. Freundlich umhüllt von Bäumen lugt es mit dem blumenreichen Vorgarten gleichsam schüchtern in die Welt oder vielmehr auf die einzige breite Dorfstraße hinaus.

Die sich westlich neigende Sonne beleuchtete rötlich das bemooste Schieferdach des Kirchturms, die strohgedeckten Scheunen und Ställe, und endlich den gewaltigen Hollunderstrauch auf dem Giebel des Schulhauses, welcher sich laubenartig über einen mit dem Erdboden vereinigten Gartentisch und ähnlich hergestellte Bänke wölbte. Auf der einen Bank vor dem Tisch saß der Schulmeister, eine jener aus Mangel und Not hervorgegangenen achtungswerten Gestalten, welche, in der Ausübung ihres Berufes kaum über den Neuling hinaus, neben weihevollem Ernst sich durch einen gewissen jugendfreudigen Enthusiasmus auszeichnen, der sie wiederum anspornt, durch eifriges Lesen der Werke hochberühmter Forscher und Denker ihr Wissen auf eigene Hand und heimlich weit über die von strengen Regulativen gezogenen Grenzen hinaus auszudehnen. Von dem Pfarrer wie von den Eingepfarrten bei seinem Antritt herzlich willkommen geheißen, ruhte in seinen klugen hellbraunen Augen reine Überzeugungstreue und warmer Eifer, den von ihm gehegten Erwartungen nach jeder Richtung hin zu entsprechen. Noch unverheiratet, fehlte ihm außer dem ihn schützenden Dache, eine eigentliche Häuslichkeit. Er war deshalb darauf angewiesen, abwechselnd bei den vornehmeren Mitgliedern der Gemeinde zu Tische zu sitzen, ein Umstand, welcher des Peinlichen durch die Herzlichkeit entkleidet wurde, mit welcher man ihn überall willkommen hieß. Den Hut hatte er neben sich auf die Bank gelegt, dass der unter dem Holunder hinstreichende sanfte Luftzug mit seinem braunen Haar spielte. Innere Zufriedenheit thronte auf dem redlichen Antlitz, aufrichtiges Wohlwollen tönte aus seiner Stimme hervor, indem er, ein offenes Buch vor sich, einen belehrenden Vortrag hielt, nur zeitweise einen Blick auf die bedruckten Seiten senkte und dann wieder frei in die auf ihn gerichteten großen Augen des unsteten Irrwischs, der graziösen Gertrud, schaute.

Diese saß ihm gegenüber, und wer sie beobachtet hätte, wie ihre Blicke mit gespannter Aufmerksamkeit an den Lippen des jungen Schulmeisters hingen, der würde schwerlich geahnt haben, dass sie selbigen Tages vor der Marquise mit zügelloser Begeisterung die kühnsten und schwierigsten Stellungen ausführte, eine Stunde später vielleicht einen auf sie gerichteten bewundernden Blick mit beißendem Spott lohnte, einen andern, welcher ohne Huldigung über sie hinschweifte, durch diese oder jene trotzige Bemerkung auf sich lenkte.

Vor ihr auf dem Tisch lagen mehrere Hefte mit den Proben einer schönen, wenn auch noch wenig geläufigen Handschrift. Die Tinte war in der benutzten Feder längst getrocknet, so lange hatte Herr Jerichow über eine Stelle in den schriftlichen Arbeiten seiner Schülerin gesprochen.

»Bei Deinem scharfen Verstande wäre es vergebliche Mühe, die mir in meinem Lehrplan vorgeschriebenen Grenzen genau innezuhalten,« erklärte er, während glühender Eifer seinem beinahe mädchenhaft zarten Antlitz eine tiefere Farbe verlieh. »Derselbe ist ohnehin für jüngere Gemüter berechnet, denen es schwerlich zum Heil gereichte, wollte man den Kreis ihres, nur für ländliche Verhältnisse berechneten Wissens in einem Grade erweitern, dass sie, nachdem ihnen das fernere Vordringen abgeschnitten wurde, dadurch in endlose Zweifel gestürzt würden. Solche Zweifel aber könnten nur jene glückliche Ruhe erschüttern, welche einem kindlich einfältigen, ich möchte fast sagen: blinden Glauben entspringt. Mit Dir ist es ein Anderes. Bei Deinem scharf auffassenden Geiste, nebenbei geheimnisvollen, wenigstens für mich geheimnisvollen Einflüssen unterworfen, wäre es ein Frevel, Dich jetzt noch in jene Grenzen zurückzuweisen zu wollen. Es fehlt Dir zwar das Verständnis für manche Dinge, aber Deine Fragen beweisen, dass es nur des Eingehens auf dieselben bedarf, um Dich Schritt für Schritt weiterzuführen auf den Pfaden höherer Gesittung, wie sie im Allgemeinen – und ich erhebe deshalb keinen Vorwurf gegen eine ganze Menschenklasse – in Deinen Kreisen nicht gewöhnlich. Der Abdruck eines Farrenkrautblattes auf einem Schieferstein, von welchem Du weißt, dass er aus tiefem Erdschacht ans Tageslicht gefördert wurde, veranlasst Dich zu der Frage, wie das Blatt dorthin gekommen, weshalb es, zwischen hartes Gestein gebettet, überhaupt nicht spurlos verschwand, sondern bis in die feinsten Gliederungen hinein seine Form bewahrte. Eine bequeme Antwort wäre, Dich an den Glauben zu mahnen, der Berge versetzt, anstatt Dingen nachzuforschen, welche dem menschlichen Geiste unergründlich. Einfältigen Gemütern würde diese Antwort genügen, ein Mehr könnte sogar nachtheilig wirken, könnte ihren religiösen Glauben zu einem Schatten herabwürdigen, ihre Furcht vor einer Vergeltung durch göttliche Gerechtigkeit vernichten und damit dem allmählichen Versinken in Verderbnis die Tore öffnen. Dir hingegen darf ich frei offenbaren, sogar ohne Dich, soweit meine eigenen schwachen Kräfte reichen, mit den Grundsätzen dieser oder jener Wissenschaft vertraut gemacht zu haben: Tief unten im verborgensten Schoße der Erde ruhen Wälder, Wiesen und Sümpfe; hoch nach den Gebirgen hinaus verirrten sich Meeresgründe, die heute noch, zu festem Gestein erhärtet, die unzweideutigen Proben eines einstigen organischen Lebens in sich einschließen. Zwischen diesen beiden Grenzlinien aber schiebt sich Alles durcheinander, je nachdem die Erdrinde immer wieder erschüttert und umgestaltet wurde. Ich lese Erstaunen in Deinen Blicken, jedoch ein gläubiges, obwohl Ursachen und Wirkungen Dir wohl für Deine Lebenszeit fremd bleiben werden. Und wie wäre es auch möglich, Dich über Alles aufzuklären, was, in viele besondere Fächer sich abzweigend, ebenso vielen hocherleuchteten Köpfen und Korporationen von Köpfen eine besondere Lebensaufgabe bildet. Ein Segen ist es daher für Dich, wenn Du Jemand fandest, dessen Mitteilungen Du unbedingten Glauben beimisst, Jemand, der in Deinem Gemüt einen dankbaren Boden für seine Lehren findet, freudig die Gelegenheit willkommen heißt, gewissermaßen aus sich herauszugehen, auf kurze Zeit abzulegen die Schnürbrust strenger Verordnungen –« er verstummte, lächelte zweifelnd und sprach dann mit schwermütigen Ausdruck: »Kannst Du mir folgen auf dem Wege, welchen ich unwillkürlich, sogar unüberlegt einschlug, und bist Du zufrieden mit dem, was Dir erklärlich?«

In Gertruds Augen leuchtete es heller auf. Zu ihrem einfachen, beinahe ärmlichen Äußern kontrastierten wunderbar die anmutige Haltung und gespannte Aufmerksamkeit. Ihre ungeregelten, in stetem Kampfe unter sich befindlichen Anschauungen hatten auf den Grundlagen des von der Marquise mit peinlicher Sorgfalt ausgebildeten Schönheitssinnes unstreitig eine Veredelung erfahren; ob sie aber für das, was sie vernahm, ein volles Verständnis besaß, wer hätte es erraten? Sie selbst wäre am wenigsten fähig gewesen, Auskunft darüber zu erteilen. Denn wie Jerichow aus ihrem durch glühenden Eifer noch verschönten Antlitz seine Begeisterung herleitete, durch den Ausdruck desselben bis zu einem gewissen Grade getäuscht, mit seinen Offenbarungen immer weitere Kreise um sie zog, so weite Kreise, dass sie schließlich ihren Blicken entschwanden; wie seine Begeisterung in demselben Maße wuchs, in welchem er sich in Schilderungen vertiefte, die in seiner Stellung ihm selbst als eine verbotene Frucht erschienen, die er nur vorsichtig berühren durfte, denen er sogar ängstlich auswich, um nicht gegen sein besseres Wissen zu lehren, nicht ein Heuchler zu werden: so schöpfte Gertrud ihre Andacht nicht aus den zum größten Teil unverstandenen Darstellungen selbst, sondern aus dem überzeugenden Tone seiner Stimme, aus den eine heilige Wahrheit austrahlenden Augen. Stunden und Stunden hätte sie seinen Worten lauschen können ohne zu ermüden, Stunden auf Stunden zu ihm aufschauen mit jener atemlosen Spannung, welche dem Unterweisenden der erste und schönste Lohn seines Strebens.

»Ich verstehe Alles,« antwortete sie freimütig, Wirkung und Ursache der empfangenen Eindrücke verwechselnd, »das Farrenkrautblatt grünte einst, die Kohlen, die wir täglich brennen, rühren von Bäumen her, die vor vielen Jahren Blätter trugen.«

»Es grünten die Kräuter, es belaubten sich im Frühling die Bäume,« fuhr Jerichow leuchtenden Auges fort, »sie warfen Schatten rings umher in spärlich belebter Wildnis; sie entfärbten sich zur Herbstzeit, durch ihre kahlen Wipfel strich der winterliche Nordwind, wenn nicht andere Bedingungen, wie noch heute weit unten im Süden, den Winter ganz ausschlossen. Wie aber die Jahreszeiten wechseln, in nie gestörter Ordnung eine Geist und Herz erfrischende, unsern Augen wahrnehmbare Wandlung sich vollzieht, so wechselte im Laufe der Jahrhunderttausende im wütenden Kampfe unversöhnlicher Elemente die Erdoberfläche, indem das bald durch Feuer, bald durch Wasser aufgelöste Material in neue Formen erstarrte, unberechenbare Kräfte Ozeane verlegten, mit Festlanden spielten, wie Kinderhände mit farbigen Bausteinen. Wo bleiben solchen Ereignissen gegenüber die biblischen Zeitrechnungen? Wie erhaben aber erscheint die Alles umfassende Naturkraft gegenüber dem kleinlichen Begriffsvermögen der Sterblichen! Wenn aber unsere Erde, ein Sandkörnlein in dem ewigen Weltenraume, und noch weniger als das, zu solchen Betrachtungen anregt; wenn wir scheu zurückbeben vor den in unserer Phantasie entstehenden Bildern zischender Feuermeere und verdampfender Ozeane, aus deren wüsten Feldern immer wieder neues Leben hervorspross: wie müssen wir uns in Andacht beugen, wenn wir die Blicke emporsenden zum Firmament, wo in ungemessenen Fernen Milliarden anderer Weltkörper –«

Er verstummte. Gertrud hatte über den Tisch hin seine Hand ergriffen. Wie um sich vor einem jähen Sturz zu bewahren, umklammerte sie dieselbe fest. Mit sengender Glut hingen ihre großen Augen an seinen Lippen, verkürzt entwand der Atem sich ihrer Brust. Und doch waren es nicht die vor sie hingezauberten gewaltigen Naturszenen, was ihre Begeisterung auf den Gipfel trieb – und was galten ihr im Grunde jene Bilder, die nur durcheinander wogten – aber der Mann, der vor ihr saß, der in ihren Augen diese Masse beherrschte, der in jedem Ton, in jedem Schwanken seiner Stimme eine so heilige Überzeugung offenbarte, er war es, vor dem sie sich beugte; er war es, der in dem wilden, ungeschulten Gemüt jene hingebende Andacht weckte. In ihren Zügen dagegen suchte Jerichow ängstlich nach einem Zeichen des Verständnisses, ängstlich und besorgt, wie wohl der Gärtner ein junges Bäumchen überwacht, welches er aus einem nur dürftige Nahrung spenden Boden in besseres Erdreich verpflanzen möchte.

Das Rollen eines Wagens, der in geringer Entfernung von dem Schulhause anhielt, gab Beide sich selbst wieder. Gertrud zog, wie beschämt, ihre Hand zurück, und aus ihren Augen lugte wieder verstohlen der Dämon des Mutwillens. Auf Jerichows Antlitz gelangte eine gewisse wehmütige Entsagung zum Ausdruck. Er mochte erwägen, ob die Wurzeln des Bäumchens nicht zu innig mit dem nahrungslosen Kies verwachsen, um beim Umpflanzen nicht den Todeskeim in sein Mark zu legen.

»Zu weit habe ich mich hinreißen lassen,« bemerkte er schwermütig. Was er hinzufügen wollte, erstarb auf seinen Lippen, als die Gartenpforte sich öffnete und wieder zuschlug. Wie nach einem begangenen Fehl griff Gertrud zur Feder, während Jerichows Blicke sich auf das vor ihm liegende Buch senkten. Doch die Feder blieb trocken, vor Jerichows Augen verschwammen die Buchstaben in einander. Beide lauschten gespannt auf die sich nähernden ungleichmäßigen Schritte.

Der Eingang der Laube verdunkelte sich. Lehrer wie Schülerin blickten hinüber und erhoben sich ehrerbietig, sobald sie die Marquise erkannten. Diese erwiderte den Gruß durch mattes Neigen ihres Hauptes, und sich schwerfällig einer bewegend, nahm sie neben Gertrud Platz. Auf ein Zeichen von ihr setzten Jerichow und Gertrud sich ebenfalls nieder. Letztere betrachtete starr das Antlitz ihrer Gönnerin. So wie heute, hatte sie dieselbe noch nie gesehen. Und doch waren erst Stunden verronnen, seitdem sie unter deren prüfenden Blicken sich den gewaltigsten, ihre

Kräfte fast übersteigenden Anstrengungen unterwarf. Die Farbe ihres Antlitzes war eine andere geworden. Es fehlte demselben nicht allein die verjüngende Schminke, sondern es hatten sich auch die Furchen entschwundener Jahre in einem Maße vertieft, dass man ihr blutleeres Antlitz mit dem einer Gestorbenen hätte vergleichen mögen. Dabei schauten die großen dunkeln Augen so düster, dass Gertrud sich entsetzte. Jerichow bemerkte ebenfalls die Veränderung, wagte indessen nicht, sein schmerzliches Erstaunen zu verraten.

»Soll ich die gnädige Frau nach Hause begleiten?« brach Gertrud ängstlich das Schweigen.

»Warum meinst Du?« fragte die Marquise scharf.

Bei dieser strengen Zurückweisung schoss das bewegliche Blut in Gertruds Schläfen hinauf, und trotzig warf sie die Lippen empor. Doch so entscheidend war die Gewalt, welche die Marquise über sie besaß, dass ihre Züge sich sofort wieder ebneten.

»Ich fürchtete, die gnädige Frau möchten krank geworden sein,« versetzte sie schnell gefasst.

Die Marquise lachte bitter.

»Nicht krank,« erwiderte sie, und indem ihre Blicke auf dem Mädchen ruhten, eilte es wie der Abglanz einer sanften Regung über ihr bleiches Antlitz, »nein, ich befand mich nie wohler, als heute; aber es kam mir plötzlich in den Kopf, mich von Deinen Fortschritten zu überzeugen.« Dann zu Jerichow: »ich hoffe, sie zeigt sich dankbar und besucht Sie regelmäßig?«

»Nie kam sie zu spät oder versäumte sie eine Stunde.«

»Sie erfüllt daher den Zweck, zu welchem ich sie hierherschicke?«

»Ich könnte mir keine aufmerksamere Schülerin wünschen.«

»Im Grunde ist es überflüssig ihren Kopf mit Gelehrsamkeit zu überladen,« fuhr die Marquise herbe fort, »was soll sie damit in ihrem Stande? Zu ihrer späteren Zufriedenheit trägt es schwerlich bei. Da indessen der Anfang gemacht ist – und ich bin dem Mädchen eine Entschädigung für die mir geleisteten Dienste schuldig – so wollen wir nicht mitten in dem begonnenen Werk abbrechen. Sie mag sich auch später ein wenig über den Stand ihrer Eltern erheben, und dann ist es gut, wenn sie fähig, einen Brief zu schreiben und eine Rechnung auszufertigen. Ich überlegte mir Alles reiflich. Sie zählt ihre vollen achtzehn Jahre; zur Vermehrung ihrer Kenntnisse bleibt also nur noch sehr kurze Zeit. Ihr Fleiß muss daher gesteigert werden, damit sie einigermaßen fertig ist, wenn ich gezwungen sein sollte, meinen Wohnsitz zu verlegen. Der Besitzer des Karmeliterhofes soll nämlich gestorben sein. Zweimal wöchentlich erhielt sie bisher Stunden; lieb wäre es mir, wollten Sie die Zahl verdoppeln, natürlich gegen eine entsprechende Erhöhung des Honorars.«

Jerichow errötete. Es lag eine gewisse Geringschätzung seiner Person in dem Tone, mit welchem die Marquise ihn für seine Mühe zu entschädigen versprach. Er fasste sich indessen schnell und antwortete höflich:

»Meine Zeit steht zu Ihrer Verfügung. Abgesehen von der Dankbarkeit der mir anvertrauten Aufgabe an sich, wird mir aus derselben das schöne Bewusstsein erwachsen, mit dazu beigetragen zu haben, wenn Gertruds Zukunft sich freundlicher gestaltet, als unter anderen Verhältnissen zu erwarten gewesen wäre.«

»Du hörst es,« wendete die Marquise sich an Gertrud, in deren frischem Antlitz es wieder aufleuchtete, »an Dir aber ist es, Dich der Opfer würdig zu zeigen, welche Herr Jerichow uns an Zeit und Mühe bringt. Ich für meine Person erwarte keinen Dank. Führe meine Sorge für Dich allein darauf zurück, dass ich Dir eine Anerkennung für geleistete Dienste schulde; außerdem setzte ich mir in den Kopf, Dich dem Sumpf Deiner jetzigen Umgebung zu entreißen.«

Gertrud hatte das bleiche Antlitz der Marquise so lange aufmerksam von der Seite betrachtet. Sie war scharfsinnig genug, zu erraten, dass schwer wiegende Umstände sie bewegten, eine Unterredung mit Jerichow zu suchen. Gern hätte sie die Gründe kennen gelernt, allein nicht durch die leiseste Miene offenbarte sie ihr heimliches Verlangen. Auf die Anrede der Marquise antwortete sie nicht. Sie wusste, dass in der augenblicklichen Lage sie nichts Anderes sein durfte, als das sie bediendende Fischermädchen.

»Wie weit sind Sie mit dem Unterricht?« fragte die Marquise nach einer Pause.

»Beinah zu Ende, eine kleine Besprechung fesselte uns noch,« erwiderte Jerichow mit einem teilnahmsvollen Blick auf Gertrud, in welcher er nur ein Spielzeug in den Händen ihrer launischen Gönnerin zu entdecken glaubte.

Die Marquise sann einige Sekunden nach, indem sie durchdringend auf das ihr voll zugekehrte Antlitz Gertruds sah.

»Ich gebrauche Dich heute nicht mehr,« sprach sie darauf eintönig, »begib Dich auf dem nächsten Wege nach Hause, und morgen stelle Dich zur rechten Zeit ein. Im Vorbeigehen benachrichtige Deinen Großvater, dass ich ihn zu sprechen wünsche.«

Sie erhob sich; als Gertrud sie nach dem Wagen begleiten wollte, wehrte sie ihr durch einen Wink mit der Hand.

»Bleib,« fügte sie kalt hinzu, »Herr Jerichow wird die Güte haben,« und als dieser dienstfertig neben sie hintrat, schlug sie langsam die Richtung nach der Gartenpforte ein.

»In dem Mädchen wohnt ein Dämon,« sprach sie gedämpft zu ihrem Begleiter, sobald sie sich außerhalb der Hörweite Gertruds befanden, »ich lernte noch nie Jemand kennen – hatte freilich auch keine Gelegenheit dazu – der sich vor dem in ihren Augen ruhenden unheimlichen Zauber nicht gebeugt hätte. Leider weiß sie das, und sie macht sich ein Vergnügen daraus, ihre Zauberkünste an arglosen Menschen zu erproben,« und von Jerichow unbemerkt, betrachtete sie seine ernsten Züge argwöhnisch.

»Ich fand nur eine wissbegierige Schülerin in ihr,« versetzte Jerichow nicht ganz frei von Befangenheit, »mit ihrem oft rätselhaften Wesen und der wunderbaren Anmut, welche in so krassem Widerspruch zu ihrer Herkunft stehen, flößt sie allerdings regere Teilnahme ein, als vielleicht viele Tausende ihres Geschlechtes.«

Die Marquise blieb stehen, wie um ihre lahme Hüfte zu schonen, in der Tat aber, um einen forschenden Blick in die ruhigen Augen ihres Begleiters zu senken.

»Hüten Sie sich vor dem Mädchen,« warnte sie ernst; »ich wiederhole: Ein Dämon wohnt in der jungen Brust, ein Dämon der Gefallsucht und der Schadenfreude. Haben Sie je von Rheinnixen gehört? Den reizvollen Geschöpfen, welche ihre Opfer, die Opfer der eigenen leichtfertig geschürten wahnsinnigen Leidenschaft mit in das Verderben bringende

Element hinabziehen? Eine solche Nixe ist die Gertrud. Hüten Sie sich vor ihr. Ihr Lächeln ist gefährlicher, als Schlangenblicke. Dem Banne einer Schlange können Sie sich durch die Flucht entziehen, nicht aber dem Zauber, welchen sie, gleichviel ob bewusst oder unbewusst, um dasjenige schlingt, was ihre augenblicklich Laune reizt. O, ich kenne das, kenne das! Gerade solche Augen sah ich früher,« – sie lachte herbe vor sich hin – »ha, ich sollte sie wohl kennen gelernt haben, ich warne Sie, ich warne Sie.«

Hastig ergriff sie des jungen Mannes Arm, und sich schwer auf denselben stützend, suchte sie unter großer Anstrengung ihre Eile zu beschleunigen.

»Ein seltsames Wesen,« gab Jerichow träumerisch zu, »oft erscheint es in der Tat, als ob in dem völlig ungeschulten Gemüt zwei einander feindliche Mächte im Kampfe lägen. Mag das immerhin sein, ich bezweifle nicht, dass die edleren Regungen schließlich den Sieg davontragen. Gleichviel, wie bescheiden das Loos, welchem das schöne und reich begabte Kind entgegengeht, es muss, es kann nur segensreich in dem ihm angewiesenen Kreise wirken.«

»Was abhängig von äußeren Einflüssen,« versetzte die Marquise spöttisch, indem sie auf die Straße hinaustraten, »denn was dem einen frommt, bringt dem Anderen Verderben. Ich warne Sie ernstlich vor dem Dämon.«

Sie hatten den Wagen erreicht. Vorsichtig half Jerichow der Marquise in denselben hinein. Dann trat er einen Schritt zurück, sich mit einer ehrerbietigen Verneigung empfehlend.

Die Marquise grüßte mit der Hand.

»Vergessen Sie nicht den Dämon,« sprach sie noch einmal, indem der Wagen sich in Bewegung setzte. Sobald sie aber sicher, dass Jerichows Blicke sie nicht mehr erreichten, brach sie in sich zusammen. Tief gebeugt lehnte die sonst so majestätische Gestalt sich in die Wagenecke. Starr waren die unter den gesenkten Lidern hervorlugenden Augen auf einen bestimmten Punkt des Vordersitzes gerichtet. Schärfer gruben sich die Furchen in das bleiche Antlitz ein. Der Wagen polterte und übertönte mit seinem Rollen die Worte, welche gleichsam unbewusst sich den zuckenden Lippen entwanden.

»Alles umsonst, Alles umsonst,« hieß es immer wieder; »wer zeigt mir einen Ausweg aus dem Labyrinth?«

Da löste sich die Starrheit des verschlossenen Antlitzes. Tränen entströmten ihren Augen und ein milder Ausdruck schwebte auf den entstellten Zügen. Doch schon nach einigen Sekunden verschwand er wieder. Mit einer heftigen Bewegung richtete sie sich empor, und eine steinerne Sphinx hätte nicht kälter schauen können, als die großen schwarzen Augen durch die Glasscheiben an dem Kutscher vorbei die flinken Bewegungen der Pferde beobachteten.

Ein Weilchen hatte Jerichow dem davonrollenden Wagen nachgeschaut, und langsam, wie unter einer schweren Bürde, begab er sich in den Garten zurück. In seiner Erinnerung lebten die geheimnisvollen Worte der Marquise. Vergeblich suchte er ihre Warnung seiner Schülerin anzupassen. Wenn er meinte, einen Anhaltepunkt für dieselbe gefunden zu haben, zürnte er sich selbst, sobald das mutwillige Fischerkind in seiner Seele auftauchte, er in den geheimnisvoll glühenden Blicken nur den Ausdruck einer unermüdlichen Lernbegierde entdeckte. Er erschrak förmlich, als er im Eingange der Laube Gertrud plötzlich vor sich stehen sah.

»Sie hat in ihrem Leben gewiss viel gelitten,« sprach er, in die ängstlichen großen Augen schauend.

»Es muss etwas vorgefallen sein,« versetzte Gertrud besorgt, »so sah ich sie nie, so lange ich sie kenne. Ich fürchte mich, zu ihr zu gehen.«

»Morgen hat sich Alles geändert,« ermutigte Jerichow, indem er schmeichelnd das dichte goldblonde Haar von der Stirn des sich wie ein zaghaftes Kind gebärdenden schönen Mädchens strich. Sie traten in die Laube ein. »Sehr bekümmert ist sie,« fuhr er fort, »trotzdem sorgt sie getreulich für ihren Schützling, welchem sie gewiss manche freundliche Stunde verdankt.«

»Nur ihre Dienstmagd bin ich,« erwiderte Gertrud trotzig, doch wie ihre Worte bereuend, fügte sie sanfter hinzu: »ich bediene sie wohl, aber ich tu's gern, und dass sie etwas Besseres aus mir machen will, als – nun, als einen verachteten Irrwisch, das danke ich ihr von Herzen.«

Jerichow hatte wieder auf der Bank Platz genommen. Gertrud, anstatt seinem Beispiel zu folgen, rollte ihre beiden Hefte vorsichtig zusammen und schob sie in die Tasche ihres Kleides.

»Ein halbes Stündchen hätte ich gern zugelegt,« bemerkte Jerichow bedauernd, indem er sich wieder erhob.

»Ich habe nicht länger Lust,« antwortete Gertrud rau; dann, wie über sich selbst erschreckend, beinah unterwürfig: »Ich kann nicht – ich will nach Hause. Ich fürchte mich – ich glaube, ein Unglück steht mir bevor;« sie sah vor sich nieder, die zu dem blonden Haar seltsam kontrastierenden starken schwarzen Brauen so nahe zusammenschiebend, dass sie sich fast berührten. Die kleinen gebräunten Hände spielten krampfhaft mit einer Falte ihres Kleides; auf ihrem Antlitz brannte helle Glut.

Jerichow beobachtete sie gespannt. »Ein Dämon wohnt in ihrer Brust,« summte es in seinen Ohren, »hüten Sie sich vor ihr, sie ist eine Rheinnixe, die Alles mit sich ins Verderben hinabreißt, was sich in ihren Zauberkreis wagt.« Und doch erschien sie ihm in der lieblichen Stellung so kindlich harmlos. Sein Herz blutete bei dem Gedanken an ihre Vereinsamung. Und vereinsamt war sie: Von Eltern und Geschwistern trennte sie ein höherer Grad der Gesittung; in den Händen der Marquise war sie ein Spielzeug finsterer Launen; von Genossinnen und Gespielen wurde sie schon im zartesten Jugendalter durch ihre eigentümlichen Neigungen geschieden. Niemand besaß sie, an den sie sich enger hätte anschließen können. Auf sich allein angewiesen, suchte und fand sie in den eigenen bizarren Ideen ihre einzige sie ansprechende Unterhaltung. Wer mitleidig, wohl gar spöttisch auf sie nieder sah, den hasste sie, weil sie nicht von ihm verstanden wurde. Unter ihr Stehende verachtete sie, weil dieselben sich noch weniger zu ihr empor zu schwingen vermochten. Vertrauen hatte sie zu Niemand, sehnte sich auch nicht nach dem Vertrauen eines Anderen; es sei denn, dass die Quelle ihre Wissens und Lernens, Derjenige, der mit treuem Willen und den uneigennützigsten Absichten ihr zur Seite stand, einen Weg zu dem verschlossenen Gemüt gefunden hätte.

Derartig waren die Betrachtungen, welche Jerichow Angesichts des vor ihm stehenden wilden Kindes bestürmten. Wie unbewusst legte er die Hand auf die dünn bekleidete, warme Schulter. Gertrud sah in seine ruhigen, freundlichen Augen. Aber als hätte ihn jener Blick bis ins Herz hinein getroffen, hämmerte das Blut plötzlich laut in seinen Schläfen. Was er sagen wollte, er hatte es vergessen. Scharf abgegrenzte, brennende Röte flammte auf seinen mädchenhaften zarten Wangen auf. Seine Lippen öffneten sich, kürzer wurde sein Atem, wie ein Schleier legte es sich vor seine Augen. Befremdet starrte Gertrud ihn an. Dann riss sie die Hand von ihrer Schulter; ungestüm presste sie einen Kuss auf dieselbe, und mit der ihr eigentümlichen Gewandtheit schlüpfte sie in den Garten hinaus. Auf dem halben Wege zur Pforte blieb sie stehen, und sich der Laube zukehrend, zeigte sie Jerichow ein Antlitz, welches in Mutwillen gleichsam strahlte.

»Bis auf übermorgen, Herr Jerichow!« rief sie munter, sie knixte nach Kinderart, lachte, dass es hell durch den Garten schallte, und ein Kuckuckslied anstimmend, wendete sie sich ab. Bald nach rechts, bald nach links sich bückend, brach sie von den am Wege wuchernden, farbenreichen Blumen, sie jedes Mal mit flüchtigem Griff auf ihrem Haupte befestigend. In der Gartenpforte sah sie noch einmal zurück. Wie über Bäume und Sträucher glitten ihre Blicke sorglos über Jerichow hinweg.

»Kuckuck – kuckuck – kuckuck,« tönte es gleich darauf von der Straße herüber, dann verstummte ihr Lied. Hätte Jerichow ihr weiter nachzusehen vermocht, er würde erstaunt gewesen sein über die Scheu, mit welcher sie die Straße aufwärts und abwärts spähte. Leute befanden sich in ihrem Gesichtskreise, jedoch nicht nahe genug, um ihre Bewegungen genau unterscheiden zu können. Schneller, als sie kurz zuvor die Blumen festgenestelt hatte, riss sie dieselben aus dem dichten Haar, und nach rechts und links flogen sie verfolgt von Blicken des Zorns und der Geringschätzung. Nach ihrer gewohnten Art, warf sie die Lippen trotzig empor. Aufrechter war ihre Haltung geworden; schneller und sicherer setzte sie die kleinen, festbeschuhten Füße voreinander. Sie fühlte sich gerüstet, zudringlichen Blicken offenen Auges, spöttischen Grüßen mit scharf zugespitzten Worten zu begegnen.

»Ein Dämon wohnt in dem Mädchen,« wiederholte Jerichow in Gedanken die Warnung der Marquise, indem er in die Laube zurücktrat und sich auf seinen alten Platz niederließ; »Du arme, liebliche Rheinnixe,« spann er seine Betrachtungen träumerisch weiter, »Du rätselhaftes Wesen, in welchem die Mittagsglut eines heißen Sommertages und die Kühle des Stromes, wo er am tiefsten, sich so wunderbar vereinigen.«

Er stützte den Kopf auf die Hand und senkte die Blicke aufs vor ihm liegende offene Buch.

»Hüte Dich vor der Rheinnixe,« flüsterten seine Lippen. Das waren keine Worte, die er von den bedruckten Blättern ablas.

Achtes Kapitel.

Die Verlobten.

Wie die Marquise, so hatte auch Wegerich in seinem Äußeren sich gänzlich verändert. Um Jahre schien er innerhalb der letzten Stunden gealtert zu sein. Länger, faltenreicher war sein Gesicht geworden; seine Augen blickten so trübe, so verzagt, als hätte er sich am liebsten im Schatten einer der nahen verwilderten Haine in die Erde scharren lassen mögen. Nachdem die Marquise sich auffälliger Weise in einem durch den Rotkopf herbeigeschafften Mietswagen vom Hofe entfernt hatte, war er in sein Zimmer hinaufgegangen. Bei ihm befand sich Lucretia. Die sonst so heitere, lebenslustige Gefährtin rief heute den Eindruck hervor, als ob sie bereits von dem Fluche angeweht worden sei, welcher nach den düsteren Schilderungen Ginsters das zerfallende Gehöft umlagerte. Vergeblich bemühte sie sich, den greisen Freund durch das Entrollen lachender Zukunftsbilder heiterer zu stimmen, bis endlich die Wirkung seines sichtbaren Kummers den Sieg über ihr glückliches Selbstvertrauen davontrug und sie ebenso verzagt darein schaute, wie er selber.

Sehnsüchtig erwarteten Beide Perennis, von welchem sie noch immer eine Widerlegung der Trauerkunde erhofften; allein der Nachmittag verging, ohne dass Jener sich bei ihnen blicken ließ.

In trüber Stimmung verbrachten sie die Dämmerungsstunde; und als dann die Nacht sich auf die stille Landschaft senkte, bat Lucretia ihren alten Beschützer, sie auf die an dem Gehöft vorbeiführende Straße hinauszubegleiten.

»Ich werde heute noch Jemand sprechen, der uns vielleicht sichere Kunde über das Gerücht verschafft,« erklärte sie, indem sie langsam vom Hofe hinunterschritten, »einen Brief erhielt ich, in welchem er mich um eine Zusammenkunft bittet. Die erste Stunde nach dem Dunkelwerden bestimmte er.«

»Vielleicht ein Anverwandter?« fragte Wegerich.

»Kein Verwandter,« antwortete Lucretia, und trotz der Dunkelheit sah sie zur Seite, wie um den Blicken des alten Mannes auszuweichen, »aber ich kenne ihn schon sehr lange, schon seit meiner frühsten Kindheit. Ich verdanke ihm sehr viel, und jede Gelegenheit sucht er, mir gefällig zu sein.«

»Hier auf der Landstraße?« »Es ist der geeignetste Ort. Sie aber bitte ich, in der Nähe zu bleiben. Es wäre möglich, dass er auch Sie zu sprechen wünschte.«

Schweigend und in schmerzliche Betrachtungen versunken bewegten sie sich einher, als sie die Gestalt eines Mannes unterschieden, der sich von der Stadt her ihnen näherte.

»Er ist es,« sprach Lucretia gedämpft, sobald sie Splitter zu erkennen meinte. Stehen bleibend erwartete sie denselben, wogegen Wegerich sich eiligst nach dem Hofe zurückbegab und auf derselben Stelle der Gartenmauer Platz nahm, auf welcher Abends zuvor Splitter mit dem rotköpfigen Wodei gesessen hatte.

»Sie haben mich in ein Meer von Besorgnissen gestürzt,« redete Lucretia Sebaldus Splitter an, als er vor ihr eintraf, und befangen reichte sie ihm die Hand, »denn ohne einen schwerwiegenden Grund würden Sie den Wunsch, in meinem Asyl von keinem Besuch gestört zu werden, kaum unberücksichtigt gelassen haben.«

»Ich grüße Dich von ganzem Herzen, Du meine einzige Lebensfreude,« hob Splitter an, und er wollte seinen Arm um sie schlingen, als Lucretia einen Schritt zurückwich und scheu nach dem zwischen Hof und Gartenmauer liegenden schwarzen Schatten hinüberspähte.

»Lassen Sie es dabei bewenden,« sprach sie zwar nicht unfreundlich, jedoch mit einem Ausdruck, welcher eine Missdeutung nicht gestattete, denn die Dunkelheit schützte sie gegen den sie gleichsam lähmenden Blick aus den Amphibienaugen, »kann ich mich doch unmöglich in einer Stimmung befinden, welche eine andere Unterhaltung, als die mit Rücksicht auf Ihren Brief und meine eigene Lage zulässt. Aber ich danke Ihnen, Onkel Sebaldus, dass Sie die Zusammenkunft in eine Stunde verlegten, in welcher wir den böswilligen Bemerkungen einzelner, auf dem Hofe wohnender Menschen nicht ausgesetzt sind.«

Als Splitter die Zurückweisung erfuhr, legte es sich wie Eiseskälte um seine Brust. Sein Atem stockte, und hätte Lucretia mit den Blicken die Dunkelheit zu durchdringen vermocht, sie würde gebebt haben vor der Schärfe, mit welcher die bis auf einen scheinbar zitternden Punkt zusammengezogenen Pupillen sich in ihr Antlitz förmlich einbohrten. Ihre lange Erklärung gab Splitter Gelegenheit, die Fassung zurückzugewinnen, welche er bei dem ersten kalten Empfange verloren hatte. Wohl fühlte er, dass es kein Wiedersehen war, wie es eine Verlobte dem Auserkorenen gern bereitet, und in seinem Gehirn flammten die barocksten Pläne auf, den so lange als sein Eigentum betrachteten Schatz unauflöslich an sich zu ketten, bevor er durch äußere Umstände und ihm feindliche Einflüsse in unerreichbare Ferne gerückt wurde.

»In der Wahl der Stunde glaubte ich in der Tat nur Deinen Wünschen zu begegnen,« nahm er das Wort, sobald Lucretia schwieg, »doch solche Rücksichten müssen jetzt fallen. Und warum überhaupt diese Scheu? Weshalb der Öffentlichkeit störrisch entziehen, was man am liebsten allen Menschen jubelnd zurufen möchte? Deine Stellung hier kann nur an Festigkeit, Du selbst nur an Achtung gewinnen, wenn man Dich von einem Dir seit Jahren Verlobten beschützt und überwacht weiß. Selbst Deinen Verkehr mit dem jungen Rothweil, von welchem ich hörte, wird man weniger ungünstig beurteilen, wenn wir das zwischen uns bestehende Verhältnis nicht länger ängstlich verheimlichen.«

»Perennis Rothweil ist mein Verwandter,« entgegnete Lucretia ruhig, »er steht mir nahe genug, um seinetwegen kein Urteil fürchten zu brauchen. Wer könnte überhaupt meinen Verkehr mit ihm auffällig finden? Dergleichen ist mir geradezu unerklärlich. Habe ich doch die Empfindung, als stände Perennis als der einzige Verwandte, von welchem ich jetzt nur noch weiß, mir weit näher, als irgend ein anderer Mensch der Welt.«

»Nein, Lucretia, sprich das nicht aus; es kann Dir Keiner näher stehen, als ich, in dessen Hand Du gelobtest, ihm für's ganze Leben angehören zu wollen.«

»Ja, das geschah,« antwortete Lucretia, und im Tone der Stimme offenbarte sich, dass diese Mahnung ihr missfiel, »es geschah im vollsten Vertrauen auf die Vorstellungen, unter welchen Sie mir beteuerten, ich würde dem Schall Ihrer Schritte – doch lassen wir das ruhen; martern Sie mich nicht mit Dingen, die mich fremd, sogar beunruhigend anwehen. Was ich, wenn auch als halbes Kind versprach, das halte ich getreulich; allein ich möchte nicht gern daran erinnert sein, bevor die Zeiten eingetroffen, welche Sie damals mit glühenden Farben schilderten – nein, lieber Onkel Sebaldus, ich bitte Sie darum, und so herzlich, wie nur je in meinen Kinderjahren: berühren Sie jene – ich sage es ja offen – mir peinlichen, sogar unbegreiflichen Bilder nicht wieder, wenigstens nicht eher, als bis – nein – sagen Sie lieber, weshalb Sie die heutige Zusammenkunft suchten; dann aber will ich Ihnen anvertrauen, was mich so tief beunruhigt, dass selbst die Erinnerung an unsere alte Freundschaft – und wieder bekenne ich es ohne Scheu – mir die frühere tröstliche und ermutigende Wirkung versagt.«

Splitter seufzte tief auf. Es klang, wie wenn Jemand einen hohen Preis auf eine Karte setzt und zitternd den möglichen Verlust berechnet.

»Deine Worte könnten verletzen,« sprach er anscheinend ruhig, »allein es gibt ja Stunden und Stimmungen, in welchen man selbst das Teuerste aus seinem Gesichtskreise drängt. Es ist ein dumpfes, instinktartiges Gefühl, welchem Folge gebend wir vermeiden möchten, unsere liebsten Bilder mit den weniger freundlichen zusammenzuwerfen.–«

»Das mag sein,« unterbrach Lucretia ihn wieder, »ja, ich will es gern glauben, obwohl ich Ihren Erklärungen nicht recht zu folgen vermag. Sie sprechen so ganz anders jetzt, als in früheren Tagen, und dann ist mir, als wären Sie selber ein Anderer geworden, als würde mein Vertrauen zu Ihnen erschüttert, und das wäre mir sehr traurig. Warum fragen Sie nicht, wie es mir in der neuen Umgebung gefällt? Warum nicht nach der Ursache meiner tiefen Unruhe?«

»Fragen, die allein mich zu dem späten Besuch veranlassten,« versetzte Splitter etwas lebhafter, »durch Augenschein wollte ich mich von Deinem Ergehen überzeugen, und leider errate ich aus Deiner Stimmung, dass Deine augenblickliche Lage nicht Deinen Wünschen entspricht –«

»Sie entspricht meinen Wünschen, insoweit es sich um meine Person handelt. Man begegnet mir freundlich und achtungsvoll; mehr konnte ich nicht erwarten. Und dass ich nicht im Vollen lebe, – mein Gott, Onkel Sebaldus, nennen Sie mir die Zeit, in welcher Überfluss mich umgab.«

»Auch die Tage des Überflusses werden uns lächeln,« entgegnete Splitter, das Wort *uns* besonders betonend, »denn das Missgeschick muss es doch endlich müde werden, uns feindlich zu verfolgen. Und die zweite Ursache meines Schreibens,« fügte er hinzu, als er fühlte, dass Lucretia ihre Hand aus der seinigen zurückzuziehen versuchte, es aber aufgab, als sie ernstem Widerstand begegnete, »hättest Du weniger Gefallen an Deiner Umgebung gefunden, so war es vielleicht besser; es hätte Dir den Abschied von hier erleichtert, der sich innerhalb unabsehbarer Frist notwendig machen wird. Denn höre nur: Derjenige, dessen Eigentum diese zerfallende Heimstätte, Dein alter Verwandter, der in fernen Landen weilt und für Dich zu sorgen versprach, ist gestorben – lass mir Deine

Hand, gewöhne Dich daran, sie als eine Stütze zu betrachten, nach welcher Du noch oft genug in Deinem Leben vertrauensvoll greifen wirst.«

»Ich hörte es bereits,« versetzte Lucretia, der es endlich glückte, ihre Hand zu befreien, und die nunmehr, wie fröstelnd in der kühlen Nachtluft, das um ihre Schultern hängende Tuch fester um sich zusammenzog, ,ja, ich hörte es, und damit haben Sie den Grund meiner Niedergeschlagenheit. Die Leute auf dem Hofe unterhielten sich laut darüber. Etwas unendlich Trauriges lag in dem Gleichmut, mit welchem Einer es dem Anderen erzählte.«

»Den jungen Rothweil hast Du seitdem nicht gesprochen?«

»Seit gestern nicht. Er mag es selbst noch nicht wissen. Vielleicht wünschte er, die Trauerkunde, welche ihn doch näher berührt, als mich, auf einem Umwege zu mir gelangen zu lassen, um mich vorbereitet zu finden.«

»Sehr möglich, sogar wahrscheinlich. Ich an seiner Stelle hätte freilich anders gehandelt. Mein erster Gang wäre zu Dir gewesen. Doch ich tadle ihn deshalb nicht, deute nicht als Rücksichtslosigkeit, was vielleicht in bester Absicht geschah.

»Wenn Jemand sich rücksichtsvoll gegen mich benimmt, so ist er es,« versetzte Lucretia schnell und aus voller Überzeugung, »und ich bezweifle nicht, dass diese Trauerkunde ihn nicht minder tief ergriff, als mich.«

»Hast Du bedacht, dass der Verstorbene möglichen Falls ein Vermögen hinterließ?«

»Solche Frage in diesem Augenblick?« erwiderte Lucretia vorwurfsvoll.

»Es mag roh klingen,« entschuldigte Splitter scheinbar befangen, »aber nicht aus dem Munde Jemandes, der zu einer solchen Frage verpflichtet ist. Du mit Deiner Selbstlosigkeit würdest es natürlich über Dich ergehen lassen, wenn ein Dir bestimmtes Gut auf Grund Deiner Sorglosigkeit in andere Hände fiele. Ich wiederhole, einer solchen Sachlage gegenüber ist es meine heilige Pflicht, den Vormund an Stelle des Verlobten treten zu lassen, um mit allen mir zu Gebote stehenden Mitteln Deine Rechte zu wahren. Und wie bald kann der Tod uns scheiden, und wie schwer würde mir der Abschied vom Leben, wüsste ich Deine Zukunft nicht wenigstens einigermaßen gesichert. Was aber wären alle meine Beteuerungen wert, was meine treue Anhänglichkeit, stellte ich die Sicherung Deiner Zukunft nicht höher, als meine eigenen Wünsche und Hoffnungen?«

»Nie habe ich über Dergleichen nachgedacht und schwerlich werde ich jemals darüber nachdenken. Ist der Verstorbene des meiner Mutter gegebenen Versprechens eingedenk gewesen, so erfahre ich es zu seiner Zeit früh genug. Verpflichtet war er dazu keinenfalls. Sollte ich dennoch mittelbar oder unmittelbar zu irgend welchen Ansprüchen berechtigt sein, so ruht die Angelegenheit in seines nächsten Verwandten Händen, ich beziehe mich auf Herrn Perennis Rothweil, sicher genug. Ich für meine Person will nichts davon hören oder sehen.«

»Ich darf Deinen Gleichmut nicht dulden, und ich werde es nicht, so hoch Deine Denkungsart Dich auch in meinen Augen erhebt,« erwiderte Splitter dringlich, und wiederum suchte er Lucretia's Hand, »wir gehören zu einander, müssen zu einander stehen. Das Band, welches sich im Laufe der Jahre zwischen uns webte, ist ein zu heiliges, als dass irgend eine Macht der Erde wagen dürfte, daran zu rütteln. Aber ich achte und ehre Deine Anschauungen, ich bin stolz auf dieselben, und nicht anders sollst Du fernerhin aus meinem Munde die Angelegenheit erwähnt hören, als wenn eine eiserne Notwendigkeit es erfordert. Du hingegen wirst mich gewähren lassen, nicht fragen, sondern blindlings meiner Fürsorge vertrauen, die stets das Beste für Dich erwählt. Ja, von Allem, was diese Angelegenheit betrifft, bleibst Du verschont; höchstens eine Vollmacht sollst Du unterschreiben, und es mir dann anheimstellen, in Deinem Namen zu handeln.«

Lucretia hatte ihre Hand wieder zurückgezogen. Was Splitter so eifrig erklärte und beteuerte, ging für sie verloren. Und als er endlich schloss, da antwortete sie bereitwillig, sogar erfreut, aller ferneren peinlichen Erörterungen überhoben zu sein:

»So handeln Sie, wie es Ihnen am besten erscheint; nur darum bitte ich, dass ich persönlich zu nichts hinzugezogen werde.«

»So soll es geschehen,« versetzte Splitter, offenbar erleichtert, »einer schriftlichen Vollmacht bedürfte es im Grunde nicht, denn ein von Dir abgelegtes Versprechen wird getragen von sittlicher und religiöser Überzeugung, und so soll auch nichts Anderes von Dir gefordert werden, als wenn das Gericht die Erfüllung dieser Form verlangt, es sei denn, dass durch unsere Verheiratung jede vormundschaftliche Beaufsichtigung überhaupt hinfällig würde. Zunächst werde ich mich also über die letztwilligen Verfügungen des Verstorbenen genau unterrichten und danach mein Verfahren regeln.«

Ahnungslos, dass Splitter ihren Willen gleichsam in Fesseln schlug, welche zu sprengen sie mit ihrem unerschütterlichen Rechtlichkeitsgefühl nicht einmal den Versuch wagen würde, achtete Lucretia kaum auf seine Auseinandersetzungen. Was er bezweckte, blieb ihr verborgen. Sie verstand nur, dass er ihre Gewissenhaftigkeit anerkannte, und das genügte sie zu überzeugen, dass sie von seiner Seite ebenfalls nur die strengste Gewissenhaftigkeit zu gewärtigen habe. Vor ihrem Geiste schwebte die vertrauenerweckende Gestalt des jungen Verwandten, mit welchem der Zufall sie zusammengeführt hatte. Sie wünschte ihn wiederzusehen, zu erfahren, wie die Kunde von dem Tode des Onkels auf ihn einwirkte. Indem Splitter aber fortgesetzt mit den Beteuerungen seiner Liebe sie förmlich überschüttete, schlug ihr Herz so ruhig, wie in den Stunden, in welchen sie die Einteilung ihrer Zeit und gemeinsamen Arbeit mit Wegerich beriet. Denn ihre Vereinigung mit ihm, auf welche Splitter immer wieder zurückkam, erschien ihr ja so weit, so unendlich weit, dass sie meinte, durch eine Lebenszeit von derselben getrennt zu sein. Sie glich einem gefangenen Vögelein, welches die es umringenden Drahtstäbe schließlich als eine natürliche Lebensbedingung betrachtet und hinter denselben hervor, lustig seine schönsten Lieder in den Tag hineinschmettert.

»Ich wiederhole,« sprach sie träumerisch, sobald Splitter schwieg, »handeln Sie, wie es Ihnen am ratsamsten erscheint. Aber vor allen Dingen: Was ich als Vermächtnis des toten Onkels betrachte, soll auch Ihnen heilig bleiben, und sein ausgesprochener Wille lautete, dass ich nur ohne Anhang auf dem Karmeliterhofe einziehen dürfe. Kommen Sie also nicht mehr hierher; verlangen Sie auch nicht brieflich neue Zusammenkünfte. Wenn Sie überhaupt lieber gar nicht schreiben wollten. Erhielte ich einen Brief, so würde ich mich fürchten, ihn zu öffnen. Und was könnten Sie mir zu sagen haben, das ich nicht längst wüsste, in seiner Wiederholung aber mir peinlich?«

»Nichts könnte ich zu sagen haben?« fragte Splitter, und er fühlte wieder die sich um seine Brust legende Kälte und das Hämmern in seinen Schläfen.

»Nun, Onkel Sebaldus, sollte dennoch Dieses oder Jenes vorfallen, so sagen Sie es dem Herrn Perennis Rothweil.«

»Ihm, einem Manne, welchen Du kaum dreimal in Deinem Leben sahst, und der mir noch ganz fremd?« erwiderte Splitter leidenschaftlicher als er vielleicht beabsichtigte.

»Ist er nicht mein Verwandter?« entgegnete Lucretia mit einer so kindlichen Einfachheit, dass Splitter sogleich wieder Herr seiner selbst wurde.

»Ich vergaß,« antwortete er schnell, »wohl steht er Dir nahe genug, um zwischen uns vermitteln zu dürfen. Aber auch unser Geheimnis soll auf Deinen Wunsch vorläufig noch bewahrt bleiben.«

»Ich danke Ihnen, Onkel Sebaldus,« versetzte Lucretia freier, denn für sie lag das Ende des Vorläufig in unabsehbarer Ferne. »Doch nun wollen wir uns trennen,« und sie reichte Splitter die Hand, worauf dieser an ihre Seite trat, um sie nach dem Hofe zurückzugeleiten, »Wegerich ist vielleicht schon ungeduldig geworden – nein, Onkel Sebaldus, nicht weiter; hier trennen wir uns, ich habe meinen eigenen Willen, und was ich einmal aussprach, gilt fürs ganze Leben.«

»Und ich bin der Letzte, welcher Deinen einmal gefassten Entschluss erschüttern möchte,« erkannte Splitter vorsichtig Lucretia's freien Willen an, um ihn nach anderen Richtungen hin umso sicherer zu knechten. Er wollte sie in die Arme schließen, als Lucretia zurücktrat. Vergeblich suchte sie dagegen ihre Hand zu befreien.

»Was Sie sich früher nicht erlaubten,« flüsterte sie ängstlich, »darf heute noch weniger geschehen. Zwingen Sie mich nicht, Wegerich herbeizurufen, dort an der Gartenmauer wartet er auf mich.«

Splitter ließ ihre Hand sinken.

»Einen Zeugen hast Du zu unserer Zusammenkunft eingeladen?« entwand es sich heiser seinen trockenen Lippen.

»Es geschah meinetwegen und Ihretwegen,« hieß es zurück.

Die gebeugte Haltung Splitters und seine gepresste Stimme mochten ihr Mitleid einflößen, denn sie trat nunmehr dicht vor ihn hin.

»Sie haben also keine Ursache, mir zu zürnen und verbittert von dannen zu gehen,« fuhr sie fort, »seien Sie wieder mein guter Onkel Sebaldus – da – küssen Sie mich, wenn Sie wollen,« und sie neigte ihm ihr Haupt zu. Kaum aber fühlte sie die heißen Lippen auf ihrer Stirn, kaum breitete Splitter seine Arme aus, als sie auch schon wieder einige Schritte zurückwich.

»Gute Nacht, Onkel Sebaldus,« rief sie ihm gedämpft zu, und dann zerrann ihre Gestalt gleichsam vor seinen Blicken. Undeutlich unterschied er noch, dass sie gleich darauf aus dem Schatten der Gartenmauer in Wegerichs Begleitung um den Giebel des Kelterhauses herumglitt, und zögernd kehrte er sich der Stadt zu. Langsam schlich er einher. Mehrfach schüttelte er sich, wie von Fieberfrost durchströmt. Was er in dem kurzen Verkehr mit Lucretia erfahren hatte, die Deutung, welche ihr Wesen und Benehmen gestatteten, ihr vertrauliches Hinneigen zu dem plötzlich aufgetauchten Verwandten, es war zu viel, um es ruhig zu tragen, nicht von Angst um seine langjährigen Hoffnungen ergriffen zu werden. Und gerade jetzt, da mit dem Tode des fernen Onkels die Verhältnisse sich vielleicht günstiger für sie gestalteten! Doch in demselben Maße, in welchem fremde Einflüsse das mit so viel Geduld angebahnte Werk zu vernichten drohten, gewann Argwohn, Hass und Rachsucht die Oberhand über seine letzten milden Regungen.

Neuntes Kapitel.

Die Verbündeten.

Grämlich hatten die Hunde angeschlagen, als Lucretia und Wegerich bei ihnen vorüberschritten. Dann umlagerte wieder Stille den Karmeliterhof. Was in dem Kelterhause noch munter war, hatte nicht viel Lust zur Unterhaltung, und wo Zwei mit einander plauderten, da schien es, als hätten sie ihre Worte nicht über die nächste Umgebung hinaus dringen lassen wollen. So verrann eine Stunde und noch eine. Dann verstummte das letzte Geräusch, verdunkelte sich das letzte Fenster auf dem Hofe. Nur aus den beiden Fenstern des Eckzimmers im zweiten Stockwerk des Wohnhauses drang noch ein matter Schimmer zwischen den schweren Vorhängen hindurch ins Freie. In regelmäßigen Pausen verdunkelte sich bald dieses, bald jenes, je nachdem Jemand in dem Zimmer auf und abwandelte und vor dem Licht vorüberschritt.

Und wiederum verstrich eine halbe Stunde, als es im Osten an dem sternenklaren Himmel geheimnisvoll zu wirken begann. Der Mond näherte sich den unregelmäßigen Linien des Horizontes. Mildes Licht entströmte scheinbar der malerischen Berggruppe; schärfer zeichneten sich Haine, Gebäude und Mauern vor dem helleren Hintergrunde aus. Als habe der Wechsel der Beleuchtung schlummerndes Leben geweckt, ertönte der klagende Ruf des Käuzchens. Leise rauschte es im Dickicht, welches den wüsten Garten vom Uferwege schied. Gleich darauf erschien eine gebeugte Gestalt im Freien. Wieder mit Bedacht den Schatten der Bäume suchend, näherte sie sich dem Giebel des Wohnhauses. Unterhalb der erhellten Fenster blieb sie stehen. Einige Sekunden zögerte sie; dann schwang sie den rechten Arm nach oben, und es ertönte das knisternde Geräusch, mit welchem grober Sand von den Glasscheiben abprallte. Das Licht erlosch, das eine Fenster öffnete sich, und zwischen den Blumentöpfen hindurch fragte die Marquise niederwärts:

»Ginster, sind Sie es?«

»Ich bin es, gnädige Frau,« antwortete der alte Fischer, »soll ich hinaufkommen?«

»Nein, Ginster, es ist eine schöne Nacht, ich möchte mich ein Wenig im Freien bewegen.«

Schweigend schlich der Fischer nach dem Stromesufer hinunter. Das Fenster schloss sich, und Todesschweigen herrschte wieder ringsum. Selbst das Käuzchen, zuvor durch den Fischer gestört, schwieg. Endlich ertönte das Geräusch, mit welchem Jemand die schwere Haustür öffnete und schloss. Wurde auf dem Hofe der Eine oder Andere dadurch veranlasst ans Fenster zu treten, um sich von der Ursache der Störung zu überzeugen, so suchte er sicher ebenso schnell sein Lager wieder auf, sobald er an der schleppenden und schwankenden Bewegung die Marquise erkannte. Man hatte sich an die Seltsamkeiten der geheimnisvollen Hausgenossin gewöhnt, so dass es nicht mehr befremdete, sie zu irgend einer Stunde der Nacht ihre einsamen Spaziergänge antreten zu sehen. Selbst die Hunde achteten ihrer kaum, als sie an ihnen vorbei, langsam vom Hofe hinunter und dem Strome zuschritt. Vor der alten Pferdeschwemme, von wo aus sie den dunkeln Wasserspiegel weit aufwärts und abwärts zu überblicken vermochte, trat Ginster ihr entgegen.

»Das ist eine wunderbare Nachricht,« redete er die Marquise an, indem er zum Gruß seine Mütze zog, sich aber sogleich wieder bedeckte, »hab's nicht glauben wollen; aber die Gertrud trug's mir zu, und der hat's der rote Wodei zugeschworen mit allen heiligen Eiden.«

»Die Eide des roten Tagediebes sind nicht mehr wert, als der widerwärtige Schrei des Vogels,« antwortete die Marquise eintönig, und sie blickte dem über sie hinschwebenden schattenähnlichen Käuzchen träumerisch nach, »doch das Stehen ermüdet. Es sind der Anstrengungen am heutigen Tage ohnehin beinah zu viel für mich gewesen. Begleiten Sie mich an eine Stelle, auf weicher wir ungestört bleiben.«

Ginster kehrte sich schweigend um und begab sich auf dem Wege der halb vergessenen Pferdeschwemme nach dem Wasser hinunter. Seine Bewegungen mäßigte er vorsichtig, dass die Marquise ihm bequem zu folgen vermochte. Unten, hart am Rande des Wassers, auf dem glatt gespülten Sande, schlug er die Richtung stromaufwärts ein, und nach einigen Minuten erreichte er die Stelle, auf welcher, gegen die Strömung durch einen tief in den Fluss hineinreichenden Damm geschützt, sein Netz in der Tiefe ruhte.

»Niemand stört uns hier,« wendete er sich an seine Begleiterin, »hier mögen die gnädige Frau bequem genug sitzen,« und er wies auf eine Art Rasenbank neben seiner Laube, welche er durch eine Schicht frischer Weidenzweige etwas erhöht hatte. Dann hob er sein Netz, und nachdem er es wieder in die Fluten hinabgesenkt hatte, trat er vor die Marquise hin.

»Setzen Sie sich zu mir,« sprach diese, neben sich auf die Bank zeigend, »je schmaler der Zwischenraum zwischen uns, umso weniger brauchen wir unsere Stimmen zu erheben. Was kümmert es die Menschen, wenn wir miteinander plaudern. Ich habe erlebt, dass das leiseste Flüstern meilenweit vom Winde getragen wurde, das Wasser sogar Dinge verriet, die man am liebsten für sich behalten hätte.«

»Er ist also tot,« versetzte Ginster, indem er sich schwerfällig niederließ, »ich hab's vermutet alle die Jahre, dass er den Karmeliterhof nicht wiedersehen würde.«

»Und ich dachte nie daran und noch weniger hätte ich es gehofft,« entgegnete die Marquise; sie verstummte und blickte nach der Berggruppe auf dem jenseitigen Ufer hinüber, wo eben der halbe Mond einer Schluchtsenkung zwischen den Höhen entstieg. Gleichzeitig blitzte es in den wirbelnden Fluten auf, und tanzend glitten bläuliche Reflexe von Welle zu Welle, bis sie einen Lichtstreifen über den ganzen Strom hinzogen.

»Wer hätte es vorausgesehen,« begann die Marquise nach einer Pause nachdenklich, wie ihre Worte von dem beweglichen Wasserspiegel ablesend, »alle meine Pläne sind gescheitert, und um neue zu fassen, fehlt mir beinahe der Muth.«

»Was wird's mit dem Karmeliterhofe?« fragte Ginster in seiner grämlichen Weise.

»Ich könnte ihn übernehmen, wenn ich wollte,« antwortete die Marquise anscheinend gleichmütig, »allein was soll ich damit? Ist's doch, als sollten Sie Recht behalten mit Ihrem Glauben, dass ein Fluch an dem alten Gemäuer hafte.«

»Er klebt daran,« bestätigte der Fischer, »denn ich habe noch Keinen gesehen, der lange glücklich d'rauf gewesen wäre, und ich kann eine ziemliche Zeit denken.«

»Nein, ich möchte ihn nicht an mich bringen,« nahm die Marquise wieder das Wort, »und dennoch können Stunden eintreten, in welchen ich es bedaure, meine Hand nicht darauf gelegt zu haben.« Ein gehässiger

Ausdruck lag in ihren letzten Worten. Sie zögerte ein Weilchen, und milder, oder vielmehr klangloser fuhr sie fort: »Ich will wenigstens versuchen, die Hypotheken anzukaufen; ich kann dann ja noch immer tun, was mir beliebt. Hat das Eine nicht sein sollen, mag das Andere noch werden. Sie lernten seinen Neffen, den jungen Matthias oder Perennis Rothweil kennen?«

»Auf dieser Stelle hat er gesessen, und gesprochen habe ich mit ihm.«

»Das wäre ein Mann für die Gertrud.«

Ginster lachte spöttisch.

»Ein feiner Herr,« bemerkte er bitter, »und ein feiner Herr bedankt sich vor einem armen Fischermädchen, namentlich vor einem, welches zu viel von 'ner Dame hat, um eines rechtschaffenen Arbeiters Frau zu werden, und zu wenig, um 'nem vornehmen Herrn zu genügen. Nebenbei steckt in der Gertrud nichts Gutes, und zum Segen gereicht's ihr am wenigsten, dass sie besser mit Büchern Bescheid weiß, als mit Netzeflicken.«

»Das ändert sich oft, Ginster, und die Gertrud ist gut genug. Sie hat Verstand für Zehn – doch mit dem Rothweil meinte ich es nur obenhin. Ich will dem Geschick nicht vorgreifen, weiß überhaupt noch nicht, wie ich über meine Zukunft entscheide.«

»Wie ist er gestorben?«

»Das weiß ich nicht. Ich erfuhr nur aus einer allerdings nicht ganz zuverlässig erscheinenden Quelle, dass er tot sei. Der junge Rothweil muss Genaueres wissen, sogar längst gewusst haben, oder sein plötzliches Auftauchen hier wäre nicht mit dem Eintreffen der Nachricht zusammengefallen. Ich vermute, er ist gekommen, um nach seiner Erbschaft auszuschauen.«

»Für Andere,« versetzte der Fischer höhnisch, dann wieder gleichgültiger: »'s wird nicht viel zu erben sein, und wer den Karmeliterhof übernimmt, muss mehr herauszahlen, als er wert ist.«

»Es ist mehr zu erben, als Mancher vermutet; der Wegerich zeigte mir Briefe, und die waren nicht von Jemand geschrieben, der mit seinen Mitteln zu kargen braucht.«

»Wo starb er?«

»Auf der anderen Seite des Weltmeeres. Den Namen des Ortes, an welchem er zuletzt lebte, kennt selbst Wegerich nicht. Er wurde mit Bedacht verschwiegen, und ich weiß, weshalb.«

»Seinen Grund mag er wohl gehabt haben,« pflichtete Ginster bei, und im Ton seiner Stimme machte sich wieder eine gewisse Feindseligkeit bemerklich, »wenn's aber in der Fremde zu Ende mit ihm ging, werden sich dort auch Leute gefunden haben, die sein bisschen Hab und Gut an sich nahmen, 's kann nicht der Mühe wert sein, deshalb viel zu riskieren.«

»Der junge Rothweil mag sich vom Stande der Dinge überzeugen,« erklärte die Marquise, »und hat der keine Lust, so findet sich wohl ein Anderer. Aber er hält sich für den nächsten Erben und wird daher nicht gern etwas verabsäumen,« und unheimlich klang das Lachen, welches sie dem Lichtstreifen auf dem Wasser zusandte. »Sollte eine Reise ins Ausland notwendig sein, so entschließt er sich vielleicht weniger leicht; wer weiß, wie es mit seinen Mitteln steht.«

»Und so lange bleibt Alles beim Alten?«

»Voraussichtlich. Wir müssen eben warten, und ich wollte Sie nur sprechen, um zu warnen, dass Sie keine Unvorsichtigkeit begehen.«

»Wie sollte ich zu 'ner Unvorsichtigkeit kommen?«

»Indem Sie sich mehr um den toten Rothweil und seine Hinterlassenschaft kümmern, als unumgänglich notwendig.«

»Kümmern mich die Lebenden nicht, so gehen die Toten mich noch weniger an.«

»Recht so, Ginster; wie steht Ihres Schwiegersohnes Witwe mit dem Mädchen?«

»Ich kann nicht klagen,« antwortete Ginster, »sie behandelt die Gertrud, wie sie's dem Kinde meiner Tochter schuldig zu sein glaubt,« er lachte klanglos, bevor er fortfuhr: »Als ihr Mann noch lebte und ihnen eigene Kinder geboren waren, ging's nicht immer so glatt her. Es war wie 'ne Art Neid. Seitdem sie aber Witwe geworden, hat das Schicksal sie mürbe gemacht. Ist's doch nicht meine eigene Nachkommenschaft, die im Hause heranwächst. Ein fremder Mann freite meine Tochter, und als diese sich in die Erde gelegt hatte, nahm er sich 'ne fremde Frau, und das bedenkt sie. Sie hütet sich, der Trude hart zu begegnen, so lange ich fürs Brot sorge –«

»Ich weiß, ich weiß,« fiel die Marquise ungeduldig ein, »das sind alte Geschichten, und wie ich die Gertrud kenne, lässt sie sich kaum viel sagen.«

»Gewiss nicht, denn in dem Mädchen steckt nichts Gutes; aber es weiß sich zu helfen und mir ist's 'ne Stütze geworden.«

»Die Sie über kurz oder lang verlieren werden, und dann geht es ebenso gut ohne sie. Mir schwirren mancherlei Pläne im Kopfe herum. Zunächst muss die Gertrud so viel lernen, dass sie auf eigenen Füßen steht. Ich lebe nicht ewig, und Sie ebenfalls nicht. Über Nacht kann es Einen von uns treffen, und dann ist es zu spät. Sie können ohne mich nichts beginnen, und ich bedarf zu seiner Zeit Ihres Beistandes; denn die Gräber geben ihre Toten nicht heraus, damit sie als Zeugen auftreten.«

»Und Vielen hat der Tod den Mund geschlossen.«

»Umso vorsichtiger müssen die Lebenden sein, aber mag Alles kommen, wie es wolle, die Gertrud darf nicht untergehen. Verstehen Sie mich recht: ohne fremde Hülfe muss sie ihren Weg sich durchs Leben bahnen können; daher seien Sie ihr nicht hinderlich, wenn sie von jetzt ab sich noch weniger zu Hause zu schaffen macht.«

»Sie ist ein wildes Ding, und wenn's ihr nicht passt, lernt sie verhenkert wenig.« »Es passt ihr besser, als Mancher vermutet; sie besitzt einen offenen Kopf, und derjenige, dem ich sie anvertraute, ist der Mann dazu, ihre Wildheit zu bändigen.«

»Schlägt's zu ihrem Besten aus, soll's mir am wenigstens leid sein. Und mit dem Karmeliterhof kümmert's mich nicht, wer ihn sein eigen nennt, so lange ich meine Fischereigerechtigkeit behalte.«

»Die kann Niemand Ihnen abstreiten. Der Verstorbene sicherte sie Ihnen kontraktlich zu, und ein solcher Handel ist bindend für seine Nachfolger. Nein, so lange Sie leben, versucht Keiner, Ihr Recht zu verkümmern.«

Bei diesen Worten erhob sich die Marquise. Als hätte der höher steigende Mond eine unwiderstehliche Anziehungskraft für sie besessen, blickte sie eine Weile starr nach demselben hinüber. Seine Beleuchtung traf ihr Antlitz voll. In seiner bleichen Regungslosigkeit erinnerte es an das einer Marmorstatue. Die Leidensfurchen hatten sich wieder schärfer ausgeprägt; tiefer waren die großen dunklen Augen in ihre Höhlen zurückgesunken. So stand sie da, aufrecht und hoch, wie um einer drohenden Gefahr trotzig die Stirn zu bieten. Der um ihre Schultern geschlungene Plaid fiel ringsum beinahe bis zur Erde nieder. Das bereits für die Nacht aufgelöste Haar strömte in schwarzen Wellen über Schultern und Rücken und verlieh ihr jenen eigentümlichen Charakter, wie eine kühne Phantasie ihn vielleicht den sagenhaften Eumeniden zuschreiben mag. Auch Ginster hatte sich erhoben. Minuten verrannen. Die Marquise schien den neben ihr Stehenden vergessen zu haben, so regungslos sah sie nach der jenseitigen Berggruppe hinüber. Ginster schritt nach seinem Damm hinauf, hob das Netz, nahm einen erbeuteten Fisch aus demselben und ließ es wieder leise in die Fluten hinabgleiten. Die Marquise beachtete es nicht. Er schob den Fisch in den vom Wasser überspülten durchlöcherten Kasten, ließ den Deckel geräuschvoll niederschlagen, und wie aus tiefen Träumen erwachend, kehrte die Marquise sich ihm zu.

»Eine schöne Nacht zum Fischen,« bemerkte sie eintönig.

»Mir ist jede Nacht gut genug, so lange es von oben trocken bleibt,« antwortete Ginster mürrisch.

»Wie die Nachtluft kühl über das Wasser streicht,« versetzte die Marquise, und sie zog den Plaid fester um sich zusammen; »niederlegen mag ich mich noch nicht; ich würde keinen Schlaf finden. Die heutigen Nachrichten haben meine bösesten Erinnerungen wachgerüttelt – wer weiß, wann sie sich beruhigen. Mich fröstelt; lassen Sie uns am Wasser hinwandeln. Geben Sie mir den Arm, dass ich mich auf Sie stütze. Alter passt zum Alter. Sie sind der Einzige, von dem ich mich führen lasse. Das macht, weil wir dasselbe Geheimnis tragen.« Sie lachte spöttisch, und sich schwerer auf Ginsters Arm lehnend, schlug sie mit ihm die Richtung stromabwärts ein.

Der glatt gespülte Sand bot ihnen eine ebene Bahn; ihr Wegweiser waren die kleinen Wellen des regsamen Stromes, die bläulich glitzernd nach dem feuchten Sande hinaufspielten.

Wohl hundert Schritte legten sie schweigend zurück, die Marquise sinnend das Haupt geneigt, der Fischer wie unter einer schweren Bürde einher schleichend.

»Da soll der Mensch zufrieden sein mit Dem, was ihm vom Geschick zuerkannt wird,« hob die Marquise endlich an, »und doch liegt keine Vernunft in dieser Verteilung. Der Eine erhält seinen Antheil an glücklichen Tagen in der Jugend, der Andere im Alter, Wer ist besser dran? Ich habe das Meinige genossen, so lange genossen, bis das neidische Geschick einen Riegel vorschob. Eine unvorsichtige Bewegung, und ich war ein Krüppel für Lebenszeit. Warum konnte das Leiden und Grämen nicht in meine jungen Jahre fallen, wie bei der Gertrud?«

»Es gibt Menschen, die unter Kummer geboren werden, unter Sorgen heranwachsen und in Hunger und Elend ihre Augen schließen,« versetzte der Fischer düster, »und die Gertrud hat ihren letzten Tag noch nicht gesehen.«

»Nein, sie hat ihn noch nicht gesehen; aber er lässt sich berechnen. Sie ist dazu geschaffen, bessere Tage zu genießen; ich kenne das, kenne das an mir selber. Auch ich war jung.«

Wiederum schritten sie eine Weile schweigend nebeneinander her, der Fischer schwer tragend an der Last eines langen, mühevollen Lebens, die Marquise an ihrem Gebrechen, Beide an gleicher Verbitterung. Die Pferdeschwemme lag hinter ihnen, und noch immer verfolgten sie ihren Weg stromabwärts.

Plötzlich sah die Marquise empor und zugleich blieb sie stehen. Vor ihnen schob sich einer jener zum Schutz des Ufers von Weidengeflecht und Geröll hergestellten Dämme in den Fluss hinein. Mit grünenden Weiden dicht bewachsen, bot er nur auf dem Rande Gelegenheit, ihn zu umgehen. Vor seiner äußersten Spitze ragten größere Felsblöcke, mit Mühe dorthin geschafft, aus den wirbelreichen Fluten hervor.

Weiß schimmerten sie im Mondlicht, zwischen ihnen gurgelte und sprudelte es geheimnisvoll. Ein Weilchen lauschte die Marquise; dann ergriff sie heftiges Zittern. Dasselbe mit Gewalt bekämpfend, flüsterte sie anscheinend ruhig:

»Wir sind zu weit gegangen.«

»So mögen wir umkehren, gnädige Frau.«

»Nein, nicht umkehren. Nein, ich muss mich zuvor an den Anblick gewöhnen. Sehen Sie, wie die Steine leuchten; und das Rauschen und Sprudeln – nein, so kann ich nicht fort von hier – die Steine würden mich als Gespenster bis in den Schlaf hinein verfolgen – hier war's doch, wo sie ihn fanden?«

»Da vorne zwischen den beiden großen Blöcken.«

»Weiter, weiter; ich will es noch einmal hören. Warum mussten wir gerade heute hierhergehen? Das ist mehr als Zufall. Das ist ein Wink des Schicksals, damit ich nicht zur Ruhe gelange, nicht vergesse, warum Alles geschah.«

»Da lag er,« fuhr Ginster unbeschreiblich düster fort; »ich fand ihn zuerst. Man hätte glauben mögen, er sei weiter oberhalb verunglückt und hier angetrieben worden. Er musste schon mehrere Tage im Wasser gelegen haben. Ein schöner Mann war er noch immer. Man sprach davon, er möchte wohl von 'nem Schiff oder aus 'nem Boot gefallen sein, aber ich wusste es besser, ich und noch Zwei. Mitten durch's Herz hatte er sich geschossen; die Pistole fand ich auf derselben Stelle. Er war eine wilde Natur und mochte wohl viel zu bereuen gehabt haben. Auf den Stein hatte er sich gesetzt, damit's Wasser ihm den Rest gebe, wenn's die Kugel nicht tat. Ja, ich fand die Wahrheit heraus, und auch die beiden Anderen; aber wir verschwiegen es um der Schande willen, und das Wasser strömte dort stark und hatte die letzte Blutspur fortgewaschen. Es hieß denn auch, er sei verunglückt, und Niemand kümmerte sich weiter d'rum.«

»So erfuhr Keiner die Wahrheit?«

»Keiner außer mir und den beiden Zeugen, und die hüteten sich, die Geschichte unter die Leute zu tragen; denn ihr Amt wär's gewesen, Alles zur Anzeige zu bringen. Ich selbst aber legte ihn in den Sarg und hätt's nicht über die Lippen gebracht; denn ich gönnte ihm ein ehrliches Begräbnis und war besorgt, dass, wenn's anders kam, er mich Nachts besuchen würde bei meinem Netz. Hab' oft hier herüber geschaut, wenn's die zwölfte Stunde geschlagen hatte, aber der hat seine Ruhe gefunden.«

»Eine Ruhe, die er auch um seiner Liebe willen verdiente, Ginster, mochte er sonst genug gefehlt haben – ja, es hätte wohl anders kommen können, wenn – doch was reden wir über Dinge, die nicht zu ändern sind. Er hat die Ruhe gesucht, weil's an seinem Gewissen nagte und er meinte, das Leben nicht mehr tragen zu können – vorbei, Ginster, vorbei. Er glaubte, nur sich allein aus dem Wege zu schaffen, aber sein unseliger Entschluss kostete Zweien das Leben. O, ich habe es nicht vergessen und werde es nicht vergessen, so lange die Augen mir offen stehen, so lange noch Einer seines Namens atmet. Wie die Steine bleich leuchten im Mondschein, und wie das Wasser plaudert, als möchte es seine letzten Gedanken verraten – Ginster, ich habe mich jetzt beruhigt; wir wollen gehen.« Dann nach einer Pause, als der Damm bereits hinter ihnen lag: »Das war ein schwerer Tag für mich – wer weiß, es mögen noch schwerere kommen.«

»Heute spricht Niemand mehr davon, was sich hier ereignete.« bemerkte Ginster nach längerem Schweigen, als sie wieder vor der Pferdeschwemme eintrafen.

»Keiner mehr,« antwortete die Marquise eintönig; »Alle sind vergessen und verschollen. Nur wir Beide denken noch daran, und kein Tag vergeht, an welchem wir nicht daran erinnert werden. Nein, ich vergesse nichts,« und leidenschaftlicher erklang ihre Stimme, und einige Schritte legte sie ohne des Fischers Hülfe zurück, als wäre ihr Gebrechen plötzlich geheilt gewesen; »und ist mein Plan gescheitert, so gibt es noch andere Wege, auf welchen ich erreiche, was mir so viele lange Jahre hindurch vorschwebte – nein, eher finde ich meine Ruhe nicht, mag's Anderen immerhin –«

Sie brach ab. Ihre Kraft war augenscheinlich erschöpft; denn wie um sich vor dem Umsinken zu bewahren, ergriff sie des Fischers Arm, durch ihr Gewicht ihn beinah zur Erde ziehend.

»Ich habe mir heute zu viel zugemutet,« begann sie wieder, als sie nach Überwinden des Uferabhanges in den Leinpfad einbogen, »Sie müssen mich nach dem Hofe hinauf begleiten. Versäumen Sie nicht, der Gertrud vorzustellen, dass sie von jetzt ab mit verdoppeltem Fleiße lernen müsse. Nur noch kurze Zeit, und wir schicken sie unter die Leute.« »Was soll sie mit ihrem bisschen Lesen und Schreiben unter fremden Menschen?« fragte Ginster rau, »versteht sie doch kaum 'nen Strumpf auszubessern; zum Kinderwarten ist sie zu wild und eigensinnig. Wird die unter die Leute geschickt, giebt's ein Unglück auf die eine oder die andere Art.«

»Ich behalte sie im Auge,« versetzte die Marquise zuversichtlich, »und ich will es verantworten, wenn ein Unglück sie trifft, wie Sie sagen. Aber ich kenne die Gertrud; die weiß sich zu helfen in jeder Lebenslage. Und lange ist ihres Bleibens in dieser Gegend nicht mehr; sie wird älter; schon jetzt zeigen die Leute mit Fingern auf den Irrwisch, und das ist meine Schuld.«

Eine neue Pause des Schweigens folgte. Auf dem stark ansteigenden Wege hatte die Marquise Mühe vorwärts zu kommen.

Bevor sie den Hof erreichten, wurden sie von den Hunden angemeldet.

»Gehen Sie,« wendete die Marquise sich an den Fischer, »Niemand braucht zu erfahren, dass ich mich Ihrer Hülfe bediente. Der Mond scheint hell, man erkennt uns wie am Tage. Gute Nacht, Ginster. Behalten Sie im Gedächtnis, was ich Ihnen auftrug.«

»Gute Nacht, gnädige Frau.«

Der Fischer kehrte zu seinem Netz zurück. Er ging nicht schneller, als die Marquise über den Hof schlich. Die Haustür knarrte und fiel mit dumpfem Schlage wieder ins Schloss. Ein Weilchen sandten die beiden Fenster des Eckzimmers einen matten Schein ins Freie hinaus, dann lag der Karmeliterhof so still und tot, wie die mittelalterlichen Bauwerke auf den jenseitigen Höhen. Das Käuzchen ließ bald hier, bald dort seinen schrillen Ruf erschallen. Zwischen Schutt und Gestein hatten lustige Heimchen ihre Lieder angestimmt. Der Mond kletterte scheinbar zwischen milchweißen Federwolken nach dem Zenit hinauf. Düsteren Blickes überwachte Ginster sein Netz.

Zehntes Kapitel.

Der alte Brief.

Zwei Tage waren seit Splitters und Lucretia's Zusammenkunft verstrichen, und noch immer harrte Wegerich vergeblich auf einen Besuch des jungen Rothweil. Ahnungslos, dass die Kunde von dem Ableben seines Onkels längst auf dem Karmeliterhofe verbreitet worden, scheute Perennis die Gelegenheit, mit dem greisen Gärtner und Lucretia in eine Unterhaltung zu treten, in welcher er gewissermaßen gezwungen war, von einem Toten wie von einem Lebenden zu sprechen oder sprechen zu hören. Mehrfache Zusammenkünfte mit dem Notar, bei welchem er jedes Mal Splitter höflich, jedoch mit wachsender Abneigung begrüßte, trugen dazu bei, ein Wiedersehen weiter hinauszuschieben, welches durch den Gedanken an Lucretia's inniges Verhältnis zu jenem bis zu einem gewissen Grade verbittert wurde. Einen Teil seiner Muße hatte er mit dem Entwerfen von Zeichnungen ausgefüllt, ohne dass er bei diesem Schaffen nach alter Weise große Befriedigung gefunden hätte. Und so beschloss er endlich, einen lieblichen Morgen zum Umherstreifen in der Nachbarschaft zu verwenden und die alte Heimstätte zu besuchen. In Erinnerung der Mitteilungen des greisen Fischers wählte er den Weg durch den Festungsgraben, der ebenfalls zum Strome hinunterführte. Es schwebte ihm dabei das Bild des schönen Fischermädchens vor, jener rätselhaften Erscheinung, welche, wie mit übernatürlichen Kräften ausgestattet, ihn abstieß, um ihn gleich darauf wieder umso unwiderstehlicher anzuziehen. Auf der einen Seite das uralte verwitterte, senkrecht aufsteigende Mauerwerk, auf der anderen den rauen Erdabhang, versetzte er sich im Geiste in die fernliegenden Tage, in welchen er unter der Aufsicht einer Wärterin denselben Weg wandelte. Damals ergötzte er sich an schillernden Blumen und bunten Kieseln; und heute? Wo blühten ihm ungetrübte Freuden, wie in jenen Zeiten? Wo genügte ein unansehnliches Gebilde, sein Auge zu fesseln, die Lust des Besitzergreifens in ihm zu wecken?

Wehmütigen Betrachtungen hingegeben, achtete er kaum auf seine Umgebung. Vergessen war der Zweck, zu welchem er sich auf den hindernisreichen Weg hinab begeben hatte. Erst als das morsche Mauerwerk sein Ende erreicht hatte und in einem rauen Erdabhange seine Fortsetzung fand, spähte er wieder um sich. Hier erhob sich eine Hütte, dort eine, lauter Baulichkeiten, welche von einer mehr als bescheidenen Lage der Besitzer zeugten. Von Gärten nur sehr schwache Spuren. Einige Beete mit Küchenvegetabilien, hin und wieder eine rot blühende spanische

Kressestaude oder eine melancholisch darein schauende riesenhafte Sonnenblume, das war Alles. Die geringen Proben einer gleichsam beiläufigen Vorliebe für Zierpflanzen waren in ihrer trüben Vereinsamung wenig geeignet, das Auge freundlich, wohl gar einladend zu berühren. An einer dieser ärmlichen Heimstätten führte der Weg vorüber. Von diesem wurde durch eine kümmerliche Dorneneinfriedigung ein wüstes Vorgärtchen getrennt. Kinder spielten in demselben. Neben der offenen Haustür war eine Frau mit Waschen beschäftigt.

»Wohnt der Fischer Ginster in der Nähe?« fragte Perennis hinüber.

Die Frau, eine derbe Gestalt mit dem Ausdruck in Sorgen erprobter Energie, kehrte sich ihm zu. Nachdem sie ihn mit einem Blick flüchtig geprüft hatte, antwortete sie höflich:

»Dies ist sein Haus. Wollen Sie ihn sprechen, so müssen Sie an den Rhein gehen. Stromabwärts zehn Minuten Wegs, und Sie sehen ihn.«

»Dort besuchte ich ihn bereits,« erwiderte Perennis, »und da er mir von seinem Hause erzählte, hielt ich es für der Mühe wert, im Vorübergehen anzufragen.«

Die Frau hatte ihre Arbeit wieder aufgenommen. In ihrem früh gealterten Antlitz war ein harter Kampf ums Dasein ausgeprägt, und die Kinder in dem wüsten Vorgarten waren noch zu jung, um ihr kämpfend zur Seite zu stehen. In der Erwartung, Gertrud in die Türe treten zu sehen, fand Perennis sich indessen getäuscht; und doch war die Zeit nicht fern, in welcher sie ihrem Großvater das Mittagessen zuzutragen pflegte.

»Einen Augenblick möchte ich rasten,« sprach er nach kurzem Sinnen, indem er in der Nähe der arbeitsamen Frau auf einem dreibeinigen Schemel Platz nahm; »hübsche, gesunde Kinder,« bemerkte er darauf, als vier wilde Rangen im Alter von sechs bis zwölf Jahren ihn mit großer Neugierde betrachteten und dabei diesen oder jenen Lieblingsfinger krampfhaft zwischen den Zähnen hielten.

»Gesund genug sind sie,« antwortete die Frau mit einem Blick des Stolzes auf ihre staubige Nachkommenschaft; »an Appetit fehlt's ihnen zu keiner Tageszeit; wenn die Bande nur hören wollte. Ohne Stock geht's nicht.«

Die Kinder kicherten sich gegenseitig zu, öffneten ihre Augen noch weiter, und etwas weiter glitten die Finger zwischen die vollen Lippen hinein.

»Vier Kinder,« führte Perennis das Gespräch weiter, »eine hübsche Anzahl.«

»Einer fehlt, ein strammer Bursche; der befindet sich beim Tischler in der Lehre. Sein Vater war Böttcher, ist aber schon lange tot.«

»Wie traurig. Und da haben Sie die Last allein tragen müssen?«

»Schwer genug; aber ist man gesund, leistet man viel. Der Großvater schießt sein Teil zu; ich wüsste sonst nicht, wie ich's anfangen sollte, alle die Mäuler zu befriedigen. Ist nicht einmal unser richtiger Großvater.«

»Ein Mädchen traf ich bei ihm –«

»Die Gertrud – das ist nur meine Stieftochter. Mein Mann war schon vorher verheiratet.«

»Sie scheint eine frische, flinke Person zu sein; wie geschaffen, eine Stütze der Hausfrau zu werden.«

»Die und eine Stütze!« rief die Frau aus, doch spähte sie besorgt um sich, »nun ja, in manchen Dingen ist sie eine Hülfe; sie tut diesen und jenen Gang für mich, wenn ihr der Kopf danach steht, sonst ist sie keine große Erleichterung im Hause. Bald passt's ihr hier nicht, bald da nicht, und 'ne Art des Befehlens hat sie, dass man ihr schon zu Diensten sein muss. Aber die Kinder hängen an ihr wie die Kletten.«

»Ein schönes Mädchen ist sie obenein; sie wird zu seiner Zeit einen angesehenen Schwiegersohn ins Haus bringen.«

»Die und heiraten,« lachte die Frau, »die heiratet ebenso wenig, wie die alte Windmühle da drüben –«

In diesem Augenblick trat Gertrud um den Giebel das Häuschens herum in den Vorgarten. Einen Henkelkorb am Arm, das Haar sittig auf gesteckt und feste Schuhe auf den kleinen Füßen, erinnerte sie durch nichts mehr an den unsteten Irrwisch, wie er Perennis noch immer so lebhaft vorschwebte. Nur in der flammenden Glut auf ihrem charakteristischen Antlitz, in den unter den gerunzelten schwarzen Brauen unzufrieden hervorfunkelnden Diamantaugen, vor Allem aber in der tadellos graziösen Bewegung entdeckte er Anklänge an das ihn bis in seine Träume hinein verfolgende Bild einer schadenfrohen Rheinnixe.

Von der Stadt heimkehrend, wo sie kleine Einkäufe besorgt hatte, war sie hinter dem Hause den Abhang heruntergekommen, sobald sie aber Perennis' Stimme erkannte, nach kurzem Lauschen um den Giebel herumgetreten. Perennis begrüßte sie, wie einen Fremden, durch leichtes Kopfnicken; zugleich flogen ihre Blicke prüfend über die nächste Umgebung. Die Anwesenheit der bestaubten Kinder war ihr offenbar peinlich; sie begegnete ihnen indessen sanft, als dieselben sich um sie drängten, und jedem drückte sie ein Weißbrötchen in die Hand, mit der Bedingung, es hinter dem Hause zu verzehren. Dann wendete sie sich an ihre Stiefmutter.

»Hier im Korbe ist Alles,« sprach sie ruhig, während die Frau auf ihre Wäsche sah, als hätte sie, schuldbewusst, einen Blick aus den großen dunkelblauen Augen gefürchtet, »wie weit ist's mit dem Mittagessen? Kann ich es dem Großvater hinaustragen?«

»Alles fertig,« antwortete die Frau, »es steht beim Feuer. Vergiss nicht das Brot.«

Achselzuckend wollte Gertrud ins Haus treten, als Perennis sie veranlasste, sich nach ihm umzukehren.

»Ich gehe nach dem Karmeliterhofe,« rief er ihr zu, »unser Weg ist derselbe; gefällt Dir's, so bleiben wir beisammen.«

»In fünf Minuten breche ich auf,« antwortete das Mädchen, »wollen Sie nach dem Karmeliterhofe, so kümmert's mich nicht; der Weg ist breit genug für Zwei,« und sie verschwand im Inneren des Hauses.

»'s ist schwer fertig werden mit ihr,« raunte die Frau Perennis zu, der trotz der abstoßenden Antwort die Begleitung des rätselhaften Mädchens nicht gern aufgegeben hätte, »schon als Kind war sie zuweilen wie besessen. Aber ich trag's ihr nicht nach um meines verstorbenen Mannes willen, und der hielt große Stücke auf sie.«

»Dergleichen schleift sich im Leben allmählich ab,« versetzte Perennis wie entschuldigend, »und eine böse Antwort von solchem Kinde ist oft lobenswerter, als eine zu freundliche.«

»Die hat noch nie Fremden eine gute Antwort gegeben,« las die Frau scheinbar von ihren rüstig schaffenden Händen ab, »aber Spitzen, Hohn und Spott, dass Jeder ihr gern aus dem Wege gehen möchte.«

»Trotzdem will ich's versuchen, auf freundschaftlichem Fuß mit ihr zu bleiben,« versetzte Perennis lachend, »ist's für mich doch eine Lust, in die trotzigen Augen zu schauen, von welchen man glauben möchte, dass sie Funken sprühen.«

Bevor die Frau sich auf eine Erwiderung besonnen hatte, erschien Gertrud mit ihrem Korbe in der Haustür. Einen kurzen Scheidegruß richtete sie an ihre Stiefmutter, und ohne sich nach Perennis umzusehen, trat sie in den Weg hinaus.

Perennis säumte nicht.

»Auf Wiedersehen, gute Frau,« rief er der Wäscherin zu, indem er sich schnell erhob, »warum soll ich allein gehen, wenn sich die schönste Gelegenheit bietet, auf dem Wege die Zeit zu verplaudern?«

»Sie werden kein Glück mit ihr haben,« sprach die Frau gedämpft, um von Gertrud nicht gehört zu werden, »auf dem Leinpfad mag's gehen, aber in der Stadt würde es sich schlecht für 'nen feinen Herrn schicken, neben dem Irrwisch einherzustolzieren.«

Perennis lachte wieder sorglos und eilte an Gertruds Seite, welche, lebhaft einherschreitend, bereits einen Vorsprung gewonnen hatte.

Anfänglich gab diese sich das Ansehen, ihn nicht zu bemerken. Erst nach einer längeren Pause des Schweigens, und als ob sie die auf ihr ruhenden Blicke gefühlt hätte, kehrte sie sich, ohne ihre Eile zu mäßigen, plötzlich Perennis zu. Ihre Augen richtete sie fest und durchdringend auf die seinigen. Mit keiner Wimper zuckte sie. Perennis meinte, dass sie bis in seine Seele hineinspähe.

»Wer hat Ihnen aufgetragen, in des alten Ginster Haus einzukehren, Herr Rothweil?« tönte es scharf zwischen den vollen Lippen hervor, und dichter schoben sich die schwarzen Brauen über den unwillig blickenden Augen zusammen.

»Warum hast Du im Hause des alten Ginster den Namen eines Bekannten vergessen?« fragte Perennis gutmütig spottend zurück.

»Was schert's die Frau und die Kinder, wie Sie heißen,« antwortete Gertrud, geringschätzig die Achseln zuckend, »es braucht nicht Jedermann zu wissen, dass der Herr des Karmeliterhofes gestorben ist und Sie gekommen sind, die Erbschaft in Empfang zu nehmen.«

Perennis starrte auf Gertrud, wie auf ein mit übernatürlichen Kräften ausgestattetes Wesen.

»Wer sagt das?« fragte er erstaunt.

»Es braucht Niemand zu sagen, wenn's sich die Sperlinge auf den Dächern gegenseitig zuschreien,« hieß es gleichmütig.

»Wegerich und die junge Dame wissen es ebenfalls?«

»Ich habe sie nicht darum befragt; aber ein Wunder wär's, wüssten sie's nicht.«

»Gertrud, höre, Du bist ein scharfsinniges, ein verständiges Mädchen. Ahnst Du etwa, woher diese Gerüchte stammen?«

»Ich ahne es nicht, und dennoch, ja, ich könnt's ausfindig machen, allein was verschlägt's? Lieber sagen Sie mir, was Sie im Hause meines Großvaters suchten.«

»Ich suchte nichts, liebe Gertrud, doch ich will aufrichtig sein. Du erscheinst mir so seltsam. Mir ist zuweilen, als gehörtest Du nicht auf die Straße, und da wollte ich mich überzeugen –«

»Wie's bei mir zu Hause aussieht,« fiel Gertrud boshaft ein, »und da haben Sie gefunden, dass der verspottete Irrwisch – Du meine Güte, Herr Rothweil! was mache ich mir daraus, ob meine Stiefmutter für Geld wäscht, meine Stiefgeschwister sich im Kehricht wälzen! Ich selbst bin im Kehricht aufgewachsen, und wenn ich einst als elendes Steinkohlenweib hinter 'm Zaun sterbe, wundert sich kein Mensch darüber.« Sie lachte so höhnisch und bitter, dass es Perennis durch die Seele schnitt; sorgloser fügte sie hinzu: »Was könnte ich Anderes verlangen? Sie aber, Herr Rothweil, ein vornehmer Herr, sollten das bedenken und nicht mit dem verrufenen Irrwisch gehen.«

»Ich gehe, mit wem ich will. Wenn Du mir gefällst, kümmert das keinen Anderen, als mich selber.«

Aus Gertruds Augen schoss einer ihrer geheimnisvollen Blicke auf ihn; dann sah sie wieder geradeaus. Vielleicht nie mehr, als gerade jetzt, machten sich die beiden Naturen in ihr gelten: Die eine, welche sie mit ihren Angehörigen verband, und die andere, die von der Marquise mit wunderbarer Geduld und Berechnung gehegt und gepflegt worden war.

»Es gibt nicht viele Männer, die so reden,« versetzte sie nach kurzem Sinnen, und es rief den Eindruck hervor, als hätte sie sich noch stolzer und zuversichtlicher emporgerichtet, »aber wenn Sie meinen, dass ich mich vor Jemand schäme, barfuß zu gehen und meinem Großvater das Essen zu bringen, so kennen Sie den Irrwisch schlecht. Gerade, weil Sie mich begleiten wollten, zog ich zuvor meine Schuhe aus. Auch ich tue, was ich will, und Jedem, der sich für besser hält, als mich, diene ich, wie's ihm gebührt. Doch Sie verdienen, dass auch ich aufrichtig bin. Ich schämte mich wirklich, Sie bei meiner Stiefmutter zu finden; und dann die unsauberen Kinder, das heißt, es sind gute Geschöpfe und gegen ihre Unsauberkeit lässt sich nichts machen; sie selber können ebenso wenig dafür, wie ihre schwer arbeitende Mutter. Wir sind eben arme Leute. Man hat aber schon erlebt, dass die ärmsten jungen Mädchen vornehme Damen wurden, und Niemand ihnen angesehen hätte –« sie verstummte und runzelte die Brauen tief.

Schärfer sah Perennis auf sie hin. Ihre Worte klangen so rätselhaft, bargen eine so feste Überzeugung in sich, dass seine Neugierde noch erhöht wurde. Woher hatte sie diesen scharf ausgeprägten Schönheitssinn, dieses dumpfe ästhetische Gefühl? fragte er sich. Denn darauf allein konnte zurückgeführt werden, dass sie der waschenden Stiefmutter und der sich im Kehricht wälzenden Kinder, denen sie im Grunde ihres Herzens wohlwollte, sich schämte, sie gewissermaßen verleugnete. Und weshalb war sie auf der einen Seite so besorgt, Perennis Alles fern zu halten, was ihr selbst widerwärtig erschien, während sie andererseits trotzig, gleichsam stolz herausfordernd die Schuhe ablegte, um ihm dadurch bei jedem Schritt ihre Herkunft und ihre Lebensstellung ins Gedächtnis zu rufen?

Ein Weilchen gingen sie schweigend neben einander her. Sie bogen aus dem Festungsgraben auf das Rheinufer. Bald darauf befanden sie sich außerhalb des Bereiches der aufwärts und abwärts ankernden Kohlenschiffe und der bei denselben beschäftigten Arbeiter.

»Fahren wir so fort, dann härten wir ebenso gut Jeder für sich allein gehen können,« brach Perennis das Schweigen.

»Ich habe Sie nicht gerufen,« antwortete Gertrud wenig höflich, »wollen Sie sprechen, so reden Sie immerhin. Ich selber habe nichts zu sagen.«

»So will ich sprechen, wie mir um's Herz ist, und offenbarte ich Anderes, so würdest Du bald genug die versuchte Täuschung entdecken.«

»So denken Sie von der barfüßigen Tochter eines armen Böttchergesellen,« bemerkte Gertrud ungläubig.

»Fragte ich nach Deiner Geburt, oder weshalb Du vorziehst, Deine Füße nicht in lästiges Schuhzeug einzuzwängen? Ich erblicke in Dir nur eine Art Wunder, und von Herzen wünsche ich, dass Du eine Dame werden möchtest, für welche Du mehr geschaffen bist, als für – nun, als für Arbeiten, welche Deinen Rücken vor der Zeit beugen.«

Gertrud sah starr geradeaus. Dabei zuckte es verräterisch um ihre Lippen, als hätten Spott und Schadenfreude sich mit Gewalt Bahn brechen wollen. Von solchen Empfindungen beseelt, antwortete sie nach kurzem Überlegen zögernd.

»Und wäre ich eine vornehme Dame, wie dann? Schwerlich würden Sie mich so vertraulich angeredet, mich schwerlich unaufgefordert begleitet haben. Für den barfüßigen Irrwisch ist freilich Alles gut genug.«

»Nun ja, es waltet ein Unterschied, welcher durch Äußerlichkeiten bedingt wird. Wärest Du indessen wirklich eine vornehme Dame, so könntest Du bei mir keine aufrichtigere Teilnahme erwecken, als jetzt in Deinem einfachen Aufzuge.«

Um Gertruds Lippen zuckte es wieder.

»Sie bedauern mich und glauben, ich müsse einen dummen Arbeiter oder Knecht heiraten, um nicht zu verhungern,« bemerkte sie spöttisch, »o ich hörte wohl, was Sie mit meiner Stiefmutter verhandelten.«

»Das sollte mir leid tun, Gertrud, wahrhaftig, wäre ein solcher Mann noch so rechtschaffen und treuherzig, nein, eine derartige Heirat wäre Dein Unglück.«

»Meinen Sie? Hm, Sie sind ein Mann von Stande, möchten Sie selber vielleicht den barfüßigen Irrwisch zur Frau nehmen? Ich denke, nein. Ihre Freunde würden Sie verspotten.«

Bei den letzten Worten richtete sie ihre Augen forschend auf Perennis.

Dieser lachte herzlich.

»Warum sollte ich nicht?« fragte er, dem tiefen Glutblick frei begegnend, »ich bin überzeugt, wir würden kein schlechtes Paar bilden. Wenn's meinen Freunden nicht passte, könnten sie mir aus dem Wege gehen.«

Die Glut in den prachtvollen Augen wuchs. Gertrud schien einen sengenden Strahl bis in Perennis' Herz hineinsenden zu wollen. Plötzlich lachte sie hell auf, und indem sie ihr Haupt schüttelte, entwich das eigenwillige üppige Haar zum größten Teil seinen losen Banden.

»Ich heirate weder einen Arbeiter, noch Sie selber!« rief sie geringschätzig aus, »ich will überhaupt nicht heiraten, und könnte ich dadurch ein Königreich erkaufen. Außerdem haben Sie Ihren Schatz auf dem Karmeliterhofe, und einen hübschen, freundlichen Schatz obenein.«

Perennis blickte unwillig.

»Glaube, was Du willst,« sprach er ernst, »schon früher erklärte ich Dir, dass die junge Dame meine Verwandte sei. Bezweifelst Du es jetzt noch, so gebe ich es auf, Dich zu überzeugen. Aber Du erinnerst mich an etwas: Wer es Dir mittheilte, errate ich nicht, und nachdem es einmal in die Öffentlichkeit drang, wäre es nutzlos, es länger abzuleugnen. Der Herr Rothweil ist in der Tat gestorben, und zwar schon vor Jahresfrist. Da ich nun sein nächster Verwandter bin, vielleicht auch sein Erbe, so wünschte ich, die Angelegenheit vorläufig zu verheimlichen und den alten Wegerich nicht aus seiner Ruhe aufzustören. Wurde ihm die Kunde auf anderem Wege zugetragen, so ist es allerdings zu spät. Hoffentlich treten keine Fälle ein, welche den jetzigen Bewohnern des Hofes Unannehmlichkeiten bereiten. Ich denke dabei auch an die Frau Marquise, Du stehst unter deren besonderem Schutz?«

»Ich warte ihr auf, das ist Alles.«

»Und erfreust Dich einer gütigen Begegnung?«

»Sie begegnet mir gar nicht. Ich sagte es schon früher. Sie ist wunderlich; hat sie einen guten Tag, so redet sie mit mir.«

»Ich möchte sie kennen lernen, nachdem ich so viel Merkwürdigkeiten über sie hörte.«

»Sie hasst fremde Gesichter. Unbarmherzig weist sie Jedem die Tür, der sich bei ihr eindrängen möchte.«

Perennis schwieg, und eine größere Strecke legten sie zurück, ohne dass ein Wort zwischen ihnen gewechselt wurde. Kurz vor der Stelle, auf welcher der Pfad zu dem alten Ginster hinabführte, blieb Perennis stehen.

»Gertrud,« hob er ernst und eindringlich an, »magst Du anderen Menschen wie ein lustiger Kobold erscheinen, so erkenne ich in Dir doch einen Charakter – ich meine ein Gemüt –«

»Ich weiß, was Charakter ist,« bemerkt Gertrud gleichmütig.

»Gut also,« fuhr Perennis überrascht fort, in dem lieblichen Antlitz, welches plötzlich die Undurchdringlichkeit einer Sphinx angenommen hatte, nach versteckten Regungen forschend, »ich erkenne in Dir einen Charakter, dem man blindlings vertrauen darf. Täglich verkehrst Du auf dem Karmeliterhofe, siehst, wer dort aus und eingeht, errätst leichter, als jeder andere, was Diesen oder Jenen dahinführt. Als mutmaßlicher zukünftiger Besitzer des Hofes muss mir daran gelegen sein, mich mit allen ihn betreffenden Verhältnissen vertraut zu machen; dazu aber kannst Du mir helfen, wenn Du mich über alle außergewöhnlichen Vorkommnisse unterrichtest. Willst Du das tun?«

»Warum sollte ich nicht? Wo finde ich Sie jedes Mal?«

»Ich werde von Zeit zu Zeit im Hause Deines Großvaters vorsprechen –«

»Das tun Sie nicht,« versetzte Gertrud leidenschaftlich, »was wollen Sie in dem hässlichen Festungsgraben – und dann die Kinder und die Wäsche – nein, gibt's keinen anderen Weg, so muss ich's dem Zufall überlassen, mich mit Ihnen zusammenzuführen; doch ich kann zu Ihnen gehen; sagen Sie mir, wo Sie wohnen.«

»Zu mir?« fragte Perennis zweifelnd, und freundlich fügte er hinzu: »Nein Gertrud, das vermeide. Ich wohne in einem unscheinbaren Gasthofe, und sähe man Dich dort aus und eingehen, möchten sich zu unserem beiderseitigen Nachtheil böse Zungen regen.«

»Auf böse Zungen gebe ich nicht so viel,« erwiderte Gertrud geringschätzig, und sie schnippte mit Daumen und Mittelfinger der linken

Hand, »was können sie mir anhaben? Ihretwegen gehe ich keinen Fingerbreit von meinem Willen und Wege ab. Wollen Sie, so ist mir's recht.«

Perennis schwankte nicht länger. Er zog eine Karte hervor, schrieb seine Wohnung auf dieselbe und reichte sie Gertrud. Diese las flüchtig Straße und Hausnummer und schob die Karte nachlässig in die Tasche ihres Kleides.

»Wenn Sie wähnen, ich sei allen Menschen so gern und so schnell zu Diensten, so irren Sie sich,« sprach sie, indem sie Beide ihren Weg weiter verfolgten, »Sie gefallen mir aber, und dessen rühmen sich nicht viele Menschen. Mancherlei könnte ich Ihnen anvertrauen, doch ich will nicht. Vielleicht später, vielleicht in Jahr und Tag –« und seitwärts von ihm forttretend, versank sie gleichsam in das Weidendickicht des Uferabhanges. Mutwilliges Lachen tönte noch herauf; die Bewegungen der schlanken grünen Zweige bezeichneten die Richtung, welche sie eingeschlagen hatte, um zu ihrem Großvater zu gelangen.

Kopfschüttelnd setzte Perennis seinen Weg fort. Er vergaß, dem alten Ginster einen Gruß zuzurufen, so unwiderstehlich fesselten ihn die Betrachtungen über das rätselhafte Mädchen.

Mit ungeheuchelter Freude wurde er willkommen geheißen, als er in Wegerichs Wohnung eintrat. Lucretia war mit der Zubereitung des Mittagessens beschäftigt. Ihr holdes Antlitz, von der Hitze des Ofens gerötet, erglühte noch tiefer, als sie ihn erkannte und ihm zutraulich die Hand reichte. Doch dem Ausdruck der Freude folgte bald der einer tiefen Besorgnis, als man des verstorbenen Besitzers des Karmeliterhofes gedachte. Woher den Bewohnern des Hofes die Kunde gekommen, wurde nicht erörtert, aber ernster fassten Alle die Zukunft ins Auge, welche durch das unvorhergesehene traurige Ereignis für Jeden eine Ungewisse geworden.

Perennis hatte nicht länger Ursache, die an ihn ergangene Aufforderung, die Erbschaft anzutreten, vor seinen Freunden zu verheimlichen. Er offenbarte sogar, dass der Mangel an Geldmitteln die als unumgänglich notwendig erscheinende Reise in unbestimmte Ferne hinausrücke, bei seiner Abneigung, eine Anleihe aufzunehmen, vielleicht gar unmöglich mache, um dafür in ein altes verwittertes Antlitz und in ein jugendfrisches zu schauen, die beide gleich ratlos zu ihm aufsahen. Wegerich säumte indessen nicht, dem neuen Gebieter zum besseren Verständnis der Lage nicht nur alle von seinem verstorbenen Herrn empfangenen

Briefe vorzulegen, sondern auch diejenigen Dokumente, welche sich auf den verschuldeten Grundbesitz bezogen. Letztere verschafften Perennis ein überaus trübes, sogar entmutigendes Bild von dem europäischen Teil der Erbschaft. Einen eigentümlichen Kontrast zu demselben bildeten die in langen Zwischenpausen eingetroffenen Nachrichten, welche mittelbar und unmittelbar das Vorhandensein eines überseeischen großen Vermögens andeuteten und bestätigten.

Seine Nachforschungen ausdehnend, betrat Perennis zum zweiten Mal das Arbeitszimmer. Bereitwillig öffnete Wegerich den Schreibtisch und alle innerhalb desselben angebrachten Schubladen und Fächer. Nirgend fand sich auch nur eine Andeutung, welche auf den Karmeliterhof oder die Reise des Verstorbenen Bezug gehabt hätte. Peinlich geordnet lagen hier und da Abhandlungen über einzelne Altertümer, Auszüge aus römischen Klassikern, die Kolonisation des Rheintals betreffend, Listen der noch in dem Zimmer vorhandenen Altertümer und anderer, die auf dem Wege des Tausches in fremde Hände übergegangen waren. Doch sorgfältig, wie Perennis Alles durchblättern mochte; von Briefen oder zu verwertenden Notizen entdeckte er keine Spur. Es unterlag kaum einem Zweifel, dass der Verstorbene die Möglichkeit, nicht mehr heimzukehren, ernst ins Auge gefasst und daher Alles vernichtet hatte, was auf seine Privatverhältnisse hätte Licht werfen können. Manches mochte er mit fortgenommen haben. Auf alle Fälle hatte er mit großer Überlegung dafür gesorgt, dass, wer auch immer in seiner Abwesenheit den Schreibtisch durchsuchte, unbefriedigt blieb. Ebenso wenig vermochte Wegerich nennenswerte Auskunft zu erteilen. Seine Erinnerungen reichten nur wenig weiter, als bis zum Tage der Abreise seines Herrn.

Indem der alte Mann trübselig erzählte und sich in die Erinnerung an entschwundene Tage versenkte, hatte Perennis mechanisch in einem vor ihm liegenden Buche geblättert. Dasselbe enthielt eine Zusammenstellung von Berichten über die Eroberung der Provinz Neu-Mexiko durch die Spanier. An Stellen, welche dem Verstorbenen wichtiger erschienen sein mussten, hatte er Papierstreifen zwischen die Blätter gelegt. Perennis prüfte dieselben gedankenlos. Ganze und halbe Worte, je nachdem die Schere sie trennte, standen auf denselben. Endlich aber fiel ihm ein stärkeres Lesezeichen in die Hände. Nachlässig entfaltete er den kleinen Bogen. Es war ein Brief, anscheinend von weiblicher Hand geschrieben. Bevor er denselben las, sah er nach der Unterschrift. Ein Name stand nicht da, statt dessen das Wort: »Eine Betrogene.« Ebenso fehlte die Anrede. Das Couvert, in welchem der Brief einst steckte, mochte gleich nach dem Empfange vernichtet worden sein. An wen das Schreiben gerichtet gewesen, blieb also ein Rätsel.

»Die Sünden der Väter werden an ihren Kindern und Kindeskindern heimgesucht bis ins dritte und vierte Glied,« lauteten die Worte des alten Briefes, »es ist ein ungerechtes Urteil, denn die Sünden der Väter müssten an ihren Kindern und Kindeskindern in einer Weise heimgesucht werden, dass die Strafe auf das Haupt der Väter zurückfiele. Was dem Einen als unübersteigliches Hindernis erschien, sein Wort zu lösen, der Anderer setzt sich ihm zum Trotz leicht darüber hinweg, und das ist mein eigenstes Werk. Ich bin das rächende Geschick. Ich will Dich mit meiner Rache verfolgen, bis das Auge mir bricht. Wo ich meinte, Rosen zu pflücken, da keimten mir Stechapfel und Belladonna, und die vergifteten mein Leben. Soll ich unter dieser Last heimlich dahinsterben, während ich den Leuten ein lächelndes Antlitz zeige? Ja, ich will lächeln, so lange es mir vergönnt ist, bezaubern und berauschen. Du sollst von mir hören, heute, wie vor sechszehn Jahren, und nach einem Vierteljahrhundert noch, wie heute. Mir fern, sollst Du vor mir zittern. In jedem Augenblick denke, dass ich vor Dich hintrete, um Dir ins Ohr zu schreien: ›Das ist mein Werk!‹ Gott erhalte Dich noch viele lange Jahre, Gott erhalte mich, dass ich meine Lebensaufgabe erfülle. Wo Du weilen, wohin Du fliehen magst, da denke, dass mein Geist Dich umschwebt. Sogar in Deinen Träumen besucht Dich eine Betrogene.«

Nachdem Perennis den Brief längst zu Ende gelesen hatte, sah er noch immer auf die vor seinen Blicken verschwimmenden Worte nieder. Er bezweifelte kaum noch, dass diese Ausbrüche eines unversöhnlichen Hasses an seinen verstorbenen Onkel gerichtet gewesen, dass sie sich auf ein von ihm begangenes Unrecht bezogen, gleichviel in welchem Lebensabschnitt dasselbe zu suchen. Er begriff aber auch, dass weniger um seinem Forschungseifer zu frönen, er der angestammten Heimat entsagte, als sich einer Verfolgung zu entziehen, die bis an sein Ende nicht müde zu werden versprach. Und mochte er sich frei von Schuld oder schuldig fühlen, jene erbitterte Verfolgung fürchtete er noch auf der anderen Seite des Ozeans, oder er hätte nicht so ängstlich vermieden, den Ort seines Aufenthaltes in der Heimat bekannt werden zu lassen. Wer aber war jene Betrogene und in welcher Beziehung stand sie zu einem Manne in den reiferen Jahren, der sich jetzt noch bei Allen, die ihn früher kannten, des Rufes eines stillen, friedlichen und gefälligen, wenn auch etwas wunderlichen Gelehrten erfreute? So wogten seine Gedanken durcheinander, während seine Blicke starr auf den feinen Schriftzügen ruhten und Wegerich ihn ängstlich beobachtete.

Es klopfte leise an die Tür.

Perennis schrak empor.

»Herein!« rief er in der Verwirrung. Die Tür öffnete sich und in derselben erschien Lucretia, mit süßer Befangenheit meldend, dass das Mahl bereit sei.

Noch unter dem vollen Eindruck der jüngsten Entdeckung schob er den Brief in die Tasche.

»Wir stehen zu Diensten,« sprach er, heitere Sorglosigkeit erzwingend, und an der Hand Lucretia's verließ er das Zimmer.

»Unsere Entdeckungen beschränken sich auf das allergeringste Maß,« beantwortete er seiner lieblichen Verwandten stumme Frage, »das heißt, wir sind jetzt ebensoweise, wie zuvor.«

»So würden Sie die abenteuerliche Reise aufgeben?«

Perennis senkte einen forschenden Blick in die lieben blauen Augen. Wie ein warmer Lebenshauch wehte es ihm aus denselben entgegen, dass er auf jedes einen herzlichen Kuss hätte drücken mögen. In vielen Monaten, vielleicht in Jahren sie nicht wiederzusehen, war sein nächster Gedanke. Es gewann die Frage Leben, ob es nicht heiße, einem leeren Phantom nachjagen. Die Gestalt Splitters tauchte vor seinem Geiste auf; er sah, wie dieselbe sich mit berechtigter Zärtlichkeit dem teuren Haupte zuneigte, und beinahe rau klang seine Stimme, indem er antwortete:

»Die Reise ist unabweisbar. Ich muss mir Klarheit, Gewissheit über Alles verschaffen. Als eine heilige Aufgabe betrachte ich, jedem Tadel vorzubeugen, welchen der eine oder der andere durch den Verstorbenen unabsichtlich Geschädigte ihm ins Grab nachschleudern könnte. Und wer bürgt dafür, dass ich nicht berufen bin, die von unserem gemeinschaftlichen Verwandten getroffenen letztwilligen Verfügungen auch nach anderen Richtungen hin zur Ausführung zu bringen. Und gewiss dürfen wir voraussetzen, dass er das Ihrer Mutter erteilte Versprechen in seinem Testament löste. Wäre es aber noch so wenig, über das er verfügte, so viel zu einer guten Aussteuer für meine herzige Cousine wird immerhin zu erwarten sein.«

»Was sollte ich damit?« fragte Lucretia, und ihr Antlitz blieb so ruhig, so klar, ein untrüglicher Beweis, dass nicht der leiseste Gedanke an ihren Verlobten sie störte oder freudig bewegte, »nie rechnete ich auf Erbschaften, noch werde ich auf solche rechnen –« sie stockte. Die Erinnerung an ihre letzte Zusammenkunft mit Splitter mochte erwachen. Sie säumte einige Sekunden und fügte lebhaft hinzu: »Traf der Verstorbene letztwillige Verfügungen, so wird man sich drüben wohl der Sache annehmen. Für mich liegt etwas unendlich Trauriges darin, sobald Jemand die Augen schloss, sich in Mutmaßungen über seine Hinterlassenschaft zu ergehen.«

»Nach verbürgten Nachrichten starb er schon vor Jahresfrist,« entschuldigte Perennis sich gewissermaßen.

»Dagegen erhielten wir die Kunde erst vor einigen Tagen,« wendete Lucretia ein, »bei uns den Eindruck erzeugend, als seien wir eben von seinem noch offenen Grabe fortgetreten.«

»Möge er sanft ruhen in der fremden Erde,« antwortete Perennis ernst, »sein Andenken aber können wir nur ehren, indem wir seinen letzten Willen erkunden und, gleichviel wie er lautet, gewissenhaft erfüllen.«

Er reichte Lucretia den Arm und führte sie an den gedeckten Tisch. Grübelnd folgte Wegerich. Seinen ganzen Scharfsinn bot der alte Mann auf, eine Quelle zu entdecken, aus welcher die Mittel zu der beabsichtigten Reise bezogen werden könnten.

Elftes Kapitel.

Das Kirchweihfest.

Eine halbe Stunde stromabwärts, in dem auf dem Ufer des Rheins sich weithin erstreckenden Kirchdorf war am Sonnabendabend die Kirmes mit allem Pomp eingeläutet worden; mit allem Pomp, welcher einem Fest gebührt, dessen Dauer altherkömmlich auf drei volle Tage berechnet ist. Man hatte eine Puppe, den neugierigen Zachäus, ausgestopft und nicht nur mit wenig biblischen, sogar abgetragenen Kleidern umhüllt, sondern ihm auch einen dreieckigen Hut mit gewaltigen Federbusch auf den breiten Strohkopf gedrückt. Dann hatte man ihn unter Musikbegleitung im Triumph durch's ganze Dorf getragen und endlich, in Ermangelung des historischen Feigenbaumes, auf einer mächtigen, vor dem Dorfkruge errichteten Stange befestigt und diese, um die Täuschung zu vervollständigen, mit einem stattlichen Erlenzweig gekrönt. Zum Schluss überreichte jeder junge Bursche seiner auserkorenen Tänzerin den Strauß von künstlichen Blumen, wofür er von dieser grüne oder rotseidene Bänder erhielt, dazu bestimmt, im untersten Knopfloch der Jacke getragen zu werden. Der Sonntagmorgen wurde darauf mit dem Kirchenbesuch, dem üblichen Fahnenschwenken und noch zu erledigenden häuslichen Vorrichtungen ausgefüllt; und als endlich Nachmittags nach Schluss der Messe die Fahne abermals vor der Kirchentür geschwenkt wurde, da galt dieses als ein Zeichen, dass nunmehr der lustigere und geräuschvollere Teil der Kirmessfeier seinen Anfang nehmen könne.

In hellen Haufen umstanden die Dorfbewohner den Fahnenschwenker, einen hübschen, kraftvollen jungen Mann in hellvioletter kurzer Jacke, roter Schärpe und roter Mütze, welcher mit seiner ausgestreckten breiten, kurzschäftigen rosaroten Fahne einige Wendungen ausführte und dadurch Raum für seine Vorstellungen erzwang.

Die Musik stimmte die uralte Schwenkmelodie an, und hoch in die Luft flog die Fahne, um im Zurücksinken von dem geschickten Träger wieder aufgefangen zu werden. Dann aber beschrieb er mit derselben nach allen Richtungen hin, bald waagerecht, bald senkrecht Kreise und Achten, und zwar so gewandt und mit einer solchen Kraft, dass das breite Tuch wohl knatterte und flackerte, dagegen kein einziges sichtbares Fältlein schlug.

Ja, das war noch ein Anblick. Die Dorfbengels vergaßen die in den Messbuden erstandenen Brummeisen, und die noch kleinere Gesellschaft ihre Kirmeswecken, um von Bäumen und Zäunen herab sich nach Herzenslust an dem prächtigen Schauspiel zu weiden. Denn um in den Kreis hineinzugelangen, hätten sie mit den breiten Schultern der Tänzer, oder den noch breiteren, faltenreichen Röcken der Tänzerinnen versehen sein müssen. Und Alles drängte sich herum, Jung und Alt, und wo die Aussicht durch die Vorderleute verlegt wurde, da sah man wenigstens hin und wieder das Fahnentuch über den Köpfen emportauchen, hörte die Musik, zu welcher Pauke, Trompete und Klarinetten sich einigten. Nur eine einzelne Person stand abseits auf einer niedrigen Feldsteinmauer, als hätte sie sich für zu vornehm oder zu gering gehalten, sich unter die Dorfbewohner zu mischen. Es war Gertrud, der unstete Irrwisch, die tanzlustige Rheinnixe. Auch sie hatte sich festtäglich gekleidet, doch war ihr dunkelfarbiger Rock mehr nach städtischer Mode zugeschnitten, und die mit weißen Strümpfen bekleideten Füße wurden von Schuhen umschlossen, so zierlich und klein, als hätte sie dieselben von einem zwölfjährigen Dorfmädchen entlehnt gehabt. Einen Strauß trug sie nicht, ein Zeichen, dass sie im Dorfe nicht zu Hause gehörte. Aber auch im entgegengesetzten Falle würde kaum Jemand gewagt haben, sie gleich auf drei Tage zu seiner Tänzerin zu wählen; noch weniger hätte sie selbst sich Jemand auf drei Tage zugesagt.

Was sie dorthin führte, ob Lust an heiterem Volksgetümmel, ob die unbesiegbare Neigung, sich nach dem Takte der Musik von kräftigen Armen im Kreise schwingen zu lassen: aus ihrem ernsten Antlitz mit den leicht gerunzelten Brauen hätte es schwerlich Jemand herausgelesen. Sie aber zu fragen, fehlte den Meisten wohl die Lust, sobald sie den spöttischen Zug um die etwas zusammengepressten frischen, roten Lippen gewahrten. Konnte man doch nicht wissen, ob sie die erste Anrede nicht mit einer spitzfindigen Bemerkung lohnte. Trotzdem streifte sie mancher verlangende Blick aus lustigen Männeraugen, und sie hätte so blind sein müssen, wie sie jetzt scharf unterschied, wäre ihr entgangen, dass neben jenen freundlichen Blicken sich auch andere auf sie hefteten, welche sie am liebsten hätten verscheuchen mögen. Und welche junge Dorfschöne wäre gleichgültig geblieben, wenn sie entdeckte, dass die Augen ihres Tänzers trotz des prächtig geschwungenen Fahnentuches immer wieder den schlanken Irrwisch suchten.

»Da ist der Irrwisch,« raunte eine junge Bäuerin ihrer Nachbarin heimlich zu, und empor flogen die Lippen so verachtungsvoll, als wäre das bloße Nennen des Namens schon ein Fehl gewesen.

»Der Tanzteufel hat sie hergetrieben,« hieß es ebenso heimlich zurück, »und der Tanzteufel steckt drin und lugt ihr aus den Augen, oder sie würde sich schämen, ohne Begleitung so weit herzukommen.«

»Sie hat einen bösen Blick,« bemerkte wieder eine Andere, »ich möchte sie sehen, wenn sie bei unserm gelehrten Herrn Pfarrer zur Beichte ginge; der würde nicht viel Umstände machen und ihr den Gott sei bei uns bald genug austreiben. Und besessen ist sie, das kann Jeder sehen, wenn's ihr glückte, Einen zum Tanz zu verführen, und die Augen wie glühende Kohlen in ihrem Kopf brennen.«

»Nein, ehrliche Augen sind das nicht,« raunte es von einer andern Seite herüber, »sie ginge sonst wohl zur Beichte. Und wer sah je, dass ein sterblicher Mensch seine Füße stellte, wie ein Uhrwerk? Ich verschwöre mich darauf, die berührt beim Tanzen den Erdboden nicht, und gerade das macht die Dorfburschen wahnsinnig nach ihr.«

»Ihr solltet etwas Anderes in Eure Mäuler nehmen, als schlechte Reden über das arme Ding,« warf ein junger Bauer, der das Gespräch trotz der schrillen Klarinetten erlauscht hatte, sich zu Gertruds Verteidiger auf.

»Sie mag bleiben, wo sie zu Hause gehört,« hieß es hoffärtig zurück.

»Sie wohnt in der Stadt,« fuhr jener fort, »und wenn sie 'nen Tanz machen möchte, sucht sie die Dörfer auf. Denn auf den städtischen Tanzböden geht's wild genug her, zu wild für'n sittsames Frauenzimmer, und das soll man an der Gertrud ehren.«

»Die hat 'nen Tanzteufel im Kopf,« kicherte es von mehreren Seiten höhnisch.

»Hat sie *einen* Tanzteufel im Kopf, so hat Jeder von Euch deren *d r e i e ,* oder Ihr gönntet dem armen Dinge 'mal 'nen Solo mit dem Einen und dem Ändern, 's ist Mancher hier, der ihr gern 'nen Strauß verehrte, wäre sie bei uns eingepfarrt. Geht sie aber nicht zur Beichte, so hat sie vielleicht 'ne andere Religion, und das kümmert Niemand.«

»Dem hat sie's schon angetan mit ihren Feueraugen,« flüsterte es spöttisch hinter dem Burschen.

Dieser kehrte sich um.

»Mir und vielen Andern,« versetzte er lachend, »und wenn sie das Dorf verlässt, ohne mit mir geländert zu haben, will ich heute Abend noch mein neues Kamisol beim Zachäus über den breiten Rücken ziehen,«

Wer weiß, welche böse Reden noch gefallen wären, hätte die Musik auf ein Zeichen des Fahnenschwenkers ihre Arbeit nicht eingestellt. Das Gedränge löste sich auf, vergessen war der Irrwisch, und paarweise ordneten sich Alle zum Festmarsch nach dem Tanzplatz. Und ein stattlicher Zug bildete sich im Umsehen. Vorauf die Musik. Hinter dieser in angemessener Entfernung schritt, stolz um sich schauend, der Schwenker, die Fahne in der rechten Faust, deren Griff kühn auf die Hüfte gestützt. Dann folgten die Tänzer und Tänzerinnen, hinter diesen alte Leute und Kinder, jene der eigenen Jugend gedenkend, diese voller Missmut, nicht längst zu den Erwachsenen zu zählen. Gertrud hatte ihren Platz auf der Mauer immer noch nicht verlassen. Der Zug musste ja vor ihr vorüber. Unbekümmert um die freundlichen und feindlichen Blicke, welche sie jetzt wieder verstohlen suchten, beobachtete sie das muntere Treiben. Dabei blieb der Ausdruck ihres schönen Antlitzes unverändert; unverändert prägte sich die leichte Falte zwischen den starken schwarzen Brauen aus, unverändert lagerte Spott um den lieblichen Mund. Nur wer auf ihre kleinen Füße sah, hätte vielleicht bemerkt, wie die Spitze des rechten Schuhs sich leise hob und senkte und, wie von unwiderstehlicher Tanzlust getrieben, in ihrer wenig wahrnehmbaren Bewegung genau Takt mit der einen Geschwindmarsch aufspielenden Musik hielt.

Die Spielleute schritten vorüber.

»Gertrud, mir einen Solowalzer«!« ertönte eine heitere Stimme aus dem sich nahenden Zuge.

Gertrud gab sich das Ansehen, den Ruf nicht vernommen zu haben.

»Recht so, Trude!« rief eine Mädchenstimme, »hier ist kein gebührlicher Ort zum Auffordern!«

»Mir 'nen Länder! Mir 'nen Walzer! Mir 'nen Galopp!« übertönte es aus verschiedenen Richtungen die Musik, und dazwischen erschallten wilde

Jauchzer, die einen spottend, die ändern herausfordernd. Gertrud fühlte, dass alle Blicke auf sie gerichtet waren, allein sie stand da, wie mit der Mauer verwachsen; nur der tanzlustige Fuß regte sich leise.

Jetzt näherte sich der Fahnenschwenker. Seine Haltung und der aufwärts gedrehte Schnurbart verrieten, dass er noch nicht lange aus der Armee entlassen worden. Seine violette Jacke schmückten noch keine Bänder. Die Einen glaubten, dass er einen Schatz in der Garnison zurückgelassen habe; Andere, dass der Soldatenstand den reichen Bauersohn hoffärtig gemacht und er auf eine Freie nach Geld aus sei. Die Wahrheit aber wussten nur er selber und die schönste Büdnertochter des Dorfes. Sie meinten indessen, dass es die Leute nicht schere, wenn sie Gefallen aneinander gefunden hätten, und gedachten der erstaunten Reden, wenn der stolze Fahnenschwenker am dritten Kirmestage von seiner Herzallerliebsten die Bänder öffentlich angeheftet erhielt. Bis dahin aber sollte Jeder noch vollkommen frei sein, wollten Beide sich daran ergötzen, wie alle Mädchen des Dorfes ihm nachschauten, bereitwillig zusagten, wenn er ihnen einen Tanz anbot, sich sogar nicht scheuten, den eigenen Tänzer vor dem Fahnenschwenker ein wenig zurückzusetzen. Und um diesen zu ehren, ließen die Burschen Manches über sich ergehen. Denn der Fahnenschwenker war heute Hauptperson, und dass er dies selber wusste, bewies er durch eine gewisse Ritterlichkeit, mit welcher er im Vorüberschreiten die Fahne gar anmutig vor der Gertrud neigte, zum Zeichen, dass er sie für ein ehrliches Mädchen halte und keinen Augenblick anstehen, sie in seinen Schutz zu nehmen.

Gertrud errötete vor Freude über diesen Beweis der Achtung, und zum ersten Mal, seitdem sie auf der Mauer stand, wichen ihre Brauen auseinander, spielte statt des Trotzes ein freundliches Lächeln um ihre Lippen. Denn was fragte sie danach, ob man sich in dem Zuge zuflüsterte, sie habe es auf den Fahnenschwenker abgesehen; ob die Burschen ihren stattlichen Kameraden beneideten, die bitterbösen Dorfschönen sie mit den Blicken hätten vergiften mögen.

»Gertrud!« rief der Fahnenschwenker mit weithin schallender Stimme, »Jungfer Gertrud, ich bitte um die Ehre des ersten Tanzes! Wenn's Dir recht ist, tritt hierher an meine Seite!«

Ein zustimmendes Hurra lief durch die Reihen der Burschen, welchen allen der Fahnenschwenker aus der Seele gesprochen hatte. Aber erst als helle spöttische Stimmen sich erhoben und in erzwungen scherzhaftem

Ton die Tänzer an ihre Pflicht erinnerten, gelangte Gertrud zu einem Entschluss. Leicht wie eine Feder schwebte sie von der Mauer, dass die Burschen wiederum in wilden Jubel ausbrachen, und als er verstummte, oder vielmehr in der geräuschvollen Musik sich gleichsam verlief, da schritt sie so stolz und erhaben wie eine Königin neben dem Fahnenschwenker einher. Dieser aber schaute herausfordernd um sich, als hätte er sich mit Jedem im Zweikampf messen wollen, der seiner Tänzerin auch nur mit einer Miene zu nahe getreten wäre. Doch auch seitwärts schaute er verstohlen, sich weidend an der Anmut, mit welcher Gertrud nach dem Takte der Musik ihre Füße stellte, und an der Bescheidenheit, mit welcher sie, um nicht zudringlich zu erscheinen, sich einen ganzen Schritt entfernt von ihm hielt und am wenigsten Schadenfreude zur Schau trug. Und als man sich endlich an den Anblick gewöhnt hatte und Jeder sich mit dem zu schaffen machte, was ihm am nächsten, da benutzte er die Gelegenheit, der Gertrud zuzuraunen, dass sie ein braves Mädchen sei und er sich's zur Ehre rechne, trotz aller Dorfburschen und Dorfmädchen den Ball mit ihr zu eröffnen.

»Und ich dank's Ihnen, dass Sie mir solche Ehre erweisen,« antwortete Gertrud ebenso heimlich, und indem sie der nächsten Stunden und des lustigen Reigens gedachte, glühte heller Enthusiasmus aus ihren Augen, »auch dafür dank' ich, dass Sie nicht schlecht von mir denken, weil ich eine Stunde Wegs gewandert bin, um mir die Gelegenheit zu einem Tanz nicht entgehen zu lassen. Tanze ich doch für mein Leben gern, und mein Bestes will ich leisten, wenn wir zusammen in die Reihe treten.«

»Recht so, Jungfer Trude,« versetzte der Fahnenschwenker, und herausfordernd strich er mit der freien Hand seinen Schnurrbart, »tue Dein Bestes uns Beiden zu Ehren, und aus dessen Maul eine böse Rede über Dich ihren Weg findet, dem geb' ich's zurück, so wahr ich Bartel Baumbach heiße.«

»Und dass Sie sich eines armen Mädchens annehmen und ihm eine kleine Lust gönnen, Bartel, das vergess' ich Ihnen nicht, und würde ich hundert Jahre alt,« entgegnete Gertrud mit überzeugender Wärme, »denn mir ist nicht um schöne Worte zu tun; aber das Tanzen ist mir angeboren, und eine Stunde im lustigen Reigen macht Vieles gut, was sonst nicht zur Freude für mich.«

Sie waren vor dem Dorfkruge eingetroffen, in dessen oberem Stockwerk ein umfangreicher Raum zu dem Ball hergerichtet worden. Doch das

Wetter war klar; ein ebener Platz dehnte sich vor dem Kruge aus; wer hätte sich da zwischen vier Wände mögen einpferchen lassen!

Die Spielleute erhielten zwei Bänke und einen Tisch für Noten und Getränke, der Platz wurde geräumt, und Jauchzer auf Jauchzer drang zu dem verschrobenen Zachäus hinauf, indem die Paare sich zum Reigen ordneten. Hoch prangte die Fahne auf einem Sägebock, welchen man schnell herbeigeschafft harte. Unterhalb derselben standen Bartel und Gertrud, bereit, auf das erste Zeichen sich zu umschlingen.

»Einen langsamen Walzer!« kommandierte Bartel. Die Spielleute prüften noch einmal die Stimmung ihrer Instrumente. In diesem Augenblick schlüpfte ein schönes, großes, flachsblondes Mädchen dicht hinter dem Bartel vorüber.

»Bartel,« tönte es ihm so leise, wie ein Lufthauch ins Ohr, »Du bist ein ganzer Mann, und ich dank Dir's, dass Alle neidisch auf die Gertrud schauen.«

Bartel blinzelte listig, indem er einen Blick des schönen Mädchens erhaschte. Die Worte klangen gut genug, und doch meinte er, einen Zug des Schmollens um die üppigen Lippen zu entdecken, die er Tags zuvor zum ersten Mal küsste, einen versteckten Ausdruck der Besorgnis in den großen, hellblauen Augen, die es ihm schon seit Monaten angetan hatten; aber mit der schönen Tänzerin an seiner Seite, achtete er dessen nicht. Das Schmollen hoffte er zu seiner Zeit schnell genug zu vertreiben, und in den hellblauen Augen wollte er sich tagtäglich spiegeln; aber heute, da er noch seinen freien Willen hatte, musste er sich als einen ganzen Mann zeigen, musste er mit der Gertrud tanzen, wollte er dem schönen, großen Mädchen eine rechte Augenweide sein, bevor er dieses selbst in seine Arme nahm.

Ein kräftiger Paukenschlag erdröhnte; Geigen und Klarinetten fielen ein: Jauchzer auf Jauchzer stieg zu dem grämlichen Zachäus empor, und dahin schoben sich die Paare im weiten Kreise. Vorauf der Fahnenschwenker und Gertrud, und wer in der langen Reihe nicht gleich Raum fand, der verfolgte mit erstaunten Blicken die Gertrud, die sich um ihren stattlichen Tänzer drehte, als hätten ihre kleinen Füße in der That den kurzen Rasen nicht berührt. Der Bartel aber hatte unter den Soldaten Manches gelernt, was ihm jetzt zu statten kam, so dass die Leute vor Verwunderung schier die Sprache verloren. Denn nach der ersten Runde drehte er selber sich nicht mehr; sondern seiner Tänzerin Hand hochhaltend, gab er ihr Raum, dass sie um ihn herumschwebte, bald nach rechts, bald nach links und beständig in dem festen Takte, welchen er auf dem Rasen stampfte.

Dreimal herum war Bartel mit seiner leichtfüßigen Tänzerin gekommen, als ein Schlag auf die Schulter ihn störte und er kameradschaftlich gebeten wurde, eine Tour mit der Gertrud zu erlauben.

Großmütig gab er nach, großmütig duldete er, dass immer neue Tänzer sich zu ihr herandrängten und sie nicht zur Rast kommen ließen. Aber die Gertrud war unermüdlich. Ihr Antlitz glühte wohl, jedoch von dem wilden Blut, welchem bei den Klängen der Musik die Adern zu enge wurden und das sich am liebsten durch die schwellenden Lippen und die samtweichen Wangen einen Weg ins Freie gebahnt hätte. Und dabei atmete sie so ruhig, wie nur je auf ihrem Wege von dem Festungsgraben nach der Fischstelle des alten Ginster. Es war in der Tat zum Erstaunen.

Der erste Tanz neigte sich seinem Ende zu. Bartel drehte sich mit dem schönen, flachshaarigen Mädchen im Kreise; ging's auch nicht so leicht, wie mit der Gertrud, so ging's doch leicht genug. »Hast's recht gemacht,« flüsterte das schöne Mädchen, »der Gertrud gönn' ich's, dass Du ihr die Ehre erweisest, denn mit ihren feinen Wendungen machte sie Dich glänzen, und das hat mir gefallen. Doch jetzt mag sie sich 'nen Anderen suchen, und mit ihren Hexenaugen findet sie Tänzer genug.«

»Aber Keiner, der's versteht wie ich, Kathrin,« antwortete Bartel, »und hab' ich sie hergeführt, muss ich auch für sie sorgen, wie sich's schickt.«

»Der Irrwisch tanzt freilich besser, als ich,« versetzte Kathrin missmutig, »und das ist mein Stolz; ich möchte nicht springen, wie die, dass die Leute mich beredeten und sagten, ich sei von 'nem Tanzteufel besessen.«

»Hast Recht, Kathrin, besser als die Gertrud kann's kein Mädchen lernen, aber gleich nach ihr kommst Du; und tanze ich mit ihr gern, so trete ich mit meinem Schatz doppelt gern in die Reihe. Doch auf Reputation muss ich halten, und so lange die Trude auf dem Platze ist, darf sie keinen Tanz versäumen; ist mir's doch selber 'ne Lust, mit dem leichtfüßigen Ding den Leuten 'ne Augenweide zu geben.«

»So gib ihnen 'ne Augenweide,« versetzte Kathrin, indem sie durch eine lebhafte Bewegung Bartel zwang, mit ihr aus der Reihe zu treten.

»Meine Herzallerliebste bleibst Du dennoch,« suchte Bartel gutmütig zu beschwichtigen, und da Gertrud eben von einem Burschen aus dem Reigen geführt wurde, trat er schnell vor sie hin.

»'ne kurze Rast und dann die Schlussrunde,« redete er sie an, die rote Mütze über seinem Haupte schwingend.

»Ich brauche keine Rast,« versetzte Gertrud leidenschaftlich, »zwölf Stunden könnt' ich tanzen, ohne zu ermüden,« und in der nächsten Sekunde hielt Bartel sie im Arm, und mit einem weithin schallenden Jauchzer stürmte er mit ihr in den Kreis hinein. Wie aber der Anfang des Tanzes, so bot auch der Schluss ein wahres Schauspiel; selbst die störrischen Gemüter neigten sich dem graziösen Irrwisch zu, welcher nach der ersten Runde wieder den Armen Bartels entschlüpfte und in den zierlichsten Windungen um den kraftvollen Burschen herumglitt, als ob er in ihren Händen nur ein Spielball gewesen wäre.

Die Musik verstummte. Mit Flaschen und Gläsern wogten die Burschen in dem Gedränge hin und her, und wer in Gertruds Nähe kam, der unterließ nicht, ihr ein Glas von dem eigen gebauten roten Landwein anzubieten.

Doch nur aus des Fahnenschwenkers Glas nahm sie einen Trunk, sich entschuldigend, dass der Wein ihr beim Tanz den Atem verkürze. Solche Ausrede ließ man gelten. Die Kathrin aber wurmte der dem Fahnenschwenker gewordene Vorzug in einem Maße, dass sie ihn, als er ihr den zweiten Trank bot, stolz zurückwies und ihm rieht, sein Glück bei dem Irrwisch weiter zu versuchen.

»Bleibst dennoch meine Herzallerliebste,« antwortete Bartel verstohlen, »und der nächste Tanz ist der unsrige.«

Dass Kathrin die Lippen höhnisch emporwarf, sah er nicht, nicht, dass ihr vor Zorn das Wasser in den Augen zusammenlief; und als er sie darauf beim nächsten Tanz suchte, da war sie verschwunden, um erst dann wieder auf dem Platz zu erscheinen, als er sich mit Gertrud im Kreise drehte.

Neue Vorwürfe folgten, neue Liebesworte. Ein beständiges Hadern und Versöhnen war es zwischen den heimlichen Liebesleuten, ein Hadern und Versöhnen, von welchem kein anderer etwas erfuhr als sie beide allein.

Nur Gertrud entging es nicht. Mochte sie in den Reigen eingetreten sein, oder rastend im Gedränge weilen: Ihre Blicke brauchten den Bartel oder die Kathrin flüchtig zu streifen, und der trotzige Zug um ihre Lippen bewies, dass sie deren Stimmung ebenso schnell erriet.

Die Zeit verrann im Fluge. Die Sonne senkte sich; abendliche Kühle wirkte erquickend auf die unermüdliche Gesellschaft. Als aber die Dämmerung sich einstellte, da wurde von dem Rasenplatz auf den Tanzboden übergesiedelt, wo Lampen und Lichter brannten, die Planken sich bogen und krachten unter der Wucht, mit welcher schwere Füße den Takt stampften.

Gertrud hatte sich in einem Winkel niedergelassen. Ein Weilchen wollte sie sich des Anblicks noch erfreuen und dann unbemerkt verschwinden. Doch trotz ihrer Gegenrede wurde sie immer wieder in den Kreis hineingezogen, indem man sich auf ihr Versprechen berief, von welchem sie selbst nichts wusste. Und so kam es, dass mehrere junge Männer, durch den Genuss des Weines erhitzt, die verstohlen der Tür Zuschleichende aufhielten und mit flammenden Blicken und herausfordernden Worten sich gegenseitig ihre Beute streitig machten. Den Worten folgten drohende Gebärden; es bildeten sich Parteien, die anfeuerten oder zur Ruhe ermahnten. Ein Bursche hatte Gertruds Hand ergriffen und suchte sie in den Kreis hineinzuziehen. Gewandt befreite sie sich; durch die offene Tür wollte sie entfliehen, als auch dort erhitzte Gesichter sich ihr entgegenstellten. Da die Musik schwieg, die Stimmen sich aber weit über das gewöhnliche Maß erhoben, so unterschied Gertrud die über sie ausgesprochenen Schmähungen ebenso genau, wie die zu ihren Gunsten lautenden Worte. Sie wünschte sich fort, und doch sah sie kein Mittel, zu entkommen. Als aber der Kampf unvermeidlich erschien und zwei Burschen, jeder schwörend, ihr Versprechen gehalten zu haben, mit den feindseligsten Absichten einander gegenübertraten, kehrte sie sich ihnen furchtlos zu.

»Niemand habe ich etwas versprochen,« rief sie hell, »und wenn ich auch danke für jeden Tanz und für den frohen Nachmittag, so hab' ich doch meinen freien Willen,« und trotzig sah sie in die glühenden Gesichter, und höher schien ihre Gestalt zu werden, indem sie das seinen Banden entschlüpfte schwere Haar nachlässig über die Schultern zurückstrich.

»Die Gertrud hat Recht!« antwortete eine lustige Stimme aus der Mitte des Saales, »sie mag selber entscheiden, wem sie die Ehre gibt, und ich bin der Mann, d'rauf zu achten, dass Keiner sie zwingt,« und kräftig drängte der Fahnenschwenker sich zwischen den ergrimmten jungen Leuten hindurch.

»Sie will nach Hause! Lasst den Irrwisch laufen!« erhoben sich mehrere Mädchenstimmen im Hintergrunde, »lasst sie hinaus, bevor sie 'ne Rauferei anzettelt!«

»Sie geht, wenn's ihr zu Sinn ist, tanzt, solange es ihr gefällt!« antwortete Bartel heftiger, »ich habe die Gertrud hierher genötigt, und meine Sache ist's, für sie zum Rechten zu sehen.«

Hohnlachen ertönte im Hintergrunde, verstummte aber sogleich wieder vor Bartels vermittelnder Stimme.

»Ist das 'ne Art, die Lust zu stören?« rief er aus, »hier steht die Gertrud, und Keiner ist auf dem Platz, dem sie nicht bereits 'ne Ehre erwiesen hätte; und wer nichts versprochen hat, braucht nichts zu halten.«

»'ne schöne Ehre! »hieß es wieder spöttisch aus dem Gedränge, dass es wie ein Blitz in Gertruds Augen aufleuchtete.

»Gertrud!« kehrte Bartel sich dieser zu, »mach' dem Streit ein Ende; sage, ob Du noch tanzen willst!«

»Nun ja, noch einen Tanz, und das soll der letzte sein,« antwortete Gertrud, und sie gab sich das Ansehen, als ob sie kein Gewicht auf die Schmähungen lege.

»Der letzte soll's sein!« wiederholte Bartel laut, und das Getöse ringsum verstummte, indem Jeder gespannt auf den Endausgang der Störung harrte, »doch nun wähle Dir 'nen Partner, Jungfer Trude, und Den will ich sehen, der Einsprache dagegen erhebt.«

Gertrud sandte einen Blick im Kreise herum. Trotz der tiefen Stille verriet sie weder Furcht noch Besorgnis. Sie sah voraus, dass ihre Entscheidung, wie sie auch ausfallen mochte, ihr neues Ärgernis eintragen würde.

»So mache ich von meinem Recht den gebührenden Gebrauch,« sprach sie nach kurzem Sinnen, »und Alle, die mir heute eine Ehre erwiesen haben, werden damit zufrieden sein. Mit dem Fahnenschwenker bin ich zuerst auf den Platz getreten; wenn's ihm ansteht, gehört ihm mein letzter Tanz.«

Ohrenbetäubender Jubel verriet, dass die unerwartete Entscheidung in der Tat auf allen Seiten befriedigte.

»Einen langsamen Walzer!« kommandierte Bartel, indem er Gertrud in seine Arme nahm, denn wohl wusste er, dass gerade bei den gemessenen Bewegungen er selbst am meisten mit zur Geltung kam; »Platz da vorn! In die Reihe getreten, wer nur noch 'nen Fuß heben kann!«

Polternd und schrillend fiel die Musik ein. Die glückliche Abwendung eines ernsten Zwistes hatte Alle noch heiterer gestimmt. Fester legten sich die Arbeit gewohnten Arme um die breiten Hüften der kräftigen Dorfschönen, lauter fielen die dicksohligen Stiefel auf den stäubenden Fußboden, und wer nur noch so viel Atem in der Brust besaß, um eine Tabakspfeife anrauchen zu können, der schickte einen Jauchzer in die Welt hinaus, dass der ganze Dorfkrug in seinen Fundamentmauern zu erbeben schien.

Geigen- und Klarinettenlärm! Stampfen, Schurren und Jauchzen! Der ganze Saal drehte sich. Jeder hatte nur noch Gedanken an sich selbst und seine Bewegungen. Keiner achtete auf den Andern. Trüber brannten Lichter und Lampen vor dem aufwirbelnden Staube.

»Jetzt hinaus,« bat Gertrud leise, als sie sich mit ihrem Tänzer der Tür wieder näherte, »bis an die Treppe halten Sie meine Hand, dann finde ich den Weg allein.«

Sie hatte kaum geendigt, da drängte Bartel sich mit ihr beinahe unbemerkt auf den Flur hinaus. Gleich darauf hatten sie die Treppe erreicht. Aber auch dort gab Bartel ihre Hand nicht frei, nicht einmal unten auf dem Flurgange, wo nur noch Kinder nach den dumpf niederschallenden Klängen sich im Kreise drehten.

»Nicht auf die Straße hinaus,« riet Bartel, als Gertrud ihm die Hand entziehen wollte, »nein, es geht noch Mancher ab und zu, und der Teufel steckt in den Burschen, wenn ihnen der Wein zu Kopf gestiegen ist.«

Gertrud, die nichts ängstlicher scheute, als abermals der Mittelpunkt einer geräuschvollen Scene zu werden, ließ sich willig aus der Hintertür über den Hof und durch den Garten führen, wo ein schmaler Weg zwischen den Feldern und Gärten hinlief.

»Hier warte,« flüsterte Bartel ihr zu, indem er sie in den Schatten eines Fliederbusches drängte, »aus dem Dorf und auf den Weg will ich Dich bringen und in allen Ehren, oder es ereignet sich, dass ein hitziger Kopf Dir noch Ungelegenheit bereitet.«

Bevor Gertrud zu antworten vermochte, sprang er davon, und in der nächsten Minute verhallten seine schnellen Schritte zwischen den Gärten.

Gertrud, die keine Furcht kannte, war im Begriff, dennoch ihren Weg heimwärts allein zu suchen, als sie hinter sich im Garten ein Geräusch zu vernehmen meinte, wie wenn Jemand, behutsam einher schleichend, mit den Kleidern Buschwerk oder die Wegeinfassung streifte. Dann verstummte die Bewegung, um gleich darauf hinter ihr, jedoch durch die Garteneinfriedigung und Buschwerk von ihr getrennt, abermals kaum zu unterscheidendes Rauschen zu erzeugen.

Argwöhnisch spähte sie um sich. Der Himmel war sternenklar; allein die Schatten zwischen den Obstbäumen mit den schwarzen Scheunen und Ställen im Hintergrunde vermochten selbst ihre scharfen Augen nicht zu durchdringen.

Plötzlich drang der flinke Hufschlag eines trabenden Pferdes zu ihr herüber. Schnell kam es näher, und als sie endlich die Umrisse eines Reiters unterschied, ertönte auch schon Bartels Stimme.

»Gertrud!« rief er ihr gedämpft zu, »schnell hierher und hinauf auf den Gaul – Zeit zum Satteln nahm ich mir nicht – in 'nem Viertelstündchen bring' ich Dich weiter, als Du in 'ner halben Stunde läufst, noch schneller bin ich zurück. Zu lange darf ich nicht auf dem Tanzboden fehlen, oder die losen Mäuler lassen kein gutes Haar an uns Beiden.«

Das Geräusch in dem Garten hatte Gertrud vergessen, oder sie schrieb es einer Katze oder einem raubgierigen Marder zu. Ohne Säumen neben das Pferd hintretend, wollte sie Einwendungen erheben, als Bartel ihr die Hand reichte.

»Komm, Mädchen,« sprach er, fortgesetzt seine Stimme dämpfend, »bist gewandt wie 'ne Grasmücke; stell' Deinen Fuß auf den meinigen, nimm

einen Schwung nach oben, und du sitzest so sicher, wie auf 'ner Ofen-
bank.«

»Ich saß noch nie auf einem Pferde –« hob Gertrud an, und doch erschien
es ihr so verlockend, von einem solchen getragen zu werden.

»Schnell, schnell, Jungfer Gertrud, ich habe keine Zeit zu viel,« unterbrach Bartel sie hastig.

Gertrud wollte seinen Rat befolgen, als eine leichte Hand ihre Schulter
berührte. Zugleich vernahm sie eine vor Erregung bebende Mädchenstimme:

»Also deshalb hat man den Tanzboden verlassen?« fragte Kathrin, und
eine unbeschreibliche Verachtung offenbarte sich in ihren Worten; »hab's
mir gedacht, und um's mit eigenen Augen zu sehen, kam ich hierher.
Und auf Dein Pferd willst Du sie nehmen, Bartel? Ei, was scheust Du
Dich lange? Mich kümmert's nicht, und Deine Schuld ist's am wenigsten,
wenn der Irrwisch es Dir mit seinem bösen Blick und dem Tanzspuk angetan hat. Du bist nicht der Erste, bleibst auch nicht der Letzte, dem sie
den gesunden Kopf verdreht.«

»Ist's ein Unrecht, wenn Jemand einem Andern eine Gefälligkeit erwei-
set?« fragte Gertrud stolz, »oder habe ich mich dazu gedrängt?«

»Nein, nicht dazu gedrängt,« nahm Bartel missmutig das Wort, »hab'
aber bei den Soldaten gelernt, was eines Mannes Ehre ist; und wenn ich
die Gertrud zum Tanz führte, ist's nicht mehr als meine Schuldigkeit, ihr
auf den Weg zu helfen. Vergiss das nicht, Kathrin, meine Herzallerliebste bleibt Du dennoch.«

»Meinst Du?« fuhr Kathrin zornig auf, »wir wollen sehen, wer Dir die
nächsten Bänder verehrt. Magst sie Dir von Jemand einknüpfen lassen,
der mehr versteht, als Lesen und Beten, von Jemand, der nicht wie ein
Christ tanzt, sondern wie'n Irrwisch über den Erdboden hingleitet.«

»Kathrin, sei gescheit –«

»Ich gehe,« fiel Gertrud leidenschaftlich ein, »mich in den Staub treten
zu lassen habe ich nicht nötig, und so ehrlich, wie das ehrlichste Dorfmädchen, bin ich ebenfalls.«

Sie wollte an dem Pferde vorbeischlüpfen, als Bartel sich ihr zuneigte und ihre Hand ergriff.

»Damit die Leute uns bereden, als hätten wir uns auf unrechten Wegen befunden,« sprach er ernst, »mir wäre damit ebenso wenig gedient, wie Dir; und was ich einmal gesagt habe, das geschieht. Hier ist mein Fuß, und nun herauf nach dem Gaul; war's heller lichter Tag, wollt' ich nicht davon ablassen, was ich mir einmal in den Kopf setzte. In 'ner halben Stunde bin ich zurück, Kathrin,« und versöhnlich klang seine Stimme, »und dann sollst Du sehen, ob ich's Tanzen bei dem kurzen Ritt verlernte. Der Gertrud aber sind wir's schuldig, Kathrin. Hab's in Deinen Augen gelesen, wie's Dir gefiel mit uns Beiden –«

»Reite drei Tage und drei Nächte,« eiferte Kathrin, »mich soll's nicht kränken; reite bis an den jüngsten Tag, und fragt mich Jemand nach Dir, will ich's ihm erklären, dass Du unschuldig, wie'n neugeborenes Kind, und wohl ein Stärkerer als Du, vor 'nem bösen Blick oder 'nem Liebestrank hätte zusammenbrechen müssen.«

»Kathrin, Du sprichst anders, als Du denkst,« suchte Bartel noch immer zu besänftigen, »und bestreitest Du das, dann möchte' ich wieder unter die Dragoner gehen und mein Leben lang zweierlei Tuch tragen. Die Gertrud ist 'n verständiges Mädchen; die trägt Dir's nicht nach –«

»Ich trage keinem Menschen Böses nach,« unterbrach ihn Gertrud, »aber fort will ich jetzt auf die eine oder die andere Art. Morgen sollt Ihr vergeblich nach mir ausschauen; denn um das bisschen Lust bin ich betrogen worden.«

Bartel, um die peinliche Scene abzukürzen, zugleich aber von Trotz erfüllt, bei Kathrin auf so viel bösen Willen zu stoßen, zog Gertruds Arm empor. Diese verstand den Wink. Ihren Fuß stellte sie auf den des Fahnenschwenkers, ein heftiger Schwung brachte sie nach oben, und in der nächsten Sekunde saß sie vor Bartel und von seinen Armen gehalten auf der Kruppe des Pferdes.

»Nun noch 'nen herzlichen Händedruck von Dir,« kehrte Bartel sich der in der Dunkelheit verschwimmenden Gestalt Kathrins zu, »reich mir die Hand, Mädchen, zum Zeichen, dass Du nichts Arges von mir denkst, von mir nicht, auch nicht von der Gertrud.«

»Hast keine Hand frei,« antwortete Kathrin leidenschaftlich, »musst ja eine Andere halten, die Dir näher ist – da – hier sind die Bänder,« und Gertrud und Bartel hörten, wie es knackte, indem sie den seidenen Kirmesschmuck in Stücke riss – »lass sie Dir von dem Irrwisch an's Kamisol nesteln –« und manches bittere Wort wäre im Zorn noch von ihren bebenden Lippen gefallen, Worte, welche Gertrud vielleicht bewegten, von ihrem Sitz zu gleiten und trotzig ihren eigenen Weg zu gehen, hätte Bartel nicht die Hacken seiner Stiefel dem Pferde heftig in die Seiten geschlagen, dass dieses erschreckt zusammenfuhr und im Galopp davonpolterte.

»Bartel, Bartel!« rief Kathrin dem Scheidenden entsetzt, jedoch vorsichtig die Stimme dämpfend, nach, denn ein solches Ende des Zankes hätte sie am wenigsten erwartet, »Bartel!« noch einmal: »Bartel! nur ein Wort – 's ist Alles gut!«

Das Poltern der schweren Hufe drang matter herüber. Kathrin lauschte mit vorgebeugtem Oberkörper. Das Poltern verstummte ganz. Deutlicher ertönte dafür das schwere Stöhnen der Bassgeige und das schrille Moduliren der Klarinette.

Kathrin seufzte. Wie um ihre Tränen selbst vor den Sternen zu verheimlichen, trat sie in den Schatten des Fliederstrauches zurück. Ob Zorn ihr dieselben erpresste, ob sie dem Bartel galten, der Gertrud oder der eigenen Heftigkeit, wer hätte das in der Dunkelheit zu unterscheiden vermocht? Das Schnarren der Bassgeige, das Jodeln der Klarinette, wie drang es so höhnisch herüber. In jedem Jauchzer, welcher durch die Nacht schallte, meinte sie bösen Spott zu erkennen. Endlich ertrug sie es nicht länger. In den Weg tretend, schlug sie die Richtung nach dem elterlichen Gehöft ein. Unbemerkt wollte sie durch die Hintertür ihr Kämmerchen aufsuchen. Sie fühlte, dass sie nicht unter die lustige Kirmesgesellschaft gehörte.

Der schwere Ackergaul, welcher Bartel und Gertrud auf seinem Rücken trug, leistete unterdessen sein Bestes. Im Galopp eilte er um das Dorf herum und in die Landstraße hinein, dass Gertrud Hören und Sehen verging und sie in jedem Augenblick fürchtete, zur Erde geschleudert zu werden. Doch starke Arme umschlangen sie, und indem sie, einen sicheren Halt suchend, ihr Haupt an Bartels Schulter lehnte, hörte sie das Knirschen, mit welchem er die Zähne aufeinander rieb. Dabei trafen seine Stiefelabsätze immer wieder den Gaul, als hätte er mit der Last vor sich gerade in den Tod hineinreiten wollen. Das Soldatenblut war rege geworden, das Soldatenblut, welches im tollen Rennen nicht fragt, ob es im nächsten Augenblick, den geöffneten Adern entrinnend, den grünen Rasen färbt.

Das Dorf lag weit hinter ihnen, als er endlich die Gangart des Pferdes mäßigte.

»Es ist genug,« redete Gertrud ihn sofort an, »ich dank's Ihnen, dass Sie mich bis hierher brachten, nun aber will ich gehen. Das Dorf betreten zu haben, bereue ich; aber ich fand nichts Arges darin, dass ich mir 'ne Lust suchte.«

»Ich bringe Dich so weit, wie ich versprach,« antwortete Bartel kurz, »und dass Du heute gekommen bist, war mir 'ne rechte Herzensfreude; kämst Du morgen wieder, tanzt' ich mit Dir allein.«

»Damit die Leute mit Fingern auf mich wiesen? Nein, ich hab' meinen Fuß zum letzten Mal ins Dorf gestellt.«

»Zwingen kann ich Dich nicht, aber sagen, wie ich's meine. Du bist ein ehrliches Mädchen, ich selber hab' ein gutes Gewissen, und wer uns Arges zutraut, mag selber nicht viel Gutes denken,« und wiederum vernahm Gertrud das Knirschen seiner Zähne.

»Es war eine Übereilung,« versetzte sie ernst, »wusste ich, wie Sie mit der Kathrin standen, hätt' ich's nimmermehr geduldet, dass Sie mich auf den Tanzplatz führten.«

»Du redest, wie Du's verstehst,« antwortete Bartel rau, »dass wir den Kirmesreigen eröffneten, war 'ne Ehre für uns Beide, und wer 'ne Ursache zum Anfeinden sucht, der findet sie in der Kirche vor dem Hochaltar. Ich will nichts mehr davon hören.«

Eine Weile blieben sie stumm. Das Pferd schnaubte; dröhnend fielen die breiten Hufe auf die staubige Straße.

»Wir sind schon über die Hälfte des Weges hinaus,« nahm Gertrud das Gespräch endlich wieder auf, »die andere Hälfte gehe ich in 'ner kleinen halben Stunde.«

»Ich bringe Dich so weit, wie mir's ansteht.«

»Im Dorf wird man über Ihre Abwesenheit erstaunen.«

»Mögen sie denken und reden, wie's Jedem sein dummer Verstand eingibt; mich scheert's nicht.«

»Die Kathrin schaut bange nach einem Tänzer aus.«

»Es sind deren genug auf dem Platz, mag sie sich einen nach ihrem Geschmack aussuchen.«

»Ich aber will nicht Ursache sein, dass sie vergeblich wartet, nicht, dass mir Jemand Übles nachträgt.«

»Wer Dir Übles nachträgt, hatt's mit mir zu tun.«

Eine Strecke ritten sie wieder schweigend, dann fragte Bartel, heiser vor Erregung:

»Du kommst morgen nicht zum Tanz?«

»Nicht morgen, nicht übermorgen, mein Lebtag nicht wieder.«

»Ich hätt' Dich sonst ausgezeichnet, hätte Dir den schönsten Strauß verehrt und Dich um seidene Bänder gebeten.«

»Ich will keinen Strauß, verschenke keine Bänder, nicht 'mal dankenswert ist der Vorschlag, weil's 'ne Andere kränken soll. Aber für die Begleitung danke ich, und jetzt will und muss ich gehen.«

»Du sollst Deinen Willen haben,« versetzte Bartel wild, »und wenn ich was bedaure, so ist's, dass nicht heller Tag leuchtet, nicht das ganze Dorf um uns herumsteht.«

Bei den letzten Worten zog er das Haupt des auf seinem unsicheren Sitz wehrlosen Mädchens an sich, und drei Mal küsste er es auf die Lippen, dass Gertrud fast der Atem verging. Im nächsten Augenblick stand sie auf der Erde. Durch eine gewaltige Anstrengung war es ihr gelungen, sich von den starken Armen zu befreien.

»Ihr Küssen kränkt mich nicht,« sprach sie in bitterem Spott, »geschah's doch ebenso gut im Zorn, wie Sie im Zorn der Kathrin entgegen waren. Noch einmal dank' ich für den guten Willen,« und sich kurz abkehrend, schritt sie davon.

Bartel ritt neben ihr.

»Und geschah's im Zorn, dass ich Dich küsste,« sprach er ebenfalls spöttisch, »so geschah's auch in allen Ehren, und wenn ich Dir einmal von Diensten sein kann, so sag's frei heraus. Denn küss' ich erst ein Mädchen, so hab' ich's auch gern. Und nun lebe wohl, Gertrud. Wenn Du wolltest, wie ich, brächte der Gaul uns Beide heut noch auf den Tanzboden.«

»Reiten Sie nur allein heimwärts,« antwortete Gertrud kalt, »hat der Irrwisch Ihnen heute gefallen, so ist's morgen vergessen.«

»Den heutigen Tag vergesse ich Dir nicht, einer anderen nicht!« rief Bartel laut aus. Seine Absätze trafen das Pferd mit voller Kraft, und im wilden Galopp ging's wieder auf das Dorf zu. Gertrud wanderte ruhig ihres Weges. Mechanisch ließ sie die Ereignisse des Nachmittags vor ihrem Geiste vorüberziehen. Des Zusammentreffens mit der Kathrin gedachte sie nur beiläufig. Dagegen schwelgte sie in der Erinnerung der, im Gegensatz zu den Übungen bei der Marquise, nach dem Takte einer allerdings wenig künstlerischen Dorfmusik geregelten Tanzbewegungen. Wer sie im Arme hielt, wer sie herumschwang, ob sie beneidet oder angestaunt wurde, blieb ihr gleichgültig. In ihrer Phantasie entstanden Zukunftsbilder, weit glänzender noch, als solche ihr von der Marquise verheißen worden waren. Sie träumte von hochgeborenen Herren, welche ihr ähnlich zu Diensten waren, wie heute der stolze Fahnenschwenker.

Der Bartel hingegen hatte nicht lange gebraucht, um in's Dorf zurückzukehren. Und als er wieder auf dem Tanzplatz erschien und sich überzeugte, dass Kathrin nicht anwesend, da brach er in eine Fröhlichkeit aus, wie sie bisher Niemand an ihm bemerkte oder für möglich gehalten hätte. Ein Glas Wein nach dem andern stürzte er hinunter; regellos tanzte er bald mit diesem, bald mit jenem Mädchen, ohne sich auf länger, als zwei, drei Runden zu binden. Dabei glühte Kampfeslust aus seinen Augen, dass Niemand wagte, in seiner Nähe Befremden darüber zu äußern, dass die Kathrin zugleich mit der Gertrud verschwunden war. Wo man aber seine Gedanken über den unerhörten Fall austauschte, da geschah es abseits und so leise, dass es nicht über die nächsten Ohren hinausdrang.

Als die Hähne zum zweiten Mal krähten und der Osten sich zu röten begann, riss der Bartel durch gleichsam krampfhaft geräuschvolles Wesen auf dem Tanzboden noch immer alle anderen mit in den Strudel der Kirmeslust hinein.

Die Hähne krähten zum dritten Male, und noch immer schrummte der Bass, trillerten die Klarinetten und kreischten die Geigen.

Zwölftes Kapitel.

Eine Kriegserklärung.

Vierzehn Tage waren verstrichen, vierzehn lange Tage, an welchen Perennis bald mit dem Notar verhandelte, bald auf dem Karmeliterhofe vorsprach, ein Stündchen bei dem düster verschlossenen Fischer saß oder sich an der Kampfeslust des graziösen Irrwisch ergötzte. Auf dem Karmeliterhofe betrachtete man ihn bereits als den neuen Grundherrn, wodurch von den Schultern des alten Wegerich eine schwere Last genommen zu sein schien. Lucretia hatte sich schnell genug in ihre neue Lage eingelebt. Mit ihrem herzigen Wesen ging sie in den häuslichen Verrichtungen Wegerich stets getreulich zur Hand, der seinerseits wieder in der Stadt Gelegenheit entdeckte, seiner lieblichen Hausgenossin Fertigkeit in feinen Handarbeiten zu verwerten. Lucretia's Heiterkeit war daher wieder zurückgekehrt, zumal Sebaldus Splitter sich bedachtsam fern hielt, Perennis aber vorsichtig vermied, auch nur den Namen ihres Verlobten zu nennen, oder in seinen Gesprächen mit ihr die Aussichten für die Zukunft zu berühren. Es war wie das Aufatmen nach hartem Sturm, wenn die zerzauste Blüte sich durch wilden Regen und warmen Sonnenschein neu gekräftigt fühlt.

So war auch der Tag gekommen, welcher Perennis die Entscheidung seiner Schwestern und deren Männer brachte, dass man der ungewissen Erbschaft ein Mal für alle Mal feierlich entsage. Damit war seine letzte schwache Hoffnung, ohne fremde Hülfe die Reise zu unternehmen, endgültig vernichtet. Nunmehr allein vor die schwierige Aufgabe gestellt, schrak er vor der Größe derselben und vor den ihm daraus erwachsenden Verantwortlichkeiten zurück, und der ganzen Überredungsgabe des Notars bedurfte es, dass er nicht dem Beispiel seiner Schwestern folgte. Missmutig traf er in später Nachmittagsstunde auf dem Karmeliterhofe ein. Auf dem Flurgange trat ihm Gertrud entgegen. Sorglos teilte sie ihm mit, dass die Marquise ihn dringend zu sprechen wünsche. Gleich darauf wurde er von dieser in ihrem Wohnzimmer mit vornehmer Zurückhaltung willkommen geheißen und gebeten, ihr gegenüber Platz zu nehmen.

Bisher hatte er die Marquise nur aus der Ferne gesehen. Mit erhöhter Teilnahme betrachtete er daher die Gesichtszüge, von welchen er gehört hatte, dass sie an Kälte des Ausdrucks mit denen einer Marmorstatue wetteiferten. Doch die Schilderungen waren entweder übertrieben gewesen, oder ihre Stimmung hatte eine Wandlung erfahren; denn jene unnahbare Kälte beschränkte sich nur auf ihre aufrechte Haltung und eine gewisse herablassende Würde, wogegen die großen Augen milder schauten und in seinem Antlitz etwas zu suchen schienen.

»Ich habe um Ihren Besuch gebeten, Herr Rothweil,« eröffnete sie das Gespräch, »um mit Ihnen meine Zukunft zu beraten. Wie ich erfuhr, ruht das Geschick des Karmeliterhofes jetzt in Ihren Händen. Von Ihrer Entscheidung hängt es also ab, ob ich gezwungen bin, mich um eine andere Wohnung zu bemühen. Eine ähnliche, meinen Wünschen und Neigungen entsprechende Gelegenheit auszukundschaften, dürfte aber nicht leicht sein.«

»Die gerichtliche Übernahme hat noch nicht stattgefunden,« versetzte Perennis höflich, »ich bin also außer Stande, mehr als vorläufige Verabredungen zu treffen. Wohl aber kann ich die bestimmte Zusage erteilen, dass, in Anbetracht der obwaltenden Verhältnisse, eine Änderung in nächster Zeit hier nicht beabsichtigt wird.«

»Von Wegerich hörte ich, dass eine größere Reise notwendig sei,« sprach die Marquise anscheinend gleichmütig, aber jeden unbewachten Augenblick benutzte sie, um in Perennis' Zügen nach Merkmalen seiner Regungen zu forschen.

»Leider machen die letztwilligen Verfügungen des Verstorbenen sie notwendig,« gab dieser zu. »Ist Vermögen vorhanden und soll es seinen Erben zu Gute kommen, so kann mein persönliches Eingreifen in die Angelegenheit nicht umgangen werden. Ich vermute, dass es sich um die Verwertung liegender Gründe handelt, und erkenne daher in des Verstorbenen Bedingung nur eine von freundlicher Fürsorge getragene Vorsicht.«

Die Marquise sah vor sich nieder. Ihre schwarzen Brauen runzelten sich leicht, und wie unbewusst verlieh sie ihren Gedanken Ausdruck:

»Sonderling vom Kopf bis zu den Füßen. Das sieht ihm ähnlich.«

»Sie kannten den Verstorbenen?« fragte Perennis befremdet.

Die Marquise richtete sich auf. Ihr Antlitz war ruhig. Ob sie die unabsichtliche Bemerkung bereute, der schärfste Beobachter hätte es nicht aus demselben herausgelesen.

»Wo sollte ich ihn kennen gelernt haben?« fragte sie kalt: »oder verdient etwa ein Mann, der ohne Angabe seines Zieles in die Welt hinauszieht, sein Eigentum in der Heimat zerfallen, dessen Verwalter beinah verhungern lässt, sogar die Lage seines zeitigen Wohnsitzes streng verheimlicht, ich wiederhole, verdient ein solcher Mann nicht den Namen eines Sonderlings? Und steht die von Ihnen erwähnte Bedingung nicht im Einklänge mit allem Vorhergegangenen?«

»Ich leugne es nicht,« antwortete Perennis, »doch wird dadurch nichts an der Sachlage geändert.«

»Wann gedenken Sie abzureisen?«

»Es hängt von Umständen ab, welche zu lenken ich nicht die Macht besitze.«

»Es fehlt Ihnen das Reisegeld– o, Herr Rothweil, ich spreche damit keinen Tadel aus– war doch nichts natürlicher, als dass Wegerich, vom besten Willen für Sie beseelt, mich von Allem in Kenntnis setzte, sogar meinen Rat wünschte. Und er hätte in der Tat nichts Besseres tun können. Eine Frau in meinen Jahren wechselt nicht gern ihren Wohnsitz, und um das zu vermeiden, bin ich gern bereit, erhebliche Opfer zu bringen, im Fall der Not sogar die Hypotheken anzukaufen.«

»Ich wiederhole, gnädige Frau: So lange ich auch nur noch einen Schein von Anrecht an diesem Hof besitze, bleiben Sie ungestört.«

»Das genügt nicht, nein, Ihr Wort in Ehren, allein das genügt nicht. Ich muss Gewissheit haben, und die gewinne ich am Sichersten, indem ich Ihnen einen Vorschuss auf meine Miete leiste, sagen wir etwa fünfhundert Taler, mehr gebrauchen Sie kaum, und drüben finden Sie wohl mehr.«

»Ein großmütiges Anerbieten,« erwiderte Perennis erstaunt, »demselben gegenüber steht indessen die Möglichkeit, dass ich unterwegs sterbe und die von meinem persönlichen Erscheinen abhängige Hinterlassenschaft in Nichts zerfließt.«

»Sterben Sie, so trifft der Verlust mich in meinem Alter nicht allzu schwer,« versetzte die Marquise, »ich mag den Vorschuss ja abwohnen, doch entscheiden Sie sich, ob Sie von meinem Anerbieten Gebrauch machen oder nicht. Ich dränge zu nichts, was Ihnen vielleicht peinlich, allein zu bedenken gebe ich Ihnen, dass Sie jedem Andern gegenüber genau in derselben, sogar in einer noch ungünstigeren Lage sind.«

»Noch ein Umstand bleibt zu erwägen,« wendete Perennis wieder ein, »es ist nicht unwahrscheinlich, dass der Wert der Hinterlassenschaft weit hinter den Kosten der Reise zurückbleibt.

»Fürchten Sie das nicht,« erklärte die Marquise überzeugend, und hätte Perennis schärfer beobachtet, so würde ihm schwerlich entgangen sein, dass es bei diesen Worten wie ein Blitz schwer zu zähmender Leidenschaftlichkeit aus ihren Augen zuckte, »nein, das befürchten Sie nicht. Ich hielt mich, nachdem Wegerich meinen Rat erbeten hatte, für berechtigt, meine Blicke in die letzten Briefe seines Herrn zu werfen, und da empfing ich den Eindruck, dass er sehr günstig gestellt gewesen sein muss. Genug, ich bin nicht nur bereit, den Vorschluss zu leisten, sondern betrachte auch die Annahme desselben als eine mir erwiesene große Gefälligkeit. Wohin sollte ich mich wenden, um einen auch nur annähernd ähnlichen, abgeschiedenen, meinen Gewohnheiten entsprechenden Winkel zu entdecken.«

»Nach einer solchen Auslegung wird es mir allerdings erleichtert, von Ihrer Güte Gebrauch zu machen,« versetzte Perennis nunmehr freier, »die einzige Sicherheit, welche ich zu bieten habe, ist freilich nur mein ernster Wille– wie auch immer die abenteuerliche Fahrt endigen mag,– neben der Zurückzahlung des Darlehns, Ihnen den Aufenthalt auf dem Karmeliterhofe auf viele Jahre hinaus zu verbürgen.«

Die Marquise lächelte erzwungen. Es war ein Lächeln der Lippen, während die Augen starr schauten. Im Geiste schien sie sich an jedem anderen Ort, nur nicht Perennis gegenüber zu befinden.

»Wünschen Sie das Geld sofort?« sprach sie träumerisch, als Perennis, indem er sich erhob, lebhaft einfiel:

»Nicht jetzt, nein, jetzt nicht. Bin ich erst zur Reise gerüstet, so ist es früh genug, Sie an Ihr großmütiges Versprechen zu erinnern.«

»Nicht so großmütig, wie es Ihnen vielleicht erscheint,« versetzte die Marquise. Nachlässig sah sie zur Seite. Sie fühlte das Bedürfnis, die schmalen Lippen, wie ihre Energie stählend, fest aufeinander zu pressen und aus ihren dunklen Augen abermals einen Blick in's Leere zu senden. Es war einer jener Blicke, von welchen es zweifelhaft, ob sie harmloses

Wetterleuchten oder ein Unheil drohender Strahl. Als sie sich Perennis wieder zukehrte, spielte mattes Lächeln um ihren Mund. »Keineswegs großmütig,« wiederholte sie, »ich möchte das von Ihnen verstanden wissen, um jedem Dank auszuweichen. Stellen Sie in den Vordergrund, dass bestimmte Zwecke mich leiten, und Ihre letzten Bedenken werden schwinden.« Wiederum das matte Lächeln, und ehrerbietig grüßend empfahl sich Perennis.

Auf dem Flurgange trat Lucretia ihm entgegen. Trotz des dürftigen Lichtes des hereinbrechenden Abends, welches durch die Vorhänge der Glastür noch gedämpft wurde, erkannte er sie. Von seiner Anwesenheit im Hause unterrichtet, hatte sie ihn erwartet, und kaum schloss die Tür sich hinter ihm, als sie mit herzlicher Vertraulichkeit ihm beide Hände reichte.

»Wegerich ist nicht zu Hause,« sprach sie leise, »er mag bald eintreffen, kann auch länger fortbleiben. Er weiß, zu welchem Zweck die Marquise um Ihren Besuch bat, gewiss erführe er gern den Erfolg der Verhandlungen.«

»So wollen wir ins Freie hinausgehen,« antwortete Perennis, dem freundlichen Mädchen den Arm bietend, »sollte ich den Alten heute nicht mehr sprechen, so versetze ich Sie in die Lage, ihm genauen Bericht zu erstatten. Kommen Sie, Lucretia, wer weiß, ob es mir noch öfter beschieden ist, wie an dem heutigen Abend, die Rechte eines treuen Verwandten für mich in Anspruch zu nehmen, denn voraussichtlich bin ich nach vierzehn Tagen weit von hier.«

»So ist die Reise beschlossen?« fragte Lucretia mit einem so rührenden Ausdruck der Besorgnis und des Bedauerns, dass Perennis unwillkürlich ihren Arm fester an sich drückte.

»Fest beschlossen,« antwortete er wie mit Widerstreben, »und darin liegt das ganze Resultat meiner Unterredung mit der Marquise; ja, ich muss fort; unabweislich sind die Verpflichtungen gegen Tote wie gegen Lebende, welche auf mich übertragen wurden.«

Sie waren hinausgetreten. So lange sie sich im Bereiche der in abendlicher Ruhe vor ihren Türen sitzenden Leute befanden, die alle höflich grüßten, schwiegen sie. Erst als sie außerhalb des Hofes sich in der Richtung nach der Stadt langsam einher bewegten, nahm Perennis das Gespräch wieder auf.

»Innige Freude gewährt es mir,« hob er an, »wenigstens eine Seele hier zu wissen, welche mich ungern scheiden sieht und mit den Empfindungen verwandtschaftlicher Anhänglichkeit des späteren Wiedersehens gedenkt. Es stählt meinen Muth der Gedanke, dass die Weltreise, welcher mich zu unterziehen ich im Begriff stehe, auch für Sie von günstigen Erfolgen begleitet sein wird.«

»Nichts weiter erbitte und erwarte ich, als ungestört in meinem jetzigen Asyl leben zu können,« antwortete Lucretia zutraulich, »selbst die Menschen, welche mir als Gesindel geschildert wurden, flößen mir nicht länger Scheu ein. Ich hoffe zuversichtlich, sie zu bewegen, durch Anlage kleiner Gemüsefelder ihre Verhältnisse etwas sorgenfreier zu gestalten. Die armen Leute, es bedarf bei Ihnen nur der Anleitung, und sie zeigen sich gefügig, wie Kinder.«

»Eine ebenso schöne, wie dankbare Aufgabe, zu welcher ich Ihnen von Herzen Glück wünsche. Wies ich indessen auf Ihre Zukunft hin, so dachte ich weiter hinaus. Ich muss notgedrungen eine Angelegenheit berühren, von welcher ich nicht weiß, ob Sie gern auf ein Gespräch über dieselbe mit mir eingehen. Zuvor klage ich mich an, in den Besitz eines Geheimnisses, und zwar zufällig und ohne mein Dazutun gekommen zu sein, um welches, außer Ihnen, nur noch eine einzige Person weiß.«

»Ein Geheimnis?« fragte Lucretia unschuldig. Sie erschrak und fügte verwirrt hinzu: »ich verstehe jetzt, ach, sprechen Sie nicht von ihm, tadeln Sie ihn auch nicht. Er ist gewiss von dem aufrichtigsten und besten Willen für mich erfüllt, freilich, seitdem er aus dem Verhältnis eines Lehrers und Hausfreundes meiner Eltern in das,– ich bringe es ja nicht über die Lippen– fürchte ich ihn ein wenig. Er behauptet zwar, es könne nicht anders sein, ich würde mich an Alles gewöhnen, allein das mag sehr, sehr lange dauern; am liebsten denke ich gar nicht daran.«

»Umso gebotener erscheint es, gemeinschaftlich mit unbefangenem Blick Ihre Lage zu prüfen,« versetzte Perennis, unendlich milde durch das ihm entgegengetragene offene Vertrauen berührt, »bin ich doch Ihr einziger Verwandter, und als solcher doppelt berufen, wo nur immer möglich, mit treuem Rat Ihnen zur Seite zu stehen, Sie zu beschützen.«

»Bedarf ich denn weiteren Schutzes?« fragte Lucretia ängstlich, »und ich glaubte, so ruhig sein zu dürfen; denn das, was Herr Splitter wünscht– o, es werden, nein, es müssen noch sehr viele Jahre hingehen, bevor ich– ich erklärte es ihm selber, und ich weiß, er achtet meinen Willen«– sie stockte. Perennis fühlte, dass sie, wie aus Furcht vor einem Phantom, sich fester an ihn anschmiegte.

»Der Gedanke an das Verhältnis mit Ihrem Verlobten beängstigt Sie,« nahm Perennis einfallend das Wort, »das aber ist am wenigsten eine Bürgschaft für Ihren Seelenfrieden. Ist doch möglich, dass Sie, allein und schutzlos in der Welt dastehend, ohne den Rat einer Mutter oder mütterlichen Freundin, bisher kein Verständnis für das besaßen, was von Ihnen gefordert wurde. Jetzt hingegen sind sie da angelangt, wo Sie Ihr Herz fragen müssen: Sagt das Ihnen, dass Sie sich übereilten, dass Sie sich über Ihre Empfindungen täuschten, ahnungslos den aus der Kindheit mit herübergenommenen Einflüssen zu sehr nachgaben, dann ist es Ihre Pflicht, ein Verhältnis zu lösen, welches Sie elend zu machen droht, in einem solchen Falle aber am wenigsten geeignet wäre, das Glück desjenigen zu begründen, dem sie sich verlobten.«

»Er war schon mein Freund, als ich noch ein Kind,« erklärte Lucretia nach kurzem Sinnen, »freilich, seitdem ist es anders geworden. Mir ist, als könnte ich nicht mehr mit demselben offenen Vertrauen zu ihm emporschauen, wie in früheren Tagen. Seine Augen blicken nicht mehr wie sonst, fremdartig klingen die Worte, die er an mich richtet.« »Was hindert Sie, die alten Zeiten zurückzurufen? Ihm zu sagen, dass es wieder so sein solle, wie früher? Verdient er aber die Achtung, welche Sie ihm zollen, so wird er keinen Augenblick zaudern, Ihnen die Freiheit zurückzugeben.«

»Mein Versprechen zurückzunehmen?« fragte Lucretia zaghaft, »nein, ich kann es nicht.«

»Auch nicht, wenn Sie zu der Überzeugung gelangen, dass Ihre Vereinsamung, ich darf sagen: Ihre Unerfahrenheit bis zu einem gewissen Grade missbraucht wurde?«

»Er trieb keinen Missbrauch, nein, ich kann es nicht glauben. Er meinte nur, dass ich erwachsen sei und unsere Freundschaft einen andern Charakter erhalten müsse, wenn unser Verkehr nicht abgebrochen werden solle, und dann, nun ja, er wies darauf hin, dass ich mich ihm verloben müsse; er sprach so ehrlich, so treu, und ich ging darauf ein.« »Darf ich fragen, wie Sie jetzt mit ihm stehen?«

»Aus mancherlei Gründen bat ich ihn, dem Karmeliterhofe fern zu bleiben. Ich erklärte ihm, dass es wohl vieler Jahre bedürfe, um mich mit meiner neuen Lage vertraut zu machen, und das ist– mein Trost.«

»Erlauben Sie, dass ich diese Angelegenheit zwischen ihm und mir zur Erörterung bringe? Dass ich ihn darauf aufmerksam mache, wie wenig glückverheißend eine Verbindung–«

»Nein, nein,« bat Lucretia bestürzt, »ich möchte ihm nicht wehe thun, möchte ihn nicht betrüben, er baut so fest auf mein Wort, ich kann nicht anders; und er stört mich ja hier nicht, ich machte es ihm zur Bedingung, nur im äußersten Notfalle mich auf dem Karmeliterhofe aufzusuchen.«

»Gut denn,« versetzte Perennis ernst, und es schnitt ihm durch die Seele, das arme Mädchen immer mehr als das Opfer hinterlistiger Überredung und der eigenen Gewissenhaftigkeit betrachten zu müssen, »ich habe kein Recht, mich noch tiefer in Ihr Vertrauen einzudrängen. Aber einen Rat muss ich Ihnen erteilen, und es geschieht aus tief besorgtem Herzen: Wie auch immer die Verhältnisse sich gestalten, in welche Lage Sie versetzt werden mögen: Den letzten entscheidenden Schritt, nach welchem jede Umkehr unmöglich, vermeiden Sie bis zu dem Tage, an welchem ich hierher zurückkehre. Es sei fern von mir, Sie anders stimmen zu wollen, wenn Sie wähnen, ihrem Glück entgegen zu gehen; allein Sie aufzufordern, sich zuvor zu prüfen, das ist meine Pflicht. Gewöhnliche Teilnahme, welche nur so lange lebt, wie das Auge ins Auge schaut, ist es nicht, was mich mit Besorgnis erfüllt, was, wenn ich erst in der Ferne weile, die schwärzesten Befürchtungen in mir rege halten wird. Ich wiederhole daher noch einmal dringend: Misstrauen Sie allen Menschen; räumen Sie keinem Einfluss, auch nicht einem aus frühester Kindheit herstammenden, eine entscheidende Gewalt über sich ein. Lassen Sie Alles so auf sich beruhen, wie es heute steht. Ein Mehr verweigern Sie standhaft. Kehre ich dann zurück, gleichviel mit welchem Erfolge, und Sie erklären mir, Ihrem Verwandten und treuesten Freunde, dass Sie von der Erfüllung eines im fast zu jugendlichen Alter gegebenen Versprechens eine glückliche Zukunft, eine von herben Erinnerungen freie Zufriedenheit der Seele erwarten, dann, meine teure Lucretia, bin ich der Erste, der Ihnen seine herzlichsten und eifrigsten Wünsche entgegenträgt, und mehr noch: der den Gatten Ihrer Wahl als einen willkommenen Verwandten begrüßt, alles in seinen Kräften Stehende aufbietet, Ihre Zukunft freundlicher, sorgenfreier zu gestalten.«

Lucretia antwortete nicht. Ob ein Vergleich zwischen den Vorstellungen Splitters und den Ratschlägen des Freundes an ihrer Seit ihren Geist beschäftigte, wer hätte es erraten! Was wusste das heitere, anspruchslose kindliche Gemüt von Empfindungen, welche das Herz zum Herzen gesellen? Was von Sehnen und Bangen nach Demjenigen, welcher seine Stellung als väterlicher Freund in unedler Weise ausnutzte und ihr auch nach dieser Richtung hin als ihr scharf urteilender, um ihre Wohlfahrt besorgter Lehrer erschien? Blindlings hatte das arglose Herz geglaubt, dass es in kindlicher Anhänglichkeit und Dankbarkeit Alles besitze, was erforderlich, um gemeinsam mit ihm durchs Leben zu wandeln. Sie ahnte nicht, dass ihr instinktartiges Sehnen, jenen ihre Zukunft endgültig abschließenden Schritt in unbestimmte, sogar unberechenbare Ferne hinauszuschieben, eine Probe, welche Splitters Vorstellungen Lügen strafte; noch weniger, dass in dem wachsenden Vertrauen zu Perennis eine neue Bürgschaft keimte, dass sie bisher getäuscht worden, in ihrer gänzlichen Ratlosigkeit sie sich selbst täuschte.

»Sie raten mir das, was ich selbst am meisten wünsche,« antwortete sie träumerisch, »nämlich erst dann mein Versprechen zu erfüllen, wenn ich–« sie stockte, fügte aber schnell gefasst hinzu: »nachdem erst eine Reihe von Jahren vergangen. Einmal werde ich freilich den Schritt tun müssen, obwohl der Gedanke daran mich mit Bangigkeit erfüllt, aber sicher nicht früher, als bis Sie zurückgekehrt sind. Stehe ich doch so allein in der Welt; Sie sind mir Mutter und Vater, Sie sind mir Alles; und was auch an mich herantreten mag, allen Anforderungen werde ich damit begegnen, dass ich ohne Ihre Zustimmung keine Entscheidung treffen darf.«

»Daran halten Sie fest« versetzte Perennis, und das Herz blutete ihm in der Voraussicht, das holde und bisher noch so wenig selbstständige Mädchen bis zu einem gewissen Grade der Willkür eines offenbar ehrlosen und kalt berechnenden Charakters überlassen zu müssen; »seien Sie aber auch eingedenk, dass Sie im vollen Besitz eines freien Willens, keine Macht der Erde Sie zu etwas zwingen darf, was Ihnen widerstrebt, nicht im Einklänge steht mit den Regungen Ihres Herzens.«

»Wie Sie mich trösten und beruhigen,« entgegnete Lucretia tief aufseufzend, und mit kindlicher Unbefangenheit ergriff sie Perennis' Hand, dieselbe zärtlich zwischen ihren beiden drückend, »mir ist, als sei ich jetzt gerüstet, allen nur denkbaren Widerwärtigkeiten zu begegnen.«

In ihr Gespräch vertieft, hatten sie einen weiten Weg zurückgelegt. Der Karmeliterhof mit seinen wenigen matten Lichtern war längst hinter ihnen in Nacht versunken. Andere Lichter, die Vorstadt bezeichnend, tauchten vor ihnen auf.

»Es wird Zeit zur Umkehr,« hob Perennis nach einer kurzen Pause an, und der Ton seiner Stimme gab die wehmütigen Betrachtungen wieder, welche durch Lucretia's vertrauensvolles Geständnis wachgerufen worden waren, »Wegerich scheinen wir nicht begegnen zu sollen.«

»Oder er kehrte auf dem Rheinufer heim,« versetzte Lucretia einfallend, und sie blieb stehen, um den Rückweg einzuschlagen, »wie die Zeit entfloh; wer wird mich auf solchen freundlichen Spaziergängen begleiten, wenn Sie erst fern sind? Ich fürchte, sie werden mir ganz versagt bleiben.«

»Bis zu meiner Heimkehr muss Wegerich genügen,« antwortete Perennis heiter, wie um zu verheimlichen, dass er mit Bedacht jede Mahnung an Splitter vermied, »und wie bald ist ein Jahr dahin, und welche Freude, wäre meine Ankunft das Signal, den Karmeliterhof aus seiner Asche neu erstehen zu lassen.«

Und wiederum legten sie eine größere Strecke schweigend zurück. Beide schienen zu träumen, sich rücksichtslos den Betrachtungen hinzugeben, welche gewissermaßen eine Fortsetzung ihres Gesprächs. Von den abgesondert liegenden Höfen, auch von dem Karmeliterhofe drang das Bellen der Hunde herüber. Heimatlich klang es, heimatlich wie das Wispern der großen, grünen Heuschrecken, welche hier und dort von der auf ihrer rechten Seite sich ausdehnenden Hecke und den hinter derselben sich erhebenden Bäumen, ihre endlosen Triller niedersandten. Sie beachteten nicht das gedankenlose Bellen der Hunde, nicht das einfältige Geschwätz der Grillen. Sie beachteten nicht, dass auf einer besonders schattigen Stelle der Hecke es im Laub und zwischen den Zweigen geheimnisvoll knisterte. In welcher Beziehung hätte es zu ihnen stehen können? Und doch verstärkte sich das Rauschen, sobald sie aus Hörweite getreten waren, und dem Schatten entwanden sich zwei Gestalten, welche schon, als sie den Hof verließen, ihnen von der Gartenmauer aus argwöhnisch nachspähten, dann in sicherer Entfernung folgten, und sie demnächst in ihrem Versteck wieder an sich vorübergehen ließen. Von den zwischen den beiden jungen Leuten gewechselten Worten, hatten die beiden Lauscher kein einziges verstanden; aber dass sie so vertraulich Arm in Arm gingen, reichte hin, dass der eine mit den Zähnen knirschte und kaum noch auf die Bemerkung seines Begleiters achtete.

»Er bringt sie nach Hause,« bemerkte der rotköpfige Wodei, »und liegt Ihnen d'ran, sie zu sprechen, so kann ich sie herausrufen.«

»Nein, heute nicht mehr,« antwortete Splitter mit verhaltenem Grimm, »wer weiß, sie möchte es ablehnen; die Luft ist schon kühl. Nein, ein ander Mal. Sagen Sie nicht, dass ich hier gewesen bin. Es möchte sie betrüben, erführe sie, ihr Verlobter habe vergeblich die Gelegenheit zu einer kurzen Zusammenkunft gesucht.«

»Ihre Verlobte?« fragte der Rotkopf, das mit Berechnung hingeworfene Wort schnell auffassend.

»Schon seit Jahren. Ich erstaune, dass es nicht längst auf dem Karmeliterhofe bekannt geworden. Herr Rothweil scheint es ebenfalls nicht zu wissen oder vielmehr nicht wissen zu wollen; er würde sich sonst bedenken, den guten Ruf seiner jungen Verwandten leichtfertig aufs Spiel zu stellen.«

»Sie selbst hat es ihm nicht gesagt?« fragte Wodei lauernd.

»Weil ich davon abriet. Ich habe meine Gründe dafür. Das arme Kind kann sich derartiger Zudringlichkeiten wohl nicht gut erwehren. Verwandte glauben nämlich, sich mehr herausnehmen zu dürfen, als andere Menschen, und deshalb müssen wir solche Zusammenkünfte hindern. Sehen mögen sie sich so viel sie wollen, allein in einer Weise, dass böse Zungen keine Gelegenheit zu nachtheiligen Ausschmückungen finden. Sie wissen, ich verlange keinen Schritt umsonst. Sollten Sie erfahren, dass Herr Rothweil auf dem Hofe ankehrt, so behalten Sie ihn scharf im Auge. Nimmermehr darf ich dulden, dass ein unschuldiges junges Mädchen den Launen des ersten besten leichtsinnigen Mannes geopfert wird. Doch ich will mich nach Hause begeben. Was sollte ich noch auf dem Karmeliterhofe? Sie aber beeilen sich, die Beiden einzuholen und, wenn möglich, nach dem Hofe hinauf zu begleiten.«

Zähneknirschend und ohne eine Erwiderung abzuwarten, schlug er die Richtung nach der Stadt ein. Wodei lachte vor sich hin, indem er gemächlich dem Hofe zuschritt.

»Zerreißt der sich um sie,« sprach er in Gedanken, »und wenn sie ihn nicht will, sondern 'nen Andern, so helfen ihm keine zehn Schildwachen. Verdammt; zwischen ihm und dem neuen Herrn kann ihr die Wahl nicht schwer werden; und 'n gutherziges Ding ist's obenein, mit den lachenden Augen und den freundlichen Worten.«

Gesenkten Hauptes verfolgte Splitter seinen Weg heimwärts. Im Bewusstsein der eigenen Ohnmacht, knirschte er immer wieder mit den Zähnen. Nie in seinem Leben sehnte er sich mehr nach Reichtum, als gerade in dieser Stunde. Und wäre er im Besitz einer nur mäßigen Summe gewesen, mit Freuden hätte er sie hingegeben, um Perennis die Reise zu ermöglichen und ihn damit aus seinem Wege zu schaffen. Denn war der erst fort, so hatte er freies Spiel, konnte er den Einfluss auf Lucretia wieder befestigen, welcher durch das Dazwischentreten des mutmaßlichen Erben augenscheinlich so schwer erschüttert worden war.

»Er ist noch nicht Erbe,« entwand es sich den fest aufeinander ruhenden Zähnen, »der Tod kann ihn auf seiner Fahrt ereilen, dann aber tritt sie in seine Rechte ein, sie und derjenige, dem sie angehört, und so gut, wie er allein, finden wir zu zweien den Weg ebenfalls.«

Sein Lispeln ging in feindseliges Lachen über. Mitten in demselben brach er ab. Er meinte, Schritte hinter sich vernommen zu haben. Bestürzt blieb er stehen. Es schwebte ihm vor, dass Perennis seine Eile beschleunigt habe, um ihn einzuholen. An ein Ausweichen war nicht mehr zu denken. Der Versuch dazu musste auffälliger erscheinen, als wenn er ihn unbeachtet vorüberließ. Vielleicht wurde er gar nicht erkannt und auf den möglichen Gruß brauchte er, um seine Stimme zu verheimlichen, nicht zu antworten.

So schwirrten seine Gedanken durcheinander, als die ihm schnell folgende Gestalt sich von der Dunkelheit trennte.

»Guten Abend, Herr Sebaldus Splitter!« ertönte Gertruds helle Stimme.

Von einer Fremden, zumal von dem Irrwisch, beim vollen Namen angerufen zu werden, erweckte Besorgnis in ihm. Entsann er sich doch nicht, dem wilden, spottlustigen Mädchen jemals näher getreten zu sein. Nicht einmal dessen Namen kannte er.

»Guten Abend,« antwortete er daher zurückweisend. Er wollte seinen Weg allein fortsetzen, als Gertrud an seine Seite trat.

Nach einer flüchtigen Unterredung mit Wodei, welchem sie auf ihrer Heimkehr von der Marquise begegnete, befand sie sich offenbar in der mutwilligsten Laune; denn ihre Bewegungen nach denen Splitters abmessend, sprach sie mit beißendem Spott:

»Weshalb besuchten Sie Ihren Schatz heute nicht?«

»Ich verstehe Sie nicht?« erwiderte Splitter ergrimmt über die unerhörte Zudringlichkeit.

»So will ich es Ihnen sagen,« fuhr Gertrud sorglos fort, »weil ein Anderer Ihnen zuvorkam, und Sie sich mit dem Andern nicht messen können. Es ist erstaunlich, was ich Alles weiß, Herr Sebaldus Splitter, aber ich brauche nur ein Auge hinzuschlagen, und was ich nicht sehe, errate ich.«

»Dann kümmern Sie sich um Dinge, die Sie näher angehen.«

»Sie möchten mich los sein, Herr Sebaldus Splitter, und gerade das kümmert mich nicht. Was ich reden will, rede ich, ohne Sie um Erlaubnis zu fragen. Besucht Jemand seinen Schatz, so kommt er am hellen Tage und nicht des Nachts, um ihn zu belauschen.«

»Wer sagt das? Sie sind eine unverschämte Person.«

»So? Meinen Sie? Das Schimpfwort soll Ihnen leid werden. Wären Sie höflicher gewesen, hätte ich einen guten Rat für Sie gehabt. Jetzt aber seien Sie auf Ihrer Hut. Sie haben mir den Krieg angesagt, und dafür sollen Sie den Irrwisch fürchten lernen.«

»Ihr unverlangter Rat wäre gewesen?«

»Es mit mir so zu machen, wie der Herr Rothweil mit Ihrer schönen Braut. Ich wäre ein geeigneterer Schatz für Sie gewesen; ich hätte mich nicht lange knechten lassen; dagegen wären Sie mein getreuer Diener geworden. Gute Nacht, Herr Sebaldus Splitter! Träumen Sie von dem wilden Fischermädchen, von der barfüßigen Rheinnixe, von dem verrufenen Irrwisch!« Hell lachte sie in die Nacht hinaus, indem sie von ihm fortschritt. Dann sich noch einmal umkehrend: »Ich hasse Sie, Herr Sebaldus Splitter! Sie haben einen schleichenden Gang und Eidechsenaugen! Herr Rothweil ist dagegen mein Freund, und für das Mädchen lasse ich mein Leben! Gute Nacht, Herr Sebaldus Splitter! Ei, welch schöner

Name! Über's Jahr frage ich bei Ihnen an, ob ich eine Unverschämte bin!«
und leichtfüßig einher eilend, verschwand sie in der Dunkelheit.

Splitter war keiner Erwiderung fähig. Stumm und in sich gekehrt verfolgte er seinen Weg. Vergeblich suchte er zu ergründen, auf welche
Weise Gertrud so genaue Kunde über sein Verhältnis zu Lucretia erhalten hatte. »Für eine im Schlamm der Sittenlosigkeit zur Reife gelangte
Person gibt es noch Mittel, sie unschädlich zu machen,« sprach er , wie
um sich dadurch zu ermutigen, vor sich hin. Hass und Wut verzehrten
ihn, indem er auf dem gewundenen Pfade in den alten Festungsgraben
hinabstieg, um auf der andern Seite desselben seinen Weg zwischen den
ersten Häusern der Vorstadt fortzusetzen.

Dreizehntes Kapitel.

Eine neue Lebensbahn.

Die letzte Entscheidung war gefallen und Perennis rüstete sich zur Reise. Das Anerbieten der Marquise hatte ihn in die Lage versetzt, die Beihilfe des Notars ablehnen zu dürfen Bei seinen Beratungen mit demselben begegnete er mehrfach Splitter; allein den ausdrücklichen Wünschen Lucretia's Rechnung tragend, vermied er, ein Gespräch über die zwischen ihnen schwebenden Beziehungen anzuknüpfen. Sein Vorurteil gegen ihn erfuhr sogar eine Abschwächung durch die uneigennützige Zuvorkommenheit, mit welcher derselbe ihm die vor seinem Aufbruch zu erledigenden Geschäfte erleichterte. Splitter hielt sich dem Karmeliterhofe anscheinend rücksichtsvoll fern. Nur Gertrud gegenüber, die er in der Tat fürchtete, vermochte er seine Ungeduld nicht zu zügeln. Gegen sie setzte er eine Rache ins Werk, von welcher er überzeugt war, dass sie ihr jede Glaubwürdigkeit in demselben Maße abschnitt, in welchem er selbst sich auf eine höhere sittliche Stufe erhob. Durch eine krass gefärbte Schilderung seines Zusammentreffens mit ihr an jenem Abend, lenkte er die Aufmerksamkeit der Polizei auf sie hin, in Folge dessen ihr eine ernste Verwarnung erteilt wurde.

Mit Tränen der Wut in ihren schönen Augen vernahm Gertrud das harte Urteil. Sie versuchte keine Entschuldigung, keine Erklärung. Aber selbst der mit dem Verfahren gegen sie beauftragte Beamte konnte sich einer Empfindung des Bedauerns, sogar der Achtung nicht erwehren, als sie ihm ankündigte, dass sie entschlossen sei, eine Gegend auf immer zu verlassen, in welcher sie eine derartige schmachvolle Behandlung erfahren habe.

Eine Stunde später befand sie sich bei ihrem Großvater.

»Ich gehe,« sprach sie mit düsterer Ruhe, als der alte Mann seiner Bitterkeit über die ungerechte Verfolgung Ausdruck verlieh, »nicht länger bleibe ich da, wo man mit Fingern auf mich zeigen würde, wo die mir aufgebürdete Schmach zugleich mein elterliches Haus trifft. Er aber, der es verschuldet, soll bereuen, meinen Hass herausgefordert zu haben. Ich kenne seine Absichten, kenne seine Hoffnungen, und ich bin es, die darüber wacht, dass sie zu Schanden werden, für ihn eine größere Schmach, als er glaubt, mir bereitet zu haben.«

»Du hast der Frau Marquise viel zu danken,« warnte der alte Mann, »und kann ich selbst Dich nicht halten, denn meine Gewalt über Dich verlor ich längst, so stelle ihr die Sache wenigstens vor, und lass gelten, was sie Dir rät.«

»Was ich ihr schulde, weiß ich selbst am besten,« erwiderte Gertrud trotzig, »und kein anderer als sie soll mir den Weg zeigen, welchen ich zu wandeln habe. Ich kenne Jemand, die junge Fremde beim Wegerich ist's, die soll sie fortan bedienen, wenn sie Lust hat, damit ich ihr nicht fehle; aber fort ziehe ich, Großvater, und müsste Dein Herz darüber brechen.« Sie küsste den alten Mann, der so finster schaute, als wäre mit dem Scheiden der Enkelin das Schwinden seiner letzten Kräfte verbunden gewesen. Finster schaute er ihr auch nach, als sie am Rande des Wassers hin dem Karmeliterhofe zueilte.

Wohl eine Stunde länger blieb Gertrud bei der Marquise, derselben ihre bittere Erfahrung klagend, leidenschaftlich ihren Willen offenbarend. Die Marquise war unter den obwaltenden Verhältnissen damit einverstanden, dass sie die Gegend verlassen müsse. Nur die Bedingung stellte sie, dass sie nicht in der Übereilung ihren Entschluss ausführe. Mindestens eine Woche sollte sie warten, um zu prüfen, ob sie stark genug sei, noch einige Monate mit Geduld und Verachtung das ihr zugefügte Leid und dessen Folgen zu ertragen.

»Ich will es versuchen,« antwortete Gertrud trockenen Auges, aber ihre Lippen zuckten, als hätte sie in lautes Weinen ausbrechen mögen, »ich will es versuchen, obwohl ich weiß, dass auch dann – ja, ich will es versuchen,« und ihre Stimme klang milder, wie unter dem Einfluss eines ihr vorschwebenden versöhnlichen Bildes, »ich möchte noch lernen, zu Herrn Jerichow will ich gehen, als sei nichts vorgefallen. Es wäre doch möglich, dass seine freundliche Art – aber nein, ich glaube nicht daran.«

Sie sah vor sich nieder. Die Marquise beobachtete sie aufmerksam. Sie schien in der Seele des unbändigen Kindes zu lesen. Herzliche Teilnahme leuchtete in ihren großen schwarzen Augen auf; doch wie sich zürnend wegen der sanfteren Regungen, blickte sie schon nach einigen Sekunden wieder kalt und gehässig.

»Nach dem Vorgefallenen ist es in der Tat ratsam, dass Du baldigst von hier scheidest,« bemerkte sie nach einer Pause.

Gertrud schrak empor, Schüchtern, wie im Traume fragte sie:

»Ich muss also fort?«

Die beiden seltsamen Charaktere schienen plötzlich ihre Rollen vertauscht zu haben.

»Je länger ich darüber nachdenke, umso mehr schwinden meine letzten Bedenken, dass Deines Bleibens hier nicht länger ist.« antwortete die Marquise; »das peinliche Ereignis mit der Polizei schädigt an sich schon Deinen Ruf; außerdem wird Dein heimlicher Feind es entstellen, immer weiter verbreiten und nicht rasten, bis man sich mit Abscheu von Dir wendet. Vergiss nicht, Du bist einem Stande entsprossen, welcher kein Anrecht auf Teilnahme oder Nachsicht besitzt, und Deine tollen Manieren sind Ursache, dass nachtheilige Gerüchte über Dich nur zu leicht festen Boden gewinnen. Ich wiederhole, Du musst fort, fort, sobald wie möglich.«

»Acht Tage möchte ich's dennoch mit ansehen,« erwiderte Gertrud beinah flehentlich.

»Tu's, wenn Du nicht umhin kannst,« sprach die Marquise mit jener eisigen Kälte, von welcher sie wusste, dass sie auf Gertrud von entscheidender Wirkung, »allein ich weiß, es ist vergeblich.«

Gertrud sah wieder grübelnd vor sich nieder. Plötzlich schoss es blutrot in ihr Antlitz; indem sie die Marquise fest ansah, schienen ihre Augen Funken zu sprühen.

»Und der mich von hier vertrieb,« stieß sie leidenschaftlich hervor, »dieser elende Splitter, soll er ungestraft bleiben?«

»Geduld, mein Kind, die Zeit, in welcher Du ihn nach Belieben strafen magst, ist nicht fern, wenn bis dahin Dein Wunsch nach Rache nicht dem Gefühl wich, dass er Deiner Aufmerksamkeit nicht würdig.«

»Ich kann ihn jetzt strafen,« wendete Gertrud gehässig ein, »ich kann ihn da verwunden, wo es ihm am empfindlichsten. Er ist ein hinterlistiger Bösewicht, ich will ihm das Opfer entreißen, welches er unglücklich machen würde.«

Die Marquise sah forschend in das schöne, fieberhaft glühende Antlitz. Etwas wie Reue mochte sich regen, die eigentümlichen Anlagen und Neigungen des ungestümen Charakters in einer Weise gelenkt, gehegt und gepflegt zu haben, welche das scharf auffassende Kind weit über seine ursprüngliche Sphäre erhob, zugleich aber eine unübersteigliche Scheidewand zwischen der heranreifenden Jungfrau und einem anspruchslosen, zufriedenen Leben errichtete. Angesichts des sich plötzlich mit ungeahnter, gleichsam drohender Heftigkeit Bahn brechenden Unabhängigkeitssinnes erstaunte die Marquise selber über ihr Werk. Gertrud dagegen, ihr Schweigen als eine stumme Frage deutend, fuhr fort:

»Das Mädchen bei dem Wegerich, Lucretia heißt's, nennt er seine Verlobte. Er ist aber kein Mann für sie; sie darf ihn nicht heiraten; er verdient sie nicht.«

»Wie willst Du es hindern?«

»Wenn ich erst gegangen bin, soll sie meine Stelle bei der gnädigen Frau versehen. Sie sorgen dann dafür, dass er den Karmeliterhof nicht mehr betritt.«

»Ich setze voraus, sie ist einig mit ihm?«

»Alles Schein, sie sind nicht einig, nein, das ist kein Mann für sie; da ist ein Anderer.«

»Ein Anderer?« fragte die Marquise zweifelnd, als hätte sie Gertrud mit ihren schnellen und sicheren Entscheidungen nicht wieder erkannt.

»Ja, und ein Mann, der zu ihr passt, ein Mann, dem die Leute Gutes wünschen. Die gnädige Frau kennen ihn, hier in diesem Zimmer ist er gewesen.«

»Der junge Rothweil?« rief die Marquise enttäuscht aus, »nein, der ist nicht für sie bestimmt! O, ich wüsste wohl eine andere Frau für ihn,« fügte sie, die Blicke senkend, leise für sich hinzu; doch wie sich eines Besseren besinnend, sah sie wieder in Gertruds eigentümlich scharf spähende Augen, und eintönig fuhr sie fort: »Was verstehst Du von solchen Dingen? Dein Vorschlag verdient indessen Erwägung; vielleicht ist jene Lucretia wirklich bereit, an Deine Stelle zu treten; für gröbere Arbeiten fände sich wohl ein Anderer auf dem Hofe, und dann könnte ich sie beobachten und prüfen, ob Dein Scharfblick Dich nicht täuschte. Passt sie nicht für Deinen Feind, so nehme ich mich ihrer an. In meinen Händen ist Deine Rache sicher genug aufbewahrt; doch nun beruhige Dich. Ziehst Du von hier fort, so muss es leichten Herzens geschehen, oder zur entscheidenden Zeit versagen Dir die Kräfte. Was Du mir anvertrautest, verschließe in Deine Brust; und Du hast ja früh genug gelernt, Deine Zunge zu überwachen. Zu Niemand sprich ein Wort darüber. Du musst von hier verschwinden, ohne dass Jemand ahnt, wo Du Dein Ende genommen hast. Zu mir aber komme noch so oft Du willst und kannst. In den letzten Tagen unseres Verkehrs binde ich mich nicht mehr an bestimmte Stunden, und beunruhigt Dich irgendetwas, so vertraue es mir ohne Scheu an. Ich habe Dich aus der Hütte Deiner Eltern an mich gezogen; ich war die Veranlassung, dass im Kreise Deiner Geschwister Du Dich nicht mehr heimisch fühltest; ich bin daher auch verpflichtet, Dir weiter zu helfen.«

Gertrud schien zu träumen. Auf dem glühenden Antlitz prägte es sich wie Reue aus, durch ihre Leidenschaftlichkeit zu weit hingerissen worden zu sein. Zagen bemächtigte sich ihrer bei der ersten Ankündigung, nunmehr in die Welt hinaustreten zu müssen. Noch einmal, zum letzten Mal bäumte sich ihre sorglose Kindlichkeit auf, bevor sie dieselbe auf ewig von sich abstreifte. Freundlicher denn je zuvor, erstanden vor ihrem Geiste die heimatliche Hütte, diejenige, welche Mutter zu nennen sie so viele Jahre gewohnt gewesen, die Stiefgeschwister und der alte schweigsame Großvater. Und weiter wanderten ihre Gedanken unter den sie gespannt beobachtenden Blicken der Marquise: Wie war es doch so schön, frei von jedem Zwange, den nach Sonnenschein jagenden Faltern vergleichbar, ihren Flug bald hierhin, bald dorthin zu lenken; nach dem Karmeliterhofe, um die Geschmeidigkeit ihrer Glieder zu erhöhen, nach dem Dorf, um sich im lustigen Reigen zu drehen, nach der Hollunderstaude – ihre Betrachtungen stockten. Wie durch die tiefe Stille ringsum erschreckt, sah sie auf die Marquise. Sie erhaschte einen milden, sogar zärtlichen Blick; und doch meinte sie sich getäuscht zu haben. Denn schärfer hinüberschauend, erkannte sie jenen kalt berechnenden Ausdruck, welcher sonst die ebenso kalt erteilten Unterweisungen zu begleiten pflegte, sie mit schwer besiegbarer Scheu erfüllte.

»Haben die gnädige Frau noch Befehle für mich?« passte sie unbewusst ihre Worte deren strengem Blicke an.

»Vorläufig nicht. Wohl möchte ich Manches mit Dir besprechen, allein Alles will zuvor überlegt sein. Deine Haltung, Gertrud, und die Fußstellung – achte mehr auf Dich. Du trittst jetzt in die Welt hinaus, vorläufig noch um zu lernen. Aber mit derselben unerschütterlichen, für ein Kind sogar erstaunlichen Willenskraft, mit welcher Du bisher unser Geheimnis bewahrtest, musst Du, erst fern von hier, jeden Anklang an Deine Kindheit, an Deine ganze Herkunft vermeiden. Nun gehe. Das Weitere bespreche ich mit Deinem Großvater. Gibt der seine Zustimmung, so brauchen wir keinen Andern mehr zu fragen. Und fort musst Du.«

Wie im Traume erfasste Gertrud mit den Fingerspitzen zierlich ihren Kattunrock; dann verneigte sie sich tief und mit einer Grazie, dass der Marquise Augen mit sichtbarer Bewunderung auf ihr ruhten. Der ersten Verneigung folgte eine zweite, und in der nächsten Sekunde schwebte sie gleichsam durch das Schlafgemach auf den in Halbdunkel gehüllten Flur hinaus. Auf den Zehen schlich sie an Wegerichs Tür vorüber. Weder von ihm, noch von Lucretia wollte sie bemerkt werden. Sie fühlte, dass ihr nicht jene lachenden Blicke und spitzen Worte zu Gebote standen, mit welchen sie zugleich zu bezaubern und zu peinigen verstand. Zwei Stunden später trat sie in die bekannte Hollunderlaube, in welcher sie bereits erwartet wurde. Der Ernst, welchen sie nicht ganz aus ihrem Wesen zu bannen vermochte, erhielt neue Nahrung beim Anblick Jerichows. Denn nicht mit heiterem Gruß, wie sie es bisher an ihm gewohnt gewesen, trat er ihr entgegen, sondern sich schwerfällig erhebend, offenbarte sich in seiner Haltung wie in dem bleichen Antlitz eine Niedergeschlagenheit, wie sie eine solche nur körperlichen Leiden glaubte zuschreiben zu dürfen.

»Sie sind krank, Herr Jerichow,« redete sie ihn befangen und noch unter dem vollen Eindruck der jüngsten Erlebnisse an. Sie wollte fortfahren, als Jerichow ein abwehrendes Zeichen gab, aber ihre Hand ergriff.

»Krank nicht,« antwortete er, »aber schmerzlich bewegt findest Du mich. Und sollte ich nicht trauern, wenn ich erlebe, dass eine meiner Lieblingsblumen, welche ich, soweit es in meinen schwachen Kräften stand, mit herzlicher Liebe pflegte, plötzlich die unzweideutigen Merkmale zeigt, dass ein giftiger Wurm ihr Mark zernagt?«

»Es gibt neuen Samen, ich will ihn verschaffen,« versetzte Gertrud beklommen, »vielleicht kann die kranke Stelle ausgeschnitten werden.«

Jerichow hatte wieder Platz genommen. Mechanisch ließ Gertrud sich ihm gegenüber nieder.

»Wenn das glückte,« spann er das Gespräch schwermütig weiter, »allein ich fürchte, es ist zu spät. Doch warum zu Bildern greifen, welche Dir vielleicht weniger verständlich, daher auch nicht den Wert haben können, den ich ihnen so gern beilegte? Höre mir also aufmerksam zu, Gertrud, blicke mir in die Augen, damit ich in denselben lese, ob Du meine Worte so würdigst, wie sie es verdienen.«

Er zögerte. Ihm entging nicht, dass Gertrud tödlich erbleichte. Gleichzeitig erwachte der wilde Trotzeszug um den lieblichen Mund.

»Ich sehe es Dir an, Du hast es erraten,« fuhr er fort, nachdem er ein Weilchen vergeblich auf eine Entgegnung gewartet hatte, »unter meinen Lieblingsblumen nimmst Du die erste Stelle ein, Du mit Deinen schönen Anlagen und der ungewöhnlich reichen Begabung; Du, die ich so herzlich gern, soweit es in meinen bescheidenen Fähigkeiten gelegt worden, zu einer holden Blüte hätte entwickelt sehen mögen, zu einer Zierde Deines Geschlechtes, unbekümmert darum, in welche Sphäre Dein späterer Wirkungskreis gefallen wäre.«

»In meinem Mark soll ein giftiger Wurm nagen?« fragte Gertrud bestürzt, während es wie düstere Blitze in ihren prachtvollen Augen aufflackerte.

»Bildlich ja,« antwortete Jerichow sanft, »es ist mir wenigstens hinterbracht worden, und von glaubwürdiger Seite, dass Dein Verkehr mit anderen Menschen nicht immer tadelfrei.«

»Wer hat ein Recht, mich zu tadeln oder mir Handlungen vorzuwerfen, deren ich mich schämen müsste?« fuhr Gertrud auf, und ihr eben noch bleiches Antlitz färbte sich dunkel.

»Als ein Recht betrachte ich es nicht, wenn ich überhaupt einen Tadel ausspreche,« erwiderte Jerichow, sichtbar betroffen durch das ihm bisher fremde leidenschaftliche Aufbrausen, »nein, nicht als ein Recht, dagegen als eine Pflicht, seitdem ich von Deiner Gönnerin dazu berufen wurde, nicht nur Dein Wissen zu bereichern, sondern auch Deine Anschauungen zu überwachen, gewissermaßen zu veredeln. Gern übernahm ich diese Aufgabe, gern und mit ganzer Seele, weil ich hoffen durfte, dass Du mir auf der von mir gewählten Bahn folgen würdest.«

»Ich soll fortbleiben,« hob Gertrud heftig an, verstummte indessen sogleich wieder.

»Weit entfernt bin ich davon, nach der ersten Enttäuschung den Muth sinken zu lassen,« versetzte Jerichow, »im Gegenteil; so lange mir nur eine leise Hoffnung bleibt, will ich nicht müde werden –«

»Was wollen Sie? Was habe ich verbrochen?« fragte Gertrud rau, und Kampfeslust sprühte aus ihren Augen.

Jerichow, durch die heftige Frage erschreckt, sah durchdringend in das leidenschaftlich erregte Antlitz. Er schien die Wirklichkeit des Vernommenen zu bezweifeln; doch in dem glühenden Blick eine Bestätigung der gegen sie erhobenen Anklagen lesend, versetzte er in herbem vorwurfsvollen Tone:

»Du besuchtest vor kurzem das Kirchweihfest in unserem Nachbardorf?«

»Ich war dort und habe getanzt nach Herzenslust,« gab Gertrud bereitwillig zu, »dergleichen wird mir zu selten geboten, als dass ich die Gelegenheit versäumen möchte.«

»Eine unschuldige Freude,« erklärte Jerichow milder, »und ich bin der Letzte, welcher sie Dir oder einem anderen missgönnte. Allein bei solchen Gelegenheiten Veranlassung zu ernsten Zerwürfnissen zu geben, und zwar nicht allein zwischen sonst befreundeten jungen Männern, ohne zugleich den ganzen Einfluss aufzubieten, eine Versöhnung herbeizuführen – soll ich fortfahren?« schaltete er beinah schüchtern ein, als er bemerkte, wie Gertruds Brauen sich dichter zusammenschoben und die zierlich geschnittenen Nasenflügel sich dehnten.

»Mir ist Alles recht,« antwortete Gertrud, »was nachkommt, er rate ich leicht genug. Ich fürchte weder Sie noch einen Andern. Das Geschwätz der Leute kümmert mich wenig.«

Über Jerichows Antlitz verbreitete sich ein Ausdruck schmerzlicher Entsagung. Vergeblich suchte er nach einem Merkmal sanfterer Regungen in den Zügen seiner schönen Gegnerin. Er konnte nicht fassen, dass zu dem Fehl, zu welchem sie nach seiner Überzeugung hingerissen worden, auch noch Verstocktheit sich gesellte.

»Ich könnte das Gespräch hier abbrechen,« begann er wieder, »doch ich muss dem Selbstvorwurf ausweichen, dass ich ein hartes Urteil über Dich fällte, ohne Dir Gelegenheit zu einer Erklärung, wenn nicht zu einer

Entschuldigung und dem Vorsatz zur Sühne gegeben zu haben. Ich wiederhole daher, bei den Zwistigkeiten unter den Männern blieb es an jenem Tage nicht; Du bist sogar störend zwischen zwei junge Leute getreten, welche, zur Freude ihrer Eltern, sich ewige Liebe und Treue gelobt hatten. Wie es zugegangen ist, weiß ich nicht; allein von mehr, als einer Seite, wirft man Dir vor, dass Du einen jungen Mann von dem Tanzplatz entführtest, ihn dadurch dem Herzen seiner Braut entfremdetest und unheilbaren Hader zwischen Beiden schürtest.«

»Das behaupten die Menschen von mir?« fragte Gertrud ruhig.

»Es wurde mir von Jemand anvertraut, der Glauben verdient. Wenn aber das traurige Ereignis nicht abgeleugnet werden kann, so weißt Du ihm vielleicht eine Deutung zu geben, dass ein weniger schwerer Vorwurf Dich trifft und zugleich die Versöhnung zwischen zwei Herzen angebahnt wird, die vom Geschick für einander bestimmt wurden.«

Ein spöttisches Lächeln trat auf Gertruds Züge. Sie schien zu schwanken. Dabei wich sie den Blicken Jerichows aus. Endlich zuckte sie geringschätzig die Achseln.

»Ich habe nichts zu sagen,« sprach sie finster, »wenn Sie glauben, was die Menschen über mich in die Welt schreien, so ist's gut. Meine Sache ist es nicht, zu schlichten, wenn Zwei sich überworfen haben.«

Jerichow neigte wie ermüdet das Haupt. Er bemerkte nicht, wie Gertruds Blicke mit einer eigentümlichen Mischung von Trotz und Bangigkeit auf ihm ruhten. Mehrfach öffnete sie die Lippen, wie um gewissenhaft den ganzen Hergang zu schildern, welcher eine so böswillige, sogar feindselige Deutung erfahren hatte, und jedes Mal schloss sie dieselben wieder krampfhaft. Als Jerichow dann aufschaute, sah er in ein Antlitz, hinter welchem die letzte weiblich zarte Empfindung gestorben zu sein schien.

»Du weisest meine Vermittlung zurück,« begann er schwermütig, »und ich Thor glaubte, noch Alles zum Besten lenken zu können. Aber Dein Herz ist hart wie Kristall; alle meine Vorstellungen würden an demselben abprallen. Wie bitter, wenn man sich in einem solchen Grade täuschte! Ich ahne nicht, welche Empfindungen Dich beseelten, welche Hoffnungen Du an den Zwiespalt zwischen den Brautleuten knüpftest. Wähntest Du indessen, an die Stelle des tiefgekränkten Mädchens treten zu können, so hättest Du –«

»An Niemandes Stelle will ich treten,« fiel Gertrud entrüstet ein, »auf Niemand hoffe ich, weder auf den Bartel noch auf einen anderen Menschen.«

»Aber auch dann, und wenn nicht Deinetwegen, so doch aus Rücksicht für Dein elterliches Haus und Deine hochherzige Gönnerin hättest Du vermeiden müssen, gleichviel, ob verdient oder unverdient, Dir von Seiten der Polizei eine Rüge –«

»Wer – wer hat's Ihnen hinterbracht?« fuhr Gertrud wieder leidenschaftlich auf, und ihr Antlitz erhielt den äußeren Charakter einer unversöhnlichen Rachegöttin.

»Es schrieb mir Jemand, dem ich ebenfalls Glauben schenken durfte. Dadurch aber nicht überzeugt und in der schmerzlichen Teilnahme für meine teure Schülerin, begab ich mich dahin, wo die sicherste Auskunft zu erwarten stand, und leider bestätigten sich die traurigen Gerüchte. Armes Kind, Du ahnst nicht, wie ein einziges derartiges Ereignis zum Makel wird, welchen auszulöschen oft ein langes Leben nicht ausreicht; ein Makel, welcher, nachdem das Gemüt an das Tragen desselben sich gewöhnte, nur zu leicht der erste Schritt zum gänzlichen Versinken in Schmach und Schande wird. Du bestreitest nicht, dass jene Verwarnung stattgefunden hat?«

»Ja, ich räume es ein,« erklärte Gertrud mit unbeschreiblichem Hohn, und wäre jedes Wort ein zweischneidiges Messer gewesen, sie hätte es nicht schärfer von sich stoßen können, »ein Polizist suchte mich in der Wohnung meines Großvaters auf, und in Gegenwart meiner Stiefmutter und ihrer Kinder drohte er, dass wenn die nächsten Klagen über mich einliefen, ich auf einige Tage eingesperrt werden würde. Ich dagegen hielt es für überflüssig, etwas darauf zu erwidern, was hätte ich ihm sagen sollen? Leute meines Standes haben keine Ansprüche auf Nachsicht oder Teilnahme, noch weniger an Gerechtigkeit. Ihm antwortete ich nicht, und auch Ihnen habe ich nichts zu antworten. Ich entschuldige mich nicht, brauche mich nicht zu entschuldigen. Ich bin mit Schande beladen worden, und das ist genug. Bewiese ich meine Unschuld sonnenklar, so würde dadurch die Schande nicht von mir genommen.«

Bei den letzten Worten zitterte sie heftig; die Farbe wich von ihren Wangen. Flüchtig senkte sie einen durchdringenden Blick in Jerichows Augen, dann sah sie vor sich nieder.

Mit schmerzlicher Teilnahme beobachtete Jerichow das schöne Mädchen, welches wie gebrochen dasaß. Ihre Haltung konnte er nur als Schuldbewusstsein deuten. Er hätte mit der Vorsehung hadern mögen, die ein allmähliches Untergehen eines ihrer holdesten Meisterwerke gestattete. Und wie hatte er diejenige, die er seine teuerste Blume nannte, liebevoll gehegt und gepflegt; wie ängstlich sie durch seine Lehren vor erstarrenden Nachtfrösten und schädlichem Odem zu bewahren gesucht!

Da richtete Gertud sich wieder auf. Ihr Antlitz war noch bleich, aber ruhiger blickten die Augen. Ihre Hände lagen auf einem Lesebuch; zwischen denselben befand sich ein Schreibeheft.

»Herr Jerichow,« sprach sie mit gänzlich veränderter Stimme, und die Worte schienen sich mit Widerstreben ihrer Brust zu entwinden, »an meinem Namen klebt jetzt Schande; Sie selber sagten es, und wer mit mir verkehrt, den trifft diese Schande ebenso schwer wie mich. Bin ich da Jemand aufrichtig zugetan, so ist es meine Pflicht, ihm aus dem Wege zu gehen, zu verheimlichen, dass ich ihn jemals kannte, jemals von ihm gekannt wurde.«

Sie neigte das Haupt wieder. Jerichow begriff, dass ein gewaltiger Kampf in ihrer Brust tobte, nach seiner Überzeugung ein Kampf zwischen Reue, Scham und Trotz.

»Der erste Schritt zum Guten liegt in Deinem offenen Bekenntnis,« ermahnte er mit vertrauenerweckendem Ernst, »und wer möchte noch einen Stein auf Dich werfen? Du stehst im Begriff, den Sieg über den unedleren Teil Deiner Gemütsregungen davonzutragen, und dazu möge Gott Dir die erforderliche Kraft verleihen.«

Gertrud schwieg. Regungslos sah sie auf das zwischen ihren Händen befindliche Heft nieder. Auf ihrem Antlitz wechselten flammende Glut und Totenblässe. Die langen Wimpern schienen auf den samtweichen Wangen zu ruhen; fast berührten sich die schwarzen Brauen. Jerichow überwachte sie mit atemloser Spannung. Furcht und Hoffnung gingen bei ihm Hand in Hand. Die nächsten Minuten mussten über Gertruds ganze Zukunft entscheiden.

Endlich schlug sie die Augen zu ihm auf. Sie blickte nicht feindselig, aber eisig, wie ein künstliches Gebilde aus Stein. Ihre Hände zitterten. Diese Anwandlung von Schwäche gewaltsam unterdrückend, schloss sie die Finger um das zusammengerollte Heft, dass es in unzählige Falten zerknitterte.

»Wenn Andere aus Barmherzigkeit fernerhin mit mir verkehren wollen,« sprach sie mit bebenden Lippen, »so habe ich keine Lust, es anzunehmen. Ich will Niemandes Schaden, und Schaden war's für Jeden, der ein gutes Wort an mich richtete.«

Wiederum starrte sie auf das zusammengeknitterte Heft. Plötzlich sprang sie empor. Helle Glut brannte auf ihren Wangen, ihre Augen funkelten wie die einer, ihrer Jungen beraubten, Pantherkatze.

»Nein, ich will nicht!« rief sie laut aus, »gibt man mir nicht freiwillig Gerechtigkeit, verurteilt man mich blindlings, so mag ich nicht um Mitleid und Erbarmen betteln!«

Sie rollte das Heft auseinander, und es an beiden Enden ergreifend, zerriss sie es in zwei Teile, worauf sie es von sich warf, dass die Papierstreifen sich nach allen Richtungen in der Laube zerstreuten. Das vor ihr auf dem Tisch liegende Buch schleuderte sie mit einer Gebärde der Verachtung zur Erde, und den einen Fuß auf dasselbe stellend, lachte sie laut, dass es den keines Wortes mächtigen Jerichow unheimlich durchschauerte.

»Ich habe schon zu viel gelernt!« rief sie ihm zu, »so viel, dass es mein Unglück geworden. Lieber gehe ich so weit, wie der Himmel blau, bevor ich fernerhin auf Belehrungen höre, die mir den Verstand verwirren!«

Sie kehrte sich ab und mit unsicheren Bewegungen trat sie aus der Laube. Draußen wurde ihr Schritt fester, und aufrecht trug sie wieder ihr schönes Haupt. Sie hatte den Garten durchmessen und vor ihr lag die Pforte, als Jerichows Stimme sie erreichte. Nachdem Gertruds ungestümes Wesen und ihr glühender Blick ihn gleichsam versteinerten, hatte er jetzt erst seine Sprache wiedergefunden.

»Gertrud!« rief er ihr nach, »Gertrud, um Deiner selbst willen gehe nicht so von dannen. Gertrud! Ich bin nicht Dein Richter, ich bin Dein Freund.«

Gertrud zuckte die Achseln. Geräuschvoll fiel die Pforte hinter ihr ins Schloss. Beim Hinaustreten hatte sie sorgfältig vermieden, sich der Laube noch einmal zuzukehren. Fühlte sie, dass Leichenfarbe ihr jugendschönes Antlitz bedeckte? Fürchtete sie den Einfluss der redlichen blauen Augen, welche sie so oft in edlem Eifer aufleuchten sah? Wer hätte es erraten? Wirkte der Ton der vertrauten Stimme doch allein schon so wunderbar ergreifend auf sie ein, dass sie ihre Bewegungen beschleunigte, um so bald als möglich aus Hörweite zu treten. Auf der Straße beruhigte sie sich. Eine wunderbare Willenskraft musste sie besitzen, dass sie in so hohem Grade sich zu beherrschen verstand. Denn wer sie beobachtet hätte, wie sie leichtfüßig durchs Dorf eilte, lächelnd hierhin und dorthin schaute, auch wohl Kindern einen neckischen Gruß zusandte, der hätte nicht geahnt, dass es hinter diesem jugendschönen Antlitz kochte und gährte, das arme Herz sich zuckend wand vor wildem Hass und tiefem Weh. Erst als das Dorf weit hinter ihr lag, keiner der auf den Feldern beschäftigen Arbeiter sich nahe genug befand, um sie genauer zu unterscheiden, setzte sie sich am Wege nieder. Einen ängstlich forschenden Blick sandte sie um sich, dann neigte sie das Haupt auf die emporgezogenen Knie, und so bitterlich weinte sie, als wäre ihr Herz nunmehr gänzlich gebrochen gewesen. Sie weinte, wie seit vielen Jahren nicht, wie nicht seit jenen Zeiten, in welchen sie unter den erbarmungslosen Händen und berechnenden Blicken der Marquise noch nicht gelernt hatte, körperlichen Schmerz stumm zu ertragen.

Jerichow saß noch immer in der Hollunderlaube. Das zerrissene Heft, die zerstreuten Blattteile hatte er sorgfältig gesammelt und mit dem verächtlich fortgeworfenen Buch vor sich hingelegt. Sein beinahe mädchenhaft zartes Antlitz erschien unendlich kummervoll. Trübe schauten seine Augen, indem er hin und wieder durch Zusammenschieben der getrennten Teile ein Blatt ergänzte und die demselben aufgetragenen regelmäßigen Schriftzüge betrachtete. Sollte er die Hand, von welcher sie herrührten, jemals wieder drücken? Jemals wieder in die schönen wilden Augen schauen, die so aufmerksam, wissbegierig an seinen Lippen hingen? Tief auf seufzte er; es klang wie das Entsagen freundlichen Lebensbildern, wie das Zerschellen mit Vorliebe gehegter Hoffnungen. Es klang wie herzzerreißender Jammer, so viel Jugend und Schönheit, so viel Geist und Willenskraft, der wachsam lenkenden Hand bar, einem Abgrunde zutaumeln zu sehen.

»Arme Gertrud,« lispelte er unbewusst über die zerrissenen Blätter hin. Eine Träne sank auf das Papier nieder. Mechanisch überwachte er den Tropfen. »Friede« lautete das Wort, welches er getroffen hatte. »Friede,« sprach Jerichow träumerisch. Die Tinte löste sich auf, die Feuchtigkeit verdunstete; ein bläulicher Flecken bezeichnete die Stelle, auf welcher das Wort eben noch gestanden hatte.

»Ist es ihr Friede, der zerstört wurde? Ist es der meinige?« folgten Jerichows Gedanken aufeinander. Behutsam ordnete er die Blätter und zusammen mit dem Buch trug er sie ins Haus hinein, um sie als Reliquien aufzubewahren. Er wusste, dass Gertrud gegangen war, um nicht mehr zurückzukehren.

Die Dunkelheit war hereingebrochen, als Gertrud sich dem Karmeliterhofe näherte. Schweigend und nicht achtend der Zurufe von Alt und Jung, welche einer spitzen Antwort des kampfeslustigen Irrwischs entgegensahen, schritt sie an dem Kelterhause vorbei. Gleich darauf trat sie bei der Marquise ein. Dieselbe saß bei einer grünverschleierten Lampe vor geöffneten Papieren und Briefschaften. Bei Gertruds Erscheinen entfernte sie den Schirm, dass das volle Licht das Antlitz der vor ihr Stehenden traf. Sie mochte in den finsteren Zügen die Ursache des späten Besuchs lesen, denn wie ein Ausdruck der Zufriedenheit glitt es über ihr Antlitz indem sie fragte:

»Was führt Dich heute noch hierher?«

»Ich habe mir Alles überlegt,« antwortete Gertrud, »ich gebrauche keine acht Tage, um mich zu besinnen. Ich möchte morgen fort.«

»Du warst bei Herrn Jerichow?« forschte die Marquise wie beiläufig, aber gespannt überwachte sie Gertruds gesenkte Augen.

»Ich war dort« bestätigte diese eintönig, »ich erklärte ihm, dass ich nicht mehr kommen würde.«

»Gut,« versetzte die Marquise billigend, »morgen kann Dein Aufbruch indessen noch nicht erfolgen; denn da, wohin ich Dich schicke, darfst Du nicht als barfüßiges Fischermädchen, nicht als tolle Rheinnixe oder sorgloser Irrwisch auftreten, der mit allen Menschen auf dem Kriegsfuße lebt. Und mehr noch, einen anderen Namen sollst Du führen, damit Du selbst nicht beständig an das erinnert wirst, was Du hier gewesen, was Du hier erfuhrst. Acht Tage dauert es mindestens, bis ich Alles geordnet habe. Komme so lange unverändert und nach alter Gewohnheit. Niemand darf ahnen, was hier vorgeht. Ich selbst will zur Stadt und mit Rücksicht auf Deine äußere Ausstattung die entsprechenden Vorkehrungen treffen, damit es keinen Verdacht gegen Dich wachruft. Deine

Verwandlung bewerkstelligen wir hier zwischen diesen vier Wänden. Und wenn die Stunde gekommen, dann sollst Du von hier aus unter dem Schutze der Nacht Deine Reise antreten. Du ahnst nicht, wohin ich Dich schicke?«

»Nein, mir ist's einerlei; jeder Ort ist mir recht – nur fort von hier.«

»Fort von hier,« wiederholte die Marquise träumerisch, und indem sie das Mädchen betrachtete, breitete es sich wie Wehmut über das sonst so verschlossene Antlitz aus, »Ja, fort von hier, aber in einer Weise, dass man glaubt, der unstet flackernde Irrwisch sei erloschen, die mutwillige Rheinnixe sei in ihr heimisches Element zurückgekehrt. Bis zur nächsten Stadt fährst Du wenig auffällig mittels eines heimlich beschafften sicheren Fuhrwerks. Dort magst Du dann Deine Schwingen ausspannen und mit eigener Kraft Deinen Weg Dir offen weiter bahnen.«

Gertrud schaute noch immer düster. Was sie vor einigen Tagen mit namenlosem Entzücken begrüßt hätte, heute ließ es sie kalt.

»Eine Fahrgelegenheit mach' ich ausfindig,« bemerkte sie anscheinend gleichmütig, »ich kenne Jemand, ich tanzte mit ihm und er bot mir an, mir zu Diensten zu sein. Er wird mir den Gefallen erweisen.«

Ein flüchtiger Blick überzeugte die Marquise, dass die Erinnerung an jenen Tänzer sich nur auf eine sich schnell verflüchtigende Freundschaft begründete, wie solche im lustigen Reigen geschlossen werden.

»Wenn Du meinst, dass wir ihm vertrauen dürfen, so leite es immerhin ein,« bemerkte sie nach kurzem Sinnen, »Du selbst weißt am besten, dass Du Ursache hast, vorsichtig zu sein. Die von der Polizei verwarnte Gertrud muss sterben,« fügte sie mit Nachdruck hinzu, »und aus ihrer Asche ersteht Lucile Graniotti. Es ist ein bedeutungsvoller Name, unter welchem ich Dich entlasse, Dich so warm an meine alten Freunde empfehle, dass sie mit offenen Armen Dich empfangen. In Deiner Hand aber liegt es, Dich ihnen unentbehrlich zu machen. Glück auf, Lucile Graniotti,« sprach sie lauter, wie um den düsteren Ausdruck von Gertruds Antlitz zu verscheuchen, »Du bist nicht die Erste dieses Namens, Du wirst ihm Ehre machen. Vergiss alles, was hier Dich jemals kränkte und verdross. Spanne Deine Schmetterlingsflügel weit aus, ziehe hin, um die Menschen durch Deinen Farbenschiller zu blenden, zu berauschen! Sammle Blumen der Bewunderung, Kränze des Triumphes! Vor gefährlichen Banden wird Dein Scharfsinn Dich bewahren – und die Erfahrung der letzten Stunden,« fügte sie leise für sich hinzu.

Gertrud hatte sich emporgerichtet. Zuversichtlich, stolz war ihre Haltung geworden. Begeisterung leuchtete aus ihren Augen, liebliches Roth lagerte auf ihren Wangen; vor den tiefen erregten Atemzügen waren die üppigen Rosenlippen etwas von den weißen Vorderzähnen zurückgewichen. Sie war schon jetzt nicht mehr das wilde Fischermädchen. Die jüngsten Ereignisse hatten bereits von ihr abgestreift, was sie mit den Angehörigen und der baufälligen Hütte in dem Festungsgraben einte, ihre Spottlust zur Zügellosigkeit steigerte. Bis ins Fleisch und Blut hinein war sie das, wozu die Marquise mit endloser Geduld und nie ermüdender Umsicht sie hatte erziehen wollen. Doch nicht nur die Unterweisungen ihrer Gönnerin, sondern auch Jerichows Lehren traten in ihre vollen Rechte ein. Denn als sie nach kurzem Zögern sich tief vor der Marquise verneigte, deren Hand an ihre Lippen hob und innig küsste, dann aber mit feuchtschimmernden Augen empor sah, da waren es nur die Empfindungen einer tiefen, ungeheuchelten Dankbarkeit, was sie beseelte, ihre unvergleichliche Anmut hervorhob. Nichts war erkünstelt, Alles lautere, reine Wahrheit, der unverfälschte Ausdruck eines verzogenen, bizarren, aber noch unverdorbenen Gemüts. Selbst die Marquise blieb nicht ungerührt bei diesem Anblick. Zögernd legte sich die Hand auf das liebliche Haupt, dann neigte sie sich demselben zu, es sanft auf die Stirn küssend.

»Glück auf, Lucile Graniotti,« flüsterte sie, »nur noch eine Woche bist Du meine dienstwillige Gertrud, und in dieser letzten kurzen Zeit habe ich Dir noch Mancherlei ans Herz zu legen, was Dir den Eintritt in die Welt erleichtert. Versäume also nicht, jede freie Stunde hier zuzubringen.«

Sie lehnte sich in ihren Sessel zurück. Gertruds Hand noch immer haltend, senkte sie einen Blick auf dieselbe.

»Noch zu gebräunt und zu rau,« bemerkte sie nachdenklich, »beschränke die gröberen Arbeiten auf das geringste Maß, und vernachlässige von jetzt ab nicht den regelmäßigen Gebrauch von Mandelkleie. Die Form der Hände tut es nicht allein, es bedarf der sichtbaren Beweise einer peinlichen Pflege. Doch es ist spät. Gehe nach Hause, morgen sehen wir uns wieder.«

Ihr Antlitz erstarrte gleichsam, doch machte sich eine größere Erschlaffung der Züge bemerklich.

Nachdem Gertrud sich entfernt hatte, neigte die Marquise sich über den Tisch. Das Haupt stützte sie schwer auf den einen Arm. Ihre Blicke ruhten auf den Briefschaften. Sie las nicht, denn eine Stunde verrann, ohne dass sie die Papiere angerührt hatte. Sie schien zu schlafen, aber regsam arbeitete es hinter den gesenkten Lidern, indem die Bilder weit zurückliegender Jahre vor ihrem Geist vorüberzogen.

Vierzehntes Kapitel.

Des Rätsels Lösung.

Nur noch vierundzwanzig Stunden, und Perennis eilte einem fernen Ziele zu. Die Bewohner des Karmeliterhofes hatte er vernachlässigt. Zu viel Zeit nahmen seine Vorbereitungen in Anspruch und die Erfüllung einzelner gerichtlicher Formen, laut deren er die Erbschaft seines verstorbenen Onkels antrat, und sich für den Schuldner von dessen Gläubigern erklärte. Die Beschleunigung seiner Abreise hatte er in mancher Beziehung den Gefälligkeiten Splitters zu verdanken. Wo nur immer möglich, ging derselbe ihm mit Rat und Tat zur Hand; selbst nächtliche Arbeiten scheute er nicht, um ihm die Beobachtung der vorgeschriebenen Formen zu erleichtern. Auch jetzt blieben Splitters Beziehungen zu Lucretia, gemäß des abgelegten Versprechens, zwischen ihnen unberührt. Bereits günstiger für jenen gestimmt, trug es nicht wenig zu Perennis' Beruhigung über seiner jungen Verwandten Zukunft bei, dass Splitter niemals den Versuch unternahm, sich ihr zu nähern. Der Plan, Lucretia Gertruds Stelle bei der Marquise einzuräumen, sollte erst dann zur Ausführung gelangen, wenn Gertrud ebenfalls abgereist sein würde, bis dahin aber wurde er von dieser und ihrer Beschützerin als strenges Geheimnis betrachtet.

Nur noch vierundzwanzig Stunden! Perennis' geringe Habseligkeiten waren gepackt. Ein kleiner Koffer enthielt seine ganze irdische Habe. Er brauchte nur noch folgenden Tages sich auf dem Karmeliterhofe zu verabschieden und die ihm von der Marquise zugesicherte Geldsumme in Empfang zu nehmen.

Der Abend war hereingebrochen. Auf dem Tisch lagen einige versiegelte Briefe an Schwestern und Freunde. Grübelnd und nicht ohne Besorgnis sich mit der Zukunft beschäftigend, schritt Perennis in dem kleinen Gastzimmer auf und ab, als die Tür leise geöffnet wurde. Einen Aufwärter vermutend, kehrte er sich um, und vor ihm stand Gertrud.

»Endlich einmal ein Beweis, dass Du meinen Auftrag nicht ganz vergessen hast!« redete Perennis sie unverweilt freundlich an.

»Es mag wohl nichts zu hinterbringen gewesen sein,« antwortete Gertrud gleichmütig, »Sie reisen morgen, und da wollte ich Ihnen Lebewohl sagen.«

Perennis betrachtete die vor ihm Stehende aufmerksam. Er meinte sie nie schöner gesehen zu haben, nie jungfräulicher und sittiger, als jetzt in der ruhigen, zuversichtlichen Haltung und indem sie die großen geheimnisvollen Augen mit undurchdringlichem Ernst auf ihn richtete. Trotz der noch unveränderten einfachen Bekleidung umgab sie eine eigentümliche Würde, bei Perennis den Eindruck erzeugend, als ob sie in den Tagen, seit welchen er sie nicht sah, um ebenso viele Jahre gealtert wäre.

»Und eine große Freude bereitest Du mir dadurch,« versetzte Perennis, »denn wer weiß, ob ich morgen Zeit zu einem Besuch im Festungsgraben gefunden hätte. Und ohne ein Lebewohl von Dir wäre ich ungern geschieden. Gehörst Du doch gewissermaßen mit zu dem Karmeliterhofe, als dessen Besitzer ich nunmehr anerkannt worden bin.«

»Ich erwartete nicht, dass Sie den armseligen Bau meines Großvaters noch einmal betreten würden,« erwiderte Gertrud herbe, »und was wollten Sie dort? Ich stehe Ihnen nicht nah genug, dass Sie sich um mich zu kümmern brauchten.«

»Nahe genug, um Deiner, so lange ich lebe, mit herzlicher Teilnahme zu gedenken,« beteuerte Perennis, unbewusst dem Einfluss von Gertruds ernster Zurückhaltung nachgebend.

Diese sah ihn fest an. Sie schien über etwas nachzusinnen, dann zuckte sie leicht die Achseln.

»Wollen Sie mich begleiten?« fragte sie mit einer Kälte, welche sie der Marquise abgelauscht zu haben schien.

»Mit Freuden,« antwortete Perennis immer mehr befremdet, »und wenn ich nach Deinem Ziel frage, so geschieht es nicht etwa, weil von der Wahl desselben meine Bereitwilligkeit abhinge.«

»Nach dem Karmeliterhofe.«

»Umso besser. Wann brechen wir auf?«

»Auf der Stelle.«

»Ich bin bereit,« erklärte Perennis, indem er nach seinem Hut griff, »es erschien mir zu einem Plauderstündchen zu spät, ich wäre sonst schon hinausgegangen.«

Gertrud antwortete nicht. Erst als sie auf die dunkle Straße hinaustraten, nahm sie das Gespräch wieder auf.

»Sie werden nicht viel Gelegenheit finden, mit ihren Freunden zu plaudern,« bemerkte sie wie beiläufig.

Anstatt zu antworten, bot Perennis ihr den Arm. Gertrud trat einen Schritt von ihm fort.

»Sie wissen nicht, was Sie tun,« sprach sie mit bitterem Spott, »es würde sich für den Herrn vom Karmeliterhofe schicken, mit einer Bewohnerin des Festungsgrabens Arm in Arm über die Straße zu gehen.«

»Ich gehe, mit wem ich will, ohne Jemand danach zu fragen.«

»Und ich reiche meinen Arm Demjenigen, dem ich will, und das ist Niemand;« und nach einer Pause: »Ich hätte Sie nicht aufgesucht, wäre es mir nicht anbefohlen worden.«

»Kein freundliches Kompliment. Aber auch dem Dritten, wer es auch sei, weiß ich es Dank, dass er mir Deine Gesellschaft zuführte.«

»Die Marquise.«

»Ich ahnte es. Sie will mich sprechen?«

»Nein. Sie hat andere Zwecke. Sie ist meine Wohltäterin und wünscht, dass, bevor Sie abreisen, Sie ein anderes Urteil über mich gewinnen. Die Menschen reden Arges von mir. Sie möchte nicht, dass Sie Alles glauben.«

»Überflüssige Mühe; denn erstens hörte ich nichts Nachtheiliges über Dich, und ferner würde ich nimmermehr Nachtheiliges glauben.«

»Sie besuchen die Frau Marquise morgen?«

»Um mich von ihr zu verabschieden.«

»Sie verraten nicht, was ich Ihnen anvertraue?«

»Nicht eine Silbe kommt über meine Lippen.«

»Ich soll mir nämlich den Anschein geben, als läge mir selber an Ihrer Meinung und Sie daher aufzuklären suchen. Sonst war's mir nie eingefallen; ich kümmere mich um keines Menschen Meinung.«

»Wie sollte ich ein besseres Urteil gewinnen, als dasjenige, welches sich bereits bei mir bildete? Vielleicht nur ein anderes, und doch wüsste ich nicht, wie das zu bewirken wäre.«

»Sie werden sehen. Darüber reden darf ich nicht. Nur sehen. Die Frau Marquise befahl mir – natürlich als ging's von mir allein aus – Ihnen das Versprechen abzunehmen, dass Sie Alles, was Sie erfahren, als unverbrüchliches Geheimnis betrachten; wenigstens morgen noch. Sind Sie erst fort, hat's keine Gefahr mehr.«

»Du spannst mich auf die Folter. Doch zuvor leiste ich das geforderte Versprechen.«

Eine längere Strecke legten sie schweigend zurück, Gertrud das Haupt geneigt, Perennis immer wieder die schattenhafte Gestalt an seiner Seite betrachtend, um welche die Schleier des Rätselhaften sich dichter und dichter zusammenzogen.

Außerhalb der Stadt brach Gertrud das Schweigen, welches Perennis aus freundlicher Rücksicht so lange währen ließ.

»Wenn Sie auf dem Karmeliterhofe wohnen, werden Sie dem Großvater die Fischgerechtigkeit nicht verkümmern?« fragte sie eintönig.

»Sollte ich so glücklich sein, das alte Gehöft über kurz oder lang zu beziehen, so bleibt Dein Großvater so ungestört, wie er selber nur wünschen kann. Gerate ich dagegen in die Lage, mich meines Besitztums entäußern zu müssen, so trage ich Sorge, dass seine Ansprüche kontraktlich geschützt werden.«

»Das ist dankenswert. Der alte Mann wird wohl nicht viele Jahr mehr sein Netz auswerfen, und auf wen dann die Gerechtigkeit übergeht, ist gleichgültig.«

»So mögen seine Erben ihre Ansprüche verkaufen.«

»Das brauchen sie nicht, – ich meine, die Verhältnisse können sich ändern,« verbesserte sich Gertrud, wie befürchtend, zu viel gesagt zu haben, und um Perennis keine Zeit zu gönnen, ihre Bemerkung zu erwägen, fügte sie hinzu: »Kennen Sie einen Herrn Sebaldus Splitter?«

»Wohl kenne ich ihn. Er ist recht gefällig und aufmerksam gegen mich.«

»Bis Sie fort sind. Ich hasse den Mann. Ihre Verwandte darf ihn nicht heiraten.«

»Weshalb nicht?« fragte Perennis überrascht.

»Er hat schleichende Bewegungen und einen falschen Blick. Hasst er jemand, so bereitet er ihm Schlimmeres, als den Tod.«

»Du selbst hast Dich über ihn zu beklagen?«

»Ich kenne ihn kaum. Aber das Mädchen sollte auf der Hut sein; es ist zu gut für ihn. Ich wüsste einen bessern Mann.«

»Zu einem bessern gehört nicht viel,« versetzte Perennis lachend, obwohl Gertruds Mitteilungen ihn tief bewegten. »Ich möchte indessen wissen, wen Du für geeigneter hältst.«

»Den Herrn vom Karmeliterhofe.«

»Mich?« fragte Perennis erstaunt.

»Keinen anderen.«

Perennis antwortete nicht gleich, und nach wenigen Minuten hatte er den Faden des Gesprächs verloren. Wäre er gefragt worden, so hätte er keine Rechenschaft über das abzulegen vermocht, was in wirren Bildern seine Phantasie durchkreuzte. Ein Gedanke, wie Gertrud ihn anregte, hatte ihm bisher zu fern gelegen. Er kannte nur seine schwer besiegbare Abneigung gegen Splitter, und sein inniges Bedauern, Lucretia bis zu einem gewissen Grade als sein Opfer betrachten zu müssen. »Sie ist zu gut für ihn,« meinte er noch immer Gertruds überzeugungsvolle Stimme zu hören. Gertrud selber schien er vergessen zu haben; und doch schritt diese so dicht neben ihm einher, dass die Falten ihres Kleides ihn zuweilen streiften, sie durch die Dunkelheit hindurch deutlich unterschied, dass er das Haupt auf die Brust gesenkt hatte, wie Jemand, der vergeblich trachtet, eine Rätselfrage zu lösen.

In geringer Entfernung vor ihnen schlugen die Hunde des Karmeliterhofes an.

»Mich?« fragte Perennis wiederum, einen Zeitraum von beinah zehn Minuten gleichsam überspringend und da anknüpfend, wo das Gespräch abgebrochen worden war.

Erstaunt sah er um sich. Er begriff nicht, dass es die schwarzen Umrisse des Karmeliterhofes, was vor ihm aus der Dunkelheit emportauchte.

»Keinen Anderen,« wiederholte Gertrud ebenfalls wie zuvor.

»Nein, nein,« versetzte Perennis zweifelnd, »Fräulein Lucretia hat ihre Hand bereits versagt, und findet sie selbst keinen Grund, das Verhältnis abzubrechen, so sind Fremde am wenigsten berufen, störend dazwischen zu treten. Sie ist noch jung, sie bedarf der Zeit zum Überlegen,« er zögerte, dann fuhr er mit einer gewissen Innigkeit fort: »Freilich, wenn ich wüsste, dass es ihr nicht zum Segen gereichte, sollte Nichts mich hindern – doch morgen reise ich ab; hoffentlich bin ich innerhalb Jahresfrist zurück, und bis dahin ändert sich Nichts. Auch Du wirst bei der Marquise nach alter Weise verkehren.«

»Wer kann weit in die Zukunft sehen?«

»Wenigstens so lange, wie Du dort aus und eingehst, wirst Du meiner jungen Verwandten mit freundlicher Teilnahme begegnen, nicht vergessen, dass im Grunde das Geschick sie weniger begünstigte, als Dich. Du besitzest eine Heimstätte, Geschwister, Mutter und noch einen Großvater –«

»Und sie einen Verwandten, der nicht durch zehn Splitter aufgewogen wird,« fiel Gertrud ein, und mit bezeichnendem geräuschlosem Lachen fügte sie hinzu: »solange ich auf dem Hofe aus- und eingehe, will ich ihr indessen zu Diensten sein. Ziehe ich fort, so findet sich ein Anderer, der sie im Auge behält.«

Sie hatten sich dem Kelterhause bis auf etwa hundert Schritte genähert. Gertrud blieb stehen und maß die Entfernung mit den Augen.

»Herr Rothweil, wir sind zur Stelle,« begann sie, und wäre dieser ihr zum ersten Mal begegnet, so hätte er sie in der Dunkelheit für eine Person in den reiferen Jahren halten müssen, so entschieden und überlegend klang ihre Stimme, »ich selbst habe Nichts zu erbitten. Was ich jetzt von Ihnen fordere, ist mir von der Frau Marquise vorgeschrieben worden. Offenbare ich ihnen deren versteckten Willen, so habe ich meine Gründe dazu. Wollen Sie mir zu Gefallen so handeln, wie ich Ihnen rate?«

»Mit Freuden, Gertud, und ich wünsche nichts sehnlicher, als dass es mir gelingen möge, Dir die alte Heiterkeit zurückzugeben, welche Dir plötzlich untreu geworden zu sein scheint.«

»Alle Stunden sind nicht gleich. Auf Regen folgt Sonnenschein, und umgekehrt. Gehen Sie zu dem Wegerich. Sie sind der Besitzer des Hofes; Sie brauchen nur zu befehlen, und er öffnet Ihnen das Zimmer des toten Herrn Rothweil. Da hinein gehen Sie und schließen Sie die Tür hinter sich ab. Wenn Sie den Vorhang vor der anderen Tür zur Seite schieben, werden Sie ein rundes Loch in dem Holzwerk entdecken. Ich selbst habe es auf der Frau Marquise Befehl gebohrt. Auf der anderen Seite ist der Vorhang ebenfalls entfernt worden, so dass Sie das Zimmer der Frau Marquise, wenn Sie Ihr Auge an die Öffnung legen, übersehen können. Blicken Sie also hinein. So hat's die Frau Marquise angeordnet, und ich muss gehorchen. Sie sollen glauben, es sei allein mein Werk, und gerade das will ich nicht. Denn mir ist's gleichgültig, wie Sie über mich denken; was meine Wohltäterin bezweckt, kümmert mich noch weniger. Und nun eine Bedingung: Wenn Sie morgen von der Frau Marquise Abschied nehmen, verraten Sie mich nicht, oder es ist mein Unglück. Auch suchen Sie mich nicht mehr auf. Auf keinen Fall würden Sie mich finden, nicht im Festungsgraben, nicht bei meinem Großvater am Wasser, nicht hier. Ebenso wenig fragen Sie Jemand nach mir, die Menschen sind neidisch und hängen Anderen zu gern Böses an. Wollen Sie das befolgen?«

»Pünktlich, Gertrud, so pünktlich, wie Du nur wünschen kannst. Ich leugne allerdings nicht, Deine Mitteilungen erregen mich im höchsten Grade. Etwas Unheimliches liegt in allen diesen Rätseln.«

»Wenn Sie nach der Stadt zurückkehren, gibt es für Sie kein Rätsel mehr. Andere dürfen dagegen Nichts ahnen. Schweigen Sie nur einen Tag, dann sind Sie ja fort.«

»Bliebe ich noch Monate, so wäre mein Wort ebenso sichere Bürgschaft, wie meine Abwesenheit.«

»Dann brauche ich Ihnen nur noch Lebewohl zu sagen.«

»Wir werden uns wiedersehen, Gertrud, ich rechne zuversichtlich darauf, wenn auch erst in Jahr und Tag,« versetzte Perennis, indem er die gebotene Hand herzlich drückte, ja, Gertrud, gerade durch das Geheimnisvolle in Deinem Wesen hast Du mir so viel aufrichtige Teilnahme eingeflößt, dass ich um jeden Preis über Dein ferneres Ergehen unterrichtet sein möchte.«

»Wiedersehen werden Sie mich wohl, meine Zukunft wird Ihnen dagegen keine Sorge machen. Ich stehe auf eigenen Füßen. Doch ich muss zur Marquise und ihr verkünden, dass mein Plan mit Ihnen glückte und Sie die Wahrheit nicht ahnten – was schadet der kleine Betrug, wenn Jemand dadurch zufriedengestellt wird? Noch einmal, Herr Rothweil, leben Sie wohl,« und fester drückte sie seine Hand.

»Lebe wohl, Du liebes, schönes, rätselhaftes Kind,« antwortete Perennis, »als ich Dich das erste Mal sah, hätte ich nicht geglaubt, dass ich Dich so lieb gewinnen würde. Lebe wohl, Gertrud, und auf ein fröhliches Wiedersehen.«

Er legte den Arm um ihren Hals und küsste sie auf die warmen Lippen. Ohne den leisesten Widerstand duldete Gertrud die zärtliche Berührung. Eine Bildsäule hätte nicht regungsloser verharren können.

»Wäre ich eine vornehme Dame, würden Sie dann sich ebenfalls die Freiheit genommen haben?« fragte sie spöttisch, jedoch nicht zürnend, als Perennis von ihr abließ.

»Sicher, Gertrud, und die vornehme Dame würde schwerlich vor dem harmlosen Beweise aufrichtiger Teilnahme und der Trauer um das Scheiden zurückgebebt sein.«

Gertrud sann ein Weilchen nach, wie um die vernommenen Worte zu prüfen.

»Ich glaube, Sie haben Recht,« sprach sie darauf freundlich, »ich hätte Sie auch dann nicht zurückgestoßen. Denn Sie sind der einzige Mensch in der Welt, welcher den verrufenen Irrwisch nicht mit Worten und Blicken strafte, der mir glaubte, nicht zweifelte, wenn ich ihm sagte oder zu verstehen gab, dass ich keinen ernsten Vorwurf über meinen Lebenswandel verdiene.« Sie lachte beinah klanglos und fuhr fort: »Was sollen mir Menschen, die mich tadeln, strafen und mit Vorwürfen überhäufen, weil böse Zungen ihnen die Ohren vollgeblasen haben? Die nicht einmal fragen, ob ich schuldig oder unschuldig; die glauben, dass man nur auf der Straße aufgewachsen zu sein braucht, um Alles Schreckliche, den schlimmsten Argwohn über sich ergehen lassen zu müssen? Zu solchen Menschen gehören Sie nicht, und darum habe ich Vertrauen zu Ihnen. Ich werde viel an Sie denken. Was Sie aber über mich hören mögen: Ich habe Nichts begangen, dass ich Ihre Freundschaft nicht verdiente. Leben Sie wohl, Herr Rothweil; wenn wir wieder zusammentreffen, hat sich Manches geändert – heute bin ich noch der verrufene Irrwisch, kann ich machen, was ich will,« sie richtete sich an ihm empor, küsste ihn, und gleich darauf war sie im Schatten des Gehöftes verschwunden.

Perennis stand wie betäubt. Die Eindrücke, welche er auf dem Wege von der Stadt in seinem Verkehr mit Gertrud, namentlich während der letzten Erklärung empfangen hatte, wirkten so überwältigend auf ihn ein, dass er sich in eine Märchenwelt versetzt wähnte. Er konnte es nicht fassen, dass die von so viel ernster Würde umflossene, schattige Gestalt, deren warme Lippen er noch auf den seinigen fühlte, dieselbe schadenfrohe Gertrud, derselbe koboldartige Irrwisch, welchen er früher seiner Gewandtheit und Schlagfertigkeit im mutwilligen Wortwechsel halber bewunderte. Die Hunde, welche wieder anschlugen, weckten ihn aus seinem träumerischen Sinnen. Sich bewusst, wenigstens vor einer teilweisen Lösung des Rätsels zu stehen, eilte er mit beschleunigten Schritten nach dem Hofe hinauf. –

Lucretia befand sich bei dem alten Wegerich. Mit ungeheuchelter Freude begrüßten Beide den Eintretenden; zugleich aber machte sich ein Zug von Trauer bemerkbar, erzeugt durch die Vermutung, dass er gekommen, um Lebewohl zu sagen.

»Morgen spreche ich noch einmal vor,« beantwortete er die in Lucretia's redlichen Augen sich offenbarende Frage, »Ihr Glückwunsch soll das Letzte sein, was ich mit mir von hier fortnehme. Kein anderer Scheidegruß soll mir die wehmütige Freude verkümmern, gerade Ihren Wunsch als letztes und teuerstes Angedenken an meine alte Heimstätte zu betrachten.«

Lucretia errötete lieblich; aber trauervoll blickten ihre Augen, indem sie zaghaft antwortete:

»Dürfte ich doch die Erste sein, Sie nach der langen Trennung hier willkommen zu heißen.« Sie verstummte befangen. Gewann sie doch den Eindruck, als überhöre Perennis ihre Worte, als sei seine Teilnahme eine mehr mechanische, während seine Gedanken sich mit anderen, ihr fremden Dingen beschäftigten.

»Ich hoffe es, ja, ich hoffe es zuversichtlich,« entgegnete er, die ihm gebotene Hand kräftig drückend, wie wohl geschieht, wenn ein guter Freund dem anderen eine Gefälligkeit zusagt; dann zu Wegerich, der ihn fortgesetzt ängstlich beobachtete, während Lucretia still zur Seite trat: »Den Schreibtisch meines Onkels möchte ich noch einmal einer eingehenden Prüfung unterwerfen, das unscheinbarste Papierstreifchen kann eine Notiz tragen, welche von unschätzbarem Werte für mich – ich will indessen unsere junge Freundin nicht Ihrer Gesellschaft berauben,« fügte er hinzu, als Wegerich ein Licht anzündete, um ihn zu begleiten, »schließen Sie auf, das ist Alles, was ich wünsche; ich möchte ungestört bleiben – tun Sie, als ob ich gar nicht hier wäre.«

Er nickte Lucretia freundlich zu und nahm das Licht aus Wegerichs Händen, der mit fieberhafter Geschäftigkeit die Tür vor ihm aufschloss.

Nachdem Perennis in das Arbeitszimmer eingetreten war, und die Tür hinter sich verriegelt hatte, schien er die Zurückbleibenden vergessen zu haben. Am wenigsten ahnte er, dass bei seinem ungewohnten hastigen Wesen heimliche Besorgnis sich ihrer bemächtigte, sie nur noch in flüsterndem Tone zu sprechen wagten. Die Stille, welche in dem Zimmer herrschte, wurde daher nur durch das Geräusch der eigenen Bewegungen unterbrochen, indem er das Licht hinter den Schreibtisch in einen Winkel stellte und sich nach der verhangenen Tür hinüber begab. Vorsichtig löste er die Friesdecke von den sie mit dem Fußboden vereinigenden Nägeln. Als er sie zur Seite schob, entdeckte er in der Tat einen Lichtstreifen, welcher von der anderen Seite her durch eine etwa einen halben Zoll breite Öffnung zu ihm hereindrang. Leise kniete er nieder. Sein Antlitz gelangte dadurch in gleiche Höhe mit der Öffnung, und indem er sein Auge derselben näherte, gewann er, wie in einem Zauberspiegel, einen wenn auch eng begrenzten Überblick des Nebenzimmers. Dasselbe war hell erleuchtet durch mehrere Lampen, welche indessen außerhalb seines Gesichtskreises standen. Dabei erschien der Raum leer, als seien die Möbel mit Bedacht ringsum an den Wänden verteilt worden. Von der Marquise bemerkte er in der Richtung nach dem Giebelfenster hinüber nur deren Schuhe und den Besatz ihres Kleides. Die beinah krankhafte Spannung, in welcher er lebte, die tiefe Stille auf der anderen Seite der Tür ließen ihn das Entrinnen der Zeit kaum merken. Endlich ertönte der Marquise Stimme.

»Gertrud, bist Du bereit?«

»Im Augenblick,« lautete die Antwort aus dem Schlafzimmer.

»Passen Dir die Schuhe?«

»Als ob sie für mich angefertigt wären; sie sehen aus, wie neu.«

»Gut, mein Kind; vergiss nicht, das Haar ganz aufzulösen.«

»Es ist geschehen.«

Wiederum verrannen mehrere Minuten in tiefer Stille. Perennis' Erregung wuchs in dem Maße, dass er das Blut in seinen Schläfen hämmern fühlte.

»Ah, sehr gut,« vernahm er plötzlich wieder die Stimme der Marquise, »in der Tat, wie angegossen; und dabei so wohl erhalten, besser als ich erwartete. Dem Stoff sieht man die langjährige Rast kaum an; das leichte Verblassen gereicht der meergrünen Farbe nicht zum Nachtheil. Doch jetzt nimm Deine ganze Kraft zusammen. Bilde Dir ein, statt der einzelnen Person säßen hier deren tausend, die mit größter Aufmerksamkeit Deine Bewegungen verfolgten und prüften. Bringe mir Deinen Gruß dar – halt – langsam – nicht übereilt.«

Perennis hörte nichts; aber als sei sie von der Luft getragen worden, schritt Gertrud bis in die Mitte des Zimmers vor, und sich tief verneigend, verharrte sie in dieser Stellung. Perennis lehnte die Stirn fest an die Tür. Das namenlose Erstaunen erzeugte in ihm die Empfindung, als ob seine Sehnen sich verlängerten und erschlafften, ein Rausch seine Sinne in Fesseln lege. Und doch genügte der erste Anblick, wie mit einem Schlage alle bisherigen Rätsel zu lösen, ihm eine volle Erklärung alles dessen zu verschaffen, was ihn schon bei seiner ersten Begegnung mit Gertrud, mit welcher er vor einer halben Stunde erst von der Stadt kam, dieselbe Gertrud, die er sorglos mit nackten Füßen durch den Straßenstaub hatte wandern sehen, die mit ihrem koboldartigen Wesen die Menschen verspottete, um gleich darauf wieder durch anmutige Bewegungen gleichsam Zauberkreise um sie zu ziehen, sie zu versöhnen und wieder abzustoßen. Ja, da stand sie, die liebliche Rheinnixe, als ob sie eben erst den grünen Fluten des Stromes entstiegen wäre. Ihre schönen Glieder umspannte fleischfarbiges Seidengewebe und ließ deren edle Formen bis in die kleinsten Linien hinein scharf hervortreten. Die in weiße Atlasschuhe eingeschnürten Füße erschienen fast zu klein, um die Last des lieblich abgerundeten Körpers in der gezwungenen und doch wieder natürlichen Stellung zu erhalten. Die vollen Arme waren nackt bis zu den Schultern. Zwei breite, goldig schimmernde Bänder umschlossen dieselben oberhalb der Handgelenke. An den jungfräulichen Oberkörper schmiegte sich ein Leibchen von blassgrüner Seide an. Von diesem fiel ein bauschiger Rock von demselben Stoff knapp bis auf die Knie nieder. Nur durch eine frische Weinranke um die Schläfen befestigt, strömte das prachtvolle blonde Haar in dichten Wellen über Schultern und Rücken, dass Perennis bei der charakteristischen Verkleidung meinte, nie ein holdseligeres Bild gesehen zu haben.

Als Gertrud zuerst in seinen Gesichtskreis trat, war ihr Antlitz bleich; doppelt scharf zeichneten sich daher auf demselben die schwarzen Brauen, die dunkelblauen Augen und die roten Lippen aus. Schöner aber noch und liebreizender erschien es, als es in Folge der Anstrengung, auch wohl in dem Bewusstsein, von ihm beobachtet zu werden, allmählich zu erglühen begann. Ein unbeschreiblich süßes Lächeln der Befangenheit schmückte die gleichsam kindlichen Züge. Und doch glaubte Perennis zu entdecken, dass dasselbe ein erkünsteltes. Denn die dunkeln Brauen hatten sich einander genähert und verliehen ihrem Blick jene Düsterheit, die mehr im Einklänge mit der Stimmung, welche sie in ihrem jüngsten Verkehr mit ihm offenbarte.

»Sehr gut,« sprach die Marquise nach einer kurzen Pause, »sehr gut, mein Kind; nun die zweite Stellung.«

Sie hatte kaum ausgesprochen, da stand Gertrud auf den äußersten Zehenspitzen, den Oberkörper zurückgebeugt, die gefalteten Hände hoch über ihrem Haupte, wie um sich mit einem heftigen Schwünge in einen gähnenden Abgrund hinabzustürzen.

»Beinah tadellos,« erklärte die Marquise wiederum; »doch fahre fort. Zuvor aber erfülle Deine Phantasie mit Bildern, wie ich solche andeute. Es ist nicht genug, dass der Körper arbeitet; Deine ganze Seele muss ihm helfen, muss ihn tragen, oder eine bewegliche Holzfigur leistete dasselbe. Bringe mir also Deine Huldigungen dar; stelle Dir vor, ich sei eine einsam erschlossene Lotosblume, nach welcher Du Dich sehntest, oder Jemand, den Du zu Dir hinabziehen möchtest. Vergiss keinen Augenblick, dass Du eine Nixe. Trägst Du doch dasselbe Kleid, in welchem eine

Andere, überschüttet von rauschendem Beifall ihre künstlerische Laufbahn zum Abschluss brachte.«

Perennis schaute und schaute. Es war, als hätte er dem Leben nicht mehr angehört, so regungslos kniete er da, so fest ruhte seine Stirn auf dem Holz der Tür, so krampfhaft stützten sich seine Hände auf die gekehlten Einfassungen der Pfosten. Hätte die Marquise ihn beobachten können, sie würde befriedigt, sogar erstaunt gewesen sein über die Genauigkeit des Zusammentreffens ihrer Berechnungen. Denn bei der Wechselwirkung der bedachtsam verteilten Beleuchtung und der rund und scharf begrenzten Aussicht, welche gewissermaßen der Rahmen des Gemäldes, war es kein Gebilde von Fleisch und Bein, was vor Perennis' Blicken sich in den kühnsten und graziösesten Schwingungen wiegte, sondern ein Blumengeist, der seine liebsten Kinder umspielte, sie gleichsam segnete. Und dann wieder die sprechende Sehnsucht, indem Gertrud sich nach vorn neigte, dieses süße Flehen, indem sie die Arme ausbreitete, dieses liebliche Schmollen, indem sie sich blitzschnell um sich selbst drehte und zur Flucht anschickte, um gleich darauf das Spiel von vorne zu beginnen.

Was die Marquise sprach, was sie lobte, was sie tadelte: Perennis hörte es nicht. Er sah nur, fühlte nur, konnte nicht fassen, dass die frischen lächelnden Lippen ihn geküsst hatten, dass er durch das wilde, spottlustige Wesen hindurch nicht längst erriet, was dahinter verborgen.

»War ich denn blind?« fragte er sich immer wieder, während das berauschende Bild nach den Anweisungen der Marquise durch jede neue Bewegung die vorhergegangenen zu übertreffen suchte. Denn die Gertrud, das durch Splitters Hinterlist tief beleidigte Mädchen war es jetzt nicht mehr, nicht mehr die mit einem verehrten Lehrer zerfallene Schülerin, nicht mehr die von der Marquise streng beherrschte Automate, nicht mehr der sorglose Schmetterling, welcher Perennis neckisch umflatterte, sich im lustigen Dorfreigen drehte, nicht mehr das eigenwillige Kind, welches mit Widerstreben und den Zweck dumpf ahnend, sich dazu hergab, von ihm belauscht zu werden! Nur noch Künstlerin war sie mit Leib und Seele, und durchdrungen von dem Wunsche, nicht allein den Anforderungen ihrer Lehrerin zu genügen, sondern auch Perennis zu gefallen. Indem aber die Lobsprüche und Ermutigungen der Marquise ihre Bewegungen begleiteten, erhielten ihre Augen erhöhten Glanz, lebte sie sich in die ihr zuerkannte Rolle hinein, verkörperte sie gleichsam die lieblichste aller freundlichen Märchengestalten.

Ob er eine Stunde oder der Minuten zehn vor der wunderbaren Scene geweilt hatte, wonach hätte er es berechnen sollen? Als Gertrud sich aber endlich in das Schlafgemach zurückzog, so geräuschlos, wie sie erschienen war aus seinem Gesichtskreise verschwand, da war ihm, als ob ein undurchdringlicher Schleier vor seinen Augen niedergesunken wäre. Und doch brannten die ihm unsichtbaren Lampen noch ebenso hell wie zuvor, erinnerte die Stimme der Marquise ihn fortgesetzt daran, dass es kein Traum gewesen, was sein Gehirn in Flammen setzte und ihn noch immer an die Tür bannte.

»Wir wollen es heute dabei bewenden lassen,« sprach die Marquise nach dem Schlafzimmer hinüber, und so gleichmütig, als hätte sie wirklich nichts von Perennis' Nähe gewusst, und noch weniger die Wirkung des unerwarteten Anblicks auf ihn berechnet gehabt, »es bedarf nur noch der Übung nach guter Musik, und mit Leichtigkeit wirst Du Dich mit den verwickeltesten Gruppierungen vertraut machen.«

Gertrud antwortete nicht und nach einer Pause fuhr die Marquise fort:

»An den Karmeliterhof knüpfen sich für uns Beide reiche Erinnerungen, zu reich, als dass ich mich entschließen könnte, von hier fort zu ziehen. Auf ein Jahr sind wir freilich noch gesichert, aber dann – was sollen wir beginnen, wenn der junge Rothweil sich selber hier einrichtet? Und dass ihm nach Jahresfrist die Mittel dazu zur Verfügung stehen, wer möchte das bezweifeln?«

Wiederum eine Pause tiefer Stille. Plötzlich trat Gertrud in Perennis' Gesichtskreis. Sie war wieder das Fischermädchen im dürftigen Kattunkleide. Nachlässig aufgesteckt fiel das Haar nur bis auf ihren Nacken nieder. Das Scheitelhaar war etwas tiefer über die Stirn gesunken. Es rief den Eindruck hervor, als sei es absichtlich geschehen, um gemeinschaftlich mit den gerunzelten Brauen dem Antlitz einen umso düsteren Ausdruck zu verleihen.

»Haben die gnädige Frau noch Befehle?« fragte sie, unzufrieden nach der Tür hinüberschauend, als hätte sie Perennis' Blicke durch die Bretter hindurch gefühlt.

»Heute nichts mehr«, hieß es eintönig zurück.

Mit ehrerbietigem, aber kurzem Gruß trat Gertrud aus dem Zimmer; gleich darauf hörte Perennis die nach dem Flur sich öffnende Tür des

Schlafgemachs gehen. Hastig sprang er empor. Wie einem mächtigen Zauber nachgebend, wollte er hinausstürmen, aber er entsann sich seines Versprechens, bevor er die Tür erreichte. Erschöpft warf er sich auf das alte, wurmstichige Ledersofa, auf welchem sein verstorbener Onkel so manche Stunde grübelnd gesessen hatte. Doch anstatt sich zu beruhigen, drängte Gertrud sich immer wieder in seine Gedanken ein, und nicht als diejenige, als welche er sie zuerst kennen lernte, sondern in ihrer vollsten, durch die charakteristische Bekleidung noch gehobenen, sinnverwirrenden Anmut, von welcher sie selbst kaum einen klaren Begriff zu haben schien. Neue Rätsel entstanden, Rätsel, schwerer lösbar, als alle bisherigen. Denn was bezweckte die Marquise, indem sie das hochbegabte Kind im zarten Jugendalter an sich zog, die lieblich erblühende Jungfrau durch das zwischen ihnen schwebende Geheimnis noch inniger an sich kettete? Was bezweckte sie, indem sie dieselbe zwang, in Ausführung einer an sich harmlos erscheinenden Intrige, einen Lauscher an die Tür zu stellen? Und was war sie endlich selbst, dass sie in ihrem freudelosen Dasein keinen ändern Genuss suchte, als sich vielleicht beim Anblick ihres holden Schützlings in die Erinnerung der Tage der eigenen Triumphe zu versenken? Denn in dem Auftreten ihrer Schülerin offenbarte sich ihre Vergangenheit ja unzweifelhaft. Und viel, sehr viel musste sie erfahren, wohl auch gelitten haben, dass sie gewissermaßen zur Menschenfeindin wurde, sich in dumpfe Abgeschiedenheit vergrub, das Lachen verlernte und nur ihren düsteren Grübeleien nachhing.

Gern hätte er einen freieren Blick in ihre Lebensgeschichte geworfen, allein die Abreise war unwiderruflich auf den folgenden Tag festgesetzt worden, und kehrte er wirklich nach Jahresfrist heim, wen fand er dann noch auf dem Karmeliterhofe? Anstatt sich in der Einsamkeit des stillen Zimmers zu beruhigen, schuf seine erhitzte Phantasie neue, ihn tief ergreifende Bilder. In dem Kuss, welchen Gertrud auf seine Lippen drückte, musste sie ihm unfehlbar wirkendes Gift eingeflößt haben, dass sie immer wieder vor ihm auftauchte, die Arme sehnsüchtig nach ihm ausbreitend, wie um ihn mit Gewalt nach sich zu ziehen. Endlich ertrug er es nicht länger. Das Licht, welches noch in dem schattigen Winkel stand, ergreifend, trat er bei Wegerich ein. Die besorgten Blicke, welchen er begegnete, mahnten ihn, dass er eine Erklärung schulde.

»Ein Glück, dass ich das alte Möbel durchsuchte,« beantwortete er Lucretia's stumme Frage, doch wich er ihren Blicken aus, wie sich schämend, sie zu hintergehen, »da fand ich zwischen den Heften mehrere

unscheinbare Notizen, denen ich manche ungeahnte Aufschlüsse verdanke.«

Erzwungen sorglos sah er auf Wegerich, erzwungen sorglos auf Lucretia,
deren Augen erwartungsvoll an seinen Lippen hingen. Da Niemand
antwortete, hob er wieder an.

»Ein glücklicher Gedanke, den alten Schreibtisch noch einmal zu durch-
suchen,« er stockte, »aber ich muss fort,« fügte er erregter hinzu, »heute
noch muss ich den Notar sprechen; auf Wiedersehen morgen, Lucretia,
auf Wiedersehen, Wegerich,« und Beiden flüchtig die Hand drückend,
eilte er ins Freie hinaus.

»Auf Wiedersehen, morgen,« wiederholte Lucretia traurig Perennis'
Worte, als sie ihn über den Hof schreiten hörte, »auf Wiedersehen, um
vielleicht auf ewig Abschied zu nehmen.«

Sie fühlte sich so bedrückt, und der alte Wegerich war nicht der Mann,
sie zu beruhigen und aufzuheitern.

Fünfzehntes Kapitel.

Das Lebewohl.

Die Stunde nahte, in welcher Perennis den Stätten seiner sorglosen Kinderspiele, den Stätten nie geahnter Entdeckungen und Eindrücke Lebewohl sagen sollte. Rastlos war er am letzten Tage umhergeeilt, bald zu Diesem, bald zu Jenem, welchen er während seines kurzen Aufenthaltes in der Stadt kennen lernte, um sich von ihnen zu verabschieden. Auch Splitter hatte er Lebewohl gesagt, und zwar freundlicher und herzlicher, als er es vielleicht für möglich gehalten hätte. Sogar Splitter erstaunte. In dem festen Händedruck und in dem offenen Blick des verhassten Störers seiner Ruhe glaubte er den Beweis zu entdecken, dass derselbe um seine Beziehungen zu Lucretia wisse und sie billige. Und von einem Gefühl der Befriedigung, sogar der Dankbarkeit, seine junge Verwandte auf alle Fälle unter einem Schutz zu wissen, welchen er als treu anerkennen musste, konnte Perennis sich in der Tat nicht ganz freisprechen. Gertruds, von unversöhnlichem Hass eingegebene Warnungen hatte er vergessen. Seine letzten Bedenken und Besorgnisse gingen unter in einem seine Sinne umfangenden Traumgebilde; denn als Traumgebilde erschien ihm in der Erinnerung, was er von dem Zimmer seines verstorbenen Onkels aus beobachtete.

»Ich erwarte, Sie nach meiner Heimkehr wiederzusehen;« lauteten seine letzten Worte an Sebaldus Splitter. Dann wählte er seinen Weg durch den Festungsgraben an der Fischerhütte vorbei. Was er dabei wünschte und hoffte, war ihm unklar. Wie mit Zaubergewalt trieb es ihn, in die Hütte einzutreten; doch seines Versprechens eingedenk, beschränkte er sich darauf, der fleißigen Waschfrau einen Gruß zuzurufen, einige freundliche Worte an die sich im Staube wälzenden Kinder zu richten. Die Wäscherin sah kaum nach ihm auf; blöde betrachteten ihn die Kinder. Er zürnte jener wie diesen; denn nirgend entdeckte er ein Merkmal, dass man ahnte, welcher leuchtender Stern mit ihnen unter demselben Dache wohnte, nirgend eine Miene des Wiedererkennens oder der Teilnahme für Denjenigen, der sich bis zu einem gewissen Grade mit ihnen verwachsen fühlte. Rüstigen Schrittes wanderte er dem Stromesufer zu. Mehrfach sah er zurück. Wie verschlafen lag die baufällige Hütte auf dem Abhänge. Niemand spähte ihm nach. Die Frau bückte sich auf dem Kehricht, tot blieb jeder Winkel; und in jeden Winkel sandte Perennis seine Blicke in der dumpfen Hoffnung, hier oder dort zwei großen, geheimnisvollen Augen zu begegnen.

Unzufrieden mit sich selbst, unzufrieden mit der ganzen Welt trat er auf die Uferstraße hinaus. Unverändert wälzte der stolze Strom seine Fluten nördlich, unverändert, wie vor wenigen Wochen, als er ihn nach langer Trennung zum ersten Mal begrüßte; unverändert, wie in jenen Tagen, als er sich als Knabe zum letzten Mal in demselben spiegelte. Auf der breiten Wasserfläche lagerte die Nachmittagssonne. Vereinzelte Windstöße trübten dieselbe bald hier bald dort. Doch für nichts hatte er Sinn. Teilnahmslos schritt er an der Stelle vorüber, von welcher aus er Splitters und Lucretia's Abschied belauschte. Mechanisch suchten seine Blicke den Rand des Wassers. Es hätte ihn kaum überrascht, wären den lustig über den Sand rieselnden Wellen meergrün gekleidete Nixen entstiegen, ihm die Arme entgegenstreckend, ihn mit jenem bezaubernden Lächeln zu sich niederwinkend, welches er an Gertrud in der Wohnung der Marquise beobachtete.

Seine Zeit war kurz bemessen, doch stieg er zu dem alten Fischer hinab. In der Hoffnung, daselbst mit Gertrud zusammenzutreffen, fand er sich getäuscht. Düster überwachte Ginster die kreuzweise vereinigten Netzreifen; einsam lag die dörrende Laube, lagen die an Rasenbänke erinnernden Ausspülungen des Ufers.

»Ich komme, um Lebewohl zu sagen,« redete Perennis den Fischer an; »Ihre Enkelin hat Ihnen wohl das Nähere mitgeteilt, vor Allem, dass Ihr Verhältnis zu dem Karmeliterhofe keine Wandlung erleidet.«

Ginster erhob sich und trat von seinem Damm vor Perennis hin. Die Mütze lüftend, legte er die schwielige Hand in die ihm gebotene des jungen Mannes.

»Ich weiß Alles,« sprach er, und Perennis meinte, dass der alte Mann absichtlich vermied, Gertruds Namen auszusprechen. »Sie reisen, um die Erbschaft Ihres Vaterbruders in Empfang zu nehmen. Ich gehöre mit zu der Erbschaft,« und die trüben Augen funkelten flüchtig auf, als hätte er sich an der Zweideutigkeit seiner Worte ergötzt, »und dass Sie meine Fischergerechtigkeit achten, ist dankenswert genug.«

»Wir werden uns recht lange nicht sehen,« spann Perennis das Gespräch weiter, »doch ich hoffe, Sie gesund und rüstig wiederzufinden.«

»Meine Knochen sind alt und steif genug, um solchen Wunsch zu verdienen,« versetzte Ginster, und aufmerksam betrachtete er den vor ihm Stehenden, »und Ihnen wünsch' ich, dass Sie's auf der ändern Seite des großen Wassers besser finden, als hier auf dem Karmeliterhofe. Ich sagte immer, an dem Hofe klebt nichts Gutes; wer mit ihm zu tun hat, mag die Augen offen halten.«

»So will ich versuchen, den bösen Zauber zu brechen. Aber wie steht es? Geben Sie mir nicht einen guten Rat mit auf den Weg?«

»Ein alter, stumpfer Fischer dem Herrn Rothweil? Aber wenn Sie meinen: Betrachten Sie nichts als Ihr Eigentum, was Sie nicht zwischen den Händen halten, und hüten Sie sich vor Weiberaugen; es hat schon eher Jemand den Tod d'rin gefunden.«

»Worauf soll sich das beziehen?« frage Perennis peinlich berührt, und er bereute herabgekommen zu sein, um gewissermaßen den Unglücksruf eines Raben zu hören.

»'s ist nur ein Rat, wie Sie ihn von mir verlangen,« antwortete Ginster, »Sie sind jung und wollen in die Welt hinaus. Ich hätte ebenso gut sagen können, gehen Sie 'nem wilden Stier und 'nem Betrunkenen aus dem Wege.«

»Wie den ersten, nehme ich auch diesen Rat dankbar hin,« versetzte Perennis wieder sorglos, »doch nun leben Sie wohl, meine Zeit eilt, noch einige Stunden, und ich bin weit von hier. Noch einmal: Auf Wiedersehen,« und kräftig schüttelte er des alten Mannes Hand.

»Will's Ihnen mehr wünschen, als mir,« entgegnete Ginster, »denn kehren Sie glücklich heim, haben auch andere ihren Profit davon.«

Perennis drängte sich durch das Weidendickicht nach dem Uferabhange hinauf. Ein Weilchen betrachtete Ginster grübelnd das sich hinter ihm regende Strauchwerk, und kopfschüttelnd begab er sich auf seinen Damm zurück.

Zehn Minuten später trat Perennis bei der Marquise ein, bei welcher er sich brieflich angemeldet hatte. Vor ihr auf dem Tisch lag aufgezählt die Summe, welche ihm als Reisegeld zugedacht war. Neben derselben bemerkte er den Empfangsschein, welcher nur noch unterschrieben zu werden brauchte. Auf seinen höflichen Gruß neigte die Marquise leicht ihr Haupt. Ihr Antlitz blieb dabei kalt und teilnahmslos; aber unter den halb gesenkten Lidern hervor prüfte sie mit scharfem Blick Perennis' Züge. Eine gewisse Erregung in denselben entging ihr nicht; denn so hatte er nicht geschaut, als sie ihn zum ersten Mal sah. Die Empfangnahme des Geldes aber konnte am wenigsten Ursache sein, ihn zu beunruhigen.

»Ich ordnete bereits Alles,« redete sie ihn an, »zählen Sie gefälligst das Geld und unterzeichnen Sie die Quittung. Sie erfüllen damit nur eine äußere Form. Ihr Wort gilt mehr, als ein toter Buchstabe. Hindern unberechenbare Umstände Sie, diese Summe zurückzuerstatten, so hilft das Papier mir am wenigsten.«

»Nur der Tod könnte mich hindern, meine Verpflichtungen auszugleichen,« versetzte Perennis ernst, »und gerade dieser Gedanke beunruhigt mich am meisten.«

»Deshalb machen Sie sich keine Sorgen,« erwiderte die Marquise gleichmütig, »und welcher Art die Erfahrungen sein mögen, welche Sie auf dem fremden Erdteil sammeln: lassen Sie sich durch nichts abhalten, in Ihre Heimat zurückzukehren. Ihre Person ist zu innig verwachsen mit dem Karmeliterhofe, als dass Sie dem Gedanken Raum geben dürften, nach Ordnen der Erbschaftsangelegenheiten, auf dem Wege des brieflichen Verkehrs die hiesigen Verhältnisse von sich abzustreifen.«

»Ich wiederhole, nur der Tod kann mich hindern, das Haus, in welchem ich meine Kinderjahre verlebte, wieder aufzusuchen,« beteuerte Perennis lebhaft, »hafte ich doch mit meiner Person für die Ansprüche, welche fremde Leute an den Hof haben.«

Auf ein einladendes Zeichen der Marquise nahm er ihr gegenüber Platz. Achtlos schob er das Geld in einen Haufen zusammen, und ohne sie zuvor gelesen zu haben, unterschrieb er die Quittung.

»Sie sind kein vorsichtiger Geschäftsmann,« bemerkte die Marquise mit leichtem Spott, »freilich, zwischen uns Beiden ist Alles Vertrauenssache. Hören Sie indessen auf Jemand, der durch seine Erfahrung wohl berechtigt ist, Ihnen zu raten. Zügeln Sie Ihre leichtlebige Künstlernatur; beargwöhnen Sie jeden Menschen; seien Sie behutsam in der Wahl Ihrer Freunde. Ich weiß, was es bedeutet, blindlings zu vertrauen,« und aus ihren dunklen Augen schoss ein Blitz unversöhnlichen Hasses. »Gebrauchen Sie Ihre eigenen Sinne, begegnen Sie mit Hohn jeglichen Beteuerungen, und Sie zwingen die Menschen, sich in ihrem wahren Lichte zu zeigen.« Sie sann ein Weilchen nach, wie sich fragend, ob sie mit ihren Mitteilungen noch weiter gehen dürfe, so dass Perennis zögerte, das Schweigen zu brechen. Dann hob sie wieder mit ihrem metallenen Organ an: »Das Alter macht redselig; was habe ich Ihnen meinen Rat aufzudrängen? Sie sind ein Mann und wissen, was Sie zu tun haben, und vergessen ist bald genug, was eine alter Person unberufener Weise zu Ihnen sprach.«

»Ich kenne nur Dankbarkeit für die Beweise wohlwollender Teilnahme, und wie Andere vor mir –« unterbrach Perennis die Marquise in der dumpfen Absicht, das Gespräch auf Gertrud hinüberzuspielen, als sie mit der Hand ein abwehrendes Zeichen gab.

»Ich verlange keinen Dank, verdiene keinen,« sprach sie eisig, »noch weniger lieferte ich irgend Jemand Beweise von übergroßem Wohlwollen,« und unheimlich wetterleuchtete es wieder unter den gesenkten Lidern hervor, »was zwischen uns Beiden schwebt, ist Geschäftssache. Ihre Rückkehr auf diesem alten Sitz ungestört erwarten zu dürfen, habe ich mit dem kleinen Vorschluss nicht zu teuer erkauft.« Sie lächelte eigentümlich, gewissermaßen triumphierend, »Eine Verwandte von Ihnen lebt hier im Hause, wie ich vernahm; eine gewisse Sicherheit der Zukunft wäre ihr ebenfalls zu wünschen,« sprang sie wie beiläufig ab, doch suchte sie wieder verstohlen Perennis Augen.

»Sie befindet sich unter dem Schütze des ehrlichen alten Wegerich,« gab Perennis ebenso beiläufig zu, nur dass es bei ihm nicht erheuchelt, »ich glaube, sie hat keine Ursache unzufrieden zu sein.«

»Eine freundliche Erscheinung; ich begegnete ihr mehrfach.«

»Recht freundlich,« bestätigte Perennis ahnungslos, dass die Marquise, und zwar erfolgreicher, als er selbst kurz zuvor bei ihr versuchte, nur einen Blick in sein Inneres zu werfen trachtete, »außerdem ein herzensguter Charakter, so recht dazu angelegt, der Mittelpunkt eines glücklichen Familienkreises zu werden.«

Er errötete leicht, und eine ihm augenblicklich wenig willkommene Deutung seiner Worte befürchtend, fügte er schnell hinzu:

»Doch ich glaube, sie wählte schon; bei meiner Heimkehr werde ich wohl das Nähere erfahren.«

Die Marquise neigte ihr Haupt ein wenig. Es war ein unbewusstes Zeichen innerer Befriedigung; darauf begann sie von neuem:

»Sie können also beruhigt reisen. Mag das Glück Sie auf Ihren Wegen begleiten, der beste Erfolg Ihre Mühen krönen.«

Perennis erhob sich und reichte der Marquise die Hand.

»Alles ist geordnet, wie es unter den obwaltenden Umständen möglich gewesen,« sprach er bis zu einem gewissen Grade enttäuscht, »und ich scheide in der Zuversicht, dass ich bei meiner Heimkehr nichts, gar nichts, selbst in Ihrer nächsten Umgebung nichts verändert finde.«

Und wiederum blieb die vorsichtige Anspielung auf Gertrud erfolglos. Die Marquise lächelte kaum merklich, jedoch seltsam bezeichnend, verneigte sich leicht, und gleich darauf lag das Schlafzimmer zwischen ihnen.

Die Uhr in der Hand, trat Perennis bei Wegerich ein. Eine Entschuldigung, keine Zeit mehr verlieren zu dürfen, schwebte auf seinen Lippen. Sobald er aber in Lucretia's kindlich schönes Antlitz schaute, dessen herzinniges Lächeln heimliche Trauer verdeckte, vermochte er nur, ihr die Uhr zu zeigen. Es fehlte ihm der Muth, die jüngste Vernachlässigung dringenden Geschäften zuzuschreiben.

»Ich war darauf vorbereitet,« redete Lucretia ihn alsbald in ihrer gewinnenden Weise an, und sie reichte ihm zutraulich beide Hände, »wusste ich doch vorher, dass Ihnen kaum Muße zu einem flüchtigen Lebewohl bleiben würde. Bei jedem Aufbruch, ich weiß es an mir selber, gibt es doch gerade im letzten Augenblick noch immer etwas zu ordnen, und wie viel mehr, wenn man im Begriff steht, eine Weltfahrt anzutreten.«

So entschuldigte sie selber ihn mit warmem Eifer, als hätte sie aus seinen Augen gelesen, wie schwer es ihm wurde, sein Fortbleiben zu erklären. Ihr letzten Worte klangen leise. Sie verheimlichte nicht die Tränen, die unaufhaltsam in ihre Augen drangen; denn ihm, dem einzigen Verwandten, welchen sie besaß, durfte sie offen die ganze herzliche Anhänglichkeit entgegentragen, welche sie in einer glücklicheren Lage zwischen Eltern und Geschwistern geteilt hätte. So waren wenigstens ihre eigenen Empfindungen, und Perennis hatte keinen Grund, es anders zu deuten, dass sie seine Hände hielt, als hätte sie ihn nicht von sich lassen wollen.

»Unendlich schmerzlich ist es mir, von Dir scheiden zu müssen,« sprach Perennis nunmehr ebenfalls gerührt, »aber ich werde Dir schreiben, oft schreiben, Dich erinnern, dass Du nicht vereinsamt in der Welt dastehst, noch jemand lebt, der zu Dir gehört. Durch Deine Hände sollen alle meine Berichte gehen; Du allein sollst mich vertreten, wirst mich getreulich von Allem unterrichten, was hier vorgeht und vor allen Dingen Beziehung zu Deiner eigenen Zufriedenheit haben kann.«

Bei dem Klange des ersten traulichen, verwandtschaftlichen ‚Du' glaubte Lucretia sich verhört zu haben. Als Perennis aber, wie unbewusst, dieselbe Anrede fortgesetzt wiederholte, vergrößerten sich ihre Augen wie in kindlichem Erstaunen. Einige Sekunden schwankte sie; dann breitete sie ihre Arme weit aus, und seinen Hals umschlingend und ihr Antlitz an seiner Brust bergend, weinte sie bitterlich.

»Wie schwer wird mir die Trennung,« schluchzte sie, während Perennis ihr Antlitz sanft aufrichtete und sie auf die Stirn küsste, »und doch bin ich ruhiger jetzt. Im Geiste werde ich Dich auf allen Deinen Wegen begleiten, Dich in Deinen Träumen besuchen, damit auch Dir das Gefühl einer traurigen Vereinsamung fern bleibe, Du nicht vergisst, dass ich in Freud und Leid getreulich zu Dir stehe.«

Förmlich verwirrt sah Perennis in die liebevoll zu ihm aufgeschlagenen Augen, welche Träne auf Träne über die mild angehauchten Wangen niedersandten. Dann zog es wie wohltuende Wärme in seine Brust ein; ihm war, als ob eine Hand sich mit frommem Segensspruch auf sein Herz gelegt habe, die Hand einer Verstorbenen, mit Mutterangst ihn beschwörend, das freundliche, zutrauliche Wesen zu beschützen und zu beschirmen; es zu lieben immerdar, ihm Alles zu ersetzen, was es schon im zarten Kindesalter verloren hatte, von ihm aber dafür, wie ein Himmelsgeschenk, ein ganzes Herz voll Anhänglichkeit und Dankbarkeit entgegenzunehmen.

»Wir stehen Beide allein auf Erden,« sprach er mit bebender Stimme, und er konnte nicht anders, auf jedes der beiden redlichen blauen Augen drückte er einen Kuss, »wir sind die Letzten zweier zusammengehörigen, fast ausgestorbenen Familien, und so wollen wir denn auch zusammenhalten, wie es unsere beiderseitige Lage und unsere Neigung es uns gebieten. Lebewohl, Lucretia, mein Herzenskind. Nun aber erschwere mir nicht den Abschied. Lass Dein Lächeln das Letzte sein, was ich von Dir sehe. Ich will es meinem Gedächtnis fest einprägen, damit in der Erinnerung Du mir so erscheinst, wie ich jetzt Dich vor mir sehe: Ein Bild freudigen Hoffens auf glückliches Wiedersehen.«

Und Lucretia lächelte. Sie lächelte zwischen Tränen hindurch und unter der äußersten Anstrengung. Hätte Perennis ihr geboten zu sterben, sie würde nicht gesäumt haben, seinen Willen zu befolgen. Sie lächelte, dass es Perennis durch die Seele schnitt und der alte Wegerich sich abwendete, um zu verheimlichen, dass ihm die Augen übergingen.

»Gott segne Dich,« sprach Perennis, und küsste den lieblichen Mund.

»Der Himmel beschütze Dich,« flüsterte Lucretia, sich noch einmal fest an ihn anschmiegend.

Sanft löste Perennis die Arme von seinem Nacken. Lucretia richtete sich auf und trat einen Schritt zurück. Und wiederum lächelte sie unter Aufbietung ihrer ganzen Kraft. Es war ein Lächeln, so schmerzlich, dass Perennis den Anblick nicht ertragen konnte.

»Auf frohes Wiedersehen!« rief er dem verzweiflungsvoll darein schauenden Wegerich zu, und in der nächsten Minute schlugen die Hunde auf dem Hofe an, wie um dem Scheidenden ebenfalls ein Lebewohl zuzurufen.

Weit abwärts befand sich um diese Zeit Gertrud. Stromabwärts war sie gewandelt, hart am Rande des Wassers hin, als hätte zwischen dem Strom und ihr eine Beziehung bestanden, welche zu lösen ihre Macht nicht ausreichte. Weiter und weiter wandelte sie, langsam und das Haupt träumerisch geneigt, die schwarzen Brauen zusammengezogen, dass sie sich fast berührten. Die Oberlippe kräuselte sie empor, wie Alles ringsumher verspottend: den abendlichen Himmel, die sich dem Untergange zuneigende Sonne, den wirbelreichen Strom, die glattgespülten Kiesel, das Weidendickicht auf dem Uferabhange, sich selbst, Alles, Alles. Zuweilen glitt es wohl wie Trauer über das charakteristisch schöne Antlitz, jedoch um alsbald wieder einem umso finsteren Ausdruck zu weichen.

Als sie das Dorf erreichte, in welchem sie auf dem Kirchweihfest bewundert und zugleich geschmäht wurde, war es bereits dunkel. Diese Stunde schien sie mit Bedacht abgewartet zu haben; denn schneller und entschiedener wurden ihre Bewegungen, indem sie sich ihren Weg auf der Rückseite des Dorfes hin suchte. Auf dem nördlichen Ende blieb sie vor einem Garten stehen, in welchen der Giebel eines kleinen Wohnhauses hineinragte. Scharf sah sie hinüber. Die beiden Fenster des Erdgeschosses waren erleuchtet; aber erst nach langem Harren, als das Fensterchen der Bodenkammer sich ebenfalls erhellte, trat sie in den Garten ein. Schnellen Schrittes näherte sie sich dem Hause. Vor dem Giebel blieb sie wieder stehen, aufmerksam beobachtend, wie in der Kammer sich Jemand ab und zu bewegte. Als aber eine Gestalt an das Fenster trat, wie um einen Blick über den in nächtliches Dunkel gehüllten Garten hinzusehen, rief sie kurz und durchdringend den Namen »Kathrin«, hinauf.

Alsbald öffnete sich das Fenster.

»Rief mich Jemand?« fragte Kathrin nieder.

»Kathrin, ich bin es, die Gertrud,« antwortete diese, ihre Stimme vorsichtig dämpfend, »wenn Dir darum zu tun ist, schweres Unrecht an einem ehrlichen Menschen zu sühnen, so komme zu mir in den Garten.«

Kathrin zögerte. Sie ging offenbar mit sich zu Rate, ob sie dem Rufe Folge leisten sollte, oder nicht.

»Ich komme!« rief sie endlich ebenfalls gedämpft hinunter. Das Fenster schloss sich, das Licht erlosch, und behutsam trat Gertrud in den nach dem Gehöft hinaufführenden Hauptweg.

Nach kurzer Zeit unterschied sie, dass die Hofpforte leise geöffnet wurde, und gleich darauf traf Kathrin vor ihr ein.

»Guten Abend, Kathrin,« redete sie dieselbe an, indem sie aus dem Schatten einiger hochgewachsenen Georginen ins Freie trat, »Du kannst Dir's an den Fingern abzählen, dass ich nicht um Kleinigkeiten den weiten Weg gekommen bin; und ich dank' Dir's, dass Du mich nicht abgewiesen hast. Des Lohns dafür wirst Du froh werden, wenn ich wieder gegangen bin.«

»Wer schickte Dich?« fragte Kathrin rau.

»Mich schickt mein guter Wille. Dächt' ich nicht weiter, dann möcht' ich auf Deine Frage am liebsten gleich wieder gehen und Dir's anheimstellen, selbst eine Wunde zu heilen, welche Du in der Übereilung geschlagen hast.«

»Bleib«, Gertrud,« versetzte Kathrin um vieles milder, »Du sollst nicht glauben, dass ich mutwillig Jemand kränkte, der Alles aufbot, meine Geduld zu Ende zu bringen.«

»Komm, Kathrin,« erwiderte Gertrud ernst, »lass uns um's Dorf herum-
gehen. Hier möchte uns Jemand bemerken; und was wir zu besprechen
haben, kümmert uns Beide allein.«

Dann, nachdem sie sich in Bewegung gesetzt hatten:

»Was scherst Du mich, oder der Bartel? Was schert's mich, ob Ihr Euch
zusammengebt? Dieser Tage ziehe ich fort aus der Gegend, um meinen
Fuß nie wieder auf einen Dorftanzplatz zu stellen. Aber ich ertrag's
nicht, die unschuldige Ursache gewesen zu sein, dass zwei Menschen,
die zusammen gehören, sich bis auf den Tod verfeindeten.«

»Wem redest Du's Wort? Ihm oder mir?«

»Euch Beiden, denn Ihr Beide seid blind gewesen, oder es wäre nie so
weit gediehen.«

»Blind? Ja, Nacht war's, aber hell genug, dass ich Dich vor ihm auf dem
Gaul und in seinen Armen sah; oder möchtest Du auch das leugnen?«

»Das leugnet Niemand. Brachte der Bartel mich auf den Weg, um nicht
neuen Streit ausbrechen zu lassen – denn mit Allen zugleich könnt' ich
nicht tanzen – so war's eine Ehre für Dich, weil's sein Vertrauen zu Dir
kund gab. Er konnte nicht glauben, dass Du anders dachtest; er achtete
Dich zu hoch. Wie Du über mich urteilst, grämt mich wenig, und mit
meinem unsteten Wesen mag ich's verschuldet haben, dass die Leute mir
Undinge nachsagen. Doch auch das grämt mich nicht, so lange ich selber
weiß, was ich wert bin. Der Bartel dagegen, soll der nicht rasend werden,
wenn Diejenige, die ihm über Alles geht, schlecht von ihm denkt? Daher
hast Du Schuld, Kathrin; brauchtest ihm nur ein kleines Wort zu geben,
und Alles war vergessen.«

»Du scheinst den Bartel genau zu kennen?«

»So genau wie Dich und Jeden, mit dem ich drei Worte wechselte.«

»Warum kam er nicht zu mir? Warum ging er auf den Tanzboden, nachdem er Dich begleitet hatte? Warum gebärdete er sich wie ein Besesse-
ner, und jubilierte und lachte er bis zum hellen Morgen, und jauchzte er
dazu, wenn Jemand ihn fragte, wie weit er den Irrwisch gebracht habe?
Seitdem sind Wochen verstrichen; geht er bei mir vorüber, dann schaut

er, als ob wir einander fremd wären, soll ich da nicht glauben, dass Du es ihm angetan hast, und dass es besser, Euch nicht zu hindern?«

»Ich hab's ihm so wenig angetan, wie er mir; und stellte er sich trotzig, so hast Du's selber mit Deinem harten Kopf verschuldet. Ich hab's wohl gehört, als er mich auf den Weg brachte und sein Pferd antrieb, als hätte er ihm das Genick brechen wollen, wie er mit den Zähnen knirschte. Und als ich vom Pferde glitt und er mir einen Kuss mit auf den Weg gab – Du siehst, wir brauchen nichts zu verheimlichen – und als er meinte, ich sollte mit umkehren und seine Tänzerin für die ganze Nacht sein, da galt ich ihm nicht mehr, als die Absätze seiner Stiefel, mit welchen er den Gaul unbarmherzig antrieb. Ich sollte sein Werkzeug sein, um Dich bis aufs Blut zu kränken; dabei schlug sein Herz, dass ich's durch die Rippen hindurch hörte. Aber Deine bösen Worte hatten ihn wild gemacht, weil er sie nicht verdiente. Eine Andere durfte ihm Schlimmeres sagen, und er hätte dazu gelacht. Dagegen die Kathrin, nein, das war zu viel für ihn, musste ihn zu Raserei treiben.«

»Geküsst hat er Dich?«

»Ja, und Keinem gereicht das zur Schande; nicht mir, die ich auf dem Rücken des Gauls in seiner Gewalt war, nicht ihm, der mit den Zähnen knirschte, dass ich mich vor ihm entsetzte. Traf er Dich auf dem Tanzboden und Du gabst ihm die Hand, so war Alles vergessen. Die Leute hätten gesprochen: die Beiden haben's mit der Gertrud verabredet, und der Irrwisch ist ein ehrliches Mädchen.«

Eine Weile schritten sie jetzt schweigend zwischen den Gärten einher; Kathrin hatte das Haupt geneigt, Gertrud ihre Begleiterin aufmerksam beobachtend.

Plötzlich richtete Kathrin sich empor.

»Hast Du schon einmal Dein Herz an einen Mann gehangen?« fragte sie gespannt.

»Nein – ich glaub's wenigstens nicht; aber gram bin ich schon manchem gewesen, dass ich ihn mit den Augen hätte umbringen mögen.«

»So kannst Du nicht wissen, wie mir zumute ist. Den Bartel hab' ich immer gern, und hat man Einem Treue zugesagt, so vergisst sich's nicht. Aber vor ihm im Staube kriechen – nein, ich hab' meinen Willen so gut wie er; und gab's alle Tage Zank und Streit, so war's besser, wir bleiben auseinander.«

»So denkst Du nicht, Kathrin, nein, und käme Alles wieder ins Geleise, so lachtet Ihr Beide d'rüber, dass Ihr so verblendet gewesen.«

»Du willst fort aus der Gegend?«

»In den nächsten Tagen. Ich hab's satt, zu hören, wenn die Menschen mir nachschreien: Da geht der Irrwisch! Und genug hab' ich gelernt, um mir mein Brot anderweitig zu verdienen; wo Niemand mich als Kind kennen lernte, schweigt man von selber.«

»Sie schreien hinter Dir her, weil Du nicht bist wie andere Menschen. Sie sagen, du seist vom Tanzteufel besessen und wohntest auf dem Boden des Rheins, weil Du's ihnen selber in den Mund legst.«

»Sind sie einfältig genug, so mögen sie glauben, was sie wollen. Ich brauch' ihnen die Augen nicht zu öffnen; und könnt' ich's mit einem Wort tun, so geschah's nicht. Ich habe meine Lust am Tanzen und weiß auch warum.«

»Sie reden schlechter von Dir, als sie selber glauben, weil Du so viel klüger bist, als andere. Die Einen verdrießt's, die Anderen beneiden Dich. Und gescheiter bist Du, als Mancher, der 'ne hohe Schule besuchte; doch nun sage, wenn ich dem Bartel nichts Arges zutraue, was kann ich tun – ich meine –«

»Nichts ist leichter,« versetzte Gertrud schnell, »geh zu ihm – da liegt seines Vaters Hof; sage ihm, er möge herauskommen, oder ich selber will ihn rufen, und dann reich' ihm die Hand. Sprich zu ihm, wie in alten Zeiten, erzähle ihm, ich wolle fort aus der Gegend, und sieh zu, ob er es bedauert. Dann sage ihm, ich wolle heimlich fort, um nicht Anlass zu bösen Nachreden zu geben, und dazu bedürfe ich eines Wagens. Er möchte daher übermorgen Abend um zehn Uhr nach dem Karmeliterhofe kommen mit seinem Fuhrwerk und mich und meine Sachen aufladen. Er müsse mich die ganze Nacht hindurch stromabwärts fahren bis dahin, wo Niemand mich kenne, Niemand seinen Spott mit mir treibe. Seine Mühe solle ihm nach Gebühr bezahlt werden, und wenn er heim komme, möge er es für sich behalten, wohin er mich brachte. Es wird eine Zeit kommen, in welcher ich keines Menschen Urteil mehr zu scheuen brauche und Ihr Beide von mir sprechen mögt.«

»Mit Dir soll er fahren?« fragte Kathrin erstaunt, und in einer neuen Anwandlung von Eifersucht fügte sie hastig hinzu: »Warum sagst Du ihm Dein Anliegen nicht selber?«

»Ich könnt's ihm sagen, und er wäre gewiss der Mann, jemand gefällig zu sein, der's verdient; aber ich will nicht mit traurigen Gedanken an Euch Beide von dannen ziehen. Sagst Du's ihm und er sieht, dass Dir's recht, wenn er mir einen Gefallen erweist, so ehrt's ihn, und ich weiß, was folgt.«

Kathrin antwortete nicht. Eine Strecke schritten sie wieder schweigend nebeneinander her. Endlich blieb Gertrud stehen.

»Da liegt des Bartel's Haus,« sprach sie, und sie wies auf ein zwischen den Bäumen hindurch schimmerndes Licht, »willst Du hin, oder soll ich ihn rufen?«

»Sage selber, was am besten.«

»Gut, Kathrin; so überwinde Dich und gehe. Es braucht Niemand unter die Leute zu bringen, dass ich des Bartels Grund und Boden betreten hab.«

»Was soll ich ihm sagen?«

»Er möge hierher gehen.«

Einige Sekunden schwankte Kathrin in ihrem Entschluss, dann schritt sie hastig auf das Haus zu. Sie befürchtete, bei langsamerer Bewegung anderen Sinnes zu werden.

Gertrud blickte ihr nach, so lange sie ihre Gestalt zu unterscheiden vermochte; dann setzte sie sich auf einen Prellstein, das Haupt auf ihre Knie neigend.

Kurze Zeit verrann, als in dem zu Bartels Hofstelle gehörenden Garten flüchtige Schritte laut wurden. Gertrud hörte es nicht. Die in der Dornenhecke angebrachte Pforte öffnete sich und fiel zu, doch Gertrud blieb regungslos.

»Gertrud! Gertrud!« rief Kathrin mit gedämpfter Stimme.

Gertrud erhob sich doch bevor sie antworten konnte, fuhr Kathrin, dicht vor sie hintretend, fort:

»Er kommt, ich hab' ihn gerufen – höre, er kommt.«

Und er kam in der Tat, der Bartel. Er hatte nicht sobald Kathrins Stimme erkannt, als er aus dem Hause stürzte und der Fliehenden nacheilte. Indem er durch die Pforte stürmte, ergriff Kathrin Gertruds Arm, wie um Schutz bei ihr zu suchen.

»Kathrin – Du selber riefst mich!« sprach Bartel fast atemlos zu den beiden in der Dunkelheit verschwimmenden Gestalten, »hier bin ich, und nun sage, ob ich's zum Besten auslegen darf.«

»Zum Besten,« antwortete Gertrud an Kathrins Stelle, »ich habe eine Gefälligkeit von Ihnen zu erbitten, und da wählte ich, um keinen Abschlag zu erhalten, die Kathrin als Mittelsperson. Ihr werden Sie gern zu Willen sein.«

»So sprich's denn aus, meine Herzallerliebste!« rief Bartel jubelnd, »sage, wie ich der Gertrud zu Diensten sein kann, und verlangst Du, ich soll für sie durch den Rhein schwimmen, Dir zu Liebe tu' ich's in dieser Nacht.«

»So böse ist's nicht gemeint,« versetzte Gertrud, als Kathrin immer noch keine Worte fand, »doch die Kathrin weiß Alles; die wird's Ihnen anvertrauen und ausführlicher, als ich es könnte. Ich hab' noch einen weiten Weg vor mir – lebe wohl, Kathrin; sollten wir uns nicht wiedersehen, so denke deshalb nicht schlechter von dem Irrwisch.«

Sie lachte. Es klang halb wie Lust, halb wie spöttische Klage. Im nächsten Augenblick war sie zwischen den Hecken verschwunden. In geringer Entfernung blieb sie stehen. Sich niederkauernd brachte sie die beiden Liebesleute zwischen ihre Augen und den gestirnten Himmel. Sie verstand sogar einzelne der gewechselten Worte. An sie dachte Keiner. Niemand fragte, wie sie dorthin gekommen, Niemand, wo sie geblieben sei. Nach einigen Minuten entfernten sie sich Arm in Arm. Sie schlugen den Weg ein, welchen Kathrin in Gertruds Begleitung gekommen war. Sie hatten sich zu viel zu erzählen.

Nicht weit waren sie gegangen, als Gertrud wirklich den Heimweg antrat. So flink und leicht schritt sie einher, wie nur je zuvor, wenn geräuschvolle Musik sie zum lustigen Reigen lockte. Ob ihre Augen düster

schauten oder der alte Mutwille wieder um ihren lieblichen Mund spielte, das verhüllte die Nacht. Die Betrachtungen aber, welche durch die
gegenseitigen Beteuerungen der beiden Liebesleute in ihr wachgerufen
worden waren, die ruhten verborgen in ihrem jungen Herzen.

Wie war sie doch gealtert in den letzten wenigen Tagen. Was gestern
noch sie empörte, dass sie meinte das Leben nicht ertragen zu können:
heute reizte es nur noch ihr spöttisches Bedauern. Der getreue Jerichow
mit seinem harten Urteil, der sie hämisch verfolgende Sebaldus Splitter
und die sie der öffentlichen Schmach preisgebende Behörde – was galten
sie ihr länger?

Des jungen Rothweil gedachte sie kaum. Er war fort, und wohin sie sich
wendete, da brauchte sie nicht zu fürchten, ihm zu begegnen. Traf sie
aber nach langer Zeit mit ihm zusammen, dann waren sie Beide Andere
geworden. Wie solche Betrachtungen ihr Blut so leicht kreisen machten!
Erst als sie spät die heimatliche Hütte erreichte, wo ihre Stiefgeschwister
längst schliefen, deren Mutter dagegen noch eifrig Nadel und Schere
handhabte, beschlich es sie wie Trauer.

Wehmütig gedachte sie das Großvaters, und wer demselben das Essen
zutragen würde; wehmütig auch der Marquise und endlich Lucretia's,
welche dazu auserkoren war, sie bei ihrer alten Gönnerin zu ersetzen.
Wer aber von allen Denen, die jemals in mittelbarer oder unmittelbarer
Beziehung zu dem verstorbenen Rothweil oder dem Karmeliterhofe gestanden hatte, wäre in dieser Nacht dem Schlafe leicht in die Arme gesunken? Wer hätte nicht Dieses oder Jenes gehabt, was sein Gemüt
schmerzlich bewegte?

Nur Bartel und Kathrin, die sich einander wiedergefunden hatten, die
waren so glücklich, dass sie keine Worte dafür wussten. Die wilde Gertrud segneten sie wohl hundertmal, und heilig gelobten sie, getreulich zu
halten, was Kathrin ihr im eigenen und Bartels Namen versprochen hatte.

Nach drei Tagen kehrte Bartel von einer Geschäftsreise heim. Zwei
Nächte und einen Tag war er unterwegs gewesen. Manche wollten wissen, dass er aus Gefälligkeit die Gertrud eine Strecke über Land mitgenommen habe, und lobten ihn, dass er als unbescholtener Mann sich
nicht um die Reden gottvergessener Mäuler kümmere. Nach längerer
Zeit wunderte man sich, dass die Gertrud sich nicht mehr blicken lasse.
Viele erklärten, dass sie vielleicht häuslicher geworden sei und es aufge-

geben habe, hier und da aufzutauchen, wo man es gerade am wenigsten erwartete.

Wiederum nach längerer Zeit, da hieß es, wo der Irrwisch wohl sein Ende genommen habe. Fragten zufällig Vorübergehende den alten Ginster oder die Wäscherin in dem Festungsgraben, dann zuckte Ersterer die Achseln, wogegen Letztere meinte, dass es endlich Zeit für die Gertrud gewesen sei, unter die Leute zu gehen und sich ihr Brot anderweitig zu verdienen.

Dann war sie vergessen, die lustige Rheinnixe, der mutwillige Kobold, der unstete, schadenfrohe Irrwisch; kaum dass Jemand noch den Namen Gertrud in den Mund nahm.

Zweites Buch.

Der Yankee.

Sechszehntes Kapitel.

Santa Fe.

Am östlichen Rande einer unfruchtbaren Ebene, welche sich von Süden her in die Rocky Mountains hineinschiebt, umringt von malerischen Gebirgszügen liegt Santa Fe, die Hauptstadt der zur nordamerikanischen Union gehörenden Provinz Neu-Mexiko. Mit ihren grauen Häusern und Kirchen und den flachen Dächern bietet sie das Bild einer jener Kolonien, wie solche noch immer den von den Spaniern herübergebrachten maurischen Baustil mehr oder minder zur Schau tragen. Ihrer westlichen Lage entsprechend ist sie gewissermaßen eine Musterkarte der verschiedenartigsten Nationalitäten und Elemente; das Eldorado verwilderter Pelztauscher und Fallensteller; der Zusammenkunftsort unbändiger brauner Steppenreiter und friedlicher Pueblo-Indianer, weißer Abenteurer und gaunerhafter Spieler; die zeitweilige Heimat klug spekulierender Amerikaner und schlauer Mexikaner, eine Stätte lustiger Fandango's und oft blutiger Raufereien.

Dörrende Hitze lagerte auf der umfangreichen Ebene. In zitterndem bläulichen Duft schwammen die Abhänge der nahen Bergjoche. Es war die Zeit des Eintreffens der Handelskarawanen, welche sich mit Beginn des, reiches Gras erzeugenden Frühsommers vom Missouri aus auf den Weg nach dem Westen begeben hatten. Noch herrschte indessen eine gewisse ländliche Ruhe in den Straßen der altertümlichen Stadt, welche erst im Spätherbst, wenn Alles, was in der Ferne weilte, die Winterquartiere aufsuchte, durch geräuschvolles Leben und Treiben verdrängt werden sollte. Die Läden und Geschäftsräume waren zwar geöffnet, doch nur selten trat Jemand in dieselben ein, und dann vorzugsweise Landbewohner, um irgend einen sich dem Ende zuneigenden Hausvorrat zu ergänzen. Auch vorausgeeilte Trainführer erschienen, um ihren Chefs über die in der Nachbarschaft lagernden oder baldigst eintreffenden Karawanen Bericht zu erstatten.

Mr. Plenty, einer der einflussreichsten Kaufleute der Stadt, saß vor der Tür seines Hauses. Die Füße auf der unteren Querleiste des Stuhles rastend, hatte er diesen soweit hintenüber geschoben, dass seine Schultern, mit welchen er sich an die Wand lehnte, ihn vor gefährlichen

Schwankungen bewahrten. Wer in das Haus hinein wollte, musste dicht an ihm vorbei, lieber sich das Dach eines leichten Vorbaus, vor sich den mäßig umfangreichen Marktplatz, schien er nur noch Sinn für die landesübliche Zigarette zu haben. Hin und wieder warf er ein bläuliches Rauchwölkchen empor und fächelte sich mit seinem buntseidenen Taschentuch Kühlung zu. Obwohl noch früh am Tage, herrschte bereits lästige Hitze.

Plenty hatte daher den Rock abgelegt und prangte in einem weiten, äußerst sauber gefältelten Hemde und ebenso sauberen Beinkleidern von gebleichtem Segeltuch. Sein Antlitz mit dem langen Kinnbart und der schmalen glatten Oberlippe war das eines echten Yankees: dunkel, hager und knochig, jedoch nicht gerade hässlich. Die indianisch geschlitzten Augen blickten träumerisch. Nur ein geübter Beobachter hätte aus denselben herausgelesen, dass hinter der beinahe stumpfen Ruhe ein scharfer Verstand fast unablässig berechnete und erwog, selbst bei den wichtigsten Fragen die Maske kalter, sogar träger Teilnahmslosigkeit niemals fiel. Es lagen eben die Erfahrungen von fünfzig und einigen Jahren hinter ihm, und aus jeder einzelnen hatte er gelernt. Auf dem Wege des Gelderwerbs war das Glück ihm stets zur Seite geblieben, wogegen sein Familienleben sich vielfach zu einer Quelle bitteren Leids gestaltete. Seine erste Frau starb bald nachdem er aus dem Staate Missouri nach Santa Fe übergesiedelt war, und ließ ihn kinderlos. Seit jenen Tagen hatte sich eine gewisse Abneigung gegen das Land bei ihm ausgebildet, in welchem er seinen ersten Liebestraum feierte. Er blieb in der Nähe des Grabes seiner Frau, und erst nach mehreren Jahren, nachdem er sich überzeugt hatte, dass ohne Lebensgefährtin es ihm überall an etwas fehlte, namentlich seine Geschäfte litten, entschloss er sich zu einer zweiten Ehe. Bei seiner Wahl folgte er dem Grundsatz des biederen Vikars von Wakefield: Er wählte seine Frau, wie diese ihr Hochzeitskleid, das heißt, er sah auf solche Eigenschaften, welche eine gute Dauer versprachen. Seine Augen fielen auf eine deutsche Witwe, die ihren Mann ebenfalls in Santa Fe begraben hatte, sich von ihrer Hände Arbeit kümmerlich ernährte und ihm, außer redlichen, häuslichen Sinn und unermüdlichem Fleiß ein sechsjähriges Töchterchen einbrachte. Das Töchterchen war allmählich zu einer zwanzigjährigen Tochter herangewachsen, wogegen die Gattin nach zehnjähriger glücklicher Ehe, tief betrauert und beweint, sich neben ihre Vorgängerin ins Grab legte. Die Trauer um die Verstorbene wurde durch ihre Tochter gemildert, welche Plenty alles ersetzte, was er außerhalb seines Geschäftskreises in Lebensgenüssen hätte suchen können.

Eine halbe Stunde hatte Plenty unter dem Vorbau gesessen und, außer einigen Pueblo-Indianern, welche auf Eseln über den Marktplatz ritten, kaum Jemand beobachtet, als neben ihm ein junges Mädchen in die Haustür trat. In dem hellen, den Oberkörper knapp umschließenden Sommerkleide und mit dem schlicht gescheitelten, kastanienbraunen Haar, nicht minder in Haltung und Bewegung verriet sich eine gewisse wohltuende Ordnungsliebe und Geschäftigkeit, welche sofort Jedem in die Augen fallen mussten. Man hätte die freundliche Erscheinung mit der, an langem Stachelschweinkiel befestigten Stahlfeder hinter dem Ohr und noch feuchten Schriftstück in der nachlässig schwingenden Hand mit einem sauber gebundenen und gewissenhaft geführten Kontobuch vergleichen mögen, zumal auf dem jugendfrischen Antlitz ein eigentümlicher Ernst ruhte, der fast im Widerspruch stand zu dem lieblich geschnittenen Munde und den herzigen, großen blauen Augen, die eigens zum holdesten Lachen geschaffen zu sein schienen.

»Die Liste habe ich kopiert,« wendete sie sich mit wunderbar gesetztem Wesen an Plenty, »zugleich die noch fehlenden Collis ausgezogen.«

»Burdhill wird wohl eine besondere Liste mitbringen, kalkulier' ich,« antwortete Plenty mit einem flüchtigen Blick auf seine Stieftochter.

»So brauchen wir beide nur zu vergleichen,« erwiderte das Mädchen mit ergötzlicher Entschiedenheit.

»Gut, gut, Eliza,« versetzte Plenty, und er nickte bedächtig, wie einem davonstäubenden Rauchwölkchen glückliche Reise wünschend, »der feinste Buchhalter der Vereinigten Staaten kommt Dir an Umsicht nicht gleich. Bevor Burdhill mit der Karawane eintrifft, möchte ich Platz in den Lagerräumen schaffen und die stromabwärts bestimmten Waren sortiert haben, und da wäre es mir lieb, eine Gesamtliste aller Bestellungen zu besitzen.«

»Ist schon angefertigt, außerdem jede Warensorte besonders rubriciert.«
»Und die Bestellungen nach Taos hinauf?«

»In derselben Weise behandelt.«

»Dann sind noch die Hausierer, die Zuñis und Navahoes zu befriedigen.«

»Sie brauchen nur mit ihren Packtieren zu kommen; es ist Alles zum Verladen bereit.«

»Über die Rocky-Mountains hinaus wollte ich den Verkehr eigentlich nicht fortsetzen; unser Feld ist ohnehin umfangreich genug. Wir versprachen aber unserm guten Nachbarn, nach seinem Tode den Handel namentlich mit den Zuñis noch einige Jahre aufrecht zu erhalten, und da können wir nicht anders. Nebenbei macht sich's bezahlt.«

»Der arme Rothweil,« versetzte Eliza bedauernd, »ich denke recht viel an ihn. Oft ist mir, als müsst ich eines Tages Türen und Fenster seines Hauses sich wieder öffnen, ihn selbst aber bei uns eintreten sehen, um strahlenden Antlitzes von seinen Reiseerfolgen zu erzählen.«

»Ich begegnete nie einem ähnlichen Zwitterding von einem Gelehrten und Tauschhändler,« bemerkte Plenty gleichmütig, »aber sieh da – die sind sicher von den Prärien hereingekommen. Haben sich unstreitig vor Tagesanbruch auf den Weg begeben; mögen auch die ganze Nacht hindurch geritten sein. Abgetrieben genug sehen ihre Tiere wenigstens aus.«

Eliza spähte neugierig nach dem auf der anderen Seite des Platzes gelegenen Gasthofe hinüber, unter dessen schattigem Vorbau mehrere Reiter neben ihren Pferden standen und mit dem Wirth verhandelten.

»Die kommen von den Ebenen herein,« bestätigte sie zuversichtlich, »und haben Eile, nach der langen beschwerlichen Fahrt sich etwas bequemer einzurichten.«

Ein Weilchen beobachtete sie das lebhafte Treiben, und schweigend trat sie ins Haus zurück.

Die Pferde waren unterdessen in den Stall geführt worden, während deren Besitzer sich in der Vorhalle des Gasthofes durch einen Trunk stärkten. Still lag daher die Veranda. Doch schon nach einigen Minuten erschien der Wirth wieder mit einem der Fremden vor der Tür, und deutlich bemerkte Plenty, dass derselbe seinem Gaste irgendwelche Mitteilungen machte und dabei mehrmals zu ihm hinüberwies.

In Plenty's Augen leuchtete erwachendes Verständnis auf; dann sank er wieder in seine Teilnahmslosigkeit zurück, und wie um dieselbe noch augenfälliger zu machen, begann er phlegmatisch einen Vorrat von Zigaretten zu drehen. Er drehte und drehte; aber unter dem breiten Rande seines Strohhutes hervor flog zuweilen ein gleichsam stechender Blick dem Fremden entgegen, der sich von dem Wirth getrennt hatte und langsam über den Platz kam. Ob derselbe ihm gefiel oder seine Abneigung erregte, hätte der erfahrenste Menschenkenner nicht aus seinem verschlossenen Antlitz herausgelesen. Höchstens versteckte Neugierde, mit welcher er die jugendlich kräftige Gestalt prüfte. Äußerlich bot dieselbe das Bild Jemandes, der mit dem Lagerleben seit langer Zeit vertraut geworden. Abgetragen waren seine Kleider, abgetragen seine farbige Flanellwäsche und der graue Filzhut, abgetragen die jeder Spur von Schwärze entbehrenden Stiefel, dass man sich schier wunderte, nicht auch in ein abgetragenes Antlitz zu schauen. Braun genug war es durch den Sonnenbrand allerdings geworden; so braun, dass die Bewohner des Karmeliterhofes gewiss zweimal hätten hinsehen müssen, um in ihm den jungen Perennis Rothweil wiederzuerkennen. Sein Weg führte ihn an dem verödeten Hause vorüber, welches mit dem Plenty's Mauer an Mauer errichtet worden war. Wohl eine Minute blieb er vor demselben stehen. Neugierig betrachtete er den breiten niedrigen Giebel mit der landesüblichen Veranda, als hätte er erwartet, dass die verschlossenen Fensterladen und die Tür sich öffnen und ein herzliches Willkommen ihm entgegenschallen würde. Von dem Hause forttretend, neigte er das Haupt. Er schien über etwas nachzusinnen, was ihn kaum freudig bewegte. Doch schon nach den nächsten Schritten gewann der frische Jugendmut wieder die Oberhand, und wie kurz zuvor das verödete Haus, betrachtete er jetzt Plenty mit unverkennbarer Spannung. Einen günstigen Eindruck übte der Anblick des gleichmütig darein schauenden Yankees schwerlich auf ihn aus; denn seine Bewegungen wurden zögernder. Zu der heimlichen Scheu aber gesellten sich unstreitig Zweifel über den Erfolg seines Besuchs bei demselben.

Mit höflichem Gruß trat er unter den Vorbau. Obwohl schon vertraut mit der Formlosigkeit des amerikanischen Geschäftsverkehrs, wehte es ihn doch unheimlich an, als Plenty, ohne seine Stellung zu verändern oder die Blicke von einer entstehenden Zigarette abzuziehen, mit eisiger Kälte dankte.

»Habe ich die Ehre,« hob er an, worauf Plenty ihm mit einem eintönigen: »Mein Name ist Plenty,« ins Wort fiel und geschäftsmäßig hinzufügte: »Womit kann ich dienen?«

»Ich heiße Rothweil,« versetzte Perennis lebhaft und sichtbar enttäuscht, nach Nennung seines Namens kein Zeichen der erwachenden Erinnerung zu entdecken.

»Hm, Rothweil,« hieß es zurück, »ich kalkulier«, den Namen hör' ich heute nicht zum ersten Mal. Doch das macht keinen Unterschied. Womit kann ich dienen?«

Perennis, vor Unmut errötend, zog seine Brieftasche hervor, und ein kleines Schriftstück aus derselben nehmend, überreichte er es geöffnet.

»Ich erlaubte mir, am Missouri einen Wechsel auf Ihre Firma zu kaufen,« sprach er etwas weniger zuversichtlich, und ängstlich ruhten seine Blicke auf dem streng verschlossenen Antlitz, »besondere Gründe bewogen mich, gerade Ihre Güte in Anspruch zu nehmen –«

»Von Güte und Gefälligkeit nirgend eine Spur,« unterbrach der Yankee ihn wiederum, und nach einem flüchtigen Blick auf das Papier gab er dasselbe nachlässig zurück, »ich berechne Ihnen die Zinsen und mir die Courtage, und zum Danken sehe ich keinen Grund.« Perennis, der betroffen die Farbe gewechselt hatte und sich vielleicht die Folgen vergegenwärtigte, wenn sein Kredit nicht anerkannt wurde, atmete bei den letzten Worten auf.

»Ich kam also nicht vergebens,« sprach er schüchtern, indem er den Schein zögernd zurücknahm.

»Auf dem Wechsel steht die Unterschrift eines Geschäftsfreundes,« belehrte Plenty ihn, »und die ist für mich bar Geld. Gehen Sie hinein und lassen Sie sich auszahlen.«

»Möchten Sie zuvor meine Papiere prüfen? Es wäre mir lieber, weil dadurch jede Möglichkeit –«

Plenty lachte mit der Stimme, aber nicht mit den Mienen. Man hätte es mit dem Rasseln einer gesprungenen Hausglocke vergleichen mögen.

»Pass und Papiere gelangen ebenso leicht in falsche Hände, wie ein Wechsel,« sprach er darauf geringschätzig; »was sollen mir also Papiere? Zwei Fälle sind möglich, kalkulier' ich, entweder Sie sind der richtige Mann, oder Sie sind's nicht. Im ersteren Falle ist's gut, im anderen macht's mir keinen Unterschied. Auf das Papier erhalte ich mein Geld zurück, und mehr verlange ich nicht. Hat Jemand den Wisch verloren, so bin ich nicht verantwortlich dafür. Er selber aber verdient den Schaden, weil er das Seinige nicht besser zu wahren wusste, kalkulier' ich.«

»Jetzt wäre es mir doppelt lieb, Sie überzeugten sich –«

»Und mir wäre es doppelt lieb, Sie fügten sich in meine Geschäftsgewohnheiten. Gehen Sie hinein und erheben Sie Ihr Geld. Mir sollt's angenehm sein, wären es so viele Tausende, wie's Hunderte sind. Zweihundert Dollars! 'ne verdammt kleine Summe für Jemand, der in Santa Fe sich aufzuhalten gedenkt und, um 'ne Stellung anzunehmen, noch nicht genug Schule im Osten durchmachte. Hier im Westen können wir nur erfahrene Leute gebrauchen.«

»Ich komme gerade Weges von Europa; meine Schule in den östlichen Staaten konnte daher nur eine sehr dürftige sein,« erklärte Perennis wieder befangener, ein Beweis, dass Plenty's Worte nicht ohne die beabsichtigte Wirkung geblieben waren, »außerdem hege ich die Hoffnung, vor Einbruch des Winters nach dem Osten zurückzukehren – das heißt, wenn Alles sich so gestaltet, wie ich glaube voraussetzen zu dürfen.«

»Mit zweihundert Dollars sich bis zum Spätherbst hier durchschlagen und dann über die Ebenen zurückkreisen?« fragte Plenty mit seinem ausdruckslosesten Lachen, »zum Henker, Mann, Sie müssen mehr verstehen, als man Ihnen ansieht. Sie erscheinen wenigstens nicht aus hinlänglich festem Holz gezimmert, um sich als Ochsentreiber durchzuarbeiten.«

Wiederum errötete Perennis vor Unmut. Weitere Erklärungen schwebten ihm auf den Lippen, allein bis zu einem gewissen Grade abhängig von dem vor ihm Sitzenden, fürchtete er, durch eine Übereilung dessen bösen Willen wach zu rufen. Er fühlte, dass er Zeit zum Überlegen bedurfte, und trat daher mit einem höflichen »Mit Ihrer Erlaubnis« in die offene Tür.

Ein eigentlicher Laden war der sich vor ihm ausdehnende Raum nicht, indem die für den westlichen Handel bestimmten Güter, und zwar Güter in der buntesten Zusammenstellung, ihren Platz in den rückwärts gelegenen Räumen angewiesen erhalten hatten. Nur Proben lagen auf den ringsum an den Wänden angebrachten Brettern, während ein langer Tisch quer fast durch die ganze Halle reichte. Ein auf zwei Personen berechnetes Schreibpult stand im Hintergrunde, wo es Licht durch ein nach dem Hofe öffnendes Fenster erhielt. Mehrere Kontobücher lagen auf demselben; andere standen leicht erreichbar auf Wandbrettern, und neben diesen Kisten mit Skripturen, welche auf der Außenseite die betreffende Jahreszahl trugen. Peinliche Sauberkeit herrschte überall. Es offenbarte sich in derselben gewissermaßen eine weibliche ordnende Hand, so dass jeder Eintretende sich dadurch aufs Freundlichste berührt fühlte.

So auch Perennis. Die Umgebung in der schattigen kühlen Halle stand in so grellem Widerspruch zu dem abstoßenden Wesen des Besitzers, dass er erleichtert aufatmete. Der günstige Eindruck, welchen er empfing, verwandelte sich aber in Erstaunen, als er Eliza's ansichtig wurde, die von einem angefangenen Briefe aufsah, die Feder hinter das Ohr schob und mit einer sie bezaubernd kleidenden kaufmännischen Würde ihm entgegentrat.

Verwirrt zog Perennis den Hut. Sich höflich verneigend, stotterte er in seinem besten Englisch:

»Ich wurde hierher gewiesen – ich hoffte, Jemand zu finden, der bereit sei, eine kleine Geschäftsangelegenheit zu erledigen – vielleicht im Komptoir –« und er sah nach einer geschlossenen Tür hinüber.

»Sie irrten nicht,« nahm Eliza das Wort, und ein kaum bemerkbares Lächeln spielte um den hübschen Mund, »haben Sie die Güte, mich über Ihre Wünsche zu belehren. Bedienen Sie sich aber Ihrer Muttersprache, um den Verkehr zu vereinfachen,« fügte sie in gutem Deutsch hinzu.

Perennis' Verwirrung wuchs. Er bedurfte einiger Sekunden, um sich mit der Wirklichkeit einigermaßen vertraut zu machen. »Mein Erstaunen darf Sie nicht befremden,« hob er endlich an, »nach meiner Begegnung mit Herrn Plenty konnte ich unmöglich erwarten –«

»Mein Vater,« kam Eliza ihm zu Hülfe, »es geschieht nicht zum ersten Mal, dass es Jemand überrascht, statt eines Buchhalters seine Tochter im Komptoir beschäftigt zu finden« – sie sah zur Seite, um die leichte Glut zu verheimlichen, welche unter Perennis' bewundernden Blicken über ihre Wangen eilte – »doch wir leben hier im Westen, wo Jeder gern mit Hand ans Werk legt – fällt es doch schwer, immer geeignete Kräfte aufzutreiben; und sind sie gefunden, so droht die Gefahr, nachdem sie sich kaum einarbeiteten, sie plötzlich wieder davonziehen zu sehen. Aber womit kann ich dienen?«

Zögernd, mit den Bewegungen eines Träumenden reichte Perennis den Wechsel über den Tisch. Eliza nahm denselben ohne Perennis anzusehen. Es mochte ihr peinlich sein, von einem, höhere Bildung verratenden Deutschen, der mit den dortigen Verhältnissen nicht vertraut, in einer ihr plötzlich unweiblich erscheinenden Beschäftigung beobachtet zu werden. Doch nur flüchtig war diese Regung, und den Schein emporhebend, überflog sie ihn mit den Blicken. Perennis beobachtete sie unterdessen aufmerksam. Er bemerkte wohl, dass sie die Lippen plötzlich zusammenpresste, als hätte es sie Mühe gekostet, seinen Namen zu entziffern, allein diese Bewegung war so wenig auffällig, dass er sie unmöglich als das Bestreben auslegen konnte, ihre Überraschung zu verheimlichen.

»Zweihundert Dollars,« sprach sie, und sie wollte sich abkehren, als Perennis, wie der Geringfügigkeit der Summe sich schämend, mit erzwungenem Gleichmut erklärte:

»Ich gebrauche nicht das Ganze – fünfzig Dollars, wenn ich bitten darf – um für den ersten Bedarf –«

»Fünfzig Dollars,« wiederholte Eliza, und sie trat an das Pult zurück. Sie langte hierhin und dorthin. Wie in ihrer Haltung prägte sich auch in den Bewegungen der kleinen weißen Hände große Sicherheit aus; nicht minder in dem Schwunge, mit welchem sie endlich die Feder über ein aufgeschlagenes Kontobuch, ein Quittungsformular und schließlich über den Wechsel selber hingleiten ließ. Darauf öffnete sie das Pult, und während die recht Hand unter der gehobenen Klappe schwebte, fragte sie freundlich nach dem Tisch hinüber:

»Wünschen Sie Papier, Gold oder Silber?«

»Jede Form ist mir recht,« antwortete Perennis, wie aus einem Traum erwachend.

Eliza klirrte mit Münzen, dann den Wechsel und das ausgefüllte Formular ergreifend, trat sie wieder an den Tisch.

»Fünfzig Dollars,« sprach sie mit bezaubernder Dienstfertigkeit, indem sie fünf Goldstücke hinzählte, »und hier ist die Quittung, welche ich zu unterzeichnen bitte, ferner der Wechsel, auf welchem ich die fünfzig Dollars in Abzug brachte. Sollten Sie ihn verlieren, so ist's kein Unglück, seitdem Ihre Person uns bekannt geworden. Ihren Kredit trug ich ein, und die Zinsenabrechnung lege ich bei der letzten Rate vor.«

Sie hob die mit Dinte gefüllte Feder hinter dem Ohr hervor und reichte sie Perennis. Dieser nahm die Feder. Er meinte in dem glatten Kiel die Wärme zu fühlen, welche aus der weißen Schläfe in denselben übergegangen war. Was auf dem Formular stand, sah er nicht. Hätte er über den Empfang von vielen Tausenden quittiert, es wäre ihm entgangen. Mit dem Geschäftsverkehr nicht vertraut, am wenigsten aber mit Wechseln und Schuldscheinen, bückte er sich über den Tisch. Die linke Hand hielt das Formular, während die rechte mit der Feder über demselben schwebte. Seine Blicke waren starr auf den Steindruck und die kaum getrockneten Schriftzüge gerichtet. Eliza beobachtete ihn unterdessen mit unzweideutiger, herzlicher Teilnahme. Dann trat ein süßes Lächeln auf ihr Antlitz, seltsam kontrastierend zu Schreibepult und Warenproben, und doch, offenbarte sich in demselben heitere Überlegenheit. Perennis zögerte noch immer; er fühlte das Blut in seinen Schläfen hämmern. Da schob sich ein zierlicher Finger vor seinen Augen auf das Papier.

»Hierher, wenn ich bitten darf,« begleitet eine sanfte Stimme diese Bewegung, und wie er gekommen war, verschwand der Finger wieder.

Perennis setzte die Feder genau da an, wo die Fingerspitze mit dem zierlichen Nagel geruht hatte, und schwerlich schrieb er jemals seit seinen Knabenjahren schlechter, als jetzt unter der Feder entstand: »Matthias Rothweil.« Ein verunglückter Schnörkel beschloss die Arbeit, und er hatte kaum die Hände gehoben, als die Quittung verschwand und der Wechsel an dessen Stelle geschoben wurde. Eine kurze Bemerkung war unten angefügt worden und wiederum wies der zarte Finger auf die betreffende Stelle mit dem freundlichen »hierher, wenn ich bitten darf. Sie erfüllen damit nur eine Form zu Ihrer eigenen Bequemlichkeit, indem sie den Schein an jeden Ändern verkaufen können, ohne deshalb Verluste zu erleiden oder Misstrauen zu begegnen. Wir sind eben praktische Leute hier in Amerika,« fügte sie mit ihrem süßen Lächeln hinzu.

Perennis unterschrieb mit krampfhafter Eile, dass die Feder spritzte und ein Fleck seinen Namenszug schmückte. »Oh!« tönte es bedauernd von Eliza's Lippen und geräuschlos schritt sie nach dem Pult hinüber, von wo sie gleich darauf mit einem Löschblatt zurückkehrte. Gewandt trocknete sie Namen und Fleck, während Perennis nicht einmal ein Wort der Entschuldigung hervorzubringen vermochte. Dann reichte sie ihm den Wechsel; die Quittung behielt sie für sich, und Perennis glaubte seinen Augen nicht trauen zu dürfen, als sie die Feder aus seiner Hand nahm und die Spitze des Kiels sorglos zwischen das starke Scheitelhaar und ihr

Ohr schob. Er fragte sich noch, ob sie bei Allen und Jedem die Feder in derselben Weise behandle, als Eliza sich mit einer anmutigen Verneigung an ihr Pult zurückbegab.

»Meine aufrichtigsten Dank,« sprach er, ohne zu erwägen, dass er auch hier befürchten musste, seinen Dank abgelehnt zu hören.

»Ich erfüllte nur meine Pflicht,« antwortete Eliza freundlich, »sollten Sie Santa Fé verlassen, so können Sie den Rest der Summe in jeder Stadt Neu-Mexiko's unter Vorzeigung des nunmehr mit unserem Akzept versehenen Wechsels erheben.«

Perennis hatte keinen Grund mehr zu längerem Verweilen. Einen letzten Blick warf er auf die sittige Gestalt, welche mit regem Eifer und wie seiner Nähe nicht bewusst, auf ihrem Pult ordnete, und sinnend trat er auf die Veranda hinaus.

Plenty hatte seine Stellung nicht verändert. Man hätte glauben mögen, dass die leiseste Erschütterung ihn samt seinem schwankenden Stuhl polternd zur Erde senden würde.

»Alles ist erledigt,« redete Perennis ihn an, »ich würde meinen Dank aussprechen, hätten Sie mich über das Überflüssige eines solchen nicht belehrt.«

»Recht so, junger Mann,« antwortete Plenty gleichmütig, je weniger Worte ein Mensch verliert, umso mehr Zeit gewinnt er zum Überlegen, kalkulier' ich. Sie hörten vielleicht schon das edelste Sprichwort unseres gesegneten Kontinentes: Zeit ist mehr wert, als Geld!«

»Das verbesserte: Zeit ist Geld anderer Nationen,« entgegnete Perennis freier, als hätten die wenigen Goldstücke in seiner bisher leeren Tasche ihm neuen Muth gegeben, vielleicht war er auch nach seinem Zusammentreffen mit Eliza mehr geneigt, sich in die wunderlichen Launen ihres Vaters zu fügen; »ja, die leidige Geldangelegenheit hat ihren Abschluss gefunden; aber eine andere Aufgabe liegt vor mir, nämlich über den Zweck, welcher mich hierherführte, Ihren Rat zu erbitten.«

»Stehe zu Diensten, Mr. Rothweil,« versetzte Plenty etwas verbindlicher, »ist's indessen nicht in einer und einer halben Minute abgemacht, dann möcht' ich Ihnen zunächst raten, einen Stuhl zu nehmen. Der Kopf urteilt unmöglich klar, wenn die Füße Not leiden.«

Perennis zog einen Stuhl heran, ließ sich Plenty gegenüber nieder und hob unverweilt an:

»Sie erlauben mir die Frage, ob Sie mit einem hier ansässig gewesenen verstorbenen Deutschen, namens Rothweil, befreundet gewesen sind.«

»Mein nächster Nachbar und ein guter Nachbar obenein,« antwortete Plenty, »und manches Geschäft, welches 'nen feinen Gewinn abwarf, haben wir gemeinschaftlich abgewickelt.«

»Wohlan, Mr. Plenty, dieser Rothweil war der einzige Bruder meines ebenfalls verstorbenen Vaters.«

»Ich vermutete dergleichen, und Sie haben alle Ursache, auf die Verwandtschaft stolz zu sein, kalkulier' ich.«

»Ich zolle dem Toten meine aufrichtige Achtung,« fuhr Perennis fort, und als er ein spöttisches Lächeln auf Plenty's Zügen entdeckte, fügte er ernster hinzu: »wer dächte wohl anders über einen verstorbenen nahen Verwandten? Hätte ich in persönlichem Verkehr mit ihm gestanden, so würde sich der Achtung unzweifelhaft das Gefühl einer herzlichen Anhänglichkeit zugesellt haben.«

»Das ist aufrichtig gesprochen, Herr, aber ich warne Sie, in diesem gesegneten Lande nicht zu aufrichtig zu sein. Ich kenne Menschen, die durch ein einziges unvorsichtiges Wort ein Vermögen einbüßten.«

»Nun, Mr. Plenty, ein Vermögen habe ich nicht zu verlieren,« versetzte Perennis lachend.

»Aber vielleicht eins zu gewinnen, und da gilt dieselbe Regel,« meinte der Yankee bedächtig.

»Auch das steht noch in Frage. Ich bin freilich gekommen, um eine Erbschaft zu übernehmen, allein ob dieselbe meiner langen Reise entspricht, soll erst geprüft werden. Doch ich will deutlicher sein: Durch das Gericht hier in Santa Fé, ist mir in meiner Heimat die Kunde übermittelt worden, dass mein verstorbener Onkel ein Testament zu Gunsten seiner nächsten Blutsverwandten hinterlassen habe. Als Bedingung wurde indessen hervorgehoben, dass mindestens Einer derselben innerhalb einer bestimmten Frist hier an Ort und Stelle persönlich die Eröffnung zu beantragen und derselben beizuwohnen habe. Erscheint innerhalb der festgesetzten

Frist ein Erbe nicht, heißt es weiter, so wird das erste Testament als nicht gültig betrachtet, und erhält dafür ein zweites, mit Rücksicht auf die Möglichkeit dieses Falles ausgefertigtes, Rechtskraft. Ferner wurde ich bedeutet, dass ein gewisser Plenty zum Testamentsvollstrecker ernannt sei und die pünktliche Ausführung des letzten Willens des Verstorbenen gewissenhaft zu überwachen habe.«

»Ich entsinne mich,« bemerkte Plenty wie beiläufig, »Nachbar Rothweil sagte mir einst davon; hab's indessen nur für eine Schrulle gehalten. Offenbar knüpfte man in Ihrer Heimat große Erwartungen an das Testament, kalkulier' ich, dass Sie die langwierige und kostspielige Reise unternahmen.«

»Ein bestimmtes Bild konnten wir uns nicht entwerfen, noch weniger bestimmte Erwartungen hegen,« wendete Perennis ein, »wir erwogen allerdings, dass schwerlich Jemand um nichts und wider nichts seine mit Glücksgütern gerade nicht reich gesegneten Verwandten in große Kosten stürzen würde. Doch wie dem auch sei, mir wurde wenigstens die Genugtuung, auf Grund des Testamentes ein hübsches Stückchen Erde gesehen zu haben. Nebenbei hörte ich von einem Reisegefährten – er ist ebenfalls drüben im Gasthof abgestiegen – dass mein Onkel nicht unvermögend gewesen sein soll.«

»Der Schein trügt zuweilen,« erwiderte Plenty, und die ausgerauchte Zigarette in die offene linke Hand legend, schnellte er sie mittels Daumen und Mittelfinger der Rechten weit nach der Straße hinaus, »ich weiß von Menschen zu erzählen, die man als Millionäre ins Grab legte, und hinterher war nicht genug Geld da, um die Beerdigungskosten zu decken. So lange mein alter Nachbar lebte, fehlte es ihm zwar nie am Notwendigsten, mochte sogar noch 'ne Kleinigkeit drüber verdienen, aber leider hatte er seine Liebhabereien, die ihn viel kosteten, ihm dagegen nicht den Wert eines Strohhalms eintrugen.«

»Welcher Art waren seine Liebhabereien?«

»Altertümer, Mann, indianischen Reliquienschund sammelte er, Untiere von unmöglichen Götzenbildern, geborstene Krüge, Topfscherben, Pfeilspitzen, vermoderte Schriften und weiß der Henker was sonst noch. Hätte er, anstatt mit altem Scherbenkram, mit gesunder Töpferware und gusseisernen Tiegeln gehandelt, wäre er besser gefahren, denn gerade das ist 'n gangbarer Artikel hier herum.«

Perennis sah vor sich nieder, bemerkte also nicht, dass die lauernden Augen des verschlossenen Yankees, wie um seine geheimsten Gedanken aus ihm herauszufischen, mit der Schärfe von wohlgeköderten Angelhaken auf ihm ruhten. Wie Trauer glitt es über sein ehrliches Antlitz, indem er des in Trümmer zerfallenen Karmeliterhofes und der Bewohner desselben gedachte. Doch in der nächsten Minute erhellten sich seine Züge wieder, für den scharf beobachtenden Plenty ein Zeichen, dass sein Jugendmut nicht leicht zu brechen sei.

»Mehr als der Mensch besitzt, kann er nicht hinterlassen,« rief er aus, und lachend schaute er in das plötzlich teilnahmslose Antlitz des gewieften Yankees, »und gibt's weiter nichts, als eine Sammlung von Altertümern: Die Achtung vor dem Toten wird dadurch am wenigsten beeinträchtigt. Ich gehe davon aus, dass jeder Mensch berechtigt ist, unbekümmert um Diejenigen, die nach ihm kommen, ganz nach seiner Laune zu leben und mit seinem Eigentum zu schalten. Und einen Vorteil haben seine letztwilligen Verfügungen mir bereits eingetragen, nämlich das hehre Bewusstsein, ohne einen Notgroschen des Verstorbenen, durch Hilfeleistungen bei dieser oder jener Karawane mein Brod erwerben, und den Weg heimwärts finden zu können.«

»Ein weiser Grundsatz,« bemerkte Plenty gedehnt; »ganz so böse wird es indessen nicht sein, wie es auf den ersten Blick erscheint. Hier steht wenigstens sein Haus; und ist's nicht viel wert, 'n paar hundert Dollars bin ich selbst erbötig dafür zu zahlen, wenn's mir auch 'ne Last ist. Die Gebühren für das Öffnen des Testamentes verschlucken vielleicht den Gewinn ebenso schnell wieder, aber kennen lernen müssten Sie's auf alle Fälle.«

»Gewiss beantrage ich die Eröffnung,« erklärte Perennis lebhaft, »und ich hoffe, keine Fehlbitte zu tun, wenn ich Sie ersuche, in Erinnerung Ihres alten Nachbarn, mich zu begleiten und mit gutem Rat mir zur Seite zu stehen.«

Plenty sann ein Weilchen nach. Dann bemerkte er, wie sich einem unangenehmen Zwange unterwerfend:

»Es kostet zwar Zeit, aber in Erinnerung des alten Mannes, wie Sie sagen, soll's mir nicht d'rauf ankommen,« und bedachtsam zündete er eine neue Zigarette an.

Perennis beobachtete ihn mit einem Gemisch von Achtung und Widerwillen. Erstere begründete sich darauf, dass er so lange in näherer Beziehung zu seinem verstorbenen Onkel gestanden hatte, wogegen die berechnende, sogar abstoßende Art seines Wesens ihn geradezu beleidigte. Unerklärlich war ihm, dass er beständig von seiner kostbaren Zeit sprach, während bei der augenblicklichen Geschäftsstille er sich stundenlang nicht von seinem Stuhl rührte, sogar ihn selbst vergessen zu haben schien.

Nach einer kurzen Pause hob Plenty wieder an:

»Wann gedenken Sie mit Ihrer Angelegenheit vorzugehen?« und er schloss die Augen, um eine Wolke Tabaksrauch vor denselben vorüberziehen zu lassen.

»Ich bin freier Herr meiner Zeit,« antwortete Perennis höflich, »und warte nur auf die Stunde, welche Sie mir als die geeignetste bezeichnen.« Plenty sann wieder nach.

»Sagen wir morgen,« bemerkte er sorglos, »denn heute werden Sie gern mit etwas Rast vorlieb nehmen, kalkulier' ich.«

»Auch heute wäre ich bereit,« fiel Perennis ein, »denn ich kenne keine Müdigkeit; wohl aber möchte ich das Eintreffen der Karawane abwarten, um mein Gepäck in Empfang zu nehmen. Ich kleide mich gern der Gelegenheit entsprechend.«

Plenty schloss das eine Auge, senkte die beiden Mundwinkel und betrachtete seinen Gast eine Weile begutachtend vom Kopf bis zu den Füßen.

»Sie sind ja bekleidet,« versetzte er darauf spöttisch, »und zwar fein genug zu einer Begegnung mit dem Präsidenten der Vereinigten Staaten. Mann bleibt Mann, gleichviel ob im abgetragenen Rock oder in goldgesticktem Plunder, kalkulier' ich. Säumen wir indessen bis morgen und stecken Sie Ihre Papier zu sich. Ich selber kann wohl auf Ihre Person schwören, aber damit ist's Gericht nicht zufrieden.«

»Ich werde pünktlich sein,« entgegnete Perennis, indem er sich erhob, »und im Voraus spreche ich meinen aufrichtigen Dank –«

»Zum Henker mit Ihrem Dank,« fuhr Plenty wieder dazwischen, »ich verkaufe Ihnen meine Zeit, berechne dieselbe zum landesüblichen Preise, und Keiner hat Verbindlichkeiten gegen den Andern.«

Diese neue Ankündigung wirkte wie ein Sturzbach auf Perennis ein. Ein doppeltes Geldopfer wäre ihm nicht zu teuer gewesen, hätte er des berechnenden Yankees Dienste dafür als Gefälligkeit hinnehmen können. Vor seiner Seele schwebte Eliza's freundliche Gestalt. Er fragte sich, ob sie, unzweifelhaft in den Grundsätzen ihres Vaters erzogen, dessen Verfahren billigen würde.

»Seien Sie unbesorgt,« hob Plenty wieder an, »bei meiner Berechnung berücksichtige ich gern, dass Ihr Onkel mein guter Nachbar gewesen und Sie sich in keiner glänzenden Lage befinden. Sollten Sie dagegen mit dem Testament ein gutes Geschäft machen, so ist's ein Anderes. Ich kalkulier', in solchem Falle möcht's Ihnen selber kaum behagen, von Jemand etwas geschenkt zu erhalten.«

»In jedem Falle würde es mir widerstreben,« erklärte Perennis, und in seinem Antlitz prägte sich die ganze Entrüstung über den nie schlummernden Eigennutz Plenty's aus. Missmutig, wenn auch höflich, klang daher seine Stimme, indem er hinzufügte: »Ich bitte dringend, keinen Unterschied zu machen. Berechnen Sie Ihre Zeit, wie Sie es gewohnt sind, unbekümmert um den Erfolg, welcher mir zu Teil wird.«

»Recht so, junger Mann,« lobte Plenty, »es geht nichts über ein klares Geschäft; schmeckt's Ihnen nicht im Gasthofe und Sie haben Lust, heute Abend oder morgen Mittag bei mir zu speisen, so sind Sie willkommen.«

»Um es ebenfalls in Rechnung gesetzt zu sehen,« dachte Perennis, bemerkte aber mit verbindlichem Lächeln: »Ich bedaure, Ihre Einladung ablehnen zu müssen. Die wenigen Stunden der Muße möchte ich zum Briefeschreiben verwenden.«

»Wie's beliebt,« antwortete Plenty, wie die Ablehnung als selbstverständlich betrachtend.

Perennis wurde dadurch in seinem Vorsatz, des Yankees Haus nur in den dringendsten Fällen zu betreten, bestärkt, und mit kaltem Gruß entfernte er sich.

»Auf Wiedersehen,« hatte Plenty geantwortet, ohne auch nur ein Glied zu rühren. Dann verwendete er seine angeblich kostbare Zeit wieder dazu, träumerisch über den wenig belebten Platz zu schauen und seine Zigaretten zu rauchen.

»Gäb's einen andern Ausweg, nie wieder sollte mein Schatten seine Tür verdunkeln,« sprach Perennis in Gedanken, indem er langsam dem Gasthofe zuschritt. In seiner Phantasie tauchte das Bild der lieblichen Buchhalterin auf. Durch die Erinnerung an ihren Vater suchte er sie ihrer Reize zu entkleiden; es gelang ihm nicht.

»Unnatur, Unnatur,« lispelte er vor sich hin. Er sah um sich. Sein Blick fiel auf das verödete Haus des Onkels. Mit dem schweren flachen Dach und den geschlossenen Fensterläden erschien es ihm wie ein Sarg, in welchem die Hoffnungen, die ihn von der Heimat forttrieben als wertloser Schutt und Moder ruhten. Ein zweiter Blick streifte Plenty. Er glaubte zu entdecken, dass derselbe eine Bewegung machte, wie um zu verheimlichen, dass er ihm nachspähte.

»Er soll wenigstens den Eindruck gewinnen, dass ich nichts weniger als niedergeschlagen bin,« folgten seine Betrachtungen auf einander. Selbstbewusst richtete er sich empor, und so zuversichtlich schritt er einher, als wäre seine Tasche, anstatt mit fünfzig Dollars, mit dem Anrecht an ebenso viele Tausende beschwert gewesen.

Plenty hatte ihm in der Tat nachgespäht, wie die wachsende Entfernung, welche ihn von seinem Hause trennte, aufmerksam messend. Die Hälfte des Weges bis zum Gasthofe hatte Perennis ungefähr zurückgelegt, als Plenty einen kleinen Hohlschlüssel aus der Westentasche zog, an seine Lippen führte und einen kurzen, schrillen Pfiff ausstieß. Alsbald öffnete sich auf der linken Seite des Hauses eine breite Pforte, durch welche die Verbindung mit den Hofräumen hergestellt wurde, und in derselben erschienen, als hätten sie auf das Signal gewartet, ein grauköpfiger Neger im leichten und sauberen Sommeranzuge, und ein ähnlich gekleideter brauner, schlanker Bursche mit pechschwarzem, bis auf die Schultern niederfallendem, schlichtem Haar. Indem sie sich Plenty näherten, offenbarte sich in der Haltung des Negers wie in dem Ausdruck seiner grauschwarzen, echt afrikanischen Züge eine gewisse erhabene Würde. Die Augen seines jugendlichen Begleiters schauten dagegen gleichmütig, verrieten aber durch ihr halb verschleiertes geheimnisvolles Funkeln das bewegliche Beobachtungsvermögen eines Eingeborenen.

»Bluebird,« redete Plenty den greisen Neger zunächst an, »Du sollst jetzt beweisen, dass Du der schlauste Majordomo, der jemals den Hausstand eines ehrlichen Mannes in guter Ordnung hielt.«

Bluebird lächelte auf seine Art anspruchslos, warf einen geringschätzigen Blick auf den braunen Gefährten und antwortete ehrerbietig:

»Ich bin gewohnt, meine Schuldigkeit zu tun, Herr, und denke, aus dem Gill allmählich einen brauchbaren Menschen heranzubilden.«

Gill, ein junger Pueblo-Indianer vom Stamm der Zuñis, schien auf seines schwarzen Hausgenossen Meinung kein sonderliches Gewicht zu legen, denn er blickte sorglos in der Richtung nach dem Gasthofe hinüber, wo Perennis' Gestalt seine Aufmerksamkeit fesselte.

»Gut, Bluebird,« fuhr Plenty etwas lebhafter fort, »Ihr seid Beide brauchbare Gesellen, aber nun betrachtet den Mann in dem grauen Rock dort, der sich in die Brust wirft, wie 'n Truthahn vor 'ner ausgespannten roten Decke; seht ihn recht genau an, damit Ihr ihn wiedererkennt – da – eben verschwindet er im Gasthofe.«

»Ich werd' ihn wiedererkennen, Herr,« versetzte Bluebird wiederum mit einem bedauernden Blick auf Gill, der nur zustimmend nickte.

»Leute, die von den Ebenen hereinkommen, ändern schnell ihre Außenseite,« nahm Plenty wieder das Wort, »geht daher Beide hinüber, lasst Euch 'nen Trunk reichen und betrachtet ihn in der Nähe. Wenn ihn Jemand als Mr. Rothweil anredet, so ist's der richtige Mann.«

»Was ich über'n Glas Al Paso-Wein hinweg ins Auge fasse, geht meinem Gedächtnis nie wieder verloren,« erklärte Bluebird sehr gebildet und würdevoll, »und ich denke, Gill wird's ebenfalls lernen.«

»Kenne Alles wieder, was ich nur einmal sah,« versetzte Gill ruhig und in mäßig geläufigem Englisch, »Kenn's wieder ohne Wein oder Rum.«

»Gut Bursche, erhalte Dir stets 'nen klaren Kopf, und wenn Du nach 'n paar Jahren Dienstes in meinem Hause Deinem Stamme nicht mehr nützest, als 'n halb Dutzend Missionare, will ich zum letzten Mal in meinem Leben 'ne Zigarette gerollt haben. Du hingegen Bluebird, trinke der Gläser zwei, damit's Dein Gedächtnis auffrisch, und dann schaut Beide nach einem zweiten Manne aus. Entsinnst Du Dich eines gewissen Dorsal?«

»Er ging im letzten Herbst an den Missouri,« antwortete der schwarze Majordomo, an welchen die Frage gerichtet gewesen.

»Richtig, Bluebird. Täuschen mich meine Augen nicht – und 'ne ziemliche Strecke ist's hin – so stieg er vor 'ner halben Stunde da drüben vom Pferde. Sieh' Dich nach ihm um, und findest Du ihn, so zeig' ihn dem Gill. Magst Dich auch bei den Reisenden nach unserm Train erkundigen, ob er nicht bald heran ist; sonst sprecht Beide mit Niemandem und haltet Euch nicht länger auf, als notwendig.«

»Also Rothweil?« fragte Bluebird mit unverkennbarer Neugierde.

»Nun ja,« antwortete Plenty gedehnt, »und warum sollte er nicht Rothweil heißen? Gibt's doch auch mehr, als einen Bluebird (Blauvogel) in der Welt, kalkulier' ich, und manchen Baum habe ich gesehen, in welchem deren ein Dutzend saßen.«

Bluebirds Augäpfel rollten vor Entzücken über das scherzhafte Wortspiel, wie zwei Billardbälle in ihren Höhlen. Doch seiner Würde sich bewusst, verschluckte er das in seiner Kehle steckende Lachen, und mit einem erhabenen: »Komm Junge,« zu seinen indianischen Zögling, schlug er mit diesem die Richtung nach dem Gasthofe ein.

Gleichmütig blickte Plenty dem seltsamen Paar nach. Welche Zwecke er mit den an dasselbe gerichteten Aufträgen verband, ob sie überhaupt freundliche oder von Hinterlist getragene, ruhte verborgen hinter seinen undurchdringlich verschlossenen Zügen.

Siebzehntes Kapitel.

Im Pfarrhause.

Es war um die elfte Abendstunde desselben Tages, als Perennis die Trinkhalle des Gasthofes, welche zugleich der Zusammenkunftsort der dort eingekehrten Fremden, verließ, um sein Schlafgemach aufzusuchen. Vorzugsweise hatte er sich mit einem hageren, stark von der Sonne gebräunten, etwa fünfzigjährigen Reisenden unterhalten, der mit dem gewandten Wesen eines gebildeten Mannes eine gewisse Vertrauen erweckende Heiterkeit verband. Aus ihrem lebhaften Gespräch ging hervor, dass sie mit derselben Gelegenheit vom Missouri gekommen waren und auf dem langen Wege über die einförmigen Grasfluren sich eine Art freundschaftlichen Verhältnisses zwischen ihnen gebildet hatte. Wie Perennis, so trug auch er noch die Merkmale der Steppenfahrt sowohl in seiner Bekleidung, wie in dem vernachlässigten dunkelbraunen Vollbart und dem unverschnittenen schwarzen Haar, welches ringsum schlicht niederfiel, dagegen so gescheitelt war, dass es eine etwa handgroße kahle Fläche mitten auf dem Haupte notdürftig bedeckte. Hatte er im Laufe der Wochen und Monate Perennis' Lebensgeschichte ziemlich genau kennen gelernt, so wusste dieser von ihm, dass er Dorsal heiße und als Agent zwischen einzelnen Städten Neu-Mexiko's und den östlichen Staaten Geschäfte vermittele. Auch in dem Gasthofe kannte man ihn nur als den Agenten Dorsal, obwohl kein einziger der anwesenden Gäste irgend eine Andeutung fallen ließ, dass er jemals seine Dienste in Anspruch genommen hätte. Man betrachtete ihn eben als einen Mann, der sein gutes Geld in Umlauf brachte, und solche Leute konnte man gebrauchen. Wie sie ihr Geld verdienten und wo, das waren Fragen, die Jeden gerade so viel angingen, wie der Inhalt einer nicht für ihn bestimmten Flasche.

Mit herzlichem Händedruck hatte Dorsal sich von Perennis verabschiedet; kaum aber war dieser im Innern des Hauses verschwunden, als er auf die Straße hinaustrat. Darüber wunderte sich ebenfalls Niemand. Er war ja, so viel man wusste, unbeweibt, und wiederum kümmert es Niemand, wenn er in näherer Beziehung zu diesen oder jenen schwarzen Augen stand und seine abendlichen Wege zu verheimlichen wünschte.

Ein Weilchen blickte er über den sich vor ihm ausdehnenden Platz hin. Wie über ernste Dinge nachdenkend, schritt er einige Male auf und ab, und als er sicher war, von der noch geräuschvoll belebten Trinkhalle aus nicht beobachtet zu werden, bog er schnell in die neben dem Gasthofe auf den Platz mündende Straße ein. Gemächlich einherschreitend, beschleunigte er allmählich seine Bewegungen. Bald nach links bald nach rechts bog er in eine andere verödete, dunkel liegende Straße ein, bis er endlich eine Mauer erreichte, welche den Hof einer altertümlichen Kirche umschloss. Dort wurden seine Bewegungen wieder vorsichtiger. Mehrfach blieb er sogar stehen, um sich zu überzeugen, dass niemand ihm folge. Über einen schlanken Schatten, welcher dicht an den Häusern gleichsam einher schwebte und nur bei schärferem Spähen in unbestimmten Umrissen von dem dunkeln Hintergrunde sich abhob, schweiften seine Blicke achtlos hinweg. Und doch hielt der geheimnisvolle Schatten beständig gleichen Schritt mit ihm und sank jedes Mal gleichsam in sich zusammen, so oft Dorsal auch nur Miene machte, stehen zu bleiben.

Hinter der Kirche erhob ich ein abgesondert stehendes einstöckiges Haus von größerem Umfange. Die auf den Lehmmauern spärlich und unregelmäßig zerstreuten kleinen Fenster waren dunkel; dagegen verriet ein oberhalb des Gebäudes schwebender matter Lichtschein, dass auf dem nach mexikanischer Sitte von den Baulichkeiten umschlossenen Hofe noch Leben herrschte.

Vor der niedrigen, sehr festen Haustür blieb Dorsal stehen; aber erst nachdem er sich überzeugt zu haben meinte, dass kein Lauscher in der Nähe weilte, klopfte er. Eine Minute dauerte es, bis geöffnet wurde und ein alter brauner Mexikaner, in der Hand ein Licht, nach seinem Begehr fragte. Kaum aber hatte derselbe einen Blick auf den von der vollen Beleuchtung getroffenen Fremden geworfen, als er sich mit dem Ausdruck des höchsten Erstaunens ehrerbietig verneigte und den Weg ins Haus hinein frei gab.

»Die hochwürdigen Herren befinden sich auf dem Hofe,« antwortete er auf die leise Frage Dorsals, und behutsam verschloss er die Tür wieder.

»Sind Fremde da?« fragte Dorsal, der hinter ihm stehen geblieben war.

»Keine Fremde, Señor,« hieß es unterwürfig zurück, »heilige Mutter Maria! Ich bin so erstaunt, den hochwürdigen Herrn hier zu sehen. Ich weiß nicht, ob Sie so früh erwartet wurden. Soll ich Euer Hochwürden anmelden?«

»Ich bin hier, wie Du siehst, und des Anmeldens bedarf es nicht,« antwortete Dorsal so gebieterisch, dass Perennis in ihm schwerlich den heiteren, leichtfertigen Reisegefährten wiedererkannt hätte; »aber sorge dafür, dass wir nicht gestört werden.«

Der Mexikaner verneigte sich, wartete leuchtend, bis Dorsal am Ende des Flurganges eine Tür geöffnet hatte und auf die den Hof umschließende breite Veranda hinausgetreten war, dann verschwand er durch eine schmale Seitentür.

In diesem Augenblick entfernte sich auf der Außenseite der Haustür der schlanke Gill, der so früh daselbst eingetroffen war, dass er den zwischen den beiden Männern gewechselten Gruß noch hörte. Was auf dem Flur gesprochen wurde, war ihm dagegen entgangen. Geräuschlos glitt er wieder von der Türe fort und schlich um das ganze Haus herum. Nirgend bot sich Gelegenheit, einen Blick ins Innere zu werfen. Trotzdem gab er es nicht auf, dem empfangenen Auftrage gemäß, Plenty genauere Kunde über Dorsal und dessen Zwecke zu verschaffen. Hart an der Kirchhofsmauer kauerte er sich nieder, so dass er die Tür zu überwachen vermochte, durch welche jener wieder ins Freie treten musste.

Als Dorsal auf die Veranda hinaustrat, gewahrte er über den niedriger gelegenen, mit duftendem Strauchwerk bewachsenen kleinen Hof hinweg hellen Lichtschein. Die Veranda selbst als Weg wählend, schritt er eiligst um das Gärtchen herum. Zwei Herren, augenscheinlich dem geistlichen Stande angehörend, erhoben sich von einem mit Weinkaraffen, Gläsern und Zigaretten besetzten runden Tisch, aufweichen eine Schwebelampe strahlende Helligkeit niedersandte. Sobald sie aber Dorsal erkannten, traten sie ihm mit dem Ausdruck des höchsten Erstaunens entgegen.

»Sie hier?« fragten sie wie aus einem Munde, dann fuhr der Ältere erregt fort, indem er Dorsal zum Gruß die Hand reichte: »Das müssen wichtige Umstände sein, welche Sie, entgegen Ihrer jüngsten Benachrichtigung, bewegen, den Missouri so früh zu verlassen. Wir konnten Sie nur mit der letzten Karawane erwarten.«

»Umstände von größter Wichtigkeit,« antwortete Dorsal, den beiden Herren gegenüber sich an dem Tische niederlassend, »Umstände, die mir ebenso unerwartet kamen, wie ich selber heute Ihnen. Meine Aufträge in den verschiedenen, mir von oben herab bezeichneten Parochien habe ich glücklich ausgerichtet und andere mit herübergebracht – doch davon zu gelegenerer Stunde.«

Er trank das ihm von dem jüngeren Herrn, welchen er mit dem Namen Brewer anredete, zugeschobene Glas leer, und es wieder auf Tisch stellend, fragte er gedämpft:

»Sind wir gegen unberufene Ohren geschützt?«

»Sprechen Sie ohne Scheu,« antwortete Hall, der ältere der beiden Geistlichen.

»Wohlan denn,« nahm Dorsal wieder das Wort, »zuvor gestatten Sie mir eine Frage: »Wie steht es mit der Hinterlassenschaft des verstorbenen Rothweil?«

Die beiden Geistlichen blickten sich gegenseitig verstört in die Augen, dann antwortete Hall befremdet:

»Ich hoffe, günstig genug. Noch einige Monate, und der Termin für die Gültigkeit des Testamentes ist abgelaufen. Ein zweites gewinnt Rechtskraft, und an uns tritt die Aufgabe heran, den etwa von fremder Seite gestellten Ansprüchen rechtzeitig und mit durchschlagenden Mitteln zu begegnen.«

»Und die beschränken sich darauf, dass der alte Gotteslügner nach einem langen unkirchlichen Leben die Sterbesakramente verlangte und als reumütiger Katholik starb,« versetzte Dorsal spöttisch.«

»Und bindende Bestimmungen traf, die gewissenhaft niedergeschrieben und von seiner erstarrenden Hand unterzeichnet wurden.«

»Von seiner erstarrenden Hand,« wiederholte Dorsal mit verstecktem Hohn, »das ist die richtige Bezeichnung des etwas unüberlegten und daher gefährlichen Verfahrens. Denn wer bürgt dafür, dass sein Nachbar Plenty nicht vorher sich überzeugte, dass die Hand bereits im Erstarren begriffen gewesen?«

»Niemand betrat vor uns das Sterbezimmer, darüber waltet kein Zweifel. Sein Faktotum, ein alter Zuñi-Indianer, war des Nachts durch Stöhnen aus dem Schlafe geweckt worden. In seiner Not, ärztlichen Beistand herbeizuschaffen, zugleich wohl etwas abergläubisch, ging er nicht erst zu Plenty, sondern von uns auch Hülfe für körperliche Leiden erwartend, traf er atemlos hier ein. Wir begleiteten ihn ohne Zeitverlust und fanden die Haustür genauso verschlossen, wie der Indianer sie gelassen hatte. Beim Verabreichen der Sakramente und dem Niederschreiben der letzten Bestimmungen lag der alte Bursche in einem Winkel auf den Knien und betete.«

»Wo nahm dieser sein Ende?«

»Wir entließen ihn reichlich beschenkt. Er beabsichtigte, in seine Heimat zurückzukehren, wo er bald darauf starb. Etwas später meldete sich sein Sohn oder Enkel bei Plenty, der ihn seitdem bei sich behielt.«

»Das erscheint immerhin verdächtig.«

»Welchen Wert hätte das Zeugnis eines Eingeborenen?«

»Das Haus ist während meiner Abwesenheit nicht geöffnet worden?«

»Die Siegel sind so unverletzt, wie fünf Stunden nach Rothweils Verscheiden,« antwortete Hall, der das Wort führte, eine behäbige Gestalt mit ungewöhnlich energischen Gesichtszügen; »Plenty ließ nämlich als Nachbar, vielleicht auch in Folge einer Verabredung, sobald er den Tod erfuhr, die Leiche nach seinem eigenen Hause schaffen und sofort Alles versiegeln.«

»Warum sind die Ansprüche der Kirche nicht früher geltend gemacht worden?« nahm Dorsal nach kurzem Sinnen das Gespräch wieder auf, »die Angelegenheit wäre heut vielleicht längst erledigt.«

»Der Aufruf an die nächsten Blutsverwandten konnte nicht umgangen werden, also auch nicht die vorgeschriebene Frist, »erklärte Hall bedächtig; »sind die zwei Jahre und sechs Monate verstrichen und mit dem Nichterscheinen von Erben deren Rechte erloschen, dann ist es erst Zeit für uns, aufzutreten und das zweite Testament einfach für ungültig zu erklären.«

»Aber wie, wenn bis dahin ein berechtigter Erbe erschiene?«

»So müssen wir den Kampf mit ihm aufnehmen. Doch das ist nicht denkbar. Zwei Jahre sind verstrichen, ohne dass Jemand sich meldete, und so werden auch die fünf oder sechs Monate vergehen.«

»Den Inhalt des zweiten Testamentes kennen Sie nicht?«

»Er wird erst am Verfalltage kund werden. Die Vermutung liegt nahe, dass Plenty und dessen Tochter darin bedacht sind.«

»Plenty wäre ein scharfer Gegner.«

»Seine Ansprüche erlöschen, sobald wir die unsrigen einreichen.«

»Über den Umfang des hinterlassenen Vermögens weiß man nichts Genaueres? So viel damals verlautete, besaß er keine Liegenschaften.«

»Vor allen Dingen war er Plenty's Geschäftsfreund, und dieser gaunerische Yankee hat, so viel man weiß, selbst in den gewagtesten Spekulationen nie einen Fehlgriff getan. Unterschätzt darf nicht werden, dass der Verstorbene bei mehr, als einer Gelegenheit von seinem Reichtum sprach, und von einem bestimmten Ereignis sein gänzliches Zurücktreten von allen Geschäften abhängig machte, um allein noch seiner Manie für Altertümer zu leben.«

»Ich hoffe, es waltet keine Täuschung, denn Torheit wäre es, so viel Opfer an Mühe und Zeit für ein Phantom zu verschwenden.«

»Täuschung ist unmöglich. Rothweil war kein Mann, der zum Prahlen hinneigte; in mancher Beziehung war er sogar ängstlich verschlossen. Dagegen ist eine im unbewachten Augenblick gemachte Äußerung des Verstorbenen bemerkenswert: ›Nur so lange möchte ich noch leben, bis ich mein ganzes Vermögen flüssig gemacht und dessen vollen Umfang kennen gelernt habe.‹«

»Sicher eine geheimnisvolle Bemerkung,« versetzte Dorsal nachdenklich; dann trat es wie beißender Spott auf seine Züge.

»Mag das Vermögen ein großes oder mäßiges sein,« sprach er, »in beiden Fällen hindert es nicht, dass die Besitzergreifung uns – ich möchte fast sagen: bis zur Unmöglichkeit erschwert wird. Der leibliche Neffe des Verstorbenen ist nämlich eingetroffen, um die Testamentseröffnung sofort zu beantragen.«

Hall und Brewer starrten auf Dorsal, als hätten sie ihn nicht verstanden. Dieser weidete sich augenscheinlich an dem Bilde, welches sie in ihrer Verwirrung boten, und nach einer kurzen Pause fuhr er fort: »Ich wiederhole, ein leiblicher Neffe des Verstorbenen, ein gewisser Matthias oder Perennis Rothweil, und bevor viele Tage vergehen, tritt er in den Besitz der Erbschaft.«

»Unmöglich!« hieß es wieder wie aus einem Munde zurück, ein Beweis, wie vernichtend die Kunde wirkte.

»Waren wir nicht auf ein solches Ereignis vorbereitet?« fragte Dorsal; »ein Irrtum aber ist unmöglich, seitdem ich selber in der Gesellschaft des jungen Mannes die Reise über die Ebenen zurücklegte. Nur einem Zufall verdanke ich meine Bekanntschaft mit ihm, oder ich hätte meinen Aufbruch um einige Monate verschoben, um, wie ich ursprünglich beabsichtigte, später einen schnelleren Posttrain zu benutzen. Bei einem Bankier traf ich mit ihm zusammen. Er war im Begriff, einen Wechsel auf Plenty zu kaufen. Durch den Namen aufmerksam geworden, forschte ich ihn aus, und das Ergebnis war, dass ich mich der von ihm gewählten Karawane anschloss. Wir wohnen jetzt unter demselben Dache und verkehren wie gute Freunde miteinander.«

»Eine nicht zu unterschätzende Gefahr,« bemerkte Hall, der seine Überlegung zurückgewonnen hatte, kaltblütig, »und um derselben gebührend zu begegnen, dürfen wir in der Wahl der Mittel nicht allzu schwierig sein.«

»So nennen Sie mir schon ein Mittel,« nahm Dorsal wieder mit einem Ausdruck von Ungeduld das Wort, »vielleicht erfolgt die Eröffnung schon morgen. Des jungen Rothweil erster Gang nach unserem Eintreffen war wenigstens zu Plenty, und was die Beiden verabredeten, erfahren wir schwerlich früher als bis es nicht mehr rückgängig gemacht werden kann.«

»Uns der Eröffnung zu widersetzen, dürfte sich kaum empfehlen.«

»Gewiss nicht. Es würde zunächst dadurch die Frage ins Leben gerufen werden, weshalb wir nicht vor Jahresfrist und noch früher mit unseren Ansprüchen auftraten,« erklärte Dorsal, »jedenfalls ist die Sache im Vertrauen auf das Nichterscheinen eines Erben zu lange verschleppt worden.«

»So zeigen Sie uns einen anderen Weg.«

»Bevor wir irgendwelche Schritte tun, müssen wir die Eröffnung ungestört vor sich gehen lassen. Dann ist es unsere nächste Aufgabe, zu erforschen, ob die Höhe der Hinterlassenschaft im Einklang mit der darauf zu verwendenden Mühe steht. Lauten die Nachrichten befriedigend, so steht einer Ungültigkeitserklärung nichts im Wege. In dem gewinnsüchtigen Plenty aber müsste ich mich unendlich täuschen, begegneten wir mit unserem Verfahren nicht seinen Wünschen, das heißt, wenn er wirklich Ursache zu haben glaubt, auf einen Antheil zu hoffen. Gelingt es, den Verkehr zwischen Plenty und seinem neuen Nachbarn zu beschränken oder gar ganz abzuschneiden, wird dadurch viel gewonnen. Leider darf ich selbst bei meinen freundschaftlichen Beziehungen zu dem jungen Manne nur sehr vorsichtig zu Werke gehen. Es müsste also eine andere Person gefunden werden, die ihm näher träte und auf ihn einwirkte.«

»Die schon gefunden sein dürfte,« bemerkte Hall lebhaft.

»Die aber auch Vertrauen verdient?«

»Überzeugen Sie sich selber,« versetzte Hall, und eine auf dem Tisch stehende Klingel ergreifend, ließ er diese zwei Mal ertönen.

Alsbald öffnete sich auf der gegenüberliegenden Seit des Hofes eine Tür. Mit leichtem Schritt eilte es um die Veranda herum, und gleich darauf trat eine dunkel gekleidete Frauengestalt in den Schein der Lampe.

»Clementia,« redete Hall sie an, »unser hochverehrter Freund Dorsal ist eingetroffen; ich wollte Dich ihm vorstellen.«

Clementia verneigte sich und richtete ihre großen, exotisch glühenden Augen fest auf Dorsal. Ein unschuldiges Lächeln spielte um ihre etwas aufgeworfenen Lippen, offenbar hervorgerufen durch die Bewunderung mit welcher dieser sie betrachtete. Dabei zog sie den schleierartigen Reboso, welcher ein jugendliches Antlitz von tadelloser Schönheit einrahmte, fester um ihre Schultern zusammen, dadurch einen eigentümlichen Ausdruck sittiger Befangenheit erzeugend. Das schwarze Lockenhaar, welches in üppiger Fülle unter dem anschließenden Reboso hervorquoll, ließ ihre bräunlich angehauchten Züge nur noch zarter erscheinen, wogegen die vollen Wangen im lieblichsten Purpur glühten.

»Wir werden gute Freunde sein,« redete Dorsal sie an, indem er ihr die Hand reichte und einen prüfenden Blick auf ihre zierlichen Finger warf.

»Meinen Wohltätern kann ich nur treu dienen,« antwortete Clementia, sich wiederum ehrerbietig verneigend.

»Mehr verlangen wir nicht für den Schutz, welchen wir Dir angedeihen ließen,« versetzte Hall mit bezeichnendem Lächeln und die letzten Worte etwas schärfer betonend, »doch nun gehe und verschaffe uns einige Erfrischungen. Ich hoffe, es wird Ihnen nicht unwillkommen sein,« kehrte er sich Dorsal zu. Dieser zog seine Blicke von Clementia ab; es entging ihm daher, dass sie bei Halls geheimnisvoller Andeutung erbleichte. Ihr Lächeln blieb dagegen dasselbe; indem sie sich aber abkehrte und davonschritt, schoss unter ihren träumerisch gesenkten Lidern ein Blitz des unversöhnlichen Hasses hervor, um ebenso schnell wieder zu erlöschen.

»Eine Erscheinung, welche einen Plato aus seiner philosophischen Ruhe aufzuscheuchen vermöchte,« bemerkte Dorsal, sobald Clementia aus der Hörweite getreten war.

»Ihre geistigen Anlagen stehen im Einklange mit ihren körperlichen Vorzügen,« versetzte Hall geschäftsmäßig, »wer die verwilderte Landseñorita vor einem halben Jahr sah, würde sie heute nicht wiedererkennen. Übrigens bürgt ihre Vergangenheit für ihre Treue. Es sollte sonst schwer werden, den verzweifelten Charakter zu bändigen.«

»Sie kann viel nutzen, aber auch viel schaden,« erwiderte Dorsal wie beiläufig, »es kommt darauf an, wie stark die Kette, an welcher sie liegt. Doch woher stammt sie?«

»Aus dem Landstädchen Manzana, etwa sechs Tagesreisen von hier. Und die Kette, an welcher sie liegt – nun, ich wüsste keine stärkere, als diejenige, welche an eine gewisse Freiheit der Bewegung, wenn nicht gar ans Leben fesselt.«

»Das klingt rätselhaft.«

»Nun ja, sie ist eben eine rachsüchtige Kreatur. Auf einer Missionsfahrt gesellte sie sich halbverkommen vor Hunger und Elend zu mir. Sie befand sich seit mehreren Wochen auf der Flucht und bat mich auf den Knien, sie zu retten. Als ich sie in Beichte nahm, erfuhr ich, dass sie in Manzana dem verrufenen Räubernest, zu Hause gehöre und in einem Anfall von Tollwut oder Eifersucht ihren Geliebten oder einen Andern, ich entsinne mich nicht genau – erstochen habe. Jedenfalls glaubt sie, einen Mord begangen zu haben – obwohl der Verwundete sich bald genug wieder erholte – und das Bewusstsein, zu jeder Stunde dem Gericht überantwortet werden zu können, macht sie zu einer ebenso treuen wie gewissenhaften Sklavin.«

»Eine gefährliche Person bleibt sie immerhin,« warf Dorsal nachdenklich ein.

»Im Anfange war sie es,« erklärte Hall sorglos, »und manchen harten Strauß hatte ich mit dem unbändigen Geschöpf zu bestehen, bevor es darauf einging, sich glattere Manieren anzueignen –«

In diesem Augenblick tauchte der alte Mexikaner im Hintergrunde auf. Vorsichtig trug er ein Brett mit Backwerk, Früchten und Flaschen. Sorgfältig stellte er Alles auf den Tisch, und schweigend, wie er gekommen war, entfernte er sich wieder. Die Unterhaltung der drei Herren wendete sich anderen und heitereren Dingen zu. Der feurige El Paso-Wein regte die Geister an. Lange nach Mitternacht saßen sie noch auf der kühlen Veranda bei dem gedämpften Licht der großen Schwebelampe. Herzliches Lachen erschallte, geistreiche Bemerkungen flogen hinüber und herüber. – Indem die Gläser lustig an einander klirrten, wurde mancher Toast gesprochen, der nicht ganz im Einklänge mit geistlicher Würde.

Die Stadt lag still. Der Mond war aufgegangen. Bleiches Licht ruhte auf den Straßen, auf den flachen Dächern und auf den grauen Kirchtürmen. Bleiches Licht auch auf der Ebene und den sie begrenzenden Abhängen der benachbarten Gebirge. Durch die Helligkeit gleichsam eingeschüchtert, funkelten nur wenige Sterne. Hirtenhunde bellten nah und fern. Sie schienen dem Monde zu zürnen, der gleichmütig seine ewige Bahn wandelte. Im schattigen Winkel der Kirchhofsmauer wachte Gill, der scharfsinnige Zuñi-Indianer.

Achtzehntes Kapitel.

Die Testamentseröffnung.

Ein Tag war vergangen und noch einer; als erfüllt galten die Förmlichkeiten, welche die Eröffnung des Testamentes bedingte.

Perennis hatte Plenty nicht öfter besucht, als es ihm zur Förderung seiner Zwecke unerlässlich erschien. Das Misstrauen, welches der auf die Kostbarkeit seiner Zeit sich berufende Yankee ihm einflößte, wurde noch erhöht, als am zweiten Tage auf einem Morgenspaziergange eine tiefverschleierte Mexikanerin im Vorüberschreiten ihm einen offenen Zettel darreichte. Auf demselben stand: »ein Freund Ihres verstorbenen Onkels warnt Sie vor dem habsüchtigen Plenty. Sehen Sie zu, wem Sie Ihr Vertrauen schenken. Auf Ihre Diskretion bauend, wird erwartet, dass Sie dieses Papier sofort vernichten.«

Als Perennis aufschaute, war die geheimnisvolle Fremde im Begriff, in eine Querstraße der Vorstadt einzubiegen. Er erkannte nur noch, dass sie durch schönen Wuchs und anmutige Bewegungen sich auszeichnete. Seinen Entschluss, ihr zu folgen, gab er ebenso schnell auf, wie derselbe erwachte, und in der nächsten Minute wiegte der Brief sich als kleine Schnitzel um ihn her in der stillen Morgenluft. Träumerisch sah er den an Schneeflocken erinnernden Papierrestchen nach; ein bitteres Lächeln trat auf seine Züge.

»Man hält mich für einen Knaben,« sprach er in Gedanken, »als ob der erste Eindruck, welchen ich von dem Manne empfing, nicht genügend gewesen wäre,« und missmutig setzte er seinen Spaziergang fort. An Eliza dachte er, wie an ein Bild, vor welchem er ein Weilchen bewundernd gestanden hatte. Ein trüber Schatten fiel von dem Vater auf die liebliche Tochter. Heimliche Scheu erfüllte ihn, im näheren Verkehr mit Beiden die letzte freundliche Erinnerung gänzlich zu zerstören.

Die Stunde, welche man zur Eröffnung des Testamentes bestimmte, war da. Pünktlich trafen Plenty und Perennis in dem Gerichtsgebäude zusammen. Auf des Richters Frage, wodurch Perennis sich legitimiere, nahm Plenty sogleich das Wort.

»Ich bürge für ihn,« sprach er so gleichmütig, als hätte es sich um den Verkauf eines Sattels oder einiger Decken gehandelt, »nebenbei besitzt er mehr Pässe und Dokumente, als erforderlich, ein Dutzend offenherziger Deutsche zu legitimieren.«

Überraschte es Perennis, dass Plenty, der selbst keinen Blick in seine Papiere geworfen hatte, sich so kaltblütig zu seinem Bürgen aufwarf, so wuchs seine Überraschung zum Erstaunen, als der Richter die Schriftstücke zurückwies und sich mit Plenty's Zeugnis zufriedengestellt erklärte. Dann holte er zwei mit mehreren Siegeln versehene Briefe hervor, deren einen er Perennis mit der Aufforderung darreichte, sich von der Unverletztheit der Siegel zu überzeugen. Den anderen legte er neben sich auf den Tisch.

»Er scheint nicht viel Worte gemacht zu haben,« bemerkte er im Geschäftston, »doch um Jemand zum Universalerben einzusetzen, bedarf es keiner Papierstöße.«

Er nahm den Brief zurück, brach die Siegel, und das Dokument entfaltend, las er die Eingangsformel ziemlich ausdruckslos vor. Erst als er zu den eigentlichen Bestimmungen gelangte, erhob er seine Stimme ein wenig.

»So gebe ich denn meinen freien, von keiner Seite beeinflussten Willen dahin kund,« hieß es, »dass mein Bruder, wenn er noch lebt, oder dessen Kinder in den unumschränkten Besitz meiner ganzen Habe treten, jedoch unter der unantastbaren Bedingung, dass mindestens Einer von ihnen zur Eröffnung des Testamentes sich hier in Santa Fé einstellt. Sollten innerhalb zweier und eines halben Jahres weder mein Bruder noch eins seiner Kinder, noch ein anderer an deren Stelle tretender Verwandter es für der Mühe wert gehalten haben, sich persönlich nach meinem Ende und meinen rechtsgültigen Verfügungen zu erkundigen, so verliert dieses Testament seine bindende Kraft und es tritt ein zweites, an meinen Freund Plenty adressiertes in volle Geltung. – Hier ist es,« schaltete der Richter ein, indem er den neben ihm liegenden Brief emporhob und wieder hinwarf; dann las er weiter: »Was ich zunächst meinem Bruder oder dessen Kindern vermache, besteht aus einem am Marktplatze gelegenen Hause samt Allem, was es enthält. Mögen sie damit, so viel oder wenig es sein mag, nach Willkür verfahren und es ihnen gesegnet sein. Zugleich ernenne ich meinen langjährigen Nachbarn und Geschäftsfreund, den Mr. Plenty, zum Testamentsvollstrecker. Etwaige Zweifel über meinen Nachlass oder Anfechtungen ist er befugt, nach seinem eigenen Ermessen zu schlichten und zu ordnen, ohne dass irgend eine

Person Einsprache dagegen erheben dürfte. So verfügt und beschlossen bei klarem Bewusstsein –« folgten die Unterschriften, Tag und Jahreszahl.

»Das wäre Alles und wenig genug obenein,« schloss der Richter, indem er Perennis das Testament einhändigte, »Sie treten hiermit in den Besitz des Hauses, und aufrichtig wünsche ich, dass die Erbschaft sich schließlich als umfangreicher ausweise, als nach diesem Schriftstück zu erwarten wir Ursache haben.«

Perennis stand nicht gleich eine Erwiderung zu Gebote. Hatte er hier doch kaum mehr erfahren, als ihm in der Heimat bereits mitgeteilt worden war. Wie ein Alp wälzte es sich auf seine Seele, dass er in so hohem Grade abhängig von dem guten Willen Plenty's , desselben Mannes, vor welchem er kurz zuvor so geheimnisvoll und dringend gewarnt wurde.

Herbe Enttäuschung prägte sich daher in seinem Antlitz aus, als er nach kurzem Sinnen sich Plenty zukehrte. Derselbe wechselte eben mit dem Richter einige gleichgültige Bemerkungen, und kümmerte sich anscheinend am wenigsten um die in dem Testament mit Bezug auf ihn selbst ausgesprochenen Bedingungen.

»So bin ich aufs Neue in die peinliche Lage versetzt, Ansprüche an Ihre kostbare Zeit erheben zu müssen,« redete Perennis ihn mit verbittertem Ausdruck an, als Plenty seine Hand ergriff, dieselbe nachlässig schüttelte und in die Worte ausbrach:

»Darum keine Sorge! Bei der Geschäftsstille verwerte ich meine Zeit gern auf andere Art, und jede Stunde, welche ich Ihnen opfere, wird pünktlich berechnet. Haben Sie aber Ihr gutes Geld für 'ne Sache hingegeben, so kann von peinlicher Lage nimmermehr die Rede ein, kalkulier' ich. Ist's Ihnen recht, so lassen wir die Siegel gleich entfernen. Es hindert Sie dann nichts, sich im eigenen Hause so bequem einzurichten, wie möglich. Wünschen Sie eine Haushälterin, so ist bald eine gefunden; ziehen Sie vor, als Junggeselle im Gasthofe Ihre Mahlzeiten einzunehmen, so hat Keiner dagegen etwas einzuwenden. Sind Sie dagegen geneigt, sich als Nachbar bei mir in Kost zu geben – und Sie würden viel Zeit dabei sparen – so berechne ich Ihnen Gasthofspreise und nicht einen Cent mehr.«

»Ich ziehe das Gasthofsleben vor,« antwortete Perennis, der wiederum eine Gaunerei zu wittern meinte, »uns Beiden wird dadurch manche Unbequemlichkeit erspart.«

»Durchaus keine Unbequemlichkeit,« versetzte Plenty nachlässig, »wo für zwölf Personen gekocht wird, und so stark ist mein Hausstand, findet auch der Dreizehnte Platz, und wer für seine Kost zahlt, braucht sich nicht zu genieren, zuzulangen, doch – wie's Ihnen gefällt. Wir leben hier in einem freien Lande, kalkulier' ich, wo es Jedem unbenommen bleibt, sich auf seine eigene Art durchzuschlagen oder zu verhungern. Und nun, Gentlemen,« kehrte er sich dem Richter zu, »möcht' ich raten, baldigst ans Werk zu gehen. Ich setze voraus, Mr. Rothweil sehnt sich darnach, ein leibeigenes Dach über seinem Kopfe zu wissen.«

Er schritt auf die Tür zu, es Perennis und dem Richter anheimgebend, ihm zu folgen oder zurückzubleiben. Ersterer verschloss den unversehrten Brief. Perennis blickte unterdessen Plenty nach. Bei jeder neuen Mahnung an dessen kleinliche Gewinnsucht, fühlt er seine Abneigung gegen ihn wachsen. Und doch war er an ihn gekettet, konnte er keinen Schritt ohne seine entscheidende Stimme tun. Ihm war zu Mute, als hätte er, hineingeschleudert in eine neue Welt, um jeden Bissen Brot einen Kampf gegen Hinterlist, Lug und Trug aufnehmen müssen.

»Folgen wir ihm,« störte der Richter ihn jäh aus dem Chaos seiner Gedanken. Er griff nach seinem Hut und sie traten auf die Straße hinaus. Plenty erwartete sie in der Tür. Spöttisch lächelnd betrachtete er Beide, und sorglos über Wetter und Wärme plaudernd, schlug er die Richtung nach der verwaisten Heimstätte ein.

Vor derselben eingetroffen, prüfte der Richter das durch ein darüber genageltes Brettchen geschützte Siegel des Eingangs. Es war unverletzt. Plenty brach es, zog einen Schlüssel hervor und öffnete die seit zwei Jahren nicht aus ihren Fugen gewichene Tür. Eintretend, befanden sie sich in einer Räumlichkeit, ähnlich der Vorhalle in Plenty's Hause. Auch hier lag auf jeder Seite ein Fenster, deren Laden von innen befestigt und versiegelt waren. Bevor man Perennis Zeit zur Umschau gönnte, wurden alle Siegel, auch die der nach dem Hofe öffnenden Türen und Fenster beseitigt, ebenso von den Hintergebäuden. Als nirgend eine Spur des Eindringens wahrnehmbar, kehrte der Richter sich Perennis zu.

»So will ich denn der Erste sein, der Sie zur Übernahme Ihres Erbes beglückwünscht,« sprach er, ihm die Hand reichend, »mögen Sie Ihren

Herd hier gründen oder in die alte Heimat zurückkehren: Überall hin begleitet Sie mein Wunsch, dass Sie nie weniger Achtung bei Freunden und Bekannten genießen mögen, als Ihr verstorbener Verwandter während seines langjährigen Aufenthaltes an diesem Ort sich einer solchen erfreute.« und Plenty vertraulich Zunickend, empfahl er sich.

»Ich kalkulier', wir fassen Ihre Erbschaft jetzt etwas näher ins Auge,« kehrte Plenty sich Perennis zu, sobald der Richter das Haus verlassen hatte, und langsam schritten sie in die Halle zurück, »wir können sie zugleich oberflächlich taxieren, damit wir ungefähr wissen, wie hoch Ihr Vermögen sich beläuft. Für das Haus zahle ich Ihnen zu jeder Stunde fünfzehnhundert Dollars, keinen Cent mehr ist es wert. Die Mauern bestehen aus ungebrannten Ziegeln, und um es mit dem meinigen zusammenzuwerfen, bedarf es eines kostspieligen Umbaues. Nach dem anderen Gerümpel frage ich nicht,« und er schwang die Hand im Kreise, Perennis' Aufmerksamkeit auf die an den Wänden angebrachten Bretter hinlenkend, auf welchen altertümliche Tongefäße und Teile von solchen peinlich geordnet sich aneinander reihten, »wollen Sie aber den Schund los sein, berechne ich das Stück durch die Bank mit fünfzehn Cent; 's wird mich Mühe kosten, ihn wieder an den Mann zu bringen, kalkulier' ich.«

»Und das war der vertraute Geschäftsfreund meines armen Onkels,« dachte Perennis während des letzten Teils von Plenty's Rede, dann antwortete er, mit Mühe seinen ganzen Unmut niederkämpfend: »Es erscheint mir etwas früh, schon jetzt über das Haus zu verfügen; bin ich doch in Zweifel, ob ich nicht dennoch mich zum Hierbleiben entschließe.«

»Recht so, junger Mann,« fiel Plenty etwas lebhafter ein, »man muss nie in der Übereilung handeln, und als Nachbar sollen Sie mir willkommen sein.«

Perennis lächelte spöttisch. Er erwog, wie lange der schlaue Yankee ihn als eine auszupressende Zitrone betrachten würde, und fuhr mit seinen Einwänden fort:

»Und die Altertümer? Ich denke, mein seliger Onkel bezahlte wohl etwas mehr, als fünfzehn Cent pro Stück.«

»Ein Vermögen kosteten ihn die Scherben,« bestätigte Plenty entrüstet, »Tausende und Tausende von Dollars gab er für die Erlangung derselben hin, anstatt sein schönes Geld in Grundbesitz anzulegen. War er selber aber kurzsichtig genug, den Plunder oftmals mit Gold aufzuwiegen, so setzte er schwerlich voraus, dass ein Anderer ebenso einfältig sein würde. Wie gesagt: fünfzehn Cent pro Stück, auch zwanzig, und nicht 'nen Strohhalm mehr. Überlegen Sie, ob Sie den Ballast länger beherbergen oder gar mit nach dem Osten schleppen wollen, 'ne gute achtspännige Fuhre ist's mindestens, oder ob's nicht gescheiter, ihn gleich loszuschlagen.«

»Was wollen Sie selber damit?« fragte Perennis, um Plenty's Gewinnsucht von ihm selbst in grelles Licht gestellt zu hören.

»Ich?« frage Plenty und grübelnd schloss er das eine Auge, während er das andere über die beschwerten Bretter hinschweifen ließ. »Hm, ich stapele den Trödel in einem Winkel meines Lagerhauses auf, kalkulier' ich, und kommt heute oder morgen ein verschrobener Professor oder 'n sonstiger wahnsinniger Häring von 'nem Gelehrten, der nach solchen Sachen aus ist, so versuch' ich's, ihm den Kram anzuhängen. Zahlt er eine gute runde Summe, so mag er sich 'n paar Dutzend Dinger auswählen; den Rest behalte ich für andere Gelegenheiten auf Lager.«

»Sie würden immerhin ein gutes Geschäft machen.«

»Ohne Zweifel,« gab Plenty lachend zu, »wenn ich meine Hand überhaupt an eine Sache lege, so geschieht's nicht zum Zeitvertreib, sondern um Profit zu machen. Je größer der Profit, um so herzlicher die innere Befriedigung, kalkulier' ich.«

In Perennis erneuertem Lächeln offenbarte sich Geringschätzung.

»Nun, Mr. Plenty,« sprach er mit einer Würde, welche selbst dem kalkulierenden Yankee sichtbar Achtung einflößte, »von Ihrem Standpunkte aus mag der Plan viel Verlockendes haben, allein böten Sie mir das Zehnfache, so würde mich das nicht bestimmen, auch nur den kleinsten Scherben dafür hinzugeben. Ich bilde mir ein, mein toter Onkel, wüsste er, dass ich Das, was er mit so viel Opfern an Zeit, Geld und Mühe sammelte, wie wertlosen Kehricht behandelte, würde sich in seinem Grabe umkehren.«

»Lieb wär's ihm schwerlich, allein die Toten hätten viel zu tun, wollten sie noch lange ihren Nachlass überwachen. Nein, Mr. Rothweil, Ihr guter

Onkel liegt am Auferstehungstage noch ebenso säuberlich auf dem Rücken, wie in der Stunde, in welcher wir ihn in seinen Sarg betteten.«

»Das mag sein,« versetzte Perennis, und er gab sich kaum noch Mühe, seinen Widerwillen zu verbergen, »der Verstorbene fand in dem Sammeln von Altertümern einen Lebensgenuss, zu welchem er vollkommen berechtigt war, und meine Pflicht ist es, seine Liebhabereien zu achten. Es ist genug, dass er im Vorgefühl seines Todes der fernen Verwandten gedachte, die sich nie um ihn kümmerten, allerdings auch nicht konnten, und seiner letzten freundlichen Erinnerung wäre ich unwürdig, wollte ich durch das Verschleudern seiner Schätze einen so traurigen Mangel an Pietät offenbaren. Nein, die Altertümer behalte ich. Sollten meine Verhältnisse sich dagegen so gestalten, dass ich gezwungen wäre, mich von ihnen zu trennen, so geschähe es nimmermehr auf dem Wege des Handels. Es würde sich in Santa Fé wohl eine Stätte finden, wo ich sie als ein Geschenk des Verstorbenen hinterlegen könnte, mit der ausdrücklichen Bedingung, sie nie aus einander zu reißen, sondern zu Gunsten der Wissenschaft als Basis eines zu gründenden Museums zu betrachten.«

Plenty senkte die Mundwinkel, dann spitzte er die Lippen und stieß einen zischenden Ton der Verwunderung aus. Sich auf den Hacken umdrehend, verbarg er, wie es in seinen scharfen Augen blitzartig aufleuchtete.

»Wär's nicht gegen die Höflichkeit,« bemerkte er spöttisch, »so möchte ich Sie einen Grünen nennen. Doch Sie werden mit der Zeit lernen, dem Klingen blanker Dollars den Vorzug vor dem nüchternen Danke alter Bücherwürmer zu geben.«

Perennis schwieg. Um die ihm peinliche Unterhaltung abzubrechen, warf er noch einen prüfenden Blick um sich, worauf er an Plenty's Seite in das Nebenzimmer trat.

Wie in der Vorhalle herrschte auch hier eine Sauberkeit und Ordnung, als ob am frühen Morgen erst eine geschäftige Hand mit dem Staubwedel über alle Gegenstände hingefahren wäre. Seit zwei Jahren hatten die unverletzten Siegel vor Türen und Fenstern gelegen, und doch entdeckte man nirgend ein Spinngewebe. Auf dem Schreibtisch stand Alles so, wie der Verstorbene es selber geordnet hatte. Mehrere Bücher lagen auf demselben, einzelne aufgeschlagen, andere geschlossen und mit Papierstreifen als Lesezeichen zwischen den Blättern. Auch Federn waren zur Hand und umringten eine schwere, zum Tintenfass hergerichtete Streitaxt von Grünstein. Den Mittelpunkt bildete ein altmexikanischer Götze, ein liegendes Ungetüm ohne Hinterleib, dafür mit zwei Vorderkörpern und zwei Köpfen. Die dicklippigen Rachen waren mit natürlichen Fuchszähnen dicht besetzt, während bläuliche Steine den ganzen Körper mosaikartig schmückten. Bei genauerer Prüfung entdeckte man indessen, dass das wunderliche Scheusal nur eine Nachbildung aus Ton, vielleicht darauf berechnet, ungeübte Forscher zu täuschen. Vor demselben lag ein fingerdicker Folioband. Mechanisch schlug Perennis ihn auf. Derselbe enthielt Register von Altertümern nebst zahlreichen Anmerkungen.

»Kaufmännische Bücher sind nicht vorhanden?« sprach er beiläufig.

»Gut bemerkt,« antwortete Plenty mit einem grimmigen Lächeln, »in Ihnen steckt mehr von einem geriebenen Geschäftsmann, als Sie selbst ahnen.«

Perennis fühlte das Blut in seinem Antlitz emporsteigen.

»Ich fragte gedankenlos,« erwiderte er stotternd, »mir liegt nichts ferner, als mich um die Rechnungen Verstorbener zu kümmern. Mein Onkel war Herr seiner Habe, und hätte er für gut befunden, sie zu verbrennen, so besäße Niemand ein Recht, ihn deshalb zu tadeln.«

»Die Rechnungsbücher hat er in der Tat verbrannt,« erklärte Plenty sorglos, »Oder vielmehr mich sie in seiner Gegenwart verbrennen lassen. Ich kalkulier', der Alte schämte sich, so viel gutes Geld für schlechten Schund hingegeben zu haben, und wünschte, es vor seinen Erben zu verheimlichen. Das da ist sein Kleiderschrank,« sprang er ab, indem er mit Perennis nach dem abgelegten Winkel der an sein eigenes Haus grenzenden Seitenwand hinüberschritt und das ziemlich unförmliche Stück Möbel öffnete, »'s ist jetzt leer, wie Sie sehen. Des Nachbars Kleider gab ich dem Zuñi, seinem alten Majordomo, mit auf den Weg. 's wär nur Mottenfraß gewesen, zumal er dem Ungeziefer einen so bequemen Eingang verschafft hatte,« und nachlässig wies er auf zwei in den oberen Teil der Türfüllung gesägte Sterne, »pah, als ob Kleiderplunder nicht auch ohne frische Luft verstocken könnte; aber er hatte seine Schrullen.«

Langsam bewegte er sich dem nächsten offen stehendem Zimmer des Hinterhauses zu. Perennis folgte ihm zögernd. Lebhafter, denn bisher, gedacht er der geheimnisvollen Warnung. Widersinnig, unnatürlich erschien ihm die Gemeinschaft der lieblichen Buchhalterin mit dem Manne, welchen sie Vater nannte. War doch Alles, was er in seinem Verkehr mit Plenty erfuhr, mehr als geeignet, sein Misstrauen gegen ihn zu erhöhen. Indem die lange knochige Gestalt vor ihm herging, sandte er einen Blick durch das mit einem einfachen weißen Kalkanstrich versehene Zimmer, dessen Hauptmöbeleinrichtung aus Wandbrettern mit Büchern und Altertümern bestand. Es rief für ihn den Eindruck hervor, als ob die wenig kunstvollen Erzeugnisse längst in Staub zerfallener Geschlechter verdrossen auf seinen Führer niederschauten. Er konnte nicht fassen, dass der Verstorbene Jemand zum Vertrauten wählte, dessen Ansichten den seinigen so schnurstracks entgegenliefen.

»Hier ist sein Schlafzimmer,« hob Plenty wieder an, sobald er die Schwelle überschritten hatte, »in dem Bett da ist er gestorben. Auf seinen ausdrücklichen Wunsch ließ ich's vor dem Versiegeln mit frischer Wäsche überziehen. Er meinte, es müsse sich wohnlich ausnehmen, wenn der Eine oder Andere seiner Verwandten hier einkehre.«

»Wohnlich genug sieht es aus,« versetzte Perennis ernst, und einen wehmütigen Gedanken zollte er dem Dahingeschiedenen, der auf der Schwelle des Todes mit so viel Anhänglichkeit und freundlicher Sorge derjenigen gedachte, um welche sich früher zu kümmern ihm Zeit und Ruhe gefehlt hatten.

»Es hindert Sie nichts, sogleich einzuziehen,« erklärte Plenty, »Sie sparen dadurch die Miete im Gasthofe, ich rechne, einen halben Dollar auf den Tag, und ein halber Dollar will verdient sein, kalkulier' ich. Da, hier ist Alles zu Ihrem Empfange bereit, fügte er hinzu, »Waschbecken, Seife, Handtuch, bei Gott, das Wasser ist in den zwei Jahren noch nicht eingetrocknet, wer hätte das für möglich gehalten!« und er tauchte die Finger in das halbvolle Becken, und sie schüttelnd, bedeckte er den Tisch so schnell mit Spritzflecken, dass Perennis meinte, sich getäuscht zu haben, als er schon vorher einen Tropfen dicht neben der Schüssel zu bemerken glaubte.

»Wunderbar in der Tat,« gab dieser träumerisch zu, »sogar unerklärlich; zwei Jahre sind ein langer Zeitraum.«

»Und dennoch erklärlich,« erwiderte Plenty, »wenn man in Betracht zieht, dass der gute Nachbar die Schüssel bis an den Rand zu füllen pflegte. Und dann das Abschließen der Luft.«

»Trotzdem atmet man leicht hier; nicht die Spur verdumpfter Kelleratmosphäre.«

Plenty kehrte sich schnell ab.

»Ein wunderlicher alter Gentleman war er immerhin,« erzählte er gleichmütig, indem er dem Arbeitszimmer wieder zuschritt, als wäre ihm der Aufenthalt in dem Sterbegemach unangenehm gewesen, »in Geschäften so scharf wie ein Rasiermesser, und in seinen Liebhabereien ein Kind. Bei Gott, da entsinne ich mich eines Auftrages: ›Plenty‹, sprach er eines Tages zu mir, ›die Geschichte mit dem Testament auf dem Gericht ist Humbug. Hab's nur getan der Form wegen und damit das Haus auf legalem Wege in den Besitz irgendjemandes kommt. Hab' da noch über den vornehmsten Teil meiner Habe zu verfügen, und das kann nur geschehen, wenn der Erbe hier eingezogen ist. Denn verlautet, wo meine Schätze stecken, so stiehlt sie irgend ein Schurke, bevor der richtige Eigentümer sich hier umgesehen hat.‹ Ja, so sprach mein guter Nachbar; nachher aber hat er vergessen, mir Näheres darüber mitzuteilen, und ihn darum zu befragen, lag nicht in meiner Natur, kalkulier' ich.«

»Das klingst geheimnisvoll,« versetzte Perennis, und argwöhnisch sah er in das beinah einfältig verschlossene Antlitz des Yankees, »und mehr noch: mir sogar unverständlich. Vielleicht ein Irrtum oder eine falsche Auffassung; denn wie konnte der Verstorbene von Schätzen sprechen, die sein Eigentum, von welchen er aber fürchtete, dass sie ihm entwendet werden würden? Gibt es doch Mittel und Wege genug, sie sicher anzulegen.«

»Auch mir unverständlich,« entgegnete Plenty, »hätte er mir nur eine einzige Silbe gesagt, bevor der Tod ihn unversehens ereilte. Wer weiß, was er damit meinte, dass sein richtiges Testament Humbug – pah–«

Er hob den Götzen empor und betrachtete ihn aufmerksam. Nach allen Seiten drehte er ihn, und immer spöttischer wurde der Zug um seine glatt geschorene schmale Oberlippe.

»Ein gescheiter Herr, und trotzdem auf solche Art sich hinter's Licht führen zu lassen,« fuhr er fort, ohne Perennis' Ungeduld zu beachten, »ein Einbrecher, der des Nachts diese Bestie holt, bringt sie am Tage wieder; denn die ist gefälscht, glasiert und aus so gutem einheimischen Thon gebrannt, wie nur je eine gehenkelte Suppenschlüssel. Und doch beschwor mein guter Nachbar, das zweiköpfige Scheusal sei mehr wert, als ein halbes Dutzend einköpfiger englischer Rennpferde, und dabei hantierte er es, als sei es aus den feinsten Glasfäden gesponnen gewesen.« Er klopfte auf das eigentümliche Gebilde; »und hohl ist's obenein,« bemerkte er geringschätzig, »da, hören Sie« – er klopfte wiederum, ging dabei aber ungeschickt zu Werke, dass es seiner Hand entglitt, auf das steinerne Tintenfass fiel und in Scherben zerbrach.

»Wenn er das noch erlebt hätte!« rief er schadenfroh aus, und fest in Perennis' Augen schauend, bannte er gleichsam dessen Blicke, »ich kalkulier', mit unserer Freundschaft war's vorbei.«

»Das ist bedauerlich,« sprach Perennis vorwurfsvoll, denn es empörte ihn, dass ein Lieblingsstück seines Onkels in so wegwerfender Weise behandelt wurde. Er senkte die Blicke auf die Trümmer; fast gleichzeitig griff er mit einem Ausruf des Erstaunens nach einer Papierrolle, welche aus dem kopflosen geborstenen Rumpf hervorragte.

»Das ist großartig! Das ist unglaublich!« offenbarte Plenty nun ebenfalls sein Erstaunen, »aber das sieht ihm ähnlich! Er hatte seine Schrullen, und wundern sollt's mich nicht, hätte er, statt einem guten gewissenhaften Freunde, die Schätze, von welchen er mir erzählte, dieser zähnefletschenden Bestie anvertraut.«

Perennis betrachtete ihn forschend. Er wusste nicht, sollte er an seine Mitwissenschaft glauben, oder nicht. Erst nach einer längeren Pause, als Plenty fortgesetzt den Ausdruck namenlosen ehrlichen Erstaunens und dann wieder spöttischer Überlegenheit bewahrte, neigte er zu der Überzeugung hin, dass in der Tat nur ein Zufall gewaltet habe.

»An dem Götzen ist allerdings nicht viel verloren,« brach er endlich wieder das Schweigen, welches Plenty dazu benutzt hatte, mehrere Scherben zu prüfen und festzustellen, dass an dem hohlen Gebilde mit vieler Mühe ein Stück losgeschliffen und, nach Hineinschieben der Rolle, wieder sorgfältig eingekittet worden war, »er scheint sogar zur Zertrümmerung bestimmt gewesen zu sein, gleichviel durch welche Mittel dieselbe schließlich bewirkt worden wäre.«

»Entglitt's nicht meiner Hand, so hätte das Geheimnis noch hundert Jahre in dem Bauch dieses verdammten Drachen hausen können kalkulier' ich,« beteuerte Plenty, »es sei denn, wir hätten ein darauf bezügliches Schriftstück entdeckt – aber Mann, was stehen Sie da wie ein abgetriebener Gaul vor seiner neuer Stalltür, und halten die Rolle, die ihre hunderttausend Dollars wert sein mag, zwischen den Händen, als ob's 'ne Pulvermine wäre?«

Perennis blieb noch immer sprachlos. Besorgnis erfüllte ihn, den Inhalt der mit so viel Bedacht verheimlichten Rolle kennen zu lernen. Ihm war, als hätten mit deren Öffnen die plötzlich ins Leben gerufenen überschwänglichen Phantasien und Hoffnungen auf eine glänzende, unabhängige Zukunft zerschellen müssen, wie der vor ihm liegende Götze. Plenty hingegen, um die schmalen Lippen das charakteristische, auf Verheimlichung seiner Gedanken berechnete Lächeln, welches sich wunderlich in den langen Kinnbart verlief, hob wieder gedehnt an:

»Möchte ich doch darauf wetten, dass dies das richtige Testament ist, wenn er das andere Humbug nannte. Jedenfalls ist's Ihr Eigentum, und es müsste Ihnen daran gelegen sein, es kennen zu lernen, kalkulier' ich. Wollen Sie's ungestört lesen, so ist mir's recht und ich gehe meiner Wege. Wenn nicht, so möcht' ich Ihnen zu erkennen geben, dass Zeit mehr wert ist, als Geld.«

Wie aus einem Traum erwachend, richtete Perennis sich auf. Argwöhnisch blickte er in Plenty's Augen. Es widerstrebte ihm offenbar, bei seinen weiteren Forschungen den schlauen Yankee zum Zeugen zu haben, und doch musste er sich sagen, dass der Vertraute seines Onkels kaum viel Neues erfahren würde, dagegen, wenn er es ehrlich meinte, mindestens einzelne Aufschlüsse von ihm zu erwarten seien. Seine Entscheidung folgte schnell.

»Sie waren der Freund meines verstorbenen Onkels,« hob er an, unbekümmert um das verschmitzte Grinsen, mit welchem Plenty die nach seiner Meinung diplomatische Einleitung bahnte, »ich darf daher wohl darauf rechnen, dass Sie etwas von dem Wohlwollen, welches Sie für ihn hegten, auf mich übertragen.«

»In Geschäften erreicht selbst brüderliche Liebe ihr Ende,« antwortete Plenty belehrend, »denn gerade in Geschäften ist nichts störender, als sich von sentimentalen Empfindungen leiten zu lassen, kalkulier' ich, oder solche bei anderen vorauszusetzen. Freie Hand muss Jeder behalten, um nicht hinterher als Verräter zu erscheinen, wenn die beiderseitigen Ansichten über Dieses oder Jenes auseinander laufen.«

»Gewiss, gewiss,« gab Perennis zu, ohne die vernommenen Worte recht erwogen zu haben, »und meine Absicht ist es am wenigsten, ihnen die Hände binden zu wollen. In Ihrer Willkür liegt es dagegen, Ihren Rat mir zu erteilen oder vorzuenthalten. Ich bitte Sie daher, zu bleiben. Sie begreifen, von Hause aus kein Geschäftsmann –«

»Hab's auf den ersten Blick erkannt,« schaltete Plenty ruhig ein, indem er vor dem Tisch Platz nahm und Perennis durch ein Zeichen aufforderte, seinem Beispiel zu folgen.

Dieser setzte sich nieder.

»Nein, ich bin kein Geschäftsmann,« wiederholte er, »und ich mache kein Geheimnis daraus. Aus Ihren Andeutungen aber und der Art der Verpackung dieser Rolle geht unzweifelhaft hervor, dass der Verstorbene die Öffentlichkeit so lange wie möglich auszuschließen wünschte.«

»Ganz damit einverstanden,« antwortete Plenty billigend, »wo's der Vorteil bedingt, darf das eigene Ohr nicht hören, was die Lippen sprechen.«

»Wo es der eigene Vorteil bedingt,« wiederholte Perennis in Gedanken; dann öffnete er den schmalen Riemen, mit welchem die etwa drei Finger dicke Rolle umwunden war. Plenty hatte sich auf seinem Stuhl zurückgelehnt. Aufmerksam überwachte er die Finger, die mit unsicheren Bewegungen das in Heftform zusammengelegte Papier glattstrichen.

Neunzehntes Kapitel.

Der Schatz von Quivira

»Mein letzter Wille,« lautete die Aufschrift. Nachdem Perennis einen flüchtigen Blick über die ersten, mit englischer Schrift bedeckten Seiten geworfen hatte, las er laut vor:

»Hinter mir liegt ein langes Leben; ein Leben, durchflochten mit mancher Freude, aber auch so herbem Leid, dass ich oft meinte, es nicht länger tragen zu können. Der Abend meiner Tage gestaltete sich dafür umso glücklicher. Mit Trauer erfüllt es mich daher, in absehbarer Frist der Natur den streng gewordenen Tribut zahlen zu müssen.

Auf dem Wege des Handels, zu welchem ich ursprünglich nicht bestimmt war, und begünstigt vom Glück, erwarb ich mir ein ansehnliches Vermögen. Diesem verdanke ich den für mich unschätzbaren Genuss, eine Sammlung altmexikanischer Altertümer mein zu nennen, welche an Vollständigkeit und Kostbarkeit ihres Gleichen sucht. Und was sind die vielen Tausende von Dollars, welche ich bald mittelbar, bald unmittelbar für die Erwerbung der einzelnen Nummern hingab, im Vergleich mit den Resultaten, welche ich erzielte! Das Gewicht meiner tönernen und steinernen Schätze in gediegenem Golde würde nicht den zehnten Teil ihres wahren Wertes repräsentieren.« »Vernünftige Menschen denken anders,« bemerkte Plenty ausdruckslos, und Perennis, die Unterbrechung nicht beachtend, las weiter:

»Doch neben dieser unvergleichlichen Sammlung bin ich auch in der Lage, meinem Erben, der von Pietät für mein rastloses Schaffen und Forschen durchdrungen, ein fürstliches Vermögen zu hinterlassen.«

Hier säumte Perennis. Wie Nebel legte es sich bei dieser unzweideutigen Kunde vor seine Augen. Er atmete tief. Unsägliche Mühe kostete es ihn, unter den durchdringenden Blicken Plenty's notdürftig seine äußere Ruhe zu bewahren. Wohl eine Minute dauerte es, bevor er fortzufahren vermochte:

»Lange Jahre habe ich darauf verwendet, dasselbe verfügbar zu machen, und jetzt, an meinem späten Lebensabend, da ich nur die Hand nach ihm auszustrecken brauche, mahnt die erste Andeutung eines Schlagflusses mich ernstlich, mein Haus zu bestellen. Wohlan, mein Haus ist bestellt, ruhigen Herzens werde ich den ernsten Schritt in das ungelichtete Dunkel des Jenseits tun. Nur ein Gedanke martert mich: dass es mir nicht vergönnt gewesen, den gleißenden Mammon meinem Erben vor Augen zu legen. Wer dieses zunächst liest, ahne ich nicht. Wohl aber trägt mich die freundliche Hoffnung, dass der Sohn meines Bruders, dem ich selber, ahnungsvoll, dass er Winter und Stürme überdauern würde, den Namen *Perennis* beilegte, meinem ihm aus dem Grabe zugesandten Rufe Folge leistet. Er wird nicht dulden, dass in fremde Hände übergeht, was ich ihm herzlich gern gönne; er wird getreulich zu Ende führen, was als mein heiligstes Geheimnis zu betrachten, ich die gerechtfertigsten Gründe hatte. Mit dem Schatz liefere ich ihm die Mittel, dass er die Sammlung nicht zu zerreißen und in alle Winde zerstreuen braucht, er ihr eine Stätte anweisen kann, auf welcher sie Jahrhunderte überdauert.«

»Sie sehen, wie vollständig ich im Sinne des Verstorbenen handelte, als ich Ihr Anerbieten ausschlug,« schaltete Perennis ein, indem er den ausdruckslos ins Leere starrenden Yankee fest ansah.

Dieser kehrte sich ihm nachlässig zu, holte ein Federmesser aus der Tasche und begann an der Seitenlehne seines Stuhles bedächtig zu schaben und zu schnitzen.

»Anders konnte mein guter Nachbar nicht über den Plunder denken,« sprach er gleichmütig, »und für seinen Schatz gebe ich keine Pfeife Tabak.«

Die von dem Yankee zur Schau getragene Ruhe dämpfte wiederum Perennis' überschwängliche Hoffnungen; jedoch nicht geneigt, sich auf weitere unbestimmte Erörterungen mit ihm einzulassen, fuhr er lesend fort:

»Meinem Erben die Schätze einfach anzuweisen, würde nicht genügen. Er möchte mein Spielen mit Gold für Hirngespinste eines kindisch gewordenen alten Mannes halten. Ich schicke daher Einiges aus der Kolonisationsgeschichte Neu-Mexiko's voraus und liefere damit zugleich den Beweis, dass nicht phantastische Träumereien mich dazu bewegten, das aus meinen Handelsgeschäften gewonnene Geld in der von mir für gut befundenen Weise anzulegen.«

Perennis warf wieder einen ängstlich forschenden Blick auf Plenty, der von diesem mit einem spöttischen: »Unsinn« beantwortet wurde, und um ihm nicht Zeit zu neuen beißenden Bemerkungen zu gönnen, las er schnell weiter: »Im Jahr 1542[1] unternahm der spanische Heerführer Francisco Vasquez de Coronado von Mexiko aus eine Expedition bis tief in die heutige Provinz Neu-Mexiko hinein. Ihn begleitete Pedro de Castaneda, welcher die abenteuerliche Reise ausführlich beschrieb. Nach seinen Mitteilungen erreichte die Expedition im Juni 1542 eine Landschaft, welche die Eingeborenen Quivira nannten. Ich übergehe seine Schilderungen von Land und Leuten, und hebe nur hervor, dass die Eingeborenen edle Metalle nicht besaßen. Dies war unstreitig der Grund, weshalb Coronado nach Mexiko zurückkehrte, wo er in Ungnade fiel und starb. Ein neuer Versuch der Kolonisierung von Neu-Mexiko wurde im Jahre 1581 unternommen, doch dauerte es vierzehn Jahre bis zur vollständigen Unterwerfung der Provinz. Neue Städte wurden darauf gegründet, deren manche noch bewohnt sind, während andere in Trümmer fielen; Gold- und Silberbergwerke, deren Spuren noch leicht zu verfolgen, wurden erschlossen, und es unterliegt keinem Zweifel, dass die Indianer unter der klugen Leitung ihrer Unterdrücker ungeheure Reichtümer aus dem Innern der Gebirge zu Tage förderten. Mönche und Missionare wurden die steten Begleiter der Eroberer, unter deren Schutz sie die eingeborene Bevölkerung tauften. Wo nur immer eine Stadt emporwuchs, entstanden zugleich Kirchen und Klöster, von welchen aus man eine strenge, sogar grausame Herrschaft führte. Der schwere Druck, unter welchem die Indianer seufzten, war endlich Ursache, dass diese sich empörten, jedoch nicht gruppenweise, sondern nach einem sorgfältig überlegten und heimlich über das ganze Land verbreiteten Plane. Demgemäß sollte in der Nacht des 13. August 1680 die ganze Bevölkerung sich erheben und die Spanier bis auf den letzten Mann ermorden. Don Antonio de Otermin, der Gouverneur der Provinz, hatte wohl Kunde von dem beabsichtigten Massaker erhalten und nach besten Kräften Gegenmaßregeln getroffen, allein vergeblich. Nach vielen harten Kämpfen, bei welchen eine große Anzahl der ansässig gewordenen Eindringlinge fiel, mussten die Spanier weichen. Unablässig von ihren erbitterten Feinden verfolgt, flüchteten sie über die südliche Grenze der im Aufstande befindlichen Territorien, wo sie in der Stadt El Paso del Norte Schutz fanden. Die Eingeborenen verschütteten darauf die Bergwerke, welche sie als die Quellen ihrer langjährigen Leiden betrachteten, und bedrohten Jeden mit einem grässlichen Martertode, der es wagen würde, die Lage der einen oder der anderen Goldmine an einen Fremden zu verraten.

---

[1] historisch

»Zu den größeren Städten, in welchen die Spanier sich bis zu jener Bartholomäusnacht behaupteten, gehörte Quivira. Zwanzig Jahre dauerte daselbst ihre Herrschaft, die ausnahmsweise eine friedliche genannt zu werden verdiente. Zur Zeit des allgemeinen Aufstandes hausten daselbst siebzig Mönche. Bis auf zwei, welchen es gelang, vorher zu entfliehen, wurden Alle erschlagen. Auch ihnen war die drohende Gefahr verraten worden; jedoch die Unmöglichkeit des Entkommens einsehend, suchten sie wenigstens die im Laufe der Jahre aufgestapelten Schätze für die Kirche zu retten. Beständig von Spähern umgeben und gezwungen, diese irrezuführen, muss ihr Vorhaben ihnen unsägliche Mühe gekostet haben. Es gelang ihnen aber, und sie vergruben nicht nur den großen Goldvorrat, sondern auch die beiden Kirchenglocken. Da aber alle Mönche bis auf den letzten Mann niedergemacht wurden, ging das Geheimnis über den Verbleib des Schatzes verloren. Mutmaßlich hatten sie einige treu gesinnte Indianer bei ihrer Arbeit ins Vertrauen gezogen, wogegen diese wieder aus Furcht vor einer schrecklichen Strafe nie ein Wort darüber verlauten ließen.

»Viele Jahre verrannen. Die Bevölkerung von Quivira starb aus, und was am Leben blieb, suchte eine neue Heimat in anderen indianischen Städten. Unter den Letzten der Bewohner Quivira's befand sich ein alter Kazike, welcher das Geheimnis des vergrabenen Schatzes kannte. Wieder eine lange Reihe von Jahren später starb in dem Städtchen Messilla der letzte Nachkomme jenes Häuptlings. Als er sein Ende nahen fühlte, ließ er einen des Schreibens Kundigen zu sich entbieten, und nicht länger in Furcht vor einem Martertode, diktierte er diesem eine genaue Schilderung der Lage der das Gold bergenden Gruft. Ob man damals kein Verständnis für das Dokument besaß, oder sich überzeugte, dass es ohne die zu der Beschreibung gehörende Zeichnung, die schon früher in andere Hände übergegangen war, in der Tat keinen Wert besaß, weiß ich nicht, ist heute auch nicht mehr von Belang. Genug, es scheint unter den des Lesens unkundigen Eingeborenen als eine Art Reliquie von Hand zu Hand gewandert zu sein, bis es mir endlich bei einem Besuch des Navahoe-Stammes von einem Krieger gezeigt wurde. Derselbe forderte indessen einen so hohen Preis dafür, dass ich mich besonnen haben würde, das seltsame Schriftstück zu erstehen, wäre mir nicht schon früher bei den Zuñi-Indianern ein Pergament zu Gesicht gekommen, welches, bedeckt mit Linien und hieroglyphischen Bildern, in innigster Beziehung zu dem erwähnten Schriftstück, also auch zu dem viel besprochenen Schatz von Quivira zu stehen schien. Mit dem seltsamen Dokument in den Händen überzeugte ich mich leicht, dass ich mich in meiner Voraussetzung nicht täuschte. Leider scheiterten alle meine Bemühungen, das Pergament in meinen Besitz zu bringen, an dem Aberglauben des Zuñi-Gobernadors Pedro Pino. Wie ich auskundschaftete, gab dieser darin dem Einfluss eines der unter den Zuñi's nicht seltenen und als bevorzugte Geschöpfe betrachteten Albinos nach, welcher ihm riet, das mit Zauberzeichen bedeckte Pergament nicht vor Ablauf zweier Winter aus den Händen zu geben. Dann aber sollte ich selber kommen oder eine sichere Person nach dem vermeintlichen Zaubermittel schicken, welches nach Benutzung wieder zurückzuerstatten sei.

»Die Jahre fordern ihr Recht. Bei Ablauf der bestimmten Frist wird mein Körper wohl nicht mehr die erforderliche Widerstandsfähigkeit besitzen, wenn ich überhaupt noch leben sollte. Ich mache mich daher mit dem Gedanken vertraut, die Ausführung meines Planes, welchen ich als die Krone aller meiner Forschungen betrachte, einem anderen zu überlassen. Zuversichtlich hoffe ich, dass dieser Andere mein perennirender Neffe Matthias Rothweil sein wird. Erfüllt sich meine Hoffnung nicht, so stößt er sein Glück mit Füßen von sich, und ich bin nicht verantwortlich dafür. Wer diese Worte liest, begreift, weshalb ich mein Geheimnis ängstlich bewahrte, sogar scheute, auf brieflichem Wege die wunderbare Kunde nach Europa gelangen zu lassen. Wer außerdem auf die Nachricht von meinem Tode und die einfache gerichtliche Aufforderung den Muth nicht besitzt, die Reise über den Ozean anzutreten, der ist noch weniger geeignet, die in tiefer Wildnis gelegenen Ruinen von Quivira zu besuchen. Ich bezweifle indessen nicht, dass mein perennirender Neffe sich als Mann zeigt. Mein Segen aber möge denjenigen bis zu seinem letzten Atemzuge begleiten, der mit treuem Eifer meine unerfüllt gebliebene Aufgabe zu der seinigen macht, sie in meinem Sinne zu seinem eigenen Glücke löst.«

Hier schloss das Schriftstück. Nachdem Perennis geendigt hatte, kehrte er sich Plenty zu. Er sah in ein Antlitz so ruhig und teilnahmslos, als hätte er ihm soeben eine langweilige Rede aus dem Repräsentantenhause vorgelesen. Seiner selbst hatte sich heftige Erregung bemächtigt. Schüchterne Hoffnungen und herbe Enttäuschen kämpften in seinem Innern gleichsam um den Vorrang.

»Ich las Ihnen nichts Neues vor,« brach er nach kurzem Überlegen die tiefe Stille des Gemachs.

»Mir neu, vollkommen neu,« antwortete Plenty, »ich hörte allerdings viel Wunderbares über die Ruinen von Quivira, 's soll auch vielfach nach Schätzen dort gegraben sein, allein ich hatte Besseres zu tun, als mich um solchen Unsinn zu kümmern, kalkulier' ich.«

»Was diese Schrift enthält, erscheint Ihnen ebenfalls als Unsinn?«

»Viel Gescheites ist nicht dahinter.«

»Sie betrachten also das darin angeratene Unternehmen von vornherein als ein verfehltes?«

»Darüber maße ich mir kein Urteil an. Der Eine glaubt hier ein Vermögen zu machen, der Andere dort. Ich selber halt's mit 'nem richtigen Handel, der seine guten Prozente abwirft.«

»An meiner Stelle würden Sie die Ausführung der letzten Wünsche des Verstorbenen nicht zu Ihrer Aufgabe machen?«

»Nur wenn ich sicher wäre, nicht umsonst zu arbeiten. Sie denken anders, kalkulier' ich.«

»In mancher Beziehung, ja. Obenan stelle ich allerdings die testamentarischen Bestimmungen. Dann folgt meine eigene Neigung, die rätselhaften Ruinen kennen zu lernen. Würde dann aber meine Mühe durch den versprochenen Erfolg belohnt, so beglückte mich das in umso höherem Grade.«

»Hm, das klingt gut genug, wenn auch nicht praktisch,« versetzte Plenty sorglos, »denn zum Reisen gehört Geld, und am meisten zu einer Reise durch gefährliche Wildnisse.«

»Gefahren schrecken mich nicht. Im Gegenteil, für mich haben sie einen verlockenden Reiz,« wendete Perennis ein, »und so viel kann es unmöglich kosten, wie dies Haus wert ist.«

»Wollen Sie auf Ihr Haus Geld vorgeschossen haben, so bin ich freilich der Mann dazu, wenn auch etwas mehr Sicherheit mir lieb wäre. Aber da sind ja noch mehr Schriften. Wer weiß, was sie enthalten,« und Plenty wies auf eine kleine Papierrolle, welche in der anderen verborgen gewesen.

Perennis hob dieselbe empor. Beim Öffnen fiel ihm ein Brief von der Hand seines Onkels entgegen, welcher ein dickes, grobes, von der Zeit vergilbtes Papier umschloss. Auf diesem stand in altertümlicher Schrift ein langer Satz in spanischer Sprache.

»Beiliegend das von dem Kaziken herrührende Dokument,« las er wieder seines Onkels Worte laut vor; »für sich allein ist es nicht mehr wert, als ein welkes Baumblatt. Vereinigt man es dagegen mit der in des Zuñi-Häuptlings Besitz befindlichen Zeichnung, so ergänzt Eins das Andere. Außerdem bedarf es der in der Familie des Gobernadors von Mund zu Mund forterbenden Erklärung. Letztere zu erlangen stößt auf einige Schwierigkeiten; da ich aber genügend vorarbeitete, werden sie leicht zu besiegen sein. Zur Einführung bei dem Gobernador dient beiliegendes Dokument. Den Träger desselben wird er wahrscheinlich selber nach Quivira begleiten. Noch einmal rate ich meinem Erben, Alles geheim zu betreiben. Es möchten sonst Andere ihm zuvorkommen, wohl gar im Augenblick des Erfolges ihm denselben streitig machen.«

»Das ist Alles,« schloss Perennis, indem er den Brief umschlug, auf dessen Rückseite die englische Übersetzung des rätselhaften Dokuments niedergeschrieben war.

»Es ist viel und auch wieder sehr wenig,« erklärt Plenty gelangweilt, »genug, um einen gescheiten Menschen verrückt zu machen, und zu wenig, um einem Einfaltspinsel einen klaren Blick zu verschaffen.«

Perennis überhörte die spöttische Bemerkung und hob zu lesen an:

»Wortgetreue Übersetzung: Auf dem Friedhofe der großen Parochie-Kirche im Mittelpunkte der rechten Seite nach Maßgabe der Figur Nr. 1 befindet sich eine Vertiefung. Wenn man daselbst gräbt, stößt man auf zwei Glocken. Zieht man eine Linie über die Öffnung, welche die zwei Glocken zurücklassen, so erblickt man östlich, der Straße zwischen der Kirche und der Stadt entlang in der Entfernung von etwa dreihundert Ellen einen Hügel, welcher mit den beiden Glocken eine genaue Linie bildet. Am Fuße dieses Hügels befindet sich ein Keller von zehn Ellen oder mehr Umfang und bedeckt mit Steinen, welcher den großen Schatz birgt. Ernannt durch Karl den Fünften von Gran Quivira.«[2]

---

[2] Das Original lautet: »En el cementario de la Paroquia grande en el centro del costado derecho segun la figura numero una centrana. excarbando estan dos cam-

»Eine mangelhafte Beschreibung,« versetzte Plenty, als Perennis fragend aufsah, »aber immerhin genug, um Menschen, die nichts Besseres zu tun haben, auf eine Wilde-Gänse-Jagd zu schicken.«

»Im Verein mit der Zeichnung und unter Führung des Zuñi-Häuptlings möchte es dennoch das Auffinden der Stelle ermöglichen,« erwiderte Perennis lebhaft und sichtbar unter dem vollen Eindruck, welchen alles Geheimnisvolle gern auf jugendliche Gemüter ausübt.

»Wünsch« Ihnen viel Glück zu der Fahrt,« spöttelte Plenty, »und so viel Gold, dass ein Dutzend Packtiere es nicht von dannen schleppen.«

»Vorläufig bezweifle ich selbst den Erfolg,« antwortete Perennis, welchen die geringschätzige Weise Plenty's verdross, »das soll mich indessen nicht abhalten, den Auftrag meines verstorbenen Onkels zu erfüllen.«

»Sie sind entschlossen, die Ruinen zu besuchen?« fragte Plenty, unter den gesenkten Lidern hervor Perennis schärfer beobachten.

»Fest entschlossen,« lautete die Antwort.

»So muss ich ihnen allerdings 'ne Hand leihen, kalkulier' ich. Hab' nämlich meinem guten Nachbarn versprochen, wenn sein Erbe des Rathes bedürfen sollte, ihm denselben nicht vorzuenthalten; und ohne den Rat Jemandes, der mit den hiesigen Verhältnissen vertraut ist, möchten Sie schwerlich weit kommen. Der Atem ginge Ihnen aus – ich meine das Geld – bevor Sie die Hälfte des Weges zurückgelegt hätten. Und verargen kann man's Niemand, wenn er 'nem Fremden im ehrlichen Handel die Haut über die Ohren streift. Bei mir haben Sie freilich um meines guten Nachbarn willen Dergleichen nicht zu befürchten. Ich berechne meine Zeit und meine Zinsen, und den Vorteil des Schatzgrabens überlasse ich Ihnen gern allein,« und tonlos lacht er vor sich hin.

»Und ich vertraue mich und meine Zukunft Ihren Händen an,« entgegnete Perennis mit erzwungener Wärme, in der dumpfen Hoffnung, dem

panas tomando la linea de la abertura que dejan las dos campanas se bera al orieute para el calejon que deja la eclesia vieja y el pueblo una lomita a distancia de tres cientas varas mas o menos que no hay otra que forme linea con las companas debajo de dicha loma hai un sotano de diez o mas veras retacado de peidras el cual tiene le gran tresoro. Nombrado por Carlos quinto de la Gran Quivira.« Smithsonian report 1854 p. 313

Ehrgefühl des berechnenden Yankee zu schmeicheln, »fremd, wie ich hier bin, gewährt es mir eine große Beruhigung, Jemand näher zu stehen, dessen Rat mir einen sicheren Halt bietet.«

»Wenn's Ihnen nicht leid wird« warf Plenty gelassen ein, und in demselben Atem fuhr er fort: »Wann gedenken Sie aufzubrechen?«

»So bald, wie möglich, und nachdem ich ein gewisses System in meinen Plan gebracht habe. Noch schwirrt Alles in meinen Kopf durcheinander.«

»So bald, wie möglich,« wiederholte Plenty, »recht so, Mann; das nennt man Geschäftsklugheit. Will mir die Sache überlegen; vielleicht ziehe ich mit. Hatte längst 'ne Idee, mich in der weiteren Nachbarschaft umzusehen.«

»Nach Quivira?«

»Warum nicht? Sind meine Waren von den Ebenen herein, so kann ich immerhin einige Wochen d'rangeben. Außerdem erwarte ich meinen Trainführer, einen Burschen, der's mit 'nem vollblütigen Navahoe aufnimmt, und der soll uns begleiten. Kennt außerdem die Wildnis hier herum und begleitete meinen guten Nachbarn oft genug auf seinen Streifzügen. Verdammt! Ich bin selber neugierig, wie's um den Schatz der alten vermoderten Mönche steht.« Er erhob sich, und Perennis die Hand reichend, fügte er hinzu: »Und so begrüße ich Sie denn als Nachbarn. Wollen Sie heut Abend als Nachbar bei mir speisen, so sind Sie willkommen. An 'nem Glase alten Wein soll's nicht fehlen.«

Perennis sagte höflich zu und begleitete Plenty bis an die Tür, wo derselbe sich gleich von ihm trennte und nach seinem eigenen Hause herum schritt. In der Vorhalle trat Eliza ihm entgegen. Auf ihrem herzigen Antlitz war eine Frage ausgeprägt.

»Es ist der richtige Mann,« beantwortete Plenty dieselbe freundlich, »wenn Alles gefälscht werden kann, so ist eine Fälschung des Wesens unmöglich. In vielen Dingen gleicht er dem Alten auf ein Haar; ebenso misstrauisch gegen Fremde, trägt er andererseits, um sich fremde Dienste zu sichern, einfältiger Weise das Herz auf der Zunge.«

»Ich bedaure ihn,« bemerkte Eliza, welche den Worten ihres Vaters aufmerksam gefolgt war, »denn es ist immerhin keine glückliche Lage, im fremden Lande unter fremden Menschen seinen Weg bahnen zu müssen.«

Plenty senkte einen kurzen, forschenden Blick in Eliza's Augen, welchem diese mit ahnungsloser, lieblicher Offenheit begegnete.

»Wozu ist er ein Mann?« fragte er spöttisch, »ich selbst zählte erst vierzehn Jahre, als ich mir als Zeitungsjunge eine unabhängige Stellung gründete. Übrigens verleugnete meine Tochter wieder einmal ihren gepriesenen Scharfsinn. Von der Sauberkeit spreche ich nicht, die liegt in der Weibernatur; aber das Wasser in dem Becken und die Tropfen auf dem Tisch, bei Gott, Mädchen, ich hatte meine Not, ihn auf andere Gedanken zu bringen.«

Eliza errötete.

»Wo hatte ich meine Augen?« erwiderte sie lächelnd; »doch es ist wohl noch nicht verloren; wir haben also wirklich wieder einen Nachbarn? Ich hoffe, die neue Heimstätte gefällt ihm.«

»Die Schrullen des verstorbenen Onkels nehmen seinen ganzen Kopf ein.«

»Welchen Eindruck übten die seltsamen Bestimmungen auf ihn aus?«

»Er glaubt, den Schatz schon in Händen zu haben, verheimlicht es aber; mag sich wohl seiner lächerlichen Zuversicht schämen.«

»Und will nach Quivira?«

»Am liebsten bräche er morgen auf. Ich werde ihn begleiten, oder wir erleben, dass er innerhalb dreier Wochen barfuß und ohne einen Cent in der Tasche wieder hier eintrifft, wenn er nicht irgendwo mit durchschnittener Kehle liegt. Und schließlich – der Teufel kann's wissen – möchte an der Geschichte trotz des Unsinns ein Körnchen Wahrheit sein.« Er lachte verschmitzt und fügte hinzu: »Bei Gott, Kind, leichter hätte noch nie Jemand ein Vermögen erworben, als wir, indem wir 'n halbes Dutzend Packtiere mit Goldstaub beladen. Doch es ist Unsinn, sonnenklarer Unsinn, kalkulier' ich. Der alte Nachbar war in mancher Beziehung ein Einfaltspinsel, der neue befindet sich auf dem besten Wege, ein noch größerer Einfaltspinsel zu werden, und ich selber habe das Vergnügen, meine Zeit zu einem schlechten Preise zu verwerten.«

»Sobald die letzten Güter herein sind, bist Du abkömmlich,« versetzte Eliza eifrig, als hätte Plenty's Gewinnsucht sich auf sie übertragen gehabt. »Bluebird ist zuverlässig. Gemeinschaftlich mit ihm halte ich Haus und Hof leicht in Ordnung, und bevor die Wintergäste aus den Gebirgen eintreffen, bist Du zurück.«

»Wer kann's wissen? Hierhin und dorthin müssen wir, und der Henker traue den Pueblo-Indianern. Der Gobernador braucht nur einen verrückten Traum gehabt zu haben, und er steckt seine Hand lieber in geschmolzenes Blei, bevor er das Versteck auch nur eines Silberschillings verrät.«

Er pfiff auf seinem Hohlschlüssel. Vom Hofe her wurde das Öffnen und Schließen mehrerer Türen vernehmbar. Gleich darauf stand Bluebird in Begleitung seines von ihm unzertrennlichen Zöglings Gill vor ihm.

»Wir speisen heute früher,« redete er den sich höflich verneigenden Schwarzen an, »ich muss Nachmittag auf die Landstraße hinaus. Ein flinker Maultiertrain lagert auf der anderen Seite der Ebene; ich möchte wissen, wo er dem Burdhill vorbeifuhr. Sobald ich fort bin, setzt Ihr Beide Euch vor die Tür und achtet auf Jeden, der bei unserem neuen Nachbar aus- und eingeht. Ist Jemand bei ihm drinnen, so mögt Ihr auf- und abgehen und versuchen, ein Wort zu erlauschen. Merkt Euch – und Ihr habt ja schon 'ne Probe mit dem Dorsal gemacht – mir ist daran gelegen, Näheres über manche Menschen in der Stadt zu erfahren. Aber seid vorsichtig.«

»Ich werde auf Gill achten,« versetzte Bluebird mit dem Wesen eines unfehlbaren Protektors, was zu seinem Verdruss nicht den mindesten Eindruck auf den jungen Indianer zu machen schien.

»Gut, Bluebird,« lohnte Plenty seinen Diensteifer; »und Du Gill, wenn ich Dir in nächster Zeit ein gutes Pferd zur Verfügung stelle, würdest Du allein den Weg über die Rocky Mountains finden und eine Botschaft nach Deiner Vaterstadt tragen?«

Gills Augen öffneten sich weit; wie ein Blitz des Verständnisses schoss es aus denselben hervor; dann blickte er wieder gleichgültig.

»Gut, gut, Bursche,« munterte Plenty auch ihn auf, »Du wirst dem Bluebird zeigen, was Du verstehst – aber keine Silbe darüber vor anderen Leuten, wenn Euch Euer Leben lieb ist.«

»Nicht 'nen ungehörigen Buchstaben soll der Gill sprechen, dafür bürge ich,« antwortete der schwarze Majordomo und sich etwas unbeholfen verneigend, entfernte er sich, sorgfältig darauf achtend, dass sein Zögling sich vor ihm einher bewegte.

Lächelnd blickten Vater und Tochter dem wunderlichen Paar nach; dann traten sie einander gegenüber an das doppelte Schreibpult. Auf dem lieblichen Mädchenantlitz wie auf der scharfgeschnittenen Physiognomie Plenty's gelangte tiefer Ernst zum Ausdruck, indem jeder ein großes Kontobuch aufschlug.

Mit klarer Stimme las Eliza aus dem ihrigen eine Liste von Waren, Absendern und Empfängern vor, während Plenty beinah starren Blickes derselben Liste in seinem Buche folgte und hin und wieder mit Blaustift ein Zeichen oder eine kurze Bemerkung eintrug.

Zwanzigstes Kapitel.

Die Märchennacht

Es war zur späteren Nachmittagsstunde, aber noch immer lagerte glühender Sonnenschein auf der Stadt und der nahrungslosen Ebene. Die Straßen hatten noch nicht begonnen, sich abendlich zu belegen. Plenty war in Eliza's Begleitung auf die Landstraße hinausgeritten. Perennis befand sich wieder in seinem Hause. Nachdem er im Gasthofe gespeist hatte, war er mit seinen Habseligkeiten ganz nach demselben übergesiedelt. Die Sauberkeit der kühlen Räume sprach ihn nicht minder an, als die tiefe Stille, welche in denselben herrschte und seinen Betrachtungen gleichsam Vorschub leistete. Bald in diesem, bald in jenem Gemach hielt er sich auf. Mit wehmütiger Teilnahme prüfte er die hundertfältigen Gegenstände, welche sein Onkel aus allen Richtungen so gewissenhaft zusammengetragen hatte. Alles stand und lag, wie die nun schon längst im Tode erstarrte Hand es einst ordnete. Er versuchte, sich den alten Herrn zu vergegenwärtigen, wie derselbe enthusiastisch unter seinen Schätzen wirkte, wie er mit liebevollen Blicken die eine oder die andere Reliquie prüfte, sich auch wohl in jene Zeiten zurückzuversetzen trachtete, in welchen dieselben Reliquien die sagenhaft erscheinenden Häuslichkeiten entschwundener Volksstämme schmückten, von braunen Männern, Weibern und Kindern im täglichen Gebrauch gehandhabt wurden. Lebhafter arbeitete seine Phantasie; weiter zurück schweiften seine Gedanken. Unbewusst lenkten seine Betrachtungen in die Bahnen ein, auf welche der Forschungseifer den toten Verwandten einst führte. Die Menschen, welche jene seltsamen Gefäße aus Thon formten, die Messer, Pfeil- und Speerspitzen aus dem härtesten Gestein meißelten: wo waren sie geblieben? Wo spielte der Wind mit dem Staub ihrer Gebeine? Und ihn selbst hatte das Geschick dazu auserkoren, auf der Heimstätte eines entschwundenen Geschlechtes in Schutt und Moder zu wühlen und nach Schätzen zu suchen. Er entsann sich des rätselhaften Schriftstücks. Bizarren Träumereien huldigend, nahm er vor dem Schreibtisch Platz. Die in dem Götzen verborgen gewesenen Papiere lagen vor ihm. Neben denselben türmten sich die Scherben des zerbrochenen Gebildes übereinander. Wie unbewusst entfaltete er die Schriften, las er die geheimnisvolle Kunde über den Verbleib der von den mittelalterlichen Mönchen gesammelten Schätze. »Nombrado por Carlos Quinto de Gran Quivira,« sprach er laut, als er am Schluss der von dem sterbenden Kaziken der Vergessenheit entrissenen Mitteilungen anlangte. Das Geräusch, mit welchem Jemand die Haustür öffnete, störte seinen Ideengang. Das vergilbte Papier mit den untrüglichen Zeichen eines hohen Alters legte er nieder, und in die Halle tretend, erkannte er seinen Reisegefährten Dorsal.

»Willkommen in meinem eigenen Hause!« begrüßte er denselben herzlich; »wer hätte je geahnt, dass ich noch einmal ein Fleckchen Erde bis in den Mittelpunkt unseres Planeten hinein mein Eigentum nennen würde!«

»Ein schönes Bewusstsein,« antwortete Dorsal sorglos, »ich erriet den Verlauf Ihrer Angelegenheit, sobald ich die Fensterladen geöffnet sah, und eilte hierher, um Ihnen meinen Glückwunsch darzubringen. Ich hoffe, Ihre Erwartungen sind übertroffen worden.«

»Bestimmte Erwartungen hegte ich nie,« versetzte Perennis, »allein Haus und Hof ist immerhin Etwas, und diese Altertümer hätte der Verstorbene nicht für alles Geld der Erde hingegeben. Freilich, die Begriffe über deren Wert sind geteilt.«

»Unterschätzen Sie ihn nicht,« fiel Dorsal lebhaft ein, während seine Blicke von Brett zu Brett über die langen Reihen der Tongefäße hinglitten, »ich bin zwar kein Kenner, dagegen erlebte ich, dass ein mittelmäßig erhaltener altmexikanischer Krug mit Silber aufgewogen wurde. Und gar diese selten schönen Exemplare; wahrhaftig, in der Sammlung ist ein Vermögen enthalten, im Vergleich mit welchem das Haus mehr als eine allerdings sehr annehmbare Zugabe erscheint.«

Perennis' Antlitz erhellte sich. Vermutete er ein aus Höflichkeit übertriebenes Urteil, so trug dasselbe doch nicht wenig dazu bei, Plenty's berechnendes eigennütziges Verfahren in einem grelleren Lichte erscheinen zu lassen.

»Ein Vermögen, welches keine Zinsen einträgt,« hielt er für angemessen vorübergehend in Plenty's Rolle einzutreten, »deshalb aber nicht minder mir wert und teuer. Zu einem Verkauf würde ich mich nur dann entschließen, wenn ich die Überzeugung hegen dürfte, dass die Sammlung nicht zerrissen und zerstreut würde.«

»Wozu sich hundertfach Gelegenheit bietet,« erklärte Dorsal mit großer Entschiedenheit, »ah – wie freundlich,« fuhr er fort, als sie in das Arbeitszimmer traten, »also hier hat der ehrwürdige Herr, dieses Original von einem scharfsinnigen Handelsmann und einem fanatischen Altertümler gewirkt und geschafft. Hier sind noch die Spuren seiner letzten Arbeit – ein zertrümmertes Gebilde –« und er nahm einen der größeren Scherben des Götzen, wie um ihn aufmerksam zu betrachten, in der Tat aber, um an demselben vorbei einen Blick auf die geöffneten Papiere zu werfen, »sicher stand er im Begriff, die Fragmente zusammen zu kitten.«

»Eine ziemlich gelungene Nachahmung,« bemerkte Perennis etwas befangen, »es entglitt meiner Hand –«

»Wie bedauerlich,« fiel Dorsal ein, den Scherben fortgesetzt drehend und wendend »mag's eine Nachahmung sein, ein gewisser Werth kann ihm nicht abgesprochen werden –« er stockte. Es war ihm gelungen, auf dem vergilbten Papier einige Worte zu entziffern. Als er aber unten deutlich las: »Nombrado por Carlos Quinto de Gran Quivira,« erschrak er so heftig, dass er jede Vorsicht vergaß und nicht sogleich weiter zu sprechen vermochte. Perennis entging sein befremdendes Wesen nicht. Er folgte der Richtung seiner Blicke, und nachtheilige Folgen von einer anscheinend unabsichtlichen Indiskretion fürchtend, schlug er die Papiere zusammen, wodurch die um dieselben befestigt gewesene Hülle frei gelegt wurde. Dorsal hatte sich gesammelt und beobachtete wieder seine heitere sorglose Ruhe.

»In der Tat eine Fälschung,« bemerkte er nachlässig, »hier sind die Spuren, dass ein Stück eingekittet wurde, und das geschah nicht vor hunderten von Jahren.«

Gleichmütig und dadurch Perennis eine Antwort ersparend, legte er den Scherben wieder zu den ändern, und munter plaudernd ließ er sich durch alle Räumlichkeiten des Hauses führen.

Die Zeit enteilte und die Hitze des Tages begann sich zu mäßigen, als Dorsal sich endlich verabschiedete. Perennis begleitete ihn bis vor die Tür. Ehe er ins Haus zurückkehrte, sandte er einen Blick nach Plenty's Veranda hinüber. Statt des gewinnsüchtigen Yankees gewahrte er den schwarzen Majordomo und dessen braunen Zögling, die beide, ihre Zigaretten rauchend, langsam auf und ab wandelten. Sie nicht weiter beachtend, entfernte er sich. Doch es schien, als sollte er heute nicht zur Ruhe kommen; denn er hatte sich kaum in das Arbeitszimmer begeben, als in der Halle leichte Schritte laut wurden. Überrascht kehrte er sich um, und vor ihm stand eine dunkel gekleidete Frauengestalt, welche den schwarzen Reboso bedachtsam so über ihr Haupt gezogen hatte, dass dessen breite Spitzeneinfassung ihr Antlitz bis zu den schwellenden

Lippen eines lieblich geformten Mundes herunter verschleierte. Scharf kontrastierte zu dem dunkeln Gewände das zarte, runde Kinn, während die Augen wie schwarze Diamanten zwischen den künstlich aneinander gereihten Maschen hindurchfunkelten.

Perennis erschrak. Er glaubte dieselbe Gestalt zu erkennen, welche ihm die geheimnisvolle Warnung übermittelte.

»Habe ich die Ehre, Herrn Rothweil, den Besitzer dieses Hauses zu begrüßen?« fragte eine weiche, melodische Stimme.

»Rothweil ist mein Name,« antwortete dieser, sich höflich verneigend, »und ich habe in der Tat vor wenigen Stunden erst die Erbschaft des verstorbenen Bruders meines Vaters angetreten.«

»Den Heiligen sei Dank,« versetzte die Mexikanerin tief aufseufzend, und als sei es zufällig geschehen, ließ sie den Reboso auf ihre Schultern niedergleiten, »meine scheinbare Zudringlichkeit wird Sie nicht länger befremden, wenn Sie erfahren, dass meine Mutter und ich dem teuren Dahingeschiedenen zum höchsten Danke verpflichtet gewesen.«

Während dieser Anrede hatte Perennis Zeit gefunden, sein erstes Erstaunen zu besiegen.

»Gutes über einen verstorbenen Angehörigen zu vernehmen, kann nur innige Befriedigung erwecken,« sprach er, indem er der Fremden den Vortritt ließ und sie durch eine ehrerbietige Bewegung einlud, auf einem der Stühle vor dem Arbeitstisch Platz zu nehmen, »ich setze indessen voraus, dass der Dahingeschiedene bei Lebzeiten Ihre freundlichen Gesinnungen kennen lernte, wodurch der Ausdruck irgend welchen Dankes an dieser Stelle als ungerechtfertigt erscheinen muss.« »Leider, leider ist es uns nicht vergönnt gewesen, unserem Wohltäter so zu danken, wie es im Einklänge mit unseren Empfindungen gestanden hätte,« versetzte die Mexikanerin schnell und im Tone ihrer Stimme verriet sich eine durch warmen Eifer erzeugte Zutraulichkeit, »denn durch ihn sind wir vor großem Elend bewahrt worden, als wir fast mittellos in dieser Stadt eintrafen und in unserer Not nicht wussten, wohin wir uns wenden sollten. Wir hatten zwar die sichere Aussicht, über kurz oder lang der misslichen Lage, in welche wir durch den plötzlichen Tod meines Vaters gestürzt wurden, entrissen zu werden, allein bis dahin konnten die Wogen des Elends längst über uns zusammengeschlagen sein. Da führte mich der Zufall mit Herrn Rothweil zusammen. Ich fasste Vertrauen zu ihm,

und großmütig gewährte er uns in Form eines Darlehns eine Unterstützung, mehr, als ausreichend, uns über die traurigen Zeiten hinwegzuhelfen. Bald nach seinem Tode trat die günstige Wandlung in unseren äußeren Verhältnissen ein, also zu spät, um das Darlehn zurückerstatten zu
können. Und so bleibt uns nur der einzige Ausweg, die drückende
Schuld, begleitet von unserm Dank, an seinen Erben abzutragen.«

Bei den letzten Worten bebte ihre Stimme. Die großen dunklen Augen
richtete sie voll auf Perennis. Sie schienen erhöhten Glanz zu gewinnen;
aber ein gewisser flehender Ausdruck ruhte in denselben, indem sie eine
schwere Börse hervorzog und dreihundert Dollars in Gold auf den Tisch
zählte.

Perennis glaubte zu träumen. Erst als er die Goldstücke klirren hörte,
kehrte seine Fassung zurück.

»Sollte mein verstorbener Verwandter Ihnen diese kleine Summe nicht
als Erbteil zugedacht haben?« fragte er, förmlich zusammenschauernd
unter dem bis in seine Seele hineindringenden sengenden Blick, »ich für
meine Person kann sein Verfahren nur so deuten, zumal weder Schuld-
schein noch Zeugen –«

»Sie kannten Herrn Rothweil nicht, oder Sie würden den Gedanken an
eine Zeugenschaft bei seinen großmütigen Handlungen mit Entrüstung
zurückweisen,« fiel die Mexikanerin vorwurfsvoll ein. »Werden die Bedenken durch diesen Einwand noch nicht besiegt, so muss ich notgedrungen hervorheben, dass wir nicht gewohnt sind, von Wohltaten zu
leben. Behandeln wir die Angelegenheit doch geschäftlich und stellen Sie
einen Empfangsschein aus. Wäre es doch möglich, dass die fragliche
Summe sich später dennoch irgendwo verzeichnet fände.«

Perennis schwankte noch immer. Der Eindruck, welchen die mit allen
exotischen Reizen geschmückte Mexikanerin auf ihn ausübte, war ein
solcher, dass er glaubte, durch die Annahme des Geldes sich in ihren
Augen herabzuwürdigen.

»Ich kenne einen Ausweg,« antwortete er endlich zögernd, »der eigentliche Testamentsvollstrecker ist mein Nachbar Plenty –«

»Nicht von ihm sprechen Sie,« unterbrach die Mexikanerin ihn mit offen
zur Schau getragenem Widerwillen, »unmöglich können Sie beabsichtigen, Vertrauen zu einer Person bei Jemand zu erwecken, der kurz zuvor

mit Überlegung, sogar auf die Gefahr hin, missverstanden zu werden, Sie vor derselben Person warnte.«

»Liegt denn hinter Plenty eine Vergangenheit, welche eine derartige Warnung rechtfertigt?«

»Bezweifeln Sie, dass ohne aufrichtige und begründete Besorgnis für Sie meine Mutter und ich jemals gewagt haben würde, fast unmittelbar nach Ihrem Eintreffen Argwohn gegen Ihren Nachbarn zu erwecken?«

»Ich leugne nicht, dass der kalt berechnende, eigennützige Amerikaner einen ungünstigen Eindruck bei mir hinterließ,« nahm Perennis wieder das Wort, und indem er sich in das Anschauen der unter tropischer Sonnenglut gereiften Schönheit versenkte, erbleichte mehr und mehr Eliza's erstes Bild, »allein etwas gibt es, was warm für ihn spricht, ich meine seine Tochter –«

»Seine Stieftochter,« verbesserte die Mexikanerin, »und als solche ist sie, wie ich hörte, im Vollbesitz aller Vorzüge, welche ihre Eltern ausgezeichnet haben sollen. Ob es von Vorteil für sie gewesen, weiblichen Beschäftigungen entzogen und dafür mit dem eigennützigen Abwägen dieser oder jener Spekulation gemartert zu werden, wage ich nicht zu entscheiden. Mir flößt das arme ahnungslose Wesen die aufrichtigste Teilnahme ein.«

»Welche die freundliche Buchhalterin im vollsten Maße verdient, erklärte Perennis, »ein anderes Urteil bildete sich bei mir wenigstens nicht während der wenigen Minuten unseres geschäftlichen Verkehrs.«

»So lassen Sie auch hier nur den geschäftlichen Verkehr gelten,« kam die Mexikanerin gewandt auf ihren ursprünglichen Zweck zurück, und sie wies nachlässig auf das Geld.

Perennis, dem vollen Zauber der vor ihm sitzenden verlockenden Erscheinung unterworfen, gab den letzten Widerstand auf. Er nahm die zunächst liegende Feder, prüfte das trockene Tintenfass, lächelte über seine Gedankenlosigkeit, und die Feder hinwerfend, zog er ein Blatt Papier vor sich hin. Einige Male schwankte die seiner Brieftasche entnommene Bleifeder hin und her, dann schrieb er:

»Dreihundert Dollars, von welchen behauptet wird, dass sie von meinem Onkel, dem verstorbenen Herrn Rothweil in Santa Fé, ohne Empfangs-schein entliehen worden, sind mir an dem heutigen Tage von -«

Er kehrte sich der Mexikanerin zu, welche, unbemerkt von ihm, alle auf dem Tische liegenden Gegenstände mit Flammenblicken gemustert hat-te.

»Um Ihren Namen muss ich bitten,« sprach er, wie sich entschuldigend, zu ihr.

Diese lächelte zweifelnd.

»Clementia Onega,« antwortete sie darauf bereitwillig.

»Señorita Clementia Onega ausgezahlt worden,« schrieb Perennis; dann fügte er hinzu: »ich betrachte diese Summe so lange als einen mir geleis-teten Vorschuss, bis der Nachweis geliefert wurde, dass mein verstorbe-ner Onkel sie in der Tat nur als Darlehn hingab.«

»Der Nachsatz war überflüssig,« bemerkte Clementia, nachdem Perennis ihr die Quittung vorgelesen hatte, und spöttisch warf sie die Lippen em-por, »doch er hindert nicht, und meine Mutter und ich mögen aufat-men.«

»Ist es nicht ein Fluch, gerade da, wo man es am wenigsten erwartet und noch weniger wünscht, das Geld als einzig vermittelndes Element be-trachten zu müssen?« fragte Perennis, als Clementia die Quittung nach-lässig zu sich steckte.

»Bieten aber Geschäftsfragen nicht oft genug Anknüpfungspunkte für eine spätere Freundschaft?« frage Clementia heiter zurück, indem sie sich der Tür zu bewegte.

»Möchte ich doch eine solche Hoffnung hegen dürfen,« beteuerte Peren-nis, und er trat an Clementia's Seite. In seinen Blicken aber und in der zitternden Stimme offenbarte sich, in wie hohem Grade es dieser gelun-gen war, ihre bannenden Zauberkreise um ihn zu ziehen. Er war blind für das, was in ihrem Wesen und Sprechen an eine zügellose Vergan-genheit in oft schreckenregender Umgebung erinnerte. Die strengen Unterweisungen einer verhältnismäßig kurzen Reihe von Monaten har-ten genügt, das üppige, tadellose Werk einer schöpferischen Natur mit einer Anmut zu umkleiden, welche das Auge blendete, die Sinne verwirrte, berauschte.

»Ob wir uns wiedersehen, ist vom wetterwendischen Schicksal abhängig,« entgegnete Clementia bedauernd und dadurch das Feuer in seinen Adern noch mehr schürend.

Sie trat vor Perennis hin, wie ihm den Weg zur Haustür verlegend. Süße, träumerische Befangenheit spielte auf ihrem schönen Antlitz, doch als wäre dieser künstlich erzeugte Ausdruck dennoch durch wahre, unwiderstehliche Regungen bedingt worden, schoss es blutrot in ihre Wangen. Flüchtig glitten ihre feuchten Blicke an der männlich schönen Gestalt hinauf und hinunter, und als sie endlich wieder auf den sie entzückt gleichsam umfangenden Augen haften blieben, wich die flammende Glut jäh von ihren Zügen zurück. Im Kampfe des äußeren Zwanges mit der plötzlich erwachten eigenen, kaum noch eine Schranke kennenden wilden Leidenschaft, hatte Ersterer den Sieg davongetragen, sie bis in die innersten Lebensfasern hinein erschütternd. Sie war wieder die gehorsame Sklavin ihrer unerbittlich strengen Gebieter.

»Die Ungewissheit, sogar Unwahrscheinlichkeit des Wiedersehens,« hob sie mit ihrem eigentümlich vibrierenden, tiefen Organ an, »ermutigt mich zur Abtragung einer zweiten Schuld. Als ich das Geld von Ihrem Verwandten entlieh, bat ich ihn im Auftrage meiner Mutter, uns den Zinsfuß zu berechnen und zu bestimmen. Darauf lachte der gutmütige Herr. ›Damit jede kränkende Empfindung beseitigt werde,‹ sprach er wohlwollend, ›bedinge ich mir aus, bei der Zurückzahlung Sie küssen zu dürfen.‹ Von Dank erfüllt sagte ich zu, und so löse ich denn mein Versprechen in der mir vorgeschriebenen Weise,« und bevor Perennis den wahren Sinn ihrer Worte vollständig begriff, hatten ihre heißen Lippen die seinigen flüchtig berührt, und flink wie eine gescheuchte Antilope glitt sie aus der Haustür.

Perennis stand wie betäubt, er meinte, geträumt zu haben, im Traum geküsst worden zu sein.

»Clementia,« flüsterte er vor sich hin, wie um sich zu überzeugen, dass er wache, »Clementia – werde ich Dich wiedersehen, oder war es nur ein Meteor, welcher an meinem Lebenshimmel dahinschoß, um im endlosen Weltraum auf ewig zu verschwinden?«

Hastig trat er in die Tür. In einer der auf den Platz mündenden Straßen glaubte er die schlanke Gestalt mit dem schwarzen Reboso zu erkennen. Er hatte sie kaum entdeckt, da wurde sie durch eine neidische Hausecke seinem Gesichtskreise wieder entzogen. Und war sie es denn auch gewesen? Ähnliche Gestalten belebten den Platz, und andere, welche nicht im Entferntesten an sie erinnerten. Mit dem Eintritt der Kühle leerten sich die Häuser. Männer, Weiber, Greise und Kinder suchten sich für die Untätigkeit des Tages durch Bewegung im Freien zu entschädigen.

Perennis sah nach der anderen Seite hinüber. Vor dem Hause Plenty's wandelten der schwarze Majordomo und sein brauner Zögling noch immer auf und ab. Wie er sie hasste, diese Müßiggänger, diese Zeugen seiner Besuche, den schwarzen mit den wunderlich rollenden Augäpfeln, und den braunen mit dem trägen, verschlafenen Wesen.

Über den ganzen Platz spähte er. Nichts entdeckte er, was seinen Blick freundlich berührt hätte. Sogar das tiefe Blau des abendlich sonnigen Himmels und die sich vor demselben scharf abhebenden altersgrauen Bauwerke störten ihn. Missmuthig begab er sich ins Arbeitszimmer zurück. Sein erster Blick fiel auf die in drei Reihen geordneten Goldstücke. Mit einer heftigen Bewegung schob er sie unter die Papiere. Wilder kreiste sein Blut. Sollte er die zutrauliche, sogar zärtliche Annäherung einer ihm fremden Landessitte zuschreiben, oder war es mehr, als eine Bevorzugung, zu welcher sein toter Onkel ahnungsvoll die erste Ursache gab? Er schloss die Augen. Über Länder und Meere hinweg schweiften seine Gedanken. Vor seiner Seele erstanden die rätselhafte Rheinnixe und Lucretia, seine kindlich treuherzige, junge Verwandte. Deutlich erkannte er sie, aber wie durch einen dichten Schleier hindurch, um gleich darauf wieder die leidenschaftliche Mexikanerin mit dem sengenden Glutblick an deren Stelle treten zu sehen. Wollte sie ihn denn töten, seinen Geist in Wahnsinn umnachten, dass sie mit diesem ersten Kuss einen Scheidegruß auf ewig verband? Er meinte in dem abgeschlossenen Raum den Atem zu verlieren, meinte, dass die Zimmerdecke sich senke, tiefer und tiefer, um ihn zu zermalmen, zu vernichten.

Ins Freie hinaustretend, fiel sein erster Blick auf zwei gesattelte Pferde, die vor dem Hause Plenty's von dem schwarzen Majordomo und dessen braunen Gefährten fortgeführt wurden. Plenty und Eliza, die eben abgestiegen waren, standen unter der Veranda und blickten den Pferden nach. Unbemerkt wollte er sich zurückziehen, als Beide seiner ansichtig wurden. Plenty nickte ihm nachlässig zu und begab sich in seine Halle, wogegen Eliza, über dem linken Arm die Schleppe ihres Reitkleides, in der rechten Hand eine leichte Gerte, zu ihm herüberkam. Wenn aber kurz zuvor Clementia mit ihrem unheimlichen Zauber sein Gehirn in Flammen setzte, so zog es jetzt, da er in die freundlichen blauen Augen sah, die so offen, so redlich blickten und, bevor die Lippen sich öffneten, ihm einen herzlichen, nachbarlichen Gruß zusandten, wie süßer Friede in seine Brust ein. Ihn beschlich ein Gefühl, als hätte er sich gegen sie vergangen gehabt, als hätte er beschämt die Blicke vor ihr senken müssen. Sobald sie aber, jede Linie an ihr holde Jungfräulichkeit, jede Bewegung natürliche sittige Anmut, ihm die Hand reichte, da meinte er, diese liebe, kleine Hand nie wieder lassen zu dürfen, um sich an ihr zu halten, vor einem Sturz in einen Abgrund von unermesslicher Tiefe, vor einem Dahinsinken in Nacht und Wahnsinn zu bewahren.

»Herr Nachbar,« redete Eliza ihn an, »wir sind früher heimgekehrt, als ursprünglich unsere Absicht gewesen. Ich wiederhole daher meines Vaters Einladung, den heutigen Abend mit uns zu verbringen – vorausgesetzt, Sie sind nicht durch anderweitige Verpflichtungen gebunden.«

»Immer geschäftlich vorsichtig und bedachtsam,« antwortete Perennis, wie sich mühsam unter einer schweren Last hervorarbeitend, »welche Verpflichtungen könnten mich an einem fremden Ort hindern, einer solchen Einladung zu folgen?«

»Weniger geschäftlich vorsichtig, als nachbarlich rücksichtsvoll,« versetzte Eliza lächelnd, »es sollte Ihnen eine bequeme Handhabe geboten werden, im Falle Sie allein zu bleiben wünschten.«

»So nehme ich das gedankenlos hingeworfene Wort mit Beschämung zurück,« erklärte Perennis, und er wollte mit ihr nach der anderen Veranda hinüberschreiten, als Eliza ihm mit holdseligem Erröten wehrte.

»Auf die Gefahr, wiederum zu geschäftlich vorsichtig zu erscheinen,« sprach sie mit gutmütigem Spott, und sie wies nach Perennis' offener Haustür hinüber, »ich muss Sie darauf aufmerksam machen, dass die Sicherheit unserer Stadt keine derartige, dass sie Gewähr für das Nichteindringen Unberufener in offene Häusern leistete.«

Perennis verschloss lachend sein Haus.

»Wie viel werde ich noch lernen müssen, bevor ich mir die zu einem Hausbesitzer gehörenden Gewohnheiten angeeignet habe!« rief er klagend aus, indem sie sich langsam der anderen Veranda zubewegten.

»Ihre Nachbarn werden mit Freuden das Ihrige dazu beitragen, Sie als solchen auszubilden,« versetzte Eliza mit einem Anfluge von Mutwillen, »es ist das Geringste, was wir in Erinnerung des tiefbetrauerten, alten Freundes tun können. Auch er soll anfänglich etwas unpraktisch gewesen sein.«

»Möchte nur ein wenig von dem meinem Onkel zu Teil gewordenen Wohlwollen auf mich übertragen werden. Aber ich fürchte, es fehlen mir jene Eigenschaften, welche ihn in so hohem Grade auszeichneten.«

»Recht herzliches Wohlwollen sogar tragen wir unserm neuen Nachbar entgegen,« und die redlichen Augen voll auf Perennis gerichtet, fügte Eliza heiter hinzu: »an Ihnen aber ist es, sich dasselbe zu erhalten, und was dazu gehört, ich dächte, das überstiege keines Sterblichen Kräfte.«

»Vielleicht dennoch. Ihr Herr Vater hat seine eigentümliche Weise; einem Fremden muss es schwer fallen, sich sein Vertrauen zu erwerben.«

»Seine Eigentümlichkeiten begründen sich ebenso wohl auf einen nie schlummernden Geschäftseifer, wie auf unerschütterliche Rechtschaffenheit.«

»Und eine große Unduldsamkeit gegen Fremde.«

»Welche den Fremden selbst am meisten zu statten kommt,« erklärte Eliza auf Perennis' Einwand mit einem bezeichnenden Lächeln.

Sie waren vor der Haustür eingetroffen. Eliza nahm den Vortritt, wie um Perennis den Weg ins Innere des Hauses zu zeigen.

Dieser folgte ihr sinnend, die Blicke fest auf die holde Gestalt gerichtet, die so ruhig, so würdevoll und doch so jugendlich anmutig gleichsam einher schwebte. Zu kurze Zeit war erst seit seinem Verkehr mit Clementia verronnen, deren sengende Blicke er noch in seiner Brust zu fühlen meinte, um nicht vergleichende Betrachtungen anzustellen. Er entsann sich der Glorien, wie solche auf alten Bildern die Heiligen umgeben.

Auch Eliza erschien ihm wie mit einer Glorie geschmückt, aber einer Glorie, gewebt aus den edelsten Eigenschaften eines Weibes, welches gewohnt ist, in unbegrenzter Selbstlosigkeit die eigenen Neigungen und Vorteile denen anderer unterzuordnen.

Ein unbeschreibliches Gefühl innerer Befriedigung beschlich ihn, indem er dieselbe Luft einatmete, welche das liebliche Haupt umfächelte. Heimatliche Bilder schwebten ihm vor, ohne zu ahnen, wie solche in Beziehung zu der sich vor ihm einher bewegenden Gestalt zu bringen seien. Auch hier wirkte ein Zauber auf ihn ein, aber nicht jener berauschende, der in einem dumpfen, leidenschaftlichen Sehnen gipfelt, wie er kurz zuvor einem solchen in seinem Verkehr mit Clementia unterworfen gewesen.

Dagegen erstanden vor seiner rastlos schaffenden Phantasie holde Szenen häuslichen Glücks und süßen Friedens, in welchen Eliza – er wusste nicht, woher es kam – den Segen spendenden Mittelpunkt bildete.

Nur Sekunden verrannen, aber eine Welt voll Betrachtungen drängte sich in dem verschwindend kurzem Zeitraum zusammen.

Sie schritten um den langen Tisch der Vorhalle herum, und gleich darauf öffnete sich unter Eliza's Hand eine Tür, welche in ein geräumiges, mit einfachem Kalkanstrich überzogenes Zimmer führte. Zwei Fenster und eine breite Tür öffneten nach dem Hofe hinaus. Von diesem wurden sie durch einen überdachten Gang getrennt, welcher, nach mexikanischem Baustil, ganz um den rechteckigen Hofraum herumführte.

Dieser selbst war in ein Gärtchen verwandelt worden, in dessen Mitte eine gemauerte runde Zisterne zur Aufnahme des Regen- und Schneewassers diente. Durch die Bedachung der Hofveranda den Tag über gegen den Einfluss der Sonne geschützt, herrschte in dem Zimmer erquickende Kühle. In gleicher Weise wurde das Licht des scheidenden Tages gedämpft. Einfache aber sehr sauber gearbeitete Möbel, mehrere gute Lithographien an den Wänden und ein den ganzen Fußboden bedeckender Teppich verliehen dem salonartigen Raum den Charakter des Behaglichen. Derselbe wurde erhöht durch einen gedeckten Tisch in der Mitte des Zimmers. Ein Pianino, mit großem Kostenaufwande über die Prärien geschafft, und ein mit reich gebundenen Büchern beschwerter Tisch zeugten dafür, dass Plenty auch für die geistigen Genüsse seines lieblichen Buchhalters reichlich Sorge trug, vor Allem aber durch eine sorgfältige Erziehung den Boden für solche vorbereitet hatte.

Beim ersten Anblick der freundlichen Umgebung atmete Perennis tief auf; dann kehrte er sich seiner Führerin mit den Worten zu: »Wer hätte dies Alles hier im ›Fernen Westen‹ gesucht!«

Eliza lächelte triumphierend.

»Ich scheue mich fast, einen Wunsch auszusprechen,« bemerkte sie mit innigem Ausdruck, »denn es vergeht nicht mehr Zeit, als der Posttrain gebraucht, von hier an den Missouri und zurück zu reisen, und er ist er-füllt.«

Sie trat an den Büchertisch; bald diesen, bald jenen Band aufhebend und wieder hinlegend, fuhr sie in ihrer ruhigen, verständigen Weise fort: »Sie sehen, nicht nur englische Bücher sind hier vertreten, sondern auch die Werke unserer besten deutschen Dichter, und Manches befindet sich unter diesen, welches ich der Güte Ihres Onkels verdanke. Heute begrei-fe ich es mehr und besser, als bei seinen Lebzeiten, wie er alles Mögliche aufbot, meinen Gesichtskreis ein wenig zu erweitern. Hier sind auch Bil-derwerke; vielleicht beschäftigen Sie sich mit denselben – nur so lange, bis ich –« mit lieblicher Unbefangenheit hielt sie die über ihren linken Arm hängende Schleppe des Reitkleides etwas nach vorn, worauf sie dieselbe wieder an sich zog. Dieser Bewegung folgte eine leichte Vernei-gung, und sich der offenen, zweiflügeligen Tür zukehrend, verschwand sie auf der Veranda.

Perennis blickte ihr nach.

»So zutraulich, und doch so frei von jeder Gefallsucht,« reihten sich seine Gedanken aneinander, »so würdevoll und doch so jugendlich anmutig.«

Sinnend kehrte er sich dem Büchertisch zu, und mechanisch den nächs-ten Quartband aufschlagend, betrachtete er Reineke Fuchs, den hinterlis-tigen Verräter und Gauner.

»Willkommen, Nachbar!« ertönte es neben ihm wie eine gesprungene Schelle, jedoch als habe eine Lederumwickelung des Klöppels den rauen, unmelodischen Klang etwas gemildert.

Perennis kehrte sich schnell um, und vor ihm stand Plenty, dessen Schritte der weiche Teppich bis zur Unhörbarkeit gedämpft hatte. Er war so verwirrt, dass er beinahe vergaß, die gebotene Hand anzunehmen. Im ersten Augenblick hatte er die Empfindung, als ob Reineke Fuchs, den er gedankenlos betrachtete, sich plötzlich verkörpert, das Buch verlassen habe und darauf sinne, ihm irgend einen argen Streich zu spielen. Bemerkte Plenty aber seine Überraschung, so beachtete er sie nicht, und weiter rasselte er in seinem sanftesten Schellenton:

»Noch einmal willkommen unter meinem Dach, und so oft es Ihnen beliebt, sehen Sie mein Haus als das Ihrige an. Bin ich nicht daheim, so finden Sie in Eliza meine gewissenhafte Vertreterin. Hab's mit Ihrem ehrenwerten Onkel ebenso gehalten, und der war ein Mann, kalkulier' ich, der trotz seiner Vorliebe für Spielereien den Wert eines Cents so gut kannte, wie meine Eliza die Tasten ihres Instrumentes dort, und das will viel sagen.«

»Ich bin erstaunt,« suchte Perennis seine erste Verwirrung stotternd zu erklären, »zunächst die freundliche Umgebung – so Vieles, was hier im Westen zu finden ich nicht erwarten konnte – und endlich –«

»Endlich meine Person?« fügte Plenty gut gelaunt hinzu, »nun ja, wenn der Mensch den Tag über sich mit Waren, Zahlen und vor allen Dingen mit Leuten abgequält hat, die auf ihren eigenen Vorteil ebenso bedacht sind, wie man selber, so ist's wohl gut, eine Stätte zu besitzen, auf welcher man nichts mehr von Geschäften hört oder sieht und für künftige Spekulationen den Verstand klärt. Zwischen diesen vier Wänden kenne ich keine Geschäfte, und meine Eliza denkt ebenso, kalkulier' ich.«

»Wenn ich das von mir behaupten könnte!« versetzte Perennis freier, aber noch immer betrachtete er seinen Gastfreund, als hätte er in ihm den kalt berechnenden Yankee nicht wiedererkannt, oder sein jetziges Wesen für eine schlau angelegte Maske gehalten, »wir Künstler arbeiten, wo wir stehen und gehen. Kaum einer Physiognomie begegne ich, die nicht den Gedanken in mir anregt, sie zu irgend einem späteren Gebrauch aufs Papier zu werfen.«

»Richtig, Künstler sind Sie,« bemerkte Plenty. Dann leuchtete es hell in seinen Augen auf, und ein Blatt Papier und eine Bleifeder nehmend, reichte er Perennis Beides. »Da, Mann,« fuhr er lebhaft wie von kindischer Neugier beseelt, fort, »zeigen Sie mir, was Sie können. Zeichnen Sie – nun – sagen wir, die Leute, welche im Laufe des Nachmittags Sie besuchten. Oder sind Sie von Besuchen verschont geblieben?«

Ahnungslos setzte Perennis sich nieder, und während Plenty ihm mit eigentümlicher Spannung über die Schulter sah, entstanden auf dem

Papier innerhalb weniger Minuten die unverkennbaren Gesichtszüge Dorsals.

»Mein Reisegefährte,« sprach Perennis, indem er das Portrait dem anscheinend aufs Tiefste erstaunten Plenty überreichte.

»Ihr Reisegefährte,« wiederholte dieser nachdenklich, »hm, ich kenne ihn nicht persönlich, aber er muss getroffen sein, kalkulier' ich – bei Gott, wer hätt's geglaubt – und mit so wenig Strichen. Aber bitte, Nachbar, noch eins« – und er legte das Papier wieder vor Perennis hin. Dieser zögerte. Er wusste selbst nicht, warum er sich scheute, so gut es gehen wollte, Clementia's Züge zu entwerfen. Und obwohl er nur kurze Zeit mit ihr verkehrte, hatte ihr Bild sich seinem Gedächtnis doch eben so fest eingeprägt, wie das des Reisegefährten im Verlauf von Monaten. Und mehr noch: ihm war, als hätte das schöne Antlitz sich neckisch zwischen seine Augen und das Papier geschoben.

»Weiteren Besuch haben Sie nicht bei sich gesehen?« fragte Plenty, als Perennis noch immer säumte.

»Nein – und dennoch,« antwortete dieser, seine Befangenheit verheimlichend, »aber ich sah die Person nur flüchtig – es würde nicht glücken,« und tiefer über das Papier geneigt, begann er ruhig zu zeichnen.

Plenty, in seinem knochigen Antlitz den Ausdruck des noch aus dem offenen Buch listig hervorblinzelnden Reineke, spähte wieder über Perennis' Schulter. Das unmelodische Lachen, in welches er ausbrach, bewies, dass er die eigenen Gesichtszüge erkannt hatte.

»Nun ja,« bemerkte er noch immer lachend, »der alte Galgenvogel ist heut ebenfalls bei Ihnen gewesen –«

In diesem Augenblick trat Eliza an den Tisch. Sie trug wieder ein helles Kleid. Wie um das Ende der Tagesarbeit dadurch anzudeuten, hatte sie eine rote Rose auf ihrem Haupt befestigt, der einzige Schmuck außer einem schweren, goldenen Medaillon mit dem Portrait ihrer Mutter, welches von ihrem Halse niederhing. Mit den Ausdrücken der Überraschung betrachtete sie die ihr von Plenty gereichten Zeichnungen, dieselben heiter als ihr Eigentum erklärend. Dann forderte sie die Herren auf, an dem gedeckten Tisch Platz zu nehmen.

Zugleich erschienen der schwarze Majordomo und sein brauner Adjutant, jeder eine brennende Lampe auf den Tisch stellend, worauf sie sich zur Bedienung anschickten.

Es war in der Tat, wie Plenty gesagt hatte. Mit keiner Silbe wurde des Geschäftslebens gedacht. Des alten Yankee's Stimme behielt zwar fortgesetzt ihren harten Klang, aber in seinen Worten wie in seinen Bewegungen bewies er eine Zuvorkommenheit, wie Perennis sie bisher an ihm nicht für möglich gehalten hätte. Eliza vertrat die Dame des Hauses in einer Weise, welche von der sorgfältigen Erziehung Kunde gab. Nie verlegen um eine Antwort, stets bereit, die Unterhaltung neu zu beleben, offenbarte sie in ihrem ganzen Wesen jene weibliche Würde, welche, getragen von dem Bewusstsein, sich auf ihrer Stelle zu befinden, ihr einen unbeschreiblichen Liebreiz verlieh. Durch Tür und Fenster strömte erquickende, abendliche Kühle herein. Der feurige El Paso-Wein wirkte bei dem alten Yankee wie bei Perennis. Lebhafter wurde die Unterhaltung und heiterer. Im Geiste durchzogen sie nahrungslose Wüsten, besuchten sie seltsame, reichbelebte, terrassenförmige Städte und andere, von welchen nur noch Trümmer vorhanden. Die geheimnisvolle Warnung hatte Perennis vergessen. Sein Herz öffnete sich; vertrauensvoller wurden seine Mitteilungen über die Vergangenheit und die ferne Heimat. An den verschleierten, scharf forschenden Blick Plenty's gewöhnte er sich schnell, nicht minder an den ausdruckslosen Ton seiner Stimme. Er sah Eliza ihn aufmerksam bedienen, aus seinen Augen seine Wünsche gleichsam herauslesen, und solchem vermittelnden Einfluss nachgebend, schwand allmählich das Vorurteil, welches er gegen den verschlossenen und eigennützig berechnenden Geschäftsmann gefasst hatte.

Die Nacht schritt vor. Die Plätze an dem Tisch vertauschte man mit anderen auf der den Hof umschließenden Veranda, wo blühende Rosen, Levkoyen und Reseda, die feuchte Atmosphäre mit ihrem Duft erfüllten. Es war eine Märchennacht. Perennis meinte zu träumen, wenn die ruhige, melodische Stimme Eliza's mit dem stumpfen Ton einer gesprungenen Schelle abwechselte, kalte Einwürfe mit freundlichen, verständigen Auseinandersetzungen sich kreuzten, teilnahmslose Behauptungen durch sanfte Gegenbemerkungen gemildert, ihres oft feindselig scharfen Charakters entkleidet wurden. Perennis Zigarette glimmte mit der seines Gastfreundes um die Wette. Mehrere Glühwürmer belebten die duftenden Sträucher auf dem Hofe. Zwischen den schwarzen Schatten riefen sie den Eindruck hervor, als hätten auch dort rastende Menschen sich mit dem in Maisstrohhülsen gerollten Tabak vergnügt.

Es war eine Märchennacht. – –

Auf dem Hofe in dem abgeschlossenen Hause hinter der Kirche saßen zu derselben Stunde ebenfalls drei Menschen in eifrigem Gespräch beieinander. Flaschen und volle Gläser lachten ihnen wohl zu, dagegen blieb ihnen fern jene sorglose Heiterkeit, welche die kleine Gesellschaft in Plenty's Hause charakterisierte. Zwischen ihnen auf dem Tisch lagen mehrere in Schweinsleder gebundene alte Werke und Karten, welche augenscheinlich vergangenen Jahrhunderten angehörten. Was die vergilbten und von den Würmern angebohrten Bücher enthielten, reizte ihre Teilnahme mehr, als der goldige Wein. Dort hatten sie gesessen seit Einbruch der Dunkelheit. Die Kunde, welche Dorsal überbrachte, hatte Alle tief erregt und ihren Plan mit dem letzten Willen des verstorbenen Rothweil vollständig umgestoßen. Sie betrachteten ihn nur noch als letztes Mittel, wenn alle anderen ihre Wirkung versagen sollten. Was sie bisher für unglaublich hielten, fanden sie bald in diesem, bald in jenem Buch bestätigt. Je länger sie die zwischen ihnen schwebende Frage verhandelten, je ausführlicher schilderte Dorsal die in Perennis' Wohnung gemachte Entdeckung, um so zuversichtlicher wurden sie in ihren Mutmaßungen und Forderungen.

»Das wirkliche Vorhandensein des Schatzes darf wohl kaum noch angezweifelt werden,« erklärte Hall, seine Hand auf eins der geöffneten Werke legend; »Otermin in seinem Rapport, der ihm offenbar von den beiden entflohenen Mönchen in die Feder diktiert wurde, spricht zu überzeugungsvoll. Das Versteck des Geldes kannten die Flüchtigen dagegen nicht. Sie wussten eben nur, dass man es durch Vergraben zu retten hoffte.«

»Die Umgebung von Quivira soll im weiten Umkreise von Schatzgräbern und Abenteurern durchwühlt worden sein,« bemerkte Brewer zweifelnd.

»Und immer vergeblich,« erwiderte Hall; »die Masse des in Quivira angehäuften Geldes war zu groß; nimmermehr hätte dessen Auffinden verheimlicht werden können. Es handelt sich also nur darum, das Versteck auszukundschaften.«

»Welches unstreitig sehr genau beschrieben ist,« warf Dorsal ein, »Ich las die alte Schrift zwar bruchstückweise, allein genug davon, um mir darüber ein Urteil zu bilden. Wie sicher der Verstorbene von dem Erfolg überzeugt gewesen, beweist die mehrfache beiläufige Erwähnung eines großen Vermögens. Da indessen sein Haus samt den Sammlungen nur einen verhältnismäßig geringen Werth repräsentiert, kann er sich nur auf den Schatz bezogen haben, welchen er so gut wie gewiss in den Händen zu halten glaubte. Und er war ein zu nüchterner, verständiger, alter Mann, um sich zum Erbauen von Luftschlössern hinreißen zu lassen.«

»Von dem Vorhandensein eines Dokumentes, schließend mit den Worten »Nombrade por Carlos Quinto de Gran Quivira,« hörte ich mehrfach, allein ich hielt es für eine Fabel,« wendete Brewer ein. »Es wäre erstaunlich, dass nicht schon früher Jemand sich die Aussagen irgend eines Nachkommens der Bewohner der Ruinenstadt zu Nutze machte.«

»Wer weiß, wie lange das Schriftstück als Amulett in einem indianischen Zaubersack verborgen gewesen,« entgegnete Dorsal.

»Ohne von dem Besitzer benutzt zu werden?« fragte Hall sinnend.

»Zeigen Sie mir einen Eingeborenen, der des Lesens kundig,« versetzte Dorsal geringschätzig, »und dann, hier schreibt's Castaneda ausdrücklich,« und er wies auf ein anderes offenes Buch, »dass Jeder mit einem qualvollen Martertode bestraft wurde, welcher den Weg zu den Schätzen, gleichviel, ob bereits gewonnenen oder noch in den Bergwerken schlummernden, offen legte. Die Furcht vor einem schrecklichen Ende ist im Laufe der Generationen eine Art geheiligter Gewohnheit bei den abergläubischen Eingeborenen geworden. Wer aber das Schriftstück besaß, hatte schwerlich eine Ahnung von dessen Wert.«

»Oder er überzeugte sich von dessen Werthlosigkeit,« bemerkte Hall, jedoch nur in der Absicht, den ausgesprochenen Zweifel, im Einklang mit seinen eigenen Anschauungen, widerlegt zu hören.

»Möglich genug wäre es,« gab Dorsal zu, »denn um die dunklen Mitteilungen erfolgreich zu benutzen, bedarf es vielleicht eines besonderen Schlüssels; ist das aber der Fall, so hat der verstorbene Rothweil einen solchen besessen.«

»Sie entdeckten nichts Derartiges?«

»Nur das Schriftstück des Carlos Quinto. Mehr auszukundschaften, dürfte sehr schwierig sein. Ich bemerkte wenigstens, dass der junge Rothweil die Urkunde ängstlich meinen Blicken entzog. Er muss also deren Wert nicht nur genau kennen, sondern auch auf Grund ausreichender

Informationen, den Schatz bereits als Eigentum betrachten. Daher würde auch der Versuch, das Dokument zu erlangen, an seiner Wachsamkeit scheitern, und Plenty ist der Mann dazu, den einmal erwachten Argwohn nach besten Kräften zu schüren.«

»Um schließlich die Hand selbst auf das Gold zu legen.«

»Keinesfalls lässt er sich mit Wenigem abspeisen, wenn Rothweil ihn auffordert, ihm bei dem Unternehmen zur Seite zu stehen.«

»So entschloss er sich zu der Reise?«

»Wenn es geschah, würde er mich schwerlich zum Vertrauten gewählt haben; und ich verdenk's ihm nicht; die Kunde davon, dränge sie in die Öffentlichkeit, würde ohne Zweifel eine gute Anzahl von Abenteurern auf seine Spuren locken. Unsere Aufgabe muss daher sein, ihn und seine Bewegungen zu überwachen. Mir schwebt ein Plan vor, freilich noch in unbestimmten Umrissen. Ich denke daran, das, was zu suchen, uns selber die Mittel fehlen, von Anderen aufdecken zu lassen, dann aber im entscheidenden Augenblick die Rechte der Kirche zu vertreten.«

»Die vielleicht längst verjährt sind,« bemerkte Brewer ungläubig.

»Sie können nicht verjähren, und ginge ein anderes Jahrhundert darüber hin,« eiferte Hall, »von den Angehörigen unserer Kirche ist das Gold gewonnen und gesichert worden, und die alten Berichte zeugen dafür, dass das Anrecht an dasselbe niemals als erloschen betrachtet wurde.«

»Wie lauten Clementia's Nachrichten?« fragte Dorsal.

»Mag sie selber sprechen,« versetzte Hall missmutig, »nach ihrer Heimkehr schloss sie sich ein. Ich vermied den Zwang, um keine aufregende Scene hervorzurufen. Ihre durch irgend einen Umstand erzeugte üble Laune mag zur Zeit verraucht sein.«

Er klingelte. Alsbald erschien Clementia. In dem Bewusstsein, von den drei Herren prüfend betrachtet zu werden, hatte sie den Reboso, dieses Zaubermittel gefallsüchtiger Mexikanerinnen, so um ihr Haupt gelegt, dass ihr schönes Antlitz an jene, mit kluger Berechnung gemalten Madonnenbilder erinnerte, welche dazu bestimmt sind, auf die Sinne andächtiger Verehrer berauschend einzuwirken. An den Tisch tretend, warf sie den von Perennis ausgefertigten Empfangsschein auf denselben.

»Meines Auftrages entledigte ich mich,« sprach sie anscheinend unbefangen, »ist das Geld verloren, so wissen Sie, dass es nicht an meinen Händen kleben blieb.«

»Er wäre nicht der Erste, der sich vor Deinen Reizen beugte,« versetzte Dorsal mit einem bezeichnenden Lächeln.

»Ich will ihn nicht als meinen Sklaven sehen,« erwiderte Clementia heftiger, als sie vielleicht beabsichtigte, »schicken Sie mich, zu wem Sie wollen, sein Haus betrete ich nicht wieder, und müsste ich deshalb –« sie verstummte erbleichend.

»Das ist Nebensache,« nahm Hall nunmehr mit niederschmetternder Gelassenheit das Wort, »vorläufig wünsche ich zu wissen, was Du bei ihm entdecktest.«

»Schwerlich mehr, als Derjenige der vor mir sein Haus verließ,« antwortete Clementia trotzig und ihre dunklen Augen auf Dorsal richtend, schienen dieselben Funken zu sprühen; »ein Haufen Scherben und Papiere lagen auf dem Tisch. Einen Blick in dieselben zu werfen gelang mir nicht. Und was hätte es geholfen? Verstände ich's Lesen, möcht's vielleicht besser für mich gewesen sein. Er wollte das Geld nicht nehmen; ich hatte meine Not, ihn dazu zu bewegen.«

»Geh, Clementia,« befahl ihr Gebieter, die Brauen tief runzelnd, »überlege Dir Alles – aber Alles – noch einmal recht genau. Vielleicht lautet Dein Bericht morgen anders.«

Clementia schritt ohne Gruß davon.

»Ein Dämon steckt in dem Weibe,« bemerkte Dorsal sinnend, »es sollte mich nicht überraschen, hätte der blondhaarige Deutsche ihr besonders gut gefallen. Ihr zu großes Vertrauen zu schenken, erscheint mir nicht ratsam.«

»Sie weiß, was für sie auf dem Spiele steht,« erklärte Hall sorglos, »und ihre Vergangenheit möchte sie für zartere Regungen abgestumpft haben.«

»Der Teufel steckt mehr oder minder in allen Weibern,« sprach Dorsal unzufrieden. Dann nahm er eine Zigarette, während Brewer die Gläser füllte. Dichter rückten die drei Herren um den Tisch und die aufgeschlagenen Bücher zusammen, und mit gedämpften Stimmen berieten sie bis tief in die Nacht hinein.

Auch hier dufteten Levkoyen und Reseda, jedoch ohne dass deren süßer Atem viel beachtet worden wäre. Glühwürmer durchirrten das schwarze Gesträuch. Mit den Leuchtkäfern um die Wette funkelten die Sterne.

Es war eine Märchennacht.

Einundzwanzigstes Kapitel.

Nach dem Stone-Corall

Zwei Wochen waren verstrichen, und heimisch fühlte Perennis sich bereits in seinem Hause. Das Misstrauen gegen Plenty vermochte er allerdings nie ganz zu besiegen, dagegen trug dessen Nachbarschaft, namentlich die Nähe Eliza's nicht wenig dazu bei, ihm die stillen Räume des eignen Heims lieb zu machen. Bei Plenty ging er frei ein und aus. Von diesem im Laufe des Tages nur wenig beachtet, fand er dafür bei Eliza stets das freundlichste Entgegenkommen. Es rief sogar den Eindruck hervor, als ob der berechnende Yankee seinen Verkehr mit dem lieblichen Mädchen begünstigte. Die Reise nach Quivira war beschlossen worden, und ohne die Öffentlichkeit zu scheuen, trafen die beiden Nachbarn ihre Vorbereitungen zu derselben. Sie gebrauchten nur die Vorsicht, das Gerücht zu verbreiten, ihre Expedition habe den Zweck, den unterbrochenen Verkehr des verstorbenen Rothweil mit einzelnen Indianerstämmen zu erneuern. Der Aufbruch hatte Plenty von dem Eintreffen der Karawane abhängig gemacht, welche ihm die letzten für den Winter berechneten Warenvorräte bringen sollte. Deren bevorstehende Ankunft auf der letzten Lagerstation vor Santa Fé war bereits am vorhergehenden Tage durch einen reitenden Boten angekündigt worden. Man konnte darauf rechnen, sie in den ersten Nachmittagsstunden des nächstfolgenden Tages dort vorzufinden. Durch Geschäfte an die Stadt gefesselt, forderte Plenty Perennis auf, in Eliza's Begleitung hinauszureiten und mit dem Trainführer die Stunde des Eintreffens zu verabreden. Von seiner Haustür aus beobachtete Plenty, wie Perennis Eliza in den Sattel half, sich selbst aufs Pferd schwang, und bald darauf lag die altertümliche Stadt weit hinter ihnen. Es war ein lieblicher feuchter Morgen. In Milliarden von Tautropfen spiegelte sich die höher steigende Sonne. Vor den Gebirgen ringsum lagerte bläulicher Duft. Die arme, unfruchtbare Ebene glitzerte und funkelte im leicht vergänglichen Perlenschmuck.

Nach kurzem scharfem Ritt bogen die beiden jungen Leute in eine niedrige Waldung ein, in welcher der Weg bald durch Niederungen, bald über Hügel und am Rande gefährlicher Abstürze hinführte. Derselbe war indessen für Gespanne eingerichtet; es hinderte sie also nichts, sich nebeneinander zu halten. Eine halbe Pferdelänge gönnte Perennis Eliza Vorsprung. Er konnte sich den Genuss nicht versagen, zu beobachten, wie ihre schlanke Gestalt sich den Bewegungen des Pferdes gleichsam anschmiegte, der durch den scharfen Ritt erzeugte Luftzug mit einzelnen, unter ihrem breitrandigen Strohhut sich hervorstehlenden Löckchen spielte, sie sich stolzer und selbstbewusster emporrichtete, als hätte sie aus der frischen Morgenluft Lebenskraft für viele kommenden Tage trinken wollen. Die heftige Bewegung schien ihr wohlzutun. Hinunter in die Talsenkungen trieb sie ihr Pferd, die Hügel hinan und an Abstürzen vorbei, wie Jemand, der von Kindesbeinen an gewohnt gewesen, im Sattel zu sitzen, mit kaum bemerkbarem Druck den eigenen Willen zu dem des gelehrigen Rosses zu machen. War es Gefallsucht, eine gewisse Eitelkeit, sich als gewandte Reiterin zu zeigen, oder scheute sie ahnungsvoll Blick und Wort ihres Begleiters, dass sie die lachende Waldumgebung im Fluge durcheilte? So mochte Perennis sich fragen, während ihr reizvolles Bild ihn entzückte. Nach ihm sah sie kein einziges Mal zurück. Sie fühlte sich zu glücklich, so glücklich wie die Drosseln, die unbekümmert um andere Geschöpfe, den jungen Tag mit ihren süßen Liedern begrüßten, glücklich wie die Locustgrillen, die auf den Bäumen ringsum gedankenlos ihre vom Tau befeuchteten und erschlafften Trommelfellchen dumpf prüften, um den Zeitpunkt nicht verstreichen zu lassen, in welchem sie im betäubenden Chor ihre endlosen Triller in den heißen Sonnenschein würden hinausschmettern können.

Endlich, vor einem schroffen ansteigenden Hügel, zog sie die Zügel an, zugleich kehrte sie sich dem neben sie hinreitenden Perennis zu. Ihr Antlitz glühte, enthusiastisch leuchteten ihre Augen.

»Ich war unbesonnen,« entschuldigte sie sich in ihrer lieben treuherzigen Weise, »allein sobald ich auf dem Rücken meines Pferdes sitze, ist mir, als müsste ich mit den Vögeln, mit den Hirschen, mit den Wolken um die Wette reiten.«

»Was Jedem verständlich, der selbst zum Reiter erzogen worden,« antwortete Perennis begeistert, »für ein Vergehen würde ich es halten, in solches Schwelgen auch nur mit einem Wort einzugreifen.«

»Mein Vater urteilt anders,« versetzte Eliza lachend, »er tadelt meine Hast, wenn sie ihm ungerechtfertigt erscheint, kennt kein Erbarmen für seine guten Pferde, sobald er Eile für ersprießlich hält.«

»Ist heute denn Eile geboten?« fragte Perennis, und gespannt beobachtete er, wie die kleine Hand mit der Gerte die Mähne des schäumend auf die Kandare beißenden Pferdes glatt strich.

Eliza spähte seitwärts in den Wald hinein, um zu verheimlichen, dass die Glut ihrer Wangen sich bis zu den Schläfen hinauf ausdehnte.

»Im Gegenteil,« antwortete sie nach kurzem Sinnen, »denn treffen wir vor dem Wagentrain bei dem sogenannten Stone-Corall ein, so haben wir das Vergnügen, wie ein verzaubertes Pärchen an der Quelle zu sitzen und der Dinge zu harren, die da kommen sollen. Wie oft legte ich diesen Weg zurück,« knüpfte sie schnell einen andern Gedanken an; »ich sah noch nicht weit über meines Vaters Tisch, als ich ihn zu Pferde hier heraus begleiten musste.«

»Nach dem Osten sehnten sie sich nie?«

»Was soll ich im Osten, so lange es mir hier gefällt? Was zur Erheiterung des Lebens beitragen kann, besitze ich in Fülle, und im Osten erst neue Bedürfnisse kennen zu lernen, um sie später zu vermissen – nein, der Westen ist und bleibt meine Heimat.«

Eine gewisse glückliche Entschiedenheit offenbarte sich im Ton ihrer Stimme. Dieselbe berührte Perennis, ohne zu wissen weshalb, beinah schmerzlich. Er säumte einige Sekunden, bevor er antwortete.

»Unsere Heimat erblicken wir gern da, wo diejenigen leben, an welchen wir mit ganzer Liebe hängen. Ich selbst wähnte, mich nur schwer mit der Trennung von meiner Heimat auszusöhnen, und nun, da ich in der Fremde weile, denke ich wohl mit Wehmut, allein nicht mit bangem Sehnen an dieselbe zurück.«

»Weil Sie hier Haus und Hof besitzen,« erwiderte Eliza schnell, wie um einer ändern Deutung zuvorzukommen.

»Und Nachbarn, liebe freundliche Nachbarn, ohne welche mir Haus und Hof wüst und leer erschienen.«

»Sie suchen mich zu täuschen,« spöttelte Eliza gutmütig, »weiß ich doch, dass die Eigentümlichkeiten meines Vaters nicht immer Ihren Beifall finden.«

»Berechtigte Eigentümlichkeiten, welche gerade durch den Kontrast die Eigenschaften seiner Tochter in ein umso helleres Licht stellen.«

Eliza warf einen erstaunten Blick auf Perennis. Dann sah sie zur Seite, wie über die Bedeutung seiner Worte nachsinnend. Dieselben hatten sie peinlich berührt. Eine Schmeichelei war das Letzte, was sie erwartet hätte, zumal zu einer Zeit, in welcher sie sich vertrauensvoll in seinen Schutz begeben hatte. Bevor sie eine Erwiderung fand, drang der Hufschlag eines scharf getriebenen Pferdes zu ihnen herüber. Beide sahen zurück und gewahrten einen Reiter, der eben um eine Windung der Landstraße herumbog und bei ihrem Anblick seine Eile beschleunigte. Perennis lenkte sein Pferd hinter das Eliza's, um jenen auf dem durch einen Absturz eingeengten Wege vorbei zu lassen. Anstatt indessen der mittelbaren Weisung Folge zu geben, hielt der Fremde in gleicher Höhe mit Perennis sein Tier an, wie um in dessen Gesellschaft die Reise fortzusetzen.

Missmutig sah Perennis auf ihn hin. Ein wild darein schauender Geselle im reiferen Alter war es, der ein ebenso zottiges, hageres, jedoch zähes Maultier ritt. Unter dem breiten formlosen Filzhute ragten ein Wust aschblonden, krausen Haupthaars und ein gewaltiger roter Vollbart hervor. Dazwischen sah man den kleinsten Teil eines verwitterten, stark geröteten, unschönen Gesichtes, aus welchem zwei geschlitzte Augen trotzig um sich schauten. Ein verschossenes rotes Flanellhemde hing auf den breiten Schultern und wurde um die Hüften gemeinschaftlich mit einem paar indianisch befranzter Lederbeinkleider durch einen breiten Gurt zusammengehalten. Wie sein einfacher Anzug, waren auch Zaum und Sattelzeug abgenutzt und schadhaft. Nur die auf der linken Hüfte hängende Drehpistole und das auf dem Rücken im Gurt steckende Schlächtermesser verrieten eine gewisse Sorgfalt der Behandlung.

Perennis warf einen besorgten Blick auf Eliza. Diese aber hatte sich im Laufe der Zeit wohl schon an den Anblick solcher westlicher Räubergestalten gewöhnt. Nur Missmut empfand sie über die unerwünschte Begleitung.

»Guten Morgen zu Ihnen Beiden,« ertönte des fremden Reiters tiefe Stimme, sobald er die Bewegungen seines Tieres nach denen der beiden Pferde geregelt hatte, »rechne, ich gehe nicht fehl, wenn ich den Gentleman Mr. Rothweil anrede.«

»Rothweil ist allerdings mein Name,« antwortete dieser mit zurückweisender Kälte, welche indessen nicht den leisesten Eindruck auf den Fremden ausübte.

»Nun ja, Mr. Rothweil, ich sah Sie aus der Stadt reiten, und da ich 'n feines Geschäft mit Ihnen habe, nahm ich mir nicht viel Zeit. Verdammt,

Mann, Sie müssen mit Ihrer Lady geritten sein, wie alle Teufel. Hab' ich doch mein Tier auf Tod und Leben getrieben, bevor ich 'n Auge auf Sie legte.«

»Das müssen sehr dringende Geschäfte sein,« versetzte Perennis hochfahrend, »und dabei entsinne ich mich nicht, Ihnen jemals begegnet zu sein.«

»'s Geschäft führt Menschen zusammen, die oft tausend Meilen und 'ne halbe weit auseinander hausen,« erwiderte der Strolch lachend; »ich habe nämlich gehört, dass Sie 'ne Reise landeinwärts beabsichtigen, und da wollte ich mich erkundigen, ob Sie noch 'ne Hand bei Ihrer Gesellschaft gebrauchen, meinetwegen als Koch oder Packknecht – röste Ihnen 'n Stück mageres Rindfleisch so zart wie 'n Eidotter, und im Packen kommt mir kein Kalifornier, geschweige denn 'n Mexikaner gleich. Schnüre 'ne drei Zentner-Last so sicher auf 'nen Maultierrücken, dass es nicht schwerer d'ran trägt, als an dem Nadelkissen Ihrer Lady, und die Knoten nach 'nem zwölfstündigen Tagesmarsch noch ebenso fest zusammenhalten, wie 'ne Viertelstunde nach dem Satteln.«

»Wer behauptet, dass ich an eine Reise denke?« fragte Perennis unruhig, während Eliza, obwohl scharf rückwärts lauschend, die bewegliche Mähne ihres Pferdes wieder tändelnd mit der Gerte ordnete.

»Ich selber behaupte es, weil ich meine sicheren Anzeichen dafür habe,« versetzte der Strolch achselzuckend; »wie es heißt, wollen Sie zu den Navahoes hinüber mit Tauschgütern. Ich kenne die Navahoes, wie mein eigenes ehrliches Gesicht, und die Wege dahin so genau, wie den Weg in meine eigene Tasche, 's ist Ihr Vorteil, wenn wir uns d'rum einigen.«

»Sollte ich eine Reise unternehmen, so bin ich über mein Ziel noch nicht schlüssig; war' ich's aber, so fehlte mir die Neigung, mich darüber auszulassen.«

»Hoho, Mr. Rothweil, Sie sind noch fremd im Lande, oder Sie würden nicht Jemand 'ne regelrechte Antwort verweigern, der auf 'n par Monate 'ne erträgliche Heuer sucht. Und 'nen Menschen, der aus 'ner Fahrt 'n Geheimnis macht, lernte ich noch nicht kennen. Freilich, 's gibt Spekulationen, die man nicht Jedem in die Ohren schreit,« und wie ein Messer so scharf, bohrten sich des Landstreichers Blicke in Perennis' Augen.

»Ein Geheimnis ist meine Reise am wenigsten,« entgegnete Perennis ungeduldig, »und ich wüsste keinen Grund, weshalb ich sie verheimlichen sollte. Erfuhren Sie aber so viel, dann wird Ihnen auch nicht fremd geblieben sein, dass Mr. Plenty an der Spitze steht. Sie tun daher am Besten, sich mit Ihrem Anliegen an ihn zu wenden.«

»'s liegt Sinn in Ihrer Erklärung,« versetzte der Strolch, und nachlässig strich er seinen roten verfilzten Bart, »aber der Henker werde klug d'raus. Doch sie haben ins Schwarze getroffen: Plenty ist der richtige Mann, und 'n richtiger Geschäftsmann obenein, der 'ne brauchbare Hand zu taxieren versteht. Bin schon früher mit ihm gereist, auch mit dem alten Gentleman, dem Mr. Rothweil. Der hielt's mit den Zuñi-Indianern, und manchen Zentner Felle holte er von dort, um aus einem Dollar deren zwanzig zu machen.«

Als er das Wort Zuñi aussprach, kehrte Perennis sich ihm hastig zu, sah indessen sogleich wieder geradeaus auf Eliza. Der Strolch aber hätte weniger scharfsinnig sein müssen, wäre ihm eine Bewegung entgangen, welche seine Vermutung über die Richtung der Reise gewissermaßen bestätigte.

»Nun ja, Zuñi ist ein wunderlicher Ameisenhaufen,« fuhr er daher fort, »aber im Grunde gibt's nicht viel zu holen dort, namentlich im Spätsommer, wenn die Zuñi-Jäger noch auf ihren Bohnenfeldern sitzen. Verdammt, ein Biber oder Otter, der heut gefangen wird, bietet höchstens Leder zu Lady's-Handschuhen.«

»Ich denke ebenso wenig daran, Biber wie Otter einzutauschen,« antwortete Perennis geringschätzig, um sich der lästigen Begleitung zu entledigen, »doch ich wiederhole: Haben Sie irgend ein Anliegen an Mr. Plenty, so wenden Sie sich an ihn selbst. Und nun, guten Morgen.«

Er spornte sein Pferd neben das Eliza's hin, die fortgesetzt ihre furchtlose Haltung bewahrte, sogar bezeichnend lächelte, als sie in Perennis' Antlitz sah.

»Wollen wir die Pferde antreiben?« fragte er leise.

»Ich sehe keinen Grund dazu,« antwortete Eliza, »der Morgen ist schön, und was sollen wir am Stone-Korall, wenn der Train noch nicht da ist.«

»Recht so, junge Lady,« rief der Strolch aus, dessen geübten Ohren kaum ein Wort entgangen war, »und Ihnen zu Liebe begleite ich Sie noch eine Strecke. Mr. Rothweil scheint keinen Gefallen an meiner Gesellschaft zu finden und mich abschütteln zu wollen, wie sein Gaul 'ne Bremse; aber er unterschätzt mein Tier. Auf demselben reite ich die flinkste Büffelkuh nieder, und mit Ihren beiden Mähren nimmt's der Bursche alle Tage auf. Weit voraus wären Sie mir nicht gekommen.«

Er lachte spöttisch, und da der Weg wieder breiter und bequemer geworden, ritt er an Perennis' Seite, mit der unverkennbaren Absicht, sich für's Erste nicht wieder von ihm zu trennen. In dem Blick, welchen Eliza heimlich Perennis zusandte, war eine Warnung verborgen. Sie wünschte ihn darüber zu verständigen, dass es gefährlich, durch wegwerfendes Begegnen die Feindseligkeit eines verwilderten Landstreichers herauszufordern. Dass Letzteres aber schon bis zu einem gewissen Grade geschehen war, glaubte sie daraus zu entnehmen – und ihr scharfer Blick täuschte sie nicht – dass der Strolch, so oft er glaubte, es unbemerkt tun zu können, Perennis aufmerksam betrachtete, wie dessen geistige und körperliche Kräfte prüfend. Sich des Schlimmsten von dem rohen Gesellen versehend, suchte sie daher die Eindrücke zu mildern, welche das hochfahrende Wesen ihres Begleiters bereits auf ihn ausgeübt hatte.

Ich werden meinen Vater auf Ihr Anliegen vorbereiten,« sprach sie freundlich zu ihm, »Erfolg kann ich freilich nicht versprechen; er liebt es nämlich, sich von seinen eigenen Leuten begleiten zu lassen.«

»Das ist wenigstens ein vernünftiges Wort« versetzte der Landstreicher, »aber ich habe mir die Sache überlegt. Was soll ich bei den Zuñis? Verdammt! 'ne lustige Fahrt wird's ohnehin nicht werden; denn ich und der junge Gentleman hier möchten zusammen passen, wie'n Pulverfass und 'ne brennende Lunte, und aus 'nem Funken entsteht oft der größte Präriebrand.«

»Noch nie lernte ich Jemand kennen, mit dem ich nicht in Eintracht gelebt hätte,« bemerkte Perennis anscheinend sorglos, obwohl es ihn Mühe kostete, dem brutalen Menschen höflich zu begegnen.

»Glaub's gern,« lachte dieser höhnisch, »wähnen Sie aber, dass ich jetzt noch auf den Leim gehe und mich Ihnen anschließe, so irren Sie sich. Verdammt! Nichts übertrifft 'nen freien Willen, und der fliegt zum Henker, sobald man eines Anderen Handgeld nimmt.«

»So hätten sie uns überhaupt nicht aufzusuchen brauchen,« fuhr Perennis leidenschaftlich auf, jedoch seine Heftigkeit sogleich wieder bereuend.

»Hol' Sie der Teufel mit Ihrem Hochmuth!« grollte der Strolch, und er warf einen giftigen Blick auf Perennis, »geschah's nicht aus Achtung vor der jungen Lady, möcht' ich wohl aus 'nem andren Ton mit Ihnen reden. Doch 's ist noch nicht aller Tage Abend, und ich bin nicht so blind, wie Sie glauben. Meine Gesellschaft ist Ihnen nicht fein genug? Bei der ewigen Verdammnis, Mann, die Landstraße ist für alle Menschen, und macht's mir Vergnügen, an Ihrer Seite zu bleiben, so kann's mir der Präsident der Vereinigten Staaten nicht verbieten,« und seinem Tier die Zügel auf den Hals legend, verschränkte er die Arme über der Brust, worauf er eine lustige Melodie zu pfeifen begann.

Perennis schwieg. Er begriff, dass er in einem weiteren Wortgefecht verlieren müsse. Es kam für ihn daher nur noch darauf an, Eliza gegen Beleidigungen zu schützen. Doch der Strolch schien nach den letzten rohen Ausbrüchen friedlich gesinnt zu sein. Er versuchte wenigstens nicht, ein neues Gespräch anzuknüpfen; ebenso wenig mischte er sich in die Unterhaltung, welche Perennis und Eliza mit so viel, obwohl erzwungener Heiterkeit führten, als ob sie sich allein befunden hätten. Nur gelegentlich störte er sie durch einen schrillen Pfiff, welchen er, wie aus Übermut, in den Wald hinein sandte. So blieben sie wohl eine Stunde bei einander, und ein Ritt von höchstens einer Viertelstunde trennte sie noch von ihrem Ziel, als Perennis und Eliza über eine Talsenkung hinweg in der Fortsetzung des Weges zwei Reiter erblickten, die ihnen entgegen kamen. Trotz der Entfernung erkannten sie in dem einen eine weibliche Gestalt, welche indessen nach Männerart quer auf dem Sattel saß. Nicht aber bemerkten sie, dass der Strolch plötzlich um eine halbe Pferdelänge zurückblieb, seinen Hut wenig auffällig um's Haupt schwang und sein Tier wieder an Perennis' Seite trieb. Gleich darauf in das Tal hinabreitend, wurde die Aussicht auf die beiden Reiter ihnen durch die waldige Wegeinfassung entzogen. Anfänglich wenig Wert darauf legend, beunruhigte es sie, bei ihrem weiteren Fortschreiten jenen nicht zu begegnen. Sie ritten durch das Tal, sie wanden sich nach dem Abhänge hinauf, und nirgend entdeckten sie eine Spur von Leben; und doch hatten sie sich nicht getäuscht, als sie meinten, dass die Köpfe der Pferde oder Maultiere ihnen zugekehrt gewesen. So erreichten sie endlich die Höhe, und Perennis neigte sich seitwärts, um im Wege nach den Fährten der geheimnisvollen Reiter zu suchen, als der Strolch plötzlich in einen schmalen Seitenweg einbog und ohne ein Wort des Abschieds im Walde verschwand.

»Ein lästiger Gesellschafter,« offenbarte Perennis seinen Unmut, »er wäre eine schöne Zugabe für unsere Expedition gewesen.«

»Sein Vorschlag war schwerlich ernst gemeint,« erwiderte Eliza, indem sie einen ängstlichen Blick nach der Richtung hinübersandte, aus welcher der Hufschlag des sich Entfernenden noch vernehmbar, »dagegen erschien mir, als hätte er Sie über unsere Zwecke, namentlich über die Reise nach Quivira ausforschen wollen.«

»Über meine Lippen ist dieser Name nicht gekommen.«

»Ich hätte sagen sollen, über die Richtung der Reise,« verbesserte sich Eliza, »und ich fürchte, Sie offenbarten schon zu viel, indem Sie mittelbar den Besuch der Zuñi-Stadt zugaben. Ich kann mich des Argwohns nicht erwehren, dass dieser widerwärtige Mensch mit dem Plan umgeht, meinem Vater und Ihnen Schaden zuzufügen, wohl gar mit seinem Genossen Ihnen zu folgen und die erste Gelegenheit zum Pferdediebstahl zu benutzen. Leider gibt es nur zu viele solcher Räuber in unserer Provinz, und die beiden verdächtigen Gestalten, die ebenso geheimnisvoll wieder verschwanden, wie sie vor uns auftauchten, gehören sicher zu ihm.«

»Wir werden mit ihnen fertig werden,« versetzte Perennis aufmunternd, »gegen Räuber unser Eigentum zum Verteidigen, gewährt mir größere Befriedigung, als gleichsam ohnmächtig rohe Schmähungen und Herausforderungen anhören zu müssen.«

»Die nie beleidigen können,« fügte Eliza hinzu; »Doch ich traue diesem Menschen nicht, und schlage daher vor, den Rückweg über die Ebene zu wählen und es nicht zu spät werden zu lassen. Jetzt aber sollen wir uns beeilen, von hier fort zu kommen.«

Sie trieb ihr Pferd an, Perennis folgte ihrem Beispiel, und je nachdem die Landstraße sich senkte oder anstieg, ging es bald im Trabe, bald im Galopp durch den schattigen Wald.

Die Sonne hatte längst die letzten Tautropfen aufgetrunken, gedörrt waren die Trommelfellchen der dickköpfigen Locustgrillen. Hier und dort ließ sich in längeren und kürzeren Pausen ein sanfter Wirbel vernehmen, als hätte es neuen Proben gegolten. Dann aber nahm das durchdringende Schnarren kein Ende mehr. Tausende und Tausende der kleinen seltsamen Geschöpfe vereinigten sich zu einem Konzert, welches die sonnige Atmosphäre bis zum blauen Himmel hinauf zu erfüllen schien. Die Tiere selbst blieben unsichtbar. Es war, als habe jedes einzelne Blatt eine Stimme erhalten.

Die Pferde schnaubten, die Hufe klapperten. Hinauf und hinunter ging es die Hügel, durch Talsenkungen und an Abstürzen hin. Nur hin und wieder wechselten die Gefährten einige Worte; freundlich blickte dabei das Auge ins Auge, und die Pferde nahmen wieder ihre Aufmerksamkeit in Anspruch. Endlich bogen sie um einen Hügel herum, und vor ihnen dehnte sich eine sonnendurchglühte Tannenwaldung aus.

»Noch sind sie nicht da,« sprach Eliza enttäuscht, und sie wies mit der Reitgerte nach einem Rest alten Mauerwerks in einer Bodensenkung hinüber.

»Aber dort kommt Jemand,« versetzte Perennis, nach der anderen Seite hinüberzeigend, wo zwischen den lichter stehenden braunroten Stämmen hindurch mehrere Reiter sichtbar wurden.

Eliza hielt ihr Pferd an und spähte argwöhnisch in die angedeutete Richtung. Seit dem Zusammentreffen mit dem Landstreicher war sie ängstlicher geworden. Als sie aber die nahen Stimmen einer Anzahl von Männern vernahm, welche geräuschvoll ihre je aus zwölf bis sechszehn Ochsen bestehenden Gespanne lenkten, sogar endlich im Hintergrunde langgehörnte Rinder auftauchten, vor Allem aber ein Reiter, der ihrer eben ansichtig geworden, den Hut grüßend um's Haupt schwang und in wilder Jagd auf sie zustürmte, da schien es, als ob ihr von dem scharfen Ritt erhitztes Antlitz noch tiefer erglühte, ihre redlichen Augen in einem Gefühl herzlicher Freude sich vergrößerten.

»Unser Train,« sprach sie zu Perennis gewendet, und langsam setzte sie ihr Pferd in Bewegung; »Sie begreifen,« entschuldigte sie mit lieblicher Verwirrung ihre Freude, »wenn man ein ganzes Vermögen nach langer Präriefahrt endlich wohlbehalten in den sicheren Hafen einlaufen sieht, hat man wohl Ursache, erleichtert aufzuatmen. Sind es der Gefahren doch manche, welche in den endlosen Steppen drohen. Aber Alles ist glücklich verlaufen – da ist Burdhill, der Trainführer – der schaute nicht so heiter, hätte er von Missgeschick zu berichten.«

Erstaunt betrachtete Perennis seine holde Begleiterin. Die ungeheuchelte Freude, einen kostbaren Train gesichert zu sehen, der hohe Werth, welchen sie auf das ungeschädigte Vermögen legte, rief die Empfindung in ihm wach, als ob die ewigen eigennützigen Berechnungen und Erwägungen Plenty's doch nicht so ganz ohne Einfluss auf ihren Charakter geblieben seien. Von Eliza schweiften seine Blicke zu dem Reiter hinüber, der mit weithin schallendem Jubelruf seinen Hut wieder schwang. An ihm, dem verantwortlichen Trainführer konnte es nicht überraschen, dass angesichts der letzten Station und angesichts der lieblichen Repräsentantin des Hauses, welchem er diente, wie bei einem nach langer stürmischer Fahrt heimkehrenden Seemann, die Freude sich in geräuschvoller Weise Bahn brach. Auch sein Antlitz strahlte, und ein wohlgebildetes, sonnverbranntes, kühnes Antlitz war es, zu welchem das blonde Lockenhaar, der krause blonde Vollbart und das, die breiten Schultern umschlingende faltige blaue Kattunhemd so prächtig passten. Dabei saß er wie ein Zentaur auf seinem Pferde: nicht nach den Regeln der höheren Reitkunst, sondern nachlässig und doch sicher, als wäre er mit demselben verwachsen gewesen.

»Gott segne Sie, Miss Eliza!« rief er aus, und neben diese hinsprengend, reichte er ihr zum Gruß die gebräunte Hand, »das nenne ich eine Freude! Bin ich doch gewohnt, meinen Train nicht eher für gesichert zu halten, als bis ich in ein vertrautes Antlitz geschaut habe. Und gute Kunde bringe ich mit! Mr. Plenty hat alle Ursache, zufrieden zu sein, auf Schritt und Tritt begleitete das Glück die Karawane.«

»Unser Trainführer, Mr. Burdhill,« stellte Eliza diesen vor, »und hier Mr. Matthias Rothweil, unser neuer Nachbar,« fügte sie hinzu, als Perennis sich höflich verneigte, was von dem jugendlich hübschen Steppenwanderer ebenso anstandsvoll erwidert wurde. Dann blickten die beiden Männer sich gegenseitig in die Augen, wie um Einer in des Anderen Seele dessen geheimste Gedanken zu lesen. Es war ersichtlich, Perennis, welcher auf der eigenen Präriefahrt, bis auf Dorsal, im Verkehr nur mit rauen Männern gestanden hatte, erstaunte, in dem sonnverbrannten und bestaubten Trainführer einen Mann von feinen Manieren zu erblicken. Burdhill dagegen betrachtete den Erben des verstorbenen Rothweil, wie in seinen Zügen nach einer Ähnlichkeit forschend. Mochte er über ihn urteilen, wie er wollte, für ihn war dessen beste Empfehlung, dass er in Eliza's Begleitung gekommen war. Nur einige Sekunden dauerte die beiderseitige Spannung. Dann erhellte sich Burdhill's Antlitz, und sei-

nem Pferde die Sporen gebend, sprengte er um Eliza herum an Perennis'
Seite.

»Willkommen bei uns in Santa Fé,« rief er aus, indem er ihm die Hand
reichte, »willkommen hier bei dem Train, der heute noch meine Häuslichkeit bildet. Ich müsste mich am Missouri schlecht vorgesehen haben,
überhaupt auf den einförmigen Grasfluren die gute Sitte verlernt haben,
wollte ich nicht innerhalb einer halben Stunde Ihnen ein so schmackhaf-
tes Mahl und einen so guten Trunk vorsetzen, wie nur je über die Ebene
nach Santa Fé befördert wurden.«

»Und ich müsste Ihres freundlichen Entgegenkommens unwert sein,«
rief Perennis mit derselben Offenheit aus, »wollte ich den ersten mir gereichten Trunk nicht mit einem aufrichtigen Glückwunsch zu Ihrer er-
folgreichen Heimkehr begleiten.«

Beide kehrten sich Eliza zu, auf deren gutem Antlitz innige Befriedigung
über das herzliche Einvernehmen der jungen Männer ausgeprägt war.
Ihre freundlichen Worte aber und ihre zutraulichen Blicke verteilte sie so
gleichmäßig zwischen ihnen, dass Jeder sich für bevorzugt hielt, Keiner
dem Andern missgönnte, sich in ihrem herzigen Wesen gleichsam zu
sonnen.

»Ich ahnte, dass ich hier in ein vertrautes Antlitz schauen würde,« nahm
Burdhill wieder das Wort, »aber ich erwartete, anstatt mit dem mir gewiss willkommenen neuen Nachbarn, mit Mr. Plenty den ersten Gruß
auszutauschen. Ich hoffe, nicht missliche Umstände hinderten ihn –«

»Er befindet sich so wohl, wie er selbst und wir Alle nur wünschen können,« fiel Eliza lebhaft ein, »es fesselten ihn dringende Geschäfte – deren
Charakter werden Sie daheim von ihm selber erfahren –« und sie wechselte mit Perennis einen Blick des Einverständnisses.

Burdhill war selbst zu sehr Amerikaner, um bei Eliza's geheimnisvoller
Andeutung Neugierde zu verraten. Außerdem nahm der Train seine volle Aufmerksamkeit wieder in Anspruch. Einige Befehle an den vorders-
ten Stierlenker, und keine zehn Minuten verrannen, da bildeten die ge-
wohnheitsmäßig im Kreise zusammengefahrenen Wagen eine Burg, von
welcher aus man sich gegen eine zehnfache Übermacht hätte verteidigen
können. Die aus ihren Jochen entlassenen Stiere schritten dem Wasser zu
und zerstreuten sich unter der Aufsicht berittener Hüter über eine um-
fangreiche Waldeslichtung. Bald darauf flammten die Küchenfeuer em-

por. Burdhill's Zelt war ringsum aufgeschürzt worden. Auf Decken und herbeigeschafften Warenballen, zwischen sich eine als Tisch dienende Kiste, lagerten die drei jungen Leute. Ein freundliches Stückchen Waldleben, bei welchem Burdhill als verschwenderischer Gastgeber auftrat. Die charakteristische Umgebung verlieh erhöhten Reiz beim Zusammensein. In fröhlichem Geplauder verstrich die Zeit unmerklich, bis Eliza endlich an den Aufbruch mahnte. In Erinnerung des verdächtigen Reiters wurde der weitere Weg über die freie Ebene gewählt. Burdhill gab den Scheidenden eine Strecke das Geleit, und als er sich endlich mit herzlichem Gruß von den Heimkehrenden trennte, da tauchten am Himmel bereits die Sterne auf. Die feuchte Kühle des Abends ermunterte zu frischer Bewegung. Im Galopp ging es der sich in Dämmerung hüllenden Stadt zu, während Burdhill in entgegengesetzter Richtung träumerisch seinen Weg verfolgte. Auch Perennis hätte gern die Gangart der Pferde gemäßigt, allein Eliza war unermüdlich. Immer wieder trieb sie ihren Renner an. Fast rief es den Eindruck hervor, als hätte sie durch die schnellfördernde Bewegung ein Gespräch mit Perennis vereiteln wollen, um mit sich und ihren Gedanken gewissermaßen allein zu sein.

Zweiundzwanzigstes Kapitel.

El Moro.

Auf dem 35° N. B., wo die Rocky-Mountains denselben von Norden nach Süden durchschneiden, und etwa zehn englische Meilen von der Sierra Madre, jenem tannenbewaldeten, von starren schwarzen Lavaströmen durchkreuzten Höhenzuge, welcher die dem atlantischen Ozean und der Südsee zuströmenden Wasser voneinander scheidet, erhebt sich der Moro der Mexikaner, der Inschriften-Felsen der neueren Reisenden. Von Osten aus gesehen, wohin der gigantische massive Felsen seinen spitzwinkeligen Hauptausläufer entsendet, erscheint derselbe als ein bemauerter Turm von den gewaltigsten Größenverhältnissen. Beim Näherrücken erkennt man eine von Osten nach Westen sich erstreckende Gesteinsmasse, deren Höhe etwa zweihundert Fuß, und deren Länge gegen tausend Schritte beträgt. Senkrecht aus dem Erdboden sich erhebend, möchte man sie aus geringer Entfernung noch für künstliches Gemäuer halten. Westlich steigt das ihn tragende Erdreich allmählich bis beinah zur Oberfläche des Moro an. Nadelhölzer schmücken die Abhänge der sich an die Felswände anlehnenden Erdwälle. Nur der östliche Teil tritt nackt aus dem Vegetationsmantel hervor, den Charakter des Gewaltigen erhöhend. Im Innern dieses seltsamen Naturbauwerkes befindet sich ein Verlies artiger, von senkrechten Wänden begrenzter Hof, welchen ebenfalls dunkelgrüne Tannen beschatten. Von Westen her gelangt man bequem durch eine Art Torweg in denselben hinein. Das einer Befestigung ähnliche Naturgebilde hat schon in grauer Vorzeit die Menschen angelockt. Noch stehen oben auf dem Moro zu beiden Seiten des Hofes die Fundamentmauern zweier Städte, welche an die Bauart der heutigen indianischen Pueblo's erinnern. Die zwischen den Ruinen und in weitem Umkreise zerstreuten Scherben bemalter Töpferwaren zeugen für die Verwandtschaft des entschwundenen Volksstammes mit den noch in dortiger Gegend hausenden.

Wie der Moro, wenn auch in beschränkterem Maße, Reisenden, Jägern und Tauschhändlern heute noch als Landmarke dient, scheint er schon vor zweihundert und fünfzig Jahren, als die eisenbekleideten Spanier und strengen Mönche Schätze suchend diesen Teil Neu-Mexiko's durchstreiften, als eine Art Station betrachtet worden zu sein. Inschriften, meist mit altertümlichem Schnörkelschmuck und sehr sauber und tief mittelst Dolch und Messer in den festen Sandstein eingeschabt, zeigen die Namen berühmter Heerführer, Krieger und Jesuitenväter, welche in dem vielfach verzeichneten Zeitraum zwischen den Jahren 1606 und 1727 dort vorbeikamen und an der am Fuße des Moro zu Tage tretenden Quelle rasteten. Zwischen diesen Inschriften erblickt man indianische hieroglyphische Bilder, welche, mehr verwittert, auf ein weit höheres Alter schließen lassen.

Die Sonne neigte sich den westlichen, plateauartigen Höhen zu und verlängerte den Schatten des Moro mit wachsender Schnelligkeit, als von Osten her, eine kleine Karawane sich demselben näherte. Anscheinend eine Gesellschaft von Tauschhändlern, trieben vier Reiter ein halbes Dutzend beladener Packtiere gemächlich vor sich her. Drei andere Männer ritten dem Zuge eine kurze Strecke voraus. In ein ernstes Gespräch vertieft, kümmerten sie sich wenig um den ihnen folgenden Train.

Um die Mittagszeit hatten sie die Sierra Madre überschritten, nachdem sie zuvor an einer, schwarzem Lavageröll entrieselnden Quelle eine Stunde rasteten. Ein langer heißer Tagesmarsch lag also hinter ihnen. Trotzdem schritten die Tiere munter einher, bald über langgedehnte Bodenanschwellungen, bald durch schluchtartige Talsenkungen. Sie empfanden die Nähe des Abends, sie errieten die Nähe des Wassers.

»Das ist also der berühmte Moro,« wendete Perennis sich an Plenty und Burdhill, nachdem sie eine Weile schweigend neben einander hergeritten waren.

»Der Moro, für welchen ich keine fünf Cent gebe, soviel er auch wert wäre, besäße ich ihn in der Nachbarschaft von St. Louis oder New York als Eigentum,« antwortete Plenty gedehnt; »auf zehn Meilen im Umkreise sollte kein Haus gebaut werden, zu welchem ich nicht die Fundamentsteine lieferte, kalkulier' ich.«

Perennis wechselte einen heiteren Blick mit Burdhill.

»Gute Steine mag der Moro liefern,« ging er scheinbar auf Plenty's Ansichten ein, »allein auch ohne das erfüllt er hier in der Wildnis einen guten Zweck. Er bietet eine Marke, über welche kein Irrtum walten kann, und unser Freund Gill ist ein zu scharfsichtiger Bursche, um von ihm ein Missverständnis befürchten zu brauchen. Ich bin gespannt, ob wir Jemand vorfinden und welche Nachrichten er bringt.«

»Vorfinden werden wir Jemand, dafür bürgen Gills Gewissenhaftigkeit und der Name Rothweil, der bei den Zuñis einen guten Klang hat,« erwiderte Plenty gelassen; »ob der Gobernador aber bereit ist, uns 'ne Hand zum Klarlegen des Schatzes zu leihen, ist eine andere Frage. Ich kalkulier', er hält die Geschichte ebenso gut für Unsinn, wie jeder andere vernünftige Mensch.«

»Und gewänne ich nichts, als die Erinnerung an diese Fahrt, so fühlte ich mich schon belohnt,« versetzte Perennis, und im Ton seiner Stimme offenbarte sich der Enthusiasmus, welchen der Anblick des majestätischen Felsens in ihm wach rief.

»Eine Erinnerung, welche Sie mit Ihrem guten Gelde bezahlen, und für die Ihnen kein Mensch eine Pfeife Tabak gibt,« spottete Plenty.

»Sie sind ein praktischer Mann,« entgegnete Perennis lachend, »allein dächten alle Menschen ähnlich, wo blieben Kunst und Wissenschaft?«

»Freilich muss es auch Leute für solche Liebhabereien geben« meinte Plenty, »wenn mir selber nur nicht zugemutet würde, meine kostbare Zeit zwischen Schutt und Moder zu vertrödeln. Über unsere Reise haben Sie zu Niemand gesprochen?«

»Ich hielt mich streng an Ihre Weisung.«

»Recht so, junger Mann. Wenn indessen Jemand ernstlich irgendetwas zu erfahren wünscht, so bringt er's heraus, und müsste er sich dazu der Hülfe eines Frauenzimmers bedienen.«

Bei dieser mittelbaren Mahnung an seinen flüchtigen Verkehr mit Clementia sah Perennis mit einer Bewegung des Erschreckens auf Plenty. Dieser dagegen spähte so gleichmütig über die Ohren seines Pferdes hinweg, als hätte er die Bemerkung im Traume fallen lassen.

»Sie scheinen gegen Jemand Argwohn geschöpft zu haben,« fragte er zögernd.

»Gegen alle Menschen,« hieß es zurück, »denn jeder Sterbliche ist zum Betrüge geneigt. Wer vorteilhafte Geschäfte abschließen will, muss vorsichtig sein, kalkulier' ich.«

Sie hatten eine Schlucht mit leicht zugänglichen Abhängen durchritten und vor ihnen dehnte sich eine sanft ansteigende Ebene aus. Höchstens tausend Schritte trennten sie noch von dem Moro. Plenty sandte einen

Blick rückwärts. Nachdem er sich überzeugt hatte, dass Leute und Tiere in guter Ordnung folgten, kehrte er sich Burdhill zu.

»Sie sind bekannt in dieser Gegend,« redete er ihn in seiner teilnahmslosen Weise an, »Sie wissen also, wo die Quelle liegt.«

»Links an dem Turm vorbei; in dem Winkel da drüben, wo die Pappelweiden grünen,« antwortete Burdhill zuversichtlich.

»Sonst kein Wasser in der Nähe?«

»Auf sechs Meilen im Umkreise nicht so viel Wasser, um das Papierschiffchen eines Kindes darauf schwimmen zu lassen.«

»So können in der nächsten Nachbarschaft keine Menschen lagern?«

»Mit Tieren nicht. Der einzelne Mann mag seinen Trunk im Lederschlauch mit sich führen. Die kleine Wasserader im Eingange zu dem Hofe des Moro ist nicht der Rede wert.«

»Gut, Burdhill, ich habe so meine eigenen Ansichten drüber, dass wir nicht allein nach der Zuñi-Stadt reisen. Jeder kann machen, was und wie er will; aber verdächtig sieht's aus, kalkulier' ich, wenn Fremde sich in der Nähe halten, ohne, wie sich's gehört, genauere Bekanntschaft zu schließen. Ich möchte nämlich wissen, ob auch hier herum Jemand unsere Fährten kreuzt, oder wir die seinigen.«

»Von der Höhe des Moro aus übersieht man das Land weit und breit,« versetzte Burdhill.

»Ich werde hinaufsteigen und meine Augen gebrauchen. Sie mögen sich unterdessen da umsehen, wo's Ihnen am ratsamsten erscheint. Der Teufel traue den Navahoes und Apaches. Die sollen hinter lebendigem Pferdefleisch her sein, wie der Bär nach dem Honig. Kommen die rothäutigen Schurken nach Santa Fé, dann sehen sie so friedfertig aus, wie 'ne Quäkerseele; aber der Henker traue ihnen im Freien.«

»Das klingt verdächtig,« beteiligte Perennis sich nunmehr an dem Gespräch, »entdeckte ich bisher doch nicht die leiseste Spur der Reisenden.«

»Weil Sie nicht gewohnt sind, danach zu suchen,« erklärte Burdhill, und wie im Bewusstsein einer ihm innewohnenden unbesiegbaren Kraft, drehte er seinen blonden Schnurrbart empor, »nein, oder Sie hätten die Fährten von drei beschlagenen Maultieren bemerkt, die mehrfach, wenn auch nur auf kurze Strecken, in unserem Wege ausgeprägt waren. Jedenfalls haben wir Ursache, unser Pulver trocken zu halten.«

»Wer hätte Vorteil davon, uns heimlich zu beobachten?« fragte Perennis sorglos.

»Vielleicht Pferdediebe,« antwortete Burdhill achselzuckend, »doch mögen sie ihr Glück versuchen; ein Baum zum Hängen findet sich bald genug.«

Plenty lachte ausdruckslos, dann sprach er gleichmütig:

»Mancher höbe gewiss gern 'nen Schatz von einem halben Dutzend Maultierladungen Goldes, wenn ihm der Weg dahin gezeigt würde. Und es gibt Einfaltspinsel genug, die das Märchen von den verwesten Mönchen in Quivira glauben.«

»Denjenigen möchte ich sehen, der mir das Erbteil meines Onkels streitig machte,« erwiderte Perennis lachend. »Es können noch mehr Leute den Schatz von Quivira als Erbstück betrachten,« spann Burdhill das Gespräch in derselben heiteren Weise weiter.

»Keine üble Idee,« meinte Plenty höhnisch grinsend, »nach zweihundertundfünfzig Jahren erscheinen die Nachfolger jener Mönche und verlangen den Schatz für ihre Kirche zurück, sind aber schlau genug, so lange zu warten, bis er ihnen mundgerecht zu Tage gefördert ist.«

»Auch das soll mir keine Sorge bereiten,« versetzte Perennis, »wenigstens nicht früher, als bis ich den geöffneten Goldkeller vor mir sehe und die Herren Geistlichen sich einstellen, um mit mir darüber zu rechten.«

»Der Satan steckt in den Pfaffen, wenn sie 'nen Vorteil für ihre Kirche wittern,« entgegnete Plenty wieder grinsend, »nebenbei die verrückteste Fahrt, kalkulier' ich, an der ich mich beteiligte, seitdem ich mir als Zeitungsjunge die ersten Stiefel auf die nackten Füße verdiente.«

Er holte seine Tonpfeife hervor, füllte sie und rauchte sie an. Die Unterhaltung geriet dadurch in's Stocken. Perennis und Burdhill betrachteten verwunderungsvoll den Moro, der mit jedem Schritt, welcher sie näher brachte, zu wachsen schien. Erst als sie an dem gigantischen Turme vorbei, auf dessen Südseite neben der über zweihundert Fuß hohen senkrechten Felswand hinritten und endlich die Quelle erreichten belebte ihr Gespräch sich wieder. Eine halbe Stunde später stand das Zelt etwas abseits von der Quelle. Die Tiere weideten einer grasreichen Niederung zu, während die Packknechte sich mit ihren Obliegenheiten vor dem Küchenfeuer beschäftigten. Burdhill war gleich, nachdem er sein Pferd abgesattelt hatte, verschwunden. Mit Büchse, Pistole und Messer bewaffnet, schlich er auf der Nordseite des Moro dicht an dem steil aufstrebenden Felsen hin, bis die düsteren Tannenhaine auf den wallartigen Abspülungen ihn aufnahmen. Etwas später verließen auch Plenty und Perennis das Lager. Die Südseite zum Wege wählend, forschten sie zwischen Geröll und Schutt nach einer zugänglichen Stelle, um den Moro zu ersteigen.

Während die übrigen Mitglieder der kleinen Expedition sich mit den Vorbereitungen für die Nacht beschäftigten, ahnte Keiner von ihnen, dass sie von scharfen Späheraugen sorgfältig überwacht wurden. Gerade oberhalb der Quelle, so dass der Duft des unten brennenden Zedernholzes zu ihm herauf drang, lag auf dem durch Witterungseinflüsse nach allen Richtungen hin durchfurchten Felsen ein Mann, den Kopf soweit über den Abgrund hinausgeschoben, dass er bequem in das heiter belebte Lager hinabzuschauen vermochte. An dem zottigen aschblonden Haar, dem roten verfilzten Bart, dem um eine Schattierung dunkleren Flanellhemde, vor Allem aber an dem brutalen Ausdruck seines verwitterten hässlichen Gesichtes würde Perennis sofort jenen Reiter wiedererkannt haben, welcher ihn und Eliza auf ihrem Ausfluge nach dem Stone-Korall belästigte. Sein Hut lag neben ihm auf dem Gestein. Doppelt wüst erschien dadurch sein unbedecktes Haupt. Seine Büchse lehnte einige Schritte hinter ihm an einem Felsblock. Trotz des Höhenunterschiedes drangen die Stimmen der bei dem Lagerfeuer beschäftigten Männer zu ihm herauf. Vergeblich trachtete er dagegen, die einzelnen Worte voneinander zu trennen. Nur Lachen und ein in toller Laune ausgestoßener spanischer Fluch erreichten ihn zuweilen verständlich.

Als Perennis und Plenty das Lager verließen, erhob er sich, und der Nordseite des Plateaus zugekehrt, stieß er einen kurzen Pfiff aus. Auf dies Signal richtete sich auch auf dem nördlichen Rande eine Gestalt auf, welche nicht weniger geeignet war, als er selber, bei einem ihm auf einsamen Wege Begegnenden Argwohn zu erwecken. Ebenfalls Amerikaner oder Irländer, hatte derselbe sich nach mexikanischer Art in weißen Baumwollstoff gekleidet, dessen Farbe indessen allmählich in fahles

Gelbgrau übergegangen war. Beide schulterten ihre Büchsen, schritten auf einander zu und trafen auf der Mitte des Plateaus in der Nähe des natürlichen Hofes zusammen.

»Bei Gott, Bunslow,« redete der Rothemdige seinen Genossen an, dessen dünner schwarzer Bart dem wetterzerrissenen Gesicht einen eigentümlichen Ausdruck schrecklicher Abgenutztheit verlieh, während die braunen Wolfsaugen verschmitzt über die etwas aus ihren Fugen gewichene Nase schielten, »wenn das nicht 'n schuftiges Spähen von hier oben nach unten ist, will ich vor Sonnenuntergang wie 'ne gepökelte Speckseite über 'nem Feuer von grünem Holz aufgehangen werden. Nicht 'ne verdammte Silbe machte ich aus, und zum Überfluss haben Plenty und der Deutsche sich auf den Weg hier herauf begeben.«

»Der Burdhill ist auf der anderen Seite herumgeschlichen,« antwortete Bunslow, »und des Teufels will ich sein, wenn ich ahne, wie die Bess ihn abfertigt, sollte er sie finden.«

»Die Bess ist gescheiter als Mancher, der sich zehnmal so viel Wind, wie sie, hat um die Ohren wehen lassen,« versetzte Sculpin, der Rothemdige, »und war's nicht gerade Burdhill, möchte sie mehr aus ihm herausangeln, als wir Beide hier oben gemeinschaftlich erspähen.«

»'s ist wegen des Erkennens,« meinte Bunslow nachdenklich. »Mögen sie erkennen, wen sie wollen, sind die Pferde erst die unsrigen. Und in dieser Nacht muss es geschehen, oder die Zuñis sitzen uns auf der Fährte, bevor wir die Gäule warm geritten haben.«

»Nun ja, aber bleiben nur zwei Tiere zurück, so verfolgen sie uns damit bis nach Kalifornien hinein.«

»Zum Henker Mann, wer sagt, dass auch nur 'n Huf verschont wird?«

»Und wohin damit?«

»Ich kenne vom hier aus 'nen Pfad nach dem Gila hinunter. Sind wir erst dort, hindert uns kein Hund mehr auf dem ganzen Wege nach der Küste; und in San Diego weiß man, was ein guter Gaul wert ist.«

»Leicht gesagt, aber in dem Plenty steckt 'ne Teufelsnatur, und der Burdhill sieht durch 'ne zweizöllige eichene Planke. Rätlich wär's nicht, begegneten wir Einem von ihnen.«

»Plenty und der grüne Deutsche werden bald genug hier oben sein,« versetzte Sculpin spöttisch, »und da magst Du Dich an ihren Anblick gewöhnen.«

»Und sie sich an den unsrigen,« bemerkte Bunslow, »verdammt, ich schlage vor, wir steigen in den Hof hinab und schützen die Bess.«

»Nichts von der Sorte,« erklärte Sculpin trotzig, »die Bess ist Mannes genug für sich selber, und 'ne bessere Stelle zum Auslugen finden wir nicht auf drei Tagesreisen im Umkreise. 's ist nicht das erste Mal, dass ich hier oben Jemand beobachte; und noch keinen sah ich, der nicht da drüben auf die Mauern geklettert wäre, um 'nen Blick um sich zu werfen,« und sich abkehrend, schritt er so hastig davon, dass sein Genosse Mühe hatte, ihm zur Seite zu bleiben.

Nach einigen Minuten trafen sie vor den südlichen Ruinen ein, deren zerbröckelnde Grundmauern nicht mehr über die halbe ursprüngliche Höhe des Erdgeschosses hinausreichten. Nur in der Mitte des länglich-viereckigen Trümmerfeldes, wo wahrscheinlich die meisten Stockwerke des innig zusammenhängenden Baus übereinander gelegen hatten, ragten sie höher empor, und nach dorthin lenkte das Räuberpaar mühsam kletternd seine Schritte. Mehrere harzreiche Zedernbalken, fast so unverwüstlich wie das Gestein, hatten daselbst beim Zusammenbrechen der Gebäude eine solche Lage erhalten, dass sie das gänzliche Ausfüllen des untersten Raumes durch Schuttmassen verhinderten. Eine schwarze Öffnung, kaum groß genug, einem einzelnen Manne das Hindurchkriechen zu ermöglichen, gähnte zwischen Gestein und Holzwerk den Eintreffenden entgegen.

»Ziemlich unbequem da drinnen,« bemerkte Sculpin, indem er einen letzten Blick über das Plateau sandte, »bis zum Einbruch der Dunkelheit ist's indessen zu ertragen, und hängen will ich, wenn sie nach fünf Minuten nicht über unseren Köpfen stehen, vorausgesetzt, sie finden überhaupt den Weg herauf.«

Bei den letzten Worten kniete er nieder, und die Büchse behutsam vor sich herschiebend, gelangte er ohne große Mühe unter den Trümmerhaufen. Bunslow folgte ihm ohne Säumen nach. Dann war es so still ringsum, so öde und unheimlich, als hätte seit dem Dahinsinken des letzten Bewohners der beiden Ruinenstädte kein Hauch mehr dort oben eine lebenswarme Brust verlassen. Die Öffnung in dem Schutthaufen gestattete am wenigsten die Vermutung, dass menschliche Wesen sich da hineinflüchteten, wo vielleicht die geringste Erschütterung genügte, eine Trümmerlast von vielen Hunderten von Zentnern zermalmend und vernichtend auf sie herabzusenden.

Die Wegelagerer waren unterdessen höchstens vier Schritte weit in dem finsteren Raume vorwärts gekrochen. Dort erreichten sie die Grenze des Gemaches. Die mit den Seitenwänden der oberen Stockwerke zugleich niedergebrochenen Balken, soweit dieselben nicht bereits zermorscht waren, rasteten mit dem einen Ende notdürftig auf den Vorsprüngen der Fundamentmauern, erlaubten daher nach oben nur geringe freie Bewegung, und zwar allein auf Stellen, auf welchen der Schutt sich gestaut hatte. Die Räuber fanden in Folge dessen gerade so viel Platz, dass sie gekrümmt dicht nebeneinander liegen konnten. Kaum dass es ihnen gelang, sich umzudrehen und die Köpfe dem Ausgange zuzukehren, zumal bei ungestümeren Bewegungen Sand und kleineres Gestein auf sie niederrieselten und die Gefahr erhöhten, dass die von oben möglichen Falls durch das Gewicht zweier Männer vermehrte Last den letzten Widerstand besiegte und sie begrub. Die Helligkeit, welche durch die enge Öffnung hereindrang, wirkte nur auf eine kurze Strecke, dann wurde sie gebrochen und gehemmt durch die Trümmermassen, zwischen welchen die beiden Eindringlinge sich gleichsam einnestelten.

»Nun lass' sie kommen,« raunte Sculpin dem Genossen zu, sobald er eine einigermaßen erträgliche Lage gefunden hatte, »und ich wiederhole, an den Füßen will ich hängen, wie 'n abgeledertes Opossum, wenn ihr Weg sie nicht gerade hierherführt. Noch nie sah ich 'nen Mann hier oben, dem nicht an 'ner guten Aussicht gelegen gewesen wäre.«

Und sie kamen in der Tat, die beiden Reisenden. Nahe dem westlichen Ende des Moro hatten sie Gelegenheit gefunden, in einer schluchtartigen Ausspülung über gewaltige Felsblöcke hinweg das Plateau zu ersteigen, dann waren sie nach dem Punkt hinübergewandelt, welcher ihnen den weitesten Überblick über das benachbarte Land versprach.

»Wie es wohl vor dreihundert Jahren hier ausgesehen haben mag,« nahm Perennis das wegen des hindernisreichen Weges unterbrochene Gespräch wieder auf, sobald sie den hervorragendsten Schutthaufen erklommen hatten.

»Nicht anders, als heute,« antwortete Plenty geringschätzig, »schon damals sind die Städte nicht mehr bewohnt gewesen, wie aus den Inschriften bei der Quelle hervorgeht. Was kümmert's mich heute?«

»Ich liebe es, angesichts solcher Überreste aus dem grauen Altertum, mich Betrachtungen über dieselben hinzugeben,« fuhr Perennis wieder lebhaft fort, »nicht den kleinsten dieser seltsam bemalten Topfscherben sehe ich ohne den Versuch an, mir die Hand zu vergegenwärtigen, welche das Gefäß einst formte und mit den wunderlichen Bildern schmückte. Gab es doch einen Tag, an welchem es im Feuer erhärtete, und die Steine, die unter unseren Füßen aus ihren vierhundertjährigen Lagen weichen, bedachtsam aneinander gefügt wurden. Was gäbe ich für einen einzigen Blick in jene Zeiten, für ein klares Bild dieser Städte in ihrer Blüte und mit einer emsig schaffenden Bevölkerung, deren Namen man heute nicht einmal mehr kennt.«

»Ein christlicher Wunsch, aber kein praktischer, kalkulier' ich,« entgegnete Plenty, »das Beste daran bleibt, dass seine Erfüllung unmöglich. Solcher Humbug, sich hier oben einzunisten, wo nicht so viel tragfähiger Boden, um eine Tomatenstaude grünen zu machen, geschweige denn Mais und Weizen. Die Gesellschaft muss sehr einfältig gewesen sein.«

»Besorgnis vor feindlichen Überfällen bewegte sie unstreitig, ihre Zuflucht auf leicht zu verteidigenden Höhen zu suchen,« erklärte Perennis, indem er bis auf den äußersten Rand des Trümmerhaufens vortrat, unter welchem die beiden Pferdediebe verborgen lagen.«

»Und doch wurden sie samt ihrem Namen fortgefegt,« erwiderte Plenty verdrossen, »bietet Quivira nichts Besseres, so mögen wir lange suchen, bevor wir auch nur einen Kupfercent ans Tageslicht fördern.«

»Auch hier können Schätze verborgen sein.« versetzte Perennis scherzhaft, »es fehlt nur Jemand, der uns die Stelle zeigt.«

»Hier ist keine Kirche,« wendete Plenty ein, »und wo keine Kirche ist, sind keine Mönche gewesen, und wo keine Mönche hausten, die den Wert des Goldes kannten, sind keine Schätze vergraben.«

»Logisch gedacht,« bemerkte Perennis heiter, »aber selbst in Quivira, wo die Werke der Mönche sich noch erhalten haben, auf Grund der im Lande in Umlauf befindlichen Gerüchte nach Gold zu suchen, wäre Torheit, besäßen wir nicht die Beschreibung des Fundortes.«

»Unsinn!« warf Plenty geringschätzig ein.

»Und doch sind Sie auf den Unsinn eingegangen?«

»Nun ja, der Mensch will gelegentlich etwas Anderes um sich sehen, als die vier Wände seines Hauses, kalkulier' ich. Und schließlich, was helfen alle Beschreibungen, wenn der Zuñi sich weigert, den nötigen Aufschluss zu erteilen?«

»Von seinem guten Willen sind wir allerdings abhängig,« gab Perennis zu, »allein Sie selbst behaupteten, dass die Erinnerung an meinen Onkel ihn bewegen würde, uns nach Quivira zu begleiten.«

»Das muss er, junger Mann, das muss er, oder wir mögen ebenso gut nach Santa Fé zurückkehren. Verdammt, aus 'ner indianischen Karte kann sich nur ein Indianer vernehmen und kein Christenmensch, kalkulier' ich.«

»Ihr Urteil lautet vielleicht weniger absprechend, wenn wir erst die Packtiere ihrer Bürden entledigen,« versetzte Perennis lachend, ein Beweis des eigenen Zweifels, doch beobachtete er heimlich das Mienenspiel seines Begleiters.

Dieser bewahrte seine unerschütterliche Ruhe, indem er antwortete: »'n feines Geschäft war's, und müssten wir, um Alles fortzuschaffen, die Reittiere beladen und selber zu Fuße gehen. Ob's aber ein Segen wäre, ist 'ne andere Frage. Käm's unter die Leute – und ich trau' dem eigenen Bruder nicht – dann müssten wir 'n Dutzend Leben unter der Haut haben, um jedes Mal, nachdem uns die Kehle abgeschnitten worden, die Reise heimwärts wieder fortzusetzen. Hol's der Henker, wir können's billiger haben, wenn wir bis zum Einbruch der Dunkelheit hier warten und beim Hinunterklettern das Genick brechen.«

»Bis jetzt erfuhr außer Burdhill – und der ist treu – Niemand etwas von unseren Zwecken,« erwiderte Perennis, »und so dicht werden die Straßenräuber schwerlich schwärmen, dass wir ihnen nicht auszuweichen vermöchten.«

»So dicht, dass ich keinen Strohhalm für unsere gesunden Windpfeifen gebe, wenn wir mit mehr als fünfhundert Dollars die Wildnisse um Quivira herum durchziehen. Schon allein der Gedanke an das Räubernest Manzana ist genug, 'nen Menschen um seine gesunde Haut besorgt zu machen.«

»Einige ehrliche Leute werden immerhin dort leben, aber in der Tat, die Sonne geht unter, nur noch einen letzten Blick, und ich stehe zu Diensten.«

Und einen langen Blick warf Perennis um sich, einen langen, liebevollen Blick, um die ihn umringenden Szenerien seinem Gedächtnis so unauslöschlich einzuprägen, dass die Erinnerung an die jetzige Stunde ihm am späten Lebensabend noch einen, das alternde Herz erwärmenden Genuss versprach.

Still lagen die Hügelreihen und bewaldeten Regenschluchten, still Felsplateaus, Talebene und schwarze Lavabäche. Die Oberfläche des Moro strömte die im Laufe des Tages eingesogene Sonnenhitze aus; doch über dieselbe hin fächelte eine sanfte Brise, mit sich führend erquickende abendliche Kühle. Im Osten erstreckten sich die bewaldeten Joche der Rocky-Mountains, wie um die Ebene des Moro mit ihren starren Armen zu umfangen. Westlich bauten sich gigantische Plateaus auf, bald in den grellen Farben der übereinander geschichteten Gesteinslagen, bald tief oder duftig blau, je nachdem die Entfernung es bedingte. Kein Laut ertönte. Ein Adler segelte auf breiten Schwingen seiner Horst in der Sierra Madre zu. Sonst erschien alles tot und ausgestorben, ein entsprechender Hintergrund zu den öden Trümmerstädten.

»Leb' wohl, und leider auf Nimmerwiedersehen!« rief Perennis begeistert aus, indem er seinen Hut grüßend im Kreise schwang.

Langsam stieg er von dem Trümmerhaufen. Plenty hielt sich an seiner Seite. Die Offenbarung der gleichsam übersprudelnden Empfindungen schien ihn zu befremden, denn forschender, sogar lauernd wurde der Blick, mit welchem er die Bewegungen des jungen Gefährten überwachte.

Als sie die Stelle erreichten, auf welcher der Weg abwärts führte, hatte die Dämmerung sich bereits so verdichtet, dass sie kaum noch die früher beschrittene Bahn zu unterscheiden vermochten. Wohlbehalten gelangten sie hinunter. Bald darauf grüßte sie der Glanz des Feuers bei der Quelle.

Sie hatten das Plateau noch nicht verlassen, als, in dem Zwielicht und im Schatten der Ruinen schwer erkennbar, das zottige Haupt Sculpins in der Öffnung des Trümmerhaufens erschien. Vorsichtig kroch er ins Freie; nach dem Schutthügel hinaufschleichend spähte er hinter den beiden Reisenden her. Nur ihre Häupter und Schultern ragten noch über den Plateaurand empor und zeichneten sich wenig vor dem Gestein aus. Als Sculpin sich nach dem Genossen umkehrte, stand dieser vor ihm. Wild packte er ihn an der Schulter, und sein Antlitz dem Bunslows nähernd, zischte er in seiner gewaltigen Aufregung zwischen den fest aufeinander ruhenden Zähnen hervor:

»Hörtest Du, was sie sprachen?« und die Raubgier machte seine Stimme fast ersticken, »der Henker mag jetzt noch die Hand nach unbezahltem Pferdefleisch ausstrecken. Bei der ewigen Verdammnis! Die Gesellschaft führt Besseres mit sich, als 'n Dutzend Gäule und Maultiere. Besseres, Mann, dass wir sie nicht aus den Augen verlieren dürfen, sie sogar verteidigen müssen, sollt's den Apaches einfallen, ihnen die Tiere abzuborgen. Ja, leben müssen sie, den Weg zu dem Schatz von Quivira sollen sie uns zeigen, und liegt der erst klar, mag der Teufel sie Alle miteinander holen.«

»Plenty glaubt selber nicht d'ran,« wendete Bunslow ein.

»Plenty ist der schlaueste Hund, der jemals das Gegenteil von dem sagte, was er glaubte,« fiel Sculpin ungeduldig ein, »ich wiederhol's hundertmal: der entschließt sich nicht um 'ne Kleinigkeit zu 'ner Reise. Und wer bürgt dafür, dass er nicht Unglauben heuchelt, um seinen jungen Kameraden um's Ganze zu prellen? Verdammt! Spricht von Straßenräubern und Kehlabschneidern, wenn aber nach Hebung des Schatzes Jemand mit durchgeschnittener Kehle an der Landstraße gefunden wird, ist's nicht Plenty, dafür stehe ich. Aber wir wollen's hindern, wollen's hindern –«

»Wir zwei gegen sechs, acht Mann?«

»Die Bess zählt für 'nen Mann, und für einen nicht von der schlechtesten Sorte; fehlen uns aber noch 'n paar Hände, so finden wir in Manzana mehr, als wir gebrauchen, und Manzana liegt –«

Von Westen her aus der Schlucht, welche in den natürlichen Hof führte, drang ein schriller, aber durch die Entfernung gedämpfter Pfiff herüber.

»Die Bess,« sprachen die beiden Genossen wie aus einem Munde, dann fügte Sculpin zähneknirschend hinzu: »der Burdhill hat sie aufgespürt und ihr hart zugesetzt; ohne Grund gibt sie keinen Laut von sich.«

Er hing die Büchse auf seinen Rücken, vereinigte sie mit dem seine Hüften umschlingenden Gurt, und gefolgt von Bunslow, der seine Waffe ähnlich auf dem Körper befestigt hatte, schritt er nach einer Stelle des Hofes hinüber, auf welcher die Wipfel mehrerer Tannen noch etwas über den Plateaurand hinausragten und mit ihren Zweigen denselben fegten. Leicht gelang es ihm, einen schwanken Schaft nach sich zu ziehen; gleich darauf verschwand er zwischen den Schatten des dichten Nadelwerks. Bunslow ließ den Gefährten eine Strecke abwärts klettern, dann folgte er ihm auf demselben Wege in die Tiefe hinab nach.

Dreiundzwanzigstes Kapitel.

Das Zuñi-Plateau.

Waren die beiden Wegelagerer darüber einig, dass Burdhill durch eine zweizöllige eichene Planke hindurchzusehen vermöge, so hatten sie bis zu einem gewissen Grade Recht.

Nach Eintreffen bei der Quelle überzeugte er sich, dass die drei geheimnisvollen Reiter, deren Spuren er im Laufe des Tages mehrfach beobachtete, offenbar um ihre Nähe zu verheimlichen, nicht daselbst angekehrt waren. Dann begab er sich nach der Nordseite des Moro herum, wo er dicht an den schroff aufstrebenden Felsen hin seinen Weg unter dem Schutze der Tannen und Zedern fortsetzte. Nach einer Viertelstunde stieß er auf einen Pfad, welcher von der Ebene her sich nach dem bewaldeteten Abhange hinaufschlängelte und in der Nähe der Felswand seine Fortsetzung westlich fand. Weitere Prüfungen ergaben, dass nicht lange vorher drei Pferde oder Maultiere, hintereinander einherschreitend, den Pfad betreten hatten. Die Fährten standen westlich, es ließ sich also voraussetzen, dass die verdächtigen Reisenden im Eingange zu dem natürlichen Hofe lagerten, wo sie Wasser wenigstens für den eigenen Bedarf fanden. Langsamer verfolgte Burdhill nunmehr seinen Weg, langsamer und jeden Schatten zwischen dem Gestrüpp, in welchem sich Jemand verborgen haben konnte, argwöhnisch abspähend. Allmählich wurde der Pfad rauer und hindernisreicher, und näher rückte er dem Rande des Plateau's, indem dieses sich senkte und der Erdwall höher anstieg. So erreichte er endlich einen Punkt, auf welchem niedergerollte Felstrümmer es ihm ermöglichten, sich ganz nach dem Plateau hinaufzubegeben. Oben auf der massiven Gesteinsfläche fand er verhältnismäßig gangbaren Boden, so dass er mühelos nach der Schlucht hinübergelangte, welche den Moro bis in den natürlichen Hof hinein in zwei Teile spaltete.

Dort befand er sich kaum dreißig Fuß hoch über dem Schluchtboden, zugleich oberhalb der Quelle, welche einer Ritze in der nördlichen Felswand spärlich enttropfte. Behutsam drang er bis an den äußersten Rand vor, und kaum hatte er den Kopf ein wenig über den Abgrund hinausgeschoben, als der Duft brennenden Holzes ihn über die Richtigkeit seiner Vermutung belehrte. Zwei abgetriebene Maultiere und ein Pferd entdeckte er zunächst. Sie weideten abwärts zwischen den im Schatten vereinzelter Bäume üppig grünenden Kräutern und Gräsern. Weiter schob

Burdhill sich über den Felsrand hinaus, und einen vollen Anblick des Lagers gewinnend, bemerkte er ein fast rauchloses Feuer, über welchem an einem einfach hergestellten Gerüst ein rußiger Blechkessel hing. Drei Sättel mit den entsprechenden Decken und Taschen lagen in der Nähe. Vor dem Feuer kauerte eine Frauengestalt, deren jugendlich kraftvoller Wuchs erst zur Geltung gelangte, als sie sich erhob und, um den Inhalt des Kessels zu würzen, etwas aus einer der geräumigen Satteltaschen herbeiholte. Ihre Kleidung bestand aus einem blauen Matrosenhemde, welches über einem Rock von demselben Stoff geschnürt wurde. Wie bei den Genossen, die noch oben auf dem Plateau weilten, diente auch ihr Gurt zur Aufnahme eines breiten Messers und eines Dragonerrevolvers. Dabei konnten die Bewegungen jener nicht entschiedener und zuversichtlicher sein, als die ihrigen, indem sie sich ab und zu bewegte. Die abgeschiedene Wildnis galt ihr eben als Heimat, in welcher sie sich vollständig zu Hause fühlte. Ihr Haupt war unbedeckt; frei und ungehindert sank das starke, braune Haar ihr über den Nacken und Schultern nieder. Ihr Antlitz, ursprünglich weiß, war durch Witterungseinflüsse stark gebräunt, zeichnete sich aber durch regelmäßige Formen aus. Ihre etwas hageren Wangen, eine natürliche Folge des beschwerlichen Wanderlebens, strotzten förmlich vor Gesundheit, während die braunen Augen furchtlos blickten und die Lippen sich so üppig emporkräuselten, als wären sie einzig und allein zum Küssen geschaffen worden. Nur in ihren Worten – und um sich zu zerstreuen, sprach sie fortgesetzt mit sich selbst – offenbarte sie den Einfluss der Gesellschaft, in welcher sie lebte.

»Es wär mir 'ne Kleinigkeit, die Tiere zu satteln und durchzugehen,« sprach sie leichtfertig, indem sie den siedenden Kessel mit verschränkten Armen überwachte, »aber wohin und nicht von ihnen gefunden werden?« Sie sann ein Weilchen nach, dann nahm sie einen zur Hand liegenden dürren Ast, und ihn um's Haupt schwingend, schmetterte sie ihn mit solcher Gewalt gegen die nächste Tanne, dass er in lauter zum Feuern geeignete Stücke zersplitterte.

»Der Schlag hätte manchen harten Schädel zerbrochen, und 'nen härteren obenein, als der meines Freundes Sculpin,« sprach sie wohlgefällig; »zum Henker mit ihm. Hat er mich für'n Lumpengeld aus den Schulden herausgekauft, die mein armer toter Mann machte, so will ich wohl für ihn arbeiten; aber mich von ihm küssen lassen – Karamba!«

Sie hatte wieder einen Ast ergriffen, um ihn auf ihre eigentümliche Art zu Brennholz zu zerkleinern, als sie plötzlich hoch aufhorchte und sich der Schluchtmündung zukehrte. Das Geräusch knackender Zweige und eines trippelnden Hufschlages war zu ihr herübergedrungen. Da die Rückkehr der Genossen aus dieser Richtung nicht zu erwarten stand, schob sie den mittelst einer Laufschlinge an ihrem Gurt befestigten Revolver nach vorn, worauf sie sich so hinter einen Baum stellte, dass dessen Stamm ihr als Deckung diente. Bei der hereinbrechenden Dunkelheit vermochte Burdhill ihre Gestalt nur noch notdürftig zu unterscheiden. Mit der linken Hand sich an den Baum stützend, die rechte auf dem Pistolenkolben rastend und den kraftvollen Körper zur Seite und zugleich nach vorn geneigt, erinnerte sie in ihrer Regungslosigkeit an einen jungen Panther, welcher, seiner Stärke und Gewandtheit bewusst, nur auf den günstigen Zeitpunkt harrt, die scharfbewehrten Pranken in die Weichen seiner Beute zu schlagen. Nach kurzem Spähen musste sie sich indessen von der Gefahrlosigkeit ihrer Lage überzeugt haben, denn die Hand glitt von dem Baumstamm, und einen Schritt zur Seite tretend, gab sie ihre Gestalt dem von der Schluchtöffnung her Nahenden sorglos preis.

»Wenn Ihr nicht ein Pueblo-Indianer seid,« rief sie in schlechtem Spanisch aus, »so will ich in meinem Leben keinen Fuß mehr über 'nen Sattel schlagen.«

»Ich sah Rauch aus der Ferne,« hieß es in ziemlich geläufigem Spanisch zurück, »wo Rauch ist, brennt Feuer, wo Feuer brennt, sind Menschen nahe.«

»Das glaub' Euch der Teufel, alte quere Rothaut,« versetzte die wilde Bess lachend, »wenn Eure Knochen sechs Monate zwischen Sonnen und Feuer gehangen haben, können sie nicht so trocken sein, wie das Holz hier. Nicht so viel Rauch wie von 'ner Zigarette ist über die Baumwipfel hinausgestieben. Werdet wohl andere Gründe haben, hier herumzukriechen, alter Bursche.«

Der flinke Hufschlag verstummte einige Schritte vor dem jungen Mannweibe, und Burdhill erkannte einen in Leder gekleideten, langen hageren Indianer, welcher sich durch den von seinem Hinterkopf abstehenden kurzen, rotumwundenen Zopf als ein Mitglied der Städte bauenden Stämme auswies. Er ritt einen Esel, und obwohl derselbe hoch gesattelt war, reichten seine Füße doch beinahe bis zur Erde nieder. Eine lange Büchse ruhte vor ihm auf dem Sattel, welchen außerdem ein Säckchen Mehl und ein mit Wasser gefüllter Flaschenkürbis beschwerten. Abgesehen von dem zu kriegerischen Zwecken wenig geeigneten Tier, welches unter der ihm aufgebürdeten Last des hochgewachsenen Mannes fast verschwand, trug dieser in seinem tiefgefurchten Antlitz wie in der ruhigen Haltung einen so friedlichen Ausdruck, dass auch eine minder beherzte Person, als die Bess, schwerlich Scheu vor ihm empfunden hätte.

Indem der Zuñi, und es war der Gobernador Pedro Pino selber, abstieg und mit seinem schwarzbehaarten Haupte ebenso hoch hinaufreichte, als kurz zuvor vom Sattel aus, erzeugte es fast den Eindruck, als sei der Esel plötzlich unter ihm fortgeglitten. Da dieser nicht aufgezäumt war und nur mittelst eines Stäbchens gelenkt wurde, so begann er sofort mit großem Eifer zu grasen, während der Zuñi sich dem jungen Weibe mit ausgestreckter Hand näherte.

»Meine Augen sehen eine kluge Frau,« sprach er mit einer gewissen höflichen Würde, als die Bess nach Männerart seine Hand kräftig schüttelte, »wenn ich frage, was sie hier sucht, so antwortet sie, was ihr am besten gefällt. Ich könnte es ebenso machen, aber ich liebe die Wahrheit. Gefällt mir die Wahrheit nicht, so schweige ich. Zwei Quellen hat der Moro. Diese hier und eine andere, wo er am höchsten. Suche ich Jemand, so finde ich ihn hier oder da, wo vor vielen, vielen Jahren fremde Menschen ihre Sprache in den Stein geschnitten.«

»Und da Ihr mich nicht sucht, muss es wohl ein anderer sein,« versetzte Bess spöttisch.

»Ich sehe drei Tiere. Wer sind die Gefährten der Frau mit dem Herzen eines Mannes?«

»Wenn Ihr 'ne Weile wartet, alte quere Rothaut, mögt Ihr sie kennen lernen. Nach dem Moro sind sie hinaufgestiegen, um Kaninchen zu schießen.«

Der Zuñi sann eine Weile tief nach. Bess beobachtete ihn unterdessen argwöhnisch. »Kann die kluge Frau im Wasser leben, wie eine Forelle?« fragte er plötzlich mit einem bezeichnenden Lächeln, »kriecht der Adler in Erdhöhlen und hat das Kaninchen Schwingen, dass es nach dem Moro hinauffliegen könnte?«

»Ihr seid scharf, alte, quere Rothaut,« erwiderte Bess hell auflachend, »allein mir fehlt ebenfalls nichts. Wenn ich nicht reden will, rede ich nicht.«

Der Spott eines Weibes mochte den Häuptling verletzen, denn er schritt nach seinem Esel hin, und das rechte Bein über denselben schlagend, saß er ebenso schnell im Sattel.

»Ich will weiter,« kehrte er sich dem jungen Mannweibe zu, »was ich hier nicht fand, treffe ich auf einer anderen Stelle.« Er berührte die langen Ohren des Esels mit dem Stäbchen, und oberflächlich grüßend, ritt er dem Ausgange der Schlucht zu.

Das Geräusch der flink trippelnden Hufe drang nur noch dumpf herüber, als Bess, die dem Scheidenden so lange nachgespäht hatte, ihre Verwunderung wieder sorglos in laute Worte kleidete.

»Die querste alte Rothaut, die ich je sah,« sprach sie munter, »wenn die nicht ihre Heimlichkeiten hat, welche zu erfahren Sculpin und Bunslow gern 'ne Nacht d'rangeben, sind meine Augen nicht mehr wert, als die paar Fettringeln auf unserer Brühe.«

Sie kehrte sich dem Felsenkessel zu, und zwei Finger in den Mund legend, stieß sie den hellen Pfiff aus, welcher die beiden Genossen veranlasste, schleunigst in den Hof hinabzusteigen.

Jetzt erst rührte Burdhill sich auf der Felswand. Geräuschlos, wie eine Katze kehrte er nach der Stelle zurück, auf welcher er das Plateau erstiegen hatte. Zwischen dem schweren Geröll sich hintastend, gelangte er in den Pfad hinab, auf welchem er einige Minuten später das flinke Trippeln des Esels unterschied.

Als der Gobernador bei ihm eintraf, begrüßten sie sich wie alte Freunde. Was sie sich gegenseitig mitzuteilen hatten, beschränkte sich auf das, was beide zugleich in der Schlucht hörten und beobachteten. Den Zweck von Perennis' Reise berührten sie mit keiner Silbe. Nur Gills, des schlanken Zuñi-Burschen, gedachten sie, der seine Botschaft pünktlich ausgerichtet hatte, dagegen auf des Häuptlings Wunsch in der Zuñi-Stadt zurückgeblieben war. –

Im Lager war man bereits besorgt um Burdhill geworden. Umso größer war dafür die Freude, als das persönliche Erscheinen des Gobernadors für seine dem Unternehmen günstige Stimmung zeugte. Die Nähe der Wegelagerer und deren verdächtiges Benehmen – man kannte ja die wilde Bess und ihre Beziehungen – bewirkten, dass man die Wachsamkeit verdoppelte. In ungestörter Ruhe verstrich daher die Nacht, und die

Sonne hatte kaum den ersten Blick über die Sierra Madre geworfen, als die Gesellschaft die Weiterreise antrat. Bevor man die Nachbarschaft des Moro verließ, spürte man dem geheimnisvollen Kleeblatt nach. Es war verschwunden. Wohl entdeckte man die untrüglichen Spuren, dass drei berittene Personen in der Schlucht übernachtet hatten; von dort aber standen die Fährten südlich in die Wildnis hinein. Man schrieb diese Bewegung der berüchtigten Pferdediebe der Nähe der Zuñi-Stadt zu und glaubte, vorläufig gegen deren Räubereien sicher zu sein. –

»Also nicht nach der Stadt?« kehrte Perennis nach sechsstündigem, scharfem Marsch sich dem Gobernador zu, als hinter einem gewaltigen Felsplateau hervor ein terrassenförmig übereinander geschichteter Häuserhaufen in seinen Gesichtskreis trat.

»Nicht in die Stadt,« antwortete der Zuñi, »zu viele Gemächer und Gänge in derselben. Wenn ich spreche, soll's nicht zu allen Leuten getragen werden. Weiber gibt's überall, und unter den Männern einzelne, die nicht verschwiegener sind, als ein Weib. Braucht Jeder zu erfahren, was ich mit den Weißen verhandle?«

»Gern hätte ich die Stadt kennen gelernt,« versetzte Perennis zu Plenty und Burdhill gewendet, indem sie, dem Gobernador folgend, in einen dem Plateau zuführenden Pfad einbogen.

»Was wollen Sie in dem Ameisenhaufen?« fragte Plenty, jedoch mit einem neugierigen Blick auf die an eine alte mexikanische Stufenpyramide erinnernde Stadt, »unser Freund Pino hat unstreitig seine Gründe, uns fern zu halten, kalkulier' ich.«

Die hohe Sonnenglut und der Umstand, dass in dem schmalen Pfade die Tiere nur hintereinander gehen konnten, brachte die Unterhaltung gänzlich ins Stocken. Wohl eine Stunde bewegte der Zug sich zwischen kahlen, steinigen Hügeln hin. Erst nach Durchschreiten einer wasserhaltigen Schlucht wand der Pfad sich nach der Höhe hinauf. Allmählich wurde die Bahn schwieriger und hindernisreicher, so dass die Reiter gezwungen waren, abzusteigen und die Tiere hinter sich am Zügel zu führen. Eine eigentümlich feierliche Stimmung hatte sich des Häuptlings bemächtigt. Ehrerbietung offenbarte sich in seiner Haltung, wenn er hier an einer höhlenartigen Felsnische vorüberschritt, in welcher reihenweise geopferte kleine Vögel und Zauberamulette lagen, dort wieder, hart am Rande des Abgrundes, Anhäufungen schwerer Geröllblöcke von den Tagen erzählten, in welchen seine Vorfahren dieselben aufschichteten, um sie auf die Köpfe der sie verfolgenden Spanier hinabzustoßen. Auch schmale Abflachungen berührte der schwindelnde Pfad, auf welchem trotz der Dürre des felsigen Bodens reich belaubte und mit Früchten beladene Pfirsichbäume sichtbar gediehen.

Endlich, nachdem in mühevoller Wanderung ein Höhenunterschied von mehr als tausend Fuß überwunden worden war, dehnte sich die Oberfläche des gigantischen Plateau's vor den Reisenden aus. Verkrüppelte Zedern, bald zerstreut stehend, bald in Haine sich zusammendrängend, hemmten die Aussicht über dieselbe hin. Zahllose Scherben bemalter Töpferwaren gaben Kunde von dem regen Leben, welches einst dort oben herrschte, gleichviel, woher es seinen Unterhalt nahm, ob tief unten aus dem Tal, ob von den kleinen Beeten und Feldern, welche auf halber Höhe, versteckt zwischen dem zerklüfteten Gestein, ihre Nahrung von den in zisternenartigen Höhlen sich sammelnden Wolkenniederschlägen bezogen. Nur einen kurzen Blick gönnte der Gobernador den Reisenden in das breite Tal und auf die wunderbare Terrassenstadt, deren Zinnen und Mauern zahlreiche Menschen, nur noch Punkten ähnlich, eigentümlich belebten; dann drängte er der Mitte des Plateau's zu. Etwa sechshundert Schritte weit von dem schroff abfallenden Uferrande bogen sie um ein dichtes Zedernwäldchen herum, und vor ihnen lag wieder eine Trümmerstadt, deren Erdgeschosse zum Teil noch standen. Zwischen zerbröckelnden Mauern und Schutt einherschreitend, blieb der Zuñi, dessen Esel ihm wie ein Hund folgte, vor einer noch überdachten Ruine stehen.

»Eine gute Stätte zum Rasten,« bemerkte er einladend, »die Sonne scheint nicht hinein, wenn das Gestein ringsum glüht, und wer da drinnen schläft, dem fällt der Tau nicht auf die Augen. Auch Wasser ist nahe,« und er wies auf eine von Zedern beschattete natürliche Zisterne, in welcher das Regenwasser aus weiterem Umkreise zusammengeflossen war und, trotz der sommerlichen Hitze, durch Verdunstung noch nicht wesentlich abgenommen hatte; »hier werden die Fremden weilen, der Verwandte unseres weisen Freundes Rothweil, hier werden sie rasten, bis ich selber komme oder Jemand sende, der zu ihnen spricht.«

»Und Ihr?« fragte Plenty argwöhnisch.

»Ich gehe in die Stadt hinab. Zwischen Abend und Morgen hört Ihr von mir. Es gibt einen Zauber, welcher die Schritte lenkt; ohne diesen Zauber bin ich blind.«

»Zum Henker,« versetzte Plenty etwas lebhafter als gewöhnlich, »was hat der Zauber mit uns zu tun? Warum sollen wir nicht hinab und den Zauber von Angesicht zu Angesicht kennen lernen?«

»Mögen da unten nicht Leute weilen, die anders denken, als Ihr und ich?« fragte der Häuptling ruhig.

»Wer könnte das sein?«

»Missionäre,« antwortete der Zuñi ernst, »sie sind gekommen, um zu predigen und die jüngsten Kinder zu taufen.«

»Goddam!« stieß Plenty förmlich hervor, das einzige Zeichen seiner Überraschung, und in sorgloserem Tone fuhr er fort: »Feine Christen seit Ihr. Lasst Euch taufen und die Ohren vollblasen, bekreuzigt Euch in aller Form, und seid dabei so gute Heiden, wie nur je welche die Sonne anbeteten, kalkulier' ich.«

»Wir sind Christen,« gab der Gobernador zu, »Montezuma ist unser Gott, Ihr nennt ihn Christus. Montezuma kehrt wieder, dann hat die Not der Indianer ein Ende.«

»Das lass ich gelten,« spann Plenty das Gespräch weiter, während Perennis' und Burdhill's Blicke mit ungeheuchelter Teilnahme auf dem betagten Häuptling ruhten, »Ihr gönnt den Pfaffen die Ehre und steht zugleich mit Montezuma auf dem besten Fuß. Zum Teufel, Mann, noch eine Frage: Habt Ihr die Missionäre erwartet, oder sind sie unvermutet gekommen?«

»Es ist sonst nicht ihre Zeit,« entgegnete der Zuñi, »sie scheuen den heißen Sommer und den kalten Winter. Wenn das erste Gras sprießt und wenn die Blätter von den Pfirsichbäumen fallen, kommen sie gewöhnlich. Aber sie finden auch jetzt Arbeit.«

»Schöne Arbeit, kalkulier' ich,« spöttelte Plenty, »und einen Maulwurf nennt mich, wenn hinter diesem Pfaffenbesuch nicht eine Teufelei steckt.«

»Was sollten gerade die Missionäre gegen die Zuñis oder gar gegen uns bezwecken?« fragte Perennis befremdet.

»Ich meine so im Allgemeinen,« wich Plenty anscheinend sorglos aus »sicher ist, dass sie dem guten Gobernador 'ne Million Jahre Fegefeuer mehr zuerkennen, sobald sie erfahren, dass er trotz seines Christentums uns mit seinen Zaubermitteln zur Seite stehen will. Uns selber wäre damit am Wenigsten geholfen, und das weiß der Gobernador, oder er scheute sich nicht, uns in seine Wohnung zu führen.«

Der Häuptling hatte das Gespräch seiner Gäste kaum beachtet. Sobald sie schwiegen, verabschiedete er sich von ihnen mit kurzen Worten.

»Ich kenne Euren Plan und stehe zu Euch,« sprach er nachdenklich, »dem toten weisen Freunde habe ich's versprochen. Wollt Ihr nicht vergeblich gekommen sein, so verlasst diese Höhe nicht anders, als wenn Euch Jemand ruft.«

Er schwang das Bein über seinen Esel und ritt, das Haupt gesenkt, der Stelle zu, auf welcher sie das Plateau erstiegen hatten.

Die Tiere waren bereits ihrer Lasten und Sättel entledigt worden. Bald darauf flackerte ein rauchloses Feuer, vor welchem die Hände sich emsig bei der Zubereitung eines Mahles sich regten. Burdhill, der gewandte Jäger und Kundschafter, hatte sich wieder auf den Weg begeben, das Plateau abzuspüren. Seitdem er der wilden Bess begegnete, gönnte es ihm keine Ruhe. Überall glaubte er sich überwacht, überall fürchtete er, von den verrufenen Pferderäubern überlistet zu werden.

Vierundzwanzigstes Kapitel.

Die Terrassenstadt

Die Zeit verrann. Der Abend senkte sich auf die stille Gebirgslandschaft. In den Tälern schlich bereits Dämmerung einher, als die Höhen noch in rosigem Licht schwammen. Als aber auch hier die Schatten sich verdichteten, trat der abnehmende, jedoch beinah volle Mond in seine Rechte ein. Es war eine wunderliebliche Nacht. Kein Lüftchen regte sich. Still lagen die Ruinen. Wie einsame Schildwachen, eingehüllt in weite, faltige Mäntel, nahmen sich die kleinen Zedernbäume aus, welche vereinzelt in dem alten Mauerwerk Wurzel geschlagen hatten. Regungslos schienen sie den Heimchen zu lauschen, welche in großer Zahl das Trümmerfeld belebten, heute, wie vor Hunderten von Jahren ihre Liedchen in die Nacht hinausschrillten, als hätten sie, seit unberechenbaren Zeiten in nie gestörtem Frieden lebend, von den Wesen erzählen wollen, die einst das Plateau ihre Heimat nannten, zwischen den engen Mauern ihrer Stadt sorgten und liebten, in der ihnen eigentümlichen ungeschulten Weise Pläne für die Zukunft, für das Blühen ihres Stammes, für das glückliche Gedeihen ihrer Nachkommen entwarfen. Menschen wie Pläne waren verschollen; vergessen war Alles: ihr Lieben, ihr Sorgen, ihr Hoffen! Wie sangen die Heimchen so lustig zwischen Schutt und morschem Gestein! Wie schaute der Mond so nachdenklich auf die stille Erde nieder! Bläuliches Licht umlagerte das Plateau, spielte zwischen Ruinen und immergrünen Bäumen. Die Pferde und Maultiere hatten sich im Freien gelagert. Im Schutz des Gemäuers schliefen die Menschen. Nur Burdhill durchstreifte die weitere Nachbarschaft, während Perennis, welcher die erste Lagerwache übernommen hatte, vor dem Küchenfeuer saß. Der Zusammenstoß der feuchten Atmosphäre mit der über dem sonnendurchglühten Plateau lagernden warmen Luftschicht, erzeugte eine gewisse Schwere, welche den Schlaf der rastenden Mannschaft zu einem bleiernen machte. Perennis hatte die Empfindung, als ob deren tiefe Atemzüge störend auf seinen Ideengang einwirkten. Er erhob sich, und um der lebhaft schaffenden Phantasie neue Nahrung zu bieten, unternahm er einen Spaziergang zwischen den Ruinen hin. Der Mond stand hoch, die Schatten des Mauerwerks und der Zedern auf das geringste Maß beschränkend. Deutlich traten die Umrisse der alten Baulichkeiten hervor; deutlich zeichneten sich die Fundamentmauern der kleinen eingestürzten Gemächer aus. Melancholischem Sinnen hingegeben, erreichte er das Ende des Trümmerfeldes, wo sich eine weitere Aussicht über das Plateau hin eröffnete. Im Begriff, den Weg um die Ruinenstadt herum einzuschlagen, glaubte er, in dem tiefen Schatten eines Mauerrestes eine Bewegung zu entdecken. Argwöhnisch spähte er hinüber. Ein lichterer, formloser Gegenstand fesselte seine Aufmerksamkeit. Derselbe verlängerte sich nach Oben, bis endlich die Umrisse einer menschlichen Gestalt sich von dem Schatten trennten. Es rief fast den Eindruck hervor, als ob dieselbe, eingehüllt in ein weißes Laken, dem Erdboden entstiegen sei. Verrat befürchtend, trat Perennis auf sie zu, aber schon nach den ersten Schritten blieb er wieder stehen. Der vollen Beleuchtung des Mondes ausgesetzt, bot sie nämlich einen Anblick, dass er die Zuverlässigkeit seiner Sehkraft bezweifelte. Wohl erkannte er eine weiße Decke mit schmalen dunklen Streifen, wie solche von den Pueblo-Indianern an Stelle von Mänteln getragen werden; allein das Haupt, welches über die schmalen Schultern der offenbar schlanken Gestalt emporragte, widersprach so sehr allen Vorstellungen, dass er seine Augen rieb, um den vermeintlich getrübten Blick zu klären. Doch die sich geräuschlos nähernde Erscheinung veränderte sich nicht. Wie um sich gegen die feuchte Nachtluft zu schützen, hatte sie die Decke unterhalb des Kinns zusammengezogen. Das Antlitz erschien bei der unbestimmten Beleuchtung dunkel, im Gegensatz zu dem Haar, welches in üppigen, schneeweißen Wellen bis über die Schultern niederfloß. Der Gedanke an eine Gefahr lag Perennis fern, denn wer auch immer dort oben in feindlicher Absicht umherschlich: am Wenigsten hätte er sich offen genähert, und doch fehlte ihm im ersten Augenblick die Überlegung, die seltsame Erscheinung anzureden.

»Señor,« tönte ihm endlich eine sanfte Mädchenstimme in dem mangelhaften Spanisch der Pueblo-Stämme entgegen, »hört Ihr die Zuñis? Im Mauerwerk halten sich Alle verborgen, die vor vielen, vielen Wintern gestorben sind. Kommt, ich will Euch zeigen, wo sie dem großen Montezuma ihre Opfer darbrachten. Die Zuñis opfern ihm noch immer, aber heimlich, sehr heimlich, denn die Männer in den schwarzen Röcken wollen die Zuñis strafen und ins ewige Feuer werfen.«

Die junge Fremde kehrte sich ab. Sie erwartete, dass Perennis ihr folgen würde. Dieser zögerte. Er erwog noch, ob er die Freunde unbewacht lassen dürfe, als zwischen den Zedern hervor ein Schatten neben ihn hinglitt.

»Folgen Sie ihr,« vernahm er Burdhill's flüsternde Stimme, »folgen Sie, wohin Sie geführt werden mögen. Ich sehe solche Erscheinungen nicht zum ersten Mal. Erzürnen Sie dieselbe nicht, sondern suchen Sie ihre

Freundschaft,« und bei den letzten Worten verschwand er wieder zwischen den Zedernbüschen.

Perennis säumte nicht länger. Burdhill's rätselhafte Worte vermochte er nicht zu deuten, doch brachte er die seltsame Erscheinung in Beziehung zu den geheimnisvollen Reden des alten Häuptlings und zu dem eigenen Unternehmen. Außerhalb des Bereichs der Trümmer war die Fremde stehen geblieben, um sich nach ihm umzuschauen. In wenigen Schritten gelangte er dicht vor sie hin und erkannte nunmehr mit Erstaunen ein Albinomädchen, eins jener auffälligen Naturspiele, wie solche namentlich bei den Zuñi-Indianern nicht selten, und von diesen mit ehrerbietiger Scheu als eine Art höherer Wesen betrachtet werden. Das Antlitz, in welches er schaute, war von zarter Schönheit, dagegen verlieh die krankhafte Geistesrichtung, geschürt durch den Aberglauben der Stammesgenossen, demselben einen unbeschreiblich leidenden Ausdruck. Das Haar schien aus blendend weißer Flockseide gewebt zu sein, der leiseste Luftzug spielte mit demselben wie mit Eiderdaunen. Die großen Augen waren weit geöffnet, doch schwand in der nächtlichen Beleuchtung der Eindruck, welchen sie durch die eigentümliche rötliche Färbung der Iris vielleicht am Tage erzeugten. Perennis entdeckte nur, dass sie, wenn auch nicht blöde, doch schüchtern blickten, obwohl ihre eigentliche Tätigkeit, wie bei nachtliebenden Tieren, erst nach dem Sinken des sie blendenden Tagesgestirns begann.

»Ich folge,« redete er, eingedenk des Rathes Burdhill's, die junge Albino an, als diese ihm ins Wort fiel.

»Meine Freunde in der Zuñi-Stadt sehen am Tage mehr als ich, aber sie sahen nicht die Fremden hier oben. Ich gleiche dem Ziegenmelker. Am Tage sitze ich im dunkelsten Winkel des Hauses meines Großvaters. Die Sonne hasst mich, sie brennt meine Augen. Der Mond ist mein Freund. Ich sehe die Heimchen im Schatten der Steine, ich sehe Alles.«

Sie kehrte sich ab und schritt davon. Perennis, nicht länger in Zweifel, trat an ihre Seite. Ihren späten Besuch erklärte er sich durch die Voraussetzung, dass sie zur nächtlichen Stunde diejenige körperliche Bewegung suche, welche ihr am hellen Tage in Folge der Empfindlichkeit ihrer Augen versagt blieb.

»Wer ist der Vater Deines Vaters, und wie soll ich Dich nennen?« eröffnete er ein neues Gespräch, nachdem sie einige Schritte gegangen waren.

»Montezuma ist der Vater aller Zuñis,« antwortete die junge Albino lebhafter, »die Zuñis sind seine Lieblingskinder. Mein Vater ist gestorben. Der Gobernador Pedro Pino ist sein Vater. Ich heiße Kohena Ascheki. Pino und Ascheki ist eins. Beides sind Bäume, die im Winter grünen. Ich bin die weiße Tanne. Mein Haar ist weiß. Menschen mit vielen Wintern tragen Schnee im Haar. Mein Haar war weiß, als ich noch auf Händen und Füßen ging.«

»Kohena ist ein schöner Name,« versetzte Perennis vorsichtig, »und ein Vorzug ist's, solch weißes Haar zu besitzen.«

»Ich trüge lieber schwarzes, wie meine Zuñi-Schwestern. Dann könnte ich im Sonnenschein mit der Hacke auf die Felder gehen. Warum brennt die Sonne meine Augen? Mein Haar ist weich wie Spinngewebe, die in der Luft kreisen. Die Spinngewebe lieben den Sonnenschein, warum nicht mein Haar?«

»Die Zeit mag Deine Augen an den Glanz gewöhnen,« suchte Perennis die junge Albino zu beruhigen, als diese ihn wieder unterbrach. »So sprach ein weiser Freund des Gobernadors zu mir. Rothweil nannte er ihn. Seine Worte sind nicht eingetroffen. Oft versuchte ich in den hellen Glanz zu schauen, aber ich musste die Augen schließen. Ich bleibe, was ich bin; ich will nichts anderes sein. Die Zuñis sagen, ich sei ein Zaubermädchen. Ich weiß es nicht. Aber was ich sage, geschieht. Pedro Pino wollte mit dem klugen Freunde nach Quivira ziehen. Er fragte mich. Ich riet ihm, er möge warten, und so geschah es.«

Bevor Perennis in seinem Erstaunen über die neuen Eröffnungen zu antworten vermochte, bog seine Führerin in einen Zedernhain ein. Derselbe war so dicht, dass er hinter sie treten musste. Nach einigen Schritten erreichten sie einen freien Platz von mäßigem Umfange. Am Rande desselben blieb die Albino stehen, und vor sich zur Erde weisend, lenkte sie Perennis' Blicke auf ein ovales Becken in dem steinigen Erdreich von etwa sieben Fuß Länge. Federngeschmückte Stäbe und seltsames Netzwerk umringten die Vertiefung, anscheinend eine Opferstätte. Auf deren jedem Ende war ein Brett aufgerichtet worden, welches tief geschnitzte Figuren und mehrere Abbildungen von Sonne, Mond und Stern auf der Vorderseite trug. Anhäufungen von verwitterten und in Staub zerfallenen ähnlichen Brettern und Federstäbchen erzählten von langen Zeiträumen, in welchen die Opferzeichen immer wieder erneuert worden.

»Hierher gehen die Zuñis, um Montezuma zu besänftigen,« flüsterte Kohena geheimnisvoll, »Montezuma ist großmütig. Er duldet, dass die weißen Männer in schwarzen Röcken die Zuñi-Stadt besuchen und viele kluge Worte sprechen.«

Sie zog ein Lederbeutelchen unter ihrer Decke hervor, griff mit drei Fingern hinein, führte die Hand zum Munde und blies den Inhalt, anscheinend stäubendes Mehl, über die Opferstätte hin. Dann trat sie schweigend zurück, und gleich darauf befanden sich Beide außerhalb des Haines, wo die Albino die Richtung nach dem östlichen Plateaurande einschlug.

»Nicht alle Weißen sind Freunde der braunen Menschen,« begann sie wie im Selbstgespräch, »manche sind gut, manche schlecht. Rothweil war ein großer Freund der Zuñis. Er brachte ihnen Stoffe, Hacken und Beile; auch Zucker und Kaffee; dafür gaben sie ihm kostbares Pelzwerk. Rothweil war ein guter Mann. Er ist jetzt tot.«

»Ich heiße Rothweil,« versetzte Perennis.

»Ich weiß es,« antwortete Kohena, ohne Überraschung zu verraten, »deshalb bin ich heraufgekommen.«

»Dein Großvater überbrachte Dir die Kunde?«

»Er überbrachte sie. Als die Sonne schlafen ging, begab ich mich auf den Weg. Ihr spottet nicht der Nachrichten, welche unter den Zuñis leben und die seit zahllosen Wintern der Vater dem Sohne anvertraute.«

»Ich verlache Nichts, was einem anderen heilig.«

»Wir wollen sehen,« hieß es eintönig zurück. Darauf versank die Albino in Schweigen, welches sie selbst dann bewahrte, als Perennis eine neue Unterhaltung anzuknüpfen suchte.

Sie erreichten die Nähe des Plateaurandes. Dort hatten sie eine Stellung, dass Perennis das zarte Antlitz seiner Führerin in allen seinen Linien genau zu betrachten vermochte. Was am Tage vielleicht störend wirkte, die eigentümliche Färbung der Augen, ging auch hier verloren. Umso auffälliger trat dafür die Schönheit der bleichen, wie Atlas schimmernden jugendlichen Züge hervor. Trotz der seltsamen Sprache, welche Kohena führte, bezweifelte Perennis nicht, dass sie im Vollbesitz eines klaren

Denkvermögens und ihre eigentümlichen Anschauungen nur durch ihr Äußeres und die von diesem abhängige Begegnung ihrer Stammgenossen bedingt wurden.

Die Sicherheit, mit welcher sie sich zwischen den Spalten und Rissen im Gestein, die, je näher dem Felsenrande, sich umso häufiger wiederholten, einher bewegte befremdete ihn kaum noch, obgleich dieselbe im Widerspruch stand zu ihrer zarten, schmächtigen Gestalt. Als aber der schauerliche Abgrund sich vor ihnen öffnete, Perennis, wie von Schwindel ergriffen, etwas zurückblieb, Kohena dagegen mit unverminderter Eile nach vorn schritt und erst stehen blieb, als die nach Hunderten von Ellen zu berechnende Tiefe dicht vor ihren Fußspitzen gähnte, beschattete jener unwillkürlich seine Augen, um nicht Zeuge einer unabweislich erscheinenden Katastrophe zu sein. Eine seltsame Beklemmung schnürte ihm die Brust zusammen. Er wagte nicht einmal, einen Warnungsruf auszustoßen, aus Besorgnis, dass der erste Ton seiner Stimme die junge Nachtwandlerin hinabsenden würde. Erst als sie, ohne ihre Stellung zu verändern, ihm das weiß umflutete Antlitz wieder zukehrte, gewann er seine Fassung zurück. Sie winkte ihn zu sich. Allein nur bis auf Schrittesweite wagte er, sich ihr zu nähern. Er fürchtete für sich, fürchtete für sie. Ihn beschlich die Empfindung, als hätte die grausige, mit gleichsam gespenstischen Lichtreflexen und schwarzen Schatten geschmückte Tiefe ihn zauberisch angezogen; als hätte er sich kopfüber hinabstürzen müssen, um fallend an der senkrechten Felswand hin den gewaltigen Höhenunterschied in kürzester Frist zu durchmessen.

»Da unten ist's schön,« erklärte die Albino mit ihrem sanften, jetzt aber ein wenig gehobenen Organ, »schöner ist's hier oben. Ich sehe weit ins Land der Moquis und der feindlichen Navahoes hinein, weit in das Land der hungrigen Apaches,« und sie begleitete ihre Worte mit einer Armbewegung, von welcher Perennis fürchtete, dass sie ihr Gleichgewicht stören müsse. Er schloss die Augen wieder. Kohena achtete seiner nicht, sondern fuhr fort: »Vor vielen, vielen Zeiten lebten die Zuñis hier oben. Dann zogen sie in das Tal hinab, um bei ihren Maisfeldern zu wohnen. Da kam eine große Wasserflut. Es strömte vom Himmel, es strömte aus der Erde, dass sie sich hier herauf flüchteten und auf den Trümmern der alten Stadt eine neue bauten. Denn sie hofften vergeblich, dass das Wasser sich verlaufen und ihre Felder frei legen würde. Endlich beschlossen die Zauberer und weisen Männer einen jungen Krieger und ein Mädchen zu opfern. Und so geschah es. Die zum Wassertode bestimmten jungen Leute wurden mittelst Riemen zusammengeschnürt und von dieser Stelle aus hinabgestoßen. Alsbald begannen die Fluten zu fallen und zu versinken. Der geopferte Jüngling aber und die Jungfrau trieben an diesen Felsen und verwandelten sich in Stein. Hier stehen sie noch gerade so, wie damals, als die Zuñis wieder in das trockene Tal hinabstiegen, ihre untergegangene Stadt neu aufbauten und Mais und Weizen auf die Felder streuten.«

Bei den letzten Worten neigte Kohena sich über den Abgrund, und den rechten Arm ausstreckend, wies sie auf einen gigantischen Pfeiler, welcher, an der Basis des Plateau's mit diesem zusammenhängend, bis zu dessen Oberfläche hinaufreichte.

Sinnend betrachtete Perennis das merkwürdige Gebilde. Bei der nächtlichen Beleuchtung und der geisterhaften Verteilung von Licht und Schatten, gehörte in der Tat keine außergewöhnlich kühne Phantasie dazu, die äußeren Formen zweier sich umschlingenden Riesenleiber zu entdecken.

»Ich sehe es, ich sehe es,« versetzte er nach einer langen Pause ängstlich und nur darauf bedacht, Kohena von dem Abgrunde zurückzulocken.

»Ihr glaubt die Worte, die seit vielen Jahren bei den Zuñis leben?«

»Ich glaube, was ich von Dir höre, glaube, was ich sehe,« erklärte Perennis bereitwillig, um das Mädchen zu beruhigen.

»So sollt Ihr mehr sehen, mehr hören,« fuhr Kohena fort, »folgt mir. Ich will Euch in die Stadt führen. Ihr sollt sie sehen, die Männer in schwarzen Röcken, die mich nach Dingen fragen, die ich für mich behalten möchte.«

Nachlässig setzte sie sich in Bewegung. Doch anstatt sich südlich zu wenden, wo der Pfad lag, auf welchem Perennis das Plateau erstiegen hatte, schlug sie die nördliche Richtung ein. Dabei hielt sie sich fortgesetzt auf dem Rande des Felsens, bald die von dem abströmenden Wasser gerissenen Rinnen überspringend, bald sie umgehend, wenn deren Breite ihre Kräfte überstieg. Perennis folgte ihr klopfenden Herzens und in sicherer Entfernung von dem Abgrunde. In jedem Augenblick fürchtete er, sie in der schauerlichen schwarzen Tiefe dieser oder jener Spalte verschwinden zu sehen. Er ging mit sich zu Rate, ob es nicht vorzuziehen sei, nach dem Lager zurückzukehren und dadurch die Albino zu zwingen, von ihrer gefährlichen Wanderung abzustehen, allein Burdhill's Rat war ein zu entschiedener gewesen, zu entschieden klangen des seltsamen Mädchens Worte. Er musste folgen, sollte das Ziel, welches sein verstorbener Onkel zu erreichen sich vergeblich bestrebte, nicht seinem Gesichtskreise entrückt werden.

Kohena war schweigsam geworden. Perennis, dem ihr eigentümlich weißleuchtendes Haupt gleichsam als Wegweiser diente, scheute sich, sie durch Fragen zu neuen Kundgebungen zu bewegen. Und so ging es weiter und immer weiter, bis sie endlich auf die tief gekerbte Nordseite des Plateau's herumgelangten.

Dort, wo die Terrassenstadt beinahe zu ihren Füßen lag, blieb die Albino stehen. Träumerisch sah sie in die grausige Tiefe hinab, träumerisch nach der heimatlichen Stadt hinüber. Vereinzelte Lichtstreifen, von Feuern ausgehend, welche ihren Schein durch offene Türen auf die vor denselben liegenden Plattformen hinaussandten, bezeichneten notdürftig den Umfang des merkwürdigen Häuserhaufens. Perennis stand so weit hinter ihr, dass nur der obere Teil desselben in seinen Gesichtskreis gelangte.

Da kehrte die Albino sich ihm zu, und wie über den zerrissenen Felsenrand hinschwebend, trat sie vor ihn hin.

»Wir müssen hinunter,« sprach sie sorglos, als wären nur einige Stufen zu überwinden gewesen, »ich kenne einen sicheren Weg, auf welchem nach jedem Regen das Wasser lachend hinuntertanzt.«

Sie ergriff seine Hand und führte den willenlos Folgenden von dem Abgrunde zurück und an eine Stelle, auf welcher eine schmale Wasserrinne sich dem Rande zu in den Felsen hineinsenkte. Eine kurze Strecke drang das Mondlicht in die Spalte hinein. Dort aber wurde sie so schwarz, wie aus einer trüben Winternacht geschnitten. Perennis spähte hinab. Eine Biegung der Spalte entzog ihm den Anblick auf das Tal. Er würde es sonst schwerlich über sich gewonnen haben, Angesichts der furchtbaren Tiefe seiner Führerin zu folgen. Jetzt hingegen, da diese, noch immer seine Hand haltend, in die Rinne trat, war ihm, als ob er mit Zaubergewalt hinabgezogen worden wäre. Nach den ersten zwanzig Ellen niederwärts erreichten die stufenartig übereinander getürmten Felsblöcke ihr Ende.

»Setzt Euch nieder,« riet die Albino mit klarer Stimme, indem sie ihre Hand aus der seinigen zurückzog, »hinauf können uns nur noch Flügel tragen. Es gibt keinen anderen Weg, als hinab. Ich werde vorausgleiten.

Bald leuchtet uns wieder der Mond. Er ist unser Freund. Ihr würdet sonst hinabstürzen.«

Perennis fühlte das Blut in seinen Adern stocken. Dass Umkehr unmöglich, hatte er längst begriffen. Wie der Höhenunterschied von beinahe tausend Fuß an senkrechten Wänden hin überwunden werden könne, vermochte er nicht, sich vorzustellen. Ein krankhaftes Gefühl beschlich ihn. Nicht einmal zu sprechen wagte er aus Besorgnis, dadurch die seiner Umgebung zu zollende Aufmerksamkeit zu beeinträchtigen. Dem Beispiel Kohena's folgend, setzte er sich in die durch atmosphärische Einflüsse geglättete Rinne nieder. Dieselbe schnitt scharf und keilförmig in das Gestein ein, so dass, indem er sich gewissermaßen einklemmte, die Schnelligkeit seiner Bewegung von Händen und Füßen abhängig wurde und daher in seiner Willkür lag. Dazu wirkte die mondhelle Atmosphäre auch in der schattigen Tiefe noch immer hinreichend, um das weißlockige Haupt seiner Führerin vor sich unterscheiden zu können. Zuweilen erschien es ihm, als ob dasselbe mit einer milden Leuchtkraft begabt gewesen wäre. Die Sicherheit aber, mit welcher die Albino vor ihm einher glitt, verlieh ihm neuen Muth und damit jene Ruhe, welche erforderlich, die ihm durch einzelne Vorsprünge gebotenen Vorteile auszunutzen.

Endlich gelangte seine Führerin zu einem Halt; gleich darauf stand er neben ihr auf einer Art Plattform, welche ringsum von senkrechten Wänden begrenzt war. Perennis sah nach oben. Kaum hundert Fuß hatten sie im Ganzen niederwärts zurückgelegt, und doch erschienen ihm die mondbeleuchteten Ränder so unendlich hoch, dass er meinte, bereits die Hälfte des entsetzlichen Weges hinter sich zu haben.

»Dunkel ist's hier,« begann die Albino nach einer kurzen Pause, »doch ich sehe Alles, jeden Stein, jeden Vorsprung. Ich sehe die Augen meines Freundes –«

»Aber ich, Kohena,« fiel Perennis ein, »meine Augen gleichen nicht den Deinigen. Das Wenige, was ich unterscheide, dreht sich im Kreise.«

»Der Mond wird dem Freunde der Zuñis wieder leuchten,« versetzte Kohena zuversichtlich.

Dann schritt sie, Perennis' Hand ergreifend, um einen durch das stürzende Wasser von dem Plateau teilweise losgespülten Turm herum, und in der nächsten Minute betraten sie eine von härteren Gebirgsschichten gebildete Abflachung, auf welcher plötzlich das helle Licht des Mondes sie überströmte. Perennis war geblendet. Er beschattete wieder seine Augen. Den Anblick der Terrassenstadt, von welcher ihn der senkrechte Absturz trennte, wirkte ebenso verwirrend auf ihn ein, wie das Grausen, welches der Gedanke an die Fortsetzung des Weges ihm einflößte. Kohena war bis auf den äußersten Rand der Abflachung vorgetreten. Wie um Perennis Zeit zu gönnen, die gefährliche Anwandlung von Schwäche zu besiegen, schaute sie träumerisch in das Tal hinab. Seinen ganzen Muth zusammenraffend, trat Perennis neben sie hin. Doch wenn er anfänglich zurückbebte, es ihn trieb, sich an den hinter ihm aufstrebenden Felsen festzuklammern, so überwog das Erstaunen über die sich vor ihm eröffnende Aussicht bald jede andere Empfindung. Wie ein Meer bläulichen Lichtes dehnte es sich vor ihm aus. Aus demselben ragten nach allen Richtungen die jenen Regionen eigentümlichen gigantischen Plateaus empor, hier schattig und schwarzen Wällen ähnlich, dort mild beleuchtet. Hell glitzerte es, wo der Mond sich in dem vielfach gewundenen Zuñiflüsschen spiegelte. Weiße Nebelstreifen erzeugten die Täuschung, als seien in dem umfangreichen Thale noch die letzten Reste der sagenhaften Flut in Form von langgestreckten Seen zurückgeblieben. Die Terrassenstadt schlummerte mit ihren Bewohnern. Die übereinander getürmten Häuserwürfel mit ihren Licht- und Schattenseiten zeichneten sich zur Stunde fast deutlicher aus, als am hellen Tage. Hin und wieder tönte das Bellen eines Hundes herauf; in weiterer Ferne antwortete ein diebischer Coyote mit jauchzendem Gekläff. Leise und doch wieder so klar drang es herauf, indem die Schallwellen sich ihren Weg durch die reine Atmosphäre bahnten. Ein geisterhaftes, und doch ein entzückendes Bild! Der Zauber der nächtlichen Landschaft wurde erhöht durch die Sagen, welche ihre und ihrer Bewohner Geschichte durchwebten.

Perennis fühlte sich leicht am Arme berührt. Er erschrak. Ein Blick auf das weißumflossene Antlitz versetzte ihn in die Wirklichkeit zurück.

»Wir müssen hinab,« flüsterte Kohena ihm zu, wie ihre Worte vor den überhängenden Felsmassen verheimlichend, und ihm voraus schritt sie auf der gesimsartigen Fortsetzung der Abflachung um den Turm herum. Mit der einen Hand die Augen gegen den Blick in die Tiefe schützend, mit der anderen sich an der abgerundeten Felswand hintastend, folgte Perennis. So gelangten sie abermals in eine tiefe, keilförmige Ausspülung des Plateau's hinein, welche an ihrem Ende wieder als Weg, oder vielmehr als Leiter benutzt werden konnte. Und hinab ging es von Neuem, auf schwindelnden Umwegen in andere Spalten und immer wieder hinab.

In demselben Grade aber, in welchem das Tal ihnen in verhältnismäßig kurzer Zeit näher rückte, befestigte sich Perennis' Ruhe, bis sie endlich auf den Hügeln eintrafen, welche sich an die Basis des Plateau's gleichsam anlehnten. Dort trat Perennis wieder an der Albino Seite, und schnellen Schrittes sich zwischen den verworrenen Höhen hindurchwindend, erreichten sie nach kurzer Wanderung die Stadt. Vor derselben blieb Perennis stehen. Er konnte sich einen langen Blick auf den mondbeleuchteten Häuserhaufen nicht versagen, der mit seinen unregelmäßigen Abstufungen und von Stockwerk zu Stockwerk führenden Leitern im Mittelpunkt bis zu sieben Stockwerk hoch, emporragte. Wie ausgestorben lag die merkwürdige Stadt da. Nur dumpfe Schläge, dem Geräusch von Schmiedehämmern ähnlich, schienen aus dem Innern der Erde heraufzudringen.

Doch die Albino gönnte Perennis nicht lange Zeit. Sie wies auf den Mond und nach der Richtung hinüber, in welcher die Sonne den Plateaus entsteigen musste, und seine Hand ergreifend, bog sie mit ihm in den nächsten Weg ein. Derselbe schied die neueren Bauwerke, eine Art aus zusammengefügten und übereinander getürmten Häuserwürfeln bestehende Vorstadt, von der eigentlichen Terrasse. An einer altertümlichen Kirche kamen sie vorbei. Abgesondert stehend, zeichnete sie sich nur durch den größeren Umfang, eine schmale Gallerie oberhalb des Eingangs und zwei kleine Türmchen von den andern Baulichkeiten aus. Der Kirche gegenüber erhob sich ein Haus, in dessen Erdgeschoss man nicht nach dortiger Sitte mittelst Leitern von dem flachen Dach aus gelangte, sondern durch eine regelrechte Tür zur ebenen Erde. Auch ein kleines Fenster mit Glasscheiben war in der Vorderwand angebracht worden, ein Zeichen größerer Wohlhabenheit der Bewohner oder vielmehr Besitzer. Vor dies Fenster führte die Albino Perennis. Flüsternd riet sie ihm, aufmerksam durch dasselbe zu spähen, worauf sie die Tür geräuschvoll öffnete und im Innern des Hauses verschwand. Anfänglich bemerkte Perennis nur ein Häufchen glimmender Kohlen in dem abgelegensten Winkel. Ein Schatten glitt vor dasselbe hin, und nach einigen Minuten beleuchtete die unter einem Rauchfang auflodernde Flamme Kohena's zarte Gestalt. Sobald das von ihr auf die Kohlen gelegte Reisig sich entzündete, hatte sie sich, den hellen Glanz scheuend, abgekehrt. Deutlich bemerkte Perennis, wie von dem Druck der aufsteigenden Wärme das weiße Seidenhaar sich regte, als hätte es in der Tat nur aus

Spinngeweben bestanden. Ein zweiter Blick belehrte ihn, dass statt der Eingeborenen, weiße Menschen den mäßig großen Raum bewohnten. An den Wänden hingen Kleidungsstücke, wie solche von zivilisierten Menschen getragen werden. Mehrere leichte Koffer, zum Verpacken auf Maultierrücken geeignet, standen an der gegenüberliegenden Wand. Zwei Männer hatten sich zur Nachtruhe in Decken gehüllt, ihre Sättel als Kopfkissen benutzend. Beim Aufflackern des Feuers richteten sie sich empor. Indem sie ihre Aufmerksamkeit dem Albino-Mädchen zukehrten, entzogen sie Perennis ihre Physiognomien. Er achtete daher weniger auf ihre Personen, als auf die Worte, welche sie an das Mädchen richteten.

»Kannst Du denn gar keine Ruhe finden?« tönte eine ruhige Stimme zu ihm heraus, und seine Blicke hafteten wieder an Kohena, welche selbst im Schatten ihre Augen noch mit beiden Händen bedeckte.

»Ich ruhe, wenn andere Menschen wachen,« antwortete Kohena sanft klagend, »mein Tag ist, wenn der Mond scheint, meine Nacht, wenn die Sonne das Tal sengt.«

»Du darfst nicht vergessen, armes Kind, dass auch andere Menschen der Ruhe bedürfen. Du solltest sie nicht im Schlafe stören. Komme morgen in die Kirche. Verschleiere Deine Augen und komm und bete. Die heilige Jungfrau wird Dich stärken und Dir die Sonne lieb machen.«

»Ich störe Niemand; ich gehe dahin, wohin ich will. Niemand achtet auf mich. Die Nacht ist mein Tag. Ich habe mir die schwachen Augen nicht gegeben.«

»Und doch willst Du den Tag zu einer Reise benutzen?« ertönte eine andere Stimme, welche Perennis veranlasste, den Sprecher schärfer ins Auge zu fassen. Derselbe wendete sein Antlitz mit einer Bewegung der Ungeduld dem Nachbar zu, und Perennis glaubte seinen Sinnen nicht trauen zu dürfen, als er das Profil seines Reisegefährten Dorsal erkannte. Sein Erstaunen war so überwältigend, dass er die nächsten gewechselten Worte überhörte. So sehr er sich anstrengte, er fand keine Erklärung für dessen Anwesenheit in der Zuñi-Stadt, und zwar in Gesellschaft eines Mannes, welcher augenscheinlich ein Diener der Kirche war.

»Wohin soll ich reisen?« hatte Kohena auf Dorsals Bemerkung schüchtern geantwortet, »begleite ich den Vater meines Vaters hierhin und dorthin, so tue ich seinen Willen. Ich hänge eine Decke über meinen Kopf, und die Sonne findet mich nicht.«

»Ich hatte einen Traum,« suchte Dorsal, auf die indianischen Ideen vorsichtig eingehend, die Albino zu weiteren Offenbarungen zu bewegen, »ich sah Dich und Deinen Großvater mit weißen Männern reiten, weit, weit fort. Ihr zoget durch Wildnisse, in welchen keine Menschen leben; dann sah ich Euch in einer zerfallenen Stadt und ich hörte, wie du den Namen Quivira aussprachst.«

Er zögerte, um den Eindruck zu beobachten, welchen seine Worte auf die Albino ausübten. Da diese aber, fortgesetzt ihre Augen beschattend, regungslos dastand, fuhr er in noch milderem Tone fort:

»Träume sind oft Eingebungen des Himmels, aber auch des Teufels. Träumend sah ich Dich und Deinen Großvater brennen im ewigen Feuer. Weiße Männer hielten ein sprechendes Papier in den Händen. Dein Großvater hatte es ihnen gegeben, und deshalb wand er sich in den schrecklichsten Qualen. ›Kohena!‹ rief er jammernd aus, ›warum hast du mich verleitet, den rechtmäßigen Besitzern das Papier vorzuenthalten?‹«

Die Albino verharrte in ihrer gebeugten Stellung. Sobald Dorsal aber geschlossen hatte, durchlief krampfhaftes Zittern ihre schlanke Gestalt. Eine Weile schwankte sie. Sie hätte dem sorgsam umhüllten Ansinnen Dorsals vielleicht nachgegeben und, eingeschüchtert, wie sie war, bei ihrem Großvater zu seinen Gunsten gewirkt, wäre sie nicht durch das Bewusstsein, von Perennis beobachtet zu werden, in ihrem ersten Entschluss bestärkt worden. Doch wie Perennis sie gespannt beobachtete, ruhten auch Dorsals und Brewers Blicke erwartungsvoll auf ihr. Endlich ließ sie die Hände von ihrem Antlitz sinken, und dem Feuerschein ängstlich ausweichend, sah sie nach dem dunkeln Fenster hinüber. Der Eigenschaft ihrer Augen war es zuzuschreiben, dass sie durch die Scheiben hindurch Perennis' Antlitz erkannte, und aus demselben gleichsam neue Kraft schöpfend, antwortete sie entschlossen:

»Auch ich habe einen Traum gehabt. Ich sah Männer in schwarzen Röcken, und die befahlen aus einem Buche: Ehre Deinen Vater und Deine Mutter. Wenn der Vater meines Vaters spricht, lausche ich seinen klugen Worten. Was er mir sagt, tue ich. Ein sprechendes Papier ist nichts. Bringt man zwei sprechende Papiere zusammen, so sind sie stärker, als alle weisen Worte der Männer, die gekommen sind, um den Kindern der Zuñis schöne Namen zu geben. Mehr weiß ich nicht. Ich gehe. Das tanzende Feuer sticht meine Augen. Der Mond ruft mich. Er ruft: Kohena Ascheki!«

Sie zog die Decke um sich zusammen und an den beiden, sie argwöhnisch betrachtenden Männern vorbei, trat sie ins Freie hinaus. Ohne sich nach Perennis umzuschauen, schritt sie nach der Kirche hinüber und von da dem nördlichen Ende der Stadt zu. Perennis folgte ihr; erst als sie die äußerste Ecke der eigentlichen Terrasse erreichte, begab er sich wieder an ihre Seite. Die heftige Aufregung, in welche er durch das Erkennen Dorsals versetzt worden war, hinderte ihn, rückwärts zu schauen. Es wäre ihm sonst schwerlich entgangen, dass jene Männer von der Haustür aus mit leise geflüsterten Ausdrücken des Erstaunens ihm nachspähten und erst dann sich in das zu ihren gelegentlichen Besuchen eingerichtete Gemach zurückzogen, nachdem er mit seiner Begleiterin ihren Blicken entschwunden war.

Vor dem würfelförmigen Eckhause blieb die Albino stehen, und den einen Fuß auf die unterste Sprosse der nach oben führenden Leiter gestellt, mit der rechten Hand eine höhere Sprosse ergreifend, kehrte sie sich Perennis zu.

»Alle Häuser, alle Gemächer, alle Türen öffnen sich vor mir,« sprach sie geheimnisvoll, »wenn die Zuñis das weiße Zauberhaar sehen, fragen sie nicht, wohin es geht. Wen ich führe, sehen sie nicht. Mein Freund darf nicht sprechen. Er soll nur sehen. Ich will ihm das sprechende Leder zeigen, nach welchem die Männer in den schwarzen Röcken ihre Hände ausstrecken. Ihr habt es gehört. Ihr habt es gesehen. Das sprechende Papier bringt Ihr, um die sprechenden Bilder zu holen: Ihr seid der richtige Mann. Die Zauberbilder dürfen nicht aus dem Besitz der Zuñis kommen. Ich werde sie selber tragen und mit Euch ziehen. Pedro Pino will es so und er bleibt bei mir. Ich kann die Zauberbilder nicht deuten. Ihr seid klug. Habt Ihr gefunden, was Ihr sucht, so ist es gut, und ich kehre mit den Zauberbildern hierher zurück.«

Bevor Perennis Zeit fand, eine Antwort zu erteilen, stieg Kohena behände die Leiter hinauf. Perennis säumte nicht. Seine Führerin hatte kaum durch die Öffnung in der Brüstung das hofartig eingerichtete flache Dach betreten, als er die letzte Leitersprosse verließ.

Zusammenhängend mit den Nachbarhäusern, waren die Vorhöfe nur durch niedrige Lehmmauern voneinander geschieden. Dem Mittelpunkte der Stadt zu erhoben sich neue, nebeneinander geschichtete Häuserwürfel, in die man indessen durch Türen gelangte, während der weitere Verkehr in die Stadt hinein und hinauf wieder durch Leitern vermittelt wurde. Je höher hinauf, umso häufiger wurden die Häuserreihen unterbrochen, bis endlich die obersten Stockwerke nur noch aus vereinzelten Würfeln bestanden.

Mit reger Teilnahme, wenn auch nur flüchtig, betrachtete Perennis das Gewirre von mondbeleuchteten Mauern, und anderen, die, beschattet, scharf gegen Erstere kontrastierten. Wohin er seine Aufmerksamkeit wendete, überall gewahrte er Leitern, deren einer Baum als Handhabe beim Ersteigen, hoch in die nächtliche Atmosphäre emporragte. Anstatt den Weg aufwärts fortzusetzen, schritt die Albino eine Strecke auf den nördlichen Vorhöfen hin; dann bog sie in eine Öffnung zwischen zwei Häusern ein, und gleich darauf befanden sie sich in einem finsteren Gange. Derselbe führte unter den oberen Stockwerken hin und endigte auf einem größeren Hofe, welcher von mehreren zusammenstoßenden Hausdächern gebildet wurde. Dort stieg Kohena Perennis voraus wieder in das Erdgeschoß hinab. Unten angekommen, ergriff sie seine Hand.

»Ich könnte ein Reisigbündel anzünden und leuchten,« sprach sie, »aber meine Augen hassen das Feuer,« und ihn mit sich fortziehend, vertieften sie sich in ein solches Labyrinth von Gängen und kleinen Vorratsräumen, dass Perennis meinte, den Weg nie wieder hinauszufinden. Einzelne der kellerartigen Gemächer erhielten von oben ein wenig Licht, andere von den Seiten. In anderen glimmten erlöschende Feuer, umringt von schlafenden Gestalten. Selten richtete die eine oder die andere sich bei ihrem Eintreten auf; sobald man die Albino erkannte, gab man sich keine Mühe mehr, deren Begleiter genauer zu beobachten. Man sank zurück und zog die Decke übers Haupt, wie in Besorgnis, das Zaubermädchen in seinem geheimnisvollen Treiben zu stören. Endlich nahm Kohena ihren Weg wieder aufwärts durch zwei Stockwerke hindurch; zugleich wurden die dumpfen Schläge wieder vernehmlicher, welche bereits vor der Stadt Perennis' Aufmerksamkeit erregt hatten. Noch einige Schritte und Kohena zog ihn in ein erhelltes Gemach, in welchem er, nach der langen Wanderung im Finstern anfänglich geblendet, undeutlich die Gestalt eines die Trommel rührenden Mannes gewahrte. Bei seinem Eintritt verstummten die dröhnenden Schläge, mit welchen derselbe die über ein ausgehöhltes Stück Holz gespannte Ziegenhaut traf, und er erkannte Pedro Pino, den Zuñi-Gobernador, der ihm zum Gruß die Hand entgegenstreckte. Sein zweiter Blick galt einer Schilfmatte, welche neben dem munter flackernden Kaminfeuer aufgehangen worden war und gewissermaßen einen Ofenschirm vertrat. In dem Schatten hinter derselben saß eine zweite, augenscheinlich alte Albino, welche die Hände auf ihrem Schoße um ein zusamengerolltes, pergamentartiges Stück Leder gefaltet hielt. Kohena begab sich zu ihr hinüber und kauerte an ihrer Seite nieder, worauf Beide sich flüsternd in ein ernstes Gespräch vertieften.

»Ihr seid gekommen,« redete der Häuptling Perennis an, und etwas zur Seite rückend, lud er ihn ein, neben ihm auf einer Matte Platz zu nehmen, »Kohena ist ein kluges Mädchen; ich wusste, dass sie Euch finden und hierherführen würde. Ein gewundener Weg ist's bis in diesen Winkel. Die Männer, die gekommen sind, um zu taufen, betreten ihn nicht. Sie möchten mich bedrohen, erführen sie, dass ich nicht vergessen habe, was ich von meinem Vater, mein Vater von seinem Vater lernte. Mein toter Freund Rothweil war ein weiser Mann, er war ein guter Mann. Oft hat er hier gesessen. Ihn störte nicht, wenn ich Worte sang, welche die Zuñis vor vielen hundert Jahren gesungen haben. Er schickte den Sohn seines Bruders; ihm will ich zeigen, was er selbst nicht mehr sehen konnte. Kein anderer hätte es erfahren. Da ist es,« und er wies auf die Lederrolle in den Händen der alten Albino; »Eure Schrift ist nichts ohne die meinige, das Leder mit den Bilderzeichen nichts ohne Euer Papier. Beides ist nichts wert ohne Jemand, der die Zeichen zu deuten versteht. Ich werde daher mit Euch ziehen. Kohena soll uns begleiten. Durch ihren Mund spricht das Schicksal. Bevor die Sonne zweimal untergegangen ist, sind wir weit von hier.

»Es sind Männer in der Stadt, welche nach Eurem Schriftstück forschen,« versetzte Perennis, sobald der Häuptling nach seiner langen Rede eine Pause eintreten ließ.

»Ich weiß es,« antwortete dieser ruhig, »meine Geheimnisse kümmern sie nicht. Mögen sie nach Belieben in der Kirche sprechen; die Zuñis hören ihre Worte gern, riechen gern den Rauch ihrer mit Harz bestreuten Kohlenpfanne; sie lassen ihre Kinder mit Wasser taufen, mehr haben sie nicht nötig.« Er richtete einige Worte in der Zuñi-Sprache an die alte Albino, welche in ähnlicher Weise antwortete; dann kehrte er sich Perennis wieder zu: »Ihr versteht nicht, was sie sagt; sie will, dass Kohena die Zauberrolle trage und Euch nach Quivira begleite, wo die Rolle geöffnet und betrachtet werden soll. Die Männer, die gekommen sind um zu taufen, dürfen nicht sehen, wohin wir uns wenden. Wir gehen ihnen aus dem Wege. Der Mond leuchtet die ganze Nacht. Wenn die nächste Sonne schlafen gegangen ist, mögt Ihr Euch zur Reise rüsten. Das ist der Wille der Tochter meiner Schwester dort, und Kohena hat ihn von ihr erfahren. Wollt Ihr die Frau begrüßen, so tut's. Reicht sie Euch die Hand, so geschieht's zur Euerm Besten.«

Perennis erhob sich und trat vor die alte Albino hin. Mit einigen freundlichen Worten, welche Kohena verdolmetschte, drückte er ihr die Hand; als er darauf wieder neben dem Gobernador Platz nahm, schob dieser Brot und Salz vor ihn hin.

»Ihr sollt die Stadt nicht verlassen, ohne unter meinem Dach gegessen zu haben,« sprach er feierlich, »hier hat der Bruder Eures Vaters oft gesessen, und ich erzählte ihm von den toten Zuñis. Er liebte die Toten und suchte nach Dingen, welche durch ihre Hände gegangen waren. Er braucht das Gold nicht mehr, das in Quivira vergraben wurde; Ihr seid jung; Euch mag's nützen. Mir ist's nichts wert. Unheil würde die Zuñi-Stadt treffen, brächte ich es hierher. Die Väter der letzten Quiviras haben es so bestimmt. Qualvoll sterben muss jeder Sohn Montezuma's der seine Hand nach dem Golde ausstreckt. Mit den Weißen ist es anders. Der Fluch der Toten Quiviras ist für sie ein Windhauch.«

Er zog die Trommel wieder vor sich hin und griff nach dem Schlägel.

»Esst,« sprach er, »eine halbe Stunde säumen wir, dann führe ich Euch zu Euren Freunden hinauf. Wenn die Sonne über die Berge schaut, sind wir oben. Niemand darf sehen, dass Ihr die Stadt verlasst, Niemand erraten, wo Ihr gewesen. Es gibt Augen hier, die Alles erfahren möchten.«

Dröhnend fiel der Schlägel auf das straffe Trommelfell. Nach einer längeren Pause begann der alte Häuptling nach dem Takte der von ihm erzeugten wilden Musik zu singen. Zuerst langsam, dann lauter und lauter, dass es unheimlich zwischen dem Gemäuer widerhallte. Die beiden Albinos hatten jede einen getrockneten Flaschenkürbis zur Hand genommen und schüttelten rasselnd die in demselben befindlichen Maiskörner zu dem Takt der Trommel. Endlich stimmten auch sie mit in den Gesang ein. Es war ein nur wenig modulierendes Summen, welches von den sich kaum regenden Lippen floss.

Um die ihm angebotene Gastfreundschaft nicht zurückzuweisen, aß Perennis von dem dünnen Maisgebäck. Dann schweiften seine Blicke wieder in dem Gemach herum, welches seiner dunklen Lage wegen für die Albinos besonders eingerichtet worden war. Er bewunderte die Sauberkeit des tennenartigen Fußbodens, die Ordnung, welche zwischen den an den Wänden hängenden und in den Winkeln über einander und nebeneinander geschichteten Gegenständen herrschte. Selbst die Luft, welche er einatmete, verriet, dass man in der, einem Ameisenhaufen ähnlichen Stadt den Wert der Ventilation zu schätzen wusste.

Die Zeit verrann. Wilder tönten die Zauberweisen des Häuptlings, heftiger traf der Schlägel die Trommel und durchdringender rasselten dazu die Albinos mit ihren Kürbissen. Es war ein ohrenzerreißendes Geräusch in dem abgeschlossenen Räume; aber geduldig lauschte Perennis. In den Blicken, welche er abwechselnd dem Gobernador und den beiden Frauen zusandte, offenbarte sich sogar eine gewisse Aufmunterung. Er kannte keine andere Art, seinen Dank für das von seinem Onkel auf ihn übertragene Wohlwollen zu offenbaren.

Ein mit äußerster Gewalt auf das Trommelfell geführter Schlag beschloss das Konzert; zugleich erhob sich der Gobernador.

»Wir müssen fort,« sprach er zu Perennis, der ebenfalls aufgestanden war, »noch eine Stunde und die Stadt ist so lebendig, wie ein Bienennest, welches der Bär störte.«

Er schritt dem Ausgange zu. Perennis trat noch einmal vor die beiden einsamen Wesen hin, welche die Wohltaten des Tageslichtes nie kennen lernten, nie kennen lernen sollten. Trübe schaute die Ältere empor, als er ihr treuherzig die Hand drückte. Kohena lächelte in ihrer stillen, leidenden Weise, als er von baldigem Wiedersehen sprach. Dann folgte er dem Häuptling, der in der Tür bereits auf ihn wartete. Eine kurze Strecke leuchtete ihnen der auf den Gang fallende Feuerschein. Der Gobernador stieß eine Tür auf, und sie befanden sich auf einer Plattform, von welcher aus sie einen Teil des südlichen Stadtabhanges zu überblicken vermochten und zugleich das Plateau vor sich sahen. Der junge Tag hatte sich bereits angemeldet. Ein orangegelber Streifen säumte den östlichen Horizont ein. Kühl strich die erwachende Morgenbrise aus den nahen Schluchten über die Terrassenstadt hin. Bald hier bald dort erhellten sich die aus kristallisierten Gips hergestellten Scheiben, welche statt der Fenster in die Mauern eingefügt worden waren. Die nicht nach Uhren ihre Zeit einteilenden betriebsamen Bewohner witterten gleichsam den Morgen und rüsteten sich zu des Tages Arbeit. Und wiederum meinte Perennis in eine Märchenwelt versetzt zu sein. Zu wenig entsprach die Umgebung jenen Bildern, welche er sich von den fernen abgeschiedenen Wildnissen entworfen hatte.

Hinauf und hinunter ging es die Leitern, je nach dem der Häuptling den Weg abzukürzen wünschte. Hinauf nach den Dächern, entlang die luftigen Straßen und wieder hinunter auf die niedrigen Vorhöfe, bis sie endlich in der Nähe der Kirche den Erdboden erreichten. Hinter dem Fenster, durch welches Perennis Dorsal belauscht hatte, brannte Licht. So viel er bei der milden Beleuchtung des Mondes zu unterscheiden vermochte, stand neben der Haustür ein gesatteltes Maultier. Ob es einen Reiter gebracht hatte oder Jemand davontragen sollte, gern hätte er es gewusst; allein er durfte keine Erkundigungen einziehen. Seitdem er Dorsal gesehen hatte, seitdem er dessen an Kohena gerichteten Worte erlauschte, war er argwöhnisch geworden. Überall meinte er von Feinden umringt zu sein, bereit, ihm das streitig zu machen, was er der Güte seines Onkels verdankte.

Rüstigen Schrittes wanderten die beiden Gefährten der Landstraße nach, bis sie den sich nach dem Plateau hin abzweigenden Pfad erreichten. Als sie in denselben einbogen, herrschte bereits Zwielicht. Mit Gold und Purpur schmückte sich der Osten. Bleich, wie nach langer, beschwerlicher Fahrt, neigte der Mond sich den westlichen Höhen zu. Bald darauf nahm der sich aufwärts windende Pfad ihre ganze Aufmerksamkeit in Anspruch. Sie hätten sonst vielleicht bemerkt, wie ein Reiter von der Zuñi-Stadt her den Weg an dem Plateau vorbei nach der Sierra Madre im scharfen Trabe verfolgte. Nach seinem Äußeren zu schließen, war er ein mexikanischer Packknecht. Sein Ziel war Santa Fé. Der Brief, welchen er mit größter Eile befördern sollte, trug die Aufschrift: »An den hochwürdigen Herrn Hall.«

Die halbe Höhe des Plateau's hatten die beiden frühen Wanderer noch nicht erreicht, da schwamm die sich zu ihren Füßen ausdehnende Landschaft im hellsten Sonnenschein. Auf den Vorhöfen der Terrassenstadt regte es sich, Ameisen vergleichbar. Schwarz gekleidete Frauengestalten mit Thonkrügen auf den Köpfen, stiegen geschickt die Leitern hinauf und hinunter, um den Tagesbedarf an Wasser in die kleinen Häuslichkeiten zu schaffen. Perennis meinte einen Blick rückwärts in vergangene Jahrhunderte zu tun. Truppweise eilten Männer, Weiber und Kinder abgelegenen Feldern zu. Schwarze und weiße Schafheerden belebten die umfangreichen Weideplätze. Pferde, Esel und Rinder grasten in der Nähe des plaudernden Zuñi-Flüsschens.

Auf dem obersten Rande des Plateaus traten Plenty und Burdhill den beiden Wanderern entgegen. Bald darauf saßen Alle in der Trümmerstadt in einem schattigen Winkel. Eifrig berieten sie ihre Pläne für die nächste Zukunft, von welchen sie befürchteten, dass sie von den in der Stadt weilenden Fremden durchkreuzt werden könnten.

»Also Dorsal,« sprach Plenty grinsend vor sich hin, »ei, ei, wer hätte das gedacht. Aber es befremdet mich nicht. Es konnte kaum anders kommen, kalkulier' ich.«

Fünfundzwanzigstes Kapitel.

Manzana.

Östlich vom Rio Grande del Norte, fast in der Mitte des von diesem Strom und seinem Nebenfluss, dem Rio Pecos, gebildeten Winkels, umringt von abschreckenden Wüsten, liegt Quivira, jene von Sagen reich umwobene, gleichsam verschleierte Trümmerstadt. Je näher dieser, wohl nur für Forscher und abenteuernde Schatzgräber anziehenden Stätte, um so dürftiger wird das organische Leben. Seit den Tagen, in welchen die geknechteten Eingeborenen sich gegen ihre grausamen, allerchristlichsten Unterdrücker auflehnten, dieselben erschlugen oder vertrieben, und gerade in Quivira eine größere Anzahl von Mönchen verblutete, scheint ein Fluch auf diesem Teil von Neu-Mexiko zu lasten. Die Ansiedelungen, Dörfer und Flecken, die vereinzelt fruchtbare Landstreifen in der Nachbarschaft der Quivira-Wüste sehr spärlich beleben, unterscheiden sich im Äußeren wenig von manchen verödeten Trümmerstädten. Wie ihre Wohnungen befindet sich auch die Bevölkerung gewissermaßen in einem Zustande des Verfalls. Räuberähnliche, zerlumpte Gestalten, trotz der angeborenen Trägheit noch immer eine Ahnung spanischer Grandezza in Haltung und Bewegung, scheinen nur die einzige Aufgabe zu kennen, mit möglichst geringer Mühe sich durchs Leben zu schlagen, wozu bei ihnen nichts weiter gehört, als ein Mais- und Weizenfeld, und einige Beete mit Zwiebeln und roten Pfefferschoten. Ebenso wird im Allgemeinen dem Viehstande nur geringe Aufmerksamkeit zugewendet. Pferde, Maultiere, Esel und wenig zahlreiche Rinderherden, die oft genug eine Beute der räuberischen Mezkalero-Apachen, fristen nur kläglich ihr Leben. Ihre trägen und unwissenden Besitzer vermögen nicht zu Anstrengungen sich empor zu raffen, welche sie über die Genüsse der ewig glimmenden Zigaretten, fuseligen Branntweins und der gelegentlichen, oft genug blutigen Fandango's erhöben. Als einzigen Reiz dieser Regionen möchte man die malerischen Formen der den Horizont nach allen Richtungen hin begrenzenden Gebirgszüge bezeichnen. Selbst das heitere Frühlingsgrün entschlummert sehr bald wieder. Die von Wolkenniederschlägen abhängigen Seen und Teiche trocknen ein, in vielen Fällen statt des Pflanzenwuchses eine weiße Salzkruste in ihren Betten zurücklassend. Erstaunt fragt sich der Wanderer dieser Länderstrecken, wie es möglich gewesen, dass vor Zeiten glückliche Nationen dieselben reich bevölkerten und in festen Städten nachbarlich zusammenrückten. Und doch ist solches geschehen, wie die Ruinenstädte von Abo, Quara und vor Allem Quivira heutigen Tages noch beweisen.

Östlich von Abo und Quara, am Fuße des Manzana-Gebirges liegt die neumexikanische Stadt Manzana. Ihren Namen verdankt sie einigen verwilderten Obstbaumpflanzungen, welche die ersten Ansiedler dort vorgefunden haben sollen, eine Angabe, die in mehreren, bis zu acht Fuß im Durchmesser haltenden Apfelbäumen gewissermaßen ihre Bestätigung findet.

Manzana zählt etwa fünf- bis sechshundert Einwohner, besitzt selbstverständlich eine Kirche und erfreut sich des Rufes, dass sie mehr, denn jede andere mexikanische Stadt, das Heim von Mördern, Räubern, Pferdedieben und des Auswurfs des weiblichen Geschlechtes ist. Die Häuser zeigen zum Teil Palisadenmauern, zum Teil solche, die von ungebrannten Lehmziegeln errichtet worden; dagegen bestehen die flachen Dächer durchgehends aus Lehm- und Erdschichten. Den einsamen Jäger und Wanderer jener Regionen, begleitete von nur wenigen Gefährten, wenn er nach langem Umherirren in der Wildnis plötzlich diesen Ort vor sich sieht, beschleicht am wenigsten ein Gefühl der Behaglichkeit. Die dürre Ebene, auf welcher sein Reittier mühsam nach kläglichem Futter suchte, die Haine verkrüppelter Zedern und hochstämmiger Tannen auf den Abhängen wildzerklüfteter Gebirge, mögen ihm gastlicher erscheinen, als die von einer zerbröckelnden Kirche überragte Stadt Manzana. Die Blicke der Wut aus den tückischen Augen heißhungriger Wölfe beunruhigten ihn weniger, als der lauernde Ausdruck in den gebräunten Physiognomien der Männer, welche ihm auf den mit Unrat und verwesenden animalischen Stoffen bedeckten Straßen entgegneten. Mehr Anmut findet er in den Bewegungen schlank gebauter Antilopen in unbegrenzter Wildnis, als an den Señoritas, aus deren zum Schutz gegen den Sonnenbrand mit Kalk und Ochsenblut überzogenen Gesichtern die großen dunkeln Augen mit erschreckender Begierde ihm entgegenleuchten, der alten Megären, der halbnackten und nackten Brut, der kraftlosen, nur noch mit Worten kriegführenden Greise nicht zu gedenken.

Das ist die Stadt Manzana!

Wie ein alter räudiger Wolf lag sie da mit ihrem poetischen Namen im goldenen Abendsonnenschein; wie ein alter räudiger Wolf, welchem die Kräfte fehlen, in frischer Jagd seine Beute zu verfolgen, und der von einem Hinterhalte aus sein argloses Opfer zu überlisten trachtet. Ob es Sonntag, oder ob nach vollbrachtem Tagewerk Feierabend, wäre schwer zu entscheiden gewesen bei einer Bevölkerung, welche die Arbeit überhaupt als eine Last, sogar als Nebensache betrachtet, wenn deren Erfolge über den gewöhnlichen Tagesbedarf hinausreichen. Wozu gebrauchte man sonst Schutzheilige, wenn nicht, um im guten Glauben die Hauptsorgen auf deren Schultern zu bürden, und vor allen Dingen den heiligen Crispinus, jenen barmherzigen Lederdieb, welcher die Menschen lehrt, mühelos in den Besitz fremden Eigentums zu gelangen? Ja, wie ein lauernder Wolf lag die übelberufene Stadt am Fuße des Manzana-Gebirges, und doch herrschte in ihr lustiges, geräuschvolles Treiben. In einem größeren Palisaden-Gebäude kreischte eine Geige, jammerte eine Gitarre und rasselte ein Triangel. Dazu wirbelte unter grob beschuhten Füßen und anderen, die in indianischen Mokassins steckten, so viel Staub von dem Estrich empor, dass weniger langatmige Menschen, als die Bewohner von Manzana, daran hätten ersticken müssen. Wenn aber im Innern dieses höhlenartigen Baues wilde und verwilderte Gestalten sich unermüdlich im Kreise drehten, gellende Stimmen zeitweise die Musik mit tollen Versen begleiteten, so lagerten vor demselben auf der Straße Männer, Weiber und Kinder, ähnlich den Rindern draußen auf dürrer Weide.

Zu Denjenigen welche am ausgelassensten einer unbezähmbaren Tanzwut fröhnten, gehörte die wilde Bess. Von einem Arm in den andern flog sie, und unter der ganzen Gesellschaft zügelloser Mexikaner und dorthin verschlagener einzelner Amerikaner befand sich wohl kaum Jemand, der nicht bereit gewesen wäre, zu ihren Gunsten einen kräftigen Messerstoß zu führen oder einen Pistolenschuss abzufeuern, der ein Leben kostete. Doch die wilde Bess war scharfsinnig. Ihr schneller Blick belehrte sie jedes Mal, wo die Leidenschaften die letzte schwache Schranke zu durchbrechen drohten, und bald mit spöttischen Worten, bald durch klug erteilte Schmeicheleien gelang es ihr immer, den Sturm zu beschwören, bevor er zum Ausbruch gelangte. Dabei wahrte sie trotzig ihr Recht, je nach augenblicklicher Laune den Einen oder den Ändern zu bevorzugen. Bunslow stand in der Nähe der Musikanten und überwachte verstohlen alle Bewegungen seiner Gefährtin, mehr noch einen breitschultrigen Mexikaner, der sich beständig an sie herandrängte und sie immer wieder zum Tanz aufforderte. Es war ihm offenbar darum zu tun, die Wirkung der von der wilden Bess ihrem Tänzer zugeflüsterten Worte kennen zu lernen. Was diese Beiden aber inmitten der geräuschvollen Gesellschaft anscheinend sorglos verhandelten, war am wenigsten geeignet, in die Öffentlichkeit getragen zu werden.

»Ich wiederhol's Dir, Bess,« raunte der Desperado ihr zu, als sie eben wieder einmal aus der Reihe getreten waren, »die Ruinen von Quivira kenne ich so genau, wie die Silberschnur um meinen Hut –«

»Gerade deshalb sollt Ihr mit uns ziehen, Manuel,« fiel Bess lachend ein, als hätte sie ihm auf eine Liebeserklärung einen halb zustimmenden Bescheid erteilt.

»Karamba!« erwiderte Manuel, »suche ich nutzlose Mühe, so brauche ich mich nur in 'ne Schlucht des Manzanaberges zu verkriechen und bis ans Lebensende zu warten, dass Jemand mit mehr Pferden dort vorüberziehe, als zu seiner Seligkeit gerade notwendig. Und der lange Ritt durch die Wüste. Karamba! Nicht einmal, sondern zehn Mal war ich einfältig genug, mit verrückten Kameraden nach dem Schatz zu graben. Und was fanden wir? Morsche Schädel und Beinknochen die Menge. Nicht 'ne Handvoll Erde um das Kloster herum blieb ungestört, und verdammt der Silberdollar, den wir fanden. Nein, Bess, ich gehe nicht mit.«

»Was soll uns elendes Silber?« fuhr Bess wieder fort, »Gold muss es sein, so viel Gold, dass der Antheil Jedes ausreicht, einen Rancho zu kaufen, wie sie nicht schöner um Santa Fé herum.«

»So sprachen vor Dir Andere, und jedes Mal sind sie nicht nur mit leeren Taschen, sondern auch halb verschmachtet abgezogen. Sage mir, wo ich ein halbes Dutzend Gäule finde, und ich hole sie, und müsste ich ebenso viele amerikanische Kehlen durchschneiden.«

Sie tanzten wieder einige Male herum, und kaum hatten sie eine andere Stelle eingenommen, als Bess wieder leise anhob:

»Um zuvor etwas Nebenluft in die eigene Windpfeife zu erhalten. Ich glaubte, Ihr wäret schlauer. Ihr seid der Einzige hier, den wir gebrauchen können, weil Ihr verschwiegen seid und wir Euch 'nen Antheil gönnen. Seht den Bunslow, und da am Fenster den Sculpin; die warten auf ein Zeichen von mir, dass Ihr eingewilligt habt. Schlagt Ihr's ab, so versuchen wir's allein. Denn 'nem Ändern das Geheimnis anvertrauen, hieße, ganz Manzana auf die Beine bringen. Ich wiederhol's, wir kennen die Stelle, wo sie's vergruben.«

»Wenn Ihr's wisst, warum geht Ihr nicht ohne mich?«

»Weil wir noch 'nen festen Mann gebrauchen.«

»Sprich's ganz aus, Bess. Karamba! Du hast noch etwas im Hintergrunde, oder Du redetest anders.«

»Nun ja,« bestätigte Bess, »und früh genug sollt Ihr's erfahren. Sagte ich's jetzt, so wäret Ihr schnell genug entschlossen, aber damit gäbe ich mein Geheimnis aus den Händen. Nur so viel, Manuel: Wo das Gold liegt, steht auf einem alten Papier geschrieben –«

»Und das habt Ihr?« fuhr Manuel wild auf, und sein schwarzbärtiges, braunes Gesicht verzerrte sich vor Raubgier.

»Hätten wir's, so wär's um so viel besser,« hieß es vorsichtig zurück, »allein bis jetzt wissen wir nur, wo es steckt. Und mehr noch, wir brauchen nicht einmal eine Schaufel Erde auszustechen. Das besorgen Andere für uns.«

Manuel seufzte tief auf.

»Wann brecht Ihr auf?« fragte er kaum verständlich.

»Das hängt von der Nachricht ab, die wir nun schon seit länger als vier Wochen erwarten. In jedem Augenblick kann sie eintreffen; und dann müssen wir auf und davon.«

Der wilden Bess Blicke streiften die nach der Straße hinausliegende Fensteröffnung. Sie erkannte Sculpin, der sie mit derselben Spannung betrachtete, wie Bunslow. Sie gab ihm ein Zeichen, welches als Gruß gelten konnte.

»Karamba!« versetzte Manuel, welcher die Bewegung bemerkte, »möcht' ich doch wissen, was Du mit dem verabredetest.«

»Ich gab ihm zu verstehen, dass wir einig seien. Geht hin und fragt ihn selber.«

Die Musik, welche eine Weile geschwiegen hatte und so lange durch Singen und Kreischen, Trinken und Schlichten von Streitigkeiten ersetzt worden war, hob wieder an. Da Manuel, aufs Tiefste erregt, keine Miene machte, mit der Bess in die Reihe zu treten, schob ein auffallend hübscher, trotzig darein schauender junger Bursche sich neben sie hin, sie mit beiden Armen umschlingend. Zugleich aber fühlte er Manuels Hand auf seiner Schulter.

»Mille Karamba!« brüllte dieser, »ich bin ihr Tänzer, und die Hölle über Jeden, der sie mir streitig macht!«

»Nur einmal herum,« suchte Bess um jeden Preis zu vermitteln, als der Bursche, welcher sie im linken Arm hielt, mit der rechten Hand Manuels Arm zurückschlug und blitzschnell nach seinem Messer griff. Bevor er es aber gezogen hatte, fuhr Manuels bewaffnete Faust scheinbar vor seinem Gesicht vorüber, und gleichzeitig färbte dasselbe sich rot unter dem Blut, welches einem von der Schläfe bis in die Oberlippe hineinreichenden Schnitt entquoll.

Ein Wutschrei des Verletzten machte die Musik verstummen. Die Tänzer prallten auseinander, während Bess, dem Arm des Rasenden sich entwindend, bis an die Fensteröffnung zurückwich, durch welche Sculpin hereinspähte. Hoch schwangen die beiden Feinde ihre Messer. Ein Kampf auf Leben und Tod schien unvermeidlich, als eine schwere Bank zwischen sie geworfen wurde, und bevor die Wütenden das sie trennende Hindernis beseitigten, waren sie umringt. Nur Sekunden dauerte diese Scene der Verwirrung, des Heulens, Jauchzens, Kreischens. Wohl betrachtete man Manuel als den schuldigen Teil, allein Jeder kannte seinen rachsüchtigen Charakter, und am meisten fürchtete man für den Verwundeten, der halb geblendet von dem niederströmenden Blut, nur zu leicht ein Opfer seines Gegners geworden wäre. Und so drängten sich immer mehr Leute zwischen die erbitterten Feinde, hier warnend und begütigend, dort ratend, sich schleunigst zu entfernen, um nicht selber ein Opfer des Rachedurstes der Freunde und Verwandten des blutenden Burschen zu werden. Manuel gab anscheinend mit Widerstreben nach. Mit schadenfrohem Grinsen trat er aus der Tür, während man den Verwundeten so lange zurückzuhalten suchte, bis Jener eine Strecke zwischen sich und den Kampfplatz gelegt haben würde. Denn trafen die beiden Gegner auf der Straße zusammen, so unterlag es keinem Zweifel, dass die letzten Strahlen der scheinenden Sonne mindestens einen toten Mann beleuchteten.

Im Freien schien Manuels Überlegung zurückzukehren.

»Sagt dem Cristobal, er möge zuvor den Schnitt heilen!« rief er in die Fandango-Halle hinein, »dann sei ich der Mann für ihn. Den Messerstoß seiner Schwester habe ich noch nicht vergessen!« Die blutige Waffe in der Faust, schritt er dicht an Sculpin vorüber, der noch immer am Fenster stand, sich aber ihm zugekehrt hatte. »Wenn Ihr mich braucht,« flüs-

terte er ihm zu, »dann kommt drüben in den Wald und pfeift auf Eure
scharfe Art. Jetzt wundert sich Keiner mehr, wenn ich auf ein paar Tage
verschwinde.«

Bei den letzten Worten bog er um die Fandango-Halle herum, und gleich
darauf war er zwischen den Häusern verschwunden. Als Cristobal eine
Viertelstunde später mit notdürftig verbundenem Gesicht die Halle verließ, dämmerte es bereits.

Auch er hatte sich beruhigt, mochten immerhin Rachegedanken seinen
Kopf durchschwirren. Er begriff, dass heute nichts mehr zu machen sei.
Er achtete nicht einmal darauf, dass ein Reiter in vollem Galopp die
Stadt verließ und die Richtung nach den bewaldeten Abhängen des na-
hen Manzana-Gebirges einschlug.

In der Fandango-Halle hatte man unterdessen den unterbrochenen Tanz
wieder aufgenommen. Mehrere schwelende Lampen verbreiteten dürfti-
ges Licht. Der blutige Streit war vergessen. Die Geige kreischte, die Gitarre jammerte, der Triangel rasselte. Die Füße stampften, die Augen
glühten. Es war kein Tanzen mehr; es war ein Rasen. Die Hölle schien
losgelassen zu sein. Die verworfensten und gefährlichsten Elemente
kreisten jauchzend durcheinander, als wären sie von der Tarantel gesto-
chen gewesen.

Die wilde Bess hatte sich von dem Tanzplatz zurückgezogen. Wo früher
Sculpin stand, da lehnte sie sich mit den Armen in die leere Fensteröffnung. Recht munter schaute sie in das tolle Getreibe hinein. Sie kannte
keine Sorgen, mochte sich leichtfertig den Zeitpunkt vergegenwärtigen,
in welchem sie, um ihre Freiheit zu erkaufen, bei der Teilung der Gold-
berge ihre Rechte hartnäckig vertrat.

Sculpin und Bunslow hatten sich nach einem halbverfallenen, stallarti-
gen Gebäude begeben, in welchem sie auf die Dauer ihre Aufenthaltes in
Manzana ein ihren Wünschen entsprechendes Unterkommen gefunden
hatten. Dort lagen sie auf ihren Decken vor einem kleinen Feuer, zwischen sich eine Flasche Branntwein. Dicht hinter dem Stall standen ihre
Pferde und nagten hörbar an den ihnen vorgeworfenen Maiskolben. Befriedigte sie auf der einen Seite Manuels Zusage, so offenbarten sie in
ihren Gesprächen doch eine gewisse Unruhe, welche sich im Laufe der
letzten Woche mit jedem Tage gesteigert hatte.

Mitternacht war nahe, und noch immer schallte der durch die Entfernung gedämpfte Lärm des Fandango's zu ihnen herüber. Plötzlich horchten Beide hochauf. Der Hufschlag eines scharf getriebenen Pferdes war zu ihren Ohren gedrungen. Aufmerksam lauschten sie. Als das Geräusch sich unverkennbar ihrer Zufluchtsstätte näherte, wich der Ausdruck der Besorgnis von ihren wilden Zügen vor dem einer gewissen ängstlichen Spannung. Der Hufschlag verstummte vor der Tür, und gleich darauf trat ein Mann ein, welcher, wenn auch ein vollblütiger Apache-Indianer, doch in langjährigem Verkehr mit der mexikanischen Bevölkerung viel von deren Gewohnheiten angenommen hatte. Ein ledernes Jagdhemde und weite Beinkleider von ungebleichtem Baumwollenstoff, dazu ein schadhafter Strohhut und wildlederne Halbstiefel bildeten seine Bekleidung. Als Waffen führte er einen Karabiner, außerdem an breitem Riemen auf der rechten Seite Bogen und gefüllten Köcher. Ein langes, breites Messer und ein Hammerbeil im Gurt vervollständigten seine Ausrüstung.

»Endlich,« redete Sculpin ihn an, ohne seine Lage zu verändern, »des Teufels will ich sein, wenn ich seit drei Tagen nicht in Sorgen um Dich schwebte. Wie steht's, Cuchillo, welche Nachricht bringst Du?«

»Ich habe sie gesehen,« antwortete der Apache in fließendem, wenn auch verdorbenem Spanisch, indem er sich vor dem Feuer zur Erde warf und nach den ihm gereichten Maishülsen und Tabak griff; »aber 's sind ihrer mehr; acht Männer, außerdem der Zuñi-Gobernador und ein weißhaariges Medizinmädchen.«

»Nicht mehr als ich erwartete,« versetzte Sculpin achselzuckend, »den Häuptling und sein Zaubermädchen rechne ich nicht. Werden sie in Manzana ankehren?«

»Ich bracht's heraus durch 'nen Andern,« erklärte Cuchillo, »nach Manzana kommen sie nicht. Sie gaben vor, nach Anton-Chico zu ziehen. Sie fürchten fremde Augen und suchen unbemerkt vorbei zu schleichen.«

»Das Weiseste, was sie tun können,« versetzte Bunslow, »denn erführe man's hier, bliebe kein Kind zu Hause. Wie lange gebrauchen sie, um dort zu sein?«

»Brechen sie früh auf, so sind sie morgen Abend da. Ihre Tiere sind gut genährt und flink.«

»Verdammt, so haben wir keine Zeit zu verlieren,« nahm Sculpin wieder das Wort, und er wechselte einen Blick des Einverständnisses mit Bunslow; »wenn sie die Wüste betreten, müssen wir außer Sicht sein; 'nen Umweg müssen wir ebenfalls beschreiben, dass sie unsere Fährten nicht kreuzen.«

»Noch 'ne zweite Gesellschaft habe ich gesehen,« erzählte Cuchillo weiter, »aber sie zog einen andern Weg. Zwei Männer waren's, Schwarzröcke denk' ich, die in den Kirchen hier herum reden wollen. Sie kommen von Santa Fé, mögen auf ihrer Fahrt Manzana berühren.«

»Du hast sie gesehen?«

»Ich sah sie mit ihren Maultieren und Knechten. Wohin sie sich wendeten, gibt's kein Quivira.«

»Zum Teufel Mann, wen außer uns und dem Plenty mit seinen Leuten sollte der Weg nach Quivira führen? Doch höre, Cuchillo, ist Dein Pferd noch frisch genug für 'nen guten Marsch?«

»'nen Trunk gebe ich ihm und 'n paar Maiskolben, und ich reite, bis morgen die Sonne untergeht.«

»Gut, so sorge zuerst für Deine Mähre. Dann gehe nach dem Fandango-Hause. Wirst dort die Bess finden. Sag' ihr, in 'ner halben Stunde müssten wir im Sattel sitzen. Dann eile hinter der Stadt in den Wald, brauchst nicht weit zu gehen, da hält der Manuel sich verborgen. Gib ihm ein Zeichen, verabrede mit ihm, wo er zu uns stoßen soll, und beeile Dich, wieder hierher zu kommen.«

Cuchillo trat hinaus. Während er sich noch mit seinem Pferde beschäftigte, kehrte Sculpin sich Bunslow zu.

»Das nenne ich Glück,« sprach er gedämpft, »der Manuel ist 'ne Hand, die zwei Burdhills aufwiegt, und das heißt 'was. Hat dem Burschen das Messer durchs Gesicht gezogen, damit's scheint, als ginge er dem Cristobal aus dem Wege. Doch wir haben Eile,« und aufspringend, begab er sich ans Werk, die umherliegenden Lebensmittel in die Satteltaschen und Felleisen zu verpacken. Bunslow war nicht müßig; er holte die Tiere herbei, worauf Beide dieselben sattelten und mit ihren geringen Habseligkeiten beluden. Sie waren eben damit fertig geworden, als die wilde Bess bei ihnen erschien. Anstatt den plötzlichen Aufbruch zu bedauern, äußerte sie laut ihre Freude, von dem verrufenen Ort fortzukommen. Eine Viertelstunde später traf auch der Apache ein. Die Tiere wurden noch einmal am Manzana-Flüsschen getränkt, die Lederschläuche mit Wasser gefüllt, und als bald darauf Manuel zu ihnen stieß, ging es im scharfen Trabe in die Wüste hinaus.

Sechsundzwanzigstes Kapitel.

Die Ruinen von Quivira

Wo nicht Bodenerhebungen von beträchtlicher Höhe sich vorschieben, ist die Kirche von Quivira, in Folge der ungewöhnlich transparenten Atmosphäre, auf eine mäßige Tagesreise hin in allen Formen deutlich erkennbar. Diese Kirche, oder vielmehr Kathedrale, wie sie in den alten spanischen Berichten genannt wird, ragt noch an dreißig Fuß hoch über ihre Umgebung empor. Die innerhalb derselben befindlichen Mauertrümmer berechtigen zu der Annahme, dass ihre ursprüngliche Höhe mindestens fünfzig Fuß betrug, mit Rücksicht auf die Materialien, welche beim Bau zur Verfügung standen, immerhin ein erstaunliches Werk. In Kreuzesform errichtet, misst sie in der Länge hundertundfünfzig Fuß, in der Breite etwa siebzig. Die aus unbehauenen, mittelst Lehmerde verbundenen Kalksteinen aufgeführten Mauern haben eine Stärke von sechs Fuß und entbehren jeder kunstvollen Architektur; dagegen sind manche der noch vorhandenen Tragebalken mit hübschen Schnitzereien versehen. Dem Umstande, dass Türen und Fenster nicht überwölbt gewesen, sondern Planken sie überdachten, ist wohl der verhältnismäßig schnelle Verfall des oberen Teils des schweren Gebäudes zuzuschreiben.

Mit den es umringenden Schuttanhäufungen, den noch mit dem Mauerwerk vereinigten Balken, den Resten einer festgezimmerten Galerie und den geräumigen Seitengemächern, bietet das einst von den spanischen Mönchen gegründete Gotteshaus einen überaus melancholischen Anblick. Der Charakter unheimlicher Öde wird erhöht durch die nähere und weitere trostlose Umgebung. Kaum noch erkennbar schließt sich die Kirche ein Kloster an. Abgesondert von diesem, erheben sich die letzten Überreste einer Kapelle. Eine niedrige zerfallene Mauer umschließt den Kirchhof, und weit hinaus nach allen Richtungen erstrecken sich die Trümmer von Häuserreihen, zwischen welchen die schmalen Straßen kaum noch erkennbar. Hier und da haben sich wohl noch einzelne Räumlichkeiten der Erdgeschosse erhalten, allein dieselben liegen so versteckt zwischen Schutt und Trümmern, und sind von oben so schwer belastet, dass das Eindringen mindestens als ein Wagnis erscheint. Was die Menschen einst veranlasste, sich mitten in dieser wasserarmen Wüste anzusiedeln: aus den noch vorhandenen Spuren ist es nicht zu entziffern. Runde Zisternen deuten darauf hin, dass man die Wolkenniederschläge zum täglichen Bedarf sammelte; dagegen entdeckt man nirgend die Spuren einer Wasserleitung, mittelst deren den Feldern die erforderliche Feuchtigkeit zugeführt worden wäre. Befanden sich ergiebige Wasseradern in der Nähe, so sind dieselben, der sorglichen Hände entbehrend, längst versandet und versiegt. Auf dem Rücken einer Hügelkette lässt sich noch eine gut angelegte Landstraße verfolgen; aber schon nach kurzer Strecke verschwindet sie spurlos im Wüstensande. Uralte Zedern, welche mitten auf derselben Wurzel schlugen und gediehen, geben Kunde, wie lange der alte Weg nicht mehr von genug Füßen getreten wurde, um das sich hervorstehlende organische Leben bereits im Keim zu ersticken. Unzählige Scherben seltsam bemalter Tongefäße, in der Zeichnung an den altägyptischen Geschmack auffällig erinnernd, bedecken weit und breit den Erdboden. Dazwischen liegt hin und wieder ein künstlich ausgehöhlter Stein, wie solche heute noch in bewohnten Indianerstädten zum Zerreiben von Weizen und Maiskörnern benutzt werden.

Dies ist die Stadt Quivira, von welcher die alten spanischen Mönche und Berichterstatter mit so viel Begeisterung sprechen, die Stadt, welche man als den Mittelpunkt einer reichen Provinz betrachtete, und in welcher endlich das den Schachten der nahen Gebirge entnommene Gold bedachtsam angehäuft und schließlich vergraben wurde.

Der Abend war hereingebrochen. Der zunehmende, aber noch verstümmelte Mond wehrte mit Erfolg der nächtlichen Finsternis. Geisterhaft erhob sich die alte Kirche in die sommerlich warme Atmosphäre; geisterhaft lagen ringsum die Trümmer der untergegangenen Stadt. Außer dem Gezirp der Heimchen, die in zahlloser Menge das Gemäuer belebten, war kein Geräusch vernehmbar. Gebleichte Reste harzreicher Balken ragten aus dem Schutt hervor. Von dem Mondlicht gestreift, erinnerten sie an die letzten irdischen Überreste eines verschollenen Geschlechtes von Riesen. Gebeine und Schädel, durch frühere Schatzgräber zu Tage gefördert, verwitterten im Schatten der noch offenen Gruben; andere, zum Teil wieder verschüttet, lugten gespenstisch unter Sand und Geröll hervor. Sie unterschieden sich kaum noch von Erde und Gestein. Wer den einen oder den anderen Schädel prüfte, hätte ihm schwerlich angesehen, ob einst eine härene Kutte ihn bedeckte, eine Stahlhaube oder eine nach wildem Geschmack geordnete Federkrone. Mit der Asche von Unterdrückern wie Unterdrückten spielte der Wind. Die letzten Überreste der morschen Gebeine bleichten abwechselnd Sonne, Regen und Schnee. Wer weiß heute noch von ihnen mit überzeugender Sicherheit zu erzählen? Die vom heißen Wüstensande umhüllte Sphinx birgt kein unlösbareres Rätsel, als die Vorgeschichte des Volksstammes, der einst hier lebte und wirkte. Selbst die Schilderungen der kühnen Konquistadoren tragen nur zu häufig den Stempel der Übertreibung und daher des Sagenhaften. Diejenigen aber, die vielleicht im Stande gewesen wären, genauere Auskunft zu erteilen, die einst in der alten Kathedrale das Hochamt abhielten, strenge aber klug ihre neugeschaffenen Gemeinden regierten, sie verbluteten insgesamt unter den Händen erbarmungsloser Feinde.

Stille des Todes herrschte überall, in dem geräumigen Schiff der Kirche, in den unbedachten Gängen und Hallen der Klostertrümmer! Stille in den von Flugsand bedeckten und mit stacheligem Gestrüpp bewachsenen Straßen; in den zahlreichen Häuserruinen, die einst von frischem fröhlichem Leben widerhallten! Wann nahm der letzte der Bewohner Quivira's Abschied von der ausgestorbenen Heimstätte? Was sagten seine Worte, was seine Blicke, als er den Gräbern seiner Vorfahren den Rücken kehrte?! –

Es mochte eine Stunde nach Sonnenuntergang sein, als von der Südseite der Stadt her eine Gruppe menschlicher Gestalten sich der Kirche näherte. Drei Männer waren es und eine Frau. Um keine Spuren auf den schmalen sandigen Straßenflächen auszuprägen, wählten sie vorsichtig ihren Weg über die Trümmer. Vielfach zögerten sie, um zu lauschen und, soweit das Mondlicht sie begünstigte, in die Ferne zu spähen. Zuweilen sprachen sie in flüsterndem Tone zu einander, wie aus Besorgnis, dass ihre Worte über die Grenzen der Stadt hinausgetragen werden könnten.

Vor dem die Kirche begrenzenden Friedhofe, oder vielmehr Beinfelde, blieben sie stehen, und so regungslos verhielten sie sich, wie das sie umringende Gestein. Da drang der zitternde Ruf eines Uhus von der andern Seite des hohen Gemäuers herüber, und alsbald setzte die Gesellschaft sich wieder in Bewegung. Behutsam auf den mit Trümmern bedeckten Boden achtend, schritt sie um die Kirche herum, und vor ihr lagen die zerfallenen Klostermauern. Wiederum zögerte sie, wie unentschieden über die einzuschlagende Richtung, als aus dem Schatten ein einzelner Mann ihr entgegentrat. Zugleich ertönte Manuels gedämpfte Stimme:

»Gehen sie in dieser Nacht nicht ans Werk, so mögen wir uns ihnen ebenso gut offen vorstellen. Nach Sonnenaufgang übersieht der Burdhill nicht die Spur eines Hamsters. Kein Stein hier herum, den er seit Mittag nicht aufmerksam betrachtet hätte.«

»Zum Henker, warum mögen sie nicht gleich an die Arbeit gegangen sein?« fragte Sculpin den Mexikaner, welcher, vertraut mit der Umgebung, die Rolle eines Kundschafters übernommen hatte, »Zeit haben sie nicht zu verlieren, sollen ihre Tiere in dieser erbärmlichen Gegend nicht verdursten.«

»Sie mögen sich zuvor die Gelegenheit angesehen haben,« lautete Manuels Antwort, »und ferner ist da das weißhaarige Mädchen. Es scheut das Sonnenlicht. Ohne Ursache haben sie unterwegs nicht gezögert, bis der Mond wieder Leuchtkraft erlangte. Ich kenne den Zuñi. Gegen den Willen des weißhaarigen Geschöpfes tut er keinen Schritt. Aber ich denke, sie lassen nicht mehr lange auf sich warten. Sie trafen wenigstens keine Vorbereitungen für eine ruhig zu verschlafende Nacht.«

»So müssten wir uns verbergen?« fragte Bunslow dringend.

»Es eilt nicht,« erklärte Manuel, »eine Viertelstunde gebrauchen sie, um von dem Weideplatz hierher zu kommen. Sie erwarten ein gut Stück Arbeit.«

»Woraus schließt Ihr das?« fragte Sculpin.

»Weil sie die Tiere pflöckten und die Gerätschaften von den Sätteln nahmen. Karamba! Sie möchten ihnen bis zur Stunde des Aufladens Futter gönnen. Wie sind unsere eigenen Tiere untergebracht?«

»Ebenfalls gepflöckt,« antwortet Cuchillo, »in 'ner grasigen Schlucht stehen sie, und weit genug, dass ihr Wiehern nicht herüberdringt.«

»Gut,« versetzte Manuel, »so schleiche nach ihrem Lager und verbirg Dich in dessen Nähe. Sind sie mit der Arbeit hier so weit fertig, dass wir nur zuzugreifen brauchen, so schneidest Du ihre Tiere los; schieße dem einen und dem andern einen Pfeil in den Leib und jage sie auf die Ebene hinaus, und meinen Kopf verwette ich, dass bis auf den Zuñi und das Mädchen alle hineilen, um sie wieder einzufangen. Kehren sie dann zurück, so finden sie ihr Gold in guten Händen, wenigstens in Händen, die es nicht leicht wieder herausgeben.«

»Es sei denn, sie wären mit 'nem Antheil zufrieden, um Blutvergießen zu vermeiden,« bemerkte Bess, ihre eigene flüchtige Besorgnis verheimlichend.

»Nicht eines Dollars Werth gebe ich heraus,« erklärte Sculpin leidenschaftlich, »und wenn aus der Grube ihnen einige Büchsenläufe entgegenlachen, werden sie froh sein, mit heiler Haut und leeren Taschen abziehen zu können. Passt's ihnen nicht, so sind wir in der Grube immer noch im Vorteil.«

»Wir werden sehen,« wendete Manuel kurz ein, »vorläufig sollen sie den Schatz ungestört bloßlegen, und das geschieht schwerlich lange vor Sonnenaufgang, zwar, sie wissen, wo sie ihn zu suchen haben.«

»Wenn eine Wache im Lager bleibt?« fragte der Apache.

»So bist Du der Mann, ihr selber einen Pfeil zwischen die Schulterblätter zu schießen,« versetzte der Mexikaner kaltblütig. »Doch nun begib Dich auf Deinen Posten; verbirg Dich so, dass du den oberen Rand der Kirche im Auge behältst. Ich werd' ein Zeichen geben; sobald Du das bemerkst, ist's Zeit anzufangen, und nicht früher.«

Der Apache verschwand zwischen den Trümmerhaufen. Gleich darauf bemerkten ihn die Zurückbleibenden auf einer Bodenerhebung außerhalb der Stadt, wo er vorsichtig den weiter abwärts gedrängter stehenden Zedernbüschen zuschlich.

Manuel hatte unterdessen einen höheren Schutthaufen erstiegen und spähte nach der Talsenkung hinüber, in welcher Plenty und seine Gesellschaft lagerten.

Nicht am vorhergehenden Abend, wie die Desperados berechneten, sondern erst um die Mittagszeit waren sie daselbst eingetroffen. Anstatt aber sogleich mit ihrer Arbeit zu beginnen, hatten sie zunächst die ganze Ruinenstadt und deren Umgebung abgespürt. Dann erwarteten sie im Lager die Dunkelheit, um es der Albino zu ermöglichen, bei der milden Mondbeleuchtung ihr weiteres Verfahren zu beobachten.

Es galt dies als eine Bedingung, von welcher der Gobernador nicht abließ, und in die man, seinen eigentümlichen Anschauungen Rechnung tragend, gern willigte.

Eine Viertelstunde und länger hatte Manuel auf seinem erhöhten Standpunkte zugebracht, während die Genossen ihn gespannt beobachteten, als er plötzlich zu ihnen niederglitt.

»Sie kommen,« flüsterte er erregt, »wie schwarze Schatten taucht's hinter den Hügeln auf. Wir haben gerade noch Zeit, uns zu verbergen. Wem aber daran gelegen ist, dass der Plan nicht misslingt, der muss sogar seinen Atem überwachen. Denn Burdhill hat Ohren wie ein Luchs, der schon einmal im Eisen saß.«

Bei den letzten Worten schritt er davon, und in seinen Spuren folgten Sculpin, Bunslow und die wilde Bess.

Die Spannung Aller wuchs jetzt mit jeder neuen Minute. Der Gedanke, dass die Schätze der alten Mönche nach mehr als zweihundertjähriger Rast endlich wieder ans Tageslicht gezogen werden sollten, wirkte so berauschend auf die drei Räuber ein, dass die Besorgnis schwand, dieselben vielleicht erst nach hartnäckigem Kampfe gewinnen oder, unterliegend, den kühnen Versuch mit dem Leben bezahlen zu müssen.

Sculpin und Bunslow, obwohl so gewiegte Pferdediebe, wie nur je einer in der Provinz Neu-Mexiko mit genauer Not dem Strange entronnen, fügten sich bereitwillig allen Anordnungen Manuels, der sich nicht nur bei früheren Gelegenheiten mit ihrer Umgebung vollständig vertraut gemacht hatte, sondern auch in der Verfolgung eines klug entworfenen Planes sich ihnen so weit überlegen zeigte.

Lautlos folgten sie ihm in die Kirche. Das von oben hereinfallende Mondlicht erhellte und belebe eigentümlich den umfangreichen Raum. Nur die wilde Bess, dieses leichtfertige Mannweib, bewahrte ihren Gleichmut. Sie erwog nicht irgendwelche Möglichkeiten. Mit sorgloser Neugierde gedachte sie der nächsten Stunden. Ob Berge Goldes ihr lachten oder eine Handvoll Dollars – wenn sie nur in den Stand gesetzt wurde, aus dem Verhältnis einer gewissen Leibeigenschaft zu treten. Sculpins und Bunslows dagegen bemächtigte sich nach ihrem Eintritt in den düsteren Raum in erhöhtem Grade ein Gefühl der Abhängigkeit von ihrem Führer. Diesem wurde es dadurch erleichtert, ihre Bewegungen zu lenken, sie gleichsam zu seinen Werkzeugen zu machen. Geräuschlos durchmaßen sie das Schiff der Kirche der Länge nach bis zu einem Trümmerhaufen, auf dessen Stelle einst der Altar gestanden hatte. Von dort begab Manuel sich nach der Kirchhofseite hinüber, wo die Bedachung eines Fensters der auf ihr ruhenden Last nachgegeben hatte und eine breite Spalte vom obersten Rande der Mauer bis auf eine Höhe von etwa acht Fuß über dem ursprünglichen Erdboden entstanden war. Leicht schwang Manuel sich über einen Schuttwall in die sich nach oben erweiternde Spalte hinein, und dann eine Seite als Treppe benutzend, auf welcher die vorspringenden Steine förmlich Stufen bildeten, gelangte er eben so leicht aufwärts. Vorsichtig, wie alle sich einher bewegten, konnte nicht vermieden werden, dass zuweilen ein Stein sich löste und in die Kirche hinabrollte. Doch das Geräusch verhallte dumpf zwischen den Ruinen, mahnte aber Jeden, den in einer Breite von sechs Fuß vor ihm schroff aufsteigenden Weg tastend zu prüfen, bevor er ihm das Gewicht seines Körpers anvertraute. So erreichte Manuel den höchsten Rand der Mauer; anstatt indessen denselben zu betreten, schmiegte er sich fest an ihn an, in dieser Lage sich auf der breiten und sicheren Oberfläche soweit vorwärts schiebend, dass die ihm folgenden Gefährten und die wilde Bess bequem Platz hinter ihm fanden. Sie lagen dort oberhalb der ungefähren Mitte des Kirchhofes; hatten es aber in ihrer Gewalt, sich auf drei Seiten der Ruine herumzubewegen, je nachdem sie eine freie Aussicht nach dieser oder jener Richtung hin zu gewinnen wünschten.

Längere Zeit verstrich in lautloser Stille, als die gespannt lauschenden Desperados das Poltern unterschieden, mit welchem Menschen ohne Vorsicht über das lose Gestein hinschritten. Bald darauf vernahmen sie Stimmen, die laut zu einander sprachen und beim Einherwandeln auf dem hindernisreichen Boden sich gegenseitig rieten.

Näher ertönten die Schritte, näher das Sprechen, welches als unverständliches Murmeln nach der breiten Kirchenmauer heraufdrang, bis endlich zwei Gestalten den Kirchhof betraten und auf die Spalte zu bogen, in welcher die Räuber ihren Weg aufwärts genommen hatten. Leicht erkannten diese im Mondlicht den langen Zuñi-Häuptling. Ihm zur Seite schritt behände das Albinomädchen, das weiße Haar von jedem Lufthauch leise schwingend, die hellfarbige Decke eng um die Schultern zusammengezogen. Etwas weiter zurück folgten in einer Gruppe Plenty, Perennis und Burdhill und drei Packknechte.

Gill und ein Packknecht waren zum Schutz der Tiere im Lager zurückgeblieben. Alle, bis auf Kohena, trugen Schusswaffen, mehrere auch Schaufeln oder Hacken und unter den Armen größere Bündel dürren Reisigholzes. Eine kurze Strecke hatten sie auf dem vielfach durchwühlten alten Kirchhofe zurückgelegt, als der von der hohen Kirchenmauer geworfene Schatten Alle bedeckte.

Vor der ungefähren Mitte der Mauer blieb der Gobernador stehen, und alsbald versammelten sich seine Freunde um ihn. Einige Worte richtete er in der Zuñi-Sprache an die Albino, welche diese in derselben Weise beantwortete, dann kehrte er sich den Gefährten zu.

»Wir sind zur Stelle,« sprach er feierlich; eine Störung haben wir nicht zu befürchten, und so mögen die Schrift und die Bilder sprechen. Ohne das wissen wir weniger, als die Grillen, die zwischen dem Gestein singen. Die Augen Kohena's sind im Mondlicht scharf; aber sie weiß die Schrift nicht zu deuten. Wer sie zu deuten versteht, dessen Augen sind für den Tag geschaffen und nicht für die Nacht. Sie bedürfen des Feuers um zu lesen; ich bedarf des Feuers, um die Bilder zu deuten.«

Er sprach noch, da lag Burdhill bereits auf den Knien. Ein Weilchen regte er sich, während andere Hände ihm zerknickte Reiser darreichten; dann flammte es vor ihm empor, das nahe Mauerwerk und das aufgeworfene Erdreich des Kirchhofes mit rötlichen Reflexen schmückend. Auch die es umringenden Menschen beleuchtete das Feuer seltsam, die bärtigen Gesichter der Weißen, das hagere Antlitz des Gobernadors, das weiße Haar der ihre Augen beschattenden Albino, und endlich mehrere grinsende Totenschädel, welche von früheren Schatzgräbern in einem Anfall grimmigen Hohnes über die vergebliche Arbeit inmitten gebleichter Gebeine wunderlich gruppiert worden waren.

Nach kurzer Beratung wurden zwei Packknechte angewiesen, das Feuer lodernd zu erhalten, worauf der Gobernador, Plenty, Perennis und Burdhill sich in den Schein desselben niedersetzten. Kohena hatte so Platz genommen, dass der Schatten ihres Großvaters sie bedeckte.

»Auf dem Kirchhofe der großen Parochie-Kirche, im Mittelpunkte der rechten Seite, nach Maßgabe der Figur Nummero Eins, befindet sich eine Vertiefung. Wenn man daselbst gräbt, stößt man auf zwei Glocken,« las Perennis den ersten Absatz seiner Schrift, während der Zuñi behutsam ein pergamentartig gegerbtes Stück Leder vor sich auf dem Erdboden ausbreitete.

»Zunächst müssen wir die Bedeutung der Nummero Eins kennen lernen,« bemerkte Plenty, der trotz der ihm zu andern Natur gewordenen Vorsicht, seine tiefe Spannung nicht ganz zu verheimlichen vermochte.

»Hier ist Nummero Eins,« erklärte der Zuñi, auf ein etwa handgroßes, rot gefärbtes unregelmäßiges Viereck weisend, »hier ist die Vertiefung,« und er stellte die Fingerspitze gerade in die Mitte des Vierecks auf einen schwarzen Punkt; »aber die Glocken liegen nicht hier. Sie sind so versteckt worden, dass mit der Schrift allein Niemand sie findet. Hier ist die eine Ecke der Kirche, hier die andere. Hier ist die Mitte der Kirchenmauer. Die Fußspuren führen von der Mitte des Kirchhofes genau nach der Mitte der Mauer. Zwölf Schritte von dem Mittelpunkt des Kirchhofes und vier von der Mauer: dort muss die Erde geöffnet werden.«

Als er schwieg, hafteten noch alle Blicke an der seltsamen Malerei. Unwillkürlich zählte Jeder die in dem Felde gezeichneten, als menschliche Fußspuren zu erkennenden Fährten. Zwölf schwarze liefen von dem schwarzen Punkte aus, vier blaue standen ihnen von dem Rande aus entgegen.

»Die Glocken müssen wir zuerst finden,« brach Perennis das plötzlich eingetretene tiefe Schweigen.

»Die Glocken,« wiederholte der Gobernador.

»Die Glocken,« klang es sanft aus dem Hintergrunde, wo die Albino träumerisch über den vom Mondlicht getroffenen Teil des Kirchhofe hinspäthe.

Der Zuñi erhob sich und wand ein Lasso von seinen Hüften, und das eine Ende Perennis reichend, schritt er mit dem andern nach der nächsten Kirchenecke hinüber. Burdhill und Plenty folgten, und mit deren Hülfe gelang es ihnen leicht, die Mitte der Mauer festzustellen. Auf dem bezeichneten Punkte stieß Burdhill einen Spaten in die Erde. Mehr Mühe verursachte es, den Mittelpunkt des Kirchhofes auszumessen. Von diesem schritt der Gobernador in grader Linie auf den Spaten zu, vor welchem man einige glimmende Reiser übereinandergeschichtet hatte. Nach zurückgelegtem zwölften Schritt stieß Burdhill einen andern Spaten dicht vor des Gobernadors Fußspitze in die Erde. Der Rest der Entfernung bis zur Kirchenmauer betrug in der Tat nur vier Schritte. Diese letzte Messung galt als Probe auf die Berechnung des Häuptlings im Verein mit der Bilderschrift, und alsbald begannen die Männer sich mit Hacken und Spaten in die Erde hineinzuwühlen. Sie befanden sich dort offenbar auf einer Stelle, auf welcher man der Nähe des Kirchenfundamentes wegen am wenigsten einen Schatz vermutet hat, und die daher bis jetzt noch Niemand aufgegraben hatte.

Denn nachdem man die obere Schuttschicht entfernt hatte, stieß man auf festgelagerten Sand, der sich verhältnismäßig leicht bearbeiten ließ. Die zwischen dem Erdreich schaffenden Männer aber konnten dem Ergebnis ihrer Mühe nicht mit ängstlicherer Spannung entgegen sehen, als die vier Genossen oben auf der Kirchenmauer, welche ihre Köpfe soweit über den Rand hinausgeschoben hatten, dass sie, ohne selbst entdeckt zu werden, die sich unten abspinnende Szene zu überwachen vermochten. Für die Scene an sich hatten diese am wenigsten Sinn; und doch hätte man dieselbe mit einem Blatt aus einem aufgeschlagenen Märchenbilderbuch vergleichen mögen: Das sorgfältig geschürte Feuer sandte seine Beleuchtung nur teilweise in die sich schnell vertiefende Grube hinein und streifte die Schultern und Häupter der in derselben befindlichen drei Männer. Die andern standen auf dem Rande der Vertiefung und schauten regungslos hinab, bereit, den einen oder den andern Gefährten abzulösen. Endlich knirschte es unter dem Spaten und weiter neigten sich die oben Stehenden über die Öffnung hin. Es war nur ein Schädel, welcher von dem Eisen getroffen worden war und gleich darauf stückweise nach der Sandanhäufung hinaufflog. Zermorschte Rippen- und Armknochen folgten nach. Unterhalb der letzten Überreste eines dort Beerdigten konnten die Glocken nicht verborgen sein. Die Aufmerksamkeit kehrte sich daher nach der andern Seite hinüber, und mit erhöhtem Eifer wurde gegraben und geschaufelt. Wiederum glitt ein Spaten von einem festen Gegenstande ab; noch einige Schaufeln Erde wurden entfernt, und als man mit einem brennenden Reisigbündel hinableuchtete, gewahrte man in der Tat den oberen Teil einer kleinen Kirchenglocke. Der in der alten Schrift enthaltenen Andeutungen eingedenk, vermied man vorsichtig, die mit einer dicken Kruste überzogene Glocke aus ihrer Lage zu entfernen. Dagegen begann man die Ufer der Höhle ringsum zu unterminieren. Nur die Seite, auf welcher das Gerippe gelegen hatte, blieb verschont. Und so wurde auch die zweite Glocke entdeckt.

Es war ersichtlich, dass die auf dem Pergament verzeichnete Linie mitten zwischen beiden hindurchgezogen worden war, es also nur einer geringen Abweichung bedurft hätte, sie ganz zu verfehlen. Bis zur Hälfte hinunter wurden die Glocken frei gelegt; dann begaben sich Alle wieder nach dem Feuer hinüber.

Die Spannung aller Beteiligten, bis auf den Gobernador und Kohena, war eine förmlich krankhafte. Nur noch in gedämpftem Tone wagte man zu sprechen. Nach diesem ersten Beweise, dass in dem alten Dokument keine Täuschung waltete, beobachtete man mit unverkennbarer Ungeduld den Zuñi, als dieser sich der Albino zukehrte und einige Bemerkungen mit ihr wechselte. Schließlich neigte diese zustimmend ihr Haupt, und die Decke über sich hinziehend, sank sie gleichsam in sich zusammen, wie um sich fröstelnd dem Schlafe hinzugeben. Der Häuptling hatte wieder das Pergamentleder vor sich ausgebreitet, während Perennis die altertümliche Schrift in Händen hielt. Beinah atemlos sahen Alle den ersten Kundgebungen des Häuptlings entgegen. Dieser hatte die Fingerspitze innerhalb des roten Vierecks auf den Punkte gestellt, welcher den Fundort der Glocken bezeichnete. Von hier aus glitt der Finger nach zwei gelben Kreisen hin, durch deren Mittelpunkt eine schwarze gerade Linie gezogen und um etwas einen Fuß verlängert worden war. Auf der einen Seite dieser Linie liefen wieder die menschlichen Fußspuren hin. Neben jeder einzelnen waren auf der andern Seite zwei Hände mit gespreizten Fingern, zwar roh, aber deutlich erkennbar, mit brauner Farbe gezeichnet. Laut zählte der Häuptling die Spuren. Es waren ihrer sechsundzwanzig.

»Zehn Finger bei jeder Fußspur,« erklärte er darauf, »jede Fußspur eine Elle mal zehn. Lasst uns hören, was Euer Papier spricht.«

»Nichts anderes, als was die Zeichen besagen,« antwortete Perennis, dann las er vor.

»Zieht man die Linie über die Öffnungen, welche die zwei Glocken zurückgelassen haben, so erblickt man östlich der Straße, zwischen der Kirche und der Stadt entlang, in der Entfernung von etwa dreihundert Ellen einen Hügel, welcher mit beiden Glocken eine genaue Linie bildet. Am Fuße dieses Hügels befindet sich ein Keller von zehn Ellen oder mehr im Umfang, welcher den großen Schatz birgt.«

Nach dieser, mit der Malerei übereinstimmenden und leicht verständlichen Erklärung, erhoben sich Alle. Der Zuñi und Perennis ergriffen Jeder ein Ende des Lassos, und während Plenty und Burdhill in die Grube hinableuchteten, befestigten sie den straff gezogenen Lasso mittelst zweier in die Erde gestoßener Spaten so, dass er genau über die Mitte der beiden Glockengehänge hinlief. Auf dem östlichen Ende des Lassos wurde darauf ein angekohlter und noch glimmender Pfahl aufrecht in die Erde gesteckt; in der Entfernung von ungefähr dreihundert Schritten auf einem Hügelabhange ein zweiter, nachdem zuvor der mit dem Lasso und dem ersten Feuerbrand in eine unzweifelhaft gerade Linie zusammenfallende Punkt aufgesucht worden war. Ein peinlich gemessener Lasso wurde darauf benutzt, von der äußersten Glocke aus die Entfernung von zweihundertundsechzig Schritten oder vielmehr Ellen, nach Maßgabe der Zeichnung, in der Richtung nach dem zuletzt aufgestellten

Feuerbrand abzustecken, wo alsbald ein Feuer aufflammte, zu dessen Nahrung nunmehr Balkenreste aus den Trümmerhaufen herbeigeschafft wurden.

»Hier sitze ich,« erklärte der Gobernador, nachdem er das Pergamentleder im Schein des Feuers wieder auseinandergerollt hatte, und sein Finger ruhte auf dem äußersten Ende des von offenen Händen und Fußspuren begleiteten Striches. Dort war mit schwarzer Farbe ziemlich geschickt ein Kreuz gezeichnet worden, dessen drei Enden in herzförmig verschlungene Arabesken ausliefen. Von dem Mittelpunkt jeder der Arabesken hatte man wieder Linien gezogen, die sich so mit einander vereinigten, dass die beiden Außenlinien ein gleichschenkeliges Dreieck bildeten, welches die von dem Mittelkopf ausgehende genau halbierte, dann aber bis zum Rande des Pergamentes sich verlängerte. Dort endigte sie in einem gelben Berge, welchen unregelmäßige Zeichnungen von Steinen in einem Kreise umgaben.

Langsam folgte der Zuñi mit dem Finger dieser Linie, welche wiederum zahlreiche Fußspuren und gespreizte Hände zu beiden Seiten begleiteten.

»Dort liegt das Gold,« schloss er, die Fingerspitze auf den gelben Berg stellend, und düster blickte er im Kreise, als wäre er sich eines Fehls gegen den verschollenen Volksstamm bewusst gewesen, der einst Jeden mit dem Martertode bedrohte, welcher den fremden Eindringlingen den Weg zu den verschütteten Goldminen zeigte, »es ist eine weite Strecke; viele Finger mal viele Ellen,« und er wies wieder auf die von dem Kreuz ausgehende Linie.

»So liegt hier das Kreuz,« bemerkte Perennis enttäuscht.

»Fanden wir nicht die Glocken?« antwortete die Albino sanft.

»Grabt,« fügte der Gobernador hinzu, »das Kreuz zeigt Euch den Weg.«

»Aber vorsichtig,« wendete Perennis sich an die Gefährten, unbeirrt durch das spöttische Lachen Plenty's, »finden wir das Kreuz, gleichviel ob liegend oder stehend, so genügt die leiseste Bewegung desselben, die Linie zu verrücken und jede weitere Nachforschung erfolglos zu machen.«

»Erfolglos,« spöttelte Plenty wieder, doch war diese Bemerkung mehr ein Ausbruch seiner Ungeduld, als der erschütterten Hoffnung. Denn er leitete von jetzt ab mit seinem praktischen Sinn selbst die Arbeit, und beschrieb zunächst einen so großen Kreis, dass sich Alle zugleich innerhalb desselben mit ihren Werkzeugen beschäftigen konnten.

Die Arbeit begann darauf wieder mit einem Eifer, welcher der Ausdruck einer gleichsam tödlichen Spannung war. Hacken wurden geschwungen, Schaufeln in die Erde gestoßen, und schnell wuchs der Wall, welcher sich außerhalb des Kreises bildete. Fuß um Fuß vertiefte sich die Grube in dem seit Jahrhunderten dort zusammengewehten Flugsande. Mitternacht war längst vorüber; der Mond neigte sich dem Westen zu; eine kühle Brise sprang auf und verkündete die Nähe des Morgens, und noch immer schaufelten und scharrten die Männer. Der Sand schien kein Ende nehmen zu wollen. Regungslos, wie eine Statue, sah der Häuptling in die Tiefe. Auf seine lange Büchse gelehnt und mit dem hageren, von dem nahen Feuer rötlich beleuchteten braunen Antlitz, glich er einem, viele Generationen überlebenden Zauberer eines verschollenen Geschlechtes, welcher, des rastlosen Erdenwallens müde, sich selber in die vor ihm gähnende Gruft zu legen sehnte. Kohena, deren Zustimmung er bei jeder neuen Bewegung einholte, saß vor dem Feuer. Zum Schutz der Augen hatte sie wieder die Decke über ihr Haupt gezogen. Sie schien zu schlafen. Plötzlich ertönte aus der Grube ein Ausruf freudigen Erstaunens. Neben der, der Stadt zunächst liegenden Uferwand war man auf einen festen Gegenstand gestoßen, welcher sich bei genauerer Prüfung als der Gipfelknauf eines fast bis ins Innerste hinein vom Rost zerfressenen eisernen Kreuzes auswies. Die Richtung hatte man beim Schlagen der Linie bis auf wenige Fuß getroffen, dagegen war man bei der Längenmessung beinah um die ganze Breite der Höhle über das Ziel hinausgeraten. Sorgfältiger ging man von jetzt ab zu Werke. Vorsichtig mit den Händen scharrend, legte man allmählich den Querbalken des Kreuzes bloß und ein kurzes Ende des Schaftes. Auch hier hatte man mit leicht zu bewältigendem Sande zu tun. Es sprach dies dafür, dass das Kreuz einst zum Andenken an einen dort begrabenen Oberen der Mönche oder getauften Kaziken errichtet wurde, oder, vielleicht hart an einem Wege stehend, die vorübergehenden Eingeborenen an die Allgewalt des Christentums erinnern sollte. Ohne Zweifel hatte es sich ursprünglich frei erhoben, war aber durch die von den wüsten Ebenen hereinwehenden und mit dem leichten Erdreich spielenden Winde im Laufe der Zeit versandet und verschüttet worden. Obwohl von dem Eisen wenig mehr, als eine Rostverkrustung übrig geblieben war, ließen sich doch die Formen der

Arabeskenknäufe noch hinlänglich genau verfolgen, um den Mittelpunkt jedes einzelnen genau feststellen zu können. Der Mittelpunkt des Kreuzes entsprach dem des oberen Knaufes, und konnte daher zuversichtlich als der Ausgangspunkt der das gleichschenkelige Dreieck halbierenden Linie betrachtet werden. Ebenso walteten über die Vorderseite des Kreuzes keine Zweifel, nachdem durch Schaben mit Messern das Vorhandensein der letzten Reste unentzifferbarer Bildwerke oder Buchstaben festgestellt worden. Dicht vor der Vorderseite erhob sich indessen die Uferwand. Es musste daher, um Raum zu dem Messen und Abschnüren zu gewinnen, die Grube nach dieser Richtung hin erheblich erweitert werden. Mit frischen Kräften ging man wieder ans Werk. Plenty leuchtete mit brennenden Reisigbündeln hinab. Anscheinend spöttisch warnte er vor der Berührung des Kreuzes und ermunterte er zu neuen Anstrengungen.

»Gebt dem Sande die Hölle,« sprach er ungewöhnlich munter, »die aufgehende Sonne muss ihr verschlafenes Gesicht in dem Golde spiegeln. Haben wir bereits so viel gefunden, finden wir auch mehr, kalkulier' ich.«

Wer, nicht vertraut mit der Sachlage, solche Worte hörte, konnte nur glauben, dass man, anstatt auf ein verrostetes Kreuz, auf den eigentlichen Schatz gestoßen sei.

Einen solchen Eindruck gewannen wenigstens Sculpin, Manuel und Bunslow, welche ihr luftiges Versteck verlassen und, unter dem Schutze des zerfallenen Gemäuers und des von den Schatzgräbern erzeugten Geräusches, sich so nahe herangeschlichen hatten, dass sie nicht nur die von dem Feuer beleuchtete Stätte notdürftig übersehen, sondern auch die außerhalb der von einem Erdwall umgebenen Grube gesprochenen Worte verstehen konnten. Bei Plenty's jüngster Bemerkung schwanden ihre letzten Zweifel. Manuel und Bunslow anheimgebend, die Schatzgräber fernerhin zu überwachen, schlich Sculpin nach dem Friedhofe zurück, und dicht an die Kirchenmauer tretend, stieß er mit dem Kolben seiner Büchse einige Mal an dieselbe. Auf dieses Signal richtete die oben zurückgebliebene Bess sich auf die Knie empor, und sich durch Mauerwerk gegen die Blicke der Schatzgräber geschützt wissend, setzte sie ein bereit gehaltenes Schwefelholz in Brand, es aber sogleich wieder verlöschend. Noch zweimal wiederholte sie der Sicherheit halber das Signal; dann war Alles wieder öde und still. Nur das Schurren war in nächster

Nähe vernehmbar, mit welchem Bess die Mauer verließ, um sich Sculpin zuzugesellen.

»Ist der Schatz gefunden?« fragte sie flüsternd. »Gefunden und bloßgelegt; wir brauchen nur zuzugreifen,« antwortete Sculpin, wie gegen einen Erstickungsanfall kämpfend, »aber nun zeige Dich als ein gewiegtes Frauenzimmer. Nicht mit 'nem Auge darfst Du zucken, wenn's d'rauf ankommt.«

»Sorgt nicht um mich,« erwiderte Bess gleichmütig; dann folgte sie Sculpin, welcher sich auf demselben Weg, den er gekommen war, zu den Genossen zurückbegab.

Die Männer in der Grube arbeiteten noch immer angestrengt. Endlich aber ertönte des bedachtsam leuchtenden Plenty Stimme:

»'s ist genug! Wir können jetzt heran!« und gleichzeitig stellten die unten befindlichen Männer ihre Arbeiten ein.

Als sei dies ein Signal für die im Lager weilenden Wachen gewesen, drang ein gellender Schrei von dort herüber. Dann unterschied man das dumpfe Getrappel fliehender Pferde. Die bei der Grube versammelten Männer waren erschrocken aufgefahren und standen sprachlos. Ein Schuss, augenscheinlich im Lager abgefeuert, belebte sie indessen sogleich wieder.

»Apaches,« sprach der Gobernador warnend, indem er aus dem Schein des Feuers trat und die Albino in den Schatten zog.

Im nächsten Augenblick hatten die Männer die Grube verlassen und zu ihren Waffen gegriffen. Bestürzt vergegenwärtigten sie sich die Folgen, wenn es den vermeintlichen Apache-Räubern gelungen sein sollte, sich aller ihrer Tiere zu bemächtigen. Zu ihrem Nachtheil gereichte außerdem, dass der niedrig stehende Mond seine Leuchtkraft zum Teil verloren hatte, man also nicht mehr, wie bis vor Kurzem, in weiterem Kreise notdürftig um sich zu spähen vermochte. Der Osten hatte sich zwar gerötet; allein eine Stunde dauerte es noch, bevor das Tageslicht ihre Bewegungen begünstigte.

»Der Teufel über das Apache-Gesindel,« bemerkte Plenty mit seiner unerschütterlichen Ruhe, indem er das Schloss seiner Büchse prüfte, als Burdhill ihn schnell unterbrach.

»Wir dürfen keinen Huf verlieren, wollen wir die Wüste überhaupt gesund verlassen,« sprach er dringend. »Wir müssen hinüber! Der Gobernador mag zum Schutz des Mädchens hier bleiben, und Sie, Mr. Rothweil, zum Schutze Beider. Lugen Sie scharf aus, und bietet sich Gelegenheit, so merken Sie sich die Richtung, in welcher die Tiere entfliehen
oder davongetrieben werden.«

Gleich darauf eilte er, gefolgt von Plenty und den Packknechten nach der
Talsenkung hinüber, aus welcher das Gellen der Wachen in längeren
und kürzeren Pausen herüberdrang.

Siebenundzwanzigstes Kapitel.

Die Schatzgräber

So lange das Geräusch der Davoneilenden vernehmbar und deren Gestalten notdürftig zu unterscheiden waren, blickte Perennis ihnen nach, als hätte er die Wirklichkeit bezweifelt. Zu jäh war der Kontrast zwischen der Spannung, mit welcher er eben noch dem Erfolg des abenteuerlichen Unternehmens entgegen sah, und den Empfindungen der Besorgnis, welche der Angriff auf das Lager und die weidenden Tiere wachgerufen hatte. Erst der Zuñi brachte ihn wieder zum Bewusstsein der augenblicklichen Lage.

»Sucht den Schatten,« sprach er warnend, »die Apaches sind eine verräterische Nation. Um sich eines Verfolgers zu entledigen, schießen sie Jeden nieder. Das Feuer zeigt ihnen ihr Ziel.«

Mechanisch trat Perennis zu dem Häuptling, an welchen die Albino sich ängstlich anschmiegte.

»Wir hätten sie begleiten sollen,« antwortete er erregt, »hier ist Alles sicher genug, und dort mögen unsere Büchsen fehlen.«

»Geht hinüber,« versetzte der Zuñi, »ja geht nur. Kohena ist nicht geeignet für einen Kampf; sie darf nicht unbeschützt bleiben. Aber ich höre den Hufschlag von Pferden. Sie nähern sich. Vielleicht gelingt's uns, das eine oder das andere einzufangen. Wo eins bleibt, sammeln sich die übrigen gern; setzen ihnen die Apaches nach, so müssen wir versuchen, sie zu vertreiben.«

Perennis lauschte. Er unterschied, dass in der Tat mehrere Pferde sich von der Wüste her näherten, als hätte der Schein des Feuers sie angezogen. Bald darauf erkannte er auch einen schmalen Schatten, zu welchem die hintereinander galoppierenden Tiere sich vereinigten. Doch mit derselben Spannung, mit welcher er und der Zuñi in die Wüste hinausspähten, wurden sie selbst von Sculpin und dessen Genossen überwacht, die, auf dem mit mancherlei Hindernissen bedeckten Erdboden einher kriechend, ihnen Zoll um Zoll näher rückten.

»Es sind Pferde, aber auf ihrem Rücken sitzen Männer,« sprach der Gobernador in seiner nachdenklichen Weise, indem er die Büchse zur Verdeutlichung emporhob. Dann richtete er einige Worte an Kohena, die folgsam niederkniete und nicht minder gespannt den herbeistürmenden Reitern entgegensah.

»Zwei Pferde,« ertönte eine sanfte Stimme, »das eine trägt eine Frau, das andere einen Mann.«

»Greift Niemand uns an, so haben wir keine Ursache, unsere Büchsen zu gebrauchen,« versetzte der Zuñi, und er stellte die seinige wieder vor sich auf die Erde.

Offenbar hatten Sculpin und seine Genossen zur Zeit ihre Aufmerksamkeit ebenfalls den fremden Reitern zugekehrt; denn anstatt sich auf den Zuñi und Perennis zu werfen und die nichts Ahnenden wehrlos zu machen, wie sie ursprünglich beabsichtigten, säumten sie jetzt, um den Zweck der geheimnisvollen Fremden kennen zu lernen und einen günstigeren Zeitpunkt zum Angriff abzuwarten.

Da tönte eine helle Frauenstimme durch die Nacht.

»Señor Rothweil!« schallte es laut und mit einem Ausdruck von Todesangst, »Señor Rothweil! Halten Sie ein, man will Ihnen den Schatz von Quivira entreißen!«

Ein schäumendes und keuchendes Pferd traf neben dem Feuer ein, wogegen das Zweite, weniger schnell, zurückgeblieben war. Kaum stand Ersteres, als Clementia, sobald sie des vortretenden Perennis ansichtig wurde, vom Sattel glitt und mit fliegendem Haar auf ihn zueilte.

»Señor Rothweil!« wiederholte sie, »liegt das Gold noch verborgen, so zeigen Sie's nicht! Ihr Leben schwebt mit dem Schatz in Gefahr!« und die Arme um seinen Nacken schlingend, presste sie sich an ihn, als hätte sie einen ihm bestimmten Todesstreich in Empfang nehmen wollen. »Tag und Nacht bin ich geritten, seitdem ich es auskundschaftete,« fuhr sie beinah atemlos fort, »ich fürchtete, zu spät zu kommen – man will Sie berauben – man ist in der Nähe! Jeden Augenblick können sie eintreffen, und dann ist's zu spät!«

Clementia's Begleiter war jetzt ebenfalls herangekommen. Anstatt sich aber dem vor Erstaunen sprachlosen Perennis zuzugesellen, ritt er dem andern Pferde nach, welches, sobald es sich frei fühlte, davontrabte.

Weder Perennis, noch der Zuñi oder die versteckt lauernden Räuber bemerkten daher, dass sein Antlitz zum größten Teil durch ein Tuch verhüllt war, welches er unterhalb der Augen quer um dasselbe geschlungen und am Hinterkopf zusammengeknotet hatte.

»Wer sollte kommen, wer mich angreifen?« fand Perennis endlich Worte und als hätte in dem sorglosen Tone seiner Stimme etwas Zurückweisendes für sie gelegen, trat Clementia einen Schritt zurück, »und käme Jemand, er würde nichts finden, als diese leere Grube. Nein, hier liegt der Schatz nicht; auf einer andern Stelle muss er gesucht werden.«

»So holen Sie ihn zu einer andern Zeit, zu einer Zeit, in welcher man nicht Ihren Spuren folgt. Und liegt ihnen nichts an dem Schatz, so sollen ihn wenigsten diejenigen nicht besitzen die mich marterten und quälten, mir einen Mord zur Last legten, wo ich nur aus Notwehr Jemand verletzte, die ich noch mehr hasse, als das Scheusal, dessen wilden Angriff ich mit einem blindlings geführten Messerstoß lohnte!«

Sie sprach noch, und Perennis, der Zuñi und Kohena den Rücken dem Feuer zugekehrt, sahen gespannt auf sie hin, als Manuel auf Händen und Knien hinter den frisch aufgeworfenen Erdwall schlich und mit äußerster Vorsicht in die Grube hinabspähte. Statt eines mit Schätzen gefüllten Kellers, erkannte er notdürftig eine leere, unregelmäßige Vertiefung, und ebenso schnell gewann er volles Verständnis für Perennis' letzte Bemerkung, dass das Gold auf einer andern Stelle zu suchen sei. Die Warnung Clementia's aber konnte er nur auf sich und seine Genossen beziehen, und namenlose Wut ergriff ihn, als er sich durch sie eines Schatzes beraubt sah, welchen er bereits in den Händen zu halten glaubte.

»Wer ist es,« forschte Perennis lebhafter, und vorübergehend vergaß er die Gefährten und den Zweck, zu welchem sie sich entfernt hatten, »wer könnte ein größeres Recht hier besitzen, als ich?«

»Der Stärkere,« rief Clementia leidenschaftlich aus, »tun Sie Alles, nur den Schatz geben Sie ihnen nicht preis, warten Sie bis zu einer günstigeren Zeit, gönnen Sie ihnen nicht den Triumph –«

Sie schrie laut auf und brach in die Knie.

Ein Schatten war von der Grube her unbemerkt und mit der Gewandtheit eines sprungfertigen Tigers hinter ihr vorübergeglitten. Eine leichte Hand schien sie zu berühren, und doch war es ein Todesstoß gewesen, welchen die bewehrte Faust nach ihr führte. Während aber Perennis, den wahren Zusammenhang immer noch nicht ahnend, sich zu der vermeintlich Ohnmächtigen niederbeugte, der Gobernador dagegen sich der entsetzten Albino zukehrte, sprang Manuel, das blutige Messer in der Faust, zurück und dicht an dem Feuer vorbei. Um Clementia's Warnung zurückzuhalten, war er zu spät gekommen, jedoch früh genug, um sich ungestraft nicht nur für den Verlust des Goldes, sondern auch dafür zu rächen, dass sie bei einer früheren Gelegenheit sich seinen hinterlistigen Nachstellungen gewaltsam entzog. Die in wilder Befriedigung funkelnden Augen hielt er bei seiner Flucht auf Perennis und den Gobernador gerichtet, um einen etwaigen Angriff von dorther zu begegnen. In seiner blinden Raserei gewahrte er daher nicht, dass auf der andern Seite des Feuers Jemand aus der Dunkelheit auftauchte. Erst als er, seine Eile beschleunigend, mit demselben zusammenprallte, kehrte er sich ihm zu.

»Cristobal!« rief er zurücktaumelnd aus, als er diesen, der das blutige Tuch von seinem Antlitz gerissen hatte, erkannte, und wiederum hob er das Messer.

»Für meine Schwester!« gellte ihm Cristobals Stimme in die Ohren, und die von des jungen Mannes Hand entsendete Pistolenkugel schlug ihm durch die Brust und warf ihn zu Boden. Seines Todes gewiss, versuchte Manuel den in seinem Gurt steckenden Revolver zu ziehen. Doch Cristobal stand über ihm. »Und das ist für mich!« rief er wieder aus, indem er ihm eine zweite Kugel durch den Kopf sandte.

Dies Alles war das Werk weniger Sekunden, so dass die anwesenden Zeugen in ihrer Bestürzung den so schnell aufeinander folgenden und in der unbestimmten Beleuchtung gleichsam verschwimmenden Ereignissen nicht zu folgen vermochten. Perennis, vollständig ratlos, hielt das Haupt Clementia's, die auf die Seite gesunken war und sich lang ausstreckte. Wie und wo die mörderische Waffe sie getroffen hatte, wusste er nicht. Sein ganzes Denken und Empfinden galt einer mit dem Tode Ringenden, der auch nur Erleichterung zu verschaffen, außerhalb des Bereiches der Möglichkeit war. Erschüttert rief er ihren Namen, erschüttert forderte er den Gobernador auf, Hülfe zu leisten. Selbst das zweimalige Knallen von Cristobals Pistole veranlasste ihn kaum, aufzuschauen.

Wie durch einen Schleier hindurch sah er einen zu Tode Getroffenen hinstürzen, dann kehrt er sich Clementia wieder zu. Der Gobernador stand hochaufgerichtet da, die Büchse zum Schuss bereit in beiden Hän-

den, die Blicke dahin gerichtet, von woher er einen neuen Angriff befürchtete. Seine sonst so träumerischen Augen schienen plötzlich die
Eigenschaft nachtliebender Tiere angenommen zu haben. Er unterschied
in geringer Entfernung die zusammengekauerten Schatten Sculpins und
Bunslows, welche nach dem Falle Manuels die Fassung verloren hatten
und sich offenbar scheuten, im Kampfe mit einem stärkeren Feinde ihr
eigenes Leben zu wagen. Denn auf die wilde Bess, die gezwungene,
wenn auch leichtfertige Begleiterin auf ihren Raubzügen, die Angesichts
der blutigen Szenen plötzlich eine Andere geworden zu sein schien,
konnten sie nicht länger rechnen. Sie verhielt sich, als sei sie durch den
Anblick des grausigen Mordes in Stein verwandelt worden. Mit keiner
Wimper hätte sie gezuckt, wäre Cristobal, derselbe Cristobal, welcher
ihrem Tänzer, dem Manuel, die schwere Gesichtswunde verdankte, vor
sie hingetreten, um sie für den gewaltsamen Tod seiner Schwester zur
Rechenschaft zu ziehen.

Da drang wieder das Stampfen einer Anzahl scharf getriebener Pferde
herüber. Sculpin und Bunslow, die Rückkehr Plenty's und seiner Leute
vermutend, verschwanden zwischen den nahen Mauertrümmern, um
von dort aus den weiteren Verlauf der sich gleichsam überstürzenden
Ereignisse zu überwachen. Ihre Besorgnis wurde erhöht durch den Umstand, dass die Pferde sich aus der Richtung näherten, in welcher sie die
eigenen Tiere untergebracht hatten. Waren es Apaches, so konnten sie
darauf rechnen, die Wüste zu Fuß verlassen zu müssen. Die wilde Bess
schloss sich ihnen nicht an. Die stand fortgesetzt da, wie aus Erz gegos-
sen. Und näher kamen die geheimnisvollen Reiter und, durch das von
Cristobal aufs Neue geschürte Feuer gelenkt, geraden Weges auf die geöffnete Grube zu.

Endlich hielten sie vor derselben. Ihrer zwölf mochten es sein. An der
Spitze Hall auf einem Maultier, neben ihm ein anderer geistlicher Herr,
auf der rechten Seite der Alkalde einer kleinen Stadt, von welcher aus
die Bewegungen Plenty's und Rothweils überwacht worden waren. Hinter diesen folgte ein Trupp bewaffneter Mexikaner. Auch sie hatten seit
dem frühen Morgen in der Nachbarschaft geweilt, jedoch so weit von
den Ruinen, dass sie, ohne selbst entdeckt zu werden, durch Kundschafter sich Kenntnis von dem Treiben in der alten Trümmerstadt zu verschaffen vermochten. Auf diese Weise erklärt es sich, dass sie, hätte man
statt des Kreuzes, wirklich die Schätze aufgedeckt gehabt, gerade zur
entscheidenden Stunde eingetroffen wären. Ihre Kundschafter hatten die

fünf Pferde und Maultiere der Räuber gefunden und dieselben für Plenty's Eigentum haltend, der Sicherheit halber mitgenommen.

Als Hall in der Nähe der Grube anhielt, blendete ihn anfänglich das lodernde Feuer. Er bemerkte daher nur Perennis, den Zuñi-Häuptling und Cristobal. Über die von dem Schatten des Erdaufwurfs bedeckten Gestalten Clementia's, Manuels und der jungen Albino glitten seine Blicke hinweg. Perennis hatte sich erhoben und wieder zur Büchse gegriffen.

Neben ihn hin trat Cristobal, während der Gobernador Kohena mit seinem Körper deckte. So erwarteten sie die Anrede der Fremden.

Ein zweiter Blick überzeugte Hall, dass Plenty und dessen Leute nicht anwesend. Er deutete es dahin, dass man bereits mit dem Bergen des gehobenen Schatzes beschäftigt. Der Erdwall hinderte ihn, in die Grube hinabzuschauen.

»Ich komme zur rechten Zeit,« redete er Perennis höflich an, »etwas später, und ich fand den Keller, in welchem das unserer Kirche angehörende Gold untergebracht wurde, leer. Ihr Fundgeld, obwohl Sie mir nur vorgegriffen haben, soll ihnen nicht vorenthalten werden; dagegen lege ich hiermit Beschlag auf Alles, was die geöffnete Höhle birgt und geborgen hat. Zugleich fordere ich Sie im Namen der Behörde auf,« und er wies auf den neben ihm haltenden Alkalden, »wenn noch irgendwelche Angaben zu machen sind, dieselben an mich zu richten.«

»Sie kommen gerade zur rechten Zeit,« wiederholte Cristobal gehässig Halls Anrede, und er nahm ein flackerndes Holzscheit von dem Feuer, »gerade zur rechten Zeit, um einer armen Seele den letzten geistlichen Zuspruch zu gewähren. Für den Mörder ist's freilich zu spät,« und im Vorbeigehen stieß er Manuels Leiche mit dem Fuße, »und schwerlich würde es ihm viel genutzt haben; aber hier meine Schwester, Sie kennen sie gut genug; das arme Ding ist Tag und Nacht geritten, um mich in Manzana aufzusuchen; dann begaben wir uns hierher, um die Herren auf Ihren Besuch vorzubereiten. Ich hielt sie längst für todt, dahingeschieden mit dem Bewusstsein, einen Mord begangen zu haben; und doch wäre Dem da nur sein Recht geschehen. Jetzt weiß sie's freilich besser,« und mit glühenden Blicken betrachtete er Hall, der um den Erdaufwurf herumgeritten war, dann aber, sobald er Clementia erkannte, die er in Santa Fé wähnte, vor Bestürzung kein Wort hervorzubringen vermochte.

»Sie ist immer noch schön,« brach Cristobal das plötzlich eingetretene Schweigen wieder mit drohendem Hohn, »es wird indessen nicht mehr lange dauern. Sie stirbt beruhigt, das weiß ich, denn wir trafen ebenfalls zur rechten Zeit ein, um das Bloslegen des Schatzes zu verhindern. Sie glauben's nicht, ehrwürdiger Vater? Blicken Sie doch hinein in die Grube, ob Sie etwas finden, was Ihren Geschmack reizt.«

Hall war abgestiegen, und während die Reiter einen Halbkreis um ihn bildeten, kniete er vor Clementia nieder. Eine Weile betrachtete er sinnend das schöne bleiche Antlitz, welches die rötliche Flamme des von Cristobal leicht geschwungenen Feuerbrandes voll beleuchtete. Perennis war hinter ihn getreten. Angesichts der Sterbenden vergaß er, dass man wirklich herbeigeeilt war, um ihm das zu entreißen, was als sein Eigentum zu betrachten er so vollkommen berechtigt zu sein glaubte. Noch weniger brachte er Halls Anwesenheit in Beziehung zu seinem Zusammentreffen mit Dorsal in der Zuñi-Stadt. Der Gobernador stand noch immer neben seiner Enkelin. Indem er sich in der Zuñi-Sprache leise mit ihr unterhielt, gewann sein hageres Antlitz immer mehr den Ausdruck innerer Verzückung.

Da schlug Clementia die Augen auf. Sobald sie aber Hall erkannte, schloss sie dieselben wieder.

»Fort von mir,« flüsterte sie, jedoch laut genug, dass Perennis und Cristobal es verstanden, »ich kann ohne Sie sterben – fort – Señor Rothweil will ich sprechen – ich habe Niemand ermordet –«

»Ihre Sinne sind umnachtet,« versetzte Hall feierlich, und er erhob sich; dann zu Perennis, der neben die Sterbende hinkniete und das von Blut getränkte Kleid zu öffnen und die Wunde zu untersuchen trachtete, »liegt es in Ihrer Macht, sie zu trösten, so versuchen Sie Ihr Bestes, und möge Ihr Thun gesegnet sein. Sie war immer exzentrisch. Lassen Sie sich nicht stören, wenn sie auch jetzt noch –«

»Fort,« flüsterte Clementia wiederum, Perennis' Hand ergreifend, »ich will in Frieden sterben.«

Hall trat einige Schritte zurück, wogegen Cristobal auf ihrer andern Seite niederkniete.

»Legen Sie ihr Ohr an meinen Mund,« fuhr sie zu Perennis fort, »eilen Sie – meine Füße sind bereits tot – ich fühle sie nicht –« und als Perennis sich über sie hinneigte, flüsterte sie weiter: »Man schickte mich ab, um Sie zu hintergehen – mich kümmerte nicht, was d'raus wurde. Ich hatte nichts Besseres gelernt – die Furcht vor einer schrecklichen Strafe zwang mich. Nachdem ich in Ihre Augen gesehen hatte, gelang mir der Betrug nicht weiter; auch nicht, als man mich bedrohte und strafte. Ihre Augen haben mich verfolgt bei Tage und bei Nacht – ich konnte nicht anders – ich musste Ihnen nach – wollte Sie warnen – geben Sie das Gold nicht meinen Feinden – sie konnten mich retten – aber – sie verdarben mich – heilige Jungfrau – Maria –«

Das waren ihre letzten Worte. Noch immer über sie hingeneigt, lauschte Perennis vergeblich auf neue Kundgebungen. Er meinte, sich nicht von ihr losreißen zu können.

»Es ist vorbei mit ihr,« drang Cristobals Stimme rau zu seinen Ohren; »was hilft's, dass ich's an dem Manuel rächte? Die Tochter meiner Mutter macht's nicht lebendig.«

Hall warf einen besorgten Blick auf das entstellte Antlitz des jungen Mannes. Mochte das Bild der Toten ihn immerhin ergreifen, höher stand ihm das sagenhafte Gold, in dessen Besitz er noch zu treten hoffte.

Perennis, nachdem er seine Hand einige Sekunden auf Clementia's Stirn hatte ruhen lassen, erhob sich. Er war totenbleich. Wie geistesabwesend sah er langsam im Kreise umher. Überall begegnete er düsteren Physiognomien. Nur die Nähe der Ermordeten hatte verhindert, dass der von Habgier getriebene Priester sich nicht längst mit neuen Fragen an ihn wendete. Da drängte eine weibliche Gestalt sich zwischen den Reitern hindurch. Sie schien Keinen zu sehen, Niemand sehen zu wollen. Flüchtig betrachtete sie die matt beleuchtete Tote; dann kauerte sie sich neben derselben nieder, wie um sie zu bewachen, Haupt und Arme auf den Knien rastend.

»Wir sehen uns heute zum ersten Mal,« redete Hall endlich Perennis höflich an, »und abgesehen von den hier stattgefundenen furchtbaren Ereignissen, kann ich nur bedauern, von einem Fremden Rechenschaft fordern zu müssen.«

»Ich bin bereit, Rechenschaft über Alles abzulegen, für das ich Anderen gegenüber verantwortlich zu sein glaube,« versetzte Perennis noch unter dem vollen Eindruck von Clementia's letzten Worten.

»Wohlan, Señor Rothweil, so mache ich von meinen Recht Gebrauch, Auskunft über das zu erbitten, was in dieser Grube gefunden wurde. Erwägen Sie, dass wenn Sie meinen Worten misstrauen, eine höhere Instanz darüber zu entscheiden haben wird, wer von uns mit größerer Befugnis hier erschien.«

Perennis lächelte unsäglich bitter.

»Blicken Sie hinein in die Grube,« sprach er mit unverkennbarer Verachtung; »außer dem verrosteten Grabkreuz fanden wir nichts. Kennen sie aber den Versteck des Schatzes, wie aus Ihren Worten hervorzugehen scheint, so müssen Sie vertraut mit der Bedeutung des Kreuzes sein.«

Hall erbleichte. Er begriff, dass er, um sich des Goldes zu bemächtigen, dennoch zu früh eingetroffen war.

»Es bezeichnet die Lage des Schatzes,« versetzte er erzwungen ruhig, »und wenn Sie der Ehrenmann sind, für welchen ich Sie halte, werden Sie von jetzt ab Hand in Hand mit mir gehen.«

»Ich bin zwar berechtigt, den Schatz zu heben, dagegen ist dessen Lage nicht mein Geheimnis,« antwortete Perennis, indem er auf den Zuñi-Häuptling wies.

»Wohlan, Pedro Pino,« wendete Hall sich an diesen, »wir kennen uns schon lange. Ihr seid ein Christ; es muss Euch klar sein, dass Ihr der Kirche Gehorsam schuldet.«

Der Gobernador, anstatt ihm eine Antwort zu erteilen, kehrte sich der Albino zu, ein kurzes Gespräch mit ihr eröffnend.

»Ihr seid ein Bürger Neu-Mexiko's und den Gesetzen des Staates unterworfen,« nahm der Alkalde nunmehr das Wort, »Ihr werdet uns die Lage des Schatzes von Quivira bezeichnen, oder ich bürge nicht für die Folgen.«

Der Gobernador warf dem Mexikaner einen verachtungsvollen Blick zu; um seine eingefallenen Lippen spielte von Fanatismus getragener Hohn. Wie um sich der Nähe Kohena's zu versichern, legte er die Hand auf deren seidenhaariges Haupt. Er wollte sprechen, als das Geräusch sich schnell nähernder Männer vernehmbar wurde und gleich darauf Plenty's metallene Stimme herüberschallte.

»Ein einzelner Apache!« rief er sorglos aus, »dem José schoss er einen Pfeil durch den Arm, wofür der Gill ihm 'ne Kugel so zierlich durch den Kopf jagte, als hätte er Zirkel und Winkelmaß dabei benutzt. Die Signalschüsse hier trieben uns zur Eile. Fort sind die Gäule, aber nicht weit, kalkulier' ich; sie aufzutreiben bedürfen wir nur 'ne Kleinigkeit Sonnenlicht – aber beim Allmächtigen! Wen haben wir hier?« und schneller legte er die letzte kurze Wegstrecke zurück. Ihm auf dem Fuße folgte Burdhill. Die übrigen Leute hatten sich auf den Weg begeben, die verjagten Tiere wieder einzufangen.

Perennis schritt den Eintreffenden entgegen, um sie auf den ihrer harrenden grausigen Anblick vorzubereiten, als Plenty, der unterdessen bei dem Schein des von Cristobal geschürten Feuers alle Anwesenden flüchtig gemustert hatte, wieder in die Worte ausbrach:

»Hallo, Mr. Hall, was in der Hölle Namen führt Sie mit einem ganzen Tross hierher? Kalkulier', sie haben Wind von dem Schatz von Quivira erhalten! Sollt' mich kaum überraschen, beanspruchten Sie ihn als Eigentum Ihrer allmächtigen Kirche!«

»Als das unveräußerliche Eigentum meiner Kirche,« hielt Hall für angemessen, durch eine gerade Antwort die von Plenty gestellte Frage der ihr beigelegten Lächerlichkeit zu berauben, »und zwar auf doppeltem Wege: Zunächst hörte der Schatz nie auf, Eigentum der Kirche zu sein, und ferner hat der verstorbene Rothweil vor seinem Ende, im Bewusstsein, menschlichen Irrtümern unterworfen gewesen zu sein, wie im Vertrauen auf die Heilsmittel seiner Religion, darauf bezügliche Schritte getan.

»Ei, das ist mir neu,« entgegnete Plenty heiter, doch lag gerade in dieser Heiterkeit der bitterste Hohn, »wir hätten uns also die wenig bequeme Reise sparen können. Verdammt, Mr. Rothweil, da bliebe Ihnen nichts weiter übrig, als auch Ihr Haus mit Allem, was drum und dran hängt, an die Herren abzutreten, kalkulier' ich.«

»Es sei denn, wir einigten uns,« schaltete Hall entgegenkommend ein, »und da möchte ich zunächst mir den Vorschlag erlauben, ohne Zeitverlust mit dem Freilegen des Goldes fortzufahren.«

»Natürlich, Mr. Hall,« spöttelt Plenty wieder, »aber wie denkt mein Freund Pedro Pino darüber? Hält der gute Gobernador nicht für ratsamer, die Sache jetzt auf sich beruhen zu lassen und später, wenn wir sicher sind, nicht gestört zu werden, den Versuch zu erneuern?«

In diesem Augenblick drängten Sculpin und Bunslow sich zwischen den Reitern hindurch. »Kalkulier', die möchten ebenfalls 'ne Hand auf den Schatz legen,« fuhr der berechnende Yankee sorglos fort, als er der beiden Pferdediebe ansichtig wurde. »Verdammt! Da wäre ja die ganze Gesellschaft beisammen, die von dem Burdhill beim Moro so zierlich belauscht wurde,« und durchdringend heftete er seinen Blick auf die wilde Bess, deren Haupt er über den Erdwall hinweg entdeckte, »gut Glück zu Dir Bess! Schade drum, dass Du kein vernünftiges Frauenzimmer geworden bist.«

»Unsere Tiere fordern wir zurück,« antwortete Sculpin trotzig, »Niemand hatte ein Recht, sie von da fortzunehmen, wo wir sie gepflöckt ließen.«

»Und Niemand denkt daran, sie Euch vorzuenthalten,« versetzte Hall, »allein einige Aufschlüsse möchtet Ihr zuvor dem Alkalden erteilen, zum Beispiel über das, was Ihr hier suchtet.«

»Nicht weniger und nicht mehr suchten wir, als Einer der hier Anwesenden,« erwiderte Sculpin herausfordernd.

»Auch ich möchte zuvor noch ein Wort mit Euch sprechen,« beteiligte Cristobal sich nunmehr an dem Gespräch, und es befand sich wohl Niemand im Kreise, der nicht aus seiner Stimme eine ernste Drohung herausgehört hätte.

»Und ich nicht minder,« fügte Burdhill hinzu, »ich möchte Näheres über den Apache erfahren, der auf einen unserer Leute einen Pfeil abschoss, und dafür von einem andern mit einer guten Kugel bezahlt wurde.«

Sculpin, der dem befremdet auf ihm ruhenden Blick Perennis', der ihn offenbar wiedererkannte, auszuweichen suchte, wollte eine seinen freien Abzug erwirkende Antwort erteilen, als des Gobernadors Stimme die Aufmerksamkeit Aller auf sich lenkte. Er hatte den Erdwall erstiegen, von welchem aus er die Köpfe der Reiter noch etwas überragte. Mit der linken Hand stützte er sich auf seine Büchse; in das mehr und mehr erglühende Morgenroth schauend, erhielt sein hageres Antlitz wieder jenen schwärmerischen Ausdruck, welcher ihn gewissermaßen als einen Anbeter des ewigen Lichtes und des feurigen Ostens kennzeichnete. Die Albino kauerte vor dem Feuer. Unter der Decke auf Ihrem Schoß lag das Pergamentleder mit der Bilderschrift. Mit der einen Hand ihre Augen beschattend, schürte sie mit der andern die Glut, auf welche Cristobal

mehrere Kloben morschen Zedernholzes geworfen hatte. Die ihr zuströ-
mende Wärme spielte mit dem weißen seidenähnlichen Haar. Noch zarter erschienen bei der doppelten Beleuchtung der Flammen und des an-
brechenden Tages der lieblich geformte Mund und das zierlich abgerun-
dete Kinn.

»Aus drei Richtungen sind hier Männer erschienen,« hob der Gobernador an, und beim ersten Ton seiner Stimme trat eine Stille ein, gegen
welche sogar das Knistern des brennenden Holzes scharf kontrastierte;
»von der Landstraße kamen Leute, welche kein Haus ihr eigen nennen.
Der eine erschlug eine weiße Frau und verblutete dann selber; einem anderen wurde für einen Pfeil eine Kugel zurückgegeben. Was wollten sie
hier? Sie haben es ausgesprochen. Sie wollten den Schatz von Quivira
mit fortnehmen. Wussten sie, wo er lag? Nein. Dann kamen Männer von
Santa Fé. Zwei trugen schwarze Röcke, die andern verstanden den Lasso
zu schwingen. Sie nannten das Gold von Quivira ihr Eigentum. Sie wollten es holen. Wussten sie, wo es lag? Nein! Es kam ein Mann übers große
Wasser. Gute Freunde begleiteten ihn hierher. Er suchte den Schatz von
Quivira. Wusste er, wo er verborgen war? Ja! In seiner Hand befindet
sich das Papier, aus welchem ein toter Kazike spricht. Ein Mann, der's
auf gute Art gewann, hat es ihm geschenkt, es ist sein Eigentum –«

»Das leugne ich,« fiel Hall zuversichtlich ein, »der niedergeschriebene
Wille jenes Mannes wurde hinfällig, sobald er sterbend sein Testament in
die Hände seines Beichtvaters niederlegte.«

»Darüber mögen wir später rechten, jetzt aber hat der gute Gobernador
das Wort,« versetzte Plenty in seiner beißend heiteren Weise, und er
weidete sich sichtbar an der sich in Perennis' Antlitz ausprägenden Verwirrung.

Und der Zuñi, die Unterbrechung nicht beachtend, fuhr fort:

»Zu dem sprechenden Papier gehören die Bilder, welche die Hand des
toten Kaziken malte. Eins ist ohne das Andere nichts wert; Beides zusammen dient dem richtigen Manne. Nur noch einen Weg brauchen wir
auszumessen und die Sonne bescheint nach ihrem Aufgange einen goldenen Berg –«

»Was säumen wir noch, alter Pedro?« nahm Hall einfallend im freundlichsten Schmeichelton das Wort, »lasst uns den Schatz aufdecken, damit

wir uns nicht vergeblich erhitzen. Und mehr noch: Der Erfolg stimmt milder und versöhnlicher.«

Der Gobernador sah durchdringender auf den Priester. Um seine schmalen Lippen zuckte ein Lächeln der Geringschätzung, und unverweilt nahm er seine Mitteilungen wieder auf:

»Vor vielen Wintern begab mein Vater sich mit einem Manne hierher, welcher dieselbe Schrift trug. Sie wollten den Schatz aus der Erde graben, allein es sollte nicht sein. Die Todten von Quivira, deren Gebeine heute an der Sonne bleichen, litten es nicht. Sie lenkten die Gedanken der Medizinfrau, die meinen Vater begleitete, dass sie zur Umkehr riet. Was die Väter meiner Väter bestimmten, lebt heute noch. Tod und Verderben trifft Jeden, der die vergrabenen Schätze fremden Augen zeigt. Noch einmal habe ich es versucht, Jemand auf die Spuren nach dem Golde zu führen. Nur noch ein Schritt, und es liegt offen. Soll ich den Schritt tun? Nein; denn die Geister der Toten in Quivira haben den Sinn Kohena's geleitet,« und würdevoll wies er auf die vor dem Feuer kauernde Albino, »was die Geister rieten, sie hat es zu mir gesprochen. Zwei tote Menschen liegen hier, ein Dritter nicht weit abwärts. Soll ich zusehen, wie die andern sich vor dem Golde von Quivira in Wölfe verwandeln? Nein, Kohena hat genug Blut gesehen. Soll ich dem richtigen Manne den Schatz zeigen? Nein. Erschlüge man ihn nicht auf dem Heimwege, so raubte man es ihm in der Stadt Santa Fé –«

»Unsinn, alter Bursche,« fiel Plenty achselzuckend ein, »wir sind Mannes genug, 'ne Schiffsladung Gold in der Stadt so gut zu verteidigen, wie auf der Landstraße, kalkulier' ich.«

»Schaffen wir den Schatz gemeinschaftlich nach Santa Fé,« suchte Hall, seiner Erregung kaum noch Herr, im versöhnlichsten Tone zu vermitteln, »ist er in Sicherheit, so mag ein richterlicher Spruch darüber entscheiden.«

»Ein Spruch, welcher der Kirche Alles gut schreibt, was sie mit ihren langen Fingern erreicht, kalkulier' ich,« höhnte Plenty grimmig, »nein, ehrwürdiger Vater, wir nehmen das Gold an uns, und Denjenigen will ich sehen, der's versucht, es uns abzustreiten. Ich kenne ein Mittel – hoho! ein unfehlbares Mittel,« und spöttisch lachte er über die Grube hin.

»Ich höre, wie Männer sich um Sachen streiten, welche ihre Augen nicht sehen,« nahm der Gobernador das Wort, »liegt das Gold vor ihnen, so fliegen die Messer in die Hände und die Büchsen an die Schultern, und mir fällt's zu, die Leichen mit dem Schatz auf ewig zu begraben. Nein, es soll nicht sein.« Er rief der Albino einige Worte in der Zuñi-Sprache zu. Diese zog das Pergamentleder hervor und legte es so auf die rote Glut, dass es fast augenblicklich zusammenschrumpfte und, flüchtig emporlodernd, in schwarze Asche zerfiel.

»Pedro! Reitet Euch der Teufel?« rief Plenty aus und er eilte auf die andere Seite des Erdaufwurfs um die Bilderschrift zu retten. Plötzlich aber taumelte er zurück. Über Manuels Leiche stolpernd, hatte er die tote Clementia erkannt, neben welcher die wilde Bess noch immer Wache hielt.

»Mord und Totschlag!« Das waren die einzigen Worte, welche er hervorzubringen vermochte. Dann erfolgte tiefe Stille. Erst nach einer Minute kam wieder Leben in die Versammlung. Nachdem Plenty das erste Entsetzen niedergekämpft hatte, trat der kalkulierende Yankee wieder in seine vollen Rechte ein. Er wähnte, dass der Gobernador in kluger Voraussicht den Kunstgriff nur angewendet habe, um den Priester zu täuschen, aber hinlänglich unterrichtet sei, um zu seiner Zeit von dem Kreuze aus die letzte Linie zu schlagen und zu vermessen.

»Wer das getan oder verschuldet hat, den möge eine Strafe treffen, wie er sie verdient,« sprach er ernst, und auf die tote Clementia weisend, richtete er seine Augen durchdringend auf Hall, »der Gobernador aber hat Recht; er räumt die Ursache aus dem Wege, welche diesen beiden Menschen das Leben kostete und vielleicht noch mehr Menschen das Leben kosten würde.«

Er kehrte sich dem Häuptling zu. Derselbe war verschwunden. Während alle Blicke an Plenty's Lippen hingen, war er unbemerkt in die Grube hinabgeglitten. Leises Knirschen lenkte die Aufmerksamkeit Aller auf ihn hin. Wer nicht zu Pferde saß, sprang nach dem ringförmigen Sandwall hinauf, und da sah man den alten Zuñi, wie derselbe die beiden Arme des Kreuzes ergriffen hatte und dieses, unter Aufbietung seiner äußersten Kräfte, bald nach rechts, bald nach links herumdrehte.

»Haltet ein!« rief Hall, von einer dunklen Ahnung beschlichen, leidenschaftlich aus, während Plenty in ein höhnisches Lachen ausbrach; denn er begriff, dass es schon nach der ersten Bewegung unmöglich geworden, eine Linie von unbestimmter, jedenfalls über fünfhundert Ellen hinausreichender Länge nach dem in der verbrannten Bilderschrift bezeichneten Ziel hinzuschlagen.

»Was beginnt Ihr?« frage auch Perennis bestürzt, und wollte in die Grube hinabsteigen, als es dumpf krachte, und der Gobernador, das Kreuz in den Händen, bis an die gegenüberliegende Uferwand zurücktaumelte. Einen prüfenden Blick warf er auf das von Rost zerfressene Eisen, welches tief unten abgebrochen war, und in einer Weise, dass, abgesehen von der Verschiebung des noch im Erdboden haftenden Teils, an ein Zusammenfügen der zerbröckelnden Bruchenden nicht mehr gedacht werden konnte. Dann schleuderte er das Kreuz nach dem Erdwall hinauf, dass es gerade vor Hall zu liegen kam.

»Da habt ihr den Wegweiser,« sprach er ruhig, »fragt das Kreuz, wo das Gold verborgen ist, und hört, was es antwortet.«

Nach dieser letzten Handlung, deren Bedeutung Keiner unterschätzte, schien Erstarrung sich Aller ermächtigt zu haben. Schweigend beobachtete man den Gobernador, wie er die Grube verließ und wieder neben die Albino hintrat. Diese erhob sich. Einige Worte sprach sie zu ihrem Großvater. Dieser warf die Büchse auf die Schulter, ergriff Kohena's Hand und entfernte sich mit ihr in der Richtung nach dem Lager. Stumm und noch immer unter dem vollen Eindruck des Gedankens, dass mit einem einzigen Schlage die Nutznießung eines ihnen unermesslich erscheinenden Schatzes den Menschen auf unberechenbare Zeiten verloren gegangen, blickten Alle dem Häuptling nach. Eine eigentümliche Würde umfloss die lange, hagere Gestalt, indem sie mit dem schlanken, leichtfüßigen Mädchen dem flammenden Osten zuschritt.

Da weckte das Poltern und Stampfen mehrerer Pferde die Gesellschaft aus ihrem Brüten. Als man sich nach dem Geräusch umsah, erblickte man Sculpin und Bunslow in voller Jagd das Weite suchend. Es war ihnen gelungen, durch Zerschneiden der Zügel ihre Pferde zu befreien. Vielleicht hatte auch der Eine oder der Andere, ihre Feindschaft fürchtend, ihnen ein Tier unbemerkt frei gegeben.

»Lasst sie laufen,« rief Plenty aus, und er erschien sorgloser, denn je zuvor, »dem Galgen entlaufen sie schwerlich; hier aber sind wir wohl fertig, kalkulier' ich, und sich Perennis zukehrend, fügte er hinzu: »hab's immer für Unsinn gehalten und geschah's nicht meinem alten Nachbarn zu Liebe, hätten keine zehn Lokomotiven mich hierhergeschleppt.«

»Sie sind verantwortlich für Alles,« brachte Hall mühsam hervor.

»Will's gern verantworten,« erwiderte Plenty grinsend. Ein Schatten glitt über sein knochiges Antlitz, als sein Blick Clementia streifte, »doch hier gibt's andere Arbeit für Sie, und er wies auf die Tote, »viel Säumens ist in dieser dürren Einöde nicht, kalkulier' ich, und da schlage ich vor, wir begeben uns ans Werk, Jemand die letzte Ehre zu erweisen, der wohl ein besseres Loos verdient hätte.«

Er fühlte seine Hand ergriffen. Als er sich umkehrte, sah er in das durch die Schnittwunde entstellte Antlitz Cristobals. Unbeschreiblich düster blickte der junge Mann.

»Die Heiligen mögen es ihnen vergelten,« sprach er rau, »meine Schwester ist sie immer geblieben, was auch vorgefallen sein mag. Haben Sie eine Stelle für mich zur ehrlichen Arbeit, so lassen Sie mich mit Ihnen ziehen. Ich hab's satt hier herum.«

»'nen Platz, Obdach und Brot,« versetzte Plenty ernst, »wer bei mir seine Schuldigkeit tut, findet keine Ursache, es zu bereuen, kalkulier' ich.« Er nickte Perennis spöttisch zu, und dann zu Burdhill: »es ist hell genug, um die Gäule zu sammeln, oder wir erleben, dass die beiden entsprungenen Schufte noch einige mitgehen heißen.«

Nachdem Burdhill sich entfernt hatte, kehrte er sich der toten Clementia wieder zu. Die wilde Bess kauerte so regungslos neben ihr, als sei ihr Leben ebenfalls entflohen gewesen.

»Hallo, Bess,« redete er sie rau an, »für 'nen Menschen, der's ehrlich meint, ist's zur Umkehr nie zu spät. Auch für Dich findet sich in meinem Hausstande noch Gelegenheit, Dich nützlich zu machen. Bist 'ne handfeste Person, und mir immerhin lieber, als Jemand, der mit Gottes Wort um sich wirft und hinterher den Leuten die Kehle zuschnürt.«

Bess blickte zu ihm auf. Zwei große Tränen rollten über ihre gebräunten Wangen. Sie sagten mehr, als sie mit der ganzen Beredsamkeit Halls hätte ausdrücken können.

Perennis aber sah auf Plenty, als hätte er seinen Sinnen nicht getraut. Bewunderte er an dem stets berechnenden und spekulierenden Yankee die Gleichgültigkeit, mit welcher er den Verlust des fast in den Bereich ihrer Hände gerückten Schatzes beurteilte, so setzte ihn geradezu in Erstaunen die Menschenfreundlichkeit, die in einem Herzen wohnte, welches er bisher für verknöchert gehalten hatte. Er konnte es nicht fassen, und doch war Täuschung unmöglich.

Was Hall empfand, nicht der aufmerksamste Beobachter hätte es aus seinen Zügen herausgelesen. Der feierliche Ernst seiner Haltung verbarg, dass selbst in diesem Augenblick seine Berechnungen weit über die Grenzen der Gegenwart hinausreichten. Mit demselben feierlichen Wesen forderte er seine Begleitung auf, abzusitzen und zur Bestattung der Toten zu schreiten.

Behutsam wurde sie in der tiefen Gruft auf frisch gebrochene Zedernreiser gelegt und mit solchen bedeckt. Dann trat Hall in die Rolle des Seelsorgers ein. Er verstand es, seine Zuhörer zu fesseln. Was auch immer ihm sonst zur Last gelegt werden konnte: Das Gebet, welches er heute für eine reuig Gestorbene über die offene Grube hinsprach, es fand seinen Weg bis vor den Thron des Allmächtigen.

»Amen,« schloss er seine Grabrede. »Amen,« wiederholten alle Zuhörer. Als habe sie nur auf dieses Signal gewartet, sandte die Sonne hinter den östlichen Höhen hervor ihre ersten Strahlen herüber. Blendender Glanz überströmte die falbe Wüste und die graue Trümmerstadt. Dann begannen die Arme sich zu regen. Eine Viertelstunde Arbeit, und über der Gruft wölbte sich ein Sandhügel. Unterhalb desselben schützte eine Lage Steine die Tote gegen die Angriffe der wilden Bestien. Das verrostete Kreuz wurde zu Häupten des Hügels aufgestellt.

Den erschossenen Mörder scharrte man weiter abwärts in den Sand ein. Auch ihm wurde ein Gebet gesprochen; aber so teilnahmslos klang es, so kalt und handwerksmäßig, dass man ihm nicht viel Aufmerksamkeit schenkte. Liegt es doch in der Natur des Menschen, der Gottheit vorzugreifen und schon auf Erden zu richten. –

Und nun hatte man bei den Ruinen in der Tat nichts mehr zu suchen. Plenty's Tiere waren wieder im Lager zusammengetrieben worden. Obwohl die beiden Gesellschaften dasselbe Reiseziel hatten, zog man doch vor, sich gegenseitig zu meiden. Bevor man sich trennte, bat Plenty den Priester um eine kurze Unterredung. Sie gingen abseits, und längere Zeit dauerte es, bis jeder wieder zu seinen Gefährten zurückkehrte. Plenty schaute sorglos, sogar mit spöttischer Heiterkeit darein. An dem Priester wollte Perennis dagegen entdecken, dass er etwas bleicher geworden und die Lippen fest aufeinander presste. Plenty's letztes Wort war gewe-

sen: »Versuchen Sie es mit Ihren Ansprüchen. An vierundsechszig-
tausend Dollars sind's, die ich noch in Händen halte, und das Haus ist
unter Brüdern seine sechstausend Dollars wert.«

Mit einem kurzen »Adios« begab Hall sich an die Spitze seines Zuges.
Plenty sah den Davonreitenden ein Weilchen nach. Auf seinem knochigen Antlitz arbeitete es, als hätten heiterer Spott und grimmige Verachtung auf demselben im Kampfe mit einander gelegen.

»Der kommt nicht wieder,« sprach er vor sich hin. Dann kehrte er sich
Perennis zu, welcher sich nur schwerfällig unter den Eindrücken der
jüngsten Ereignisse hervor zu arbeiten vermochte.

»Hallo, lassen Sie den Kopf nicht hängen,« rief er aus, indem er ihm
freundschaftlich auf die Schulter schlug, »ich hab's immer behauptet, die
Angelegenheit mit dem Schatz sei Humbug. Ich versprach's meinem guten Nachbarn, sonst wär's mir nie eingefallen, nach demselben suchen zu
helfen. Sie aber haben nunmehr die Pflichten der Pietät trotz aller Hindernisse erfüllt, und es kann Sie kein Vorwurf mehr treffen, kalkulier'
ich. Zum Henker mit allem Golde, das wir schließlich nimmer gefunden
hätten. Bilden Sie sich ein, Sie hätten in 'nen leeren Keller geschaut, anstatt in das Sandloch, und Sie sind ebenso klug. Noch einmal, zum Henker mit allen Schatzgräbereien. In fester Arbeit und feiner Spekulation
liegt die eigentliche Quelle des Reichtums, das lernte ich schon damals,
als ich noch als Zeitungsjunge um 'nen Cent 'ne halbe Stunde trabte.
Auch mein guter Nachbar war trotz seiner Narrheiten nicht ganz blind
dafür, kalkulier' ich.«

Perennis sah in Plenty's Augen, wie nach einer Lösung für dessen rätselhafte Andeutungen suchend. Doch das knochige Yankee-Gesicht war
verschlossener, denn je zuvor. Weder die Merkmale friedlicher, milder
Regungen, noch die gehässiger waren auf demselben bemerkbar.

»Mit Rücksicht auf den fraglichen Schatz bekenne ich mich zu Ihrem
Glauben,« sprach er nach kurzem Sinnen, »erblühte mir aber kein mate-
rieller Gewinn, so werde ich doch oft und gern an diese Tage meines
Reiselebens zurückdenken. Freundliche und wehmütige Erinnerungen
weben sich durcheinander; die einen können nicht ohne die anderen
sein,« und auf den Hügel weisend, fügte er ernster hinzu: »Ich kann es
nicht fassen, dass sie, dieses Bild üppiger Lebenskraft, so still da unten
liegt.«

»Feine Grundsätze,« versetzte Plenty mit seinem tonlosesten Lachen, »wer sich so über Verluste zu trösten weiß, in dem steckt ein gutes Stück von 'nem Spekulanten. Und die da unten im Sande? Nun, wir wollen nicht klagen. Die Vorsehung kann sich nicht, wie 'n Kleinkrämer, um jede einzelne Person kümmern. Geschah's aber, dann möchte man versucht sein, ihr die Gerechtigkeit abzusprechen. Zum Henker!« und die beiden Mundwinkel neigten sich bedenklich nach unten, während das eine Auge sich schloss, »die Clementia sah ich heute nicht zum ersten Mal – in einer anderen Umgebung wäre was Besseres draus geworden, kalkulier' ich. Vielleicht ist sie jetzt am glücklichsten.«

»Arme Clementia,« sprach Perennis träumerisch vor sich hin. Plenty beobachtete ihn scharf, sogar argwöhnisch, als hätte er sich mit den Bildern vertraut machen wollen, welche ihm vorschwebten.

»Dem guten Gobernador wird die Zeit lang werden,« unterbrach er Perennis' Ideengang, »und wollen wir nicht trotten, wie 'n reiselustiger, halb verhungerter Coyote, gebrauchen wir 'ne gute Viertelstunde, um hinüberzukommen.«

Er winkte Cristobal und der wilden Bess, die auf einigen Mauertrümmern saßen und, die traurigen Blicke auf das verrostete Grabkreuz gerichtet, hin und wieder eine kurze Bemerkung austauschten.

»Wem gehören die beiden Gäule da drüben zwischen dem Gemäuer?« fragte er.

»Der eine mir, den andern hat meine Schwester von Santa Fé bis hierher geritten,« antwortete Cristobal, ein gutes Pferd obenein, oder es hätte es nicht geleistet.«

»So mag die Bess es besteigen,« gebot Plenty, »reitet nach dem Lager hinüber und bestellt, man möchte etwas von 'ner Mahlzeit für uns bereit halten. Je eher fort aus dieser Gegend, umso besser für Menschen und Vieh, kalkulier' ich.«

Eine Stunde später verließ die kleine Karawane die mit dürftigem Gras bewachsene Talsenkung. Den Apache hatte man eingescharrt und menschenfreundlich einige Felsblöcke auf sein Grab gewälzt, den Wölfen zum Hohn, welche einzeln und paarweise die Lagerstätte umkreisten. Um die Mittagszeit warfen die Reisenden von einer Anhöhe aus den letzten Blick auf die in der hohen Sonnenglut scheinbar zitternde Kirche von Quivira, das Einzige was dem Auge von der Ruinenstadt noch erreichbar.

Achtundzwanzigstes Kapitel.

Philosophie eines Yankee.

Gemächlich einherwandernd, traf Plenty's Gesellschaft am fünften Tage nach dem Aufbruch von Quivira in der Nachbarschaft von Santa Fé ein. Der Zuñi-Gobernador hatte sich tags zuvor mit seiner Enkelin westlich gewendet. Der Umstand, die letzten Mittel vernichtet zu haben, durch welche er selbst oder seine Nachkommen zu einem abermaligen Besuch der Ruinenstadt hätten veranlasst werden können, schien ihn heiter gestimmt zu haben. Bei ihm befand sich Gill. Seine Habe war durch zwei Pferde vermehrt worden, welche Plenty und Perennis ihm schenkten.

Angesichts der Stadt Santa Fé gesellte ein Bekannter Plenty's, von einem Ausfluge heimkehrend, sich zu diesem. Die Geschäftsangelegenheiten, welche die Beiden eifrig verhandelten, bewogen Perennis und Burdhill, eine Strecke hinter ihnen zurückzubleiben. Schweigend ritten die jungen Leute nebeneinander her. Sie hatten sich Jeder seinen besonderen Betrachtungen hingegeben, welche am wenigsten den Charakter sorglosen Errichtens von Luftschlössern trugen. Mehrfach, wenn er glaubte, es unbemerkt tun zu dürfen, betrachtete Burdhill den träumerisch vor sich niederschauenden Gefährten von der Seite. Eine Frage schwebte ihm auf den Lippen; doch wie sich scheuend, seine Gedanken zu offenbaren, sah er jedes Mal wieder in eine andere Richtung.

Perennis bemerkte es nicht. Im Geiste weilte er bereits in Santa Fé in seinem Hause, vernahm er den Gruß seiner lieblichen Nachbarin, folgte er ihr nach in die kühlen, gastlichen Räume ihres väterlichen Hauses. Seine Sehnsucht wuchs in demselben Maße, in welchem die Erinnerung an sein fernes Heimatland, an den Karmeliterhof und dessen Bewohner erbleichte. War doch nichts geschehen, was das Andenken hätte neu beleben können. Keinen einzigen Brief hatte er von dort erhalten. Und doch versprach Lucretia so heilig, ihm zu schreiben, ihm von Station zu Station treue Kunde nachzusenden. Und dabei schauten ihre klaren, redlichen Augen so ernst, und bat sie ihn so innig mit Wort und Blick, sie nicht zu vergessen. Und nun war er selber vergessen. Wenn er bei seiner Ankunft in Santa Fé keine Nachricht vorfand, was sollte er dann noch in der Heimat? Konnte er da, wo sein Onkel so lange lebte und sich zufrieden fühlte, nicht ebenfalls sich nützlich machen? Und dann die Nachbarschaft – seine Gedanken stockten. Holde Bilder umgaukelten ihn. Süße Stimmen vibrierten in seinem Herzen. Wie sie ihm die Arme entgegenstreckte, die liebliche Eliza – war es Eliza? War es nicht Lucretia, dieses liebe Engelsantlitz? Eliza hatte er seit Wochen nicht gesehen; kein Wunder, dass ihre Züge mit dem der ihr in mancher Beziehung ähnlichen Lucretia ineinander verschwammen, die jugendliche Verwandte sich immer wieder in seinen geistigen Gesichtskreis eindrängte.

»Wir haben lange genug für einen Mann gestanden, um Freunde zu werden,« störte Burdhill ihn plötzlich aus seinen Träumen, und sich ihm zukehrend, meinte er einen eigentümlichen Ausdruck der Befangenheit in dem männlich kühnen Antlitz zu entdecken.

»Gewiss sind wir Freunde geworden,« bekräftigte Perennis, indem er dem Gefährten treuherzig die Hand reichte; »so gute Freunde, dass wir auch fernerhin für einen Mann stehen werden. Denn ich müsste mich sehr über mich selber täuschen, fühlte ich noch viel Neigung, in meine Heimat zurückzukehren, wo man mich vergessen zu haben scheint.«

»So hätten Sie kaum Lust, Ihr Haus mir käuflich zu überlassen?« fuhr Burdhill zögernd fort, jedoch in Perennis' Antlitz Erstaunen entdeckend, fügte er mit wachsender Befangenheit hinzu: »Das heißt, ich möchte Sie nicht dazu überreden – ich meine nur, wenn Sie überhaupt Ihres Hauses sich entäußern wollen, zahle ich Ihnen mehr dafür, als jeder andere. Sind Sie mit sechstausend Dollars nicht zufrieden, so gebe ich auch mehr.«

Perennis vermochte ein Lächeln nicht zu unterdrücken. Zu schroff war der Kontrast zwischen seinem bisherigen Ideengange und der Aufforderung zu einer geschäftlichen Verhandlung.

»Plenty bot mir fünfzehnhundert,« versetzte er gutmütig spottend.

»Wer weiß, was er bezweckte,« erwiderte Burdhill, »er hat seine eigene Art, und viele Menschen gibt es nicht, die ihn richtig beurteilen. Doch bestimmen Sie den Preis, ich gestehe offen, mir ist daran gelegen, zu einem festen Eigentum zu kommen.«

»So plötzlich?« fragte Perennis verwundert.

»Nicht so plötzlich,« hieß es zurück, »seit Jahresfrist gehe ich mit solchen Gedanken um, und schon früher hätte ich mit Ihnen darüber gesprochen, allein eine unerklärliche, ich möchte sagen, kindische Scheu hielt mich ab. War ich aber einmal entschlossen, so fehlte mir wieder die Gelegenheit. Jetzt hingegen, da Santa Fé vor uns liegt, muss es herunter von meinem Herzen; und standen wir bisher für einen Mann, so darf ich wohl versuchen, in einer ernsten Sache Ihre Freundschaft für mich in Anspruch zu nehmen.«

Perennis, wie von einer trüben Ahnung beschlichen, fühlte das Blut kälter durch seine Adern rieseln. Es kostet ihn Mühe, seine heitere Ruhe zu bewahren, indem er antwortete:

»Mit Freuden sage ich Ihnen meine Dienste zu; denn Unmögliches werden Sie nicht von mir verlangen.«

»Nichts Unmögliches, sondern nur ein Wort zu meinen Gunsten. Es ist ein Geheimnis. Sie besitzen Plenty's Vertrauen in einem höheren Grade, als irgend ein anderer Mensch sich rühmen kann. Zaghaftigkeit liegt mir sonst fern, allein in dieser Angelegenheit bin ich ein Kind geworden.«

Perennis sah zwischen den Ohren seines Pferdes hindurch. Er bemühte sich, wenigstens äußerlich seinen Gleichmut zu bewahren. Hätte Burdhill indessen nicht so viel mit sich selbst zu tun gehabt, so würde ihm schwerlich entgangen sein, dass er die Farbe wechselte und seine Faust sich etwas fester um die Zügel schloss.

»Für wen möchte ich freudiger eintreten, als für einen treuen Reisegefährten?« bemerkte er, wie seine Worte von den grauen Kirchtürmen der Stadt ablesend.

»Wohlan denn, Mr. Rothweil, ich führe nun schon seit acht Jahren Plenty's Handelskarawane zwischen dem Missouri und Santa Fé hin und her; und wenn ich als armer Bursche anfing, so habe ich mir im Lauf der Zeit doch eine hübsche Summe erspart und durch glückliche Spekulationen vergrößert. Ursprünglich zum Advokaten bestimmt, gefiel mir das Leben im Freien besser. Ich sagte daher den Kollegien Lebewohl, und bis heute habe ich es nicht bereut. Als ich vor acht Jahren – ich zählte damals kaum zwanzig – zum ersten Mal nach Santa Fé kam, war Plenty's Tochter noch ein Kind. Doch schon damals hatte ich meine Freude an ihr, und diese Hinneigung zu dem lieben Kinde wuchs mit jedem Male, dass ich nach halbjähriger Abwesenheit vom Missouri hierher zurückkehrte. Auch Ihren Onkel begleitete ich vielfach, und kurz, wie solche Reisen nur waren, meinte ich doch nach jeder Heimkehr, dass Eliza doppelt so lieblich erblüht sei. Mein Anliegen an Sie erraten Sie gewiss, und was ich selbst nicht über mich gewinne, kann Ihnen nicht schwer werden, mit einigen Worten bei Plenty einzuleiten.«

»Das ist ja prachtvoll,« versetzte Perennis, aber der Ton seiner Stimme strafte seine Worte Lügen, »nur Eins wäre zuvor zu erwägen – ich meine – nun – wie Miss Eliza –«

»Wir sind eines Herzens und einer Seele,« fiel Burdhill begeistert ein, und es schwand die letzte Spur von Befangenheit aus seinem Wesen, »schon vor Jahresfrist tauschten wir das Gelöbnis, und zwei Reisen legte ich seitdem zurück und jedes Mal mit der Hoffnung, dass bei meiner Heimkehr Eliza ihrem Vater ihr Herz geöffnet haben würde, so war es wenigstens zwischen uns verabredet, allein auch ihr hatte der Muth gefehlt. Sie ist eine zu treue Tochter; sie fürchtet den Eindruck, welchen ihr Vorschlag der Trennung von ihm unausbleiblich auf ihn ausüben würde. Und er hat sich in der Tat so sehr an sie gewöhnt; es ist ja kein Wunder, dass er ohne sie ein elender Mann wäre. Ich gebe ihr Recht. Ihre Bedenken sind aber die meinigen geworden. Ihr zu Liebe möchte ich Plenty nicht aus seiner glücklichen Ruhe reißen, indem ich ihn aufforderte, mir sein teuerstes Gut zu überlassen. Anders gestaltet es sich dagegen, nachdem ich sein Nachbar geworden bin. Eine eigentliche Trennung findet dann nicht statt, und erläutern Sie ihm die Sachlage ein wenig, möchte es ihm vielleicht nicht so schwer werden, auf unsere Wünsche einzugehen.«

»Weiß Miss Eliza um Ihre Absicht, mich mit in das Geheimnis zu ziehen?«

»Sie weiß es nicht. Noch weniger ahnt sie, dass ich den Plan hege, Ihnen das Haus abzukaufen. Sprach sie doch offen ihre Genugtuung darüber aus, in Ihnen wieder einen freundlichen Nachbarn gewonnen zu haben. Aber ich bin überzeugt, mit Tränen des Glücks in ihren lieben Augen würde sie Ihnen danken –«

»Wenn ihr neuer Nachbar sich entschlösse, so schnell als möglich das Feld zu räumen,« fiel Perennis lachend ein, aber in seinem Lachen offenbarte sich eine so tiefe Bitterkeit, dass Burdhill ihn befremdet von der Seite betrachtete, dann aber begütigend sprach:

»Ich hoffe, es liegt nichts Beleidigendes in meinem Anliegen, von welchem ich nicht einmal weiß, ob Eliza es billigt. Ein anderes ist es dagegen, wenn Tatsachen sprechen. Das Bedauern über den Verlust eines lieb gewonnenen Nachbarn, und dass Eliza Sie lieb gewann, weiß ich aus ihrem eigenen Munde, würde gleichsam übertäubt durch die glückliche Zukunft, welche sich vor uns eröffnete. Und endlich Sie selbst, Mr. Rothweil, der Sie stets mit so viel aufrichtiger Verehrung, sogar herzlicher Zuneigung von Eliza sprachen, würde es Ihnen selbst nicht eine innere Befriedigung gewähren, läsen sie in ihrem lieben Augen nur Glück und Freude, und dürften Sie sich sagen, durch Ihren Entschluss das Glück des treuen Kindes vervollständigt zu haben?«

Hei, wie solche, von blindem Egoismus getragene Worte zweischneidigen Messern ähnlich in Perennis' Brust wühlten, er die Zähne so fest aufeinander presste, seine Augen so starr geradeaus schauten, um das zu verheimlichen, was ihn förmlich vernichtend bewegte! Den Schatz von Quivira, von welchem ihn anscheinend nur noch ein Schritt trennte, hatte er verloren, ohne dadurch auch nur eine Probe seiner Jugendheiterkeit einzubüßen. Doch was war das sagenhafte Gold, und hätte sein Werth nach Millionen berechnet werden müssen, im Vergleich mit dem kostbaren Schatz, nach welchem zu streben schon allein ihm als ein Glück erschien, und der nun ebenfalls seinem Gesichtskreise entrückt werden sollte! Als vereinsamter Fremdling und mittellos war er in Santa Fé eingezogen, um ebenso mittellos in seine Heimat zurückzukehren. Hier wie dort war er Zeuge fremden Glückes gewesen; hier wie dort musste er anderen überlassen, woran sein eigenes Herz sich so gern gehangen hätte. Und wiederum lachte er herbe, sogar gehässig in den hellen Sonnenschein hinaus, dass es den treuherzigen Burdhill aufs Neue peinlich berührte.

»Erstaunen Sie nicht über meine verzweifelte Laune,« kehrt er sich diesem zu, denn er fühlte, dass er ihm eine Erklärung seines seltsamen Benehmens schuldete, »aber ist's nicht zum Verzweifeln, dass, nachdem ich kaum ein winziges Stückchen Erde mein Eigentum nannte, ich schon wieder gezwungen werde, die Landstraßen als meine Heimat zu betrachten? Auch in meinem Vaterlande besitze ich ein Haus, wenn auch mit wenig mehr als einem Scheinanrecht; aber wunderliche Menschen wohnen in demselben, Eulen und Fledermäuse. Hahaha! Hier wie dort ein eigenes Haus, und doch keine Heimat –«

»Ich nehme meine Bitte zurück,« unterbrach Burdhill ihn ängstlich, »ich konnte nicht ahnen, dass ich mit derselben eine wunde Stelle berührte. Nein, um den Preis, Sie unzufrieden zu wissen, könnte ich meinen Herd nicht da begründen, von wo ich meinen Freund verdrängte. Es mag sich auf der anderen Seite von Plenty's Besitztum vielleicht eine Gelegenheit bieten, wenn auch keine so günstige; und dann dieses behagliche Zusammenleben der Nachbarn –«

»Und der tägliche Anblick Ihres und der guten Eliza Glücks,« versetzte Perennis gefasster, und sich selbst marternd, fügte er hinzu: »wahrhaftig, Sie verstehen es, Bilder zu malen, vor welchen man ewig weilen möchte; in der Tat, ein schönes Bild, ein reizvolles Idyll; aber trotz der freundlichen Gesinnungen für den guten Nachbarn, würde der Gedanke bei Ihnen fortleben: ›Wenn wir auf der anderen Seite wohnten –‹«

»Uns allen tun Sie Unrecht,« fiel Burdhill überzeugend ein, »Sie urteilen grausam –«

»Ich urteile, dass wir Alle Menschen und daher menschlichen Regungen unterworfen sind,« fuhr Perennis fort, »und gerade das bestimmt mich, Ihren Vorschlag eingehend zu prüfen und zu überlegen –«

»Und ohne Bitterkeit?« fragte Burdhill hastig, indem er dem Gefährten die Hand reichte.

»Ohne Bitterkeit,« bestätigte Perennis, die gebotene Hand kräftig drückend, »dagegen mit herzlicher Teilnahme für meine liebliche Nachbarin, diesen freundlichen Hausgeist, dem es zuerst gelang, mich mit der fremdartigen Umgebung des Westens auszusöhnen, aber deren Nachbar ich nun wohl die längste Zeit gewesen bin –«

»Um bis zum letzten Atemzuge unser verehrter und lieber Freund zu bleiben.«

»Das klingt verlockend. Doch bin ich nicht mehr an die Scholle gebunden, dann, fürchte ich, werden sich bald genug wieder Länder und Meere zwischen uns drängen. Aber fort mit diesen Bildern! Lassen wir vorläufig die Hoffnung obenan stehen, dass ich mich bald an Ihrem beiderseitigen Glücke weide. Und glücklich werden müssen Sie, denn der Segen meines alten Onkels wohnt in dem Hause und wird sich Jedem fühlbar machen, der in demselben seinen Herd begründet.«

»Und wird Jeden begleiten, der aus demselben fortging, und hoffentlich nicht so weit, dass er unserem Gesichtskreise entschwand,« versetzte Burdhill mit dem ganzen Egoismus eines von goldigen Liebesträumen Umfangenen.

»Nur so lange noch möchte ich Plenty's Nachbar bleiben, bis ich über die Altertümer verfügte,« bemerkte Perennis erzwungen sorglos. Dann spornte er sein Pferd, dass es sich erschreckt emporbäumte, und im scharfen Trabe ging es auf die Stadt zu. Gleich darauf befanden sie sich in Plenty's und dessen Geschäftsfreundes Gesellschaft. Unbekümmert, ob er die beiden Herren in ihrem Gespräch störte, warf er eine heitere Bemerkung dazwischen. Ein Wort gab das andere, und wer, vertraut mit dem Zweck, zu welchem die Reiter vor vier oder fünf Wochen auszogen, denselben heute begegnet wäre, der hätte kaum bezweifelt, dass der langsamer nachfolgende Train den ganzen Schatz von Quivira mit sich führte. Plenty erkannte seinen jungen Nachbarn kaum wieder, so gut gelaunt erschien er ihm, so bereit war er, gegen seine frühere Gewohnheit, an jedes leicht hingeworfene Wort irgend eine scherzhaft Bemerkung zu knüpfen.

So ritten sie durch die Stadt; und als sie endlich auf dem Marktplatz eintrafen, begrüßte Perennis jubelnd sein Haus, begrüßte er jubelnd die liebliche Eliza, welche sie unter der Veranda empfing, Alle mit gleicher Herzlichkeit willkommen hieß, Allen das gleiche Lächeln spendete.

»Auch Ihr Haus entbehrte nicht der Aufsicht und ordnender Hände,« sprach sie zu Perennis, bevor dieser sich in seine Wohnung zurückzog. Dabei lachte sie holdselig, sogar mit einem Anfluge von Mutwillen, als hätte sie längst gewusst, dass der Schatz von Quivira auch fernerhin nur noch eine Sage im Volksmunde bleiben würde. Perennis dankte ebenso herzlich und heiter für die freundliche Fürsorge. Seit einer Stunde war er scharfsichtiger geworden. Wollte er in dem offenen Wesen Eliza's doch nur jene bezaubernde Zutraulichkeit entdecken, wie sie von dem heranwachsenden lieblichen Kinde seinem verstorbenen Onkel vielleicht entgegengetragen wurde; und er selbst war ja dessen Erbe.

»Den Abend verbringen Sie bei uns,« bedeutete Plenty ihn so gleichmütig und kalt, dass Perennis zögerte, die Einladung anzunehmen, »aber übereilen Sie sich nicht. Ich werde Sie abholen.«

Perennis wollte mit Burdhill einen Gruß, wohl auch einen Blick des Einverständnisses wechseln, allein derselbe war in Erfüllung seiner Obliegenheiten mit Menschen und Tieren in dem Nebengebäude verschwunden. Statt dessen traf sein Blick in das erhaben lächelnde Antlitz des schwarzen Majordomo, der sich ehrerbietig verneigte und das, was Andere vielleicht in Worte gekleidet hätten, durch das eigentümliche Rollen seiner gewaltigen Augäpfel zu offenbaren suchte. –

Noch trafen die Strahlen der niedrig stehenden Sonne die flachen Dächer der Stadt, da saß Perennis an dem Schreibtisch in dem Arbeitszimmer seines verstorbenen Onkels. Vor ihm lagen geordnet die Scherben des zertrümmerten Götzen und die langen Register der Altertümer. Sinnend betrachtete er die beiden zähnefletschenden Fratzengesichter des Ungetüms.

Wie hatte sich Alles geändert seit dem Tage, an welchem er in sein Erbe einzog und aus dem Innern des seltsamen Gebildes das Gold und Schätze verheißende Schriftstück ihm entgegenfiel. Damals erschien ihm dessen Inhalt als der Ausfluss einer krankhaften Phantasie; und als schließlich der Traum zerfloss, glaubte er dennoch einen unberechenbaren Verlust erlitten zu haben. An jenem Tage war auch Clementia gekommen, jene verführerische Circe. Sie begrüßte ihn in eines Anderen Auftrage, und als sie den Verrat bereute, musste sie denselben durch ihren Tod sühnen.

»Arme Clementia,« dachte er halblaut, »wie waren die Blicke ihrer exotischen Augen doch so sengend heiß, ihre Lippen so warm,« und jetzt, nur wenige Wochen später, lag sie kalt und starr in abgeschiedener Wüste. Wie erschien ihm sein Haus so groß, so öde und leer! Als Rettung aus endlosen Wirren betrachtete er, in Burdhill jemand gefunden zu haben, der ihn von der Last des Grundbesitzes befreite, dass er wieder hinausschweifen konnte in die weite Welt, nicht länger an diesem oder jenem Orte zu weilen brauchte, als seine Laune es ihm eingab. In seinem Hause mochte Eliza für einen anderen schalten und walten als getreue Gattin, als umsichtige Gehülfin – tiefer neigte er sein Haupt. So wehe wurde ihm ums Herz, so vereinsamt fühlte er sich in der Fremde, so namenlos elend, als hätte er sich nie wieder zu regem Schaffen und Streben emporraffen können. Nach der Heimat sehnte er sich auf der andern Seite des Ozeans, nach dem Karmeliterhofe, nach Allen, die er dort kennen lernte, mochten sie immerhin seiner nicht mehr gedenken. Und Lucretia, die sich so vertrauensvoll, so zärtlich an ihn anschmiegte, ihm so kindlich treuherzig in die Augen schaute! Ihm war, als hätte er zu ihr eilen, sie in seine Arme nehmen, das Haupt auf ihre Schulter legen und ihr Alles klagen müssen, was er seit der Trennung von ihr erlebte und erfuhr. Von der toten Clementia wollte er ihr erzählen und von seiner holdseligen Nachbarin; von den glücklichen Träumen, welche in seinem Verkehr mit ihr entstanden, von der herben Täuschung, die darauf folgte, von der verzweifelten Anstrengung, welche es ihn kostete, das zu verheimlichen, was Niemand ahnte oder worüber er sich selbst erst dann klar geworden, nachdem ihm die Unmöglichkeit der Verwirklichung seiner jungen Hoffnungen vor Augen geführt worden.

Weiter grübelte und sann er, während draußen die Schatten sich verlängerten, die rötlichen Sonnenstrahlen leise von den Dächern fortglitten und schließlich nur noch an den Kirchtürmen hafteten. Vor seinen geistigen Blicken verkörperte sich gleichsam die holde Bewohnerin des Karmeliterhofes; er fühlte den Druck ihrer kleinen, zarten Hand, hörte ihre herzige Stimme, indem sie ihn liebevoll zu trösten suchte, indem sie derjenigen grollte, welche sie als die Ursache seines Trübsinns betrachtete, indem sie ihm vorhielt, dass er sie noch habe und sie ihm seinen Kummer schwesterlich tragen helfen wolle. Um ihn herum aber schwebte, wie ein Psyche mit duftigem Flügelpaar, jenes rätselhafte Wesen, welches er bei der Marquise belauschte, schritt barfuß im heißen Staube der unstete Irrwisch mit dem trotzigen Blick und dem glockenhellen, mutwilligen Lachen, als ob es zwei voneinander getrennte Personen gewesen wären. Doch ein Anderer tauchte noch vor ihm auf, ein Mann mit eigentümlichen Amphibienaugen und bedächtig geregelten Worten, dass er sich von ihm angewidert fühlte; trotzdem musste er ihm nur Gutes wünschen, Gutes um der getreuen Lucretia willen. Auch seine Stimme glaubte er zu hören indem er sich zum Gruß höflich verneigte und um die Ehre bat, ihn als Verwandten anreden zu dürfen.

Da knarrte hinter ihm eine Tür. Verstört kehrt er sich nach dem Geräusch um, und er bemerkte zu seinem Erstaunen, wie das große leere Kleiderspinde behutsam von innen geöffnet wurde. Einen mit bösen Absichten in das Haus Eingedrungenen in demselben vermutend, erhob er sich hastig. Die Türe wich ganz zurück und in das Zimmer trat Plenty, auf dem knochigen Antlitz sein gewöhnliches spöttisches Grinsen.

»Ich komme auf dem nächsten Wege,« redete derselbe ihn an, und sorglos strich er seinen langen Kinnbart, »auf einem Wege, welchen mein guter Nachbar Rothweil und ich bei Tage und bei Nacht wohl tausend Mal gingen, wenn wir ohne Zeugen ein Stündchen verplaudern oder irgend 'ne feine Spekulation beraten wollten. Auf der anderen Seite in meinem Hause befindet sich eine ähnliche Einrichtung. Wir waren die Männer dazu, die dicke Lehmmauer eigenhändig zu durchbrechen – nur meine Eliza kennt das Geheimnis – und die beiden Schränke mit doppelten Türen zu versehen.«

Nachlässig warf er sich auf einen Stuhl; dann fuhr er fort: »Damals ahnten wir nicht, welchen Wert dies Institut noch einmal für uns gewinnen würde. Durch diese vier Türen gelangte ich auch zu meinem guten Nachbarn, als der Tod ihn bereits gepackt hatte. Auf den ersten Blick überzeugte ich mich, dass es vorbei mit ihm sei; ich brauchte ihm nur die Augen zuzudrücken. Darauf nahm ich, wie es zwischen uns verabredet worden, alle seine Rechnungsbücher und Schriften und begab mich auf den Rückweg. Ich befand mich noch in dem Spinde, als sein alter Zuñi – ist seitdem auch gestorben, war nämlich des Gill Vater – heimkehrte. Durch die Löcher der Türfüllung warf ich einen Blick zurück, und da ich sah, dass der alte Einfaltspinsel statt eines Arztes zwei Pfaffen herbeigeholt hatte, hielt ich es für der Mühe wert, eine Kleinigkeit zu lauschen. Und das hat sich bezahlt gemacht, kalkulier' ich. Die beiden Gentlemen neigten sich über den Toten und plauderten und beteten zu ihm – auch der Zuñi musste sich in 'nen Winkel hinknien und beten – und schließlich gaben sie ihm eine Feder in die Hand, und während der Eine leuchtete und das Papier hielt, schrieb der Andere mit der Totenhand den Namen unter das, was man in der Geschwindigkeit aufgesetzt hatte. Dem Zuñi redeten sie vor, dass sein Herr, der sich im Leben nicht viel um Religion gekümmert habe, als reuiger Katholik gestorben sei, worauf sie ihn bedeuteten, hinzugehen und mich zu rufen. Die kurze Zeit des Alleinseins benutzten die beiden scharfen Gentlemen, in alle Winkel des Schreibtisches zu spähen, und hätten sie nur 'ne Schusterrechnung gefunden, sie wäre nicht liegen geblieben, kalkulier' ich. Verdammt! Diese Beutelschneider, die uns das Geheimnis des Schatzes von Quivira ablauschten, wären längst hier, um Beschlag auf die Erbschaft zu legen, hätt' ich's dem Hall bei den Ruinen nicht klar gemacht, dass ich ihm so aufmerksam auf die Finger sah. Er wird sich zweimal bedenken, jetzt noch mit dem letzten Willen eines reuig Gestorbenen aufzutreten, kalkulier' ich.

»Das Haus wurde also versiegelt, und dagegen konnte vor Ablauf der bestimmten Frist Niemand Einspruch erheben, und nach dieser Richtung hin hatten die beiden geistlichen Herren sich bei Abfassung ihrer Schrift wohl in der Eile nicht vorgesehen. Trotz des Versiegelns hatten Eliza und ich freien Zutritt hier, und konnten daher den alten Scherbenplunder nicht nur frei von Staub erhalten, sondern auch die Räumlichkeiten ein wenig lüften, wie wir's dem guten Nachbarn versprochen hatten. Die Eliza hätt's beinahe verraten, als sie Alles zu Ihrem Empfange herrichtete und in der Hast einige Tropfen Wasser –«

»Ich sah es, ja, ich bemerkte es, hielt es aber für Täuschung,« versetzte Perennis erstaunt, und er strich mit der Hand über seine Augen, wie um eine ihn marternde Vision zu verscheuchen, und die Blicke zu dem ihn scharf, jedoch wenig auffällig beobachtenden Plenty erhebend, fügte er hinzu: »Das muss eine treue Freundschaft gewesen sein, wo ein solcher Grad von Vertrauen waltete.«

»Nun ja, wir waren gute Nachbarn, kalkulier' ich; Einer half dem Andern auf die Sprünge, und Beide hatten wir unseren klingenden Profit davon.« Bei den letzten Worten schnitt Plenty ein Gesicht, als hätte der Verlust einer mit Vorteil verbundenen angenehmen Nachbarschaft ihm noch nachträglich Bauchgrimmen verursacht, worauf er in seinem ausdruckslosen harten Schellenton fortfuhr: »'s hätte Keiner geglaubt, aber bei allen seinen Gelehrtenschrullen steckte in dem Alten viel gesunder Menschenverstand. Sein Urteil entschied oft schneller und sicherer, als mein Grübeln und Kalkulieren, und nachdem ich das erst heraus hatte, gab's für mich keinen Grund mehr, irgendetwas vor ihm zu verheimlichen. Sie errieten wohl längst, dass wir selbander den Wisch in das Untier von 'nem Götzen praktizierten. Ihm zu Liebe heuchelte ich nämlich Teilnahme für seine Kindereien, und komme ich heute darauf zu sprechen, so geschieht's, weil er mir Mancherlei mit Rücksicht auf seinen Erben auftrug. ›Ich habe einen Neffen und der heißt Perennis,‹ erklärte er, ›und der wird gewiss selber kommen. Doch wer auch immer in den Besitz meines Nachlasses tritt und die Schrift mit Ihrer Beihülfe findet, dagegen das nicht vollbringt, was ich am Liebsten selbst zu Ende geführt hätte, der ist mit dem Hause und den Altertümern abgefunden. Verkauft er aber nur einen Scherben davon, so sind Sie ermächtigt, mit meinem eigenen Gelde die ganze Sammlung zu erstehen und in meinem Namen an das erste beste Institut zu verschenken. Will mein Erbe sie behalten oder selbst angemessen verschenken, so hindert ihn nichts; der Schatz von Quivira entschädigt ihn reichlich dafür. Sollte mein Erbe indessen die Angelegenheit mit dem Schatz als eine leere Sage betrachten, so ist's sein eigener Schade. Besucht er dagegen die Ruinenstadt und seine Mühe erweist sich als erfolglos, so hat er die letzten Pflichten gegen mich erfüllt und dann erst soll er mein Universalerbe sein.«

Hier holte Plenty einen versiegelten packetartigen Brief hervor und warf ihn nachlässig auf den Tisch. Dabei schloss er das eine Auge, und die schmalen Lippen zwischen die Zähne klemmend, sah er auf Perennis mit einem Ausdruck, von welchem es zweifelhaft, ob Schadenfreude oder versteckte Teilnahme denselben bestimmten.

»Das ist wunderbar,« versetzte Perennis, der mit wachsender Spannung gelauscht hatte; »bin ich aber nicht seit dem Tage der Eröffnung des Testaments bereits Universalerbe, zumal ich, ohne diese Bestimmungen zu kennen, im Sinne des Verstorbenen handelte?«

»Wichen Sie um die Breite eines Strohhalms davon ab, so besäßen Sie wohl das Haus hier,« bemerkte Plenty gleichmütig, »allein die vierundsechzigtausend Dollars – ohne die Zinsen – waren Sie los, kalkulier' ich; die wären samt dem Altertümerschund in den Besitz von irgend eines Museums übergegangen.«

»Vierundsechzig – was?« fuhr Perennis auf, der glaubte, missverstanden zu haben.

»Vierundsechzigtausend Dollars,« wiederholte Plenty geringschätzig; »nun ja, trotz seiner Gelehrtennatur, war mein Nachbar ein spekulativer Kopf, und was wir Beide in die Hände nahmen, das glückte. Aber dreimal – nein fünfmal so viel war's geworden, hätte er nicht stets mit seinen verhenkerten Gelehrtenschrullen zu kämpfen gehabt, und die kosteten ihn viel Geld und Zeit. Denn Niemand wird behaupten, dass seine Reisen zu den Eingeborenen ihm auch nur einen Kupfercent eintrugen. Im Gegenteil, die verschlangen schweres Geld, und ich hätte einfältiger sein müssen, als er glaubte, kalkulier' ich, hätt' ich's für Wahrheit hingenommen, wenn er, heimkehrend, mir 'ne Kiste verrotteten Scherbenkrams zeigte und heilig beschwor, dass seine Fahrt sich nicht nur bezahlt gemacht, sondern ihm auch einen Berg Goldes eingetragen habe. Mit solchen Trödeleien ging also manches schöne Tausend Dollars drauf; machte ich aber einmal Miene, ihm die Altertumskrankheit zu verleiden und abzugewöhnen, so sprach er drei Tage lang kein Wort mit mir. Einmal dachte ich daran, während seiner Abwesenheit den ganzen Plunder aus dem Wege zu räumen und zu vergraben, um ihn dadurch fürs Geschäft allein brauchbar zu machen, aber ich überlegte, dass er als einzelner alter Mann wohl zu seinen Liebhabereien berechtigt sei, und dann war's zweifelhaft, ob er's überlebte. Mindestens lag die Gefahr nahe, dass er mit den Scherben auch den Sinn für Spekulationen verlor. Ich gönnte ihm also seinen Genuss und verfiel auf einen anderen Plan: Um ihn zu übersättigen und den Kram lächerlich zu machen, schenkte ich ihm jeden alten geborstenen Topf – gleichviel, wie alt oder neu – und jeden alten verwitterten Scherben, der mir in die Quere kam; aber anstatt in sich zu gehen, freute er sich jedes Mal wie ein Kind, wenn auch oft genug zum Schein. Und gab ich ihm wirklich einmal unwissentlich ein brauchbares Stück, dann nannte er mich seinen guten Nachbarn, und ich musste mir die Schmach gefallen lassen, dass er behauptete, in mir hätte etwas Bes-

seres gesteckt, als ein Geldmacher und Spekulant; Gelehrter hätte ich
werden müssen, und wer weiß heute, welchen Unsinn er in seiner Freude sonst noch auskramte. Aber ein guter Nachbar war er trotzdem.

»Die vierundsechzigtausend Dollars samt Zinsen – abgerechnet meine
Spesen – sind also Ihr Eigentum und stehen zu jeder Zeit zu Ihrer Verfügung. Zweifel sind nicht mehr möglich, kalkulier' ich. Ich erkannte Sie
schon am ersten Tage, und keine Macht der Erde kann Ihnen das Geld
jetzt noch streitig machen,« und wiederum betrachtete er Perennis aufmerksam.

Dieser hatte das Haupt geneigt, schien kaum noch zu hören, was Plenty
zum ihm sprach. Es schwebte ihm vor, mit wie viel anderen Empfindungen er diese Kunde aufgenommen hätte, wären die Hoffnungen, welche
er vor Stunden noch glaubte nähren zu dürfen, nicht durch Burdhills
Geständnis unheilbar zertrümmert worden. Aber als ob Plenty in seinem
Innern gelesen hätte, fuhr derselbe fort:

»Mein guter Nachbar hatte mancherlei Schrullen. So meinte er, dass nur
sein Neffe Perennis der Erbe sein könne, und wie sich's machen würde,
wenn Sie die Eliza heirateten und gemeinschaftlich mit ihr den geheimen
Durchgang belebten. Doch die Herzen der Menschen lassen sich nicht
hantieren wie Dollars, kalkulier' ich, sonst sollt's mir recht gewesen
sein.« Er säumte ein Weilchen, wie sich weidend an dem Anblick Perennis', der ein wenig mehr in sich zusammengesunken war und bleich vor
sich niederstarrte. Plötzlich ergriff er dessen Hand, und den Zeigefinger
seiner Linken auf Perennis' Brust stellend, als hätte er ihn durchbohren
wollen, nahm er seine Mitteilungen wieder auf:

»Nein, Mr. Rothweil, die Herzen lassen sich nicht hantieren, wie gute
Dollars; so müssen Sie denken, wenn Sie ein Mann sind. Was die Eliza
nicht merkte, was dem Burdhill entging, ich hatt's in den ersten vierundzwanzig Stunden weg, und ich wiederhol's, mir war's recht gewesen,
schon allein um meines guten Nachbarn willen. Aber 's ist nichts damit,
kalkulier' ich. Bald nach unserer Heimkehr hat's mir die Eliza anvertraut,
und dann weinte das arme Kind seine bitteren Tränen. Der Burdhill
musste ihr Allerlei verraten haben, was zwischen Ihnen und ihm unterwegs verabredet worden; denn sie sagte, der Burdhill verdiene, dass sie
ihn verschmähe, weil er 'ne Mittelsperson wählte. Und dann Sie gar noch
aus Ihrem Hause zu vertreiben! Aber sie verzieh's ihm, weil er dabei
mehr an mich dachte. Dem Burdhill habe ich durch einen Händedruck

gesagt, wie ich über die Sache denke. Er ist ein treuer Bursche, und seine Familie wird keine Not leiden. Damit ist indessen nicht gesagt, dass Sie mir nicht ebenso willkommen gewesen wären. Doch ich wiederhol's noch einmal –« und wiederum stach der lange Finger nach Perennis' Brust – »die Herzen lassen sich nicht hantieren wie Dollars, die man nach Belieben in Düten zusammenpacken kann; Sie hingegen sind ein Mann, der sich in alle Lagen zu schicken weiß, aber auch ein Mann, der getrost vor jedes brave Mädchen, und besäße es Millionen mit 'nem ehrlichen Antrage hintreten darf, kalkulier' ich.«

Er ließ Perennis Hand fahren. Dieser kehrte sich nach dem Tisch um, den Kopf in beide Arme auf den Tisch stützend. Plenty betrachtete ihn prüfend. Sobald er aber entdeckte, dass von dem geneigten Antlitz ein Tropfen auf die Tischplatte fiel, räusperte er sich so stark, dass das ganze Gemach zu zittern schien. Er hatte sich geräuspert, und doch kam er über den Ton einer gesprungenen Hausglocke nicht hinaus, indem er wieder anhob:

»Ich kann's mir denken, dass meine Art, in fremde Geheimnisse einzudringen, Ihnen nicht gefällt. Und doch muss Ihnen daran gelegen sein, dass die beiden verliebten jungen Leute nicht ahnen, wie's hier steht,« und abermals stach der lange Finger nach Perennis' Herzgegend, »noch haben sie nichts gemerkt; denn die haben nur Augen und Ohren Einer für den Andern. Ich dagegen versteh's, die Menschen zu beobachten, 's Spekulieren macht überhaupt scharf, kalkulier' ich. Dass ich aber zu Ihnen darüber spreche – hm, ich gehe davon aus, dass eine starke Arznei zur rechten Zeit wirksamer, als überzuckerte matte Pillen so nach und nach, und dass es männlich, die Verhältnisse gerade in's Auge zu fassen. So glaube ich auch, Sie entscheiden sich allmählich dafür, sobald Ihre Angelegenheiten geordnet sind, diese Stadt wieder zu verlassen, und ich tadle Sie deshalb am wenigsten. Sie müssen noch einmal in die Welt hinaus, kalkulier' ich, müssen andere Menschen sehen und kennen lernen, dürfen nicht zu Atem kommen; denn eine Natur wie Sie, vergisst nicht leicht und auch nur dann, wenn ein angemessener Ersatz für das Verlorene ihren Weg kreuzt. Dass das aber bald geschehe, wünsche ich Ihnen von Herzen, schon allein um meines guten Nachbarn willen. Sind Sie erst entschlossen, Ihr Haus zu verkaufen, so soll der Burdhill Ihnen einen entsprechenden Preis dafür zahlen – mehr als fünfzehnhundert Dollars – bei Gott! als ich Ihnen damals die fünfzehnhundert bot, zitterte ich, dass Sie's annehmen würden. Den Altertümerkram mitschleppen können Sie nicht. Was er meinen guten Nachbarn kostete, würde kein vernünftiger

Mensch dafür zahlen, und ihn billiger fortzugeben, wäre nicht im Sinne meines guten Nachbarn gehandelt, kalkulier' ich. Dagegen gibt's hier und im Osten Institute, die sich glücklich schätzen, den Plunder geschenkt zu erhalten und das zu vermitteln, bin ich bereit, ohne einen Cent Spesen zu berechnen, meinem guten Nachbarn zu Liebe.«

Er lächelte grimmig, strich seinen langen Kinnbart und erhob sich. Perennis folgte seinem Beispiel. Die ihm verabreichte Medizin war in der Tat eine wirksame gewesen. Denn außer der etwas veränderten Farbe seines Antlitzes und dem träumerischen Blick, verriet nichts seinen überstandenen Seelenkampf. Aufrecht und fest war seine Haltung; kräftig drückte er die Hand des teilnahmslos darein schauenden Yankee's, der mit so viel Begeisterung von seinen Dollars sprach und dabei über die zartesten Gemütsregungen kalkulierte, als hätte er auch solche von Jugend auf, wie seine Dollars, im täglichen Gebrauch hantiert. Ein seltsames Stück von einem Menschen war dieser Yankee, ein goldener Kern in einer rauen, eisenfesten Schale.

»Wir haben uns gegenseitig verstanden,« sprach Perennis, Plenty fest in die Augen schauend, und aufrichtige Hochachtung offenbarte sich in seiner Stimme, »waren Sie mein treuer Rathgeber bis zu dieser Stunde, so werden Sie es bleiben, bis wir von einander scheiden – und weiter noch –«

»Gewiss, gewiss, junger Mann,« fiel Plenty ein, um jedem Kompliment auszuweichen, »wir haben uns verstanden, und das war gut – doch hier liegen die Briefschaften meines guten Nachbarn. Kam ein Anderer an Ihrer Stelle, gleichviel, wie er sich gebärdete, so wären sie ungelesen ins Feuer gewandert. Eine Stunde oder so herum werden Sie daran zu lesen haben, kalkulier' ich, und so lange dauert's bis zum Nachtessen. Bis dahin will ich Sie nicht stören. Wenn Sie fertig sind, kommen Sie herum und setzen Sie Ihr munterstes Gesicht auf. Sie mögen mir immerhin einmal so verstohlen in die Augen schauen, und wenn ich 'ne Kleinigkeit mit den Lidern zwinkere, so ist's ein Zeichen, dass wir einander verstanden haben. Es liegt oft ein großer Trost in kleinen Dingen, kalkulier' ich.«

Er kehrte sich hastig ab, und bevor Perennis ein Wort zur Erwiderung fand, hatte die Schranktür sich hinter ihm geschlossen.

Neunundzwanzigstes Kapitel.

Der Hass eines Weibes.

Das Geräusch, mit welchem Plenty die Wandtüren hinter sich schloss, war längst verhallt, da stand Perennis noch immer neben seinem Stuhl, sich mit der Hand schwer auf denselben stützend. Seine Blicke hafteten starr an dem geheimen Ausgange, als hätte er erwartet, Plenty wieder eintreten zu sehen. Endlich seufzte er tief auf.

»Eine starke Arznei verabreichte er mir,« sprach er wie unbewusst, »aber eine wirksame, doppelt wirksam durch die Art, in welcher sie geboten wurde.«

Schwerfällig ließ er sich vor dem Tisch nieder. Schon als Plenty ihn verließ, verschleierte Dämmerung dessen knochige Züge. Seitdem war es ganz dunkel geworden. Das nach der Straße hinausliegende Fenster zeichnete sich indessen deutlich aus. Tiefe Stille herrschte ringsum. Der abgeschlossene Raum schien mit Grüßen angefüllt zu sein, mit Grüßen entsendet einem frischen und bereits mit Rasen überwucherten Grabe, entsendet lebenswarmen Lippen aus weiter, weiter Ferne. Freundliche Augen lächelten ihm aus der dunkeln Umgebung tröstlich zu; sehnsüchtig breiteten sich ihm Arme entgegen. Sein Blick streifte den sich matt auszeichnenden Brief auf dem Tisch. »Eine Stunde werden Sie gebrauchen um den Inhalt kennen zu lernen,« hatte Plenty zu ihm gesagt. Hastig zündete er die Lampe an, dann öffnete er das Packetchen. Es enthielt eine Anzahl in Heftform vereinigter beschriebener Blätter. Die Handschrift erkannte er als die seines Onkels.

»Wem mein langjähriger Freund diese Blätter einhändigt,« begann er zu lesen, »der kann nur mein perennierender Neffe Matthias Rothweil sein; zugleich ein Mann, der pietätvoll meine letzten Wünsche, und wie ich hoffe, zu seinem eigenen Glück getreulich erfüllte. Perennis also! Vernimm meine Abschiedsworte und beherzige sie, als ob ich persönlich vor Dir stände. Mir ein Bild von Dir in Deinen Mannesjahren zu entwerfen, ist mir ebenso unmöglich, wie Dir, Deinen Onkel Dir zu vergegenwärtigen, von welchem dem kleinen Knaben kaum noch eine klare Erinnerung geblieben sein kann. Das hindert indessen nicht, dass ich mit treuen, väterlichen Empfindungen zu Dir spreche, Du dagegen gewiss mit ebenso treuen kindlichen Gesinnungen meine Ratschläge entgegennimmst. Über meine Vermögensverhältnisse habe ich Dir nichts mitzuteilen. Es ruht Alles in den Händen meines Freundes Plenty. Er vertritt mich nach meinem Tode. Indem ich dies niederschreibe, bezwecke ich nicht nur, meinem langjährigen treuen Nachbarn den letzten mir möglichen Beweis meines unbegrenzten Vertrauens zu liefern, sondern auch Dich gegen Nachtheil zu schützen. – Mag ich scheinbar mein Besitztum auf dem alten Erdteil, den Karmeliterhof, vergessen haben, so hörte ich doch nie auf, Demjenigen, der ihn seit meiner Abreise verwaltete, denjenigen, die ihre Zuflucht dort suchten, ein warmes Andenken zu bewahren. Leider zwang mich ein böses Verhängnis, meinen Aufenthaltsort zu verheimlichen. Den Bewohnern des tiefverschuldeten Gehöftes sind dadurch gewiss manche Sorgen bereitet worden, allein sie werden dafür nach meinem Tode reich entschädigt werden. Denn Derjenige, der den Schatz von Quivira hob, braucht mit seinen Mitteln nicht zu geizen. Und von meinem alten zuverlässigen Wegerich erwartete ich ja weiter nichts, als die Erhaltung der kleinen Scholle Landes für mich und meine Erben. Schon damals, als ich der Heimat Lebewohl sagte, stand mein Entschluss fest, meine Tage in Frieden zu beschließen; das aber wäre mir auf dem Karmeliterhofe nie möglich gewesen. Es wäre mir nicht möglich gewesen, hätte ich meinen hiesigen Aufenthaltsort verraten. Nicht allein brieflich sondern sogar persönlich hätte man dieselben feindseligen Verfolgungen fortgesetzt, welche mir die Heimat in so hohem Grade verleideten. Wenn dies gelesen wird, liege ich in meinem Grabe. Ich mag also an dieser Stelle ein offenes Bekenntnis ablegen, Auskunft über Alles erteilen, was mich im Leben bedrückte und marterte; was in seiner Wirkung erst gemildert wurde, als ich in Santa Fé mit meinem Freunde Plenty bekannt wurde, mich innig an ihn anschloss, mit ihm unter den ihn hart treffenden Schlägen litt, mit ihm glücklich war, wenn ein versöhntes Geschick ihm verheißend lächelte. Gott segne meinen Freund Plenty. Gott segne tausendfach seine Stieftochter Eliza, meinen herzigen Liebling, diesen Himmelstrost, dem ich so manche frohe Stunde verdanke. – – –

»Lange bevor ich meinem durch ungünstige Verhältnisse verarmten jüngeren Bruder den Karmeliterhof abkaufte, lebte ich in einer Universitätsstadt – was soll ich hier Namen nennen? – an welche ich durch meine Stellung gefesselt war. Ich hatte keine Ursache, mit dem Geschick zu hadern. Unverheiratet führte ich ein behagliches Junggesellenleben. Nichts störte mich, meinen Forschungen nach Herzenslust obzuliegen und zugleich meinen, von diesen abhängigen Liebhabereien zu frönen. Wenn ich bis ins reifere Alter hinein gegen weibliche Reize unempfindlich blieb, so hegte ich doch ein gewisses krankhaftes Verlangen, Jemand um mich zu sehen, der mir in uneigennütziger Liebe zugetan. Der Zufall führte mir einen hübschen, gänzlich vereinsamten Waisenknaben in den Weg. Da er mir besonders wohlgefiel entschloss ich mich leicht, ihn zu adoptieren und, indem ich ihm auf dem Pfade des Lernens gewissenhaft zur Seite stand, mir selbst dadurch den Zwang aufzuerlegen, mich zeitweise von meinen eigenen anstrengenden Arbeiten loszureißen. So verrannen mehrere Jahre, als ein Fall eintrat, welchen ich nicht vorgesehen hatte, und der in seinen Folgen einen überaus trüben Schatten auf mein ganzes Dasein warf. In meiner Leidenschaft für römische Altertümer, bei deren oft sehr mühsamer und kostspieliger Gewinnung mein, von dem guten Plenty so hoch gepriesenes, kaufmännisches Talent zuerst geweckt und ausgebildet wurde, begab ich mich nach einem Badeort, in dessen Nachbarschaft bedeutende Ausgrabungen stattgefunden hatten. Dort lernte ich eine alleinstehende junge Italienerin kennen, durch deren ersten Anblick ich mich wunderbar gefesselt fühlte. Niemand kannte sie näher. Man hielt sie für eine begüterte Dame, welche, obwohl ein Bild der Gesundheit, an den Heilquellen Kräftigung suchte. Unser Verkehr wurde bald ein sehr reger. Ihr lebhafter Geist bezauberte mich ebenso, wie sie die Unterhaltung mit dem etwas ernsten Gelehrten augenscheinlich fesselte. Und so bildete sich schnell eine Neigung, auf welcher wir glaubten unser irdisches Glück aufbauen zu können. Unter den Beteuerungen treuer Anhänglichkeit und des Versprechens eines baldigen Wiedersehens schieden wir voneinander. Sie selbst war unzweifelhaft in einer sehr günstigen Lebenslage, und gab vor, nur noch ihre äußeren Verhältnisse ordnen zu müssen, um dann in meine Arme zu eilen. Monate vergingen. Bald aus dieser, bald aus jener Stadt erhielt ich die liebevollsten Briefe von ihr. Ich beantwortete dieselben mit gleicher Herzlichkeit, und kein einziges Mal schrieb ich, ohne heiße Sehnsucht nach unserer baldigen Vereinigung zu offenbaren. Mein Vertrauen in ihr Gemüt wurzelte ja eben so fest, wie die Bewunderung ihrer hervorragenden Reize. Den Wissenschaften und Forschungen eifrig ergeben, befremdete es mich nicht, dass sie so häufig ihren Wohnsitz wechselte und stets die ihre Gesundheit stählende Luftveränderung als Ursache angab. Ich war zufrieden mit Allem, was sie tat und sagte, behielt allein die Zeit im Auge, in welcher wir durch kirchlichen Segen vereinigt werden sollten. –

»Seit mehreren Wochen hatte ich auffälliger Weise nichts von ihr gehört. Da führte der Zufall mich nach einer benachbarten, größeren Stadt. Ich besuchte sonst nie Theater; da man aber dort allgemein von den hervorragenden Leistungen einer gastierenden Tänzerin sprach, und ich an dem fremden Ort meine Abende nicht besser zu verbringen wusste, so entschloss ich mich, gegen meine Gewohnheit und Neigung, einen Blick auf das angekündigte Ballet zu werden. Gleichgültig betrachtete ich den mit bizarren, olympischen Szenen bemalten Vorhang. Die Musik stimmte an; der Vorhang glitt empor, aber wer beschreibt mein Entsetzen, als ich Lucile, meine eigene Lucile, begrüßt von betäubendem Applaus auf die Bühne schweben sah. Ich war so bestürzt, dass ich kaum noch wusste, was um mich her vorging und, befürchtend, Aufsehen zu erregen, mich leise bis in den schattigsten Hintergrund zurückzog. Ich wollte das Haus verlassen, doch es hielt mich wie mit Zauberbanden, und mit jedem Male, dass Lucile auf der Bühne erschien, überzeugte ich mich mehr, dass meine Augen mich nicht täuschten, dass ich schmachvoll hintergangen worden war, indem sie aus irgend einem geheimnisvollen Grunde ihren wahren Stand vor mir verschwieg. Damit sollte indessen mein Leid an jenem Abend nicht enden; denn fast atemlos auf sie hinstarrend, entdeckte ich, wie sie zärtliche Grüße nach einer die Bühne beinahe begrenzenden Loge hinübersandte, aus welcher es aus der Mitte einer Anzahl Uniformen Blumen und Kränze förmlich auf sie einregnete. Ach, diese Verräterin! Noch heute sehe ich sie im Geiste, wie sie sich dankend nach dieser Loge hin verneigte, und zwar mit Blicken, wie ich glaubte, sie nur allein an ihr kennen gelernt zu haben.

»Wie ich aus dem Schauspielhause kam, ich weiß es heute nicht mehr; ich war vernichtet. Dass Lucile eine Tänzerin, hätte ich gern verziehen, allein dass sie es bedachtsam verheimlichte, mich täuschte, mir liebeglühende Briefe schrieb, während sie vor Anderen ihre Reize zur Schau stellte, das war mehr, als ich zu fassen vermochte. Noch selbigen Abends trat ich die Heimreise an, fest entschlossen, jedes öffentliche Aufsehen vermeidend, das mich bisher so hoch beglückende Verhältnis durch Abbrechen des Briefwechsels einschlummern zu lassen. Ich erwähne hier, dass mein Adoptivsohn, der damals sechszehn Jahre zählte, allgemein als in natürlicher verwandtschaftlicher Beziehung zu mir stehend galt, ein Verdacht, welchen zu widerlegen ich mir nicht die Mühe gab. Ich folgerte, dass die heiligsten Beteuerungen die Menschen nicht vom Gegenteil überzeugen würden, mein ängstliches Verneinen nur dazu diene, sie in ihrem vorgefassten Glauben zu bestärken. Und was kümmerte es mich schließlich, wie man die Beziehungen zwischen mir und dem Knaben beurteilte, welchen ich dazu bestimmt hatte, bis an sein Lebensende meinen Namen zu tragen. Hatte er mir doch nie Ursache gegeben, den in einer gewissen poetischen Laune ausgeführten Schritt zu bereuen. –

»Zwei Tage waren seit jenem verhängnisvollen Abend verstrichen, und den Anblick fremder Leute scheuend, hatte ich meine Wohnung mit keinem Schritt verlassen, als kurz vor Abend plötzlich ein Wagen vorfuhr und ich, ahnungsvoll ans Fenster tretend, zu meinem Entsetzen Lucile aussteigen sah. Und wiederum war ich durch diesen unerwarteten Anblick so gelähmt, dass ich erst dann das Fenster zu verlassen vermochte, als hinter mir die Tür geöffnet wurde. Ich kehrte mich um, und vor mir stand Lucile.

»Welch ein Wiedersehen war das! Mein Seelenzustand konnte ihr unmöglich entgehen; allein sie deutete ihn als Schuldbewusstsein, denn anstatt sich mir zu nähern, wie es wohl zu erwarten gewesen wäre, blieb sie an der Türe stehen, ihre prachtvollen Augen mit unheimlichem Funkeln bald auf mich, bald auf meinen Adoptivsohn Konrad gerichtet, der mit einer schriftlichen Arbeit beschäftigt, am Tische saß. Ich war so ergriffen, dass ich kein Wort hervorzubringen vermochte. Und so standen wir einander gegenüber wohl eine Minute, die mir wie eine Ewigkeit erschien. Als ich aber auch dann noch kein Wort des Willkommens für sie hatte, richtete sie sich mit einer unnachahmlichen Würde empor, und mich durchdringend anschauend und zugleich auf den Knaben weisend, sprach sie mit eigentümlich zitternder Stimme:

›Es wäre wohl früher Zeit gewesen, mich vertrauensvoll über den wahren Sachverhalt zu unterrichten, und nicht erst dann, nachdem eine Umkehr unmöglich geworden!‹

»Hatte ich bisher gezagt, so kehrte bei dieser Anschuldigung meine Entschlossenheit zurück. Was ich kurz zuvor nicht über mich gewonnen hätte, jetzt gelang es mir leicht. Ob sie nur gekommen, um einen Bruch herbeizuführen; ob sie bei etwaigen Nachforschungen nach mir getäuscht worden und eifrig die Gelegenheit ergriff, um eine Versöhnung und Einigung anzubahnen, mit ihrer Anklage mir zuvorzukommen, wer hätte das bei Jemand entscheiden können, dessen Lebensberuf, mit jedem Kleide auch den Charakter zu wechseln, Gefühle zu veranschaulichen, von welchen sein Herz nichts wusste?

»Ruhig und kalt antwortete ich:

›Hätte ich mir Ihnen gegenüber einen Mangel an Vertrauen zu Schulden kommen lassen, so würde ich nicht wagen, in Ihre Augen zu schauen.‹

›Der da ist wohl überflüssig,‹ bemerkte sie majestätisch, indem sie wieder auf den Knaben wies, doch entging mir nicht, dass sie sich entfärbte, und vielleicht nur, um ihre Erregung zu verheimlichen, nahm sie auf dem nächsten Stuhle Platz.

»Ich schickte den Knaben hinaus, und mich ihr zukehrend, fuhr ich mit gewaltsam erzwungener Selbstbeherrschung fort:

›Wenn Sie beabsichtigen, einen unheilbaren Bruch herbeizuführen, so sind Sie in der Wahl der Mittel nicht glücklich gewesen. Ich hatte ihnen weder Etwas anzuvertrauen, noch Etwas zu verheimlichen. Müsste ich dagegen Ihren, unzweifelhaft durch Andere angeregten Verdacht bestätigen, so entzöge diese Angelegenheit sich Ihrem Richterspruch.‹

»Sie betrachtete meine Erklärung augenscheinlich als eine Bestätigung; ich aber fühlte mich in meiner Stimmung nicht berufen, sie eines anderen zu belehren. Doch bis in die Seele hinein verletzte mich das feindselige Lächeln, welches auf ihre Lippen trat und dem schönen Antlitz den Ausdruck einer zornigen Rachegöttin verlieh.

›Sie sind wenigstens aufrichtig,‹ sprach sie langsam, als hätte sie jedem Wort einen Gifttropfen beimischen wollen.

›Zu aufrichtig, um zu verheimlichen, dass ich vor zwei Tagen ein Theater besuchte, in welchem ich beobachtete, wie eine gefeierte Tänzerin ihren Bewunderern mit holden Liebesgrüßen dankte,‹ antwortete ich ebenso langsam.

»Heute würde ich freilich schonender zu Werke gegangen sein und, anstatt feindselige Gefühle zu schüren, durch weniger herbe Mittel die notwendig gewordene Trennung herbeigeführt haben. Doch ich war noch nicht gereift genug, um meinem Traume von irdischer Glückseligkeit ohne Kampf entsagen zu können.

»Auf meine Erwiderung erbleichte Lucile tödlich. Ihre Kräfte drohten, sie zu verlassen, so dass tiefes Mitleid mich beschlich. Hätte sie in jener Minute nur mit einem Wort, mit einem Blick Verständigung gesucht, ich wäre darauf eingegangen, so aufrichtig habe ich dieses Weib geliebt. Doch die Erschütterung, welche meine mittelbare Anklage bewirkte, war von nur kurzer Dauer. In dem Kampfe, der vielleicht in ihrem Innern tobte, siegte die südliche, rachsüchtige Natur über die milderen Regungen; und dass sie milder, sogar der mildesten Regungen fähig gewesen, das habe ich nie bezweifelt. Nur ihre Triumphe waren ihr Unglück. Sie erzeugten nicht allein einen unbändigen Stolz, sondern sie boten demselben auch täglich neue Nahrung.

›Wissen Sie, ob es nicht in meinem Plane lag, Ihnen durch die gelegentliche Entdeckung meines Berufes eine gewiss nicht unfreundliche Überraschung zu bereiten?‹ fragte sie scharf, und wären ihre Blicke Dolche gewesen, sie hätten nicht drohender funkeln können.

›Wäre die Wirkung eine andere gewesen, als die der zufälligen Entdeckung?‹ fragte ich ruhig zurück.

»Sie erhob sich zornsprühend.

›Herr Doctor!‹ rief sie aus, ›so wären Ihre Huldigungen nicht an mich verschwendet worden, hätten Sie gewusst, dass dieselben einer Tänzerin dargebracht wurden?‹

›Wohl schwerlich,‹ lautete meine bittere Antwort.

›Und ich,‹ erwiderte sie, wie von tödlichem Hasse beseelt, ›wenn auch dem bösen Schein unterworfen, welcher sich schwer von meinem Berufe trennen lässt, ich hätte ihnen dennoch meine Unbescholtenheit als mein höchstes Gut zugetragen. Dagegen hätte es meinen Ansichten nicht entsprochen, in Ihrem Herzen die Nachfolgerin Jemandes zu werden, die – nun, Sie erlassen mir nähere Erörterungen – und des armen Knaben Schuld ist es nicht – doch leben Sie wohl, Herr Doktor Rothweil! Eine Tänzerin scheidet von Ihnen, aber nicht auf Nimmerwiedersehen!‹ und ich entsetzte mich förmlich vor dem feindseligen Ausdruck ihres strahlend schönen Antlitzes –, ›eine Tänzerin wird Ihnen Wermut in jeden Becher träufeln, aus welchem Sie Freude zu trinken hoffen! Eine Tänzerin wird Sie in Ihren Träumen besuchen, wird nicht aus Ihrer Seele weichen, bis Ihnen das Auge bricht! Überall, wo Sie gehen und stehen, wird die Tänzerin zur Hand sein, Sie zu quälen und zu martern, immer wieder neue Beziehungen zu Ihnen anzuknüpfen, wo Sie es gerade am wenigsten erwarten! Leben Sie wohl, Herr Doktor! und wenn Sie von meinen Triumphen hören und lesen, dann brüsten Sie sich damit: Diese Lucile, um deren Gunst Tausende und Hunderttausende buhlen möchten, sie hat mich geliebt, ich habe sie geküsst und geherzt! Sie hätte mein Abgott werden können, ich aber zog es vor, sie in eine Furie zu verwandeln, die mich auf Schritt und Tritt bis ins Grab hinein verfolgt!‹

»Während sie solche Worte zu mir sprach, stand sie da, wie durch einen dämonischen Bann gefesselt. Später wurde mir wohl klar – es mag töricht aus dem Munde eines alten Mannes klingen – dass ein so tiefer Hass, eine so unversöhnliche Feindschaft nur einer ebenso tiefen und makellosen Neigung entkeimt sein könne. Allein in jenem Augenblick, in welchem sie mir nicht mehr als die holde Lucile früherer Tage erschien, kannte ich nichts anderes, als die Empfindungen ängstlicher Bewunderung. Denn in ihrem Zorn bot sie ein Bild, wie ich nie zuvor eins sah, nie eins nachher. Sie war ein Dämon in dem Gewande der Grazien, zugleich dräuend und verlockend.

»Als sie zur Tür hinausrauschte, blieb ich noch immer wie erstarrt stehen. Es fehlten mir der Muth und die Fassung, den einfachsten Pflichten der Höflichkeit zu genügen. Aber an's Fenster trat ich, um ihr einen letzten Blick nachzusenden, bevor der Wagen sie in sich aufnahm und davontrug. Doch die Zeit verrann und sie erschien nicht. Minute folgte auf Minute, und ich sah sie nicht ins Freie treten. War sie auf halbem Wege stehen geblieben, zweifelnd, ob sie umkehren, ein letztes versöhnliches Wort an mich richten solle? Oder gar erwartend, dass ich ihr nacheilen würde, um sie zurückzuführen? So frage ich heute noch als alter Mann, der auf seinem Grabe wandelt. Indem ich die Hand aufs Herz lege, muss ich antworten: Ja, sie harrte nur auf ein Zeichen, um in meine Arme zu fliegen, mir Alles, ihre Triumphe, ihren Beruf zum Opfer zu bringen. Und ich dagegen? Hätte die Zimmertür sich geöffnet, wäre sie in derselben erschienen, in den Augen nur ein Funken freudiger Spannung: in meine Arme, an meine Brust hätte ich sie gezogen, um sie nie wieder von mir zu lassen; zu sehr hatte ich sie geliebt. Das Zünglein der Waage schwankte lang hin und her. Keiner wollte den ersten Schritt tun, und so trennten sich zwei Herzen, die vielleicht für einander bestimmt gewesen, um später Eines des Anderen mit Groll und Hass zu gedenken.

»Endlich trat sie aus der Haustür und in meinen Gesichtskreis. Ihr Antlitz vermochte ich nicht zu unterscheiden; aber ich gewahrte, wie sie ein weißes Tuch von ihren Augen zurückzog. Schnell legte ich meine Hand ans Fenster um es zu öffnen. Der Riegel widerstrebte meinem Druck; und als er endlich nachgab, da rollte der Wagen eilig davon. Dem Kutscher war offenbar die Weisung zugegangen, keine Zeit zu verlieren. Gleich darauf bog er in die nächste Querstraße ein. Das war das Letzte, was ich von ihr sah. Gehört habe ich dagegen umso mehr von ihr. Denn kein neues Jahr schloss sich an das alte an, ohne dass ich von ihr einen Gruß erhalten hätte. Und welchen Gruß! Unheimlich starrte mir jedes

Mal die fein geschriebene Adresse auf dem duftenden Brieflein entgegen, und doch konnte ich nicht anders, ich musste den Inhalt lesen.

»›Die Fäden, welche hinüber und herüber gewebt wurden, sie sind noch nicht zerrissen. Es leben noch die alten Beziehungen. Zu geneigtem Andenken empfiehlt sich eine Tänzerin.‹ So ungefähr lautete der jedesmalige Neujahrswunsch. Welch giftiger Hass lag in diesen wenigen Worten! Und dennoch, welche tiefe Leidenschaft gehörte dazu, welche Liebe, um solchen Hass zu erzeugen! Ich fragte mich oft, ob eine Wandlung im entgegengesetzten Sinne noch möglich, und ich musste es verneinen. –

»Indem die Jahre schwanden, gewöhnte ich mich gewissermaßen an die unheimlichen Briefe. Hätte einmal einer gefehlt, ich würde ihn vermisst haben. Im Übrigen vermied ich sorgfältig, Lucile's weiteren Lebenslauf zu verfolgen. Ich fürchtete, von den gewöhnlichen Erfahrungen einer Tänzerin zu hören, und begnügte mich, bald in dieser, bald in jener Zeitung das überschwängliche Lob ihrer Leistungen zu lesen.«

Eine Weile sah Perennis auf das in seinen Händen befindliche Papier, ohne weiter zu lesen.

Die Buchstaben liefen vor seinen Blicken ineinander, gestalteten sich zu einem Antlitz, welches ihn mit eisig kalter Ruhe betrachtete. »Die Marquise,« entwand es sich mit dem Ausdruck namenlosen Erstaunens seinen Lippen. Er entsann sich jenes, augenscheinlich vom wildesten Hass diktierten Briefes, welchen er als Lesezeichen in dem Arbeitszimmer auf dem Karmeliterhofe gefunden hatte, und er begriff, dass derartige Verfolgungen den sich nach Frieden sehnenden Mann hatten von dannen treiben müssen.

»Ihr so nahe und doch nicht den wahren Sachverhalt zu ahnen,« folgten seine Gedanken aufeinander. Andere Gestalten verkörperten sich in seiner fieberhaft erregten Phantasie. Der alte Ginster mit seinen düsteren Ankündigungen, dessen Enkelin, die gelehrige Schülerin der einst so hoch gefeierten Lucile – lustiger Gesang schallte zu ihm herein, mit welchem eine Gesellschaft sorgloser Mexikaner über den Marktplatz schritt, und vor seinen Augen verdeutlichte sich wieder die Schrift des Verstorbenen.

»Jahre gingen dahin,« hieß es weiter, »doch nicht mehr froh und sonnig, wie in jenen Zeiten, da Lucile mir noch fremd war. Indem ich mich aus einer Umgebung fortsehnte, in welcher ich auf Schritt und Tritt an meine erbitterte Feindin, die ich ja noch immer liebte, erinnert wurde, erschien es mir wie ein Wink vom Himmel, als ich meines Bruders Absicht erfuhr, den Karmeliterhof zu verkaufen. Ohne mich zu besinnen, gab ich alle Beziehungen auf, welche mich an meine bisherige Heimat fesselten, und einige Wochen später übernahm ich das schon damals ziemlich verwahrloste Gehöft. Doch in meiner Hoffnung, mich dadurch gegen fernere Nachstellung zu schützen, in tiefer, ländlicher Einsamkeit ungestört meinen Studien leben zu können, fand ich mich getäuscht. Denn einer der ersten Briefe, welchen ich in meinem neuen Heim erhielt, war ein von Lucile's Hand geschriebener. Ich hätte verzweifeln mögen, bei diesen neuen Beweisen eines unversöhnlichen Hasses, und schon damals tauchte der Gedanke in mir auf, den Ozean zwischen sie und mich zu legen. Solche Erfahrungen konnten nur dazu dienen, meine Scheu vor andern Menschen zu steigern. Mein Verkehr beschränkte sich schließlich auf ein gelegentliches Plauderstündchen mit einem Fischer, Namens Ginster, dessen Fischgerechtigkeit ihn in nähere Beziehung zu dem Karmeliterhofe brachte. Wollte ich einmal in ein dankbares Antlitz schauen, so besuchte ich eine sehr entfernte Verwandte, die auf einem benachbarten Dorf lebte und sich mit ihrem Manne kümmerlich durchs Leben schlug.

»Was mich zu Ginster hinzog, war wohl der Umstand, dass auch er unter schweren Schicksalsschlägen zu leiden hatte. Zuerst verlor er seine Frau, welche ihm zwei Töchter hinterließ. Beide waren auffallend schöne Mädchen, besonders die ältere. Leider blieb dieselbe nicht unempfindlich gegen die bewundernden Blicke der Männer, was dahin führte, dass sie eines Tages verschwand, und trotz der Aufrufe, welche ich in Ginsters Namen durch alle Zeitungen erließ, nicht mehr zu ihm zurückkehrte. Zu dem von Ginster angeregten Glauben hinneigend, dass ein Fluch auf dem alten Gehöft ruhe, hielt mich jetzt nur noch die Sorge um meinen Adoptivsohn. War der erst ins Leben getreten, dass er meiner nicht mehr bedurfte, dann wollte ich meinem Vaterlande, in welchem ich so viel erduldete, auf ewig den Rücken kehren. Was später aus mir wurde, beunruhigte mich am wenigsten. Denn das Geld hatte keinen Wert mehr für mich. Leicht gab ich es aus, und am leichtesten, wenn es galt, meinem Adoptivsohn den Weg durch die lustige Studentenzeit zu ebnen.

»Das vierundzwanzigste Jahr lag hinter ihm, und seit zwei Jahren hatte ich ihn nicht gesehen. Dass seine Briefe an mich seltener wurden, seine Anforderungen an mich dagegen sich steigerten, verzieh ich ihm in der zuversichtlichen Hoffnung, dass er bald in der Lage sein würde, sich mit

eigenen Kräften durchs Leben zu schlagen. War ich doch selber jung gewesen, und für das Schwinden meines kleinen Vermögens hatte ich jetzt
ebenso wenig Sinn, wie für den fortschreitenden Verfall des Karmeliterhofes. Da traf mich ein herber Schlag. Ein bedeutender Wechsel meines
Adoptivsohnes wurde mir präsentiert, und ich musste ihn einlösen,
wollte ich nicht sein Verderben herbeiführen. Zum ersten Mal überhäuf-
te ich ihn mit ernsten Vorwürfen; zugleich forderte ich ihn auf, mir eine
genaue Schilderung seiner Lage zu geben. Eine Antwort ließ lange auf
sich warten, und als sie eintraf, gestand er mir, dass er ein Verhältnis mit
einem armen jungen Mädchen angeknüpft habe, und nur auf eine auskömmliche Stellung warte, um sich zu verheiraten. Bevor ich mich zu
einer Antwort auf die leichtfertige Ankündigung entschlossen hatte, traf
ein zweiter Brief ein. Die Adresse war von Lucile's Hand geschrieben.
Als ich denselben öffnete, fiel mir ein Theaterzettel entgegen, auf welchem der Name des Darstellers einer kleinen Nebenrolle mit einem
Blaustift durchstrichen und durch den Namen Konrad Rothweil ersetzt
worden war.

»So waren also meine letzten freundlichen Hoffnungen zertrümmert.
Undank hatte ich geerntet, wo ich zuversichtlich glaubte, auf Dank rechnen zu dürfen. Unbesiegbarer Leichtsinn hatte vernichtet, was treue Fürsorge mit so vielen Opfern einleitete. Lange starrte ich auf die blauen
Schriftzüge. Ich wusste ja, von wessen Hand sie herrührten. Dann stieg
der Verdacht in mir auf, dass das Ganze nur ein des Grundes entbehren-
der Racheakt meiner unversöhnlichen Feindin. Um mich zu überzeugen
– und ohne Beweismittel konnte ich den jungen Mann nicht verdammen
– entschloss ich mich zu der Reise nach der Stadt, deren Namen der
Theaterzettel trug. An meinem Ziel eingetroffen, vermied ich bedachtsam eine Begegnung mit Konrad. Stattdessen begab ich mich des Abends
in das Schauspielhaus. Lucile hatte mich nicht getäuscht. Ich erkannte
meinen Adoptivsohn in der Maske eines elenden angehenden Possenrei-
ßers, der obenein, soviel ich davon verstand, recht herzlich schlecht
spielte. Lucile, die an demselben Abend in einem Ballet auftrat, wollte
ich nicht sehen. Ich fürchtete, von ihr erkannt zu werden, fürchtete einen
ihrer höhnischen, gehässigen Blicke. Tief gebeugt kehrte ich nach dem
Karmeliterhofe zurück. Ich ging mit mir zu Rate, ob es nicht angemessen
sei, mich von dem leichtsinnigen jungen Manne loszusagen, und dennoch zögerte ich mit diesem letzten Schritt. Ich wollte zuvor erfahren,
wie er sich mir gegenüber stellen würde. Da erhielt ich wieder einen
Brief von Lucile. Bangen Herzens erbrach ich ihn. ›Zu der bevorstehenden Verlobung Ihres Herrn Sohnes mit einer Tänzerin, sendet ihre

Glückwünsche eine Tänzerin,‹ lautete dessen ganzer Inhalt. Von wildem Zorn ergriffen, zerriss ich das Schreiben.

»Ich wollte es unbeachtet lassen. Lucile sollte wenigstens nicht den Triumph feiern, mich unmittelbar zu irgendeiner Handlung getrieben zu haben. Ob sie durch ihren Einfluss meines Konrads Übergehen zur Bühne und seine Verlobung verschuldete, wage ich nicht zu entscheiden; wohl aber war ich zu der Annahme berechtigt, dass, hätte es in ihrer Macht gelegen, mir den Kummer zu ersparen, sie nie ihre Hand dazu geboten haben würde. Ich hatte eine Tänzerin verschmäht, dafür sollte mein Sohn – und dafür hielt sie den Konrad unzweifelhaft – mir eine Tänzerin ins Haus bringen! Das war ihr Gedanke; ich kannte sie zu genau.

»Endlich nach langem Harren erhielt ich einen Brief Konrads. Er bat mich um Verzeihung, wenn die Ansichten seines Vaters nicht mit den seinigen übereinstimmen sollten, und schließlich forderte er meinen Konsens zu seiner Verheiratung.

»Ich antwortete umgehend, dass ich den Fortbestand unserer Beziehungen davon abhängig mache, dass er der Bühne entsage und zu einem, seinen Kenntnissen entsprechenden Beruf zurückkehre. Ferner kündigte ich ihm an, dass wenn er wirklich später in einer auskömmlichen Stellung sich zu verheiraten wünsche, ich mit meinem Konsens nicht zurückhalten würde, unbekümmert um das, was seine erwählte Braut früher gewesen. Auch hielt ich ihm vor, dass er nicht einmal für notwendig erachtet habe, mir den Namen des betreffenden Mädchens mitzuteilen. Ausdrücklich aber machte ich ihn auf die Folgen aufmerksam, wenn er meinem Willen zuwider handeln würde. Ich hatte ihm also einen Weg angegeben, auf welchem er mit Ehren an sein Ziel gelangen konnte. Dass er nicht darauf einging, kann mir nie zur Last gelegt werden; noch weniger die Folgen, welche sich an seine Handlungsweise knüpften.

»Und die Folgen waren entsetzlich! Ein halbes Jahr verstrich, ohne dass ich eine Silbe von Konrad hörte, als er eines Tages gerade vor dem Karmeliterhofe als Leiche aus den Fluten gezogen wurde. Was ich beim Anblick des armen Toten empfand – warum soll ich es heute noch schildern? Meine alte Zuneigung zu ihm machte sich geltend; und in solcher Stimmung bot ich das Äußerste auf, ihn als meinen, beim Übersetzen über den Strom verunglückten Adoptivsohn, beerdigen zu lassen. –

»Nach diesen letzten schrecklichen Erfahrungen wurde der Aufenthalt auf dem Karmeliterhofe mir unerträglich. Kein Tag verging, an welchem ich nicht befürchtete, von Lucile ein Beleidschreiben zu erhalten. Sogar der Strom, den ich sonst über Alles liebte, hatte seinen Reiz für mich verloren, seitdem ich ihn als den Mörder des unglücklichen jungen Mannes betrachtete. Ich ging, ohne Angabe meines Zieles; und als ich erst im Westen unter Beihilfe meines treuen Freundes Plenty festen Fuß gefasst hatte, kannte ich nur noch die einzige Sorge, die Spuren hinter mir so zu verdecken, dass selbst der tödlichste Hass vergebens nach denselben suchen musste.

»So viel zur Erklärung meines Verfahrens, welches in der alten Heimat gewiss einen trüben Schatten auf meinen Namen geworfen hat. Ich war aber zu demselben berechtigt; denn mich trug das Bewusstsein, nichts begangen zu haben, was mich der unermüdlichen Nachstellungen Jemandes wert gemacht hätte, den ich einst über Alles liebte. Glückliche, sehr glückliche und zufriedene Jahre habe ich seitdem in Santa Fé verlebt. Ich gab mich frei meinen Forschungen hin, war zugleich Handelsmann, und auf beiden Feldern stand mir das Glück zur Seite. Perennis! Es ist ein freundlicher Gedanke, welchen ich mit ins Grab nehme, dass gerade Du diese Worte ließest, sie also nicht durch Feuer jedem andern Auge entzogen werden. Denn Du, dem ich meinen eigenen Namen Matthias gab und denselben mit dem Zunamen Perennis schmückte, Du wirst in treuer Erinnerung Deines alten Onkels keinen Missbrauch mit Dem treiben, was ich hier vor Dir offenbare, sondern da, wo es angemessen erscheint, die Steine, welche man wegen meines seltsamen Verfahrens auf mich werfen könnte, abwehren. Perennis, Du bist der Erbe meiner irdischen Habe, aber auch meiner martervollen Geheimnisse. Diese ehre und achte, wie sie es verdienen. Das aber, was ich gleichsam spielend erwarb, möge es Dir zum Segen gereichen. Im Vertrauen auf Dein dankbares Herz, richte ich noch einige Bitten an Dich. Gleichviel, ob Du in Santa Fé Deinen Herd begründest, oder zurückkehrst nach Europa, verwende einen Teil Deines Goldes dazu, den Karmeliterhof mit Ehren von seinen Schulden zu entlasten und ihm ein freundliches Kleid anzuziehen. Mit dem Karmeliterhof vereinigt ist der alte Wegerich, dessen Zukunft ich Dir ans Herz lege. Willst Du den Hof dann verkaufen, so ist es wenigstens keine Ruine, auf welche die Leute vielleicht mit mancher unfreundlichen Bemerkung über den alten Rothweil bieten. Zu denjenigen, welchen ich in den bösesten Unglückstagen meinen Schutz zusagte, ohne zu wissen, wie und wovon ich ihnen denselben hätte gewähren sollen, gehört eine Familie Schmitz, jene entfernten Verwandten, deren ich bereits oben erwähnte. Wegerich wird darüber nähere Auskunft erteilen. Wer von dieser Familie noch lebt, der soll sich Deines Beistandes erfreuen, wenn es notwendig sein sollte; vor allen Dingen aber das einzige Töchterchen, dem ich, um es als Beziehung zwischen ihr und mir gelten zu lassen, in der Taufe den Namen Lucretia beilegte. Sollte das Kind verwaist sein, so nimm Dich seiner getreulich an; und es kann Dir ja gleichgültig sein, ob Du einige Hände voll Gold mehr oder weniger von dem Schatz von Quivira in meinem Sinn verwendest. Im Übrigen verfahre mit Deinem Reichtum nach Belieben – und Du hast ja noch Geschwister.

»Und nun noch ein letzter Auftrag: Es ist nicht zu erwarten, dass Lucile in irgendwelchen Beziehungen zur Bühne steht. Sie wird sich längst ins Privatleben zurückgezogen haben. Ihren Wohnsitz auszukundschaften kann bei der einstigen Berühmtheit der Graniotti, unter welchem Namen sie auftrat, keine großen Schwierigkeiten verursachen. Ihr bringe persönlich oder schriftlich meinen letzten Scheidegruß. Sie soll wissen, dass ich ihr von Herzen alles Leid verzeihe, welches sie mir bereitete. Ihr sollst Du mittheilen, dass ich jetzt in meinem hohen Alter und vor den Pforten des Todes keine Ursache mehr gehabt habe, irgendetwas zu verheimlichen oder schön zu färben. Beteure ihr in meinem, in eines Toten Namen und bei dessen Hoffnung auf einen ewigen Frieden, dass ihr Argwohn, betreffs meines Verhältnisses zu dem armen unglücklichen Konrad, meinem Adoptivsohne, ein ungerechtfertigter gewesen. Scheidend begrüße ich sie noch einmal mit den versöhnlichsten Empfindungen. Indem ich dies mit zitternder Hand niederschreibe, ersteht sie vor mir in der vollen Anmut ihrer Jugend. Ich vergesse, dass sie mit mir alterte; kann mir nicht vergegenwärtigen das strahlend schöne Antlitz, gebleicht und von Furchen durchzogen, ihre majestätische Gestalt wohl gar gebeugt, nicht mehr einher schwebend, wie getragen von Schwingen – weg mit diesen Bildern – Lucile, ernste Todesgedanken beschleichen mich; sie weihen meinen letzten Gruß. Lucile! Du hast mich angefeindet, verhöhnt und verfolgt; ich habe mich gewunden in dem schmerzlichen Bewusstsein, Deinen Hass nicht zu verdienen, und doch hörte ich nie auf, Dich zu lieben. Lucile, lebe wohl! Beschleichen Dich ähnliche Empfindungen, wenn auch nur im Traume? Ich weiß nicht, soll ich Dir es wünschen, oder nicht gönnen. Wird diese Botschaft Dich jemals erreichen? Wird derjenige überhaupt kommen, dem mein Freund Plenty allein diesen Brief einhändigen darf? Ich hoffe es zuversichtlich, und diese Hoffnung erfüllt mich mit heiterem Frieden.

»Und so lebe denn wohl, Du schöne, Du herrliche Welt! In Dir habe ich gelitten, in Dir habe ich genossen. Ein glücklicher Lebensabend krönte mein irdisches Dasein; ich habe keinen Grund mehr zu klagen. Lebt wohl, Alle, die Ihr auch nach meinem Tode mir noch einen freundlichen Gedanken zollt.«

Hier schloss der Brief. Lange, nachdem Perennis ihn gelesen hatte, sah er noch auf ihn hin. Was er in seinem kurzen Verkehr mit der Marquise auf dem Karmeliterhofe ahnte: dass mehr als bloße Laune sie bewegte, auf dem alten Gehöft zu wohnen, ihn sogar mit Geldmitteln zur Reise zu versehen, das fand er hier unwiderleglich bestätigt. Denn die Marquise, welche noch immer mit Enthusiasmus an dem Beruf hing, dem sie durch einen Unglücksfall gewaltsam entrissen wurde, die alten Erinnerungen aber dadurch rege hielt, dass sie heimlich ein junges Talent ausbildete, sie konnte keine Andere sein, als jene Lucile, welche einst alle Welt durch ihre Anmut entzückte. Und prägte sich in ihrem ruhigen kalten Antlitz nicht aus, dass sie jetzt die Fähigkeit des Hassens besaß, wie ihr einst die Göttergabe einer glühenden Liebe eigentümlich gewesen? Er versuchte, sich die schöne hohe Gestalt zu vergegenwärtigen, rief sich einzelne ihrer geheimnisvollen Bemerkungen ins Gedächtnis zurück. Heute waren ihm dieselben kein Rätsel mehr. Aber ein anderes Rätsel tauchte vor ihm auf, ein Rätsel so verlockend, sogar berauschend, dass er meinte, den geistigen Blick nicht von demselben losreißen zu können: Die Enkelin Ginsters, der unstete Irrwisch, die bezaubernde Rheinnixe; stand sie nicht in irgend einer Beziehung zu dem verstorbenen Onkel oder der Marquise? Er sann und sann. Nirgends entdeckte er einen Anknüpfungspunkt; aber lebhafter schwebte ihm die Marquise vor. Es drängte ihn, die Kunde von demjenigen ihr zuzutragen, den sie so viele Jahre hindurch mit ihrem Hass verfolgte, und der nun still in seinem Grabe ruhte. Er sehnte sich, ihr zu beweisen, dass sie ein treues Herz unverdient anfeindete, ein Leben verbitterte, dessen letzter Atemzug ihren Nahmen hauchte. Wie nahm sie die Kunde auf? Wie löste sich das Rätsel, welches in seinen Augen noch immer das trotzige Fischermädchen umhüllte? Und Lucretia, welche der Verstorbene so warm seinem Schutze empfahl? Welchen Empfang hatte er von ihr zu erwarten, von ihr, die weinend an seinem Halse hing, als er im Begriff stand, die Reise über den Ozean anzutreten?

Es klopfte leise an die Schranktür. Perennis erschrak. Ihm war, als hätte Jemand durch die kleinen Öffnungen in der Türfüllung hindurch aus seiner Haltung Alles lesen müssen, was ihn in den letzten Minuten so ernst bewegte. Bevor er antwortete tönte eine süße herzige Stimme vertraulich hinter der Tür hervor.

»Ich soll unsern guten Nachbarn aus seinen Träumen stören. Mein Vater lässt ihn mit bestem Gruß bitten, seine Zeit weise einzuteilen, seinen Freunden zu geben, was den Freunden gebühre, seinen schwermütigen Betrachtungen dagegen keine Sekunde mehr, als ihnen rechtlich zustehe.«

»Ich komme, ich komme,« antwortete Perennis, hastig auf die durch die Bretter gedämpfte Stimme zuschreitend. Die Schranktür öffnete sich und ihm entgegen trat Eliza. Zutraulich seine Hand ergreifend, blickte sie ihm in die Augen, als hätte sie ihm einen Herzensdank darbringen wollen. Wehmütig sah Perennis zu ihr nieder. Wie unwillkürlich küsste er sie auf die Stirn. Sie duldete es mit zartem Erröten, wie vielleicht einst die väterlichen Liebkosungen seines Onkels.

»Möge das Glück nicht müde werden, Ihnen zu lächeln,« sprach er, »Ihnen und Allen, die zu Ihnen gehören.« Ach, was hätte er ihr nicht Alles sagen mögen!

Eliza lächelte träumerisch. Was lag ihr wohl näher, als der Gedanke an den biederen Burdhill?

Gewandt und anmutig, wie gewiss unzählige Male bei Lebzeiten seines Onkels, half sie Türen und Fensterladen zu schließen. Dann nahm sie Perennis' Hand, und ihn nach dem Schrank führend, sprach sie mit der ihr eigentümlichen verständigen Ruhe:

»Ich will es sein, welche Ihnen zuerst den Weg von Haus zu Haus zeigt.«

Perennis wusste nichts zu antworten. Alles schien sich verschworen zu haben, ihn an das Zerfließen eines kaum in's Leben getretenen entzückenden Traumes zu mahnen.

Als er, noch immer von Eliza geführt, in die hellerleuchtete Esshalle eintrat, streckten Plenty und Burdhill ihm mit herzlichem Gruß die Hand entgegen. Burdhills Antlitz strahlte, indem er sich alsbald Eliza zukehrte. Plenty, dieser beständig kalkulierende Yankee, hielt seine Hand etwas länger und drückte sie, als hätte er sie zermalmen mögen. Dabei schloss er, verabredeter Maßen, zwinkernd das rechte Auge, während die beiden Mundwinkel sich so tief senkten, dass es zweifelhaft erschien, ob sie jemals ihren Weg aus dem langen Kinnbart zurückfinden würden.

Niemand fragte nach dem Inhalt des Briefes und den in demselben etwa noch ausgedrückten Wünschen des toten Nachbarn; aber alle Hände regten sich, alle Worte und Blicke, selbst die aus den majestätisch rollenden Augen des schwarzen Majordomo, waren darauf berechnet, die Empfindungen der Vereinsamung von ihm fern zu halten. Ahnte doch Jeder, dass die Tage des nachbarlichen Beisammenweilens gezählt seien.

Drittes Buch

Die Tänzerin

Dreißigstes Kapitel.

Auf dem Karmeliterhofe

Auf zwölf Monate berechnete man in der Heimat Perennis' Abwesenheit; es waren deren achtzehn geworden und noch immer fehlte jegliche Nachricht von ihm. Der Frühling hatte wieder seinen Einzug gehalten, sein Äußerstes hatte er aufgeboten, dem Karmeliterhofe ein freundliches Aussehen zu verleihen, mit heiterem Grün schmückte er Baum- und Strauchdickichte; mit Butterblumen und Tausendschönchen durchschoss er die verwahrlosten Rasenflächen, aber der Ausdruck tiefer Melancholie, welcher das Gehöft umlagerte, wurde dadurch nicht verdrängt.

Die Marquise saß auf ihrem gewöhnlichen Platz am Fenster, von welchem aus sie den Strom und die schräge gegenüberliegende malerische Gebirgsgruppe zu überblicken vermochte. Der Sonnenschein eines klaren Nachmittags ruhte auf dem breiten, wirbelreichen Wasserspiegel, Sonnenschein auf den Wipfeln der Bäume, auf den schadhaften Dächern und dem mit Kehricht überfüllten Hofe. Sonnenschein endlich auf dem Wurfnetz des alten Ginster, der mit dem Erwachen der Natur seine angestammte Fischstelle wieder aufgesucht hatte.

Wie kalt, wie eisig schaute dagegen die Marquise darein! Die regelmäßigen Formen ihres Antlitzes schienen in den letzten achtzehn Monaten noch starrer geworden zu sein; vergeblicher als vor diesem Zeitraum, mühte sich die Schminke, die Spuren der Jahre zu verdecken. Die großen Augen aber hatten noch immer ihren alten Glanz bewahrt, und schwarz und üppig, wie vor einem halben Jahrhundert, schmiegte sich auch heute das sorgfältig geordnete Haar an die weißen Schläfen an. Eine Häkelarbeit lag auf ihren Knien. Starr blickte sie durchs Fenster ins Leere, während ihre schmalen Hände mechanisch mit einem Briefe spielten, welchen sie eben empfangen hatte. Plötzlich hob sie diesen wieder empor, und wie um zwischen den Zeilen nach irgendwelchen besonderen Andeutungen zu forschen, las sie ihn zum zweiten Mal Wort für Wort langsam durch.

»Gnädige Frau,« hieß es, »noch auf vierzehn Tage an New-York gebunden, wo ich vor einigen Wochen nach einer mühevollen Reise aus dem

Westen eintraf, beehre ich mich, für den Fall, dass Sie nicht durch meine junge Verwandte, an die ich mit letzter Post schrieb, bereits unterrichtet sein sollten, auch Ihnen den ungefähren Zeitpunkt meiner Heimkehr anzuzeigen. In meiner Hoffnung, hier endlich Nachrichten aus der Heimat vorzufinden, sah ich mich getäuscht. Dies beunruhigt mich in umso höherem Grade, weil ich seit anderthalb Jahren ohne jegliche Kunde geblieben bin. Wie werde ich den Karmeliterhof wiederfinden? Wie dessen Bewohner? Worin liegt die Ursache des geheimnisvollen, sogar beängstigenden Schweigens? Die fünfzehnhundert Dollars, welche ich vor sechs Monaten an Lucretia übermittelte, werden ihnen zu Händen gekommen sein. Bei der Verwendung der Summe, welche ich, nach Abzug Ihres Guthabens, zur vorläufigen Instandsetzung des Karmeliterhofes bestimmte, haben Sie in Wegerich gewiss einen dienstfertigen Ausführer Ihrer Pläne gefunden und hoffentlich Ihre eigenen Bequemlichkeiten und Neigungen als maßgebend gelten lassen. Ich deute damit an, dass Ihr Aufenthalt auf dem Karmeliterhofe durch nichts gestört oder verkürzt werden soll. Im höchsten Grade befremdet mich, dass Lucretia, trotz des mir erteilten Versprechens, nie ein Wort an mich richtete. Ich zürne ihr nicht, aber ich bin besorgt um sie. Auch ihr erkenne ich das Asylrecht auf dem Karmeliterhofe auf so lange zu, wie sie sich daselbst heimisch fühlt und geneigt ist, die von meinem verstorbenen Onkel ihr testamentarisch zugesicherte Gastfreundschaft in Anspruch zu nehmen. Innerhalb drei bis vier Wochen, von heute gerechnet, werde ich den heimatlichen Boden wieder betreten. Dasselbe Dampfboot, welches mich vor anderthalb Jahren in die Welt hinaustrug, soll mich auch wieder zurückbringen. Mein erster Gang gilt dem Karmeliterhofe. Mögen meine Besorgnisse sich als übertrieben und ungerechtfertigt ausweisen. Mit den herzlichsten Grüßen an meine junge Verwandte, die anmutige Gertrud und endlich an den getreuen Wegerich, habe ich die Ehre –« »Habe ich die Ehre,« wiederholte die Marquise teilnahmslos. Dann sah sie wieder zum Fenster hinaus. Nur wer sie genauer kannte, hätte entdeckt, wie es hinter diesem Mamorantlitz wirkte und arbeitete. Endlich erhob sie sich, und mit schleppendem Gange sich an den Sofatisch begebend, schrieb sie einen kurzen Brief. »An Fräulein Lucile Graniotti«, lautete dessen Aufschrift. Sie hatte kaum wieder am Fenster Platz genommen, als Lucretia eintrat und sich bescheiden nach ihren Wünschen erkundigte. Die Marquise dankte und forderte sie auf, sich zu ihr zu setzen. Indem Lucretia einen Stuhl herbeiholte, folgten die Blicke der Marquise aufmerksam ihren Bewegungen, als hätte sie ihre heutige Erscheinung mit derjenigen verglichen, welche sie beim ersten Zusammentreffen mit ihr bot. Hatte sich doch während der letzten achtzehn Monate eine gewisse träumerische Ruhe ihrem Wesen einverleibt, welche zwar das Kindliche verdrängte, dafür aber holde Jungfräulichkeit mehr in den Vordergrund treten ließ. Auch ihr Antlitz hatte sich verändert. Nicht mehr so rosig, erschien dessen Oval vollendeter. Die lieben freundlichen Züge erhielten dadurch in erhöhtem Grade einen schwermütigen, sogar leidenden Ausdruck, der ohnehin durch den sinnenden Blick der guten blauen Augen bestimmt wurde.

»Wie lange ist es her, seitdem Rothweil uns verließ?« fragte die Marquise, sobald Lucretia Platz genommen hatte, und als sei es zufällig geschehen, legte sie die Handarbeit vor sich auf den offenen Brief.

»Achtzehn Monate und zehn Tage,« antwortet Lucretia lebhaft, doch lag es im Tone ihrer Stimme wie eine sanfte Klage.

»Und wie viel Briefe haben Sie in dieser Zeit empfangen?«

»In den ersten beiden Monaten drei; dann erfuhr ich nichts mehr von ihm.«

»Wunderbar. Sie stehen ihm doch am nächsten; es lässt sich kaum vermuten, dass er an einen anderen schrieb.«

»An keinen Anderen. Wo es nur immer möglich gewesen wäre, stellte ich Nachforschungen an.«

»Also auch bei Herrn Splitter?«

»Kein einziges Mal sah ich ihn, ohne ihn danach zu fragen.«

»Seltsam in der Tat, wenn auch nicht beunruhigend –«

»Und dennoch beunruhigt es mich im höchsten Grade,« fiel Lucretia ein und ihre Augen füllten sich mit Tränen, »zu fest versprach er, mich stets in Kenntnis über sein Ergehen zu erhalten. Ich sollte sogar zwischen ihm und Allen vermitteln, mit welchen er sich in Verkehr zu setzen wünschte.«

»Immer noch kein Grund zu Besorgnissen; wer weiß, ob da, wohin er sich begab, die Verkehrsmittel einen regelmäßigen Briefwechsel begünstigen.«

»Das war bisher mein Trost, oder ich hätte mich noch mehr geängstigt.«

»Sie verabsäumten vielleicht, ihm von hier aus Nachricht zu geben?«

»Seinem Rate gemäß sandte ich alle vier Wochen einen Brief an ihn ab, und jeden einzelnen adressierte ich genau an seinen mir in den ersten Nachrichten erteilten Angaben. Herr Splitter ist mein Zeuge. Er selbst trug alle zur Post. Der eine oder der andere muss sein Ziel erreicht haben.«

Die Marquise sah wieder zum Fenster hinaus. Sie wünschte zu verheimlichen, dass die Sorgenfalten zu beiden Seiten der zusammengepressten Lippen sich etwas tiefer senkten, ihr Blick sich umdüsterte.

»Ich würde Ihnen raten, fernerhin nicht mehr zu schreiben,« bemerkte sie nach einer Pause ruhig, »denn nach meiner Berechnung kann er sich kaum noch in Neu-Mexiko befinden.«

»Sie haben Nachricht von ihm?« fragte Lucretia, und die Spannung färbte ihr gutes Antlitz purpurn.

»Keine Nachricht,« hieß es eintönig zurück, »was könnte ihn veranlassen, sich an mich zu wenden?«

Lucretia neigte das Haupt. Ein Weilchen beobachtete die Marquise sie sinnend, dann fragte sie, wie um überhaupt das Gespräch weiter zu spinnen:

»Ist Herr Splitter lange nicht hier gewesen?«

Lucretia erschrak.

»Gewöhnlich einen Tag um den anderen besucht er den Karmeliterhof,« antwortete sie mit sichtbarer Anstrengung.

»So kurz vor der Hochzeit gibt es gewiss Mancherlei zu ordnen und zu verabreden,« warf die Marquise gleichmütig ein. Lucretia schwieg; dagegen entdeckte die Marquise, dass es auf dem geneigten Antlitz kämpfte, als hätte sie in lautes Weinen ausbrechen mögen.

»Ist der Tag schon bestimmt?« fragte sie nach einer Pause.

»Ich weiß es nicht,« erklärte Lucretia kaum vernehmbar, »ich überlasse ihm Alles. Seitdem er meinen Wunsch, Rothweils Rückkehr abzuwarten, als ungerechtfertigt zurückwies, frage ich nicht mehr. Es scheint fast, als wüsste er, dass wir ihn nie wiedersehen würden.«

»Woraus schließen Sie das?«

»Er beruft sich darauf, dass ich eines gesetzlichen Schutzes bedürfe, wenn ich in die Lage geraten sollte, als meines Verwandten Erbin aufzutreten. Es klang entsetzlich.«

»In seinen Worten liegt viel Wahres. Er wünscht also, Ihre Vereinigung zu beschleunigen?«

»In neuester Zeit mehr und dringender, denn je zuvor, bis ich endlich meinen Widerstand aufgab. Achtzehn Monate weigerte ich mich, ohne Rothweils Zustimmung den letzten Schritt zu tun; doch ich bin mürbe geworden. Ihr Zuspruch trug mit dazu bei, meinen Willen zu brechen,« und vorwurfsvoll klang Lucretia's Stimme.

»Nun ja,« versetzte die Marquise, die Brauen leicht runzelnd, »ich hob allerdings hervor, dass ein junges Mädchen wohl überlegen müsse, bevor es einen Heiratsantrag zurückweise, namentlich, wenn es so allein dastehe, wie Sie. Wie oft erlebte man, dass ein Herz, welches durch glänzende Außenseiten bestochen wurde, nach kurzem Traum in Jammer brach, während ein anderes, welches bei der Entscheidung manchen zarten Regungen fremd, allmählich eine Stätte des Glückes und des Friedens wurde. Nebenbei scheint sein Einkommen sich erhöht zu haben.«

»Auch das gab er als Grund seines Drängens an. Ich kümmere mich nicht darum. Mit dem Wenigsten bin ich zufrieden, und um ein Stückchen Brot brauchte ich mich nicht zu verkaufen,« bäumte Lucretia's geknechtetes Gemüt sich noch einmal empor; aber ein einziger Blick in die sie kalt beobachtenden Augen, und ihr erwachendes Selbstgefühl entschlummerte wieder.

»Fassen Sie Muth,« hob die Marquise an, »Herr Splitter ist ein Mann, der seine Frau auf den Händen trägt –«

Lucretia war aufgesprungen, sank aber sogleich wieder, wie entkräftet, auf ihren Stuhl zurück.

»Ihnen ergeht es,« fuhr die Marquise, die Störung scheinbar nicht beachtend, ruhig fort, »wie so vielen jungen Mädchen vor Ihnen und nach Ihnen. Jungfräuliche Scheu macht sie unfähig zu einem ernsten Gespräch über Ihre Zukunft. Und doch zwingt Teilnahme für Sie mich dazu, dieselbe ins Auge zu fassen. Sie erwarten Herrn Splitter vielleicht heute noch?«

»Ich erwarte ihn nie, aber er mag kommen.«

»So senden Sie ihn zu mir. Mit ihm will ich Alles vereinbaren, was ich zu Ihrem Frommen am Liebsten mit Ihnen selbst besprochen hätte. Und nun noch einmal: Fassen Sie Muth. Vergessen Sie nicht, dass auch von Seiten des Mannes ein hoher Grad von aufrichtiger Anhänglichkeit dazu gehört, ein Bündnis fürs ganze Leben einzugehen.«

Lucretia erhob sich. Im Tone der Marquise hatte gewissermaßen eine Verabschiedung gelegen. Mit einer höflichen Verneigung verließ sie das Zimmer, und gleich darauf trat sie bei dem alten Wegerich ein.

»Armes Kind,« lispelte die Marquise wie unbewusst, sobald sie sich allein befand, »gern möchte ich Dir den bitteren Kelch ersparen, allein ich kann nicht. Andere Rücksichten walten,« und ihr Antlitz versteinerte sich förmlich, »Rücksichten, die nicht umgangen werden dürfen, soll ich meiner Vergangenheit nicht untreu werden.«

Sie zog den Brief unter der Handarbeit hervor und las ihn zum dritten Mal mit großer Aufmerksamkeit. Am Schluss lächelte sie spöttisch.

»Wie mancher gemeine Verbrecher wurde auf Grund seiner Verwandtschaft geschont,« lispelte sie wiederum, »o, dieser Splitter ist ein scharf berechnender, ein kluger Mann,« und nachlässig griff sie nach Wolle und Häkelarbeit. –

Lucretia war kaum bei Wegerich eingetreten, als sie sich auf einen Stuhl warf, ihr Antlitz mit beiden Händen bedeckte und so bitterlich weinte, als hätte es einem letzten Abschied von allem Glück, allem Frieden gegolten. Traurig näherte Wegerich sich ihr. Jede einzelne Borste auf seinem Haupt schien sich vor Schmerz zu winden und noch steiler empor zu richten, während innige Teilnahme die Zahl der Falten in seinem bartlosen Gesicht verdoppelte. Da Lucretia auf seine erste Anrede kein Zeichen des Verständnisses gab, legte er seine Hand sanft auf ihr Haupt.

»Ich will mir zwar kein Urteil darüber anmaßen,« sprach er ergriffen, »aber es kommt dennoch Alles vielleicht anders; in jedem Augenblick kann Herr Perennis eintreffen –«

»So sprechen Sie heut,« fiel Lucretia klagend ein, »so sprachen Sie vor vielen Monaten. Nein, er kehrt nicht zurück, und kommt er, so ist es zu spät. So lange ich den gefürchteten Zeitpunkt fern glaubte, beunruhigte das Verhältnis zu Splitter mich weniger. Allein jetzt, da ich keinen Ausweg mehr sehe, ist mir, als müsste ich in den Tod gehen. Ich ertrag's nicht, nein, ich ertrag's nicht!« –

»So wollen wir ihn abweisen,« suchte Wegerich, selbst seinen Muth nur erheuchelnd, die jugendliche Freundin aufzurichten.

»Ich kann nicht,« schluchzte Lucretia, »zu fest bin ich gebunden. Ich habe mich ihm versprochen – nicht einmal, sondern so oft er seine Augen auf die meinigen richtete und mich fragte – ach, eine unwiderstehliche Gewalt liegt in diesen Augen, die niemals lachen, keinen Widerspruch dulden – ich muss ihm folgen, ihm gehöre ich – ich kann nicht anders –«

Sie verstummte entsetzt. Sie hatte Splitters Schritte erkannt, indem derselbe mit seinem bedächtigen Wesen die Treppe erstieg.

»Um Gotteswillen, Herr Wegerich,« flüsterte sie von Todesangst ergriffen, »sagen Sie ihm, die Frau Marquise wünsche ihn zu sprechen. Ich will ihn jetzt nicht sehen – er darf nicht erfahren, dass ich weinte.«

Wegerich war schnell hinausgetreten; Lucretia hörte, dass er Splitter zur Marquise beschied.

»So grüßen Sie meinen guten Genius,« antwortete Splitter laut, denn er erriet Lucretia's Nähe, »viele tausend herzliche Grüße bestellen Sie ihr. Vergessen Sie nicht, ausdrücklich zu wiederholen, dass ich um keinen Preis ihr irgendwelchen Zwang auferlegen möchte. Sei sie heute nicht in der Stimmung, mich zu sehen, so würde ich morgen wiederkommen.«

Er klopfte, und gleich darauf begrüßte er die Marquise unterwürfig.

»Sie begreifen, dass nur aufrichtige Teilnahme für meine junge Gesellschafterin mich dazu bewegen konnte, eine Unterredung mit Ihnen zu suchen,« hob die Marquise an, sobald Splitter auf ein Zeichen von ihr Platz genommen hatte, »aber auch an mich selbst denke ich indem ich zu wissen wünsche, bis zu welchem Tage ich mich deren Dienste noch zu erfreuen haben werde.«

»Eine bescheidene Wohnung habe ich in der Stadt bereits eingerichtet,« antwortete Splitter, und indem er den kalten Blicken der Marquise aus-zuweichen suchte, zuckten die Falten auf seiner Stirn vor Diensteifer hi-nauf und hinunter; »von einer Hochzeitsfeier müssen wir natürlich ab-sehen. Einige Zeugen begleiten uns – ich habe gedacht, in zehn, spätes-tens zwölf Tagen und nachdem das letzte Aufgebot stattgefunden hat. Eine nähere Entscheidung möchte ich meiner jungen Verlobten anheim-geben.«

»Plötzlich so eilig?« fragte die Marquise, und ihre dunklen Augen schie-nen sich zu vergrößern, indem sie Splitter fest ansah.

»Nur im Interesse meiner jungen Verlobten,« erklärte Splitter, sich förm-lich windend unter dem eisigen Blick; »ungern möchte ich bei dem zu-rückgezogenen Leben, welches sie führt, unseren Verkehr einschränken; die äußeren Formen verlangen immerhin ihre Rücksichten, und um böswilligen Deutungen zuvorzukommen, gibt es wohl kaum einen ge-eigneteren Weg, als die Trauung zu beschleunigen.«

»Ich darf Ihnen Glück zur Erhöhung Ihres Gehaltes wünschen?«

»Eine Gehaltserhöhung eigentlich nicht, indem ich mir ein eigenes Bu-reau einrichtete,« stotterte Splitter, und um dem forschenden Blick aus-zuweichen, glättete er anspruchslos seine Hutkrempe, »sondern viel-mehr eine Erhöhung des Einkommens überhaupt – eine kleine Erbschaft – ich wäre sonst schwerlich im Stande gewesen, schon jetzt meinen eige-nen Herd zu begründen.«

Um die zusammengepressten Lippen der Marquise spielte es wie unsäg-liche Verachtung. Doch keine zerspringende Stahlsaite hätte ausdrucks-loser klingen können, als ihre Stimme, indem sie bemerkte:

»Ihre Pläne zeichnen sich stets durch große Klugheit aus. Ich betrachte dies als eine Bürgschaft für die Sicherstellung der äußeren Verhältnisse Ihrer jungen Frau. Nur Eins bedaure ich; nämlich, dass der jetzige Besit-zer dieses Gehöftes, der junge Herr Rothweil, noch nicht heimgekehrt ist. Seine Anwesenheit würde viel dazu beigetragen haben, die letzten Be-denken des schüchternen Kindes zu beseitigen. Sie hängt mit großer Liebe an ihrem Verwandten; und wie sie mir anvertraute, ist sie seit sechzehn Monaten ohne Nachricht von ihm geblieben.«

»Niemand kann das tiefer beklagen als ich,« versetzte Splitter, wiederum mit seinem Hut beschäftigt, »es muss ihm irgend Etwas begegnet sein. An einen Unglücksfall glaube ich zwar nicht; dagegen erscheint nicht unmöglich, dass die Verhältnisse, in welche er auf der anderen Seite des Ozeans eintrat, seinen Geist in so hohem Grade umfingen, dass der Karmeliterhof samt allen seinen Bewohnern, wenn auch nur vorübergehend, aus seinem Gedächtnis verdrängt wurde.«

»Ich pflichte Ihnen bei, Herr Splitter, irgendetwas muss vorgefallen sein; doch geben wir uns darüber keinen weiteren Mutmaßungen hin. Ich billige, dass Sie das Mädchen, welches verwandtschaftlichen Schutzes entbehrt, in Ihren gesetzlichen Schutz nehmen wollen. Kehrt Herr Rothweil in nächster Zeit heim, so kann es ihm nur Befriedigung gewähren, Sie als Verwandten zu begrüßen.«

Obwohl mit ihrer Häkelarbeit beschäftigt, bemerkte die Marquise über dieselbe hinweg, dass Splitter bei ihren letzten Worten erbleichte und sich nur zustimmend zu verneigen vermochte. Sie gab sich das Ansehen, es nicht zu bemerken, und fügte eintönig hinzu:

»Dort auf dem Tisch liegt ein Brief, welchen ich recht sicher befördert haben möchte. Ich kann ihn wohl keinen zuverlässigeren Händen anvertrauen, als den Ihrigen. Er ist an eine Freundin gerichtet, welche ich eingeladen habe, einige Tage bei mir zu verleben. Vielleicht trifft sie früh genug ein, um Ihre Verlobte zum Traualtar zu begleiten.«

Wiederum verneigte Splitter sich unterwürfig. Die Marquise lächelte spöttisch, als sie entdeckte, wie gewaltig die Andeutung seiner Gewissenhaftigkeit ihn erschütterte. Sie mochte sich sein und Lucretia's Erstaunen vergegenwärtigen, wenn sie in dem angekündigten Besuch den Irrwisch früherer Tag erkannten. Da sie kein neues Gespräch anknüpfte, betrachtete Splitter die Audienz als beendigt. Unterwürfig, wie er eingetreten war, entfernte er sich wieder. Die Marquise neigte sich über ihre Arbeit. Ihre Ruhe schien durch die jüngste Unterhaltung nicht gestört worden zu sein. Nur einmal öffnete sie die Lippen und flüsternd entwand es sich denselben:

»Sie kann mir leid tun, die Kleine,« und gleichmäßig reihten sich die unter ihren Händen entstehenden Maschen aneinander. –

Als Splitter bei Wegerich eintrat, saß dieser an dem mit weiblichen Handarbeiten bedeckten Tisch Lucretia gegenüber. Was auch immer zwischen ihnen verhandelt worden war: Lucretia hatte Zeit gefunden, sich zu sammeln und die Spuren der Tränen von ihren Wangen zu entfernen. Beim Anblick Splitters erhoben sich Beide. Wegerich schlich scheu bis in den äußersten Winkel seines Zimmers, wogegen Lucretia, auf ihren Stuhl zurücksinkend, den Eindruck eines Opfers hervorrief, welches bereit ist, seinen Nacken unter den letzten Todesstreich zu beugen. Einen flüchtigen Blick des Argwohns sandte Splitter zwischen den beiden Vertrauten hin und her, dann trat er vor Lucretia hin, und deren Hand ergreifend, hob er dieselbe an seine Lippen. Mit der freien Hand strich er über das liebliche Haupt. Er fühlte, dass Lucretia zitterte. Eine Wolke des Missmutes, gleichsam ein Schatten seines Gespräches mit der Marquise, eilte über sein hässliches Antlitz. Doch schnell erhielt dasselbe wieder jenen Ausdruck unerbittlicher Strenge, gepaart mit einem Lächeln der Überlegenheit, vor welchem Lucretia heimlich in sich zusammenschauerte.

»Alles ist endgültig entschieden und geordnet,« sprach er, seinem rauen Organ eine gewisse Weichheit verleihend, »und ich freue mich, dass die Frau Marquise meinen Plan in allen seinen Teilen billigt. Am zehnten Tage von heut gerechnet, findet das dritte Aufgebot statt; dann gebe ich Dir noch drei Tage Zeit. Innerhalb dieser Frist aber muss die Trauung stattfinden. Vielleicht ist es Dir lieb, vorher unsere Hauseinrichtung zu prüfen. Sie ist zwar einfach genug, allein ich glaube nicht, dass ich etwas vergaß.«

»Ich werde sie früh genug kennen lernen, wenn –« hob Lucretia an, stockte aber sogleich wieder. Sie vermochte den Gedanken nicht weiter zu spinnen.

»Und dennoch wirst Du Dich überzeugen, dass in den bescheidenen Verhältnissen nichts vernachlässigt wurde, vor Allem aber ich peinlich Deine eigentümlichen Neigungen im Auge behielt,« bemerkte Splitter, ihre Hand etwas fester drückend. Zugleich suchten seine Amphibienaugen mit den scheinbar zitternden, kleinen Pupillen die ihrigen, wie in jenen Tagen, als der schäbige Bureauschreiber den Zwang des Lernens mit kleinen Näschereien versüßte, und wie damals beugte Lucretia sich auch heute unter die harte Notwendigkeit. Der heitere Mutwille der damaligen Zwischenstunden war dagegen eingeschlummert.

»Wenn ich durchaus muss, werde ich hingehen,« antwortete sie mit jenem Ausdruck, wie man ihn einem, durch den sagenhaften Zauberblick einer Schlange gebannten Opfer vor der tödlichen Umschlingung zuschreibt.

»Ja, Du musst, mein teures Kind,« erklärte Splitter, und indem er mit den Lippen einen tief berechneten, harten Urteilsspruch fällte, glitt die große Hand wieder schmeichelnd über das liebliche Haupt, »ich wiederhole: Du musst. Ich darf nicht dulden, dass unsere künftigen Hauswirte ein ungünstiges Urteil über meine junge Braut fällen, ihr wohl gar Mangel an Teilnahme für die Stätte vorwerfen, auf welcher sie zum ersten Mal in die Pflichten und Rechte einer Hausfrau eintreten soll. Überhaupt muss ich ernstlich darauf dringen, dass jetzt, nach dem ersten Aufgebot, wir uns mehr in der Öffentlichkeit zeigen. Wir werden gemeinschaftlich die Kirche besuchen und auf Spaziergängen uns erholen. Trug ich aber bisher Deinen absonderlichen Wünschen Rechnung, so kann das einzig und allein meiner herzlichen und aufrichtigen Neigung zu Dir zugeschrieben werden.«

»Ein halbes Jahr schenken Sie mir noch,« raffte Lucretia ihren letzten Muth zusammen, »bei Allem, was Ihnen heilig, bitte ich, gönnen Sie mir Zeit, und wenn auch nur drei bis vier Monate. Vielleicht ist Rothweil bis dahin zurückgekehrt; ich versprach ihm, ohne seinen Willen – und er vertritt doch gewissermaßen meine verstorbenen Eltern – keinen Schritt zu tun.«

Splitter sah zur Seite, um zu verbergen, wie es in seinen Augen feindselig aufleuchtete, dann sprach er bedächtig:

»Empfändest Du anders, so würde ich es tadeln. Die Anhänglichkeit an einen Verwandten und der Wert, welchen Du einer ihm unüberlegt erteilten Zusage beimisst, verdienen sogar Anerkennung; allein in diesem Falle müssen Deine Bedenken schweigen. Denn hätte nach sechs Monaten Rothweil immer noch kein Lebenszeichen von sich gegeben, was dann? Wir befänden uns nicht nur auf derselben Stelle, wie heute, sondern hätten uns auch geschädigt. Und ferner – schmerzlich, wie es mir ist, es zu offenbaren: Ich kann mich von dem Gedanken nicht lossagen, dass Rothweil in dem fremden Lande in glückliche Verhältnisse eintrat und sich daher am wenigsten nach dem tief verschuldeten und zerfallenen Karmeliterhofe zurücksehnt.«

»Er tut es, ja, er sehnt sich zurück, wenn auch nur um seine Verpflichtungen gegen Andere zu erfüllen,« versetzte Lucretia leidenschaftlich, »sein letztes Wort an mich war: ›Auf Wiedersehen!‹ und ich weiß, über alle Hindernisse hinweg löst er sein Versprechen.«

»Aber wie, wenn statt seiner, wie bei seinem verstorbenen Onkel, die Kunde einträfe, dass er nicht mehr unter den Lebenden weile, schon längst die fremde Erde sein treues Herz decke? Wäre es dann nicht eine Wohltat für Dich, Jemandem zu gehören, der Dir Alles, Alles ersetzte?«

Tiefer neigte Lucretia ihr Haupt, um die Tränen zu verbergen, die langsam und schwer über ihre Wangen rollten.

»Er lebt, ich weiß es,« sprach sie gedämpft, als wären ihre Worte nicht für Splitter bestimmt gewesen, »er kehrt auch zurück, mag es immerhin noch eine Weile dauern; aber er kommt, ja, er kommt, meine Ahnung kann mich nicht trügen.«

In Splitters Augen glühte wieder verhaltener Zorn, aber versöhnlich klang seine Stimme, indem er antwortet:

»Und wenn er kommt, soll er als teurer Verwandter mir tausendmal gegrüßt sein. In seinen Augen werden wir innere Befriedigung lesen, dass Du einen sicheren, treuen Hort fandest – doch Du bist ergriffen – Du möchtest allein sein, möchtest Dich sammeln, Dich im Stillen mit dem bevorstehenden Wechsel Deiner Lage vertraut machen und ich bin es, der auch Deine leisesten Wünsche achtet und ehrt. Und so scheide ich denn heute von Dir, um Dich vielleicht nach einigen Tagen erst wiederzusehen, dann aber hoffentlich in heiterere Augen zu schauen.«

Er küsste Lucretia auf die Stirn. Wohl fühlte er, dass sie vor seiner Berührung unabsichtlich zurückbebte; wohl fachte es seinen Verdruss, und mehr noch, seine Besorgnisse zu verborgen lodernden Flammen an, dass Lucretia, wie gebrochenen Herzens sitzen blieb, anstatt ihn bis zur Tür zu begleiten; allein er verstand es, sich zu beherrschen. Sanft, sogar vertraulich klang seine Stimme, als er, Wegerich zum Abschied die Hand reichend, ihn darauf vorbereitete, dass auch nach ihrer Verheiratung seine junge Schutzbefohlene noch manche Stunde, manchen Tag bei ihm auf dem Karmeliterhofe verleben würde.

Dann ging er. Aber nachdem er schon längst den Hof verlassen hatte, saß Lucretia noch immer auf derselben Stelle, beobachtete Wegerich noch immer von seinem Winkel aus trübselig die hin und wieder krampfhaft schluchzende zarte Gestalt.

Einunddreißigstes Kapitel.

Auf Ewig

Zehn Tage waren verstrichen. Für Lucretia in ihrer bangen Seelenstimmung zehn unendlich lange Tage, und dennoch so kurz, indem jede einzelne Stunde sie dem ihr von Splitter und der Marquise vorgesteckten Ziele näher brachte.

Und wiederum neigte die Sonne sich dem Westen zu, als vor dem Dorfe, in welchem Gertrud einst ihren Unterricht genoss, eine geschlossene Mietskutsche anhielt. Gleich darauf entstieg derselben eine in Schwarz gekleidete, tief verschleierte Dame.

»Warten Sie auf mich,« wendete sie sich an den Kutscher, »es mag eine halbe, eine ganze Stunde dauern und noch länger. Vielleicht bin ich auch nach einigen Minuten zurück.«

Die letzten Worte sprach sie leise, als hätte sie die angedeutete Möglichkeit befürchtet. Der Kutscher erklärte höflich seine Bereitwilligkeit. Dann blickte er ihr nach, wie sie behänden Schrittes sich ins Dorf hineinbewegte, den ihr begegnenden Leuten auf deren Gruß durch freundliches Neigen ihres Hauptes dankte und endlich in den das Schulhaus von der Straße trennenden Garten einbog. Behutsam schloss sie die Pforte hinter sich. Dann blieb sie stehen, ihre Blicke über die sich vor ihr ausdehnende Szenerie hinsendend.

Da lag das stille Schulhaus noch gerade so zwischen Bäumen, Sträuchern und Spalieren eingenestelt, wie vor achtzehn Monaten; nur dass heiteres Frühlingsgrün es schmückte, wogegen damals der Herbst bleichend, bräunend und rötend in das dichte Weinlaub eingezogen war. Auch der Garten war bis in die kleinsten Anlagen hinein derselbe geblieben; doch was damals reifte, heute lugte es erst schüchtern über das schwarze Erdreich empor, drängte es sich in Strauch und Baumwipfeln verheißend und fröhlich dem Sonnenschein entgegen.

»Das soll mir eine gute Vorbedeutung sein,« flüsterte es, wie die Umgebung begrüßend, unter dem schwarzen Schleier hervor, und zögernd näherte die schlanke Gestalt sich der bereits schattigen Hollunderlaube auf dem Giebel des Hauses. Nur einen Blick wollte sie auf die traute Stätte werfen und dann weiter suchen, bis sie Denjenigen fand, der hier in ländlicher Abgeschiedenheit mit gleichem Eifer und gleicher Liebe kindliche Gemüter wie Blumen und junge Bäumchen pflegte. Bevor sie die Laube erreichte, wurde ihr Schritt noch leiser und vorsichtiger. Man hätte meinen mögen, dass sie zu leicht, um die Spuren ihrer kleinen Füße in dem Sande des Weges auszuprägen. Neben der Laube, an die Giebelwand gelehnt, standen eine Harke und eine Schaufel, ein Zeichen, dass Jerichow auf seiner Lieblingsstätte rastete. Vor dem Eingange, jedoch weit genug zurück um denselben nicht zu verdunkeln, trat die Fremde so weit herum, dass sie das Innere der Laube zum Teil zu überblicken vermochte. Und da saß er ja wirklich, Gertruds Lehrer und Freund, auf derselben Stelle, von welcher aus er so manches liebevoll ermahnende Wort an sie richtete. Auch Bücher lagen wieder vor ihm und – sie täuschte sich ja nicht – eine Anzahl loser Blätter und ein Heft, welches sie auf den ersten Blick als ein von ihrer eigenen Hand beschriebenes erkannte. Und so rief es denn den Eindruck hervor, als habe er seine Schülerin nach alter Weise erwartet, um nach ihrem Eintreffen den Unterricht sogleich zu beginnen. Hatte er sich doch, wie damals, auch jetzt in ein Buch vertieft, wie sich auf sein Werk vorzubereiten. Denn die Gertrud war nicht wie die Dorfkinder. Über deren Sphäre reichte ihr Geist hinaus. Ihren Gesichtskreis erweiternd, musste er mit Überlegung und Vorsicht seine Worte abwägen, um nicht zu verwirren, nicht Saatkörner auszustreuen, welche Früchte trugen, am wenigsten geeignet, den Seelenfrieden des rätselhaften Wesens zu begründen und demnächst zu befestigen.

So verrannen Minuten. Regungslos, wie ein Gebilde aus Marmor, stand Gertrud, die Blicke fest auf das ihr zugekehrte Profil Jerichows gerichtet. Aber unter dem Schleier hervor, der nur bis an die lieblich geschnittenen roten Lippen reichte, sank Tropfen auf Tropfen auf den ihren Busen umhüllenden blauschwarzen Sammet nieder. Endlich schlug sie den Schleier zurück. Es geschah geräuschlos. Doch den Schatten der Bewegung musste Jerichow gleichsam gefühlt haben, denn er kehrte sich nachlässig dem Ausgange zu. Eine Fremde vermutend wollte er sich erheben, sank aber sogleich wieder auf die Bank zurück. Er konnte ja nicht glauben, was er sah, musste es für eine Sinnestäuschung halten. Und so starrte er auf Gertrud hin, als hätte deren Anblick ihn geblendet. Und dabei sah er so bleich, so leidend aus, während auf seinen Wangen sich unheimliche rote Male bildeten, dass Gertrud vor Jammer hätte laut aufweinen mögen; aber noch immer blieb sie wie gelähmt stehen. Sie konnte ihre Blicke nicht von dem vertrauten Antlitz abziehen, nicht von den redlichen Augen, die sonst in Begeisterung strahlten, wenn er in heiligem Eifer geistig das Naturreich mit ihr durchwanderte, den ihm streng auferlegten Pflichten zuwider, die Erhabenheit der Gottheit an deren begreiflichen Werken erklärte und veranschaulichte. Ja, da saß er, der getreue Jerichow mit seinem edlen Johannesgesicht, doppelt veredelt durch die ihm innewohnenden Überzeugungen, aber gleichsam verklärt durch den Stempel eines unheilbaren Siechtums, welchen ein grausames Geschick seinem Antlitz aufgedrückt hatte.

»Gertrud!« entwand es sich endlich mit einem unbeschreiblichen Ausdruck freudigen Erstaunens seinen Lippen.

Da löste sich der Bann, von welchem Gertrud so lange umfangen gewesen. Neue Tränen entstürzten ihren Augen, und bevor Jerichow sich zu erheben vermochte, lag sie vor ihm auf den Knie, seine beiden Hände haltend und küssend, dass er meinte, vor Schmerz und Freude sterben zu müssen.

»Gertrud,« brachte er endlich hervor, und er kämpfte gewaltig gegen die ihn übermannende Rührung, »woher kommst Du? was soll das heißen? – Nicht doch, Gertrud – das ist keine Stellung für Dich,« und er versuchte ihr seine Hände zu entziehen; sie aufzurichten.

»Hier will ich liegen bleiben,« fiel Gertrud mit ihrem gedämpften, tiefen Organ ein, und ängstlich blickten ihre großen Augen, »hier will ich bleiben, bis ich Alles ausgesprochen habe, was mich bedrückt. Ich bin gekommen, um nicht anders von Ihnen zu gehen, als wenn Sie mich fortweisen! Ich will Ihnen dienen und treu sein, bis über das Grab hinaus –«

»Gertrud,« unterbrach Jerichow sie abermals, und die brennende Röte der Wangen teilte sich flüchtig seinem ganzen Antlitz mit. »Du meine liebe, teure Schülerin, – bedenke, was Du sagst – erwäge, wie ich die Worte deuten könnte, welche die Freude des Wiedersehens Dir eingibt – «

»Ich war auf das Wiedersehen vorbereitet,« fuhr Gertrud leidenschaftlich fort, »und ich weiß, was ich spreche. Seit der Stunde, in welcher ich von Ihnen schied, hat der jetzige Augenblick mir vorgeschwebt, habe ich ihn herbeigesehnt; und nun, da er herbeigekommen ist, flehe ich zu Ihnen: weisen Sie mich nicht fort! Ehre und Schätze will ich von mir stoßen! Ihre Gertrud, der Irrwisch will ich wieder sein, und erkennen Sie mir ein Mehr zu, so ist mein Glück vollständig.«

Sie säumte; aber den Ausdruck von Seelenangst in Jerichows Antlitz entdeckend und seinem Bestreben, sie emporzuziehen, wehrend, sprach sie in einem, vor Innigkeit fast ersterbenden Tone weiter:

»Wie jetzt vor Ihnen, habe ich vor unzähligen Menschen, die mich nicht kümmerten, gekniet. In derselben Minute habe ich gelacht und geweint, habe ich alle nur denkbaren Empfindungen zur Schau getragen, ohne dass mein Herz etwas Anderes kannte, als den Wunsch zu glänzen, zu gefallen. Dies Alles ist jetzt dahin! Blicken Sie mir in die Augen und fragen Sie sich, ob ich auch hier eine Täuschung begehe, hier, wo ich nicht um den Beifall gleichgültiger Menschen mich zu bewerben brauche. Fragen Sie sich, was allein mich hergetrieben haben kann, was mich auf meinen Knien zu Ihnen flehen lässt, mich nicht zu verstoßen! Und ich sehe es ja: noch lebt der wilde Irrwisch in Ihrem Gedächtnis, wohl gar ein wenig in Ihrem Herzen – was sollten sonst die zerrissenen Blätter dort, welche ich einst unter ihrer Aufsicht beschrieb –«

»Nicht weiter, Gertrud!« fiel Jerichow wiederum tödlich erbleichend ein, und ihr die eine Hand beinahe gewaltsam entziehend, bedeckte er die Schriften mit den Büchern, »ich verstehe Dich nicht, Du sprichst so geheimnisvoll, ich kenne Dich nicht wieder, steh' auf, meine liebe Gertrud, lass es sein wie früher. Setze Dich mir gegenüber auf Deinen Platz, wir wollen plaudern, wie in alten Zeiten. Sage mir, dass ich falsch hörte; entreiße mich dem Glauben – welcher – nein, ich darf es nicht aussprechen, komm, Gertrud, da drüben ist Dein Platz, hier sind Deine Bücher – ich nahm Alles mit hierher, der Erinnerung halber; denn wie es gewesen, kann es doch nimmermehr werden. Du hast Glück in der Welt gehabt, liebes Kind, du erscheinst mir so viel anders, so fremd. Und Deine geheimnisvollen Reden – deute mir Alles. Ich weiß, Du kannst mir nichts erzählen, dessen Du Dich zu schämen brauchtest –«

Er brach ab. Das lebhafte Sprechen zusammen mit der tiefen Erregung hatte ihn erschöpft. Seine Blicke hafteten an den großen Augen, als hätte er deren Glanz in Einklang mit den vernommenen Worten bringen wollen. Gertrud lag noch immer auf den Knien. So lange er sprach, lauschte sie beinah atemlos. Als er aber endigte und die schmale Hand zurückzog, welche er, wie vor Jahren so manches liebe Mal, auf ihr Haupt gelegt hatte, da erhob sie sich ebenso gehorsam wie damals. Wie seinen Sinnen nicht trauend, betrachtete er die schlanke Gestalt, welche in der ihm noch fremden Bekleidung mehr denn je zuvor das tadelloseste Ebenmaß zeigte, in Haltung wie Bewegungen eine ruhige, würdevolle

Anmut offenbarte, die so himmelweit verschieden von dem Trotz des graziösen Irrwischs. Was hatte sie erlebt? Welche Erfahrungen bildeten die Schule, aus welcher sie so gänzlich verändert, sogar veredelt in Wesen und Sprache hervorgegangen war? In ihrer Seele hätte er lesen mögen, um ihre Erfahrungen zu prüfen, an dem Schlage des eigenen Herzens zu ermessen, ob er ihre lange Abwesenheit nach dem rätselhaften Verschwinden segnen oder beklagen sollte.

Gertrud hatte sich ihm gegenüber niedergelassen. Vor ihr auf dem Tische ruhten ihre gefalteten Hände. Wie bei ihrem ersten Besuch, als sie mit dem wild umlockten Haupt kaum bis an Jerichows Schultern reichte, hingen ihre Blicke auch jetzt wieder an seinen Lippen. Doch statt des früheren kindlichen Eifers glühte aus den prachtvollen Augen eine Angst, als hätte sie einem über Leben und Sterben entscheidenden Urteil entgegengesehen. Die Bedeutung der unheimlichen Rosen auf Jerichows Wangen kannte sie nicht. Sie entdeckte nur, dass sein Antlitz noch zarter, noch milder im Ausdruck geworden war, und zieh sich eines Fehls, nicht längst in der Erinnerung sein Bild mit diesen neuen Reizen geschmückt zu haben.

»Wer hätte geahnt, dass ich Dich in meinem Leben noch einmal wiedersehen würde?« brach Jerichow das Schweigen und in dem schmerzlichen Lächeln ruhte, Gertrud freilich unverständlich, eine wehmütige Erklärung seiner Worte, »und noch einmal sage ich es: so verändert; ich kann es nicht fassen, Du musst mich beruhigen, das Rätsel lösen.«

Da ergriff Gertrud seine Hand, und dieselbe zwischen ihren beiden pressend, sprach sie mit einer Stimme, die vor Erregung zitterte:

»Blicken Sie mir in die Augen, halten Sie mich, damit ich den Muth nicht verliere, damit ich aus Ihren Zügen lese, dass Sie keine Zweifel in meine Worte setzen.«

Wie nach Atem ringend, seufzte sie tief auf; dann fuhr sie fort:

»Als der wilde Irrwisch einst von Ihnen floh, hatte er bereits eine Schule durchgemacht, zwar im Geheimen, aber eine so strenge und oft genug qualvolle Schule, dass es nicht ohne Einfluss auf das Gemüt bleiben konnte. Schon als Kind hatte ich gelernt, mich zu beherrschen, und mehr noch, meine Zunge zu überwachen, dass nichts über meine Lippen kam, was ich den Menschen vorenthalten wollte oder musste. Gern hätte ich Ihnen das Rätsel damals gelöst, allein ich durfte nicht, wollte ich das

Ziel, welches vor mich hingestellt wurde, nicht verfehlen. Die Gertrud, die wilde Rheinnixe, der tolle Irrwisch musste sterben, durfte nicht in Beziehung treten zu der Lucile Graniotti –«

Wie von einem Blitz getroffen fuhr Jerichow auf; sich matt zurücklehnend, entzog er Gertrud seine Hand.

»Gertud, Du bist die Graniotti – hast Deinen Weg in die Zeitungen gefunden – bist – Tänzerin geworden?« fragte er mit ersterbender Stimme, »ist es denn wahr? Du, das mutwillige Kind –« wiederum stockte er; seine Augen verloren ihren Glanz, während die Röte der Wangen plötzlich das ganze Antlitz bedeckte.

Gertrud lächelte unsäglich bitter.

»Ja, ich bin Tänzerin geworden,« sprach sie ruhig, »oder vielmehr, ich war es schon seit dem Tage, an welchem die Frau Marquise mich in ihren Schutz nahm und die noch geschmeidigen Glieder des zarten Kindes in einer Weise reckte und dehnte, dass ich oft meinte, vor Schmerz sterben zu müssen. Ihre gütigen Worte und kleinen Geschenke beruhigten mich indessen immer wieder, und Jahre hindurch hielt ich für ein absonderliches Spiel, was mit mir getrieben wurde. Jung, wie ich war, und verwildert, schämte ich mich doch, zu meinen Gespielen darüber zu sprechen. Ich fürchtete, der sogenannten verrückten Marquise halber verspottet zu werden. Auch wollte ich den mir zufließenden Geschenken und dem Lohn für meine Dienstleistungen nicht entsagen. Später hingegen, als ich erfuhr, zu was ich bestimmt sei, dass ich den Straßenstaub und die Hütte in dem Festungsgraben mit einem glänzenden Hause vertauschen sollte, als die Marquise mir erklärte, dass meine Begabung mich zu einer hervorragenden Stellung berechtigte, da war ich klug genug, das nur zwischen uns Beiden lebende Geheimnis heilig zu bewahren und in den Stunden, welche ich auf dem Karmeliterhofe verbrachte, mit unermüdlichem Eifer meinen Übungen obzuliegen. Nur ein beschränkter Raum stand uns zur Verfügung. Um mich daher zu gewöhnen, meine Bewegungen stets mit dem Takte der Musik in Einklang zu bringen, besuchte ich, wo sich Gelegenheit bot, die Dorfbälle; denn dort hatte ich am wenigsten erniedrigende Behelligungen zu gewärtigen. Die nichtswürdigsten Verleumdungen eines elenden Schreibers, welche eine Unschuldige in Berührung mit der Polizei brachten, setzten meinem Verkehr mit der Marquise früher ein Ziel, als ursprünglich beabsichtigt gewesen. Mit den wärmsten Empfehlungen reiste ich ab, und bald darauf befand ich

mich in der Schule eines Meisters, der menschenfreundlich nicht duldete, dass man die in der neuen Umgebung eingeschüchterte, aber noch
immer wilde und trotzige Schülerin zur Zielscheibe des Spottes wählte.
Nach der ersten Prüfung meiner Kraft und Gelenkigkeit behandelte er
mich sogar mit einer Achtung, die mich anfänglich verwirrte, dann aber
meinem Sinnen und Denken eine ernstere Richtung verlieh.

»Ein halbes Jahr, vielleicht etwas länger, hielt mein wohlwollender Lehrer mich der Öffentlichkeit fern. Nur in den Proben wirkte ich mit. Als
fertige Tänzerin sollte ich vor das Publikum hintreten, nicht mit der Un-
sicherheit einer Anfängerin, um kein Vorurteil herauszufordern. Das war
der Plan meines Lehrers, und er glückte vollkommen. Ich lernte leicht
und schnell. Was Andere durch Ausdauer im Laufe der Jahre sich aneig-
nen: das Verständnis für verwickelte Gruppierungen, ich fand mich nach
dem ersten Blick hinein. Die Liebe zur Musik war mein treuster Bundes-
genosse. In der Musik lag für mich das Gesetz für meine Bewegungen,
sogar für mein Denken. Woher ich es hatte, ich weiß es nicht; aber kein
Ballettabend verging, an welchem ich nicht Zuschauerin gewesen wäre,
nicht herausgeklügelt hätte, wo ich nachzuahmen oder es besser zu machen haben würde. Und so konnte es kaum überraschen, dass als ich,
durch und durch vertraut mit meiner Aufgabe, zum ersten Mal öffentlich auftrat, ich mit Beifall begrüßt wurde. Der Beifall aber war für mich
ein Sporn. Zu den äußersten Anstrengungen wurde ich dadurch getrieben. Lieber hätte ich mir, wie die Marquise, eine Lähmung, sogar den
Tod zugezogen, als einen Misserfolg erlebt. Der Spott, welchen ich als
Irrwisch über mich ergehen lassen musste, und, im Gegensatz zu demselben, die Lehren, welche ich auf dieser Stelle empfing, trugen wohl mit
dazu bei, dass ich mich so leicht und schnell in jede neue Rolle hinein-
fand und, sobald ich die Bühne betrat, mit Leib und Seele nur das war,
was zu verbildlichen ich übernommen hatte. Und so schritt ich weiter
von Stufe zu Stufe, bis ich endlich so weit gelangte, dass man mir als Jah-
reseinkommen bietet, was ich früher in meiner Einfalt als ein fürstliches
Vermögen betrachtete.

»Das ist die einfache Lösung des ganzen Rätsels. Ihnen erscheint sie
schmerzlich, ich sehe es Ihnen an. Das Wort Tänzerin hat einen rauen
Klang für Sie, und doch trägt mich das Bewusstsein, nie die Grenzen
überschritten zu haben, welche das Trachten nach allgemeinem Beifall
mir steckt. Doch ich bin noch nicht zu Ende,« fuhr Gertrud lebhaft fort,
als sie zu bemerken glaubte, dass Jerichows Antlitz einen noch leidende-
ren Ausdruck erhielt und er zugleich Miene machte, sie zu unterbrechen;

»mit welcher Sehnsucht ich, trotz meines bewegten Lebens, hierher zu-
rückdachte, ich kann's nicht beschreiben. Aber als ich vor acht Tagen von
der Frau Marquise die Weisung erhielt, um einen kurzen Urlaub nach-
zusuchen und einige Tage bei ihr zuzubringen, da folgte ich der Einladung mit einer Erregung, welche mich vollständig über mich selbst aufklärte. Gestern Abend traf ich ein, und heute benutzte ich die erste geeignete Stunde, zu Ihnen zu eilen. Wäre ich noch in Zweifeln gewesen,
sie hätten schwinden müssen, als ich in Ihren Garten eintrat, wo mich
Alles, jeder Baum, jeder Strauch, jedes Pflänzchen willkommen hieß.
Und als ich endlich Ihrer selbst ansichtig wurde – Sie meinen Namen riefen – ja, da konnte ich nicht länger an mich halten. Was ich aber im
Übermaß der Freude des Wiedersehens offenbarte – jetzt wiederhole ich
es aus überströmendem Herzen: Hier sitze ich vor Ihnen, Ihre wilde und
aufmerksame Gertrud. Die glänzenden Erfahrungen, welche ich im Laufe des letzten Jahres sammelte, ich will sie vergessen –« »Halte ein, Gertrud,« unterbrach Jerichow sie mit sichtbarer Anstrengung, »sprich nicht
aus, was mich noch elender machen würde – Gertrud – ich will glauben,
falsch gehört zu haben; denn was Deine Worte in sich bergen, ist zur
Unmöglichkeit geworden – Gertrud, es ist unmöglich!« und er sank wieder kraftlos zurück.

Gertrud erbleichte. Deutlich bemerkte Jerichow, wie ihre auf dem Tisch
ruhende Hand zitterte, wie ihre Augen erstarrten, um indessen sogleich
wieder in hellerem Licht zu strahlen, aber in einem Licht, welches unstet
flackerte, wie vor einem Luftzuge, der es gänzlich zu verlöschen droht.
Klagend ertönte ihre Stimme, indem sie fortfuhr.

»Sie gedenken jenes Irrwischs, der sich widerstandlos eine entehrende
Rüge gefallen lassen musste. Wohlan, das ist nicht rückgängig zu machen, unverdient, wie die Schmach mich getroffen haben mag. Niemand
aber hier weiß bis jetzt, dass der wilde Irrwisch und die Graniotti eine
und dieselbe Person. Es gibt noch Punkte auf der Erde, auf welchen es
sich in Frieden leben lässt. Wohin Sie sich wenden, jeden anderen Ort
will ich freudig als meine Heimat begrüßen. Wollen Sie nicht, dass ich
noch einige Jahre die Früchte meines langen eifrigen und so qualvollen
Lernens für uns sammle, so bin ich mit dem bescheidensten Loose zufrieden. Was gelten mir Sammet und Seide? Was Gold und Edelgestein?
Ich verachte Alles, denn es macht mich vielleicht eitel, aber nicht glücklich –«

Sie verstummte, als Jerichow, wie sie beschwörend, seine Hand aufhob.

»Lass es genug sein,« bat er, und die eben noch über sein ganzes Antlitz ausgebreitete Glut beschränkte sich wieder auf die brennende Röte seiner Wangen. »In dem wilden Ungestüm früherer Tage sprichst Du Dinge, welche die Graniotti bereuen würde, wäre ich im Stande, auch nur auf eine Erörterung darüber einzugehen. Deine Schuldlosigkeit ist Deine Wehr gegen hinterlistige Verleumdungen; mein Urteil über Dich können solche nie erschüttern. Wähnst Du indessen, nachdem Du einmal berauschende Triumphe kennen lerntest, denselben leicht entsagen zu können, so täuschest Du Dich über Dich selbst. Nimmermehr dürfen die flüchtigen Regungen des Augenblicks maßgebend sein wenn –«

»Ich habe überlegt, lange und reiflich habe ich überlegt! Meine Regungen bleiben unveränderlich bis zum letzten Atemzuge!«

»Höre mich zu Ende, bevor Du entscheidest, Gertrud, entziehe meinen jungen Pflanzen dort im Garten das Sonnenlicht, und sie werden verkümmern und vor der Zeit sterben –«

»Ich finde mein Sonnenlicht hier, wo ich es so oft gefunden habe,« fiel Gertrud wieder angstvoll ein, und sie legte ihre Hand auf die Bücher, »fürchten Sie aber Derartiges, was hindert Sie, mit mir zu ziehen, sich zu erfreuen an den Triumphen –«

»Mit Dir ziehen?« fragte Jerichow vorwurfsvoll.

Sengende Glut schoss in Gertruds Antlitz. Sie war scharfsinnig genug, zu erraten, dass ihr Vorschlag eine Kränkung in sich barg. Doch flüchtig, wie die Glut aufflammte, erlosch sie auch wieder. Totenblässe bedeckte ihr Antlitz; es schien zu Marmor zu verhärten, indem sie mit ergreifendem Ausdruck anhob:

»Ich war selbstsüchtig. Nur an mein eigenes Glück dachte ich, nicht an das Ihrige. Ich vergaß, dass zu Ihrem Glück mehr gehört, als ich zu bieten vermag. Gleichviel ob verspotteter Irrwisch oder gefeierte Tänzerin: Keins von Beiden ist Ihrer würdig.«

»Du zwingst mich gewaltsam zu einem Bekenntnis, welches Dir Kummer bereitet!« rief Jerichow klagend aus, und er legte seine Hand auf die Gertruds, »zu Offenbarungen welche ich am liebsten mit mir in die Erde genommen hätte. Warum konntest Du nicht damit Dich bescheiden, wenn ich vorgab, dass die Verschiedenheit der beiderseitigen Lebensstellungen die Verwirklichung Deines sich gewiss bald verflüchtigenden

Traumes unmöglich mache? Warum konntest Du nicht mit dem Bewusstsein von mir gehen, dass ich schwach genug, äußeren Verhältnissen Alles zu opfern? Und dennoch ist es vielleicht besser, wenn keine Zweifel zwischen uns walten, die Erinnerung, welche Einer dem Andern bewahrt, nicht durch heimliche Vorwürfe getrübt wird.«

Er säumte einige Sekunden, wie Muth aus den mit tödlicher Spannung auf ihn gerichteten großen Augen schöpfend, und milde, wie vor einem offenen Grabe fuhr er fort:

»Jetzt fordere ich Dich auf, mich frei anzublicken, Dich zu überzeugen, dass meine Worte der Ausdruck einer lauteren heiligen Wahrheit. Ja, Gertrud, ich habe Dich bereits geliebt, als Du noch als meine Schülerin dort vor mir saßest. Ich habe Dich geliebt, lange bevor Du selbst, eingetreten in die große Welt, Dir über das klar wurdest – wohl richtiger: das missverstandest, was in Dir die Sehnsucht nach diesem stillen Winkel wachrief. Wie ich Dich liebte, das erfuhr ich, als damals von feindlicher Seite die bösen Gerüchte über Dich in Umlauf gesetzt wurden. Ich erfuhr es wiederum, als Du eben erschienst und mir die unübersteigliche Kluft zeigtest, welche zwischen Deinem gefeierten Namen und einem anspruchslosen Lehrer besteht – unterbreche mich nicht, geliebte Gertrud, nein, sondern höre mich an, wie ich selber Deinen Worten aufmerksam lauschte; und glaube mir, Du wirst eine Beruhigung mit von hier fortnehmen – mag sie immerhin schmerzlich sein – welche Dir schließlich dennoch über alle Zweifel hinweghilft. Und so vernimm denn: ständen wir auf derselben gesellschaftlichen Stufe, oder vielmehr: besäße ich weniger Gewissenhaftigkeit, um mich über die von mir angeregten und gerechtfertigten Bedenken hinwegzuschwingen – denn heißer lieben könnte ich Dich ja nicht – so würde ich dennoch unter Anrufung des Heiligsten wiederholen: Unmöglich! Blicke mich an, blicke mich mit kluger Überlegung an. Sehe ich etwa aus, wie ein Mann, der sich noch lange des lieben Sonnenlichtes, des Verkehrs mit guten Menschen, der rührenden Anhänglichkeit wissbegieriger jugendlicher Gemüter erfreut? Du zweifelst, weil Du mir ein besseres Loos wünschest – zittere nicht, meine teure Gertrud. Lerne von mir, wie man mit Ruhe einem ernsten Geschick ins Antlitz schaut, weiß doch kein Mensch, was ihm bevorsteht. Und ich war ja noch jünger als Du, als ich Solches lernen musste, als ich Zeuge war, wie ein treues Mutterherz langsam, dann aber schneller und schneller in unheilbarer Krankheit dem Grabe zu siechte. Der Keim aber jener Krankheit ist das einzige Erbteil meiner Mutter. Das wusste ich vor Jahren, und vor Jahren schon söhnte ich mich mit dem Gedanken aus, dass meine Tage gezählt seien. Zu genau – und die Liebe macht selbst Kinder scharfsichtig – hatte ich meine sterbende Mutter, die verschiedenen Stadien der grausamen Krankheit beobachtet, um nicht jetzt ungefähr berechnen zu können, wie kurze Zeit mir nur noch beschieden ist –«

»Es ist nicht wahr!« entwand es sich im Übermaß des Entsetzens Gertruds Lippen.

Jerichow lächelte. Es ruhte in diesem Lächeln eine Bestätigung, gegen welche Einwendungen zu erheben Gertrud die Kraft nicht besaß. Aber seine Hand umspannte sie krampfhaft und verzweiflungsvoll ihren Jammer, einen unsäglichen Schmerz bekämpfend, fügte sie hinzu:

»Und sollte es dennoch sein, sollte der Himmel sich dennoch einer solchen schnöden Ungerechtigkeit schuldig machen, dann dürfen Sie mich umso weniger verstoßen. Ich will bei Ihnen bleiben, will Ihre Frau sein; ich will Sie pflegen und behüten, will sehen, ob ich mit meiner Sorgfalt, mit meiner Treue nicht mehr vermag, als ein feindliches, verächtliches Geschick,« und der eigentümlich wilde, dämonische Trotz des sich für unbesiegbar haltenden Irrwisch's funkelte wieder aus den schönen und doch so düsteren Augen, »Tag und Nacht will ich bei Ihnen wachen –«

»Nein Gertrud,« unterbrach Jerichow sie, wie um die Qual zu dämpfen, welche angesichts so vieler Opferwilligkeit seine Brust zerriss, »das darf nicht sein. Du kannst nicht wollen, dass ich doppelt leide, doppelt sterbe, dass ich, heute noch ausgesöhnt mit meinem Loose, Zeuge sein soll, wie Du gemeinsam mit mir Dich in Gram verzehrst; Du kannst nicht wollen, dass in meinem Herzen Vorwürfe gegen die Vorsehung erwachen, die mir den Himmel zeigte, in denselben mich sogar einführte, um mich die entsetzlichsten Höllenqualen erdulden zu lassen. Nein, Gertrud, Deine Gestalt an meinem Sterbelager, Deine auf mein zerfallenes Gesicht gesenkten kummervollen Blicke würden mir das Scheiden erschweren. Weine nicht, meine arme, geliebte Gertrud; weine nicht, Du treues, treues Herz. Nimm ein Beispiel an mir –« und seine Stimme zitterte vor endlosem Weh – »und wenn unsere heutige Zusammenkunft uns zwingt, einen Kelch des Leids und des Schmerzes bis auf die Hefe zu leeren, so lass uns nicht vergessen, dass dieselbe zugleich hinfort eine Quelle süßer Erinnerungen und holden Trostes, bis das Auge bricht: Dir nach einem langen gesegneten Leben, mir in der Blüte der Jahre. Denn noch unzählige Male, wenn längst über mir der Rasen grünt, mein Grabkreuzlein sich längst mit Moos überzog, wirst Du in stillen Stunden Dir wiederholen:

Seine letzten Tage habe ich erhellt, indem ich ihm das für ihn noch denkbar höchste Glück bereitet. Und ich selber? Dein Bild wird mich von dieser Stunde an umschweben, wie ein milder Himmelstrost. Der Gedanke an Dich wird mich stärken zur Erfüllung meiner Berufspflichten, wird mich erheitern, wenn mein geistiger Horizont sich zu umdüstern droht. Und tritt endlich die letzte Entscheidung an mich heran, ist es dann nicht ein freundliches Bewusstsein, dass Deine Liebesgrüße, keine Entfernung kennend, mich finden, Du vor meinen geistigen Blicken Dich verkörperst, ich Deine Gestalt zu sehen meine, wie Du neben mir sitzest, meine Atemzüge überwachst, Dich zu mir niederneigst, mich zum letzten Mal küsst und Deine leichte Hand mir die gebrochenen Augen zudrückt? Ach, Gertrud, das ist wohl ein seliges Sterben; und wenn ich es jetzt so ausführlich schildere, so ist es kein vermessenes Schwelgen in düsteren, martervollen Betrachtungen, sondern es geschieht, um Dir eine Erinnerung mit ins Leben zu geben, welche Deine Trauer mildert, und mehr noch: selbst in den misslichsten Lagen Dir einen Innern Halt gewährt.«

Er konnte nicht weiter sprechen. Als aber Gertrud die Tränen gewahrte, die langsam über seine Wangen rollten, da war es um ihre Fassung geschehen. Laut schluchzend barg sie das Antlitz in ihre Hände, krampfhaft zuckte ihr Körper; ihr Herz schien vollständig gebrochen zu sein. Feuchten Blickes betrachtete Jerichow sie. Nicht an sich selbst dachte er, nicht an das, was das Glück ihm bot, um es ihm sogleich wieder grausam zu entreißen. Nur Gertrud sah er in ihrem Schmerz, der so aufrichtig, so wahr, wie die Strahlen der tief stehenden Sonne, die zitternd ihren Weg zwischen dem jungen Blätterwerk hindurch zu ihm in die Laube fanden. Endlich erhob er sich, und neben Gertrud hintretend, legte er seine Hand schmeichelnd auf ihre Schulter.

»Lass es genug sein jetzt, mein armes liebes Kind,« sprach er tief bewegt, »zerreiße nicht länger mir das Herz durch solche Kundgebungen. Klammere Dich vielmehr mit ganzer Seele an die Überzeugung, dass es nicht anders sein kann, und die darauf folgenden ruhigeren Betrachtungen werden nicht ohne wohltätigen Einfluss bleiben. Noch lacht die Sonne mir ja ebenso freundlich, wie Dir, gib auf daher die Befürchtungen für die Zukunft. Zeige Dich als den starken Charakter, für welchen ich Dich stets gehalten habe, und wenn Du gehst, dann nimm das Bewusstsein mit Dir, dass Du mich unbeschreiblich beglücktest. Bei meiner unwandelbaren Liebe zu Dir aber beschwöre ich Dich, gönne mir den Trost,

Dich gefasst und erfüllt von lächelnden Hoffnungen von mir scheiden zu sehen.«

Und wiederum leistete Gertrud gehorsam Folge. Sie erhob sich und zugleich versiegten ihre Tränen. Ihr Antlitz war wohl bleich, aber um ihre Lippen spielte ein unsäglich kummervolles Lächeln. Sie ergriff Jerichows Hand.

»Das war eine schwere Stunde,« sprach sie sanft, »doch um alle Schätze der Welt, selbst um meine Seligkeit möchte ich sie nicht hingeben. Ich bin jetzt ruhig. Die Blicke will ich nach vorne richten, das mir gesteckte Ziel nicht aus den Augen verlieren. Wenn es aber Blumen und Kränze um mich regnet, wenn lauter Beifall das Ohr betäubt, ich dankbar dazu lächeln muss, dann wird mein Herz zucken schmerzlich und wehevoll in Erinnerung dieser Stunde. Indem ich dagegen meinen Beruf nur als nährendes Gewerbe betrachte, kalt und mit unverschleiertem Blick meine Aufgabe berechne, muss es mir gelingen, das Höchste zu leisten.«

Sie lächelte herbe. Jerichow betrachtete sie erstaunt. Sich fragend, wie es dem wilden Fischermädchen möglich gewesen, innerhalb der verhältnismäßig kurzen Zeit sich in der neuen Sphäre nicht nur äußerlich umzuwandeln, sondern auch in ihrem Empfinden, in ihrer Ausdrucksweise zu veredeln, söhnte er sich mit ihrem Beruf aus.

»Du wirst Dir Deinen Weg mit Ehren durchs Leben bahnen,« sprach er träumerisch, »möge er Dich aber nicht allein zu Glanz und Reichtum führen, sondern auch zur Zufriedenheit am eigenen häuslichen Herde.«

Und wiederum lächelte Gertrud. Den von Jerichow angeregten Gedanken weiter zu spinnen, widerstrebte ihr.

»So will ich denn gehen,« sprach sie anscheinend gefasst, und sie trat in den Ausgang der Laube. Einen traurigen Blick sandte sie über den wohlgeordneten Garten. Sie mochte sich fragen, wie bald eine fremde Hand die Bäume beschneiden, die Blumen pflegen, die Bienenstöcke überwachen würde; sie mochte sich vergegenwärtigen, mit welcher Freude sie selbst bei Allem zur Hand gegangen wäre. Ein Schauder durchrieselte ihre schlanke Gestalt.

»Ich habe mich noch einmal hier umgesehen,« bemerkte sie erzwungen heiter, »Abschied genommen von Allem, was mich so oft hier freundlich grüßte; nun bleibt mir nur noch der Abschied von Ihnen.«

Sie reichte Jerichow die Hand.

»Leben Sie wohl,« hob sie an; als sie aber in seine schwermütigen Augen sah, zum ersten Mal verfolgte, wie die scharf abgegrenzte unheimliche Röte auf seinen Wangen sich bis zu den Schläfen hinauf ausdehnte, war die schwer errungene Fassung dahin. Weit breitete sie ihre Arme aus, und Jerichow's Hals umschlingend, weinte sie an seinem Herzen, als hätte sie geahnt, dass es ein Abschied auf ewig sein würde.

Jerichow hatte seinen Arm um sie gelegt.

»Auch das noch,« flüsterten die bleichen Lippen über das teure Haupt hin, und einen Blick des entsetzlichsten Vorwurfs sandte er zum sonnigen Himmel empor. Er küsste Gertruds Stirne.

»Mögest Du gesegnet sein für und für,« sprach er lauter, »möge ein Höherer Dir vergelten, was Du heute an mir getan hast, Du liebes, Du treues Herz.«

Gertrud richtete sich auf. Sie hatte Zeit gefunden, sich zu sammeln.

»Gehen Sie nicht weiter mit,« bat sie unter sichtbarer Anstrengung.

Schnell, bevor Jerichow es hindern konnte, küsste sie seine Hand, und den Schleier niederlassend, schritt sie hastig davon. In der Gartenpforte blickte sie noch einmal zurück. Hinüber und herüber wurde ein letzter Gruß gesandt. Das war ein Abschied auf ewig.

Die Sonne schien warm, wie zuvor. Gräser, Kräuter, Blumen und Bäume atmeten frisches Frühlingsleben. Schwerbeladene Bienen eilten zu ihren Stöcken. Vereinzelte Falter segelten auf ihren breiten Schwingen von Blüte zu Blüte. Ihre schwerfälligen Bewegungen verrieten die Nähe des Abends. Gedämpft drang aus der weiteren Umgebung des Dorfes das Läuten der Kuhglocken herüber, indem die Herden langsam den Milchplätzen zugetrieben wurden. Tiefer Friede herrschte überall. –

Zweiunddreißigstes Kapitel.

Alte Freunde.

Nachdem Gertrud auf die Dorfstraße hinausgetreten war, stand Jerichow noch lange in dem Ausgang der Laube. Seine großen milden Augen waren dahin gerichtet, wo die schlanke Gestalt seinen Blicken entschwunden war. Jetzt, da er sie nicht mehr sah, war ihm als hätten im Traume ihn zwei Gestalten umgaukelt, von welchen Beiden er mit gleicher unwiderstehlicher Zauberkraft angezogen wurde.

»Nicht um meine Seligkeit möchte ich diese Stunde hingeben,« wiederholte er wie unbewusst Gertruds eigene Worte. Er trat in die Laube zurück. Noch hinfälliger schien er geworden zu sein. –

Gertrud hatte um diese Zeit den Wagen erreicht. Sie nannte dem Kutscher den Namen eines Dorfes. Dann stieg sie ein, und sich in die eine Ecke schmiegend, zog sie den Schleier noch tiefer über ihr Antlitz. Es war eine unwillkürliche Bewegung, wie um die ganze übrige Welt von sich auszuschließen, mit ihren Gedanken allein zu sein.

Beinahe eine Stunde gebrauchte der Wagen, um sein Ziel zu erreichen. In ein langgestrecktes Kirchdorf bog er ein. Es war dasselbe, in welchem Gertrud zum letzten Mal einem Kirchweihfest beiwohnte. Heute lagen die sich zu beiden Seiten aneinander reihenden Gehöfte und strohgedeckten Hütten still. Die Sonne ging eben zur Rüste. Es war die Zeit, zu welcher die Menschen sich nach vollbrachtem Tagewerk um ihre Tische zu versammeln pflegen. Ungefähr in der Mitte des Dorfes fuhr der Wagen nach einem größeren Gehöft hinauf. Kaum hielt er vor der Tür des niedrigen Wohnhauses, als eine kräftige Männergestalt in derselben erschien und ihn mit sichtbarem Befremden betrachtete. Der Kutschenschlag öffnete sich, und einen Irrtum vermutend, näherte Bartel sich demselben. Seine Bewegung wurde zögernder, als eine dunkel gekleidete Dame sich anschickte auszusteigen. Er war so überrascht, dass er ihr seine Hand nicht zu bieten wagte. Nur den Kutschenschlag hielt er bescheiden, während er mit der andern Hand ehrerbietig die Mütze zog.

Da tönte von der Haustür eine helle Stimme zu ihm herüber.

»Das ist die Gertrud!« rief Kathrin mit freudigem Erstaunen aus, und im nächsten Augenblick legte sie einen nur wenige Monate alten Säugling in Bartels Arme, und mit der einen Hand Gertruds Schleier zurückschlagend, wie um sich zu überzeugen, dass sie sich nicht täusche, schlang sie den andern um deren Nacken, und die auf einen solchen Empfang nicht Vorbereitete an sich ziehend, herzte und küsste sie dieselbe, dass ihr fast der Atem verging.

»Bist Du es denn wirklich?« fragte die biederherzige junge Frau immer wieder, und immer wieder presste sie Gertrud an sich, unbekümmert was sie an deren Anzug zerdrückte und zerknitterte, und weit entfernt davon, wie Bartel, durch die äußere Veränderung eingeschüchtert zu werden, so lange sie nur das vertraute Antlitz vor sich sah; »aber das ist dankenswert, dass Du Deine alten Freunde nicht vergessen hast. Und wärst du nicht, Gertrud, der Bartel liefe heute noch als heiratslustiger Bursche herum, ohne dass sich Jemand seiner erbarmte. Denn ich wäre gut genug ohne ihn fertig geworden, und zehn Andere hätte ich obenein gefunden. Ja, Gertrud, sieh ihn nur an, wie er da steht, der hoffärtige Fahnenschwenker!« und laut lachte die junge Mutter, indem sie auf Bartel wies, der mit dem Kinde auf den Armen nicht recht wusste, woran er war.

Gertrud aber, Angesichts dieser freundlichen Szenen wie von einem heimlichen Weh durchzuckt, fühlte Tränen in ihre Augen dringen. Sie trat vor Bartel hin, und ihm das Kind abnehmend, küsste sie dasselbe zum Entzücken seiner Eltern.

»'s ist ein Junge,« waren die ersten Worte, welche Bartel, nunmehr seiner Last ledig, hervorzubringen vermochte.

»Vier Monate und sechszehn und einen halben Tag ist er alt,« fügte Kathrin schnell hinzu.

»Und Bartolomäus ist er getauft,« floss es freier von des jungen Bauern Lippen.

»Und mit den Zähnen geht er um,« ergänzte Kathrin.

»Mir soll er am ähnlichsten sein,« meinte Bartel selbstzufrieden.

»Andere sagen wieder mir, und ich glaub's selber,« erklärte Kathrin furchtbar weise, »aber was stehst Du, Bartel, lass ausspannen –«

»Nein, nein,« unterbrach Gertrud sie schnell, und das Kind noch einmal küssend, gab sie es an seine Mutter zurück, »der Wagen mag halten bleiben. Bevor ich diese Gegend verlasse, komme ich noch einmal hierher. Nur begrüßen wollte ich Euch heute Abend, nur mich überzeugen von Eurem Wohlergehen – aber ich sehe, dem Bartel bin ich fremd geworden,« und sie reichte ihm die Hand, worauf dieser mit einer militärischen Verneigung antwortete.

»Fremd geworden nicht,« entschuldigte er sich, »aber zehnmal hätte ich Ihnen begegnen können –«

»Und haben vergessen, dass wir damals den Tanzreigen eröffneten,« fiel Gertrud ein, und von Minute zu Minute wurde es ihr leichter, die noch immer sie bedrückende Traurigkeit zu besiegen, »und ebenso vergessen, dass Sie mich mit Du anredeten, als wir zu Zweien auf dem Pferde saßen –«

»Recht so, Trude,« nahm Bartel nunmehr entzückt das Wort, und Gertruds offene Hand in seine Linke legend, ließ er die Rechte mit mäßiger Gewalt in dieselbe fallen, »ich hab's Dir immer angesehen und oft genug gesagt, dass in Dir Besseres, als 'n purer Tanzteufel stecke; und nachdem die Kathrin ihre Eifersucht überwunden hatte, ist sie zahm geworden wie 'n Osterlamm. Und jetzt erst, da der Junge da ist, kränkt sie's nicht mehr, und ritten wir zu Zweien auf einem Gaul zehn Meilen weit über Land.«

»Wofür die Trude sich bedanken würde,« versetzte Kathrin, »denn betrachte sie nur, die würde sich schier hüten, mit solchem wüsten Gesellen Staat zu machen – wahrhaftig, die Gertrud von früher ist's trotzdem nicht mehr –«

»Ja, ja, die bin ich noch,« unterbrach Gertrud ihre redseligen Freunde, »und ist's heute nichts mehr mit dem Ritt, so habe ich ein anderes Anliegen, ein ernstes Anliegen an Euch Beide – das heißt, für Jemand, den ich vor großem Herzeleid bewahren möchte.«

»Was Du willst, Gertrud, soll geschehen für jeden Andern, und doppelt gern für Dich selber,« erklärte Bartel, und ihren Gast zwischen sich nehmend, führten sie denselben ins Haus, wo das Abendbrot bereits auf dem Tische dampfte.

Dann folgte eine kurze Unruhe, indem der junge Erbe des Hofes einem Dienstboten übergeben wurde und man Gertrud beim Ablegen behilflich war. Als sie aber bald darauf um den schweren eichenen Tisch saßen, da ging es an ein Plaudern und Erzählen, als wären die Ereignisse eines Jahrhunderts zu verhandeln gewesen. Das Innere eines Bauernhauses war Gertrud nichts Neues, und doch erschien ihr heute Alles so ganz anders. Die niedrig hängende Decke, die geweißten Wände, der Alkoven mit dem blaugewürfelten Himmelbett, die schweren eichenen Schemel und Stühle, die kleinen Fensterscheiben, und dies alles beleuchtet von einer rötlich brennenden Lampe: Nach ihrer künstlerischen Mitwirkung in dem zur Darstellung gelangenden Zaubermärchen, nach ihrem schmerzlichen Abschied von Jerichow, meinte sie in der Tat in die Behausung der sieben Zwerge eingetreten zu sein, wo tiefer, endloser Friede sie umfing, wo alle Hände sich regten, ihr zu dienen, ein Gefühl heimatlicher Ruhe in ihr zu wecken. Und dann wieder das herzliche Lachen des jungen Paares, indem Jeder in seiner Sorgfalt für sie es dem Andern zuvortun trachtete. Sie selbst hielt man augenscheinlich für eine vom Glück begünstigte vornehme Dame, trotzdem sie sich die äußerste Mühe gab, den Irrwisch früherer Jahre neu zu belegen. Was ihr auf der Bühne so leicht geworden wäre, hier gelang es ihr nur unvollkommen. Über ihre Stellung in der Welt wechselte sie nicht viele Worte mit ihren Gastfreunden. Als aber die Mahlzeit beendigt war und außer dem schlummernden Kinde, einer spinnenden Katze und einem zottigen Schäferhunde, kein Zeuge mehr in dem Gemache anwesend, da drückte Gertrud zunächst Kathrin und dann dem Bartel noch einmal herzlich die Hand, und an den Dank für die freundliche Erinnerung, welche sie ihr bewahrten, knüpfte sie die bei ihrem Eintritt in das Haus angedeutete Bitte.

»Aber es muss heimlich geschehen, darf nur zwischen uns Dreien bleiben,« sprach sie ernst, »denn dränge es an die Öffentlichkeit, so würde es Jemand ins Verderben stürzen, der's zwar tausendfach verdient, den ich aber um Anderer willen schonen möchte.«

Sie zögerte, wie um aus den auf sie gerichteten Augen den Ausdruck der Dienstfertigkeit herauszulesen, und der Zusage des Beistandes sicher, fuhr sie fort:

»Ihr kennt einen gewissen Splitter, der seit einiger Zeit so fleißig auf dem Karmeliterhofe verkehrt?«

»Der früher Schreiber bei dem Advokaten,« versetzte Bartel zustimmend, »jetzt ist er für sich; er soll damit umgehen, das Mädchen auf dem Hofe zu heiraten.«

»Und das darf nicht geschehen,« versetzte Gertrud heftig, »nein, lieber sehe ich das arme Geschöpf in seinem Sarge, als in der Gewalt dieses Ungeheuers. Wollt Ihr mir helfen, es zu hintertreiben?«

»Ei, freilich und ohne Bedenken,« antwortete Kathrin mit großer Entschiedenheit.

»Das heißt, wenn's auf erlaubte Weise auszuführen geht,« fügte Bartel bedächtiger hinzu.

»Nie würde ich Jemand zu einer unerlaubten Handlung raten,« nahm Gertrud wieder das Wort, »dieser Splitter ist nämlich mein Todfeind, und ich besitze Mittel, so auf ihn einzuwirken, dass er sich wenigstens besinnt. Ist aber Zeit gewonnen, so ist Alles gewonnen. Doch ich wiederhole noch einmal, was wir verabreden, muss ein Geheimnis bleiben, um Anderer willen. Tritt er gutwillig zurück, so mag er der Strafe entgehen; andernfalls hat's mit unserm Geheimnis ein Ende, und er mag kennen lernen, was es heißt, von der Polizei aufgesucht zu werden.« Düsteres Feuer leuchtete bei diesen Worten aus ihren Augen, dass es Bartel und Kathrin förmlich mit Scheu erfüllte, dann fügte sie anscheinend sorglos hinzu: »Mit einem Schuldigen ist's freilich anders, als mit Einem der nichts verbrach; und dass er schuldig ist, weiß ich gut genug, wenn ich auch nicht im Stande bin, die Beweise dafür vorzulegen. Aber ein Anderer besitzt sie, der ihm aus irgendwelchen mir unbekannten Gründen wohl will, und dessen Wünschen und Ansichten ich persönlich nicht zuwider handeln möchte. Tut's ein Dritter für mich, so liegt kein Arg drin, und ist das Verhängnis erst über ihn hereingebrochen, sind schließlich Alle damit zufrieden. Was geschehen soll, muss aber noch heute Abend geschehen, und Euch Beiden kommt's unmöglich darauf an, zu einem guten Zweck eine halbe Nacht zu opfern. Heute kann ich nicht ausführlicher sein, gute Kathrin; die Sache hat Eile und mit drei Worten ist's nicht erklärt; dagegen mag der Bartel Dir Alles anvertrauen, wie sich's gehört zwischen rechtschaffenen Eheleuten, wenn er wieder heimkehrt. Und ich setze voraus, Du bist's zufrieden, wenn Dein Mann mich jetzt in meinem Wagen zur Stadt begleitet. Eine gute halbe Stunde gebrauchen wir bis dahin, und dieser Zeitraum genügt mir, ihn über Alles genau zu unterrichten; und das verspreche ich Euch, dass deshalb Keiner von Euch in Ungelegenheit gerät. Dagegen erwerbt Ihr Euch den Dank lieber und guter Menschen, wenn es gelingt, die Hochzeit nur um einige Tage hinauszuschieben. Heute ist Freitag, übermorgen erfolgt das letzte Aufgebot, und am nächsten Dienstag soll die Trauung stattfinden.

Glückt mein Plan, so hat der Aufschub nichts Auffälliges. Schlimmer wäre es, müsste ich am Dienstag, also im letzten Augenblick selbst eingreifen. Sträuben wird Splitter sich wohl; zu genau weiß er, dass seine Rettung allein von der Hochzeit abhängig, aber Andere wissen das ebenfalls, und das ist ein Segen.«

Nachdem Gertrud geendigt hatte, reichten Bartel und Kathrin ihr zum Zeichen des Einverständnisses die Hände. Es geschah mit einer gewissen achtungsvollen Scheu; denn trotz des vertraulichen Verkehrs erkannten sie das Übergewicht Gertruds an, ohne die eigentliche Ursache dafür zu ahnen.

Wie Gertrud gesagt hatte, geschah es. Eine halbe Stunde später erreichte der Wagen die Stadt, wo Bartel sich von ihr trennte. Sie selbst begab sich nach dem Telegraphen-Amt. »Kommen Sie ohne eine Minute Zeitverlust nach dem Karmeliterhofe! Bei Eintreffen des dieser Tage fälligen Amerika-Dampfers sofort an den auf demselben befindlichen Passagier, Herrn Rothweil zu befördern,« lautete die Botschaft, welche sie nach der betreffenden Hansestadt abschickte, und dann erst betrachtete sie ihr Tagewerk als beendigt.

Splitter befand sich um diese Zeit in seiner ärmlichen Junggesellenwohnung, die er in eine Art Winkelconsulenten-Büreau verwandelt hatte. Bunt lagen in derselben seine wenigen Habseligkeiten durcheinander. Seine Umgebung trug den Charakter einer Stätte, auf welcher man nur noch gezwungen einige Tage weilt, um sie dann mit einer helleren und freundlicheren zu vertauschen. Unruhig wandelte er auf und ab. Er sehnte den Dienstag herbei, der ihn an ein Ziel führen sollte, an welchem er nicht nur geschützt gegen die Folgen der Vergangenheit, sondern auch auf eine sorgenfreiere Zukunft rechnen durfte. Er war im Laufe des Tages auf dem Karmeliterhofe gewesen, und hatte dort von einer schwarz gekleideten, tief verschleierten Dame gehört, welche Vormittags längere Zeit bei der Marquise verweilte. Das undurchdringliche Geheimnis, in welches dieser Besuch sich hüllte, diente am wenigsten dazu, seine Besorgnisse zu verscheuchen. Wie ein Alp ruhte es auf seiner Seele; denn wer hätte genauer gewusst, als er selber, dass Perennis' Heimkehr spätestens gegen Ende der nächsten Woche zu erwarten stand. In seinen düsteren Grübeleien störten ihn schwere Schritte, welche die Treppe heraufkamen und sich seiner Wohnung näherten.

»Das ist seine Tür dort,« hieß es endlich, »Sie werden ihn wohl zu Hause treffen.«

Splitter überrieselte es eiskalt. Er entsann sich keines Menschen, von dem er einen Besuch zu erwarten hätte, und am wenigsten zur späten Abendstunde.

»Herein!« brachte er auf das bescheidene Klopfen mühsam hervor, und erleichtert seufzte er auf, als ein einfacher Bauersmann bei ihm eintrat. In der Voraussetzung, dass derselbe gekommen, um sich in irgend einer Prozesssache Raths bei ihm zu holen, fragte er ausnehmend freundlich und herablassend:

»Was bringen Sie, mein Freund?«

»Ich bringe nichts, Herr Splitter,« antwortete Bartel, welchem Gertrud sein Verhalten genau vorgeschrieben hatte, »dagegen möchte ich etwas erbitten.«

»In welcher Sache?« forschte Splitter befremdet, denn der ruhige offene Blick des jungen Bauern gefiel ihm nicht.

»In Ihrer eigenen,« hieß es höflich, »und in der einer jungen Dame auf dem Karmeliterhofe.« Hier zögerte Bartel ein Weilchen, dann fügte er in demselben zuversichtlichen Tone hinzu. »Sie stehen nicht mehr bei dem Advokaten in Diensten und haben selber 'n Büreau für Privatsachen eingerichtet?«

»Ganz recht, mein Freund. Wünschen Sie eine Eingabe aufgesetzt zu haben?«

»Nichts von der Sorte, Herr Splitter, ich wollte Sie nur auffordern, mir die Briefe auszuhändigen, welche Herr Rothweil im Laufe des letzten Jahres an das Fräulein auf dem Karmeliterhofe schrieb, und dann die fünfzehnhundert amerikanischen Dollars, welche er ebenfalls an sie abschickte, und die für die Frau Marquise bestimmt gewesen.«

Während Bartel noch sprach, suchte Splitter den Rand des Tisches, um sich auf denselben zu stützen. Sein Gesicht hatte eine fahle Farbe angenommen; seine Augen schienen sich zu verglasen; mehrfach öffnete er den Mund, wie um Bartel zu unterbrechen, vermochte aber keinen Laut hervorzubringen. Endlich gewann er seine Fassung einigermaßen zurück.

»Ich verstehe Sie nicht,« hob er stotternd an, »wie kommen Sie überhaupt zu dieser unsinnigen Äußerung? Ist Ihnen denn klar, wessen Sie mich beschuldigen, und was Ihnen bevorsteht, wenn ich die Sache zur Anzeige bringe?«

Die wachsende Zuversicht Splitters schüchterte Bartel offenbar ein; allein eingedenk der Ratschläge Gertruds, fuhr er nach kurzem Überlegen fort:

»Vielleicht wendete ich mich an die unrechte Person. Ich hätte wohl lieber zu dem Advokaten gehen sollen, der Ihnen die Vollmacht des Fräuleins ausfertigte, oder zur Polizei, und die ist findig. Brachte sie doch vor anderthalb Jahren heraus, dass ein vollkommen unbescholtenes Mädel wegen strafwürdigen Benehmens auf offener Straße, eine Verwarnung erhielt.«

Schwerer stützte Splitter sich auf den Tisch. Seine Knie vermochten kaum noch die Last des Körpers zu tragen. Vor seinem Geiste aber schwebte der wilde Irrwisch, der damals so geheimnisvoll verschwand, schwebte die schwarz gekleidete Dame, welche sich zur Marquise begeben haben sollte.

»Was geht das mich an?« fand er endlich wieder Worte, »was kümmert mich die Polizei samt ihren Verwarnungen? Gehen Sie hin zu ihr – doch nein – die junge Dame, deren Sie erwähnen, ist meine verlobte Braut; ich kann nicht dulden, dass sie als Zeugin gegen Fremde aufgerufen wird, oder gar gegen mich, wenn ich Sie recht verstehe – Unsinn – wessen Zeugenschaft habe ich zu fürchten? Doch ich danke Ihnen für die Mittheilung – ich werde mit meiner Braut darüber sprechen – sie wird lachen über den Unsinn.«

»Thun Sie das lieber nicht,« riet Bartel mit unerschütterlicher Ruhe; »aber 'nen andern Weg möchte ich Ihnen zeigen, auf welchem der Unsinn ohne viel Geschrei aus der Welt geschafft wird. Was meinen Sie, wenn Sie die Hochzeit einige Wochen aufschieben? Die Sache mit den Briefen und dem Gelde könnte unterdessen ohne Schaden für irgendjemand abgemacht werden.«

Splitter versuchte, sich entrüstet aufzurichten, allein es gelang ihm nicht. Dagegen offenbarte sich in seiner Stimme ein so hoher Grad von Feindseligkeit, dass selbst der unverzagte Bartel Scheu vor ihm empfand.

»Glauben Sie wirklich,« fragte er, »ich würde auf eine solche verrückte Zumutung eingehen? Ich rate Ihnen, stehen Sie zu Ihren Worten –«

»Ich stehe schon zu meinen Worten,« fiel Bartel erregter ein, »und was ich spreche, kann ich verantworten. Aber mit Ihnen ist nicht gut fertig werden, und da mögen andere versuchen, ob sie besser fahren.«

»Wohin wollen Sie?« fragte Splitter, als Bartel sich anschickte, zu gehen.

»Ich übergebe die Sache der Polizei. Die kann machen was sie will, und ich brauche keine Zeit zu verlieren.«

»Wer erteilte Ihnen überhaupt den Auftrag, bei welchem Sie nur in Verdrießlichkeiten verwickelt werden können?«

»Das ist Nebensache. Die mich beauftragten, wissen was sie wollen.«

»Warten Sie einen Augenblick. Es ist vielleicht töricht von mir, allein ich darf den Namen meiner Braut nicht öffentlich missbrauchen lassen. Um solchen Preis aber bin ich bereit, ein Opfer zu bringen.«

»Sie wollen die Hochzeit aufschieben?«

»Meiner Braut zu Liebe tue ich Manches.«

Bei dieser, seine Schuld gleichsam beweisenden Zusage lächelte Bartel verschmitzt.

»Sie geben mir das schriftlich?« fragte er.

Splitter fuhr empor. Doch sich schnell wieder fassend, begann er langsam auf- und abzuwandeln. Bartel beobachtete ihn argwöhnisch. In seine Betrachtungen tiefer einzudringen, vermochte die einfache Natur zwar nicht. Allein so viel begriff er, dass Gertruds Anklagen eines sicheren Grundes nicht entbehrten.

Plötzlich blieb Splitter vor ihm stehen. Sein Antlitz war ruhiger geworden. Wie Nadelspitzen richteten sich die zusammengezogenen Pupillen auf den ehrlichen Bauern. Versteckter Hohn lagerte um den breiten Mund.

»Da es sich nur um einen Gang zum betreffenden Beamten handelt,« sprach er erzwungen gleichmütig, »so kann die Ziviltrauung ebenso gut acht bis vierzehn Tage später erfolgen. Wer sich anmaßt hinterlistig in meine persönlichen Verhältnisse einzugreifen zu dürfen, ahne ich nicht. Aber ich traue ihm die Fähigkeit zu, auf leeren Schein hin, mir und meiner Braut viel Ärger, wohl gar Sorgen zu bereiten, mag immerhin die Aufklärung nicht lange auf sich warten lassen.«

Er nahm vor dem Tisch Platz und griff nach Papier und Feder. Ein Weilchen grübelte er, dann schrieb er mit fester Hand:

»Mir alle Rechte vorbehaltend, gebe ich einem an mich gerichteten geheimnisvollen Ansinnen in so weit nach, dass ich die Hochzeit mit meiner verlobten Braut, Fräulein Lucretia Nerden, anstatt auf den nächsten Dienstag, auf einen anderen, näher zu bezeichnenden Tag verlege.«

Nachdem er die Bescheinigung noch einmal aufmerksam geprüft hatte, reichte er sie Bartel. Dieser las sie mit Bedacht durch und nickte zufrieden.

»Das genügt,« sprach er, indem er sich zum Gehen anschickte.

»Raten Sie Ihren Auftraggebern dringend, meine Bereitwilligkeit nicht falsch zu deuten.« bemerkte Splitter gehässig, und Bartel eines Scheidegrußes nicht würdigend kehrte er sich von ihm ab.

Bartel lachte vor sich hin, indem er das Zimmer verließ und sich die nur sehr dürftig beleuchteten Treppen hinuntertastete.

Er hatte das Haus kaum verlassen, als Splitter das Licht auslöschte und ebenfalls hinabstieg. Vor die Haustür tretend, spähte er die Straße aufwärts und abwärts. Von Bartel war nichts mehr zu entdecken. Langsam schritt er davon. Allmählich gelangte er in einen lichteren Stadtteil. Dort zog er an der Glocke des Hauses, dessen Fenster bis auf zwei zur ebenen Erde bereits dunkel waren. Eins der Letzteren öffnete sich, und ein Herr fragte nach seinem Begehr.

»Ich bin es, der Splitter,« antwortete dieser höflich. »Ein Umstand von größter Wichtigkeit zwingt mich zu der späten Störung. Nur eine Frage wollte ich mir erlauben. Es haben sich Verhältnisse geltend gemacht, welche das Verlegen des Tages meiner Verheiratung wünschenswert erscheinen lassen. Steht etwas im Wege, wenn ich mich für einen späteren oder früheren Tag entscheide?«

»Nichts, Herr Splitter. Sind mit dem letzten Aufgebot alle Bedingungen erfüllt, so bedarf es nur, dass Sie zu irgendeiner Bureaustunde mit ihrer Fräulein Braut vorsprechen, und in wenigen Minuten ist Alles erledigt. Mit der kirchlichen Trauung können Sie es ja halten, wie es Ihnen am besten passt.«

»Meinen aufrichtigen Dank. Ich werde also die zum Dienstag getroffene Verabredung nicht inne halten und Ihrem Rate gemäß handeln. Noch einmal bitte ich um Verzeihung für die späte Störung.«

»Wer im Begriff steht, sich ins Ehejoch zu beugen, hat das Privilegium, die ihn quälende Unruhe auch seine Mitmenschen fühlen zu lassen,« hieß es lachend zurück.

Splitter stimmte in das Lachen ein. Nach einem letzten höflichen Gruß schloss sich das Fenster, und Splitter trat den Heimweg an.

Als er eine Viertelstunde später wieder in seinem Zimmer auf- und abwandelte, hätte man ihn für erkrankt halten können, so glühte sein Antlitz. Angst wechselte auf demselben mit wildem Hohne ab, teuflische Schadenfreude mit marternden Besorgnissen.

Dreiunddreißigstes Kapitel.

Nur eine Tänzerin.

Es war Montag, und Wegerich und Lucretia betrachteten den Dienstag noch immer als den verhängnisvollen Termin, an welchem das Geschick der Letzteren endgültig entschieden werden sollte. Auch die Marquise wusste es nicht anders. Nur Gertrud, welche in Folge der vertraulichen Mitteilungen ihrer Gönnerin alle Fäden in Händen hielt, war gespannt, welchen Ausweg Splitter wählen würde, um das Verschieben der Trauung zu erklären. In der Stadt in einem Gasthofe ersten Ranges abgestiegen, verbrachte sie täglich mehrere Stunden bei der Marquise. Ihre Besuche verlegte sie in die Zeit, in welcher es ihr erleichtert war, ihre Persönlichkeit vor den übrigen Bewohnern des Karmeliterhofes zu verheimlichen. So war sie auch heute schon in aller Frühe gekommen. Die Marquise saß nach gewohnter Weise an ihrem Fenster. Ihre Aufmerksamkeit teilte sie ziemlich gleichmäßig zwischen einer Handarbeit, der Aussicht auf den im Sonnenschein erglänzenden Strom und Gertrud. Wenn sie die ihr Gegenübersitzende zuweilen länger betrachtete, glitt es wohl wie Stolz über ihr Antlitz, wie ein Ausdruck innerer Befriedigung über ihr Werk; doch nur flüchtig waren solche Regungen, und verhaltener Groll lugte wieder aus ihren dunklen Augen.

»Rothweil würde unfehlbar sein Glück in Dir finden,« nahm sie nach einer längeren Pause die unterbrochene Unterhaltung wieder auf, »förmlich eifersüchtig überwachte ich ihn damals, und über den Eindruck, welchen er am letzten Tage von Dir empfing, täuschte ich mich nicht.«

»Ebenso fest bin ich vom Gegenteil überzeugt,« entgegnete Gertrud ruhig, »nie werde ich vergessen, wem ich zu endlosem Dank verpflichtet bin, allein mich auf Grund dessen zu einem Schritt entschließen, von welchem ich weiß, dass er mein und anderer Menschen Unglück herbeiführte – nein, Sie können es unmöglich von mir erwarten.«

»In Dir leben noch die Anschauungen des zügellosen Irrwischs –«

»Möchten sie nur in mir leben,« fiel Gertrud herbe und doch so selbstbewusst ein, dass die Marquise erstaunt die Hände mit der Arbeit in den Schoß sinken ließ, wie um sich durch einen langen Blick von der Wirklichkeit dessen zu überzeugen, was sie vernahm; »ja möchten sie nur leben,« wiederholte Gertrud entschiedener, »denn damals war ich nicht weniger glücklich, als heute; ich kannte nichts, als goldene Hoffnungen.

Das Urteil der Menschen kümmerte mich nicht; ich verlachte Jeden, dem meine Art nicht gefiel. Seitdem habe ich freilich Manches gelernt. Ich habe erfahren, dass ich mich bücken und beugen muss, um Erfolge zu erringen, dass ich auf jeden Schritt, auf jedes Wort achten muss, um nicht spöttischem Nasenrümpfen zu begegnen. Die Dankbarkeit gegen meine Wohltäterin wird dadurch nicht vermindert; denn es gibt ja Minuten, in welchen ich meine, von Wolken getragen zu werden; Minuten, in welchen das Herz mir vor Freude schwillt, wenn Hunderte, sogar Tausende von Menschen mir zujubeln und ihren Beifall zu erkennen geben; aber fröhlicher, sorgloser trete ich jetzt wahrhaftig nicht in meinen Atlasschuhen auf die glatten Bretter, als damals mit den nackten Füßen in den Staub. Damals sprach ich, wie mir's gefiel, grade wie die Vögel, wenn ihnen leicht ums Herz ist. Jetzt dagegen habe ich mich daran gewöhnen müssen – und schwer genug ist's mir geworden, und manches mitleidige Lächeln hab' ich geerntet – jedes Wort zuvor zu überlegen, bevor ich es ausspreche, um nicht zu verraten, dass ich auf einem Kehrichthaufen groß geworden. Und noch weit mehr: ich habe kennen gelernt, dass jeder betresste Junker, jeder elende Wicht, der mit Goldstücken in der Tasche klingelt, sich für berechtigt hält, mit Geschmeide und Edelgestein um meine Gunst zu handeln. Einer solchen Gesellschaft kann ich mich wohl erwehren, es kostet mich ein Wort, einen Blick; aber etwas Anderes und Peinigenderes gibt es, wogegen ich kein Mittel kenne. Wie jene elende Gesellschaft über mich denkt, denken auch Andere, an deren Achtung mir wohl gelegen wäre. Nur eine Tänzerin, heißt es, wenn ich hin und wieder in guten Häusern die Ehre genieße, von Diesem oder Jenem der Aufmerksamkeit gewürdigt zu werden; nur eine Tänzerin, muss Jeder hören, dessen Bevorzugungen meiner Person vielleicht ernster gemeint sind und dem ich vielleicht mein Vertrauen schenken könnte. Nur eine Tänzerin, würde ich selber hören, wenn ich kaum glaubte, glücklich geworden zu sein. Nur eine Tänzerin, würde ich mir verbittert zurufen, wenn ich hier am Krankenlager eines Teuren säße, dort so gern beruhigend meine Hand auf ein fieberhaft klopfendes Herz legen oder gar nach überstandenem Todeskampfe die starren Augen zudrücken möchte.« Die Brauen düster zusammengeschoben blickte Gertrud vor sich nieder, als hätten die eben geschilderten Bilder sich vor ihrem Geiste verkörpert. Plötzlich sah sie mit einer heftigen Bewegung empor und gerade in das Antlitz der sie mit namenlosem Erstaunen beobachtenden Marquise, und das trotzige Lächeln des wilden Irrwischs trat auf ihre schwellenden Lippen, indem sie gleichsam herausfordernd fortfuhr:

»*Nur eine Tänzerin,* würde auch Herr Rothweil sagen, erführe er, dass man seine Verheiratung mit mir für wünschenswert halte. Und solcher Möglichkeiten, sogar Wahrscheinlichkeiten soll ich gewärtig sein? Nein, nimmermehr geschieht das. Ich bin einmal Tänzerin und will es auch bleiben! Einsam will ich durchs Leben gehen, Triumphe will ich feiern, so lange sie mir geboten werden; berauschen will ich mich in dem mir gespendeten Beifall, so lange meine glatten Außenseiten vorhalten. Dann aber will ich einen geschützten Winkel aufsuchen, in welchem ich unerkannt und vergessen die Vergangenheit in Gedanken immer wieder durchleben kann. Das soll mein einziger Genuss sein. Vielleicht findet sich auch Jemand, und wär's nur ein Kind von der Straße, der mit einem Gefühl der Dankbarkeit – und die zu erzeugen ist keine schwere Aufgabe – mir selber dereinst die Augen zudrückt.«

So sprach Gertrud, der tolle Irrwisch, so sprach die viel verheißende gefeierte Künstlerin. Dabei glühten ihre schönen Augen in düsterer Begeisterung, während es sich um ihre frischen Lippen wie ein tiefer, mit herbem Spott gepaarter Leidenszug ausprägte.

Das Antlitz der Marquise, welche sie noch immer mit gleichsam starrem Erstaunen betrachtete, war unterdessen kälter und härter geworden. Die demselben aufgetragene Schminke verbarg, dass es sich entfärbte, als sie ihr eigenes Leben geschildert hörte. Was vor anderthalb Jahren noch in der jungen Brust des unsteten Irrwischs wild durcheinander wogte, die Widersprüche, welche sich in dem für die verschiedensten Eindrücke empfänglichen Gemüt geltend machten: sie begriff nicht, dass in dem verhältnismäßig kurzen Zeitraume ein Gärungsprozess stattgefunden haben könne, in welchem die einander feindlichen Elemente sich so vollständig von einander schieden.

»So jung, und doch so reich an bitteren Erfahrungen,« mochte sie denken. Sie räusperte sich leise, wie um ihre Stimme des letzten milden Klanges zu entkleiden, dann fragte sie eintönig:

»So hat Dein Herz zu Gunsten Rothweils gesprochen, bevor Du es selber ahntest?«

»Nein,« lautete die schnelle Antwort, und wie ein Blitz schoss es unter den schwarzen Brauen hervor, »er, der den Irrwisch barfuß im Straßenstaube umherlaufen sah, welchen derselbe Irrwisch wie ein Schmetterling umflatterte, im Übermut sogar küsste, er wäre der Letzte gewesen.«

Schärfer sah die Marquise in die zu ihr erhobenen Augen. Was sie in denselben suchte, sie fand es nicht. Wenn auch düster, so schauten sie doch unbefangen. Nach kurzem Sinnen fragte sie, ihre Worte etwas ernster betonend:

»Du hast Herrn Jerichow besucht?«

Wie ein Wetterschlag traf diese Frage Gertrud. Sie erbleichte tödlich. Unsägliche Anstrengung kostete es sie, den auf sie gerichteten Blick zu ertragen.

»Ja,« antwortete sie indessen laut, »ich besuchte meinen alten Lehrer, dem ich so viel verdanke. Ich besuchte ihn, um mich auf ewig von ihm zu verabschieden. Er leidet an einer unheilbaren Krankheit.«

Die Marquise lehnte sich zurück und spähte auf den Strom hinaus. Sie wusste jetzt, welchen Ursachen sie das Zerschellen eines so lange gehegten Planes verdankte. Allein ohne weiteren Kampf wollte sie ihn immer noch nicht aufgeben.

»Seitdem ich Rothweil kennen lernte, war es meine Lieblingsidee, Dich mit ihm vereinigt zu sehen,« hob sie an, als Gertrud lebhaft einfiel:

»Und weshalb?«

Die Marquise, sonst gewohnt, sich zu beherrschen, erschrak bei dieser ungestümen Frage. Einige Sekunden dauerte es, bevor sie antwortete:

»Als ich einst das arme Fischerkind an mich zog, ging ich zunächst davon aus, demselben zum Dank für manche Stunde der Unterhaltung eine freundliche Zukunft anzubahnen. Mit unsäglicher Geduld bildete ich Dich zu einer Tänzerin ersten Ranges heran. Als ich später erkannte, in welcher unvorhergesehenen Weise sich Dein Charakter entwickelte, wünschte ich wieder, Dich dem obwohl glänzenden, jedoch nicht immer befriedigenden Loose des Bühnenlebens zu entziehen. Um in Deiner alten Sphäre glücklich zu werden hattest Du indessen bereits zu viel gelernt. Es blieb mir nur übrig, gerade Deine Kunstfertigkeit und die von der Natur Dir verliehenen Vorzüge als Mittel zu benutzen, um Dich Deinem Beruf zu entfremden. Bestimmtere Formen erhielt mein Plan nach meiner ersten Begegnung mit Rothweil. Nach dem Tode seines Onkels ist er in Verhältnisse geraten, welche ihm eine gewisse Unabhängigkeit sichern. Reichst Du ihm die Hand, so brichst Du nicht nur mit Deiner

Vergangenheit, sondern es lächelt Dir auch eine sorgenfreie, heitere Zukunft.«

»Ich sehne mich nach keiner anderen Lage,« versetzte Gertrud, nunmehr argwöhnisch in der Marquise Augen spähend, »am wenigsten aber möchte ich Herrn Rothweil als eine Art Leiter zu einer solchen betrachten. Ihm liegt ebenso wenig daran, nur eine Tänzerin zu heiraten,« und sie lachte wieder spöttisch.

»So denkst Du jetzt,« wendete die Marquise ein, »so denkst Du in der Erinnerung an Eure erste Bekanntschaft. Weißt Du aber, dass jetzt, nachdem ein langer Zeitraum seitdem verstrich, nachdem eine, jeder, selbst der kühnsten Voraussetzung spottende Wandlung mir Dir und in Dir vorging, seine Empfindungen nicht ebenfalls einem Wechsel unterworfen sein werden? Weißt Du, dass bei Deinem Anblick sein Herz nicht laut aufjubelt?«

»Ich weiß, dass es nicht geschieht,« antwortete Gertrud zuversichtlich.

»Du bist ein Kind. Du wirst es wenigstens auf einen Versuch ankommen lassen.«

»Warum nicht?«

»Gut; so erwarte ich von Dir, dass einer Begegnung mit ihm Du nicht ausweichst; und zwar wünsche ich, dass Ihr Euch bei mir zum ersten Mal wieder begrüßt. Nur zu diesem Zweck habe ich Dich hierher beschieden. Deine Willfährigkeit betrachte ich als einzigen Lohn dafür, dass ich Dich seit Deiner frühesten Kindheit gewissermaßen mit in mein eigenes Leben hineingezogen habe.«

»Alles tue ich, was Sie mir befehlen oder von mir wünschen,« versetzte Gertrud, und ihr Lächeln erhielt einen Anflug von Überlegenheit, »wo es auch sei, an keinem Ort der Welt habe ich Ursache, Herrn Rothweil auszuweichen. Möchte er nur bald kommen, wenigstens früh genug, um jenem elenden Menschen, dem Splitter, seine Beute abzujagen.«

»Was kümmern Dich Splitter und seine Verlobte? Haben sie beschlossen, sich zu heiraten, so besitzt kein Mensch das Recht, störend dazwischen zu treten.«

»Auch nicht, wenn es gilt, das Mädchen einem Verbrecher zu entreißen?«

»Aus Dir spricht der Rachedurst,« bemerkte die Marquise mit einem berechnenden Blick in die glanzvollen Augen, »ich glaubte, dazu ständest Du zu hoch.«

Gertrud zuckte die Achseln.

»Er hat Schlimmeres getan, als ein unbescholtenes Mädchen mit Verleumdungen verfolgt,« antwortete sie geringschätzig.

»Du beziehst Dich auf das Unterschlagen der Briefe; wer weiß, er mag Ursache gefunden haben, die Korrespondenz seiner Verlobten selbst in die Hand zu nehmen.«

Gertrud sah auf die Marquise, wie nach der Lösung eines Rätsels suchend.

»Verdient Lucretia sein Misstrauen?« fragte sie scharf.

»Nicht sein Misstrauen, wohl aber männlichen Rates bedarf sie und männlicher Unterstützung,« erklärte die Marquise zögernd.

»Und deshalb setzt er sie dem Verdacht aus, das Geld unterschlagen zu haben?«

»Die Geldangelegenheit wird nach Rothweils Heimkehr ihre Aufklärung finden.«

»Läge es in meiner Gewalt, dann sollte er nimmermehr durch diese Heirat seiner Hinterlist die Krone aufsetzen. Und weshalb eilt er plötzlich so sehr?«

»Lucretia wird mit ihm einverstanden sein. Wäre sie es nicht, so hätte sie das Verhältnis längst gelöst.«

»Ich an ihrer Stelle hätte es freilich gelöst,« versetzte Gertrud, und ihre großen Augen sprühten förmlich, »ich hätte ihm die Tür gewiesen, hätte sogar meine Hand gegen den schamlosen Verleumder erhoben, wäre er einfältig genug gewesen, den Versuch zu wagen, seinen Willen zu dem meinigen zu machen. Freilich, Lucretia ist ein sanftes, zaghaftes Wesen. Gänzlich schutzlos und von allen Seiten beeinflusst und geknechtet, vor

Allem aber der Willkür dieses Elenden preisgegeben, kann es nicht überraschen, wenn sie schließlich unterlag. O, es ist eine Geschichte, wie ich sie mehrfach veranschaulichte, wenn ich auf der Bühne von den Blicken eines Vampirs, eines blutsaugenden Scheusals, zusammenschauerte und mich ihm zu eigen geben musste. Aber wie auf der Bühne, ändert sich auch im Leben Manches –«

Es klopfte.

»Das ist Lucretia; kein Wort mehr davon,« befahl die Marquise strenge, und laut forderte sie zum Eintreten auf.

Als Lucretia in der Tür des Schlafzimmers erschien, hatte Gertrud ihren von außen undurchdringlichen Schleier niedergezogen. Mit einer tiefen Verneigung empfahl sie sich. Durch leichtes Senken des Hauptes dankte sie auf Lucretia's Gruß, und nicht achtend deren sichtbaren Erstaunens, schritt sie an ihr vorbei ins Schlafzimmer. Sie selbst aber hatte durch das dichte Gewebe des Schleiers hindurch entdeckt, dass Leichenblässe Lucretia's Antlitz bedeckte und sie nur mit Mühe ihre Fassung bewahrte.

»Ich komme, um mich auf eine Stunde zu beurlauben,« sprach sie mit bebenden Lippen, jedoch so laut, dass Gertrud, die noch immer zögerte, sich zu entfernen, sie verstand, »Herr Splitter ist da; er besteht dringend darauf, dass ich die Einrichtung seiner neuen Wohnung in Augenschein nehmen soll.«

Bei diesen Worten erschrak Gertrud; sie säumte indessen, bis die Marquise ihre Einwilligung erteilt hatte, dann trat sie auf den Flurgang hinaus. Deutlich unterschied sie Splitters Stimme, indem er zu Wegerich sprach, und wie von derselben gehetzt, eilte sie geräuschlos die Treppe hinunter. In der Haustür blieb sie stehen und ratlos spähte sie über den Hof. Der Schein, durch welchen Splitter bekräftigte, dass er gesonnen sei, den Tag seiner Hochzeit zu verlegen, befand sich wohl in ihrer Hand, allein welchen Wert hatte derselbe, wenn an Stelle eines Aufschubes, die Trauung auf den heutigen Tag verlegt worden war? Da fiel ihr Blick auf den Rotkopf, der eben aus der Tür des Kelterhauses gemächlich nach einer neuen Auswahl von Hunden hinüberschritt. Wie ein Blitz leuchtete es in ihrem Geiste auf. Etwas vortretend, spähte sie nach den Fenstern des oberen Stockwerks hinauf. Alle waren leer. Auch auf der Kelterhausseite befand sich Niemand, der ihr vielleicht viel Aufmerksamkeit geschenkt hätte, und mit sicherer Haltung bewegte sie sich vom Hofe hinunter. Beinah in gleicher Höhe mit Wodei, der sie neugierig betrachtete, sprach sie mit gedämpfter Stimme, jedoch ohne ihre Bewegungen zu mäßigen oder ihr Antlitz ihm zuzukehren. »Rotkopf, wenn Du ein ehrlicher Mann bist, so gehe auf der Wasserseite des Hofes herum und erwarte mich zwischen Scheune und Gartenmauer.« Gleich darauf bog sie um die Ecke des Kelterhauses.

Wodei beschäftigte sich mit seinen Hunden, als hätte die tief verschleierte Fremde keine größere Teilnahme in ihm wachgerufen, als die Sperlinge, welche sich zwischen den zottigen, hageren Tieren ihr Bröcklein suchten. Nur sein Gesicht hatte sich vor Überraschung dunkler gefärbt. Erst nach einem Weilchen, als er glaubte, es wenig auffällig tun zu können, leistete er der geheimnisvollen Aufforderung Folge. Als er auf der bezeichneten Stelle eintraf, wartete Gertrud bereits auf ihn. Sie hatte den Schleier zurückgeschlagen. Ein eigentümliches Lächeln der Befriedigung eilte über ihr Antlitz, als Wodei mit einem seltsamen Gemisch von Ehrerbietung und Vertraulichkeit seine Mütze zog.

»War's mir doch, als ob's keine Andere sein könnte,« sprach er, die schlanke Gestalt mit den Augen gleichsam verschlingend, »und dennoch, Gertrud – aber Sie sind ja 'ne vornehme Dame geworden.«

»Nun ja, Wodei, die Zeiten haben sich geändert,« fiel Gertrud ein, durch ihre Haltung bedachtsam die zwischen ihnen entstandene Kluft erweiternd, »aber davon sprechen wir später einmal. Ich habe Sie immer für einen rechtschaffenen Mann gehalten, dem's nur zuweilen an Arbeit fehlt; und dass ich mich nicht täuschte, sollen Sie jetzt beweisen. Vor allen Dingen erwarte ich, dass Sie Niemand verraten, wen Sie hier gesehen haben.«

»Verlassen Sie sich auf mich,« antwortete der Rotkopf, welcher, je länger Gertrud sprach, umso erstaunter darein schaute.

»Gut, Wodei, ich traue Ihren Worten. Nun aber sollen Sie mir einen Dienst erweisen, für welchen ich Sie hoch bezahle, wenn nicht ein Anderer – ich meine den Herrn Rothweil selber – sich Ihnen in einer Weise erkenntlich zeigt, dass Sie den Hundehandel aufgeben können, um dafür in besserer Arbeit Ihr gutes tägliches Brot zu finden.«

»Heraus denn mit der Sprache,« polterte der Rotkopf in seiner Verwirrung, fügte aber höflicher hinzu: »wenn's gefällig ist. Was Sie mir auftragen, führe ich aus, und nicht um 'nen Lohn, sondern schon von wegen des Andenkens an alte Zeiten.«

»Umso besser, Wodei; doch auch die Anerkennung wird nicht ausblei-
ben. Nun hören Sie, viel Zeit zu Erklärungen habe ich nicht; Sie kennen
den Herrn Splitter?«

»So gut wie jede Vogelscheuche in 'nem Erbsenfelde.«

»Wohlan. Dieser Splitter befindet sich bei dem Wegerich. Er will das
Fräulein abholen, und ich müsste mich sehr täuschen, trüge er sich nicht
mit der Absicht, unter irgendeinem Vorwande auf der betreffenden Stelle des armen Mädchens Überraschung schändlich ausnutzend, sich mit
ihm zusammensprechen zu lassen.«

»Hab' ich doch immer geahnt, dass die Sache nicht klar sei,« hob der
Rotkopf an, als Gertrud schnell wieder einfiel:

»Nein sie ist nicht klar, doch lassen wir das heute, und kümmern Sie sich
um weiter nichts, als was ich Ihnen anvertraue. Wenn also die Beiden
den Hof verlassen – und sie können in jedem Augenblick da drüben auftauchen – so folgen Sie ihnen, natürlich in sicherer Entfernung, auf
Schritt und Tritt nach. Machen sie nur einen Spaziergang, so haben Sie
weiter nichts zu tun, als sie im Auge zu behalten. Treten sie dagegen bei
einem Notar oder einem sonstigen Beamten ein, so folgen Sie ihnen bis
an die Tür. Dort bleiben Sie stehen. Hören Sie, dass von einer Verheiratung die Rede ist, so treten Sie ruhig ein, und bevor eine bindende Handlung vollzogen wird, fordern Sie Fräulein Lucretia auf, sich sofort nach
dem Karmeliterhofe zu begeben, wo Jemand, den sie lange nicht gesehen
habe, sie erwarte. Wer es sei, sagen Sie nicht, verstehen Sie mich recht,
und darauf kommt es auch nicht an. Nur dass sie davor bewahrt wird,
die Frau dieses Splitter zu werden. Retten wir sie heute, so kostet es keine große Mühe, sie ganz vor dem traurigen Loose zu bewahren. Haben
Sie mich genau verstanden, und kann ich auf Ihren guten Willen bauen?
Vergessen Sie nicht, missglückt mein Plan, so laden Sie eine große Verantwortlichkeit auf Ihre Schultern.«

»Mein Bestes will ich schon tun,« beteuerte Wodei mit dem Ausdruck
der Aufrichtigkeit, »aber wie, wenn der Beamte mir die Tür zeigt.«

»Auch daran habe ich gedacht,« versetzte Gertrud, und sie gab Wodei
den von Splitter ausgefertigten Schein, »sollte Fräulein Lucretia Ihnen
nicht sogleich folgen, oder man gar Zwang anwenden wollen oder Über-
redungen – doch das wird nicht geschehen – so überreichen Sie dieses
Papier dem Beamten, und der veranlasst dann das Weitere. Ist es ihnen

gelungen die Heirat zu hintertreiben, – und das muss geschehen, Wodei, Sie sind verantwortlich für die Folgen – so bitten sie das Fräulein den Rheinuferweg zu wählen. Will Splitter sie begleiten, so hindern sie ihn nicht. Sie aber halten sich in der Nähe.«

Sie trat etwas weiter hinter die Scheunenecke zurück, und Wodei's Aufmerksamkeit auf die an dem Gehöft vorbeiführende Straße hinauslenkend, fuhr sie ängstlich fort:

»Da gehen sie; wie ich ihn hasse, diesen Menschen. Wodei, tun Sie Ihre Schuldigkeit, hören Sie? Ich verlange es von Ihnen um unserer alten Bekanntschaft willen – ja, ja, Wodei, ich weiß, was Sie sagen wollen; aber fort jetzt, damit sie Ihnen nicht entschlüpfen, gehen Sie und zeigen Sie, dass Sie der Achtung guter Menschen wert sind –«

Der Rotkopf konnte nur zustimmend nicken. Mit den heiligsten Eiden hätte er Gertrud nicht mehr beruhigen können, als es jetzt durch die einfache Bewegung geschah. Überwältigend wirkte auf ihn die Veränderung ein, welche in Gertrud, seitdem er sie nicht sah, stattgefunden hatte. Was an besseren Regungen noch in dem versumpften Müßiggänger lebte, es kehrte sich plötzlich nach außen. Hätte Gertrud sein Leben verlangt, er würde nicht gezögert haben, es für sie hinzugeben.

Ein Weilchen blickte Gertrud ihm von der Scheunenecke aus nach, wie er seinen Weg zur Stadt verfolgte und sich allmählich dem vor ihm einher wandelnden Paare nährte; dann begab sie sich durch den wüsten Garten an den Strom hinab. Bald darauf saß sie hinter ihrem Großvater im Schatten der Weiden auf einer der grasigen Uferabspülungen. Nur wenige, aber herzliche Worte hatte sie mit dem alten Mann gewechselt, der von seinem Rasendamm aus die Blicke starr auf die Kreuzreifen des Netzes geheftet hielt. Was Gertrud eben noch so heftig bewegte, schien sie plötzlich vergessen zu haben. Sorglos sah sie stromaufwärts, stromabwärts. Die alte Irrwischnatur schien wieder erwacht zu sein; wie in den alten Zeiten, hielt sie einen langen Grashalm in den Händen. Langsam zog sie ihn bald von der einen, bald von der andern Seite zwischen ihren prachtvollen Vorderzähnen hindurch, dass er, wie von Wonne und Schmerz jämmerlich pfiff und kreischte. Der schwarze Sammethut mit dem dichten Schleier lag neben ihr auf dem Rasen. Üppig quoll das goldblonde Haar aus seinen Fesseln. Sie hätte ihr schönes Haupt nur schütteln brauchen, um es in wilden Wellen schleierartig um sich her niederströmen zu machen.

Vierunddreißigstes Kapitel.

Die Heimkehr.

Um dieselbe Zeit verfolgte Perennis von der Stadt her den bekannten Weg in dem Festungsgraben dem Strome zu. Die geheimnisvolle Depesche, welche ihn zur Eile trieb, war ihm gleich nach seiner Ankunft im Hafen eingehändigt worden, und derselben Folge gebend, war er Tag und Nacht gereist. Vor einer Stunde erst in der Stadt eingetroffen, galt sein erster Besuch dem Karmeliterhofe, welchen er wenigstens einigermaßen in einem freundlichen Kleide wiederzusehen hoffte. Wenn auch nicht frei von Unruhe, konnte er sich doch nicht versagen, auf einem Umwege im Vorbeigehen auch noch andere Punkte zu begrüßen, an welche sich für ihn besondere Erinnerungen knüpften.

Rüstig einherschreitend, schweiften seine Blicke träumerisch über das alte Mauerwerk, welches den Graben auf beiden Seiten begrenzte. Hierhin und dorthin sah er. Nichts hatte sich verändert, seitdem er dort zum letzten Mal wandelte. Wie sollte er Gertrud wiederfinden, den wilden Irrwisch, dieses liebliche Rätsel, welches er, beinah in der Stunde des Scheidens, als eine zarte Märchengestalt vor sich vorüberschweben sah? Er wusste nicht was er wünschen sollte. Auf der einen Seite der lebhafte Irrwisch mit seinem unsteten Glanze, auf der andern ein leuchtender Stern: Wie wurde ihm die Wahl so schwer. Zwei verschiedene Hüllen, und beide umschlossen dieselbe Seele.

Er bog um eine Windung des Grabens, und vor ihm lag die bekannte Hütte mit dem nur scheinbar eingefriedigten Vorgarten, mit dem schadhaften Dach und dem kleinen schiefen Schornstein, welchem eine dünne, gleichsam schwindsüchtige Rauchsäule entquoll. Schärfer spähte er hinüber. Die Tür lag frei. Leer war die Stätte, auf welcher Gertruds Stiefmutter über den Waschzober geneigt zu stehen pflegte. Die Hütte schien ausgestorben zu sein. Und doch verriet die Rauchsäule die Anwesenheit von Menschen. Der Haustür gegenüber blieb er stehen. Er scheute sich hineinzugehen, sich von der Wirklichkeit zu überzeugen. Welche Kunde erwartete ihn? Wer lebte noch, und wer war dem Tode in die Arme gesunken? Er gedachte des hochbetagten Ginster. Hatte der unerbittliche Schnitter die Sichel an sein Leben gelegt und damit die Hütte ihres Besitzers beraubt, was war dann aus seinen Familienmitgliedern geworden? Hatten sie hinaus gemusst, um im Kampf ums Dasein sich unter fremde

Menschen zu zerstreuen, oder waren ihnen die Pforten des Armenhauses geöffnet worden?

Ein unsauberes Weib trat in die Tür. Beim Anblick des Fremden beschattete es seine Augen, um ihn genauer zu betrachten.

»Wohnen Sie schon lange hier?« redete Perennis die Frau an.

»Seit sieben, acht Monaten,« antwortete diese.

»Und die vorher hier wohnten, der Fischer Ginster und dessen Angehörige, was ist aus ihnen geworden?«

»Die? Nun, die Leute haben Glück gehabt. Woher's gekommen, mag Gott wissen. Es trifft nicht jeden im Schlaf.«

»Also Glück haben sie gehabt?«

»So viel Glück, dass sie jetzt oben auf dem Wall in einem guten Hause zur Miete wohnen. Die Frau hat's Waschen d'rangegeben und sich auf's Weißzeugnähen geworfen, 's bringt weniger ein als das Waschen; aber sie mag's nicht mehr nötig haben. Ihre Rangen gehen gekleidet wie die Kinder eines reichen Ackerbürgers.«

»Und der alte Ginster?«

»Der fischt nach wie vor. Er ist 'ne eigensinnige Natur und meint, er könne nicht von seinem Gewerbe lassen, und wolle, so lange er lebe, sich mit seiner eigenen Hände Arbeit ernähren.«

»Da war noch Jemand,« forschte Perennis zögernd weiter, »ein Mädchen – ich glaube, des alten Ginster Enkelin.«

»Die Gertrud?« hieß es spöttisch, »nun ja, die ist verschwunden seit Jahr und Tag. Niemand weiß, wo sie ihr Ende nahm. Vielleicht erräth's der Herr, woher das Glück gekommen, das in des Ginsters Haus einzog.«

Perennis fühlte eine eigentümliche Beklommenheit bei diesen, offenbar von Neid getragenen, gehässigen Worten.

»Sie schien ein rechtschaffenes, ehrliches Mädchen zu sein« bemerkte er nach kurzem Sinnen.

»Die und rechtschaffen?« fragte das Weib geringschätzig, »nun ja, jetzt mag sie rechtschaffen geworden sein; aber so lange sie hier in der Nachbarschaft lebte, hat sie nicht viel Gutes an den Tag gegeben. Manche wollen wissen, es habe ein böser Geist in ihr gesessen, dass sie mit ihrer Zunge allen Menschen ein Ärgernis gab.«

Perennis säumte nicht länger. Zu schmerzlich berührte ihn das absprechende Urteil. Fürchtend, noch Schlimmeres zu hören, setzte er nach kurzem Gruß seinen Weg fort. Auf dem Leinpfad wendete er sich stromabwärts. Nur flüchtig sandte er einen Blick über den breiten Wasserspiegel. Fern blieb ihm jeder Gedanke der Freude über das Wiedersehen. Vor seinem Geiste schwebte das Doppelbild Gertruds. Nur eine verbitterte Megäre hatte deren Andenken begeifert, und doch erschien jenes Bild ihm getrübt, nicht mehr geschmückt mit den Farben holder Jungfräulichkeit. Er konnte sich von der Befürchtung nicht lossagen, dass die Kunde, welche seiner auf dem Karmeliterhofe harrte, nicht viel von der eben vernommenen abweichen würde.

Weiter verfolgte er seinen Weg, das Haupt gesenkt und die Blicke vor sich auf den Straßenstaub gerichtet; ihm war, als hätte er die Fährte eines kleinen, zierlichen unbekleideten Fußes in demselben entdecken müssen. Als böse Vorbedeutung galt ihm, dass die erste Nachricht, welche er auf seinem Gange nach der alten Heimstätte empfing, eine Unheil bergende. Was sollte er noch weiter erfahren?

Er gelangte in gleiche Höhe mit dem gemauerten Eisbrecher. Unwillkürlich blieb er stehen. Dort grünte der Schlehdornstrauch, in dessen Schatten er vor anderthalb Jahren rastete. Von dort aus hatte er den ersten Anblick seiner lieblichen Verwandten gewonnen, erlauschte er die Worte, welche sie mit ihrem Verlobten wechselte. Sie hatte ihn wohl längst vergessen, oder er wäre nimmermehr so gänzlich ohne Nachricht geblieben. Sie mochte auch verheiratet sein mit jenem Menschen, der ihn vom ersten Augenblick an mit unbesiegbarem Widerwillen erfüllte. Wie kindlich holdselig erschien sie ihm in der Erinnerung, und wie hässlich derjenige, der dazu auserkoren, des Lebens Freude und Leid mir ihr zu teilen! Wer konnte wissen, welche Erfahrungen sie an der Hand jenes Menschen bereits gemacht hatte, ob sie nicht gezwungen wurde, den brieflichen Verkehr mit ihm abzubrechen, ob nicht eine Art Schuldbewusstsein sie marterte, trotz seiner dringenden Ratschläge, ihre Verheiratung nicht bis zu seiner Heimkehr aufgeschoben zu haben.

»Armes Kind,« sprach er tief aufseufzend, indem er von dem Eisbrecher fort trat und sich wieder stromabwärts wendete. Die Bilder, welche in seiner Phantasie einmal Leben gewonnen hatten, er konnte sich ihrer nicht mehr erwehren. Wie viel glücklicher war er damals, als er, nur wenige Taler in der Tasche, denselben Weg wandelte, noch Niemand kennen gelernt hatte, bei dessen Erinnerung tiefe Wehmut sich seiner bemächtigte!

Nur noch wenige hundert Schritte und der Karmeliterhof trat in seinen Gesichtskreis. Er gedachte der Marquise, der einst so hoch gefeierten Lucile, der Verlobten seines verstorbenen Onkels, welche ihn, so lang er ihr erreichbar, mit dem unversöhnlichsten Hass verfolgte. Wie nahm sie die Kunde auf, deren Träger er war? Denn mit Überlegung hatte er vermieden, in seinen Briefen irgendetwas zu erwähnen, was auf jene Zeiten Bezug haben konnte. Selbst seine Reise nach Quivira hatte er nur als einen Ausflug geschildert, lediglich unternommen, um das fremde Land kennen zu lernen.

Sein Blick streifte über die Weidenpflanzung hinweg das scheinbar auf dem Wasser schwimmende Kreuz, welches das Netz des alten Ginster in der Tiefe hielt. Von diesem sah er nur die bekannte langschirmige Mütze und die knochigen Schultern. Er entsann sich der düsteren Bemerkungen des alten Mannes, und um heute nicht Ähnliches zu hören, schlich er ohne einen Gruß vorüber. Bald darauf lag der Karmeliterhof vor ihm. Vergeblich aber suchte er nach einem Merkmal, dass die von ihm durch Lucretia an die Marquise übermittelte Geldsumme eine seinen Wünschen entsprechende Verwendung gefunden habe. Nichts hatte sich geändert; weder an den Gebäuden noch in deren verwilderter Umgebung. Nur noch zerfallener und verwahrloster nahm sich Alles aus. Von getrübten Ahnungen erfüllt schritt er nach dem Hofe hinauf. Mehrere Hunde zerrten heulend an ihren Ketten; dann war es wieder still ringsum. Die vereinzelten Gesichter, welche in den Türen des Kelterhauses erschienen, waren ihm fremd; leer blieben die Fenster des Wohngebäudes. Niemand fragte ihn, woher er komme, wohin er wolle, als er in die Haustür eintrat; ungestört erstieg er die in Halbdunkel liegende Treppe. Sein Klopfen an Lucretia's Tür blieb unbeantwortet; ebenso fand er Wegerichs Wohnung verschlossen. Er kehrte sich um. »L. Marcusi« starrte ihm der Name auf der gegenüberliegenden Tür gleichsam feindselig entgegen. Zögernd, als sei es mit Widerstreben geschehen, zog er die Glocke. Auf der anderen Seite hörte er es sich regen; ein Riegel wurde zurückgeschoben, die Tür wich nach innen und vor ihm stand die Marquise. Sem höflicher Gruß blieb unbeantwortet; dagegen wich diese bis an ihre Bettstelle zurück, und sich kaum bemerkbar an dieselbe lehnend, rang sie sichtbar nach Fassung. Doch nur einige Sekunden dauerte dieser Kampf. Ein verbindliches Lächeln erhellte flüchtig ihre kalten Züge, indem sie Perennis einlud, näher zu treten, und mit ihm in das Wohnzimmer hineinschreitend, fuhr sie fort.

»Nach Ihrem jüngsten, direkt an mich gerichteten Schreiben konnte ich Sie erst in der nächsten Woche erwarten.«

»Wir hatten eine ungewöhnlich schnelle und glückliche Fahrt,« antwortete Perennis, und leicht erratend, dass die Marquise nicht die Absenderin der ihn zur Eile treibenden Depesche, fügte er vorsichtig hinzu: »Ich sehnte mich nach dem ersten Anblick meiner alten Heimstätte, und scheute nach dem Landen weder Mühe noch Unbequemlichkeiten, um bald hier zu sein.«

Nachdem er der Marquise gegenüber Platz genommen hatte, sprach er weiter:

»Vor zwei Stunden erst traf ich ein; ich erwartete zuversichtlich, den Karmeliterhof in einem freundlicheren Gewande wiederzusehen, in einem Gewande, welches auch seiner Hauptbewohnerin würdiger gewesen wäre.«

»Ich bin mit meiner Umgebung vollkommen zufrieden,« antwortete die Marquise, fortgesetzt Perennis' Züge aufmerksam prüfend, »und wer weiß, ob ich mit meinen Einrichtungen dem Geschmack des Besitzers entsprochen hätte. Doch ich heiße Sie willkommen nach der langen Abwesenheit und hoffe, dass Ihre Aufgabe in dem fremden Lande eine befriedigende Erledigung fand.«

Perennis stand nicht gleich eine Erwiderung zu Gebote. Indem er in das kalte, bis zu einem gewissen Grade teilnahmslose Antlitz sah, konnte er nicht fassen, dass die vor ihm Sitzende dieselbe Lucile Graniotti, welche der verstorbene Onkel als seine unerbittliche Feindin schilderte, deren gefälliges Entgegenkommen sogar, als es sich für ihn selber um Beschaffung der Reisemittel handelte, vielleicht durch einen nie schlummernden Hass bedingt wurde. Und so fühlte er auch, dass es am wenigsten der Ausdruck ihrer wahren Gesinnungen, als sie ihn willkommen hieß, tiefer liegende Gründe sie bewogen, sich mittelbar nach seinen Erlebnissen und Erfolgen zu erkundigen.

»Sie fand eine befriedigende Erledigung,« antwortete er endlich, nunmehr ebenfalls das ihm voll zugekehrte Antlitz argwöhnisch überwachend, »in treuer Fürsorge hatte der Verstorbene Alles so eingeleitet, dass die Beobachtung der gebotenen Formen kaum noch Mühe verursachte. Erleichtert wurde mir das Ordnen der Verhältnisse durch liebe, treue Freunde, welche den Lebensabend des Dahingeschiedenen im vollsten Sinne des Wortes erhellten und verschönten, und das ihm gezollte Wohlwollen auch auf mich übertrugen. Und hätte ich von der ganzen Reise nichts gewonnen, als die Überzeugung, dass er seine letzten Jahre in ungestörtem, heiterem Frieden verlebte, so würde das allein mir schon zur Genugtuung gereichen.«

»Nicht viele Menschen können sich eines glücklichen Lebensabends rühmen,« versetzte die Marquise mit einem unsäglich herben Lächeln, als hätte die Bemerkung sich auf ihre eigene Person bezogen.

»Auch nach dem Tode noch in der Erinnerung treuer Freunde fortzuleben, mit Liebe und Achtung genannt zu werden ein solches Bewusstsein muss selbst der Sterbestunde viel von ihrer Bitterkeit rauben,« bemerkte Perennis, jedes einzelne Wort besonders betonend.

Schärfer sah die Marquise in seine Augen.

»Es bleibt zu bedauern,« sprach sie ebenso bedachtsam, »dass ein Mann mit solchen Eigenschaften sich der Heimat gänzlich entzog, die ihm unzweifelhaft auch hier gezollte Anhänglichkeit durch Verheimlichung seines Aufenthaltsortes störrisch ablehnte.«

»Wozu äußere Verhältnisse ihn bestimmt haben mögen,« fügte Perennis schnell hinzu, »trotzdem hörte er nie auf, Allen, die auf dieser Seite des Ozeans jemals in nähere Beziehung zu ihm traten, ein herzliches Andenken zu bewahren. An jeden Einzelnen trug er mir in einem Briefe, geschrieben in Vorahnung seines baldigen Endes, die treuesten Grüße auf; jeden Einzelnen, der dessen bedürftig, empfahl er meinem besonderen Schutze.«

Er säumte, wie sich weidend an der wachsenden Spannung, welche sich trotz der Anstrengung der Marquise, gleichgültig zu erscheinen, in deren dunkeln Augen offenbarte, und noch ernster fuhr er fort:

»Dringend ans Herz legte er mir die Zukunft des alten Wegerich, ich klopfte bei ihm an; es öffnete indessen Niemand, dass ich beinahe befürchte –«

»Er ist wohl und munter,« fiel die Marquise ein, wie um dem Gespräch eine andere Wendung zu geben, »er mag ausgegangen sein – vor einem Weilchen hörte ich seine schweren Schritte auf dem Flurgange.«

»Ebenso dringend empfahl er mir Lucretia – auch bei ihr klopfte ich vergeblich an –«

»Sie wird sich mit Herrn Splitter auf einem Morgenspaziergang befinden,« nahm die Marquise wieder lebhaft das Wort; »wie ich vernahm, wollten sie die Einrichtung ihrer neuen Wohnung prüfen.«

»Also noch nicht verheiratet?« fragte Perennis anscheinend gleichmütig.

»Noch nicht,« hieß es ebenso ruhig zurück; »das letzte Aufgebot hat gestern stattgefunden.«

Perennis runzelte die Brauen tief und sah vor sich nieder. So verrann wohl eine Minute in lautloser Stille. Die Marquise beobachtete ihn, als hätte sie mit Gewalt die ihn beschäftigenden Gedanken kennen lernen wollen. Als Perennis sich wieder aufrichtete, schwebte ein gleichsam selbstverspottendes Lächeln auf seinen Zügen.

»Ich glaubte zu der Voraussetzung berechtigt zu sein,« sprach er, »dass sie zuvor meine Heimkehr abwarten würde. Aber ich tadle sie deshalb nicht, und wünsche, dass ihr keine Täuschung vorbehalten sein möge. Ich gestehe, dieser Splitter hat nichts weniger als einen günstigen Eindruck bei mir hinterlassen.«

Abermals neigte er das Haupt, doch wie einer ihm peinlichen Gedankenflut sich entwendend, sah er ebenso schnell wieder empor.

»Auch Liebesgrüße trug der Verstorbene mir auf,« hob er, seinen Blick verschärfend, an, »Liebesgrüße, so heiß und innig, wie sie nur je eine jugendliche Brust verließen.«

Die Marquise zog ihre Hand von dem Tisch zurück, um zu verheimlichen, dass sie zitterte.

»Also Liebesgrüße hatte der alte Mann noch?« bemerkte sie wie beiläufig.

»Und mehr noch,« fuhr Perennis leidenschaftlich fort, »was seine letzten Schriftzüge ausdrückten, es kann nie ein Zweifel über dessen Wahrheit walten. Lucile Graniotti war sein letzter Gedanke, Lucile Graniotti sein letzter Lebenshauch!«

Die Marquise hatte sich zurückgelehnt. Die ihrem Antlitz aufgetragene Schminke verbarg ihr tödliches Erbleichen.

Und wiederum verrann eine längere Pause in dumpfem Schweigen. Endlich neigte die Marquise sich Perennis zu. Ihr Antlitz war ruhig; aber in ihren Augen glühte es wie ein Funke, der nur eines leisen Hauches bedarf, um eine lodernde Flamme emporzusenden.

»Herr Rothweil,« begann sie mit klarer Stimme, »was soll dieses Komödienspiel? Sie wissen, wer die Lucile Graniotti ist, und jetzt, nachdem es Ihnen auf leicht erklärliche Art kund geworden, habe ich keine Veranlassung mehr, es zu leugnen. Ja, ich bin die Graniotti. Und nun lassen Sie uns offen mit einander sprechen. Ich setze voraus, Ihr Onkel hat in den hinterlassenen Papieren Sie wenigstens teilweise mit seiner Vergangenheit vertraut gemacht.«

»Ich ersah aus denselben, dass unauslöschlicher Hass ihn verfolgte, unauslöschlicher Hass ihn aus der Heimat vertrieb.«

»Ein Hass, welchen er mit kalter Überlegung heraufbeschwor.« »Er lebte und starb in dem Bewusstsein, ihn durch nichts verdient zu haben.«

»Und dennoch war ich zu demselben berechtigt,« versetzte die Marquise scharf, und feindselig leuchteten ihre Augen, »ja, ich war berechtigt – und heute noch habe ich alle Ursache, selbst das Andenken des Verstorbenen zur Verantwortung zu ziehen, eine letzte Sühne zu erzwingen –« sie stockte. Wie in Besorgnis, zu viel gesagt zu haben, senkte sie einen forschenden Blick in Perennis' Augen. Die in denselben sich ausprägende schmerzliche Spannung schien sie zu beunruhigen, denn die Wirkung ihrer letzten Worte gleichsam abschwächend, bemerkte sie in versöhnlicherem Tone: »Es hätte Alles anders kommen können, und dass es nicht geschah, auf Grund mangelnden Vertrauens und eines heillosen Gelehrtenhochmutes nicht geschah, das darf am wenigsten mir zur Last gelegt werden. Verbitterte er aber mein Leben, war er die grausame Ursache meines Zerfallens mit der ganzen Welt – doch ich sitze hier nicht vor meinem Richter; und wer weiß, welche Anschauungen Sie aus den Darstellungen des Verstorbenen gewonnen haben, wohl am wenigsten solche, welche Ihnen ein klares Urteil über in weiter Vergangenheit liegende Ereignisse ermöglichen.«

»Entscheiden Sie selbst,« erwiderte Perennis, indem er den in Packetform zusammengelegten Brief seines Onkels hervorzog und der Marquise überreichte, »meine Aufgabe, Ihnen seine letzten Grüße zu überbringen, löse ich am gewissenhaftesten, indem ich Sie bitte, Kenntnis von dem Inhalte dieses Schreibens zu nehmen. Denn stände mir die größte Beredsamkeit zu Gebote, vermöchte ich mit den blendenden Farben eines sonnigen Frühlingstages zu schildern, mit der Gewalt eines Gewittersturmes, so reichten meine Kräfte nicht aus, so zu Ihnen zu sprechen, wie es hier in den wenigen einfachen Worten eines seinem Ende getrost Entgegensehenden geschah.«

Der überzeugende Ausdruck, mit welchem Perennis sprach, blieb offenbar nicht ohne Wirkung auf die Marquise. Ihre Stimme verlor sogar etwas von ihrer ausdruckslosen Kälte, als sie, den Brief hinnehmend, antwortete:

»Wenn Sie meinen, will ich es lesen und gelegentlich das berichtigen, was Ihnen unausbleiblich einen falschen Begriff von der Sachlage geben musste. Denn mit Allem sind Sie nicht vertraut – nein, Ihr Auftreten hier wäre ein anderes gewesen – doch es mag sich noch ordnen,« fügte sie hinzu, sobald sie in Perennis' Blicken Befremden entdeckte, »und das wünsche ich um meiner selbst willen – doch auch Ihnen gönne ich es, Ihnen und – Anderen.«

Bevor Perennis eine Antwort fand, drang das Geräusch herauf, mit welchem mehrere Menschen die Treppe erstiegen; gleichzeitig verhärtete das Antlitz der Marquise sich wieder. Einige Sekunden lauschte sie, wie um aus den Schritten die Personen selbst herauszuerkennen.

»Man kommt,« sprach sie darauf, und im Einklange mit der Dringlichkeit ihrer Worte stand die auf ihren Zügen sich plötzlich ausprägende Spannung, »wer es auch sei, keine Silbe mehr davon – bleiben Sie ruhig sitzen. Ich will Alles zu seiner Zeit lesen, dann sollen Sie mehr von mir hören.«

Sie erhob sich und schritt in das Schlafzimmer, anscheinend, um den ihr etwa zugedachten Besuch zu empfangen, in der Tat aber, um mit Diesem oder Jenem ein Wort oder einen Blick zu wechseln, bevor sie ihn bei Perennis eintreten ließ. –

Fünfunddreißigstes Kapitel.

Die Rache des Irrwischs.

Wie Gertrud vorhergesagt hatte, war es geschehen. Gefolgt von dem Rotkopf waren Splitter und Lucretia in dasselbe Haus eingetreten, nach welchem Ersterer sich nach der unerwarteten Zusammenkunft mit Bartel noch zur späten Abendstunde begeben hatte. Auch an dem heutigen Morgen war er schon dort gewesen, um sich zu überzeugen, dass eine Verzögerung nicht mehr zu befürchten sei, die ihn mit Lucretia unauflöslich vereinigende Handlung also schleunigst vollzogen werden könne. In dumpfer Ergebung war Lucretia neben ihm einhergeschritten. Wohin er sie führte, wo die Räumlichkeiten lagen, in welchen sie fortan als Hausfrau schalten sollte, kümmerte sie nicht. Erst als die Tür sich vor ihr öffnete und sie in ein Geschäftszimmer sah, in welchem zwei Herren vor einem mit mehreren großen Büchern und Schreibmaterialien bedeckten Tisch saßen, stieg eine Ahnung der Wahrheit in ihr auf. Sprachlos vor Entsetzen starrte sie auf Splitter. Dieser senkte einen seiner bannenden Blicke in ihre angstvollen Augen, und der Gewalt, welche er über sie besaß, sich vollkommen bewusst, sprach er zutraulich, aber auch wieder mit jenem strengen Ernst, der schon so vielfach ihren sich krampfhaft aufbäumenden Willen gebrochen hatte:

»Eine Überraschung, welche ich mit Rücksicht auf Deine Gemütsstimmung einleitete,« hob er an, »so allein, wie Du in der Welt dastehst, und nur auf mich angewiesen, musste ich befürchten, dass Dein armes schüchternes Herz« –

»Was – was soll ich hier?« fand Lucretia endlich Worte.

Splitter verneigte sich entschuldigend nach den ihn befremdet beobachtenden Beamten hinüber, dann kehrte er sich Lucretia wieder zu.

»Was zwischen uns auf den morgigen Tag verabredet wurde, es soll heute geschehen,« sprach er so sanft, wie es in seinen Kräften stand, »Besiege daher Deine Scheu –«

»Nimmermehr!« rief Lucretia mit ersterbender Stimme aus, »Sie haben gesagt: morgen, und so will ich den heutigen Tag noch für mich behalten.«

»Sie sind also mit Herrn Splitter einverstanden?« suchte der Beamte zu vermitteln.

»Ja, ich habe es ihm versprochen,« antwortete Lucretia, »aber nicht heute, nein, nicht heute –«

»Lucretia, besinne Dich,« fiel Splitter ernst ein, und er bezweifelte nicht, dass, wie so oft in seinem Leben, er auch heute ihren Widerstand brechen würde, »und wenn heimliche Scheu Dich erfüllt, ist es da nicht ratsamer –«

Die Tür öffnete sich und in derselben erschien der Rotkopf, die Aufmerksamkeit Aller sogleich auf sich lenkend. Lucretia atmete auf, als wäre der Anblick eines bekannten Gesichtes eine Beruhigung für sie gewesen, wogegen Splitter, trotz seines früheren beinah freundschaftlichen Verkehrs mit dem Eintretenden, sich entfärbte.

»Ich komme von dem Karmeliterhofe,« antwortete der Rotkopf zuversichtlich auf die wenig höfliche Frage des Beamten, »ich soll das Fräulein auffordern, sogleich nach Hause zu eilen. Es ist Jemand eingetroffen, welchen Sie seit langer Zeit nicht gesehen haben.«

»Wir werden bald erscheinen,« nahm Splitter das Wort, bevor Lucretia's ahnungsvolles Erstaunen sich löste, »gehen Sie nur voraus, in einigen Minuten folgen wir nach.«

»Das Fräulein möchte schnell kommen,« versetzte Wodei störrisch, indem er ein Papier aus der Tasche zog, es öffnete und es Splitter vor Augen hielt, »ich soll Ihnen diesen Schein zeigen, und Sie würden selber sagen, dass keine Minute verloren werden dürfe.«

Splitter atmete tief auf. Fühlend, dass alle Blicke auf ihn gerichtet waren, kostete es ihn unsägliche Mühe, wenigstens äußerlich eine notdürftige Ruhe zu bewahren. Pläne der abenteuerlichsten Art durchzuckten wie Blitze sein Gehirn. Zugleich aber begriff er, dass nur die äußerste Vorsicht ihn retten, ihm wohl gar seine Beute erhalten könne.

»Ich errate die Ursache der Störung,« kehrte er sich dem Tisch zu, »ein längst erwarteter Verwandter meiner Braut ist heimgekehrt, und um den Preis, ihn als Zeugen bei der feierlichen Handlung zu sehen, dürfen wir uns gern einen kleinen Aufschub gefallen lassen. Ja, Lucretia,« wendete er sich an diese, die einen Schritt von ihm fortgetreten war, augenscheinlich in der Absicht, dem an sie ergangenen Ruf schleunigst Folge zu leisten, »ich heiße den glücklichen Zufall willkommen – doch was säumen wir? Dein Vetter Perennis wird ungeduldig werden –« und mit einem erzwungenen sorglosen »auf Wiedersehen in den nächsten Tagen,« nach dem Tisch hinüber, bot er Lucretia den Arm. Auf der Straße trat der Rotkopf noch einmal neben sie hin.

»Die Herrschaften möchten den Uferweg einschlagen; sie würden beim alten Ginster erwartet,« sprach er vertraulich, dann hielt er sich weit genug zurück, um nicht als zu ihnen gehörig zu erscheinen. Aber Mühe hatte er zu folgen, indem Lucretia, von freudigen Ahnungen bewegt, ihre Schritte aufs Äußerste beschleunigte und Splitter gleichsam mit sich fortzog. Was dieser zu ihr sprach, wie er sein Verfahren in ein günstiges Licht zu stellen suchte, hörte sie nicht. Es kümmerte sie nicht, dass er begeistert der Freude des Wiedersehens gedachte, nicht dass seine grauen Amphibienaugen mit den stechenden Pupillen bald ängstlich forschend auf ihrem Haupte ruhten, bald wieder über den breiten Strom hinschweiften, als hätte er ihn gefragt, ob tief unten auf seinem Boden nicht eine sichere Zufluchtsstätte für ihn und eine Beute, ein sicherer Schutz gegen die ihm drohenden Verfolgungen. Zurück sahen weder er noch Lucretia. Sie würden sonst überrascht gewesen sein von der Genauigkeit, mit welcher der Rotkopf seine Bewegungen nach den ihrigen regelte. Er hatte sich eine schwanke Weidengerte geschnitten. Sorglos peitschte er mit derselben den Staub in dem Wege, köpfte er die noch frühlingssaftigen Distelbüsche und Butterblumen, schlug er hier nach einem vorübersegelnden weißen Schmetterlinge, dort wieder nach einer schlanken Libelle oder einem einfältigen Rosskäfer. Wahrhaftig, der Herr Sebaldus Splitter mit seinem belasteten Gewissen hätte ihn um die göttliche Sorglosigkeit beneiden mögen.

Als sie den Pfad erreichten, welcher zum alten Ginster hinabführte, blieb Lucretia stehen.

»Dort unten erwartet er uns,« sprach sie, den Amphibienaugen besorgt ausweichend, und sie deutete auf die gekreuzten Netzreifen und die ihr sichtbare langschirmige Mütze.

»Es dürfte kaum der geeignete Ort zu einem ersten Wiedersehen sein,« versetzte Splitter, welcher die angekündigte Zusammenkunft wenn auch nur noch um Minuten hinauszuschieben wünschte.

»Die Botschaft lautet: Beim alten Ginster,« erklärte Lucretia, die ihren Muth in demselben Maße wachsen fühlte, in welchem Splitter kleinmütiger und nachgiebiger wurde. Sie wollte etwas hinzufügen, als es sich auf dem Abhänge zwischen den Weiden zu regen begann. Beide spähten erwartungsvoll hinab. Höher und höher kam es. Zunächst gewahrten sie ein schwarz verschleiertes Haupt, und endlich eine schlanke, dunkelgekleidete Gestalt. Der Gedanke an Gertrud, die längst Verschollene, lag Beiden zu fern, als dass sie dieselbe in der veränderten Hülle sogleich erkannt hätten. Doch als diese die letzte Abstufung, wenn auch nicht mit dem wilden Ungestüm des kein Hindernis kennenden Irrwischs, dagegen mit unnachahmlicher Grazie und Sicherheit überwand, da legte Lucretia enttäuscht die Hand auf's Herz. Sie wusste, wer es war, den sie nach langer Zeit zum ersten Mal wiedersah. Wie Eiseskälte durchrieselte es sie; trotzdem hätte sie an Gertruds Brust Schutz suchen mögen, bei ihr, welche sie noch im letzten Augenblick vor einem Loose bewahrte, dessen sie schon seit Jahren mit Entsetzen gedachte, und in welches sie gewaltsam hineinzutreiben sich Alle vereinigt zu haben schienen. Und dennoch, wer konnte ahnen, erraten, was Gertrud bezweckte, sie, mit der sie am seltensten in Verkehr getreten war, unter deren tollen Irrwischlaunen sie sogar vielfach zu leiden gehabt hatte! Es geschah daher instinktartig, dass sie das Erkennen verheimlichte. Eingeschüchtert durch scharf berechnende Einflüsse im Laufe vieler Monate, kannte sie in diesem Augenblick nur die Empfindung der Furcht, durch irgendein unbedachtsames Wort, selbst durch eine Bewegung die Schadenfreude, den Zorn des Irrwischs aufzustacheln, die vermeintliche Retterin in eine erbarmungslose Feindin zu verwandeln. Doch was Lucretia auf den ersten Blick sah, Splitter erriet es leicht aus dem Zusammenfallen von Umständen. Argwöhnisch starrte er auf das dichte Gewebe des Schleiers. Durch denselben hindurch fühlte er den Glanz ihm feindselig entgegenfunkelnder Augen. Eine goldblonde Locke, welche sich auf der einen Seite unter dem Schleier hervorstahl, überzeugte ihn, dass er sich in seiner Vermutung nicht täuschte. Er gedachte eines, in weiter Vergangenheit liegenden Abends, als er die Spottlust des wilden Irrwischs in Hass verwandelte, um demnächst durch schamlose Verleumdungen dessen Rache herauszufordern. Dies Alles durchkreuzte sein Gehirn in dem verschwindend kurzen Zeitraum, welchen Gertrud gebrauchte, über die letzte kurze Strecke des Uferabhanges hinweg in den Leimpfad zu gelangen. Wie aber Lucretia, so scheute auch er, ein Erkennungszeichen von sich zu geben. War es Perennis, wie er ursprünglich vermutete, der hier ein Wiedersehen herbeizuführen suchte, dann durfte er hoffen, um Lucretia's willen, deren Namen er bereits in so inniger Beziehung zu dem seinigen gebracht hatte, geschont zu werden. In Gertrud dagegen erblickte er eine Gegnerin, die nicht danach fragte, ob sie Lucretia oder irgendeinen anderen schädigte, wenn es ihr nur gelang, ihre Rache zu befriedigen.

Gertrud war vor Lucretia hingetreten. Gleichgültig dagegen, ob sie erkannt wurde oder nicht, forderte sie dieselbe auf, ihr zur Marquise zu folgen.

»Auch Sie, Herr Splitter, werden dort willkommen sein,« fügte sie zu diesem gewendet hinzu, »zugleich erfahren Sie, wie die Frau Marquise über Jemand denkt, der unter falschen Vorspiegelungen – doch das soll mich nicht kümmern.«

Sie nickte dem weiter abwärts stehenden Rotkopf ihren Dank zu, und ohne eine Erwiderung Lucretia's oder des sich heftig räuspernden Splitter abzuwarten, schlug sie die Richtung nach dem Karmeliterhofe ein. In der Entfernung weniger Schritte folgten jene ihr nach: Lucretia beklommenen Herzens, Splitter mit den Empfindungen Jemandes, der auf die Anklagebank geführt werden soll, um einen letzten Urteilsspruch zu vernehmen. Selbst das Bewusstsein, dass die Marquise bisher seine Beziehung zu Lucretia billigte, gewährte ihm keine Beruhigung mehr. Hinter sich den Rotkopf, vor sich die erbitterte Gertrud, meinte er schon jetzt in Fesseln geschlagen zu sein. An seinem Arme aber die tief geknechtete holde Unschuld, hinderte ihn nur noch die Scheu vor ihr, sich selbst zu entlarven, schon jetzt alle Brücken hinter sich abzubrechen und die Flucht zu ergreifen.

Schweigend verfolgte Gertrud ihren Weg. Nur einmal, als der Hof in ihren Gesichtskreis trat, kehrte sie sich um.

»Der Hof würde sich anders ausnehmen, hätte man tausend Taler darauf verwendet, ihn herauszuputzen,« sprach sie mit schneidendem Hohn, und hörbar lachend schritt sie weiter. Lucretia fühlte, dass Splitter bebte. Weder er noch sie wagten zu antworten oder irgendeine Bemerkung mit einander auszutauschen. Im Begriff, nach dem Hofe hinaufzubiegen, trat Wegerich, ebenfalls von der Stadt kommend, hinter dem Kelterhause hervor.

»Begleiten Sie uns!« rief Gertrud dem Bestürzten mit ihrer alten mutwilligen Irrwischstimme zu, »es können nicht zu viele Zeugen zugegen sein, wenn wir Abrechnung halten.«

Splitter bebte wieder bis ins Mark hinein. Mechanisch setzt er einen Fuß vor den andern. Anstatt Lucretia zu führen, die, schwankend zwischen Furcht und Hoffnung, wie eine Träumende einherschritt, lehnte er sich auf ihren Arm. Er schien sie als seinen Schild gegen die sich um ihn zusammenziehenden Ungewitter zu betrachten, nur noch von ihrer Person allein Rettung zu hoffen.

So bewegten sie sich über den Hof, so erstiegen sie die Treppe. Gertrud mit fester, sicherer Haltung zwei Schritte voraus. Vor der Tür der Marquise überzeugte sie sich durch einen Blick, dass Alle gefolgt waren, dann zog sie die Glocke. Die Tür wich nach innen und vor ihr stand die Marquise. Beim Anblick Lucretia's und Splitters trat sie zur Seite, um Alle zu sich hereinzulassen. Gertrud schlug unbefangen den Schleier zurück. Auf den Zügen ihrer alten Gönnerin entdeckte sie einen unzweideutigen Ausdruck der Befriedigung, welchen sie nicht zu deuten wusste. Am wenigsten ahnte sie, dass dieselbe als einen glücklichen Zufall pries, Lucretia, und zwar in Splitters Begleitung, zugleich mit ihr eintreffen zu sehen. Das eigentümliche Funkeln in Gertruds Augen und das Zittern ihrer Nasenflügel schien sie dagegen wieder zu beunruhigen, denn sie hob, wie gebietend, die rechte Hand empor, während sie mit der linken nach dem Wohnzimmer hinüberwies. Doch ebenso leicht hätte sie die Fluten eines Baches gehemmt, von welchem das Wehr fortgezogen worden, als die Ausbrüche der Entrüstung, die von Gertruds Lippen flossen.

»Ich habe geglaubt, gnädige Frau,« hob sie an, die Zeichen der Marquise durch trotziges Achselzucken beantwortend, »wenn Jemand seine Gewalt über ein schutzloses Mädchen so weit missbraucht, dass er es unter falschen Vorspiegelungen auf eine Stelle führt, von welcher er es ein wenig später als seine Frau mit fortzunehmen gedenkt, so ist man berechtigt, ihn nach dem Verbleib von Briefen zu fragen, welche, durch seine Hände gehend, niemals ihr Ziel erreichten –«

»Eine Lüge!« brachte Splitter keuchend hervor, und mit festem Griff hielt er Lucretia's Arm, die bestürzt von ihm forttreten wollte.

Und wiederum mahnte die Marquise durch ein Zeichen zur Vorsicht, und wiederum antwortete Gertrud mit ihrem Achselzucken. Dann fuhr sie fort:

»Herr Splitter, ich habe keinen Namen genannt, und doch suchen Sie sich zu entschuldigen? Sie zeihen mich einer Unwahrheit. So beweisen

Sie doch, dass das Geld, welches Sie im Namen des armen Mädchens hier erhoben, seine Bestimmung erreichte –«

»Gertrud, meine Wohnung ist kein Gerichtshof,« fiel die Marquise in ihrer Besorgnis ein.

In diesem Augenblick befreite Lucretia sich gewaltsam von dem krampfhaften Griff Splitters, und in lautes Schluchzen ausbrechend floh sie nach der offenen Tür des Wohnzimmers hinüber, wo sie sich an Perennis Brust warf.

»Rette mich,« sprach sie mit erstickter Stimme, »Perennis rette mich! Man will mich verderben – Perennis, warum hast Du mich vergessen? Perennis –« Sie konnte nicht weiter. Ihr Antlitz an seiner Brust bergend, weinte sie krampfhaft. Gerührt küsste Perennis sie auf die Stirn. Für ihn gab es keine Marquise mehr, die sich plötzlich in Stein verwandelt zu haben schien, keine Gertrud, in deren prachtvollen Augen, nach dem ersten Erstaunen über Perennis' Anwesenheit, die wilde Irrwischnatur triumphierend aufloderte, keinen entsetzt in sich zusammenschauernden Splitter, keinen Wegerich, der Letzterem über die Schulter spähte, und dessen graue Borsten sich vor Wonne noch steiler emporrichteten, während seine Augen in hellem Wasser schwammen. Totenstille war eingetreten. Sogar die Marquise, welche allein um Perennis' Nähe wusste, hatte die Bestürzung gelähmt. Zu himmelweit verschieden war die vor ihren Blicken sich entwickelnde Scene von derjenigen, welche sie erwartete und bis zu einem gewissen Grade vorbereitete. Hatte sie doch nicht vorhersehen können, dass Gertruds Kampfeslust einen Charakter gewinnen würde, welcher Perennis bewog, seinen Sitz zu verlassen und leise in die Tür zu treten. Niemand bemerkte diese Bewegung, alle Blicke hingen an Gertruds Lippen, die entschlossen der Marquise ins Antlitz schaute. Auf Perennis wirkte der Anblick Gertruds förmlich erstarrend ein; doch genügten ihre Worte, ihn einigermaßen über die Sachlage aufzuklären. Ob sie mit zu denjenigen zählte, unter deren heillosem Druck Lucretia sich ohnmächtig wand, erwog er in diesem Augenblick nicht. Er sah nur den Ausdruck namenloser Angst auf der jungen Verwandten bleichem Antlitz, den tiefen Leidenszug um den lieblichen Mund, las aus den blauen Augen das trostlose Bewusstsein gänzlicher Vereinsamung, und das Herz wollte ihm brechen bei dem Gedanken an die unsäglichen Qualen, welche das arme schutzlose Opfer hinterlistiger Berechnungen und vergiftender Einflüsse während seiner langen Abwesenheit erduldete. Als Lucretia aber endlich, ratlos im Kreise schauend, ihn erblickte, als er gewahrte, wie ein Strahl des Entzückens in ihren Augen aufleuchtete, da wusste er, wohin sie gehörte. Und als er seine Arme ausbreitete, da ruhte sie auch schon an seinem Herzen, um nie wieder von demselben losgerissen zu werden.

»Nun beruhige Dich,« brach er nach einer langen Pause das Schweigen, Lucretia's Haupt sanft aufrichtend, »ich bin jetzt bei Dir um Dich zu lieben immerdar, Dich zu beschützen gegen jeden, der auch nur mit einem Blick Deinen Frieden zu stören trachtet, Du mein armes verfolgtes Herz.«

Er sah auf die Marquise, deren Antlitz sich wieder versteinert hatte. Ein von ihr mit weiter Voraussicht gehegter Plan war zerschellt, allein der kaum bemerkbare Hohn, welcher um ihre Lippen zuckte, bewies, dass sie noch immer von dem Bewusstsein getragen wurde, entscheidend in die sich vor ihr verschürzenden Beziehungen eingreifen zu können.

Von der Marquise schweiften seine Blicke zu Gertrud hinüber. Deren Äußeres überraschte ihn kaum. Aber in ihren Augen las er, dass Lucretia wenigstens in ihr eine Freundin gefunden hatte, wenn er auch nicht ahnte, in wie weit sie deren Retterin geworden.

»Gertrud,« ertönte seine Stimme laut durch das stille Gemach, »das ist der Freude beinah zu viel, dass ich auch Sie hier wiederfinde,« und wie einem alten lieben Freunde reichte er der unbefangen Nähertretenden die Hand.

Gertrud warf einen triumphierenden Blick auf die Marquise, der von dieser allein verstanden wurde.

»Dein Rachewerk hast Du gut vollbracht,« sprach sie anscheinend ruhig, »ich hätte es Dir kaum zugetraut.«

»Ich glaubte einst, die Rache sei süß,« antwortete Gertrud, und eine eigentümliche Würde umfloss den einst so spottlustigen Irrwisch, »allein seitdem sie in den Bereich meiner Hand gelegt wurde, erscheint sie mir verächtlich. Und gar an ihm sollte ich mich rächen?« fragte sie, indem sie geringschätzig auf Splitter wies, der sich kaum noch aufrecht zu halten vermochte, dagegen Blicke ohnmächtiger Wut und Angst unter seinen feige gesenkten Lidern hervorsandte, »gegen ihn, der sich einst nicht scheute, eine unbescholtene Person mit Schmach zu beladen? Nein, sicher nicht. Ich habe für Fräulein Lucretia gekämpft, und nicht für meine Rache. Und wenn Herr Rothweil glaubt, mir eine kleine Anerkennung zu schulden, so wird er geschehen sein lassen was nicht zu ändern ist, um des glücklichen Wiedersehens willen von der Verfolgung Jemandes absehen, der freilich eine gerichtliche Vergeltung verdiente.«

Dann zu Splitter, nachdem sie in Perennis' Augen eine zustimmende Antwort gelesen zu haben meinte: »So rächte ich mich, Herr Splitter. Ich denke, hier hält Sie nichts mehr, und wenn ich, der von Ihnen verachtete und verleumdete Irrwisch, Ihnen raten kann, so gehen Sie mit Ihrem Raube weit genug fort, um nie mehr Gefahr zu laufen, Einem von uns zu begegnen.«

Sie säumte ein Weilchen. Einen spöttischen Blick sandte sie Splitter nach, der sich in der Tat so geräuschlos, wie möglich, entfernte, dann lachte sie so hell und melodisch, wie nur jemals der Irrwisch, wenn er einen zudringlichen Blick mit seinem lustigsten Spott lohnte. Die Marquise allein mochte erraten, dass der Ausbruch ihrer Heiterkeit erkünstelt, dass hinter derselben geheimes Weh das junge Herz durchzitterte. Den Zweck aber, welchen sie mit dem Lachen verband: das allseitige Erstaunen von sich abzulenken, erreichte sie nicht. Und wer, außer der Marquise, hätte seinen Sinnen gleich getraut, als er das in der Erinnerung noch so frisch lebende barfüßige Fischermädchen in einer solchen Weise auftreten sah und urteilen hörte?

»Doch auch ich will gehen,« schloss Gertrud an das Lachen an, »morgen sehen wir uns alle noch einmal wieder, und dann gehts fort, so schnell wie Dampfwagen nur rollen können.«

»Dein Urlaub ist noch nicht abgelaufen,« versetzte die Marquise streng.

»Er ist abgelaufen zu jeder Stunde, welche ich wähle,« antwortete Gertrud trotzig; doch wie ihre Worte bereuend, trat sie vor die Marquise hin, ehrerbietig deren Hand küssend.

»Vielleicht gebe ich noch einen Tag zu,« sprach sie gedämpft, »länger aber duldets mich nicht in dieser Gegend.«

Sie reichte Perennis die Hand, küsste Lucretia, und zwar so schnell, dass Niemand Zeit fand, ein neues Gespräch mit ihr anzuknüpfen. Zuletzt trat sie vor Wegerich hin, auch seine Hand drückend.

»Wie sich die Zeiten ändern,« sprach sie munter, augenscheinlich um keinen anderen mehr zu Worte kommen zu lassen, »entsinnen Sie sich noch des Kindes, welches Sie einst fragte, ob der Teufel Erbsen auf Ihrem Gesicht gedroschen habe? Das ist lange her, und heute erkenne ich an Ihnen nur noch ein liebes, gutes, altes Gesicht,« und aus dem Zimmer glitt sie und die Treppe eilte sie hinunter, eine so lustige Melodie vor sich hinsingend, als wäre sie noch der Irrwisch früherer Jahre gewesen.

»Auch wir wollen uns zurückziehen,« kehrte Perennis sich, Lucretia noch immer im Arm, höflich der Marquise zu, »ich sehe es unserem alten Freunde dort an, wie er sich sehnt, Rechenschaft über seine Verwaltung abzulegen.«

»Und ich darf der gnädigen Frau weiter zu Diensten sein?« fragte Lucretia mit rührender Schüchternheit.

Die Marquise sann einige Sekunden nach; doch wie ergriffen durch das freundliche Bild, welches Lucretia mit den flehenden Augen ihr bot, antwortete sie in ungewöhnlich mildem Tone:

»Wenigstens so lange, bis ich eine geeignete Stellvertreterin gefunden habe – doch heute möchte ich nicht mehr gestört sein. Es sind der Erregungen bereits zu viele für mich gewesen. Außerdem die Briefschaften, welche Sie mir einhändigten,« kehrte sie sich Perennis zu, »sie wollen mit Bedacht gelesen sein. Später darf ich Sie wohl um eine Unterredung bitten. Dieselbe wird rein geschäftlicher Natur sein,« fügte sie mit einem eigentümlichen Lächeln hinzu, welches man ebenso gut für ein feindseliges, wie für ein teilnahmsvolles halten konnte; »es betrifft den Karmeliterhof und seinen künftigen Besitzer, dessen einziger Gläubiger ich bin. Ich erlaubte mir nämlich, die Hypotheken anzukaufen.«

»Die abzulösen ich zu jeder Stunde bereit bin,« erklärte Perennis achtungsvoll, »vorausgesetzt, Sie ziehen nicht vor, mich auch fernerhin als Ihren sichern Schuldner zu betrachten.«

»Wir werden sehen,« versetzte die Marquise, und schärfer gelangte das zweideutige Lächeln zum Ausdruck.

Sie verneigte sich und gleich darauf befand sie sich allein. In ihr Wohnzimmer zurückgekehrt, wo sie keinen Zeugen zu fürchten hatte, offenbarte sich erst, welche Anstrengung es sie gekostet hatte, während der jüngsten sich gewissermaßen überstürzenden Ereignisse ihre Selbstbeherrschung zu bewahren. Hinfälligkeit gelangte in ihrer Haltung zum Ausdruck, ihre Züge erschlafften, indem sie sich in die eine Ecke des Sofas lehnte. Der ihr von Perennis eingehändigte Brief lag auf dem Tisch. Starr betrachtete sie denselben. Es war, als hätte sie gefürchtet, dessen Inhalt kennen zu lernen. Eine Aufwärterin aus der Stadt brachte das Mittagessen und deckte den Tisch. Sie schien es nicht zu bemerken. Nach einer Weile trat jene wieder ein, um abzuräumen. Sie zögerte und blickte fragend auf die Marquise. Die Speisen waren nicht angerührt worden. Durch einen Wink bedeutete die Marquise sie, Alles wieder fortzunehmen, und weiter grübelte und sann sie in der Einsamkeit ihres Zimmers starren Blickes und regungslos. Einen schweren Seelenkampf kostete es sie, bis sie sich endlich entschloss, ihre Vergangenheit, und zwar von einem anderen Standpunkte aus, als von dem ihrigen, vor sich entrollt zu sehen. Mit fester Hand breitete sie das Heft aus. Langsam begann sie zu lesen und mit Bedacht, als hätte sie zwischen den Zeilen noch besondere Aufklärungen zu finden erwartet. Anfänglich behielt ihr Antlitz den gewohnten starren Ausdruck, nur flüchtig unterbrochen durch höhnisches Lächeln. Indem sie sich aber dem Schluss näherte, wurden ihre Züge weicher, und fester hielten die schlanken Finger den Rand der Blätter. Sie wollte ein krampfhaftes Zittern unterdrücken, allein es gelang nicht. Eine Träne rollte über ihre Wangen und noch eine. Sie entfernte dieselben mit ihrem Tuch. Neue Tropfen folgten den ersten, wieder und immer wieder, bis sie denselben endlich freien Lauf gönnte.

»Und so trennten sich zwei Herzen, die vielleicht für einander bestimmt gewesen, um später eins des anderen nur mit Groll und Hass zu gedenken,« las sie mit halberstickter Stimme. Sie neigte das Antlitz in ihre Hände, wie um sich gegen den Anblick der vertrauten Schriftzüge zu schützen. Lange saß sie regungslos, als sei das Leben dem in sich zusammengesunkenen Körper bereits entflohen gewesen. Als sie endlich wieder empor sah, schien sie um viele Jahre gealtert zu sein. Mit den Tränen hatte sie die Schminke bis auf die letzte Spur von ihrem Antlitz entfernt. Tiefer hatten die Leidensfurchen sich in die bleiche Haut eingegraben. Aber Entschlossenheit thronte wieder auf ihren Zügen, jene verzweiflungsvolle Entschlossenheit, welche der Hand die Sicherheit verleiht, ohne zu zittern, den Giftbecher an die Lippen zu heben. Und weiter las sie Wort für Wort, anfänglich flüsternd, dann aber laut und vernehmlich, als hätten die Augen nicht genügt, sich mit dem Inhalt des Schriftstückes vertraut zu machen.

»Lucile, ernste Todesgedanken beschleichen mich; sie weihen meinen letzten Gruß –« tönte es feierlich durch das stille Gemach, »Lucile, lebe wohl!«

Das Heft entsank ihren Händen, ihre letzte Kraft schien gebrochen zu sein. Und wiederum ermannte sie sich. Eine verschließbare Mappe zog sie zu sich heran, und dieselbe öffnend, nahm sie das Portrait eines Mannes im rüstigsten Alter aus derselben. Das legte sie vor sich hin, das Kopfende etwas erhöht. Um den erschlaffenden Oberkörper zu stützen, lehnte sie sich zurück. Ihre Augen blieben dagegen starr auf das Portrait gerichtet. Was in ihrem Innern vorging, was sie empfand, es offenbarte sich in den Worten, welche hin und wieder sich flüsternd ihren Lippen entwanden:

»So trennten sich zwei Herzen, die für einander bestimmt gewesen, um später eins des andern nur mit Hass und Groll zu gedenken.« –

Die Zeit verrann, die Blicke unbeweglich auf das Portrait gerichtet, saß die Marquise. Wenige Schritte von ihr, in der Wohnung des alten Wegerich, schlugen die Herzen höher beim Rückblick auf die Vergangenheit, höher in freudiger, zuversichtlicher Hoffnung auf die Zukunft. Der alte Wegerich war überglücklich. Er konnte nicht fassen, dass zur Wahrheit werden sollte, was er nicht einmal in seinen Träumen als eine Möglichkeit ins Auge zu fassen gewagt hatte. Wie ein Schneeglöckchen, welches die erwärmenden und belebenden Sonnenstrahlen der es fast erdrückenden Eislast entkleiden, atmete Lucretia auf, indem sie in Perennis' entzückte Augen schaute. Die überstandenen Leiden versanken in Vergessenheit. Mit dem erwachenden Frohsinn früherer Tage ging Hand in Hand die freundliche Fürsorge für Andere. Es gewann neue Lebenskraft ihr altes, heiteres Selbstbewusstsein. An Perennis' Seite kannte sie keine Furcht mehr; die Erinnerung an die Blicke aus den unheimlichen Amphibienaugen hatte jeglichen Schrecken für sie verloren.

»Wann Du willst, wann Du es bestimmst,« beantwortete sie mit holdseligem Erröten eine ernste Frage Perennis', und sie erstaunte selber über den Muth, mit welchem sie plötzlich des Amtsregisters und des Traualtars gedachte.

Wie den drei glücklichen Menschen doch so schnell die Zeit enteilte! Erst als sie bei der hereinbrechenden Dunkelheit kaum noch Einer des Anderen Züge zu unterscheiden vermochten, wurden sie inne, dass der Nachmittag verstrichen sei. Wenige Schritte von ihnen, da starrte die Marquise noch immer durch die Dunkelheit hindurch auf das vor ihr liegende Portrait. Wer kümmerte sich heute viel um die alte wunderliche Dame? Hatte man doch kaum noch Gedanken für Gertrud, obwohl deren Bild in den Herzen von allen dreien eine so warme Stätte gefunden hatte.

Und Gertrud selber? Die schloss um diese Zeit einen langen, langen Brief an die Marquise. In heiterem Geplauder versicherte sie dieselbe ihrer unbegrenzten Dankbarkeit und treuen Anhänglichkeit. Nach alter Irrwischweise trug sie ihr lustige Grüße an Perennis, Lucretia, den alten Wegerich, sogar an den gottvergessenen Rotkopf auf. »Wenn Sie dies lesen, bin ich weit von hier,« hieß es am Schluss, »nur meinen alten Großvater besuche ich noch einmal, meine Stiefgeschwister und deren Mutter, welchen Allen ich kleine Überraschungen zugedacht habe. Was soll ich noch auf dem Karmeliterhofe? Mir beim Abschied die Augen aus dem Kopf weinen? Oder gar hören, dass ich mir ebenfalls einen guten Mann aussuchen möge? Meine liebe, meine schöne, meine verehrte Frau Marquise! Was sollte ich mit einem Mann? Tänzerin bin ich, Tänzerin will ich bleiben! Und versagen mir endlich die Kräfte und wird mein Gesicht alt und runzelig, so finde ich vielleicht ebenfalls einen lustigen Irrwisch, der mir die Grillen vertreibt und mit derselben Dankbarkeit an mir hängt, wie ich an meiner treuen Wohltäterin. Bei meinem Freunde Bartel und seiner Kathrin bin ich gestern noch einmal gewesen. Wie die beiden zanksüchtigen Menschen sich jetzt so gut vertragen! Es ist doch merkwürdig mit dem Ehestande. Beim Abschiede weinten alle Drei wie die Kinder, und ihren Jungen konnte ich nicht oft genug küssen. Beide gelobten heilig, dass ihre erste Tochter Gertrud getauft werden solle, sie dieselbe aber nur Irrwisch rufen würden 'von wegen der Erinnerung,' meinte der Bartel, und die Kathrin gab ihm recht. Aber Sie halten Wort, gnädige Frau und besuchen mich. Sie müssen sich durch Augenschein überzeugen, ob ich Ihrem Namen Ehre mache. Immer und ewig Ihr dankbarer Irrwisch, Ihre anhängliche Gertrud Schmitz.«

An Alle hatte Gertrud in ihrem sehr schön geschriebenen Briefe gedacht; nur nicht an den armen Jerichow. Und dennoch, wenn dieser sie beobachtet hätte, wie sie eine Stunde später so ernst, den geschlossenen Brief betrachtete und dabei ihr junges Leben noch einmal vor ihrem Geiste vorüberziehen ließ, wenn er gesehen hätte, wie heiße Tränen ihren Augen entquollen und langsam und schwer über ihre Wangen rollten: Seine Hände hätte er zum Himmel erhoben, inbrünstig von ihm erflehend, dass er einen Engel senden möge, diese Tränen zu trocknen, welchen Einhalt zu gebieten nicht in der Gewalt eines irdisch Geborenen. - -

Sechsunddreißigstes Kapitel.

Schluss.

Die Nacht war bereits vorgeschritten, als Perennis in Lucretia's Begleitung Wegerichs Wohnung verließ. Wegerich selber leuchtete ihm. Auf
dem Flurgang trat ihnen die Marquise entgegen. Von der rötlichen Beleuchtung voll getroffen, erschien ihr Antlitz weniger bleich; dagegen
verlieh ein schmerzliches Lächeln demselben einen unbeschreiblichen
Ausdruck tiefer Wehmut. Vor Lucretia hintretend, küsste sie dieselbe auf
die Stirn.

»Überlassen Sie mir Ihren Matthias – oder vielmehr Perennis auf ein
Stündchen,« bat sie mit bewegter Stimme, »ich habe Manches mit ihm zu
besprechen, was dann auch Ihnen kein Geheimnis mehr bleiben wird.
Und gerade unsere jetzige Stimmung ist am geeignetsten, ihm das anzuvertrauen, was ich nicht mit mir in's Grab nehmen möchte. Aber nicht
hier, nein, nicht innerhalb meiner vier Wände,« fügte sie hinzu, als Lucretia zurücktrat, »mit dem Dache über mir würde ich fürchten, zu ersticken. Lassen Sie uns hinausgehen ins Freie, hinab an den Strom; er ist
verschwiegen, er mag immerhin Zeuge unseres Gespräches sein.«

Dem voraufleuchtenden Wegerich folgend, bewegte sie sich auf die
Treppe zu. In der Haustür trat Perennis an ihre Seite. Bereitwillig nahm
sie den ihr gebotenen Arm, und sich schwer auf denselben stützend,
überließ sie es Perennis, behutsam die ebensten Wegestrecken auszu-
wählen.

»Zum alten Ginster,« sprach sie auf dem Rheinufer. Es waren die einzigen Worte, welche zwischen ihnen auf dem Wege laut wurden. Ginster
war eben im Begriff sein Netz zu heben, als die Marquise, sich hinter ihm
auf eine der natürlichen Rasenbänke niederließ und Perennis aufforderte, an ihrer Seite Platz zu nehmen. Ginster hatte unterdessen das Netz
wieder in die Tiefe gesenkt.

»Gönnen Sie den Fischen ein Weilchen Frieden,« rief die Marquise ihm
zu, »setzen Sie sich zu uns, damit Sie Zeugnis ablegen, ob ich ein Wort
zu viel, oder eins zu wenig spreche.«

Schweigend trat Ginster von seinem Damm. Einen kurzen aber herzlichen Gruß richtete Perennis an ihn, und nachdem der alte Mann, der

kaum Erstaunen über das Wiedersehen verriet, sich vor ihnen auf eine Art Weidenschütte geworfen hatte, fuhr die Marquise fort:

»Ginster, es ist nichts mit dem, was mir so viele Jahre hindurch vorschwebte. Ich weiß es jetzt von ihm selbst, und wer im Begriff steht, vor seinen letzten Richter hinzutreten, der nimmt keine Lüge mit hinüber.«

»Ich hab's nimmer glauben wollen,« antwortete Ginster eintönig, »Blut hätte nicht von Blut gelassen.«

»Nun ja, Ginster, Sie wissen jetzt, woran wir sind, aber hier ist Jemand, dem wir einen klaren Blick nicht vorenthalten dürfen, um unser Beider willen.«

Sie schwieg, wie um sich zu einer vor ihr liegenden schweren Aufgabe zu rüsten. Die Luft war klar; vom Himmel funkelten die Sterne nieder. Als dunkle Fläche dehnte der breite Strom sich aus. Schwarzen Silhouetten ähnlich erhoben sich auf seiner anderen Seite die mit Bäumen bepflanzten Ufer und weiter aufwärts die Felsenhöhen. Geheimnisvoll gurgelten und sprudelten die eilenden Fluten zwischen den glatten Strandkieseln und den Netzreifen. Hin und wieder strich ein Luftzug flüsternd durch die Weidenpflanzung.

»Was Ihr verstorbener Onkel Ihnen anvertraute,« hob die Marquise endlich an, »und was in dem Ausspruch gipfelt: So wurden zwei Herzen getrennt, die für einander bestimmt gewesen: es ist so wahr, wie das ewige Leuchten der Himmelskörper dort oben, so wahr, wie die treue selbstlose Liebe, mit welcher ich an dem Dahingeschiedenen gehangen habe. Und hätte, als wir auseinander gingen, nur ein versöhnlicher Blick aus seinen Augen mich getroffen – doch dahin, Alles dahin!

»Als wir uns in dem Bade kennen lernten, befand ich mich auf einer Erholungsreise, und um nicht belästigt zu werden, hatte ich mich als Fräulein Marcusi in die Badelisten eintragen lassen. Niemand ahnte, dass es die Tänzerin Graniotti, welche dort in behaglicher Zurückgezogenheit lebte, am wenigsten aber der gelehrte Herr Rothweil, der mich in seiner sinnigen Weise so wunderbar zu fesseln verstand. In demselben Maße, in welchem unser Verkehr einen innigeren, bedeutungsvolleren Charakter gewann, ich aber seine ernsten Grundsätze kennen und ehren lernte, wuchs meine Scheu, ihm meinen wahren Stand zu verraten. Ich ging davon aus, dass seine aufrichtigen Huldigungen nur der Lucile Marcusi dargebracht wurden, also nie der Tänzerin Graniotti gegolten hätten. In meiner tiefen Hinneigung zu ihm und in meiner Besorgnis, ihn sich von mir wenden zu sehen, behütete ich mein Geheimnis ängstlich, anstatt mich ihm frei zu offenbaren. In blindem Wahn hoffte ich, dass es mir, durch irgendeinen unvorhergesehenen Zufall begünstigt, gelingen würde, ohne Aufsehen meinem Beruf zu entsagen. Wie meine Hoffnung mit einem Schlage vernichtet wurde, wissen Sie. Was ich aber an jenem Abend litt, als ich ihn unter den Zuschauern entdeckte, meine Entdeckung dagegen zu verheimlichen suchte, ist unbeschreiblich. Was mir mit Rücksicht auf jenen verhängnisvollen Abend sonst noch vorgeworfen wurde, lasse ich unerörtert. Es beruht einerseits darauf, dass ich gezwungen war, als Künstlerin dem mir gespendeten Beifall Rechnung zu tragen, andererseits, dass ein, den Bühnenverhältnissen fremder Gelehrter keinen Begriff von den Verpflichtungen einer Tänzerin hatte. In meiner Verzweiflung beschloss ich, Denjenigen aufzusuchen, der sich von mir hintergangen wähnen musste. Bei meinen Erkundigungen nach ihm begrüßte ich mit wilder Freude die Nachricht über seine Beziehungen zu dem Knaben, welchen er als seinen Adoptivsohn bezeichnete. Glaubte ich doch dadurch in die Lage versetzt zu sein, ihm mit einer Auflage zuvorkommen und damit seinem Vorwurf des mangelnden Vertrauens die Spitze abbrechen zu können. Wie ich mich täuschte, wissen Sie. War ich vorher von der Wahrheit der in Umlauf befindlichen Gerüchte überzeugt, so geschah von seiner Seite nicht nur nichts, dieselben zu widerlegen, sondern es konnte sein Benehmen auch nur dazu dienen, dieselben zu bestätigen. Und dennoch, wie gern wäre ich auch über diese Angelegenheit hinweggegangen, hätte jenes verhängnisvolle: *Nur eine Tänzerin*, nicht eine für uns Beide in ihren Folgen so furchtbare Entscheidung herbeigeführt. Störrisch, aber vergeblich harrte Einer auf des Anderen erstes versöhnliches Wort, und so trennten sich denn die beiden Herzen, die für einander bestimmt gewesen. Was ich damals empfand, warum soll ich es heute noch schildern? Seltsam würde es aus dem Munde einer alten Person klingen, wollte sie noch von der Liebe Leid erzählen. Aber dass aus meiner aufrichtigen Zuneigung jener nie schlummernde Hass entstand – nein, das ist nicht die richtige Darstellung – ich meine, dass die wahnsinnige Leidenschaft der wegen ihres Berufes verschmähten Tänzerin kein Mittel scheute, keine Mühe, keine Kosten, dem Verschmähenden immer wieder die unwiderstehliche Gewalt ihrer Leidenschaft ins Gedächtnis zurückzurufen und vor Augen zu führen: wer ein Weiberherz kennt, der findet es nicht unnatürlich. In diesem Umstände liegt die volle Erklärung alles dessen, was der Verstorbene, wenn auch frei von feindlichen Gesinnungen, mir in dem Briefe zur Last legte.

»Als er damals, um sich meinem Gesichtskreise zu entziehen, hierher übersiedelte, behielt ich ihn ebenso gut im Auge, als hätten wir nachbarlich beieinander gelebt. So konnte mir auch nicht verborgen bleiben, dass sein Sohn – und dafür hielt ich ihn, musste ich ihn halten – ein leichtfertiger lebenslustiger Student – bestrickt durch die Reize der ältesten schönen Tochter Ginsters, ein inniges Verhältnis mit ihr anknüpfte und dasselbe bei seinen gelegentlichen Besuchen auf dem Karmeliterhofe immer mehr befestigte. Und so mochte schließlich keine große Überredungskunst dazu gehört haben, das leichtgläubige junge Mädchen, Gertrud hieß es, zu bewegen, dem Geliebten heimlich nach der Stadt zu folgen, in welcher er selber ziemlich nachlässig seinen Studien oblag. Ich war damals auf längere Zeit an denselben Ort gebunden. Da ich den jungen Menschen um seines Vaters willen fortgesetzt beobachtete, erfuhr ich beinah selbigen Tages, dass seine Gertrud eingetroffen sei und Beide in nicht geringe Verlegenheit dadurch versetzt worden waren. Durch einen Dritten nahm ich mich des armen Kindes an, und wie ein Blitz leuchtete es in meinem Geiste auf, dass ich nunmehr die Mittel in Händen habe, mich an Demjenigen zu rächen, der mich meines Berufes wegen verschmähte. Dem Vater war eine Tänzerin nicht gut genug gewesen, dafür sollte der Sohn ihm eine Tänzerin als Schwiegertochter ins Haus führen. Ich jubelte bei diesem Gedanken, und leicht gelang es mir, zur Anbahnung meiner Rache das unerfahrene Mädchen dem Balletpersonal einzureihen. Gelehrig, wie diese Gertrud sich zeigte, war sie doch schon zu alt, um sich mit ihren Leistungen noch über das sehr Mittelmäßige zu erheben; das kümmerte mich indessen weniger, wenn sie überhaupt nur Tänzerin war. Obwohl die beiden Leutchen mit rührender Liebe aneinander hingen, bewahrte das den leichtfertigen jungen Mann nicht davor, jedes ernste Ziel gänzlich aus den Augen zu verlieren, seine Studien zu vernachlässigen und statt dessen sich mit Altersgenossen in einen Strudel wilder Vergnügungen zu stürzen. Von seiner Gertrud konnte er hingegen ebenso wenig lassen, wie sie von ihm, und keinen anderen Ausweg entdeckend, um in ihren Besitz zu gelangen, entschloss er sich endlich, ebenfalls zur Bühne überzugehen. Was die Beiden nunmehr gemeinschaftlich verdienten, war wenig genug, allein unerfahren und verblendet, wie sie waren, hielten sie es für ausreichend, damit einen kleinen Hausstand zu begründen. In diese Zeit fiel das Zerwürfnis des jungen Mannes mit Ihrem Onkel. Unstreitig hielt er sich selbst für dessen natürlichen Sohn, welchem schließlich dennoch verziehen werden müsse, oder er hätte vielleicht ein Ohr für die Warnungen seines Wohltäters gehabt. Ich selbst stand seinen Entschlüssen fern, war sogar überrascht, als ich erfuhr, dass er, dem angekündigten unheilbaren Bruch trotzend, sich mit seiner Gertrud habe trauen lassen. Das Erwachen aus dem kurzen Liebestraum scheint ein schreckliches gewesen zu sein. Der natürliche Verlauf der Dinge machte die junge Frau unbrauchbar für ihren Beruf; fast gleichzeitig wurde der junge Mann wegen mangelnden Talentes entlassen. Und so kam es, dass innerhalb kurzer Frist das Elend in seiner schrecklichsten Gestalt sie angrinste. Hätten sie, anstatt zu verzweifeln, sich vertrauensvoll an mich gewendet, so wäre ihnen gewiss auf die eine oder die andere Art geholfen worden, ich hätte mich sogar zum Beistande verpflichtet gefühlt; allein es scheint, als ob sie den Kopf vollständig verloren hatten. Unter dem Vorgeben, die Verzeihung seines Vaters anzurufen, verließ der junge Mann eines Tages seine Frau, und das Nächste, was sie von ihm erfuhr, war, dass man ihn hier einige hundert Schritte unterhalb der Pferdeschwemme, als Leiche aus dem Wasser gezogen habe. In ihrem Entsetzen ließ sie mich zu sich rufen, und ich kam gerade zur rechten Zeit, um ein kleines Töchterchen von ihr in Empfang zu nehmen und bald darauf ihr selber die Augen zuzudrücken.«

Hier säumte die Marquise eine Weile, wie um aus den leise murmelnden, eilenden Fluten das herauszuhören, was sie weiter mitzuteilen beabsichtigte. Auch Perennis schwieg; er fürchtete, durch einen Laut ihren Ideengang zu stören. Plötzlich richtete sie sich wieder empor.

»Nicht wahr Ginster,« redete sie diesen an, der düster vor sich niederstierte, »das waren traurige Tage damals, als sie den jungen Rothweil begruben, als Sie ihm die letzten Liebesdienste erwiesen, ahnungslos, dass er der Vater Ihres eigenen Enkelchens, von dessen Erscheinen Sie ebenso wenig wussten?«

»Schwere Tage,« bestätigte Ginster trübe, »und wäre mir die ganze Wahrheit gleich zugetragen worden, wer weiß, ob ich's überlebt hätte.«

»Nun, alter Mann,« fuhr die Marquise fort, »nichts macht den Körper zäher, als Leid und Gram, und dass es Ihnen an Beidem nicht fehlte, das soll Gott wissen. Doch ich bin noch nicht zu Ende,« kehrte sie sich Perennis wieder zu; »wie ich für ein angemessenes Begräbnis der armen, jungen Mutter sorgte, nahm ich mich auch der kleinen Waise an. Ich gab sie in Pflege und wartete nur darauf, dass sie sich einigermaßen entwickelt haben sollte, um sie als die Tochter seines Sohnes und einer Tänzerin, Ihrem Onkel in die Arme zu legen. Und nach Jahresfrist legte ich sie in der Tat in die Arme ihres Großvaters, aber hier des schmerzlich erstaunten und doch erfreuten Ginster, der jetzt erst die volle Wahrheit erfuhr. Denn der andere, der Besitzer des Karmeliterhofes, der war meinem Gesichtskreise entschwunden, ohne dass es mir möglich gewesen wäre, ihm die Kunde von dem Leben der kleinen Gertrud zu übermitteln. Doch ich rechnete auf die Zukunft, rechnete darauf, dass er dennoch über kurz oder lang zurückkehren müsse, und dann war es immer noch früh genug, meinen Zweck zu erfüllen. Als ob Alles sich vereinigt hätte, mich wenigstens nach einer Richtung hin in meinen Plänen zu unterstützen, blieb die Ehe der zweiten Tochter Ginsters kinderlos, und diese war es, welche der kleinen Gertrud nicht nur ein sicheres Heim, sondern auch ein Mutterherz bot. Ihr Mann, eine biedere treue Seele, dachte nicht anders, und unter ihrer gewissenhaften Aufsicht wuchs die Kleine allmählich unter dem Namen der Pflegeeltern als Gertrud Schmitz heran. Leider griff der Tod wieder in die damals so still zufriedene Familie meines Freundes Ginster ein. Das Kind vererbte sich durch neue Heiraten auf ihm fremde Eltern, und so kam es, dass das Geheimnis seiner Geburt bis auf den heutigen Tag so streng bewahrt blieb.

»Doch nun traf auch mich ein schweres Unglück. Auf offener Bühne zog ich mir eine Verrenkung zu, welche mich für die ganze übrige Lebenszeit zum Krüppel machte. Als ein Glück konnte ich preisen, durch verständige Sparsamkeit allmählich in eine Lage geraten zu sein, welche mir wenigstens meine Unabhängigkeit sicherte. Ich hätte sonst sterben müssen vor Gram und Erbitterung. Denn von dem Tage ab, an welchem meine fernere Unbrauchbarkeit für die Bühne festgestellt wurde, war ich vergessen, kümmerte sich Niemand mehr um mich. Dass solche Erfahrungen dazu beitrugen, meine Verbitterung zu erhöhen, kann nicht befremden. Meine Hoffnung, die junge Waise ihrem vermeintlichen Großvater dennoch persönlich zuzuführen, war dagegen durch den Unglücksfall nicht erschüttert worden. Von seiner endlichen Heimkehr überzeugt und um zugleich dem Kinde nahe zu sein wählte ich den Karmeliterhof zu meinem Aufenthalt. Dort konnte ich zurückgezogen leben; außerdem bot der Zerfall des Gehöftes mir Gelegenheit, von Zeit zu Zeit mit meinen Geldmitteln einzugreifen und dessen Besitzer zu meinem Schuldner zu machen. Ich krönte diesen Teil meines Werkes dadurch, dass ich Ihnen zur Reise den Vorschuss leistete und während Ihrer Abwesenheit die Hypotheken den ungeduldigen Gläubigern abkaufte. Ich glaubte dies umso sicherer tun zu können, weil ich die leibliche Enkelin ihres Onkels als seine, aber auch als meine Erbin betrachtete.

»Die kleine Gertrud hatte ich als ein wildes, sogar unbändiges, aber ausnehmend schönes und gewandtes Kind wiedergefunden. Selbstverständlich nahm ich mich ihrer an, und wenn Ginster den ganzen Umfang meiner Zwecke nicht ahnte, so war er doch damit einverstanden, dass die Kleine mich regelmäßig bediente und besuchte, wofür ich in Form eines Lohnes ihren Angehörigen entsprechende Unterstützungen zuwendete. Die glückliche Veranlagung des Kindes, welche ich auf den ersten Blick erkannte, reifte schnell den Plan in mir, dasselbe heimlich ebenfalls zu einer Tänzerin auszubilden. Es verschärfte unausbleiblich – so folgerte ich – den Eindruck auf Rothweil, wenn er seine Enkelin in dem von ihm so verachteten Beruf erzogen fand. Anfänglich zitterte ich bei dem Gedanken, dass er vor Vollendung meiner Aufgabe heimkehren würde. Als aber Jahr auf Jahr dahinging, ohne dass jenes mit so viel Zuversicht erwartete Ereignis sich verwirklichte, wurde ich ängstlich. Das Einzige, was mich dann für meine unsägliche Mühe und Geduld entschädigte, was mich in meinem Werk nicht ermüden ließ, war, dass Gertrud meine kühnsten Erwartungen in so hohem Grade übertraf, zugleich aber, neben einer zügellosen Begeisterung für ihren Beruf, so viel Scharfsinn, eine so wunderbare, sogar ans Unglaubliche grenzende Willenskraft offenbarte, dass ich sie aufrichtig bewunderte und in herzlicher Liebe mich ihr zuneigte. Ohne diese merkwürdigen Eigenschaften würde es mir schwerlich gelungen sein, unser stilles Treiben sogar vor Ginster zu verheimlichen.

»Da trafen Sie ein und mit ihnen die Kunde von dem Ableben Desjenigen, auf dessen Wiedersehen ich so zuversichtlich gerechnet hatte. Wie diese Nachricht mich niederschmetterte, weiß nur ich allein. Meine so lange gehegten Pläne konnten indessen dadurch wohl eine Wandlung erfahren, dagegen ihren ursprünglichen Charakter nicht einbüßen. Sie selbst hielten sich für den Erben Ihres voraussichtlich wohlhabend gestorbenen Onkels, wogegen ich in Ihnen den Erben meiner gegen den Verstorbenen gerichteten Pläne erblickte. Denn die Erbin seines Reichtums konnte für mich nur die leibliche Enkelin sein. Vorsichtig bewahrten Ginster und ich unser Geheimnis. Zu meiner eigenen Erbin hatte ich Gertrud ohnehin bestimmt – und in dieser Bestimmung offenbarte sich gewiss verständlich genug meine unvergängliche Neigung zu deren vermeintlichen Großvater – dagegen wäre es nutzlos gewesen, schon vor anderthalb Jahren ihre Ansprüche an den im fernen Lande Gestorbenen geltend zu machen. Denn wer hätte wohl für sie auf ziemlich unverbürgte Nachrichten hin die beschwerliche Reise unternehmen mögen? Sie selbst mussten also hinüber, mussten Gertruds Angelegenheit als Ihre eigene vertreten, und kehrten Sie nach erfolgreichem Ordnen der Nachlassangelegenheiten zurück, so war es ja noch immer früh genug, auf

dem Wege der Einigung oder des Prozesses den Rechten Gertruds Anerkennung zu verschaffen. So dachte ich, als ich Ihnen die Reisemittel
anbot, so dachte ich noch vor wenigen Stunden, bis endlich das von Ihnen mir eingehändigte Schriftstück mich über meinen langjährigen Irrtum aufklärte.

»Ich leugne nicht, dass nach meinem Bekanntwerden mit Ihnen, ich Sie
herzlich bedauerte, weil Sie zu Gunsten Anderer sich der gefahrvollen
Reise unterziehen sollten. Dann aber hoffte ich wieder, die ganze Angelegenheit zu vereinfachen, indem ich mein Möglichstes aufbot, Sie mit
Gertrud, also einen Rothweil mit einer Tänzerin zu verheiraten und damit meine letzte Lebensaufgabe zum Abschluss zu bringen. Doch die
Mittel, zu welchen ich griff, Sie einander näher zu bringen, scheiterten an
dem wunderlichen Herzen meines unsteten Irrwisch's, sie scheiterten an
dem Ihrigen, welches bereits, wenn auch gleichsam unbewusst, in der
Verlobten eines Andern eine Wahl getroffen hatte. Auf diesen, meinen
aufrichtigen Wunsch, zwei mir näher stehende Menschen zu beglücken
und zugleich meine Lebensaufgabe zu erfüllen, ist zurückzuführen, dass
ich nicht hindernd einschritt, sogar bis zu einem gewissen Grade Vorschub leistete, als jener hinterlistige Winkelkonsulent – doch sprechen
wir nicht mehr von ihm; Sie werden den Wunsch meiner Gertrud ehren
und ihn unbehelligt das Weite suchen lassen.«

»Und mehr noch, er mag seinen Raub behalten,« versetzte Perennis tief
ergriffen, »ich will ihn sogar für das, was er an veruntreuter Habe zu-
rücklässt, entschädigen, wenn ich dadurch sein wenig auffälliges und
spurloses Verschwinden aus dieser Gegend erwirke. Ich denke, bei der
ihm gestellten Wahl wird er nicht lange zaudern.«

»Solchen Ausspruch erwartete ich,« fuhr die Marquise wieder fort, »die
Rücksichten für Ihre junge Braut bedingen die zarteste Behandlung dieser Angelegenheit. Doch auch für mich habe ich noch Einiges hinzuzu-
fügen. Als ich das Wiedersehen zwischen Ihnen und Lucretia beobachtete, als ich sah, wie das liebe, sanfte und geknechtete Wesen sich angstvoll
an Sie anklammerte, als ich bemerkte, wie Sie für keine Andere, nur noch
für das treue Kind Blicke hatten, da war mein Starrsinn gebrochen. Nur
leicht erklärliche Scham hielt mich ab, es sogleich zu verkünden. Bei
meinem späteren Alleinsein aber, und bevor ich jenen Brief gelesen hatte, gelangte ich zu dem Entschluss, die vermeintlichen Beziehungen Gertruds zu Ihrem Onkel zu verschweigen und sie in Ihrem Besitztum schon
allein um Ihrer tiefgekränkten jungen Braut willen nicht zu stören. Gins-

ters Zustimmung war ich gewiss, wenn ich ihm vorschlug, unser Geheimnis mit ins Grab hinab zu nehmen. Und was sollte Gertrud mit noch mehr Geld, sie, die nicht nur meine Erbin, sondern auch in ihrer Kunst die Mittel besitzt, im Laufe der Zeit ein, ich möchte fast sagen: fürstliches Vermögen zu erübrigen.

»Da las ich endlich die letzten Bestimmungen und Wünsche des verstorbenen Jugendfreundes, und jetzt erst begriff ich, dass ich die vielen langen Jahre hindurch nur einem Phantom nachgejagt hatte. Mit dieser Gewissheit aber trat die Notwendigkeit an mich heran, das, was Sie selbst aus jenem Schriftstück bereits erfahren hatten, zu vervollständigen. Nichts sollte oder durfte Ihnen ein Geheimnis oder unerklärlich bleiben. Sie mussten ein richtiges Urteil über mein bisheriges Verfahren gewinnen, um mich nicht zu verdammen, aber auch um gerüstet zu sein, wenn jemals durch Zufall von einer anderen Seite her Zweifel angeregt werden sollten. Gertrud steht also in keiner anderen Beziehung zu Ihrem verstorbenen Onkel, als dass sie die Tochter seines Adoptivsohnes, welcher das Verhältnis zu seinem Wohltäter durch einen freiwilligen Tod löste. Nein, es kann nicht anders sein. Die letzten Worte, die letzten Gedanken eines anderen, eines bis über das Grab hinaus getreuen und edlen Toten bürgen dafür.«

Bei den letzten Worten neigte die Marquise das Haupt. Die Dunkelheit verbarg, dass heiße Tränen über ihre hageren Wangen rollten.

Die Sterne funkelten. Geheimnisvoll sprudelten und gurgelten die eilenden Fluten zwischen den glatt gespülten Strandkieseln. Flüsternd strich ein Lufthauch durch das Weidendickicht.

Weder Perennis noch Ginster wagten, die Marquise in ihrem Ideengange zu stören. Ersterer mochte ahnen, was sie in diesem Augenblick litt, während dem greisen Fischer vielleicht die Bilder seiner frühzeitig dahingeschiedenen Töchter vorschwebten.

»Ich habe heute Nachmittag so ernst darüber nachgedacht, dass ich fürchtete, den Verstand zu verlieren,« hob die Marquise nach einer langen Pause wieder an und sich aufrichtend blickte sie über den dunkeln Wasserspiegel nach den jenseitigen Höhen hinüber, »ich habe gegrübelt und gesonnen, und doch entdeckte ich keinen anderen Ausweg. Sollen wir die arme Gertrud beunruhigen, indem wir ihr anvertrauen, dass es ihr Vater gewesen, der hier in der Nachbarschaft aus dem Strom gezogen wurde? Nein, wer weiß, ob ihrem wunderlichen Herzen nicht ohnehin genug aufgebürdet wird. Mag sie meinen Namen als Künstlerin führen bis zum letzten Atemzuge; die Gertrud Schmitz, die Enkelin des alten Ginster, die Tochter seiner Tochter bleibt sie immerdar und unzweifelhaft. Ich denke, Ginster, Sie sind damit einverstanden?«

Ginster reichte statt der Antwort der Marquise die Hand und diese nahm ohne Säumen ihre Mitteilungen wieder auf:

»Für uns und für Alle, welche sie näher kennen, bleibt sie die Gertrud Schmitz; und ein dankbares, treues Kind ist sie obenein, das hat sie längst an den Tag gelegt, und sie würde es in erhöhtem Grade beweisen, könnte ihr Großvater sich von seinem alten Gewerbe trennen.«

»So lange meine alten Knochen aushalten, gehe ich von dieser Stelle nicht fort,« entgegnete Ginster dumpf, »und wollen die nicht mehr, wird's überhaupt wohl bald vorbei sein. Es ist dankenswert genug, dass sie ihre Stiefmutter und Stiefgeschwister nicht vergisst, und was die gnädige Frau an mir und allen den Meinigen getan haben –«

»Nichts davon, alter Freund,« fiel die Marquise wohlwollend ein, »wir sind Menschen, und als solche mit Schwächen und Fehlern behaftet, welche durch die wenigen guten Regungen nicht aufgewogen werden. Die Gertrud wird schwerlich lange bleiben; ich hätte sie sonst begleitet. Jedenfalls begebe ich mich innerhalb kurzer Zeit zu ihr –«

»Den Karmeliterhof verlassen?« fragte Perennis bedauernd.

»Nun ja,« hieß es eintönig zurück; »Sie müssen bauen, die Gärten herrichten –«

»Ich erfülle damit eine Pflicht gegen einen teuren Verstorbenen,« versetzte Perennis, »wollen Sie der damit verbundenen Unruhe aus dem Wege gehen, so verdenke ich es Ihnen am wenigsten. Aber eine andere Pflicht, eine heiligere noch erfülle ich, indem ich Ihre Wohnung mit in den Bereich der Erneuerung hineinziehe und sie dann Ihnen wieder zur freien Verfügung stelle.«

»Das wollten Sie tun?« fragte die Marquise sanft, und etwas reger fuhr sie fort: »nun ja, ich nehme Ihr Anerbieten mit Dank an; jenem teuren Verstorbenen bin ich es sogar als Sühne schuldig, so lange kein anderes Hindernis entgegensteht, auf seinem Eigentum den friedlicheren Teil meines Lebens zu verbringen. Ja, ja, das sind friedliche Aussichten, wohl wert, etwas fester am Leben zu hängen. Abwechselnd hier in ländlicher Abgeschiedenheit, und bei der lieblichen Trägerin meines alten Namens – Ginster, ich glaube, nach so vielem Leid haben wir keine Ursache mehr, unzufrieden zu sein.«

»Keine Ursache mehr,« antwortete der alte Mann. Er richtete sich auf, und nach seinem Damm hinaufschreitend, hob er das Netz und senkte er es wieder in den Strom, jedoch mit so unsicheren Bewegungen, dass, wären wirklich Fische in dessen Bereich gewesen, sie hinlänglich Zeit gehabt hätten, der Gefahr auszuweichen.

Als er nach der Rasenbank zurückkehrte, standen die Marquise und Perennis vor derselben.

»Ich will heimgehen,« redete jene ihn an, »die Nacht ist weit vorgerückt und ich sehne mich nach Ruhe. Wenn ich wieder bei Ihnen vorspreche, brauchen wir nur noch von freundlichen Dingen zu plaudern. Was sonst noch zwischen uns schwebt, wir wollen es begraben sein lassen in ewige Vergessenheit.«

Sie kehrte sich ab. Mit einigen herzlichen und aufmunternden Worten verabschiedete Perennis sich von Ginster. Dann trat er an der Marquise Seite, ihr wieder seinen Arm bietend. Indem sie langsam hart am Wasserrande hinschritten und endlich bei der alten Pferdeschwemme ihren Weg aufwärts nahmen, vertieften sie sich wieder in ein ernstes Gespräch. Es gab ja so viel, was Perennis über die letzten Lebensjahre seines verstorbenen Onkels zu berichten wusste.

Vor der Einfahrt des Hofes blieb die Marquise stehen.

»Zwei Herzen trennten sich, die füreinander bestimmt gewesen,« sprach sie leise, wie zu sich selbst, »und doch hätte es nur eines Blickes, eines Wortes von der einen oder der anderen Seite bedurft, um – dahin, unwiederbringlich dahin!« Sie blickte nach den dunkeln Fenstern Lucretia's und Wegerichs hinauf. »Wie Alle so sanft schlafen,« fuhr sie träumerisch fort, »so sanft, wie gewiss seit langer Zeit nicht. Werde auch ich Ruhe finden? Ich glaube es fast. Wie stiller Friede ist es in meine Brust eingezogen. Gute Nacht, Herr Rothweil, vergessen Sie nicht: Auch ich gehöre zur Erbschaft jenes treuen Mannes – nein – gehen Sie nicht weiter mit – auf Wiedersehen morgen.« Hastig zog sie ihr Tuch fester um sich zusammen und unbekümmert um die knurrenden und anschlagenden Hunde begab sie sich nach dem Wohnhause hinüber.

Perennis säumte, bis die schwere Tür hinter ihr zugefallen war. Dann trat er den Rückweg zur Stadt an. Was er an diesem Abend erfahren hatte, bewegte ihn noch immer ernst. Aber sein Blut kreiste ruhig wie bei einem Schiffer, der nach langer, stürmischer Fahrt den sicheren Hafen vor sich sieht.

»Wie Alle so sanft schlafen,« hatte die Marquise gesprochen. Hätte sie nur in die Träume des armen Jerichow und ihres Lieblings, des rastlosen Irrwischs mit dem wunderlichen Herzen einzudringen vermocht! Der breite Strom kannte ebenfalls keine Ruhe. Plaudernd und gurgelnd badete er immer wieder die glatt gespülten Strandkiesel. Flüsternd hauchte die sanfte Brise durch die Weidenpflanzung auf dem Uferabhange. Zug um Zug hob der alte Ginster sein Netz aus den Fluten, abwechselnd leer und mit Beute beschwert. – – –

Ende.